DIANA
VERLAG

Chitra Banerjee Divakaruni

Wer die Sehnsucht kennt

ROMAN

Aus dem Amerikanischen von
Angelika Naujokat

Diana Verlag
München Zürich

Die Originalausgabe erschien unter dem Titel
The Vine of Desire bei
Doubleday/Random House, Inc., New York

1. Auflage

Satz: Filmsatz Schröter, München
Druck und Bindung: Pustet, Regensburg
Printed in Germany

ISBN 3-8284-0069-8

wieder einmal für euch:
meine drei Männer
Anand
Abhay
Murthy

Wieder der Tag, wieder die Nacht
Licht und Finsternis, Frühjahr, Winter.
Im Laufe der Zeit schwindet das Leben –
Nur die Sehnsucht, die bleibt

Wieder Geburt, wieder Tod
Wieder die dunkle Reise durch den Leib
In dieser Welt der Veränderung bleibt nichts, wie es ist,
Außer die sich windende Rebe der Sehnsucht

Bhaja Govindam, Sri Shankaracharya
(788–820 n. Chr.)

Und was hast du gewollt?
Mich geliebt wissen, mich geliebt fühlen
auf dieser Erde.

»Late Fragment«, Raymond Carver

ERSTES BUCH

Verborgene Wahrheiten

Eros ist die Wehrlosigkeit dessen, was herrscht:
das Sich-Hingeben der Kraft an etwas, das sich
ihr entzieht und sie anstachelt.

Die Hochzeit von Kadmos und Harmonia,
ROBERTO CALASSO

Prolog

Am Anfang war Schmerz.

Oder vielleicht war es auch das Ende, das erfüllt war von Schmerz, von seinem unverkennbaren Indigoblau. Die Farbe alter Blutergüsse, die Farbe zerbrochener Keramik, zerknitterter Landkarten im Abendlicht. Aber nein, letztendlich ist er all dem doch nicht ähnlich. Denn obwohl Männer – und gleichwohl Frauen – seit tausenden von Jahren versuchen, den passenden Vergleich zu finden, ist der Schmerz letztlich immer nur er selbst.

Und auch dies: Es lässt sich nur schwer sagen, was der Anfang ist und was das Ende. Ganz besonders, wenn es sich um die eigene Geschichte handelt, wenn ihre Einzelteile einen Looping drehen, sich wahllos wiederholen.

Doch die Frau dachte an nichts dergleichen. Sie lag festgeschnallt in dem Krankenwagen, der sich holpernd und wehklagend auf seinem Weg zum Hospital befand. Sie konzentrierte sich auf den Jungen, der sich an die feucht-seidenen Wände in ihrem Leib klammerte. Sie verkrampften sich – wie die Muskeln einer wütenden Schlange –, versuchten, ihn abzuschütteln. Er rollte sich zusammen, fest wie ein Pfirsichstein, in der Hoffnung, sich unsichtbar zu machen. Auch sie hegte Hoffnung für ihn. Aber das Fleisch, das dich geformt hat, lässt sich nicht zum Narren halten. Die Schwestern schoben die Frau eilig durch weiße Neonflure auf die Doppeltür zu, über der »OP« stand. Sie legten sie auf den Operationstisch. Blutige Hieroglyphen auf papierweißen Laken, die sie nicht zu entziffern vermochte. Die Deckenlichter waren riesige, insektenähnliche Augen. Ihr Leib hob und senkte sich. Die ruhigen Wasser, die den Jungen all die Monate geschaukelt hatten, waren zu einem Strudel geworden. Sie wirbelten ihn auf diesen engen Durchgang zu, von dem er wusste, dass er den Tod bedeutete – ja, selbst Ungeborene wissen, was Tod ist. Einen Augenblick lang spürte sie seine Angst, wurde selbst zu ihr. Das purpurrote und schwarze Pulsieren in seinen Augen. Der Geschmack in seinem Mund, säuerlich, amniotisch. Später würde sie es mit dem Geschmack des Versagens verbinden. Ihres Versagens. Sie hörte jemanden schreien. Ein metallischer, alles durchdringender Laut. Aber das war ja sie! Sie hörte, wie er ihren Schrei in ihrem Inneren erwiderte. Ihr Echo, ihr Schatten, ihre Hoffnung auf die Ewigkeit. Ihr goldenes Kind, von dem sie geglaubt hatte, in ihm all ihre Fehler der Vergangenheit begraben zu können.

Eine ungeheure Kraft riss ihn nun von ihr fort, vorbei an dem Klumpen blutigen Fleisches in der Hand des Doktors, nach außen, nach oben. Sie folgte ihm, schüttelte diesen unbeholfenen Körper ab, den er für so kurze Zeit mit ihr geteilt hatte. Sie schossen mit einer solchen Geschwindigkeit in den Weltraum hinaus, dass es beinahe so schien, als würde sie explodieren. Er weinte. *Lass mich bei dir bleiben.* Sie weinte auch. *Ja glaubst du denn, das möchte ich nicht? Glaubst du, dass es etwas gibt auf dieser Welt, was ich mir sehnlicher wünsche, als dich bei mir zu halten? Weißt du denn nicht, dass ich dafür sofort alles in meinem Leben aufgeben würde, wenn ich könnte?* Aber bis auf die Nachtwolken, die über das tätowierte Gesicht des Mondes strichen, hörte sie niemand. Außer den kleinen, braunen Eulen noch, den Vögeln, die alles bezeugen und vieles zurückfordern. Die Wolken hielten nicht inne. Die Eulen, die in Baumverwachsungen kauerten, hoben nicht einmal die Köpfe, um die hellen Sprenkel zu beobachten, die in die Höhe sausten, zwei Sternschnuppen in umgekehrter Richtung. Sie hatten ein solches Wehklagen schon viele Male gehört, viele solcher Lichter verschwinden sehen. Abgesehen von denen, die es betrifft, ist der Tod wohl kaum ein einzigartiges Ereignis.

Schimmernd und gasförmig zugleich wirbelte er in den Raum hinaus, und sie in seinem Gefolge. So leicht flog sie dahin, dass sie sich fragte, ob sie vielleicht gar nicht mehr existierte. Er schaute über ihre Schulter zurück. Es lag eine solche Traurigkeit in diesem Blick, dass auch sie sich umwandte. Sie erkannte die mit Bogenrändern versehenen Mauern der alten viktorianischen

Häuser auf den Hügeln der Stadt, und sie wusste ihren Namen. *San Francisco*, flüsterte sie, und die Silben waren ihr so vertraut und zugleich doch auch so erstaunlich in ihrem Mund, und die Lichter in dem hohen, dreieckigen Turm im Zentrum flackerten bestätigend. Nebel trieb schwach und brüchig wie ein Versprechen über die Zypressen hinweg, die die Meeresklippen säumten. Nach Süden hin schimmerte die Bucht wie der gebogene Arm einer Frau. Mit rubinfarbenen Rücklichtern besetzt waren die Brücken ihre Armreife. Oben in Point Reeves gruben sich Zinnwellen in die leere Küste. Ein Kormoran stieg auf, mit einem schwarzen Schrei, einem schwerfälligen Schlagen seiner Flügel. Draußen im Westen blinkte das Mondlicht, das von den Rücken der Tümmler abprallte, einen rätselhaften Code.

Es erfüllte sie mit großer Wut, dass man ihr einen flüchtigen Blick auf eine solche Schönheit gewährte, nur um sie ihr dann wieder zu entreißen.

Doch schon wurde ihr Blick gefesselt von den Städten an der South Bay. San Jose, Sunnyvale, Milpitas und ihre qualmenden, beharrlichen, wild wuchernden Ausdehnungen. In den flachen Wohnblöcken entlang der Freeways gingen eins nach dem anderen nadelstichgroße, gelbe Lichter aus, weil sich die Menschen für die Nacht zur Ruhe begaben. Eins dieser Fenster hatte einmal ihr gehört. Ihr und einem Mann – aber wer war er nur? Sie konnte sich nicht mehr recht an ihn erinnern. Wusste nur noch, dass er ihr wichtig gewesen war. Sie verspürte ein Ziehen, als sie dies fühlte, ein Ziehen nach unten, in das verwirrte, unvollendete Leben, das sie mit ihm zurückgelassen hatte. Ihr unvollkommenes Leben, ihr Im-Körper-gefangen-sein-Leben mit seinem wilden Zickzackpuls.

Und bei diesem Gedanken stellt sie fest, dass sie fällt. Schnell und schneller. Sie versucht sich selbst aufzuhalten, in diesen riesigen, stillen Wirbel aus Licht zu greifen, der über ihrem Kopf hängt. Wohin ist ihr Sohn verschwunden? *Wohin?* Es bringt nichts. Sie stürzt durch den Raum, so massiv wie eine abgeschossene Kugel, schnell wie die Wut. Verschwommene Galaxien ziehen an ihr vorbei. Schwarze Löcher. Sie sinkt in die Leere, in diesen hohlen Metallwürfel in der Mitte ihres Seins. Jetzt kommen Wolken, die stillen, unberührten Gipfel von Bergen, der spitzenähnliche Schimmer dort, wo der Ozean an der Erde leckt. Das braune Glühen der Stadt, ihre Gerüche – nach Benzin und müdem Schweiß – legen sich wie Arme um sie. Sie würde dies alles am liebsten wegstoßen.

Nichts davon wird mir jemals wieder Vergnügen bereiten. Nichts.

Die Lichter des Krankenhauses sind nackt und blind wie das Weiße in nach oben verdrehten Augen. Sie versengen sie, während sie durch die verschiedenen Stockwerke, die verschiedenen Stationen fällt. Chirurgie, Radiologie, Krisenintervention. Wie viele Möglichkeiten zu sterben es doch gibt! Als sie endlich den Raum erreicht, wo eine Frau auf einem Operationstisch liegt, ist sie ganz atemlos. Um sie herum herrscht hektische Betriebsamkeit, Männer und Frauen mit Masken schwärmen wie weiße Bienen um sie her. Abgehackte Anweisungen werden gebrüllt. Eine schlaffe braune Hand, ein dünnes Handgelenk mit dem blassen Plastikschildchen, das Fremden die Geheimnisse der Frau offenbart. *Majumdar, Anju, 635-81-9900.* Aber das ist ja schon wieder sie! Da sind Schläuche. Nadeln. Dunkle und helle Flüssigkeiten, die von blinkenden Maschinen gepumpt werden. Der Gestank sich ergießender Membrane, Hoffnungen, zerfetzt wie achtlos weggeworfene Zeitungen, die in engen Gassen herumliegen. Die Geräte brummen so laut, dass sie nicht zu hören vermag, was die weißen Mäntel sagen. Beim näheren Hinschauen stellt sie fest, dass die Poren der Haut im Gesicht der Frau riesig sind, schwarz wie ausgebrannte Krater. Sie weiten sich wie unersättliche Schnäbel. Sie zuckt nach oben, doch über ihrem Kopf ist nur eine unebene, stellenweise neu verputzte Decke, undurchdringlich. Sie spürt, wie sie immer dünner wird, flüssig wird, spürt, wie sie hineingesaugt wird.

Sie erwacht in einem anderen Raum, in der klaustrophobischen Umklammerung ihres Fleisches. Ein schwacher Geruch umgibt sie, wie nach faulen Eiern. Der Schmerz überfällt sie noch einmal mit voller Wucht, presst sie ins Bett. Benommen und atemlos ist sie und vergisst bereits, wo sie gewesen ist, wozu sie fähig war. Aber dieses Gefühl der Leere, das vermag sie nicht zu vergessen. Als sie sich wieder bewegen kann, zieht sie sich mit einem erstickten Laut das Krankenhauskissen über das Gesicht.

Dann ist da ein Läuten in ihren Ohren, der Singsang eines tonlosen Wortes. Sie benötigt einen Moment, um es zu verstehen. *Prem Prem Prem.* Der Name, den der Junge bekommen sollte.

Der Mann – ja, da ist ein Mann an ihrem Bett, ganz plötzlich, mit flehenden Fingern, es ist *er* – zieht an dem Kissen, aber die Frau ist überraschend stark. Die Sehnen an der Innenseite ihres Ellenbogens stehen hervor wie Drähte, wild wirft sie sich von einer Seite zur anderen. Der Mann ist gezwungen, eine Schwester zu rufen. Zwei Frauen kommen. Eine hält sie nieder, während die andere ihr irgendeine Chemikalie in die Vene jagt. Sie sagen dem Mann, dass er nach Hause gehen soll. Sich ausruhen. Es gibt im Augenblick nichts, was Sie für sie tun können, fügt eine Schwester hinzu. Ihre Stimme ist kühl, aber nicht unfreundlich. Bevor sie geht, schaltet sie das Licht aus, sodass der Raum dämmerig und grün daliegt, die Farbe von Meereswasser.

Allein in dem meeresgrünen Licht, spürt die Frau, wie sich ihre Muskeln trotz ihrer gegenteiligen Anstrengungen zu lockern beginnen. Sie fällt auseinander – wie ein Zopf, wenn man lange Zeit schwimmt. Bald schon werden ihre Augen zu wilden Träumen unter den geschlossenen Lidern hin und her zucken. Ihre widerspenstigen Augenbrauen werden sich zu Fragen formen, auf die es nur ungewisse Antworten gibt. *Warum? Warum? Wo?* Mit letzter Kraft schiebt sie ihren Körper an den Rand der Matratze und krümmt ihn zu einer Form, an der ein Kind zu ruhen vermag. So, das ist gut. Mit letzter Kraft hält sie sich an etwas fest, das sie gehört hat, vor langer Zeit einmal, in einem anderen Land, als sie selbst fast noch ein Kind gewesen war: Die Toten sind nicht unwiderruflich tot, so lange man sich weigert, sie gehen zu lassen.

I

AN DEM TAG, als Sudha aus Indien kam und aus dem Flugzeug stieg, um in Anjus Arme zu sinken und ihre kaputte Ehe hinter sich zu lassen, veränderten sich ihre Leben für immer. Und nicht nur die von Sudha und Anju. Auch Sunils Leben veränderte sich. Und das der kleinen Dayita. Unsichtbaren Klangwellen gleich, die immer weiter und weiter wogen, reichten die Veränderungen bis nach Indien, bis zu Ashok, der auf seinem Balkon darauf wartete, dass sich der Wind drehte. Bis zu ihren Müttern in die gepflegte Rechtschaffenheit ihrer Wohnung hinein, wo die Veränderungen den Haushalt aus dem Gleichgewicht brachten, die Mango-Pickles zu sauer werden ließen und die Guavenbäume hinten im Garten veranlassten, besonders große rosafarbene Guaven wachsen zu lassen. Die Veränderungen vervielfachten sich, wie es Reben in Märchen tun und ihre Ranken griffen nach Menschen, deren Namen Sudha und Anju noch nicht einmal kannten.

Waren die Veränderungen gut oder schlecht?

Können wir diese Frage mit solch einfachen, kindlichen Unterscheidungen stellen? Keine der beiden Cousinen war eine einfache Frau, obwohl sie vieles an sich hatten, das kindlich war, zumindest wenn sie beide allein waren oder mit Dayita zusammen. Wenn Sunil fort war.

Sunil. Anjus Mann. Sudhas Schwiegercousin. Ein junger Angestellter in leitender Position, der eine glänzende Zukunft in einer angesehenen Computerfirma vor sich hatte. Aber nein. Nichts davon sagt uns, wer er wirklich ist. Denn auch er war kein einfacher Mann.

Es lässt sich nicht eindeutig sagen, wann Anju dies zum ersten Mal gespürt hat. Bei ihrer Doppelhochzeit vielleicht, als sie neben Sunil stand, mit verknoteten Hochzeitsgewändern, und beobachtete, dass er zusah, wie Sudhas Stirn mit dem roten Puder des Standes einer Ehefrau gekennzeichnet wurde? Vor Monaten, als er Anju mitteilte, dass er es für eine schlechte Idee halte, ihre Cousine nach Amerika kommen zu lassen? Am Abend vor Sudhas Ankunft, als es schon zu spät war? Wann hatte sie zum ersten Mal gespürt, dass sie ihm, obwohl sie ihn liebte, nicht immer vertraute?

Aber seit kurzem vertraut Anju auch der außer Kontrolle geratenen Achterbahnfahrt ihrer Emotionen nicht mehr. Die heftigen Stimmungsschwankungen nach ihrer Fehlgeburt haben sie abwechselnd zum Weinen gebracht oder sie in hysterisches Lachen ausbrechen lassen. Später dann die depressiven Phasen, die sie bewegungsunfähig ins Bett verbannten, unfähig, auch nur ans Telefon zu gehen.

Schuldgefühle nagten an ihr, ein langsames, bösartiges Zersetzen. Gleichgültig, wie oft Sunil ihr auch versichern mochte, dass die Fehlgeburt von einer Reihe von Umständen verursacht worden sein könnte, glaubte sie ihm dennoch nicht. Als die Schwärze über sie kam, wurden ihre Gedanken ganz schwer und eigensinnig, wie diese Betonmischmaschinen, an denen man manchmal auf der Straße vorbeifährt. Ein Satz verfing sich in ihrem Kopf und begann zu rotieren: *Hätte ich doch nur auf den Arzt gehört und mich nicht überanstrengt*, bis er zu einem Fetzen zerlegt war: *Hätte ich doch nicht, Hätte ich doch nicht*. Es endete immer mit dem gleichen quälenden Singsang. *Prem Prem Prem*.

Oft schaukelte sie ihren Körper von einer Seite zur anderen, ihr vernachlässigtes, widerspenstiges Haar breitete seine statische Aufladung auf dem Sofa aus, Finger gruben sich starr in ihre Arme, bis sie blaue Flecken hinterließen, die geformt waren wie winzige Blütenblätter.

»Ich weiß nicht, wie ich dir helfen soll, wenn du so bist«, sagte Sunil dann.

Später, wenn die Depression langsam verschwand, sagte sie manchmal: »Du musst gar nichts tun.«

In ihrem Kopf fügte sie hinzu: Außer mich lieben.

In ihrem Kopf fügte er hinzu: Ich liebe dich doch.

In ihrem Kopf fügte sie hinzu: Aber nicht genug.

Am Abend vor Sudhas Ankunft vermag Anju nicht still zu sitzen. Einerseits, weil sie aufgeregt ist, andererseits aber wegen ihrer Nervosität. Warum nur? Ist es nicht ihre liebe, liebe Cousine, ihre Herzensschwester? Sie haben einander ihr ganzes Leben lang beschützt, einander Ratschläge gegeben, einander gut zugeredet und herumkommandiert. Sie sind füreinander eingestanden. Jede war irgendwann einmal furchtbar eifersüchtig auf die andere. Jede hat die andere wütend gemacht oder zum Weinen gebracht. Jede war bereit gewesen, ihr eigenes Glück für das der Cousine aufzugeben. Kurz gesagt: Sie haben einander auf eine Weise geliebt wie niemanden sonst. Warum nur erfüllt Sudhas Ankunft Anju dann mit einer solch unerwarteten Angst?

Wenn es auf diese Frage Antworten gibt, so wird sie sich nicht erlauben, sie zu denken.

Beim Abendessen bekommt sie keinen Bissen hinunter. »Aber was ist, wenn es Sudha hier nicht gefällt?«, fragt sie immer wieder.

Es ist das Jahr der gefährlichen Bewegungen. Vor zwei Wochen erst hat ein schweres Erdbeben Los Angeles erschüttert, Schäden in Höhe von sieben Milliarden Dollar verursacht und mehr als zehntausend Menschen obdachlos gemacht. Ob Anju und Sunil dies als Omen betrachten? Oder werden sie es einfach in der Überzeugung abtun, dass es in jedem Jahr irgendwelche Katastrophen gibt?

Anju, die eine schreckliche Köchin ist, hat den Tag damit verbracht, Lasagne zuzubereiten, weil Sudha, wie sie sagt, so etwas in Indien noch niemals gegessen hat. Die Spüle und ihre wenigen Geschirrtücher tragen alle denselben fantastischen Orangeton – eine Farbe, die einen schrecklichen Eindruck von Dauerhaftigkeit erweckt.

Sunil gibt keinen Kommentar zu ihren Worten ab. Er starrt stattdessen konzentriert auf die klebrige, orangefarbene Masse auf seinem Teller, in der er ab und zu halbherzig herumstochert. Er ist ein Mann, der es mit allem sehr genau nimmt, ein Mann, der Chaos verachtet. Dem es Freude bereitet, seine Schuhe jeden Abend mit einem sauberen Tuch und einer Dose *Esquire Boot Polish* auf Hochglanz zu polieren, bevor er sie auf das Regalbrett im Wandschrank stellt. Aber heute gibt er sich Mühe und sagt nichts – weder zu der Lasagne noch zu Anjus Frage, die eigentlich weniger eine Frage ist als vielmehr ein Wehklagen über etwas, von dem sie fürchtet, dass es bereits geschehen ist. Er erinnert sich an die Worte, die sie vor ein paar Wochen ohne nachzudenken ausgesprochen hat: Die glücklichsten Momente meines Lebens habe ich mit Sudha erlebt. Und er erinnert sich an die Worte, die er damals nicht ausgesprochen hat.

Und was ist mit mir? Was mit dir und mir?

»Lass mich dir erzählen«, begann Anju in den letzten Monaten ihrer Schwangerschaft immer öfter, »wer ich gewesen bin, bevor mir das Missgeschick Amerika zustieß.«

Sie machte es sich mit einer Tasse heißer Milch mit Honig und einem Roman im Bett gemütlich – einer dieser seltenen Tagen, an denen sie kein Seminar besuchen musste – klopfte auf die Wölbung ihres Leibes und fuhr dann für gewöhnlich fort: »Sie da, Sir, ich hoffe doch, dass Sie aufmerksam zuhören.«

Sie unterhielt sich liebend gern mit Prem. Unlogischerweise war es befriedigender, als mit Sunil zu reden, obwohl Sunil ein guter Zuhörer war und immer die richtigen Kommentare an den richtigen Stellen einfügte. Aber Prem ... Prem hatte diese gewisse Art an sich, beim Klang ihrer Stimme ganz ruhig zu werden und ihr seinen Kopf gegen ihre Rippen zu pressen, wenn sie mitten in einer Geschichte eine zu lange Pause einlegte ...

Sie erzählte Prem von dem alten Haus, von diesem weißen Elefanten von einem Herrenhaus, das so viele Generationen im Besitz der Chatterjee-Familie gewesen war. Von seiner bröckeligen Marmorfassade, den abblätternden Wänden, den dunklen Knoten seiner Flure, der Backsteinterrasse, wohin sie und Sudha nachts immer heimlich gehuscht waren, um nach Sternschnuppen Ausschau zu halten und sich etwas zu wünschen.

»Es ist jetzt fort. Abgerissen, hat Platz gemacht für ein Hochhaus. Und ich war diejenige, die deine Großmütter – weißt du eigentlich, dass du drei Großmütter hast: meine Mom, Sudhas Mom und Pishi, die Schwester meines Dads? – gedrängt hat, es zu verkaufen. Ich habe dieses Haus gehasst, weil es so alt war.

Weil es für alles Alte stand. Ich habe es gehasst, darin eingesperrt zu sein und niemals irgendwohin gehen zu dürfen, außer zur Schule. Aber jetzt vermisse ich es! Ich denke an mein Zimmer mit den kühlen, hohen Decken und an meine Bettlaken, die immer sauber rochen, nach *neem*-Blättern – und die ich nie selbst waschen musste! – und an die hundertjährigen *peepal*-Bäume, die draußen vor meinem Fenster wuchsen. Manchmal wünschte ich, ich hätte es nicht so eilig gehabt, nach Amerika zu kommen. Sudha hat sich hin und wieder nachts in mein Zimmer geschlichen. Dann saßen wir auf dem breiten Fensterbrett und erzählten einander Geschichten. Ich habe ihr von Personen aus den Büchern erzählt, die ich gerade las und die mir gefielen, wie zum Beispiel die Jo aus *Betty und ihre Schwestern*, und Sudha hat mir die Märchen erzählt, die sie von Pishi gehört hatte, in denen es um Frauen ging, die sich nachts in Dämoninnen verwandelten, und um einen Affen, der in Wahrheit ein verzauberter Prinz war. Sie konnte ganz großartig Stimmen imitieren! Du wirst es selbst erleben, wenn sie endlich hier ist.«

An manchen Tagen, wenn der Arzt Anju Vorwürfe gemacht hatte, weil sie nicht genug Bewegung bekam, ging sie in den Park. Sie wanderte halbherzig eine Runde um den Spielplatz, beobachtete die Kinder und flüsterte Prem zu, dass er besser sein würde als sie alle – hübscher, lebhafter und natürlich intelligenter. Sie erzählte ihm, wie schön die Ahornbäume aussahen, deren Blätter gerade die Farbe wechselten, setzte sich dann unter einen dieser Bäume und kehrte zu ihrer Kindheit zurück.

»Mein Lieblingsplatz war der Buchladen unserer Familie. Lange Zeit war es mein sehnlichster Wunsch, ihn zu übernehmen, sobald ich groß war. Jedes Wochenende flehte ich Mutter an, sie dorthin begleiten zu dürfen. Ich liebte den Geruch nach neuem Papier und nach Druckerschwärze, liebte die Reihen um Reihen von Büchern, die sich bis zur Decke erstreckten, die kleinen Leitern, die die Angestellten hinaufkletterten, wenn ein Kunde nach einem Buch verlangte, das auf einem Regalbrett hoch oben aufbewahrt wurde. Es gab eine besondere Ecke mit einem Lehnstuhl nur für mich, wo ich sitzen und all die Bücher lesen konnte, die ich wollte. Es ist schon komisch: Gouri Ma – das ist meine Mom – war sehr streng, was viele Dinge betraf, aber sie hat mich nie davon abgehalten, zu lesen, was ich lesen wollte.

Also las ich als Teenager Bücher wie *Anna Karenina* und *Söhne und Liebhaber* und *Der große Gatsby* und *Ein eigenes Zimmer*. Ich bin froh, dass ich das getan habe, aber vielleicht hatte Tante Nalini – das ist Sudhas Mom – doch Recht. Sie waren nicht gut für mich. Sie erfüllten mich mit Unzufriedenheit über mein eigenes Leben und mit Sehnsucht nach fernen Orten. Ich habe geglaubt, dass es mich verändern würde, wenn ich nur Kalkutta verlassen und in eins dieser exotischen Länder gelangen könnte, über die ich gelesen hatte. Aber eine Veränderung ist gar nicht so leicht, nicht wahr?«

Was war mit den anderen Orten aus all den Jahren ihres Heranwachsens? Die, über die sie nie sprach, die, für die man ihre Träume belauschen musste, um sie zu finden? Als da zum Beispiel wäre: der Bankettsaal, wo sie ihren frisch angetrauten Ehemann dabei beobachtete, wie er sich hinabbeugte, um ein Damentaschentuch aufzuheben, das nicht ihr gehörte? Doch der Rest dieser Szene ist bröcklig und braun und unleserlich, wie der Rand von Papier, das in eine Flamme gehalten wird – eine von jenen Erinnerungen, die Anju in den dunkelsten Kammern ihres Verstandes als Geisel gefangen hält.

»Im Buchladen habe ich auch deinen Vater kennen gelernt. Er trug eine altmodische *kurta* und eine Brille mit Goldfassung, die als eine Art Verkleidung dienten, damit ich nicht erraten konnte, dass er das Computergenie aus Amerika war, mit dem Gouri Ma eine Hochzeit für mich zu arrangieren versuchte.

Er war gekommen, um mich zu testen! Kannst du dir das vorstellen? In Kalkutta tun die Leute so etwas einfach nicht, zumindest nicht in so traditionsbewussten Familien wie der meinen. Als er mir gestand, wer er war, beeindruckte mich das sehr. Aber was mich dann dazu brachte, mich ganz schrecklich in ihn zu verlieben, war, dass er die Gesammelten Werke von Virginia Woolf kaufte. Sie war einmal meine Lieblingsautorin, musst du wissen. Aber das hat er nur getan, um mich für sich zu gewinnen.« Anju seufzte. »Später dann konnte ich ihn nicht dazu bringen, auch nur einen einzigen Roman von ihr zu lesen!

Und dennoch – er wird dir ein wunderbarer Vater sein. Da bin ich mir sicher. Er wird dich mehr als jeder andere lieben – außer natürlich ich und deine Sudha-Tante!«

An diesem Abend – ihr Essen bleibt unberührt – schiebt Anju ihren Stuhl zurück und geht zu dem alten, verfärbten Spiegel hinüber, der in dem kleinen Badezimmer im Flur hängt. Sie streicht sich mit unsicherer Hand durch das Haar und berührt die dunklen Ringe unter ihren Augen. Sie presst die Finger auf ihre hervorstehenden Wangenknochen – sie hat seit der Fehlgeburt stark abgenommen –, als könne sie sie hineindrücken und verstecken. »Gott, ich sehe ja wie eine Hexe aus!«, stöhnt sie.

Letzte Woche hat sie ihren indischen Koffer geöffnet und eine gerahmte Fotografie von sich und Sudha herausgenommen, die sie beide beim feierlichen Abendessen anlässlich ihres Schulabschlusses zeigt. Anju hatte sie für eine Weile forschend betrachtet, bevor sie sie mit einem unzufriedenen Knall auf ihrer Frisierkommode absetzte. Selbst während dieser vorbehaltlos glücklichen Zeit in ihrem Leben war sie nicht hübsch gewesen, jedenfalls nicht im traditionellen Sinne. Sie besaß weder diesen Schwall lockigen Haars wie ihre Cousine noch diese großen, rußigen Augen, die immer ein wenig geheimnisvoll blickten, ein wenig tragisch. Doch jeder konnte sehen (das heißt, jeder, außer ihr selbst), dass sie Esprit besaß. Auf dem Foto starrt sie in die Kamera, Herausforderung im Blick. Sie verzieht ihren schmalen, sturen Mund zu einem halben Lächeln. Ihre Nase hat etwas von einer unbezähmbaren Intelligenz. Vielleicht war das der Grund, warum Sunil – das begehrte, für eine Weile aus dem Ausland zurückgekehrte Computergenie aus Kalkutta – sie unter all den Mädchen ausgewählt hatte, die er hätte haben können.

Aber irgendwo auf ihrem Weg mussten Anjus Augen glanzlos und trüb geworden sein. Ihr Mund lernte zu zucken. Und der Ausdruck auf Sunils Gesicht, wenn er sie heutzutage beobachtet – was er manchmal im Bett tut, nachdem sie eingeschlafen ist –, ist kompliziert. Manchmal zeugt er von Mitleid. Manchmal von Bedauern.

Den ganzen Herbst ihrer Schwangerschaft hindurch, während die Blätter des Ahorns ein trockeneres, bröckligeres Rot annahmen, bis sie plötzlich ganz verschwunden waren, erzählte sie Prem Geschichten über Sudha. Die schöne Sudha, die Träumerin, die beste Köchin von allen, das Mädchen mit den Zauberfingern, das in der Lage war, Kleider zu besticken, die einer Königin würdig gewesen wären. Die glücklose Sudha, die sich solche Mühe gab, Ramesh eine perfekte Ehefrau zu sein, obwohl sie ihn gar nicht liebte. Bis zu dem Tag, als sie aus dieser Ehe fortging.

»Es war wegen dieser Hexe von einer Schwiegermutter. Jahrelang hat sie Sudha schikaniert, weil sie nicht schwanger wurde. Man hätte doch meinen sollen, dass sie sich gefreut hätte, als sie erfuhr, dass Sudha ein Baby bekommt. Aber nein. Sudha musste einen Ultraschall machen lassen, und als ihre Schwiegermutter entdeckte, dass ihr erstes Enkelkind ein Mädchen sein würde, bestand sie darauf, dass eine Abtreibung vorgenommen wurde. Also lief Sudha weg – wie hätte sie sonst ihre Tochter retten können? –, obwohl sie wusste, dass sie ihr hinterher das Leben zur Hölle machen würden.

Oh, dieses alte Krokodil! Wie gern hätte ich ihr Gesicht gesehen, als sie nach dem Aufwachen feststellen musste, dass Sudha fort war!«

Noch Wochen später beschrieb Anju Prem diesen Nachmittag immer und immer wieder in jenem gedämpften Ton, den man für Legenden aufspart.

Der ganze Haushalt ist in einen betäubten Schlaf gefallen, sogar die Bediensteten. Die schwere Haustür, in die grimmige, Schwerter wirbelnde *yakshas* eingeschnitzt sind, öffnet sich ohne jedes Geräusch. Sudha schlüpft hindurch. Sie hat nur eine kleine Handtasche bei sich. Sie trägt ihren baumwollenen Haus-*sari* und zwingt sich, nicht zu eilen, damit Vorübergehende nicht misstrauisch werden. Die Luft in ihren Lungen ist zähflüssig vor Angst. Ihre Hausschuhe rutschen auf der kiesbedeckten Straße. Mangoblätter hängen wie kleine, müde Hände entmutigt in der Hitze. Sudha schreitet vorsichtig, sie darf nicht fallen. Sie presst eine Hand gegen diesen Bauch, der sich erst in wenigen Wochen zeigen wird. An der Kreuzung zieht sie sich das Ende ihres *saris* wie einen Schleier über den Kopf – eine Prinzessin als Dienstmagd verkleidet –, damit niemand sie auf der Straße erkennt.

»Was ist mit Ramesh?«, fragte Sunil, als Anju ihm mitteilte, dass Sudha zu ihrer Mutter zurückgegangen sei.

»Was soll mit ihm sein?«, erwiderte Anju mit gefährlich angespannter Stimme.

»Hat er denn nicht versucht, sie zurückzuholen?«

»Der! Diese Qualle ohne Rückgrat! Dieses Mamakind!« Anjus Atem kam in einem wütenden Schnauben. »Der hat nichts getan – zumindest nichts, was er hätte tun sollen.«

Sunils Gesicht trug einen zweifelnden Ausdruck. Fragte er sich womöglich, ob nicht doch mehr an Ramesh war, als Anju sah? Ob Ramesh um Sudha und die Tochter, die er niemals in seinen Armen halten würde, weinte – ganz vorsichtig und leise, unter der Dusche, unter dem Schutz des laufenden Wassers, damit niemand ihn hörte? Griff seine Hand in der Nacht aus alter Gewohnheit auf die andere Bettseite? Und wenn er aufschreckte, hatte er da einen Geschmack wie Eisen im Mund? Aber Sunil hütete sich, solche Gedanken mit Anju zu teilen.

Als er in der folgenden Woche von der Arbeit nach Hause kam, reichte sie ihm triumphierend vor Wut einen Luftpostbrief. »Sieh nur!« Er war von Tante Nalini und ließ sie wissen, dass Sudha die Scheidungspapiere zugestellt worden waren. Die Unterlagen trugen Rameshs Unterschrift und bezichtigten Sudha des böswilligen Verlassens.

Was für ein gemeiner Trick!, schrieb Tante Nalini. *Jetzt wird das arme Mädchen nicht eine einzige* paisa *von ihnen bekommen. Sie haben sich sogar geweigert, die Mitgift zurückzugeben, die ich ihr bei der Hochzeit geschenkt habe – eine Mitgift, für die ich mein ganzes Leben lang geknausert und gespart und mir jegliche Vergnügen versagt habe, wie du dich sicher erinnern kannst.*

»Ist es wirklich so schlimm, wie sie es darstellt?«, erkundigte sich Sunil.

Und Anju, die für gewöhnlich nach dem Lesen von Tante Nalinis Briefen seufzte und die Augen verdrehte, fuhr ihn an:

»Natürlich ist es das! Wie kommst du darauf, dass es nicht so schlimm sein könnte?«

»Na ja, hast du nicht selbst einmal gesagt, dass sie die Königin des Dramas ist?«

Anju ignorierte seine Bemerkung. »Wenn ich diesen Ramesh nur in die Finger kriegen könnte! Dieser Trottel! Weißt du noch, wie sein Haar bei der Hochzeit glänzte, weil er es sich mit Brylcreem eingeschmiert und zurückgekämmt hatte? Er konnte seine Augen gar nicht von Sudha nehmen. Ich erinnere mich, dass ich gedacht habe: Er ist zwar hässlich, aber wenigstens wird er gut zu ihr sein. Und jetzt? Sieh dir nur an, was passiert ist!« Sie lief inzwischen im Zimmer auf und ab und keuchte dabei ein wenig.

»Nun beruhige dich doch«, sagte Sunil. Seine vernünftige Stimme verriet nichts von dem, was er möglicherweise empfand. »Es ist im Augenblick nicht gut für dich, wenn du dich so aufregst.«

»Das ist mal wieder typisch Mann«, erwiderte Anju und trat wütend gegen den Türpfosten. »Sich für andere Männer stark machen, gleichgültig, was sie getan haben.«

»Aber wann habe ich mich denn –«

»Ist ja auch egal«, sagte Anju. Sie sprach für den Rest des Abends kein Wort mehr mit ihm. Am nächsten Tag sagte sie: »Ich möchte Sudha nach Amerika holen.«

Die Worte schlugen wie Wellen über ihn hinweg. Er glaubte beinahe, sie könnten ihn ins Meer hinausziehen. »Und woher soll das Geld dafür kommen?«, fragte er. Obwohl es wahrlich nicht das Geld war, worum er sich sorgte. Worüber er sich Sorgen machte, konnte nicht ausgesprochen werden.

Sie hatten an diesem Tag ihren ersten Streit. In den kommenden Wochen sollten weitere folgen. Gewitterwolken aufeinander prallender Worte. Schluchzer. Eine unbehagliche Stille. Eine zugetretene Tür.

Anju begann heimlich in der Universitätsbibliothek zu arbeiten. Sie brachte ihren Verdienst auf die Bank und versteckte das Sparbuch zwischen ihren *saris*. Jeden Abend tat ihr das Rückgrat weh. Der Schmerz war wie ein elektrischer Strom, der sich an ihrer Wirbelsäule auf und ab bewegte und verharrte, wo immer er wollte. »Sobald ich tausend Dollar zusammen habe, werde ich Sudha ein Flugticket schicken«, flüsterte sie Prem zu, während sie sich das Bett auf dem knautschigen Sofa zurechtmachte. Ihr Lächeln durchschnitt die Dunkelheit wie ein schmaler, trotziger Mond. »Männer! Am besten verlässt man sich nicht auf sie, wenn es um wichtige Dinge geht.«

Sie rieb sich sanft über den Bauch und zwang sich, sich zu entspannen. »Anwesende natürlich ausgenommen«, fügte sie hinzu.

Sie hatte keine Ahnung, dass auch er sie im Stich lassen würde. Auf die schlimmstmögliche aller möglichen Weisen.

Anju wendet sich vom Spiegel ab und läuft im Zimmer hin und her. Ihre Füße geben in den alten gelben Strümpfen auf dem Linoleum die trottenden Geräusche eingesperrter Tiere von sich. Sie geht in die Küche, wo sie sich mehrere Eier aus dem Kühlschrank nimmt. Sie bricht die Schale über einer Schüssel auf, lässt das Innere hineinplumpsen und kramt nach einer Gabel. Sie ist keine gute Hausfrau. Trotz all der Anstrengungen, Ordnung zu schaffen, die sie um Sudhas willen unternommen hat, herrscht auf den Arbeitsflächen ein heilloses Durcheinander aus Geschirr, das nicht weggeräumt worden ist, aufgeschlagenen Büchern und Gewürzen, die sich noch in den aufgerissenen Plastikverpackungen befinden. Schließlich gibt Anju auf und nimmt eine schmutzige Gabel aus der Spülmaschine, hält sie der Form halber für einen flüchtigen Moment unter das Leitungswasser und beginnt die Eier zu schlagen.

»Anju! Was um Himmels willen machst du denn da?« Verärgerung kräuselt sich an Sunils Stimme entlang wie eine Feuerzunge.

»Ich dachte, ich könnte etwas für Sudha backen«, antwortet sie unsicher. »Vielleicht eine typisch amerikanische Schokoladentorte …«

Sunil bewegt sich mit einer athletischen Anmut, tritt nur leicht auf seinen Fußballen auf. Wie schnell er ist! Schon ist er bei ihr. Es liegt etwas Furchteinflößendes in der Art, wie er seine

Hände hält, so steif und ganz nahe an seinen Körper gepresst. Aber sie hat keine Angst. Ein fiebriges Hochgefühl leuchtet aus ihren Augen. Trau dich doch. Aber Sunil drängt sich nur an ihr vorbei und reißt die Kühlschranktür auf.

»Schau dir das an!« Die Stränge in seinem Hals sind ganz angespannt durch dieses Bedürfnis, zu schreien, aber er spricht mit leiser Stimme. »Hast du nicht schon genug vorbereitet?«

Sie sieht hin. Der Kühlschrank ist voll gestopft mit Gerichten: Spaghetti und Fleischbällchen, Kartoffelsalat, Thunfischkasserolle, Bananenbrot, Vanillepudding, Apfelkuchen. Sie hatte alle Rezepte sorgfältig in ihrem *Good Housekeeping*-Kochbuch nachgelesen. Es ist überaus indisch, genau das, was die Frauen ihrer Familie während all der Jahre ihrer Kindheit getan hatten – jener einfachen Zeit, nach der sie sich mehr und mehr zurücksehnt, da die Pläne ihres erwachsenen Lebens um sie herum zusammenzubrechen scheinen. Sie hatten es getan, um ihre Liebe zu zeigen. Doch es ist viel zu viel Essen, viel mehr, als Sudha jemals essen kann. Essen, das im Laufe der nächsten Woche verderben und heimlich in den Müllschlucker gestopft werden wird, während Sunil in der Firma ist.

Für einen Moment starren sich Mann und Frau über das sich weiß ergießende Kühlschranklicht hinweg böse an. Ihre Gesichter sind natürlich zu jung, um jenen Stempel müder Wut zu tragen. Anju packt den Rand der Schüssel, als wolle sie sie in seine Richtung schleudern. Doch dann reibt sie mit einem zittrigen Lächeln ihre klebrigen Knöchel über die Augen.

»Ich fürchte, ich habe es ein wenig übertrieben«, sagt sie.

»Das ist doch nur natürlich«, antwortet er, die Stimme mit einem Mal voller besorgter Freundlichkeit. »Schließlich besucht sie uns zum ersten Mal, und du möchtest, dass es etwas ganz Besonderes wird.« Die Erleichterung zeigt sich in seinen herabhängenden Schultern. Die letzten Monate sind auch für ihn schwer gewesen. Nie wusste er, wann Anju wieder in lautes Weinen ausbrechen oder sich ins Bett zurückziehen und in ein unnachgiebiges Schweigen hüllen würde. Er legt einen Arm um sie. »Komm jetzt ins Bett.« Als sie zögert, fügt er hinzu: »Möchtest du nicht morgen frisch und ausgeruht sein, wenn deine

Cousine eintrifft?« Und sie erlaubt ihm mit einem entrückten Ausdruck auf dem Gesicht ihr die milchig gelbe Eiermasse aus den Händen zu nehmen und sie in ihr Schlafzimmer zu führen.

Ashok. Von ihm spricht Anju nie. Nicht Sunil gegenüber. Nicht einmal gegenüber Prem. Der andere Mann in Sudhas Leben, ihr verbotener Liebster aus Jugendtagen. Ist Anju vielleicht insgeheim eifersüchtig auf ihn? Ist das der Grund, warum ihre Gedanken öfter, als ihr lieb ist, zu ihm wandern? In ihrer Vorstellung ist er immer noch ein Teenager, groß und schlaksig, in einem gestärkten weißen Hemd, die Brust ein wenig eingesunken. Gemeinerweise übertreibt sie bei der Erinnerung daran, wie sehr seine Zähne vorstanden. Er wartet auf einem Gehweg in Kalkutta schüchtern darauf, dass Sudha vorüberfährt. Wie verrückt Sudha nach ihm gewesen war – natürlich nur heimlich, denn so etwas war in ihrer Familie nicht erlaubt. Sie wäre sogar beinahe mit ihm durchgebrannt! Die sanftmütige Sudha! Aber glücklicherweise (das ist doch das richtige Wort, oder?) ist sie im letzten Moment noch zur Vernunft gekommen.

Anju erinnert sich mit schmerzlicher Klarheit an den Abend, an dem Sudha ihr anvertraute, dass sie doch nicht mit Ashok weglaufen werde. Anju hatte allein auf dem Fenstersims in ihrem Zimmer gesessen und an Sunil gedacht, den sie gerade erst kennen gelernt hatte. Der Himmel war sehr dunkel – vielleicht hatte es in der Stadt einen Stromausfall gegeben –, und die Sterne schienen näher als gewöhnlich. Anju formte mit ihren Händen einen Bogen und hob ihn zu den Augen. Sie glaubte fest daran, dass ihr Leben so sein würde wie das, was sie sah: ein sicheres und in Grenzen gehaltenes Strahlen, eine Schönheit, die sich auf ewig nach außen ausdehnte. Als Sudha leise zu ihr trat und ihr eine Hand auf den Nacken legte, zuckte sie erschrocken zusammen. Sie war so weit weg gewesen. Vermutlich befragte sie ihre Cousine aus diesem Grund nicht genauer, obwohl es sie überraschte, als Sudha ihr sagte, sie habe Angst, ein solch großes Risiko einzugehen. Was ist, wenn die Sache mit Ashok nicht funktioniert?, fragte sie und sah weg. Die Worte stürzten aus ihr hervor wie ein aus dem Fenster geschütteter Eimer Wasser. Was soll ich denn dann tun? Und Anju, die von ihren eigenen Gedanken berauscht war, hatte schnell geantwortet: Du hast Recht. Es ist besser so. Wenn sie nun an all das denkt, was hinterher geschah, fragt sie sich, ob sie das Falsche geantwortet hat. Sie erinnert sich an Sudhas Fingerspitzen in ihrem Nacken, die dieses fieberhafte, flehentliche Bitten mit sich schleppten, das sie nicht vernahm, da sie zu verliebt gewesen war.

Letzten Monat bat Ashok Sudha noch einmal, ihn zu heiraten. Trotz der Scheidung, trotz des Babys. In Familien wie den ihren war dies etwas Unerhörtes.

»Ich freue mich für Sudha«, sagte Anju zu Sunil, als die Neuigkeit sie erreichte. Ihr Gesicht war bleich und verquollen, als hätte sie geweint. »Wirklich. Ich habe ihr geraten, seinen Antrag anzunehmen. Ich habe ihr versichert, dass es mir schon besser geht und ich es hier auch ohne sie schaffe.«

Sunil – ein weiser Mann – sagte nichts.

Dann schrieb Sudha zurück, dass sie Ashoks Antrag abgelehnt habe. Dass sie nach Amerika kommen werde.

»Ich habe ein schrecklich schlechtes Gewissen«, sagte Anju zu Sunil.

»Du siehst aber ziemlich fröhlich aus.«

Sie warf ihm einen gekränkten Blick zu. »Man kann doch ein schlechtes Gewissen haben und gleichzeitig fröhlich sein! Ich vermag mich bloß nicht von dem Gedanken frei zu machen, dass sie ihn aufgegeben hat, weil sie glaubt, sich um mich kümmern zu müssen.«

»Ich wüsste nicht, warum sie so empfinden sollte. Bin ich denn nicht für dich da?«

»Du alberner Kerl«, sagte sie lächelnd. Sie umarmte ihn – etwas, was sie seit der Fehlgeburt nicht mehr oft tat. »Natürlich bist du das! Aber Sudha – nun, das zwischen ihr und mir ist etwas anderes.«

Am Abend, bevor sie einschläft, wünscht sich Anju etwas: dass Ashok klug genug ist, auf Sudha zu warten, bis sie nach Indien zurückkehrt. Zur selben Zeit wünscht sie sich, dass Sudha für immer bei ihr bleibt, hier in Amerika. Ob ihr klar ist, dass ihre Wünsche aufeinander prallen, während sie aus unseren irdischen Sphären zu den Ohren der Götter aufzusteigen versuchen? Dass sie sich gegenseitig aufheben?

Die schöne Sudha. Aber was haben wir wirklich über sie erfahren? Nur die Äußerlichkeiten, wie der Schnee, der einen Berg in der Illusion von Schlaf bedeckt, während eine ganze Welt von Aktivitäten darunter vonstatten geht. Kleine Lebewesen, die sich durch unsichtbare Gänge bewegen, größere, die abwartend in Höhlen kauern. Der Sprung, das Versenken von Zähnen, die Ergebnisse, die manchmal erstaunen, viel öfter jedoch nur betrüben. Und in der Mitte, in der Erde selbst, Stein und Schlamm und zusammengepresstes, versickertes Gletscherwasser. Wer weiß schon, ob er sich nicht auf eine weitere Bewegung vorbereitet, eine, die dieses Mal in einer Lawine endet? Oder in einem purpurroten Ausbruch, der Land in Asche verwandelt?

Die unterirdischen Wahrheiten über Sudhas Leben sind es, nach denen wir uns sehnen.

»Soll ich dir das Haar kämmen?«, fragt Sunil.

Sie tragen ihre Nachtwäsche. Anju sitzt auf der Bettkante und starrt die Fotos an. Sie scheint Sunil nicht gehört zu haben, aber sie protestiert nicht, als er beginnt, den Kamm mit langen, sanften Strichen durch ihr Haar zu ziehen. Und auch nicht, als er ihn nach einer kleinen Weile weglegt, um ihre Schultern zu küssen, dann ihren Hals und schließlich, ganz vorsichtig – denn seit der Fehlgeburt vor neun Monaten konnte sie es nicht ertragen, wenn er sie dort berührte – ihre Lippen.

Aber heute erwidert sie seine Küsse – oder sie hält zumindest still, während er sie küsst, während seine Finger ihr Nachthemd aufknöpfen. Dann bittet sie ihn das Licht auszuschalten.

»Aber warum? Es ist doch nur das Nachtlicht – das hast du doch immer gemocht.«

Sie erschauert im tiefblauen Schatten der Lampe und zieht sich das Laken bis zum Kinn hoch. »Ich hasse es, wie mein Körper aussieht. Alles ist eingesackt, und die Knochen stehen an den falschen Stellen hervor –«

»Oh, Anju! Du übertreibst«, protestiert er, klettert aber aus dem Bett, um das Licht auszuschalten. Sie betrachtet seinen schlanken Rücken, der ein Kreuzmuster aus Schatten trägt, die schlichte Überheblichkeit des Muskelspiels. Ihre Augen suchen erneut die Fotografie.

Sunil küsst ihre geschlossenen Augen. Sie öffnet ihre Lippen gehorsam unter den seinen. Sie wünscht sich ebenso sehr wie er, dass sie Erfolg haben, dass sie beide wieder dorthin zurückgelangen, wo sie einmal gewesen sind – aber wo war das eigentlich? Ihre Gedanken verlieren sich in einem Regenbogen-Nebel, der Beginn eines Kopfschmerzes an der Wurzel ihres Schädels. Doch als er sagt: »Erinnerst du dich noch an den Nachmittag im Rabindra-Sarobar-Park, als ich dich zum ersten Mal geküsst habe, und du so schüchtern gewesen bist?«, da antwortete sie mit Ja. Obwohl sie sich in Wahrheit gar nicht daran erinnern kann. Sie gibt sich große Mühe, ein Detail aus dem bröckeligen Treibsand ihrer Erinnerung hervorzuziehen: War es sonnig? War der Himmel voller Puffreiswolken? Ließen die Kinder Papierboote auf dem See schwimmen? War dort ein Lalmohan-Vogel, der seinen Ruf auf einem Zweig über ihnen ausstieß? Sunil wartet darauf, dass sie etwas hinzufügt. (Was nur?) Sie sagt: »Die *palash*-Blumen hatten ihre purpurroten Blütenblätter überall auf das Wasser fallen lassen«, bemerkt dann jedoch mit schlechtem Gewissen, dass es so nicht gewesen sein konnte, denn sie hatten im Winter geheiratet, also war er lange bevor sich die ersten Knospen überhaupt öffneten schon wieder in Amerika gewesen.

Deshalb presst sie ihr Gesicht gegen das seine und bleibt unter ihm liegen, wie er es gern hat. Aber sein Gewicht auf ihr ist kalt und ungeheuer schwer, eine riesige Statue aus Beton, nur dass sie sich bewegt. Sein Atem ist wie ein Hochofen, der ihr seinen scharfen Kohlengeruch ins Gesicht bläst. Der Schmerz an der Wurzel ihres Schädels ist zu einer Stimme angewachsen, die ruft, obwohl ihr Rufen nichts nutzt. *Prem Prem Prem*, bis sie ihn von sich hinunterstößt und spürt, wie sich das Versagen dickflüssig wie Brei in seinen Knochen einnistet. Sie öffnet den Mund, um ihm zu sagen, dass es ihr Leid tut, sie weiß doch, wie sehr er sich bemüht hat. Sie doch auch. Aber sie kann einfach nicht. Und sich daran zu erinnern, wie es einmal gewesen ist, taugt nichts, es würde niemals wieder so sein, selbst wenn es ihnen gelingen sollte, diese gähnende, ausgefranste Wunde, die nun zwischen ihren Körpern verläuft, zu schließen. Aber sie muss etwas ganz anderes gesagt haben, denn er weicht zurück, blickt sie an und fragt mit wütender Stimme: »Was soll das heißen, du musst das wieder gutmachen, was Sudha opfert, um hierher zu kommen?«

Anju antwortet nicht. Er weiß genau, was sie meint, da ist sie sich sicher. Aber wie immer, wenn es um Sudha geht, gefällt er sich darin, begriffsstutzig zu tun, sie zu Erklärungen zu zwingen, die Emotionen aus ihrem Inneren hervorzuzerren, sodass sie nackt daliegen und sentimental oder abergläubisch oder einfach nur albern erscheinen. Nun, dieses Mal wird sie das nicht zulassen. Sie liegt stumm da, mit zusammengepressten Lippen und denkt an Ashok. All die Jahre hat er auf Sudha gewartet, während sie mit einem anderen verheiratet war. Hat er es aus Liebe getan oder aus Angst, noch einmal zu lieben? *Ich habe ihm gesagt, dass meine Antwort Nein lautet*, hatte Sudha geschrieben. Anju wickelt sich geistesabwesend eine Haarsträhne um den Finger, bis es schmerzt, und denkt über dieses *Nein* nach. Hätte sie es an Sudhas Stelle fertig gebracht, es auszusprechen? Wenn sie die Ergebenheit eines Mannes gegen die Bedürfnisse einer Cousine abwägen müsste, die Sicherheit, die er bot, gegen die Ungewissheit, die alles ist, was sie, Anju, Sudha zu geben vermag, in welche Richtung würde sich die Waage wohl neigen? Sie muss darüber nachdenken, aber das kann sie nicht hier tun, während Sunils Hand sich von hinten heranschlängelt, um ihre Brust zu umfassen, sein Arm sie wieder an einen Brustkasten drückt, der nach *Claiborne Sport* riecht, ein durchdringender Duft, den sie einmal sehr gemocht hat, der ihr nun aber Übelkeit verursacht. Doch das kann sie ihm natürlich niemals sagen. Ob solch eine Rücksichtnahme auf Fürsorglichkeit zurückzuführen oder bloße Gewohnheit ist? Auch darüber muss sie nachdenken.

Sie kann ihn jetzt spüren, seine Härte presst sich gegen sie. Seine Knochen strahlen eine außergewöhnliche Hitze ab. *Flieh, flieh.* Sie rafft ihr Nachthemd mit erschrockenem Griff zusammen. Aus der plötzlichen Regungslosigkeit seines Körpers und aus seinen Händen, die von ihr ablassen, schließt sie, dass sie ihn beleidigt hat. Er wird nicht versuchen, sie aufzuhalten. Dazu ist er zu stolz. Sie schlüpft schweigend aus dem Bett – was taugen Worte jetzt schon, selbst wenn es ihr gelingen würde, die richtigen zu finden? – und tastet sich ins Nebenzimmer, wo sie sich auf das Bett legt, das sie für ihre Cousine vorbereitet hat, die wie eine Atemlosigkeit in ihr ist.

Und ihr Mann, liebt sie ihn? Diese Frage, hart wie ein Eisenklumpen, geht ihr immer und immer wieder durch den Kopf. Letzten Endes kann sie sich ein Leben ohne ihn nicht vorstellen – und was ist dies anderes als Liebe? Ihre Augen meiden das Kinderbett, das Sunil für Dayita aufgestellt hat. Ach, das ist ein weiteres Problem, dieses Kind, das sie nicht in ihrer Nähe haben will. Sie hat Angst, dass sie beginnen könnte, die Kleine zu lieben, und das wäre ein Verrat an dem Toten. Wie soll sie es nur schaffen, so zu tun, als existiere das Kind gar nicht? Wie soll sie Dayita von sich fern halten, ohne Sudha zu verletzen? Als Anju endlich in den Schlaf stolpert, sind ihre Träume ein Chiaroscuro beklemmender Strategien.

Es ist das Jahr der Abrechnung, das Jahr der Begnadigungen, das Jahr der prekären Bündnisse. Irgendwo in Amerika wird ein Mann für den Mord an einem schwarzen Aktivisten, der dreißig Jahre zurückliegt, zu lebenslanger Haft verurteilt. Irgendwo in Indien wird eine Banditenkönigin nach elf Jahren aus dem Gefängnis entlassen. Irgendwo in Russland bereitet sich ein Astronaut darauf vor, zum ersten Mal in der Geschichte an Bord eines amerikanischen Raumschiffs ins Weltall zu fliegen.

Aber Sunil ist hier, allein in seinem Schlafzimmer. Schläft auch er? Nein. Im blauen Nachtlicht, das er wieder eingeschaltet hat, sind seine Augen Steinsplitter. Sie glitzern mit einer seltsamen Resignation. Unter dem Laken bewegt sich seine Hand, während er auf Anjus Foto von der Feier starrt. Schnelle, verwischende Bewegungen, bis sich sein Körper versteift und aufbäumt, ehe er in sich zusammensackt und einen Namen in das Kissen flüstert, das seine Frau leer zurückgelassen hat. Ein Nachtfalterflügel von einem Namen.

Sudha.

Es war *ihr* Bild, das er die ganze Zeit angeschaut hat.

Aber er flüsterte den Namen, statt ihn voller Leidenschaft hinauszuschreien. Können wir daraus ein kleines bisschen Hoffnung schöpfen? Aus Rücksicht auf Anju hat er den Namen der Frau, die er die ganze Zeit über von sich fern zu halten versuchte, nur geflüstert. Die Frau, nach der er verrückt ist, seit er sie in einem mit Jasmin verhangenen Garten sah – zu spät, denn da war er bereits ihrer Cousine anverlobt.

Aber geschah das Flüstern wirklich aus Rücksicht – oder aus Angst? Nein, nicht aus Angst. Das nicht. Denn eins lässt sich über Sunil sagen, was selbst Anju weiß: Er hat vor niemandem Angst – außer vielleicht vor sich selbst.

2

Sudha

WIR LAUFEN BARFUSS im Sand, können es kaum erwarten ans Wasser zu gelangen. Unsere Hast erzeugt einen leichten Wind. Er trägt die Farbe unserer *saris*, die wie ein sich eifrig entzündendes Feuer hinter uns herwehen. Wir tragen dieselbe Farbe – eine der vielen Gewohnheiten aus unserer Kindheit, in die Anju und ich zurückgefallen sind. Heute ist es Rebellenrot. Eine Farbe, die verheirateten Frauen gehört, eine, die ich verwirkt habe. Ich trage sie voller Trotz.

Ich erreiche als Erste den Ozean. Mein *sari* bauscht sich an den Knien wie bei einem leichtsinnigen Schulmädchen. Die Gischt ist Seife und Eis und riecht nach Seepferdchen. Ich stelle sie mir irgendwo in der grünen Tiefe schaukelnd vor. Meine Zehen krümmen sich mit einem Hochgefühl. Anju ist zurückgefallen, sie ist außer Atem. Ihr Keuchen hat die Schärfe einer Messerklinge. Sie presst sich heimlich die Hand in die Seite. Sie will nicht, dass ich es bemerke. Anju, die immer so stark war. Mein Banyan. Seit der Fehlgeburt erschrickt sie vor Nachtfaltern, Echos, dem Gruß von Fremden. Ich zwinge mich zu lächeln. Keine Tränen, nicht jetzt. Einst haben wir alles voneinander gewusst. Mein Lächeln ist eine leere Fläche von Weiß, so tot wie die Muscheln unter unseren Füßen. Aber der Verlust hat Anju unfähig gemacht, solche Dinge wahrzunehmen. Sie streckt ihre Hand aus. Ich ergreife sie. Gemeinsam treten wir ins Wasser.

Er gibt sich Mühe, uns nicht zu beobachten. Er beschäftigt sich damit, Dayita zu unterhalten. Schneidet Gesichter. Sie gibt glucksende Laute von sich und versucht seine Nase zu ergreifen. Er lacht und lässt es zu, obwohl ihre Nägel kräftige rote Halbmondabdrücke auf seiner Haut hinterlassen werden. Wenn er sie ansieht, liegt eine seltsame Dankbarkeit auf seinem Gesicht.

Jeden Abend, wenn er von der Arbeit kommt, tritt er als Erstes an ihr Kinderbett, um sie auf den Arm zu nehmen. Sogar noch bevor er sich die Schuhe auszieht. Er weigert sich für den Rest des Abends, sie herzugeben. Anju sagt: Sunil, du verwöhnst sie. Er tut so, als höre er sie nicht. Selbst wenn er sein Abendessen zu sich nimmt oder am Computer arbeitet, balanciert er Dayita mühelos auf einem Knie. Er hat seinen Arm locker um sie gelegt. Sie greift nach seinem Löffel, sobald er ihn an den Mund zieht. Sie schlägt auf die Tastatur und löscht dabei wichtige Daten. Er lächelt. Anju sagt mir, dass er niemals ein geduldiger Mann gewesen sei. Er hat uns alle überrascht. Sich selbst wohl auch, denke ich. Er gibt meine Tochter nur her, wenn ich sie stillen muss. Dann setzt er sie auf dem Boden ab, damit seine Hände die meinen nicht berühren, wenn ich sie aufhebe.

Später liegt er mit Dayita auf der Brust auf dem Bett. Er erzählt ihr alles Mögliche. All die Dinge, über die er mit Anju nicht spricht. Über das Projekt, an dem er arbeitet. Den Unfall, den er auf dem Freeway gesehen hat. Die Orte, zu denen er sie schon bald mitnehmen will. Er fährt ihr durch die Locken und übermittelt ihr die täglichen Nachrichten in einer vereinfachten Fassung. Er erzählt ihr die Handlung von Filmen, die er in seiner Kindheit in Indien gesehen hat. Er wechselt ihre Windeln, ohne uns zurate zu ziehen, obwohl wir nur darauf warten, helfen zu können.

Ich bin stellvertretend für Anju, die vom Türrahmen aus zusieht, eifersüchtig.

Und Dayita, die uns den ganzen Tag verrückt macht, in Ecken krabbelt, unter dem Bett festsitzt, alle zwei Minuten einen Wutanfall bekommt – sie rekelt sich auf seiner Brust und hört sich an, was an der Börse los ist. Ihre irisierenden Augen strahlen, tragen die Farbe eines Chamäleons.

»Wenn er mit Dayita zusammen ist«, sagt Anj später, »fällt die ganze Bitterkeit von ihm ab. Er war genauso, als ich schwanger war. Hat sich wie ein kleiner Junge benommen, war aufgeregt und zärtlich. Er hat so viele Pläne geschmiedet – was er alles einmal tun wollte für –«, sie schluckt, »Prem. Er kam mit seinem Mund ganz nah an meinen Bauch, um ihm die Pläne zuzuflüstern. Wäre ich doch nur vorsichtiger gewesen –«

»Es macht doch keinen Sinn, sich wegen etwas zu quälen, das nun einmal geschehen ist«, sage ich, wie ich es bereits so viele Male gesagt habe.

Nutzlose Worte, die wie schon halb geschmolzene Schneeflocken zwischen uns herabfallen.

»Irgendwie habe ich das Gefühl, dass ich niemals wieder die Gelegenheit bekommen werde, Mutter zu sein«, sagt Anju. Ihre Stimme ist ausdruckslos, bewegt sich wie ein Schlafwandler. »Dieses Kind, dieser Junge, ist mit einer solchen Leichtigkeit zu mir gekommen, und ich war ihm gegenüber zu gleichgültig. Dafür muss ich bezahlen …«

Diese Schlafwandler-Stimme jagt mir Angst ein, dieses dünne, eisige Dahingleiten. »Was für ein Aberglaube!«, sage ich, wähle schärfere Worte, schneide sie kurz wie Nägel. »So warst du doch früher nicht. Du müsstest nur einmal hören, was du da sagst – du klingst ja wie meine Mutter! Natürlich wirst du noch andere Kinder bekommen. Und ist nicht Dayita auch dein Kind? Selbst Sunil ist imstande, das zu sehen – warum gelingt es dir nicht?«

»Ja«, erwidert Anju. Es klingt wie ein Seufzen. Aber welchem meiner Sätze stimmt sie eigentlich zu?

Es gibt Dinge in ihrer Ehe, die sie mir nicht erzählt. Ich sehe ihrer beider Schatten an der Wand, zittrig braun und dünn, wie kranke Zweige. Ich bemühe mich vergeblich, Silhouetten zu entwirren.

Wir reden nicht mehr über ihn.

Es begann am ersten Abend, an dem Abend, als Dayita und ich in ihr Zuhause kamen. Das weiß ich, weil ich es geträumt habe.

So viele Worte und Tränen … So viel Schmerz, den es nachzuholen galt. So vieles immer noch ungesagt zwischen Anju und mir, das vielleicht auch niemals ausgesprochen werden wird. Wir hatten Angst, die Vergangenheit der anderen zu berühren, ganz so wie bei einem Schnitt, der gerade erst aufgehört hat zu bluten. Wir lasen in den Augen der anderen die Fragen, die nicht gestellt werden durften, nicht beantwortet werden konnten. *Warum hast du mich wirklich hergeholt? Warum hat deine Antwort auf seinen Antrag Nein gelautet?* Wir schliefen auf dem Teppich in meinem neuen Zimmer ein, so erschöpft waren wir. Zwischen uns, eingelullt von unseren Stimmen, schlief auch meine Tochter für eine Weile. Dann wachte sie auf.

Er saß im Wohnzimmer an seinem Computer. Starrte auf den Bildschirm, der ihn ausnahmsweise einmal nicht vor seinen Gedanken zu retten vermochte. Eine Dose Cola, schon warm und schal, stand unberührt neben ihm. Er sehnte sich nach Whiskey, auch wenn er sonst kein Trinker war. Whiskey, um die Spitzen all der Gedanken abzustumpfen, die wie die Messer eines Jongleurs auf seinen Kopf zusausten. Aber das wäre eine Sieg für die Frauen gewesen (*die Frauen*, so bezeichnete er uns, wenn er an uns dachte). Ein Eingeständnis, dass wir ihm auf die Nerven gingen.

Schlaflos vor diesem beigegrauen Flimmern verspürte er Dankbarkeit. Er vermochte zu erkennen, dass mit meiner Ankunft etwas von der Traurigkeit von Anju abgefallen war. Aber er war auch verärgert. Wir gaben ihm das Gefühl, überflüssig zu sein. Beim Abendessen hatte ich mich nach seiner Arbeit erkundigt. Anju hatte gefragt, ob er noch etwas von der Lasagne wolle, noch etwas Pudding. Dennoch wusste er, dass er ein Störenfried bei unserem Wiedersehen war.

Das letzte Messer, der letzte Gedanke. Als es ihn traf, spritzte eine nervöse Freude hervor. Für ihn war ich schöner als jemals zuvor. Er hätte gern die Sorgenfalten in meinen Augenwinkeln weggeleckt. *Wie eine Glasblume, im Feuer erblüht.* Die Worte summten wie Wespen in seinem Schädel. Er war ganz benommen von dem Bedürfnis, sich um mich zu kümmern, und wusste doch, dass er nicht so empfinden durfte.

Er vernahm die schniefenden Laute, die Dayita von sich gab. Anfangs wusste er nicht, was er tun sollte. Sie weinen lassen, bis wir erwachten? Aber das konnte ewig dauern. Das arme Kind hatte Hunger – das sagte ihm die Schrillheit des Tons. Er trat vorsichtig ins Zimmer. Versuchte seinen Blick abzuwenden. Schlafende Menschen offenbaren eine gewisse Nacktheit– Anju und ich hatten die Arme umeinander geschlungen, lagen da, als wären wir wieder kleine Mädchen. Bedürftig, ohne Scham. Wir machten ihn verlegen.

Aber da war auch Dayita, die mit aller Heftigkeit strampelte. Die wie ein ganzer Chor von Harpyien schrie. Ihr Gesicht war fleckig, aber eher vor Wut als vor Hunger. Zum ersten Mal seit unserer Ankunft reagierte Sunil amüsiert. *Du magst es auch nicht, wenn man dich ignoriert, was?* Er beugte sich vorsichtig über uns, um sie aufzuheben. Es erstaunte ihn, wie leicht sie war. Und dennoch wie fest, wie real. Plötzlich erschien es ihm sehr wichtig, uns nicht zu wecken. Sie für sich allein zu haben. Sie war jetzt ruhig. Sie starrte ihn an, ihre Augen trugen einen intelligenten Ausdruck. Sie weiß, auf welche Art und Weise ich leide, dachte er.

Schüchtern legte er seine Wange an Dayitas Kopf. Lockig, pulsierend. Sie roch wie jedes andere Baby auf der Welt. Und hatte doch ihren ganz eigenen Geruch. Wie Gras. Wie Prem, dachte er – so zu denken gestand er sich nicht oft zu.

Er fütterte sie mit der Säuglingsnahrung, die ich im Kühlschrank aufbewahrte. Ihr Saugen hatte etwas Rhythmisches, ein Code, den er entziffern musste. Er wechselte ihre Windel und legte Dayita dann in die Mitte seines Betts. Er häufte sämtliche Kissen, die er finden konnte, wie einen Wall um sie, damit sie sicher war. Er redete mit ihr, bis er einschlief. Am Anfang Worte ohne jeden Sinn, dann wie ein Erwachsener zu einem anderen. Er erzählte ihr, dass er Angst vor dem habe, was mit uns allen in den nächsten Monaten geschehen könnte. Er benutzte Worte wie Verrücktheit. Feuersbrunst. Er erwähnte meinen Namen gegenüber meiner Tochter nicht. (Dafür bin ich dankbar.) Aber er freute sich, dass sie da war. Er wollte ihr das unbedingt begreiflich machen.

So fanden wir sie am Morgen. Schlafverfangen. Sie hatte einen Arm über seine Augen gelegt. Er hielt ihren Fuß eindringlich fest, als ob die Gefahr bestünde, dass sie während der Nacht davonfliegen könnte. Wie es sein Prem einst getan hatte.

Ich bin nicht die Einzige von uns, die träumt.

»Bevor du kamst«, gesteht Anju mir, »hatte ich beinahe jede Nacht einen Albtraum.« Ihr Gesicht sieht betreten aus, und sie stammelt ein wenig, als sie ihn mir schildert.

Ein Lichtpunkt wandert über einen tintenblauen Wirbel hinweg. Der Bogen, den er beschreibt, verläuft ruhig, voller Zuversicht. Sie benötigt einen Moment, ehe sie erkennt, was es ist: ein Planet im Weltall. Dann taucht aus dem Nichts eine weiteres Licht auf, größer und heller und mit einem Feuerschweif. Es wirft sich in den Weg des Planeten. Nur einen Augenblick noch, und sie werden zusammenstoßen, zu Nichts zerschmettern. Anju stöhnt und rudert mit ihren schlafenden Armen in dem Versuch, die Katastrophe abzuwenden. Der riesige Meteor kracht in den Planeten – aber es gibt keine Explosion. Stattdessen wird der Planet aus seiner Umlaufbahn geworfen. Er stürzt mit wilden Drehungen am Rande des Traums herab, flach wie eine Münze, naiv wie die Ausschneidepuppen eines Kindes. Der Meteor nimmt seinen Platz ein, strotzend vor Hitze und Leben. Anju wartet darauf, dass irgendjemand seinen Verrat bemerkt, etwas dagegen unternimmt. Aber alles ist so wie immer. Die Milchstraße schimmert, im Hintergrund erklingt ein Crescendo freudiger Akkorde. Sie erwacht mit einem Schmerz in der Kehle, als habe sie ein Stück Knochen verschluckt.

»Jetzt bin ich endlich schlau daraus geworden«, sagt Anju. »Ich habe mir Dayita als Meteor vorgestellt und Prem als Planeten. Ich hatte Angst, sie würde den Platz meines armen Jungen einnehmen, mich dazu bringen, ihn zu vergessen. Aber es ist schon erstaunlich, wie groß das Herz werden kann, wenn es muss, nicht wahr? Ich bin so froh, dass du mich in diesen ersten Tagen dazu gezwungen hast, sie zu halten, ihr die Flasche zu geben. War dir eigentlich klar, welch eine Angst ich hatte? Aber nun ist es, als würden sich Knospen an einem Zweig öffnen, den ich schon für abgestorben gehalten hatte. Natürlich denke ich noch an Prem – die ganze Zeit. Ich glaube, das wird nie aufhören. Aber es ist anders, ein Baby zu haben, das ich mit meinen Händen fest halten kann.«

Ihr Gesicht war heiß und trug einen flehenden Ausdruck. Sie

wollte getröstet, wenigstens umarmt werden. Sie hatte es verdient. Es war schwer für sie, über solche Dinge zu reden. Aber ich vermochte es einfach nicht.

»Wie viel Uhr ist es?«, erkundigte ich mich steif. »Wir sollten besser mit den Vorbereitungen für das Abendessen beginnen.« Ihre Augen glänzten vor Verletztheit.

Später, im Badezimmer, während ich mir die Haare kämmte, verharrte ich. Starrte lange Zeit in den Spiegel. Ich drehte sämtliche Strähnen zu einem festen, hässlichen Knoten zusammen und nahm meine Ohrringe ab. Der Traum hatte noch eine andere Bedeutung, auch wenn Anju sie nicht erkannte. Einige Ängste sind so – glitschig und tief im Schlamm verborgen wie Hundsfische.

Der Planet war Anju selbst.

War ich dann der Meteor?

Wir kehren am späten Nachmittag lachend und nass zurück. Unsere Beine sind mit Goldkörnchen gepudert.

Ich tue so, als würde es mich ganz furchtbar schaudern. »Du hast mir nie erzählt, dass der amerikanische Ozean so kalt ist!«

»Hör bloß auf zu jammern«, erwidert Anju und versetzt mir einen kleinen Schubser. Es liegt eine neue Röte auf ihren Wangen, etwas, woran ich mich festhalten kann. »Wer wollte denn nicht aus dem Wasser heraus? Wer hat immer wieder gesagt: Oh, Anju, lass uns nur noch auf eine einzige Welle warten?«

Ich schiebe mir eine Haarsträhne aus dem Gesicht. Der Knoten hat sich im Wind gelöst. Mein Haar riecht nach Urlaub. »Ich hatte gehofft, ein Seepferdchen zu finden.«

Plötzlich erscheint Aufmerksamkeit in seinem Gesicht. Er würde gern wissen, warum. Aber er fragt nicht. Seit meiner Ankunft ist er kühl und unnahbar. Beginnt niemals eine Unterhaltung. Versucht mir aus dem Weg zu gehen – als sei das in einer Zweizimmerwohnung möglich. Verlegenheit über Verlegenheit. Ich hätte dem von Anfang an einen Riegel vorschieben sollen. Hätte auf ihn zugehen und sagen sollen: Vergiss, was du in jenem Garten in Kalkutta über Liebe gesagt hast. Das waren nur

Worte, und sie wurden vor langer Zeit gesprochen. Seitdem sind wir durch viele Nadelöhre gezogen worden.

Aber ich hatte Angst. Was, wenn er mich angesehen hätte – mit diesen lackschwarzen Augen, in die man nicht hineinblicken kann? Wenn er gesagt hätte: *Wie kommst du denn darauf, dass …?*

Ich bin eine Närrin und ein Feigling. Einst dachte ich in ganzen Sätzen und handelte danach. Aber nach Ramesh …

Jetzt ist es zu spät. Ich kann nichts anderes tun, als ebenfalls zu versuchen, ihn zu meiden.

»Ach, du!«, sagt Anju. Wenn sie mit mir spricht, ist ihre Stimme nachgiebig, wie Melasse. Aber Sunil gegenüber benimmt sie sich ganz kühl und sachlich, nicht so, wie sich eine Frau ihrem Mann gegenüber benehmen sollte. Selbst ich, die ich gerade erst dazu gekommen bin, habe dies bemerkt. »Du glaubst wohl immer noch an Zauberei, an Sternschnuppen und Seepferdchen, damit du dir etwas wünschen kannst, wie? Wahrscheinlich liest du als Nächstes in den Falten auf unserer Stirn und sagst uns die Zukunft voraus!«

Der Ozean ist mit einem Mal ein einziger greller Schein, die Sonne strahlt schräg auf Wellen herab, die aus Metall gemacht sind. »Ich bin mir nicht sicher, ob ich das wollte, selbst wenn ich wüsste, wie man es anstellt«, antworte ich. Meine Zehen graben ein Loch in den Sand. Die Luft riecht säuerlich von den Algen. »Manchmal besteht die einzige Möglichkeit, das Leben zu ertragen, darin, dass wir nicht wissen, was uns erwartet.«

Anju starrt unverwandt auf die metallüberzogene See hinaus, den Mund verkniffen vor Verlangen, zu streiten. Sie erinnert sich an meine hilflose, überstürzte Flucht. Die Hand voll Rupien, die armseligen, in die Handtasche gestopften Schmuckstücke. Die Erinnerung ist ein heißes, dem Erbrechen ähnelndes Gefühl in unser beider Kehlen. Ist es Liebe, die uns so durchlässig macht für den Schmerz der anderen?

Ich weiß, was Anju sagen will. *Wenn wir in die Zukunft sehen könnten, hätten wir die Möglichkeit, uns darauf vorzubereiten.* Sie hat immer schon gern daran geglaubt, an diese Möglichkeit, das eigene Leben planen zu können. Aber selbst sie weiß es besser. Was ist mit ihrer Fehlgeburt, mit diesem Gefühl, aufgebrochen und ausgehöhlt zu werden? Was hätte sie jemals dagegen unternehmen können?

»Genug von Vergangenheit und Zukunft!« Ich verleihe meiner Stimme einen fröhlichen, entschlossenen Ton. (Es ist wichtig, eine fröhliche und entschlossene Stimme zu haben, ganz besonders, wenn man nichts anderes hat.) »Es ist ein so schöner Tag, der schönste Tag, den ich in Amerika bisher erlebt habe. Wir sollten ihn genießen!« Ich breite eine geblümte Plastikdecke auf dem Sand aus und öffne den Picknickkorb. Als ich nach und nach all die in Folie gewickelten Päckchen hervorhole, gesellt sich Anju zu mir.

Ich habe nicht übertrieben. Es ist einer dieser Tage, die die Felsen der Seehunde in der Nähe der Küste in feuchtes Gold verwandeln. Die Golden Gate Bridge scheint nah genug, dass wir ihre harfensaitenschmalen Drähte zupfen können. Unglaubliche Klarheit nach so viel Bewölkung.

Seit Dayita und ich hier angekommen sind, hat es nur geregnet. Zwei Wochen kühlen Dauerregen. Die Flüsse waren randvoll – ich sah sie im Fernsehen –, die Berghänge begannen schwarz und klaffend zu rutschen. Trunkene, schiefe Häuser. Nahaufnahmen von fassungslosen Familien, die mit Nichts in den Händen ihr Zuhause verlassen mussten. Ich sah auch andere, die Opfer des Erdbebens, so viele Menschen, die die Notunterkünfte bevölkerten, so viele Kinder, die um Dinge weinten, die sie niemals wieder sehen würden. Freeways, die verbogen und gerissen waren wie abgeworfene Schlangenhaut, ganze Straßen vom Feuer zerstört. Ich verspürte eine seltsame Verantwortung. Die Züge kamen nicht pünktlich, und so musste Sunil den Wagen nehmen. Wir waren in der Wohnung eingesperrt. Die Luft war stickig und verbraucht. Dayita jammerte den ganzen Tag. Nach einer Woche nimmt der Klang von Regen eine gewisse Erbarmungslosigkeit an. Er holt Erinnerungen ans Licht, die so übel riechen wie Leichen. Ich musste mein Gesicht gegen das beschlagene Fenster pressen, um die Dinge in mir zu halten, über die zu reden nicht half. Und draußen nichts weiter als Beton und ein kahler werdender Baum mit entmutigten Nadeln anstelle von Blättern.

»Vermisst du Indien?«, fragte Anju enttäuscht.

Ich brachte es nicht fertig zu lügen. Ich sagte: »Wie schauen sich die Leute denn hier die Sterne an?«

»Vom Fenster aus vermutlich«, entgegnete Anju, die noch nie eine große Sternenguckerin gewesen war.

»Wie lautet der Name des Baums da draußen?«

»Ich bin mir nicht ganz sicher – ich nehme an, es ist irgendeine Kiefernart.« Sie drückte um Verzeihung bittend meine Schultern. »Was hältst du davon, wenn wir im Sommer irgendwo Camping machen?«

Die Abende, wenn Sunil von der Arbeit nach Hause kam, waren am schlimmsten. Jedes Atom in der Luft spannungsgeladen, sich dem Einatmen widersetzend. Die Wände – angeschwollen vor Klaustrophobie – schienen näher zu rücken. Allenthalben zurückhaltende Begrüßungen. Nur Dayita kreischte ihr Baby-Vergnügen heraus, hob ihre Arme, um aufgenommen zu werden. Ich beschäftigte mich in der Küche, bis es Zeit zum Essen war. Beim Abendessen überwogen die zersplitterten Worte, Anju redete zu viel, tat so, als sei alles in Ordnung. Ich verwandte all meine Energie aufs Schlucken. Dayita spielte zu Sunils Füßen. Er beobachtete sie mit dem konzentrierten Blick eines Motorradfahrers in einer schneeverhangenen Nacht. In Konzentration auf die leuchtenden Reflektoren, die die Fahrspuren trennen. Im Wissen darum, dass ein Moment der Unaufmerksamkeit Vernichtung bedeuten kann. Sobald wie möglich trug ich Dayita in mein Zimmer und stillte sie ausgiebig. Dann hörte ich Anju und Sunil natürlich. Ihre stockenden, förmlichen Sätze, in denen es zumeist um Dayita ging. Dann, nach wenigen Minuten: Stille. Es gibt nichts Vergleichbares zur ehelichen Stille, ihren Unterströmungen von Vorwürfen. Wenn ich Dayita zurückbrachte, streckten sie ihre panischen Finger nach ihr aus, als wären sie kurz davor, zu ertrinken.

Die Familie (kann ich sie überhaupt so bezeichnen?) hat ihr mittägliches Picknick beendet. Knusprige *parotas* mit würzigen Tomaten gefüllt, eine Schüssel mit smaragdfarbenem Koriander-*chutney*. (Zumindest in dieser Hinsicht bin ich eine Hilfe.) Sunil legt sich auf den Rücken, eine Zeitung schützt sein Gesicht. Vor der Sonne, vor uns. Dayita ist eingeschlafen. Ihr Kopf liegt in seiner Achselhöhle. Sein Körper macht einen entspannten, beinahe glücklichen Eindruck.

Wir unterhalten uns leise, damit wir sie nicht stören. Ich habe dieses Gespräch schon einige Male in dieser Woche mit Anju zu führen versucht.

»Du solltest weiterstudieren, Anju«, sage ich, »zurück aufs College gehen. Es geht dir doch inzwischen gut genug. Hast du mir nicht erzählt, dass das neue Semester in einigen Tagen anfängt?«

»Ich glaube nicht, dass ich schon so weit bin«, erwidert Anju. In ihrem Mund gefangen, sind die Worte rebellische Kiesel. Anju, die als Kind niemals gestottert hat. Ich gebe ihr dafür nicht die Schuld. Man lässt sein Leben fallen und sieht zu, wie es davonrollt, immer größer und größer wird, wie eine riesige Lehmkugel. Es scheint unmöglich, dass man jemals schnell genug rennen kann, um es wieder einzuholen.

Wenn ich Mitgefühl zeige, wird unser Gespräch so enden, wie es immer endet: in Tränen. Also sage ich: »Das denke ich schon. Und so lange ich hier bin, musst du dir wenigstens keine Gedanken um das Kochen und das Putzen machen –«

Anju unterbricht mich mit wütendem, verkrampftem Gesicht. »Ich habe dich nicht hierher eingeladen, damit du das Dienstmädchen für mich spielst. Und außerdem wirst du noch eine lange Zeit hier sein.«

Sie mag es nicht, wenn ich von meiner Rückkehr nach Indien rede. Warum nur begreift sie nicht, dass ich wieder fort muss? Sieht sie denn nicht, wie wir im Moment leben? Eine riesige Hand quetscht uns zusammen, etwas scheint kurz vor der Explosion zu stehen.

»Albernes Mädchen!«, sage ich. »Ich sorge gern für andere, das weißt du doch. Und mach dir keine Sorgen wegen des Studiums – du wirst es schaffen. Das war doch immer so.«

»Ich werde weiterstudieren, wenn du mir versprichst, auch ein Studium zu beginnen«, antwortet Anju.

Die Luft ist eine schwarze Sphäre um mich herum, in der atmen unmöglich ist. Nein, es ist eine riesige Weiße, die mich dazu bringen soll, mich in ihr zu verlieren. Anjus Worte schimmern zeitweise hindurch. Gefährliche, unvorstellbare Pailletten. »Du musst auf eigenen Füßen stehen, dich um Dayita kümmern –«

Sie begreift nicht. Es ist noch zu viel von der Vergangenheit in meinem Blut, wie eine Krankheit, die ich herausschwitzen muss, bevor ich es mit der Zukunft aufnehmen kann.

Sunil setzt sich so abrupt auf, dass er unmöglich geschlafen haben kann. Dayita, die aus dem Schlaf gerissen wird, beginnt zu schreien. »Es wird kalt.« Seine Worte sind Scheren. Schnipp, schnapp. »Zeit, zurückzufahren.«

Bald schon, heute Abend oder morgen Abend, werden sie im Bett eine Unterhaltung führen. Begleitet von Stirnrunzeln, Tränen, Trotz, Vorwürfen. Alles sehr leise, denn die Wände sind dünn. Und die Fiktion der Höflichkeit ist uns immer noch wichtig.

Die Unterhaltung wird folgendermaßen verlaufen:

Er: Sie ist mit einem Besuchervisum hier. Sie kann nicht einfach so studieren.

Sie: Sie kann ihr Visum ändern lassen – das machen andere doch auch andauernd.

Er: Sie geht in sechs Monaten wieder zurück. So lautete die Abmachung.

Sie: Und wer hat sie getroffen? Ich nicht.

Er: Sie kann nicht noch länger bei uns wohnen.

Sie: Warum nicht?

Er: *(Schweigen)*

Sie: Also schön. Ich werde schon ein Zimmer für sie finden. Sie kann sich einen Studentenjob suchen und dann, wenn sie erst einmal ihren Abschluss hat –

Er: Lass sie wieder nach Indien zurückgehen, Anju. Wir haben unser Leben, sie hat ihres. Du kannst ihr von hier aus helfen, wenn du möchtest. Schick ihr Geld.

Sie: *(Schweigen)*

Er: Warum willst du es denn nicht verstehen?

Sie: Wie kannst du über Geld reden, als ob sie eine Bettlerin ist? Sie ist meine Schwester, meine beste Freundin. Ich brauche sie hier. Warum willst du das denn nicht verstehen?

Er: *(Schweigen)*

Sie: *(Schweigen)*

Er: *(Schweigen)*

Sie: *(Schweigen)*

Zwei Rücken, die einander zugekehrt sind wie Schanzwerke. Wut eilt von einem zum anderen, eine Maus auf scharrenden Füßen, nagend. In meinem eiskalten Bett wimmert Dayita, reibt sich die fiebrigen Augen.

Keiner von uns wird in dieser Nacht schlafen.

Die Sonne hängt über dem Meer wie eine überreife Orange, die kurz davor ist, zu platzen. Die Straße, die wir dieses Mal genommen haben, macht einen Bogen an den gekräuselten Dünen entlang. Es scheint der Rand der Welt zu sein. Hoher Schilf steht dort, der an das Haar alter Frauen erinnert. Aber ich schaue nach oben, weil mich die Details des Himmels immer mehr interessieren. Über mir schweben leuchtende Formen. Sie sehen aus wie Drachen, die irgendwelche Riesen fliegen lassen. Ich packe Anju am Arm und deute hinauf.

Sie kreisen über der Bucht, unendlich groß. In jeder nur erdenklichen Farbe. Aber wo sind die Schnüre? Ich benötige einen Augenblick, um die Menschen zu erkennen, die unter ihnen hängen.

»Das müssen Drachenflieger sein!« Anju lehnt sich aufgeregt aus dem Fenster und bedeckt die Augen. »Ich habe in *California Living* über sie gelesen. Sie starten hier von den Klippen, weil in dieser Gegend so starke ablandige Winde herrschen.«

Einer der Drachenflieger beschreibt einen Bogen zurück zum Land. Ich bewundere das geschickte Sinken und Steigen, die riesige Flügelspannweite. Diese große Hingabe. Wie Verliebtsein. Ich habe mich schon lange nicht mehr so gefühlt.

Ich packe den Sitz und spreche zu seinem Hinterkopf, vergesse dabei, vorsichtig zu sein. »Können wir bitte schauen, wo sie landen? Kannst du die Stelle finden?« Meine Stimme vibriert wie eine Stimmgabel. Selbst Anju starrt voller Überraschung. Er dreht den Kopf, um mir einen langen, riskanten Blick zuzuwerfen, und nimmt die nächste Abfahrt. Ich hätte nicht fragen sollen. Nein, das hätte ich nicht tun sollen. Im Rückspiegel klopft ein kleiner Puls in seiner Schläfe.

Ich fürchte mich vor diesem ungleichmäßigen Pulsieren. Aber ich werde mein Bedauern über mein Verhalten auf später verschieben. Im Augenblick existiert nur dieser stürmische, an allem reißende Seelenwind. Ich öffne meine zu Fäusten geballten Hände, spüre, wie er über meine Handflächen hinwegweht, die Linien darauf neu ordnet. Sunil hat Dayita in seine Jacke gewickelt. Wir gehen über den Parkplatz, der nichts weiter ist als ein unbefestigter Streifen vor den Klippen. Eine Art Plattform, auf der man stehen kann. Und dann sind die Drachenflieger überall über unseren Köpfen, kommen zum Abend herab. Riesige, geflügelte Kreaturen, mit Helmen und Schutzbrillen – ganz und gar nicht menschlich. Aber auch zerbrechlich und leidenschaftlich. Ist das wirklich möglich? So frei von Schwerkraft zu sein, so wunderbar befreit von der Erde?

»Ich wäre gern da oben«, sagt Anju. Sie beugt sich so weit über das Geländer, dass ich es mit der Angst zu tun bekomme und sie an ihrem *sari* packe. Da sind violette Schatten um sie, Aureolen der Sehnsucht. »Es muss ein ganz besonders Gefühl sein, so zu spüren, wie der Wind durch einen hindurchgeht. Wie die Probleme einfach dahinschwinden – nur du allein und der Himmel, und die Wellen tief unten, die wie gemalt aussehen. Einfach weiter ins Licht aufsteigen zu können ...« Sie lässt den Satz unbeendet, erschöpft von all den Möglichkeiten.

Sunil streckt seine freie Hand aus. Seine Finger sind schmal und glänzend wie das Kupfer, das die Goldschmiede zu Hause zu Armreifen klopfen. Sie umschließen Anjus Ellenbogen vollkommen, so viel hat sie an Gewicht verloren. »Jetzt habt ihr sie gesehen und wir können nach Hause fahren.«

»Warte«, sagt Anju und zeigt auf etwas. Zwei der Drachenflieger landen gerade neben der Plattform. Die Beine der Männer stemmen sich in den Boden, Staubwolken, raues Scharren von Schuhen. Der Luftstrom von ihren Flügeln zieht an meinem Haar. Jemand eilt herbei, um sie von ihren Gurten zu befreien, doch sie schütteln ihre Ausrüstung bereits lachend ab, heben die Arme, um einander gegen die Handflächen zu schlagen, ziehen die Helme aus, und ihr Haar – schwarz, lebhaftes Rot – fällt über ihre Schultern.

»Aber das sind ja Frauen!«, rufe ich. »Eisvogel-Frauen!«

Sunil und Anju sehen mich an. »Eisvogel-Frauen?«, fragt Anju, und ihre Augenbrauen wandern beim Anblick des strahlenden Gelbs ihrer Kleidung in die Höhe.

Ich nicke.

Vor langer Zeit einmal habe ich sie gesehen. In der Nähe einer Schlucht. Wir standen auf einer Brücke. Es war ein früher Morgen, mit Filligrannebel geschmückt. Die Vögel hatten einen blauen Rücken und glänzten. Schmale Schnäbel. Sie kamen aus dem Nichts, stürzten herab, stiegen auf, jagten einander, tauchten auf der Suche nach Nahrung zum Fluss hinab. Es kam mir so vor, als würden sie singen. Und sich in der Luft küssen. Sie hatten vor nichts Angst. Selbst als der Zug vorüberdonnerte, taten sie weiterhin das, was ihnen gefiel.

»Ist das jetzt wirklich passiert oder ist es nur eine Geschichte wie die, die wir als Mädchen immer erfunden haben?«, fragte Anju. »Denn ich kann mich an keine solche Brücke erinnern – oder an solche Vögel.«

Mir wird klar, dass ich laut geredet haben muss. Das war nicht meine Absicht gewesen. »Du warst nicht dabei«, sage ich widerwillig.

Mehr möchte ich nicht sagen. Aber sie warten.

»Ich war mit Ramesh dort«, sage ich. Es ist das erste Mal, dass ich seinen Namen ausspreche, seit ich in Amerika bin. Meine Wangen brennen vor Hitze. Ich warte darauf, dass meine Stimme mir sagt, wie ich mich fühle. Ist sie klebrig vor Bitterkeit? Schwarz vor Teer? Nein, sie ist kühl, sachlich. Verrät mir nichts. »Es war das einzige Mal, dass wir ohne meine Schwiegermutter irgendwo hingegangen sind. Er hatte mich zur Einweihung einer Brücke mitgenommen, die er gebaut hat. Er machte so etwas gut. Die Arbeiter mochten ihn, weil er freundlich und gerecht war und allen Zulagen zahlte.«

Was ich nicht sage: Er hatte ganz nahe bei mir gestanden und seinen Arm um mich gelegt. Hatte gefragt, ob mir kalt sei und ob er mir das Tuch aus dem Kofferraum des Wagens holen solle. Die Vögel waren Blitze blauen Feuers gewesen. Ich fragte ihn, ob es Eisvögel seien, aber er war sich nicht sicher. Vielleicht handelte es sich um Kreaturen aus einer anderen Welt. Ich sagte, dass ich mich danach sehnte, so zu sein wie sie, so strahlend und unerschrocken. Er antwortete: Wir können wie sie sein, Sudha. Ja, das können wir. Warum nicht? Er glaubte daran – ich sah es an seinem geröteten, ernsten Mund. Da habe ich ihn beinahe geliebt. Aber später, als seine Mutter entschied, unsere Tochter in meinem Leib auszuradieren, als sei sie nichts weiter als ein falsch geschriebenes Wort, da besaß er nicht die Kraft, sich zu widersetzen.

Sunil stößt eine unbekannte amerikanische Beschimpfung aus und dreht sich um – ganz so, als könne er meine Gedanken lesen. Seine Schultern sind hochgezogen und steif. Er zieht den Kragen seiner Jacke über Dayitas Kopf, versteckt sie vor meiner Vergangenheit.

»Vergiss ihn!«, sagt Anju. Ihre Hand legt sich fest auf die meine – diese alte, schützende Geste aus Kindertagen. »Du hast das Richtige getan. Das ist alles, was zählt. Eine Menge Frauen in deiner Situation hätten nachgegeben. Du bist gegangen. Es macht dir nichts aus, dass du alles aufgeben musstest …«

Sie kennt nicht die hunderteins Gesichter meiner Feigheit. Meines Grolls. Eines Tages werde ich ihr gestehen, dass es mir sehr wohl etwas ausgemacht hat. All die Dinge, die ich zurücklassen musste – nicht nur die Kleidung und den Schmuck, sondern auch meinen guten Namen … Die Rechtmäßigkeit des Ehefrauenstandes, den ich mir so schwer verdient hatte. Aber jetzt kommen die Drachenfliegerinnen auf uns zu. Sie begrüßen uns mit fröhlichem Hallo. Ich bemerke voller Überraschung, dass sie nicht mehr jung sind. Sie haben eine körnige Kraft an sich, wie Wüstenfels. Ihre Haut ist rissig vom Wind, das Leben lässt sie strahlen. Um die Taille sind sie breit und kräftig.

»Was für hübsche *saris*!«, ruft die Rothaarige.

Völlig unerwartet streckt Anju ihre Hand aus. Sie zittert ein wenig – solche Annäherungsversuche fallen ihr zurzeit schwer –, die Finger krümmen sich nach innen in ihrem Widerwillen. Ihre Nägel sind wachsweich und sehr weiß. Mit Bestürzung sehe ich, dass ihre Lebenslinie von einer ganz neuen, zart-dünnen Beschaffenheit ist. Die Frau ergreift Anjus Hand mit ihren beiden Händen.

»Sie sahen wunderschön aus«, sagt Anju.

Die Frau lächelt. Sie hat Henna in ihrem Haar, ich kann seinen wilden Unkrautduft riechen. »Vielen Dank. Würden Sie es irgendwann auch gern einmal versuchen? Es ist gar nicht so schwer, wie es aussieht – ich unterrichte andere darin. Wenn Sie möchten, kann ich Ihnen eine Stunde geben. Wir könnten zusammen da oben rauf, in einem Tandemflieger –«

»Wir müssen jetzt wirklich gehen«, mischt sich Sunil ein. Er betrachtet die Frau voller Missbilligung. Er ist unverlangt offerierten Abenteuern gegenüber misstrauisch. Die Frauen sind auf die schlimmstmögliche Weise amerikanisch. Unweiblich. Er zieht Anju kurz am Ellenbogen. Besitzergreifend. »Dayita wird sich bei dem Wind noch erkälten.«

»Haben Sie eine Visitenkarte?«, erkundigt sich Anju. Die Frau nickt, zieht den Reißverschluss einer Tasche auf und reicht Anju ein regenbogenfarbenes Rechteck. Ihre Begleiterin hat sich zu uns gesellt und legt der Frau ganz beiläufig die Hand um die Taille. Wochen später, kurz vor dem Einschlafen, wird mir mit einem leichten Schock bewusst, dass sie ein Liebespaar sind.

Als wir zum Wagen gehen, spüre ich, wie uns ihre nachdenklichen Blicke folgen. Fragen sie sich, was es mit unserer kleinen *ménage à trois* auf sich hat, wer zu wem gehört? Vielleicht glauben sie, dass alle Inder so leben, der Mann mit hochgezogenen Schultern, im Wind zitternd vorausgehend, während das Kind ernst über seine Schulter starrt und die zwei Frauen in ihren vom Wind gepeitschten *saris* hinter ihm herstolpern.

Auf dem Nachhauseweg spricht keiner ein Wort. Regenwolken blicken finster durch die Heckscheibe. Wir sind müde und reizbar. Wir haben gesehen, wie der erstaunliche, urzeitliche

Traum der Menschheit wahr wurde: Menschen mit Flügeln. Doch er hat unser aller Leben nicht verändert.

Einst habe ich in Indien die Farbe der Ehe von meiner Stirn geschrubbt in dem Glauben, sie damit los zu sein. Aber sie kehrt zurück. Manchmal, am Morgen, scheint mein Kissen leicht mit Rot gepudert zu sein. Auf meinem Schoß gibt Dayita mit gespitzten Lippen saugende Geräusche von sich, träumt von Milch. Ich versuche an Dinge zu denken – das ist am sichersten. Eine Scheibe Langra-Mango, flammend süß. Eine kühle Dusche nach einem klebrigen Kalkutta-Tag, die silbrigen Wasserfäden, die über meine dankbare Haut streichen. Luftströmungen, die über die Erde reisen, kreisen, hochsteigen, einen Salto rückwärts schlagen. Kobaltfarbene Flügel vor einem kobaltfarbenen Himmel.

3

Sunil

Komm her, mein Kind. Lass mich meine Arme um dich legen und mein Gesicht an deine Brust. Zerbrechliche Vogelknöchelchen, ein Lachen wie Federn. Ich habe den ganzen Tag darauf gewartet.

Ich kann dein Herz klopfen hören wie eine Lokomotive, die sich rasch davonmacht. Als Anju schwanger war, habe ich den Doktor einmal gefragt, warum die Herzen von Kindern so etwas tun. Er hat mir eine sehr wissenschaftliche Antwort gegeben, aber ich habe sie vergessen.

Also bilde ich mir einfach ein, dass du dich freust mich zu sehen.

Setz dich auf meinen Schoß, damit ich deine Augen sehen kann, die denen deiner Mutter so ähnlich sind.

Vergiss, dass ich das gesagt habe.

Manchmal habe ich das Gefühl, zu ertrinken – aber nicht während ich dich fest halte.

Man sagt, die Augen von Säuglingen würden so weise dreinblicken, weil sie sich noch an Dinge aus ihren früheren Leben erinnern. Wenn du sprechen könntest, würde ich dich fragen, woran du dich erinnerst. Ich würde dich fragen: Stimmt es wirklich, dass man seinem Schicksal nicht entrinnen kann, wie es immer heißt?

Wenn du es bejahen würdest, hätte ich damit die Erlaubnis.

Kind, ich bin so müde – und mein Kampf hat doch gerade erst begonnen.

Aber genug von meinen Sorgen. Es ist an der Zeit für eine Geschichte.

Stell dir einmal Tauben vor – einen riesengroßen Schwarm, der die Leinwand in Weiß taucht – ja, es ist schon wieder ein Film, über den ich dir erzählen möchte. Ich liebe Filme, du nicht? So flach und rechteckig, das Leben vereinfacht und unter Kontrolle gebracht oder zumindest erträglich gemacht.

Stell dir einen wütenden Mann vor, dessen abgerichtete Taube von einem anderen gestohlen wird. Stell dir einen Streit vor, Beleidigungen, alte, aufs Neue hervorgekramte Geschehnisse, Ehre, die gerächt werden muss. Klingt dies wie aus einer anderen Zeit für dich? Aus einem anderen Land? Oder glaubst du, dass die Menschen hier auch so sind?

Wie ich also sagte, es war notwendig, Rache zu nehmen. Also raubte einer der Männer die Tochter des anderen und brachte sie in eine weit entfernte Stadt, um sie zu verkaufen. Sie sperrten sie in einen dunklen Raum. Es war noch ein anderes Mädchen dort, das ebenfalls entführt worden war. Die beiden weinten gemeinsam. Nachdem sie ihre Familien verloren hatten, betrachteten sie einander als Schwestern.

Du fragst dich vielleicht, warum ich dir eine Geschichte über zwei Schwestern erzähle.

Ich bin mir selbst nicht sicher.

Vielleicht wird es mir beim Erzählen klar werden.

Die gefangenen Mädchen – sie mochten vielleicht zwölf Jahre alt sein – waren fügsam. Sie aßen, was die Frau, die für sie verantwortlich war, ihnen brachte. Sie folgten ihr, wenn sie rief. Das machte deine Tante Anju wütend. Sie wollte, dass sie die Hand wegschlugen, die ihnen das Essen brachte. Sie wollte, dass sie bissen und kratzten. Ich sagte: Aber wie könnten sie das tun? Sie sind ihr Leben lang dazu erzogen worden, ohne Frage zu gehorchen. Außerdem war ihnen klar, dass man sie schlagen würde, wenn sie sich wehrten. Anjus Brust hob und senkte sich, so sehr waren ihre Gefühle in Aufruhr. Sie sagte: Aber ich kann es mir doch trotzdem wünschen, oder?

So war sie einmal. Sie trug eine Leidenschaft für alle möglichen Dinge in sich, selbst wenn sie nichts mit ihrem eigenen Leben zu tun hatten.

Wenn ich mir gemeinsam mit Anju einen Film ansah, selbst einen Film, den ich schon einmal zuvor gesehen hatte, veränderte er sich. Sie zwang mich, Dinge zu sehen, die ich selbst nicht bemerkte. Manchmal war das gut, aber meistens ruinierte es den Film, brachte Fragen auf, die gar nicht zur Diskussion standen.

Aber all das ist Vergangenheit. Wir schauen uns keine Filme mehr zusammen an.

Eine Käuferin tritt auf. Ihre Herrin benötigt ein Dienstmädchen. Sie kann sich nicht zwischen den beiden entführten Mädchen entscheiden – dann wählt sie die andere, weil ihre Herrin lieber ein hellhäutigeres Dienstmädchen um sich hätte. Und unser Mädchen, die Tochter des Taubenzüchters, wird in ein erstklassiges Bordell verkauft.

Bordelle kommen in Filmen sehr häufig vor. Anju behauptet, das liege an den Fantasien der Männer.

Sie geben ihr einen anderen Namen, sie wird eine berühmte Sängerin. Sie wird von vielen Männern begehrt. Ihr Name? Den habe ich vergessen. Was für eine Rolle spielt auch schon ein Name? Was wichtig ist, ist der Gedanke, der dahinter steckt. Sie ist die Sängerin, mit der jeder schlafen, die aber keiner heiraten will, genauso wie ich der Ehemann bin, der sich nicht verhält, wie es einem Ehemann geziemt und du bist das Kind, das dem Tod entkommen ist. Obwohl ich, je nachdem, wie man es betrachtet, auch der Mann sein könnte, der seine Stimme verloren hat, und du das Kind, das sie für ihn wiederfindet.

Die Sängerin verliebt sich in einen reichen, jungen *nabab*, doch obwohl auch er sie liebt, muss er seiner sterbenden Mutter gehorchen und die Frau heiraten, die sie für ihn auswählt. Die Sängerin, deren Herz gebrochen ist, geht mit einem anderen Mann fort, obwohl sie ihn nicht liebt. Aber es läuft alles schief, und sie kehrt wieder in das Bordell zurück.

Dann wird sie eines Tages eingeladen, bei einer privaten Feier in einem Haus zu singen, und sie begegnet dem Mädchen wieder, das vor langer Zeit einmal mit ihr gefangen gewesen und als Dienstmädchen verkauft geworden war. Die junge Frau hatte inzwischen den Sohn ihres Arbeitgebers geheiratet und war nun die Herrin dieses Haushalts und mit einem hübschen Sohn gesegnet. Die beiden Freundinnen lachten und weinten, als sie über ihre unterschiedlichen Schicksale sprachen – wie leicht hätte ihre Lage umgekehrt sein können. Dann kehrt der Ehemann von seiner Reise zurück – und stellt dir nur vor, genau, er ist der *nabab*, den die Sängerin einmal geliebt hat. In seinen Augen sieht sie, dass er sich immer noch zu ihr hingezogen fühlt.

Ach, Filme, sagte Anju, als sie diese Szene sah. Sie sind immer voller unmöglicher Schicksalsfügungen.

Aber ist es denn in der wirklichen Welt so viel anders? Wer weiß schon, wie viele Liebende durch den Willen anderer oder durch die Umstände oder durch ihr eigenes falsches Pflichtgefühl getrennt werden? Wie viele Leben durch den Zufall ruiniert werden? Aber wenn es einem selbst zustößt, erzählt man niemandem davon. Es ist einfach mit zu viel Schmerz verbunden.

Das habe ich Anju allerdings nicht gesagt. Dann hätte sie möglicherweise gefragt: Und woher willst *du* das alles so genau wissen?

Außerdem habe ich in all den Jahren des Zusammenlebens mit meinem Vater gelernt, meine Gedanken für mich zu behalten, und diese Konditionierung vermochte ich ebenso wenig zu durchbrechen wie die entführten Mädchen die ihre.

(Selbst bei dir schlucke ich Worte hinunter, die sich in meinen Mund drängen und darum betteln, gehört zu werden. Wie heute Abend, als deine Mutter die Finger um die Kelle schloss, um Spinat-*dal* zu servieren. Ihr schlankes, nacktes Handgelenk, so stark und zugleich doch so zerbrechlich. Ihre farblosen, glänzenden Fingernägel. Mein Blick wanderte an der silbrigen Geradheit ihres Armes hinauf, bis zu der Stelle, wo er in ihre Bluse verschwand. Ihr Ellenbogen trug Grübchen, war ansonsten glatt. Ein Verlangen, ihn zu berühren, ergriff mich mit einer solchen Macht, dass ich glaubte, es nicht unterdrücken zu können. Ich musste aufstehen und den Tisch verlassen. Was ist denn los?, erkundigte sich Anju. Deine Mutter sagte nichts. Ich glaube, sie wusste es.)

Was bringen wir dir nur bei, mein Kind, ohne es zu bemerken? Welche Konditionierungen werden dich aufhalten – wie diese unsichtbaren Elektrozäune, die Hausbesitzer in den Vororten anbringen, damit ihre Hunde nicht davonlaufen können?

Die Sängerin benimmt sich ehrenhaft. Sie geht, die Familie

bleibt intakt, und ihre Freundin erfährt nie, dass ihr Ehemann einmal der Liebhaber der Sängerin war.

Glaubst du, dass sie das Richtige getan hat?, fragte ich Anju hinterher. Wie hättest du dich verhalten?

Anju verzog das Gesicht. Ich hätte dafür gesorgt, dass ich erst gar nicht in solche Schwierigkeiten gerate.

Nachdem sie ins Bett gegangen war, stellte ich den Computer an. Ich sollte eigentlich ein neues Software-Programm testen. Doch stattdessen starrte ich auf den Bildschirm und dachte über Fragen der Ehre nach. In wie viel Unglück sie uns stürzen. Wer vermochte zu sagen, was Ehre überhaupt war? Eigentlich war es doch richtig, nach dem Glück streben zu wollen, oder etwa nicht? War das nicht unser Recht?

Ich hatte den gleichen Fehler begangen wie Anju und Fragen gestellt, die der Film niemals zu beantworten versuchte.

Die Sängerin ist wieder in ihrem Zimmer, blickt in den Spiegel, wischt den Staub darauf ab. Was sieht sie in ihrem Spiegel-Selbst? Sie wendet sich halb um, als wolle sie es uns verraten. Aber bevor sie etwas sagen kann, endet der Film.

Mir gefällt diese Vorstellung, dir etwa nicht? Unheimlich und magisch zugleich. Ein Spiegel-Selbst, das mir zeigt, wer ich wirklich bin.

Aber wenn ich einen solchen Spiegel finde – werde ich überhaupt den Mut aufbringen, hineinzusehen?

Tut mir Leid, meine Kleine. Ich habe es wohl ein wenig übertrieben mit der Geschichte. Ich habe dich zu lange wach gehalten. Schlaf jetzt. Ich werde dir den Rücken reiben, wie du es so gern hast, kleine Kreise mit den Knöcheln vollführen, hin und her laufen, dich an meiner Brust tragen.

4

Anju wartet am Straßenrand auf den Bus, der sie zum College bringen soll, und drückt ihren Rucksack mit den Büchern an die Brust. Sie trägt wie immer Jeans und ein zu großes T-Shirt, und obwohl es ein bewölkter Tag ist, der ständig mit Regen droht, hat sie ihre Sonnenbrille auf. Am Tag bevor der Unterricht wieder begann, war sie mit Sudha zu Wal-Mart gegangen und hatte die größte und dunkelste Sonnenbrille gekauft, die sie dort finden konnte. Hinter den Gläsern fühlt sie sich anonym, unsichtbar, beinahe sicher.

Es ist das Jahr des Todes, das Jahr der Entdeckungen. (Ob es die Regel ist, dass das eine dem anderen vorausgeht?) In Sarajewo, Johannesburg, Burundi ist der Boden mit Blut getränkt. Christen und Muslime, Zulus und die ANC, Hutu und Tutsi. In Äthiopien haben Wissenschaftler den Schädel des frühesten Vorfahren des Menschen ausgegraben. In den USA stehen die Wissenschaftler kurz davor, das schwer auffindbare Top-Quark zu erfassen, das noch fehlende Bindeglied im Atom.

Die Kurse haben vor zwei Wochen wieder begonnen, aber Anju wacht immer noch mit einem dumpfen Schmerz im Magen auf, mit einem Gefühl von Gespanntheit, wie bei einer Uhrfeder, die zu weit aufgedreht worden ist. Sie ist lange vor dem Klingeln des Weckers schon wach und liegt im Bett und beobachtet, wie sich das erste Licht auf die Wand legt. Es ist ein zartes Grau, dem ein Rhythmus innewohnt, der an Wellen an einem windstillen Tag erinnert oder auch an Anjus eigenen Atem. Sie schließt die Augen, um sich mit seiner Wesensart vertraut zu machen. Einatmen, Ausatmen, ein Anflug antiseptischen Duftes von *Listerine*-Mundwasser. Eine Zeile fällt ihr ein, die sie in ihrer Kindheit einmal gelesen, aber inzwischen vergessen hat, wo. *Jeder unserer Atemzüge ist ein weiterer Schritt hin zum Tode.*

Als sie die Augen öffnet, sieht sie, dass Sunil sie beobachtet. Er lächelt und beugt sich hinüber, um ihre Wange zu küssen. Seine Lippen sind so glatt wie gewachste Früchte. Das Licht ist grell geworden, vergleichbar mit Diamanten. Es erstaunt sie jedes Mal aufs Neue.

Im Bus wählt Anju ihren Platz sorgfältig aus, zählt die Reihen ab, bis sie sich in der Mitte des Fahrzeugs befindet. Sie sitzt gern allein. Am Gang. Der Fenstersitz, an dem die Großstadt vorübereilt, macht sie schwindelig: die Glasfronten der Bürogebäude, die zu hell glitzern, Freeways, die ihre brontosaurischen Hälse übereinander hinwegrecken. Die weitläufigen Einkaufszentren mit ihren überdachten Wegen kauern fremdartig wie abgestorbene Raumschiffe in der Mitte von Asphaltflächen. Von den Ecken der Tankstellen aus folgen ihr Schilder, die wie Augäpfel auf Stielen geformt sind, mit ihrem starren, niemals blinzelnden Blick.

Neben ihr auf dem Sitz hat jemand eine Zeitung liegen gelassen. Auf der aufgeschlagenen Seite heißt es, dass Spielberg seinen ersten Oscar für *Schindlers Liste* gewonnen hat. Anju betrachtet die Zeitung für einen Moment, liest die Worte und die Lücken dazwischen. Sie hat gehört, wie sich ihre Kommilitonen (aber das Wort ist eigentlich zu intim) über den Film unterhalten haben. Ob ihre Rolle bei Sudhas Rettung, so klein im Vergleich sie auch erscheinen mochte, wohl als Schindlerismus bezeichnet werden kann? Oder ist Sudha diejenige, die *sie* rettet?

Anju zieht ein Lehrbuch aus ihrer Tasche, streicht den rotschwarzen Einband glatt. In einem ihrer Kurse befassen sie sich mit Briefen und Tagebüchern. Die Dozentin, eine enthusiastische junge Frau, die Anju das Gefühl gibt, alt und langweilig zu sein, faltet die Hände, während sie erklärt, warum diese Gattungen traditionellerweise so beliebt bei Frauen sind. Sie nennt Namen. *Dorothy Wordsworth, Fanny Burney, Sarah Kemble Knight.* So viel Talent an Seiten vergeudet, die nur ein einziger Leser zu sehen bekommt – oder manchmal sogar überhaupt niemand. Die Dozentin hält dies für jammerschade.

Stellen Sie sich nur einmal all die verloren gegangenen Briefe vor, sagte sie in der letzten Woche. *All die Tagebücher, die unge-*

lesen weggeworfen wurden. Was für eine Verschwendung! Ihre Stimme war leidenschaftlich, mit Körnchen aus pulverisiertem Glas durchsetzt. Anju, die hinten im Seminarraum saß, verstand sehr gut, was sie meinte. Und dennoch – was für eine Freiheit das sein musste! Was für eine köstliche Einsamkeit. Worte über ein Blatt laufen zu lassen, um einen einzigen weit entfernten Verstand zu erreichen. Eine Seite abzulöschen, die man nur für sich selbst erschaffen hat, mit so viel Wahrheit durchsetzt, wie man auszuhalten wagt.

Der Bus bremst. Die Türen öffnen sich zischend. Während Anju hinter den anderen Studenten in die Luft hinausstolpert, die nach Auspuffgasen riecht, kommt sie zu dem Schluss, dass auch sie einen Brief schreiben sollte. Einen Brief an ihren toten Vater.

Als die Wohnungstür hinter Anju ins Schloss fällt, lehnt sich Sudha dagegen und schließt die Augen. Acht Uhr in der Früh, und sie ist bereits müde. All die Mühe, Sunil aus dem Weg zu gehen, bis er sich ins Büro aufmacht, all die Mühe, dafür zu sorgen, dass sich Anju in der wenigen Zeit, die dann noch bleibt, fertig macht. An den meisten Tagen will Anju gar nicht aufstehen, und Sudha muss sie aus dem Bett zerren. Wenn sie dann geduscht hat, bleibt sie mit dem feuchten Handtuch, das sie sich um den Körper gewickelt hat, im Badezimmer stehen, bis Sudha ihr droht, hineinzukommen und sie genauso anzuziehen, wie sie Dayita anzieht. Sie schiebt die Cornflakes hin und her, bis sie in ihrer Schüssel ganz matschig sind. Ihre feuchte Haarmähne tropft auf ihr T-Shirt herab, ohne dass sie sich darum schert.

»Also wirklich, Anju«, sagt Sudha mit verärgerter Stimme, während sie ihr das Haar mit dem Handtuch trockenreibt und die verhedderten Strähnen auskämmt. »Was du für ein Theater wegen des Colleges veranstaltest! Man könnte meinen, du seiest fünf Jahre alt. Dabei verstehe ich wirklich nicht, warum du dir überhaupt die Mühe machst. Du weißt doch, dass ich nicht zulassen werde, dass du auch nur ein einziges Seminar verpasst und zu Hause bleibst.«

»Jawohl, Mom!«, sagt Anju, nimmt ihren Rucksack und setzt

die Sonnenbrille auf. Sie versucht sich an einem scherzhaften Lächeln, gibt aber mittendrin auf. Übelkeit kringelt sich in ihrer Kehle wie Rauch. Erst als sie ihre Gedanken auf vier Uhr konzentriert, fühlt sie sich besser. Sie nimmt sich vor, nach dem Unterricht auf dem schnellsten Weg nach Hause zurückzukehren. Dort wird Sudha mit einem selbst zubereiteten Snack auf sie warten, ein *khichuri* mit Reis und Mungobohnen-*dal* – ein Gericht aus Kindertagen, das sie beide früher sehr gern gegessen haben –, mit einer Scheibe frischer Zitrone als Beilage. Hinterher werden sie sich auf dem Bett zusammenrollen und sich unterhalten, während Dayita schlafend zwischen ihnen liegt, bis es für Anju Zeit wird, sich an die Seminararbeiten zu setzen, und Sudha mit den Vorbereitungen für das Abendessen beginnt. Nein. Heute werden sie stattdessen zum Einkaufszentrum gehen und dort umherschlendern. Dieses ziellose, luxuriöse Umherspazieren, mit dem sie es den anderen Einkäufern gleichtun, praktizieren sie häufig. Doch sie haben ein geheimes Programm. »Mach dir Notizen«, zischt Anju Sudha zu. »Das hier ist das Herz Amerikas.«

»Nun geh schon, Anju«, sagt Sudha, versetzt ihr einen nicht unsanften Schubser zwischen die Schulterblätter, und Anju geht.

Endlich allein, lehnt sich Sudha gegen die Tür, die Augen fest zugepresst. So bleibt sie stehen, bis Dayita angekrabbelt kommt und sie an ihrem *sari* zieht. Dann nimmt sie sie auf. Sie flüstert gegen ihre Brust: »Oh, Dayita, jetzt sind wir in Amerika – aber was sollen wir hier bloß anfangen?«

Nachmittag. Sunil stellt fest, dass er sich nicht auf den Bericht konzentrieren kann, den die Sekretärin für ihn abgetippt und ihm zur Durchsicht vorgelegt hat. Die Zahlen ergeben keinen Sinn, und die Worte – Kunden-Interface, Produktentwicklung, neuer Virusalarm – sind ihm fremd geworden, kommen ihm unwirklich vor. Ein Schwall von Reden und Lachen flattert über die Trennwand neben seinem Schreibtisch und legt sich wie Asche auf sein Haar. Er streicht mit der Hand über die Oberfläche seines mustergültig geordneten Schreibtisches. Der Nachrichtenknopf an seinem Telefon blinkt ihn rot an wie das Auge eines Zyklopen. Es gibt Berater, die er kontaktieren sollte, Programmierer, die es zu überwachen gilt, unzufriedene Kunden, die er besänftigen muss. Sein Vorgesetzter wartet darauf, über ein Projekt, das er, Sunil, betreut, auf den neuesten Stand gebracht zu werden. Ein wichtiges Projekt, das bedeutende Einnahmen bringen und zu einer Beförderung führen könnte, weg von diesem Platz im Großraumbüro in ein echtes Büro mit einer soliden Eichentür, an die Leute erst klopfen müssten, wenn sie mit ihm reden wollten. Sunil wendet sich seinem Computer zu und legt seine Finger auf die flüchtige, konkave Kühle der Tasten, die ihm so vertraut sind wie die Grübchen einer Geliebten. Aber seine Krawatte kommt ihm zu eng gebunden vor. Er legt seine Hand an die Kehle, um sie zu lockern, stellt jedoch fest, dass er an diesem Morgen gar keine trägt. Er geht zum Fenster und kurbelt es auf. Draußen ist es windig, ein ruheloser, vagabundierender Wind, der sich hereinschleicht und den Bericht auf seinem Schreibtisch durchwühlt. Blätter rascheln zu Boden, aber Sunil dreht sich nicht danach um. Er betrachtet den grauen Himmel, als halte er nach einem Zeichen Ausschau. Gleicht er überhaupt im Geringsten dem Himmel, unter dem er als kleiner Junge barfuß und schreiend hinter einem ausgeschnittenen Drachen hergelaufen war? Das hat er doch sicher getan. Tun das nicht alle Jungen? Aber es ist schwer, eine Spur davon – von diesem Himmel oder dieser Kindheit – in seinem Gesicht zu entdecken.

Dieses Gesicht, dem er die Freundlichkeit antrainiert hat, sodass die Sekretärinnen – insbesondere die älteren, wenn sie sich auf der Toilette die Lippen nachziehen oder sich das Haar zurechtzupfen – oft von ihm als *Dieser nette Mr Majumdar* sprechen. Aber heute, allein in seinem kleinen, abgeteilten Raum, ist sein Gesicht so unberechenbar wie ein Himmel, über den Sturmwolken hinwegziehen. Wird es einen Hurrikan geben? Seine Augen huschen unruhig hin und her, Nachtfaltern gleich, die eine Flamme in der Nähe spüren.

Er atmet einmal tief durch, holt diesen abtrünnigen Wind in seine Lungen hinein. Er entfernt sich vom Fenster und blickt auf seine Uhr. Zwei Uhr. Denkt er, dass es mindestens noch zwei Stunden dauern wird, bevor Anju vom College zurückkehrt? Zwei gefährliche Stunden, die sein Herz schneller schlagen lassen, wenn er daran denkt, was man mit ihnen anfangen könnte. Es liegt etwas Gewagtes, Leichtsinniges in der Biegung seines Armes, als Sunil seine Jacke vom Ständer reißt. Er lässt die Seiten des ungelesenen Berichts so auf dem Boden zurück, wie sie hingefallen sind, und bleibt unterwegs nur kurz stehen, um der Sekretärin mitzuteilen, dass er nach Hause gehen muss.

Den ganzen Tag über arbeitet Sudha so, wie ein Tiefseeschwimmer Wasser tritt – als ob damit aufzuhören bedeuten würde, zu ertrinken. Sie kocht und saugt und wischt den Boden mit einem Mopp, staubt den wenigen Krimskrams im Wohnzimmer ab. »Wer würde wohl glauben, dass ich noch niemals einen Boden mit einem Mopp gewischt habe, bevor ich nach Amerika kam, was?«, sagt sie an Dayita gewandt, die sie immer in ihrer Nähe hat. »Dieses Mädchen macht vor nichts Halt!«, wird sie Anju später sagen. »Ich kann sie nicht für eine Sekunde aus den Augen lassen!« Ob Anju spürt, dass Sudha Angst vor dem Alleinsein hat? Wenn Dayita einschläft, redet Sudha mit sich selbst.

Sie tarnt ihr tägliches Saubermachen damit, dass sie einige Zeitungen verstreut herumliegen lässt. Das tut sie nur, damit Anju nicht mit ihr schimpft. (»Habe ich dich etwa hierher geholt, um dich in eine Dienstbotin zu verwandeln? Ich schwöre dir, ich werde das Studium abbrechen, wenn du immer nur putzt, putzt, putzt, während ich weg bin.«) Sudha stillt Dayita und isst ein wenig von dem *khichuri*, das sie für Anju gekocht hat. »Es ist komisch, so ganz allein zu essen«, brummt sie. »Zivilisierte Menschen sind nicht dazu geboren, so zu leben, was meinst du?« Sie steckt sich eine Gewürznelke in den Mund und kaut geistesabwesend darauf herum. Es ist eine alte Angewohnheit, die ihr noch aus Kindertagen erhalten geblieben ist.

»Oh, Sudha, sag bloß, du kaust immer noch Gewürznelken, wie wir es als Kinder bei deiner Mutter immer tun mussten!«, rief Anju lachend nach dem Essen am ersten Abend. »Weißt du noch, was sie immer gesagt hat: *Mädchen, das wird euch süßere*

Münder geben – und ein Ehemann mag es, wenn seine Frau einen süßen Mund hat!« Gleich darauf hatte sie sich rasch die Hand vor den Mund geschlagen.

Sudha lächelte, wenn auch ein wenig reuevoll. »Ist schon gut, Anju! Nur weil ich geschieden bin, heißt das noch lange nicht, dass du nichts mehr erwähnen darfst, was mit Heirat zu tun hat. Dann könnten wir uns ja nie über die Zeit unseres Heranwachsens unterhalten – denn was war das anderes als eine einzige, riesige, nicht enden wollende Vorbereitung auf unsere Zeit als Ehefrauen!« Dann fügte sie hinzu: »Weißt du noch, wie ich immer gesagt habe, dass ich, wenn ich erst einmal verheiratet und der Kontrolle meiner Mutter entkommen wäre, niemals wieder eine Gewürznelke anfassen würde? Aber als der Tag gekommen war, stellte ich fest, dass ich es ohne diese Dinger nicht aushielt.«

»Wie wir doch süchtig werden nach unseren Qualen!«, antwortete Anju.

Sunil warf ihr einen Blick zu. Vielleicht fragte er sich, ob ihre Worte noch eine versteckte Bedeutung haben könnten. Aber er hätte eigentlich inzwischen wissen müssen, dass Anju offen sagte, was sie meinte. Sie benutzte die Worte, die sie an Menschen richtete, wie Pfeile – anders vermochte sie es nicht.

Nun schaltet Sudha gehorsam den Fernseher ein. Anju hat ihr gesagt, dass sie dies tun soll, es würde ihr helfen, die Amerikaner zu verstehen. Also schaut sie sich einen Wetterbericht an, der behauptet, dass es zu siebzig Prozent Chance auf Regen gebe, eine Werbesendung für Papiertücher, in der ein riesiger Mann, ein dreckiger Fußboden und eine winzige, aufgeregte Frau vorkommen, und schließlich noch die Wiederholung einer Gameshow. Aber als eine mollige Frau, die den Preis eines Mixers richtig geschätzt hat, vor Freude zu kreischen beginnt, auf und ab springt und ihre Arme um den Moderator schlingt, um ihn zu küssen, schneidet Sudha eine Grimasse und schaltet das Gerät aus.

»Das ist ja widerlich!«, sagt sie zu Dayita. »Ich bin sicher, dass du mir da als anständige Frau zustimmst.« Sie beschäftigt ihre Tochter für eine Weile mit Fingerspielen, ist aber nicht ganz bei der Sache. Man sieht es an der Art, wie sie abrupt den Kopf dreht, als hoffe sie etwas zu sehen, das außerhalb ihres Blickfeldes lauert. Sie öffnet das Fenster ganz weit. Draußen stürzt sich der Wind herab, verstreut Blätter und Schutt. Er bläst ihr in seiner Boshaftigkeit Staub in die Augen, um sie zum Weinen zu bringen. Sudha reibt sie – eine unerwartet kindliche Geste an einer Frau, die sich fest genug gegen die Umzäunung der Ehe geworfen hat, um sie niederzureißen – und seufzt, als sie einen Blick auf die Uhr wirft. Es ist erst drei. »Lass uns Anju Mas Schlafzimmer sauber machen, ja?«, sagt sie.

Es ist eine überraschende Entscheidung. Obwohl sie darauf achtet, den Rest der Wohnung tadellos sauber zu halten, betritt Sudha niemals allein Anjus Schlafzimmer (für sie ist es *sein Schlafzimmer*). Manchmal, wenn Anju vom College nach Hause kommt, legen sie sich auf das Bett dort, um sich zu unterhalten, aber das liegt nur daran, dass Anju darauf beharrt, wie lächerlich es wäre, sich auf Sudhas winziges Bett zu quetschen, wo doch das große französische Bett leer ist. Hinterher streicht Sudha jede Falte des Bettüberwurfs glatt, die verraten könnte, dass sie dort gewesen ist. Lange bevor Sunil nach Hause kommt, ist sie in der Küche, ist sie in Sicherheit hinter ihrer Barrikade aus Töpfen und einem Schleier aus duftendem Dampf.

Sudha betritt das Schlafzimmer, bewaffnet mit Schwämmen und Sprays. Sie bewegt sich zögernd, mit den Schritten eines Eindringlings. »Oh, was für eine Unordnung!«, ruft sie Dayita wie eine Rechtfertigung zu – aber das ist es wirklich. Auf der Frisierkommode herrscht ein Durcheinander aus Fläschchen und Lehrbüchern, die Sunils Eaux de Cologne in eine Ecke verbannt haben. An einem Ende stehen ein kleiner Fernseher und ein Videorecorder, auf dem sich Sunil spät in der Nacht regelmäßig Filme anschaut, die Anju nicht billigen würde, wenn sie dann noch wach wäre. Am Fuß des Betts liegen zusammengeknüllte Decken und Anjus Nachthemd, und ein feuchtes Handtuch liegt in einem Haufen auf dem Badezimmerboden. Aus der offen gelassenen Zahnpastatube ist blaues Gel auf den Waschtisch gelaufen. Sudha kniet nieder und beginnt die Wanne zu schrubben, die einen Dreckrand hat. Ein versunkener Ausdruck liegt auf ihrem Gesicht, als sie die Reinigungsbürste benutzt, als sie die Kalkkrusten vom Wasserhahn kratzt. Das hier ist der Grund, warum sie nach Amerika gekommen ist: um Ordnung in das Leben ihrer Cousine zu bringen. So lange ihr Körper mit solch notwendigen Aufgaben in Schach gehalten wird, muss sie über diese Aufgaben hinaus nicht bis zu der Schwärze nachdenken, die ihre Zukunft darstellt.

Für eine Weile folgt das Kind den Bewegungen des mütterlichen Arms, wie er sich beugt und streckt, wie die Blasen des Reinigungsmittels am Ende der Bürstenborsten erblühen. Aber der Ausdruck auf dem Gesicht ihrer Mutter gefällt ihm nicht. Dieser verträumte Ausdruck, so, als wäre das Kind überhaupt nicht da. Es zieht an ihrem Arm und gibt einige protestierende Laute von sich.

»Es dauert nur noch eine Minute«, sagt die Mutter. »Ich stille dich, sobald ich mit der Wanne fertig bin, in Ordnung?«

Aber das Kind ist nicht einverstanden. Es ist wichtiger als irgendeine dumme Badewanne und das weiß es auch. Es gibt einen lauten, empörten Schrei von sich.

»Schon gut! Schon gut! Ich habe verstanden!«, sagt die Mutter, wäscht sich hastig die Hände und knöpft ihre Bluse auf. Das Kind hätte lieber etwas Aufregenderes gehabt, wie zum Beispiel diese knusprigen Müslikügelchen, die ihr der Mann morgens aus seiner Frühstücksschüssel gibt. Aber es nimmt anstandslos an, was ihm dargeboten wird. Eigentlich gefällt ihm sogar diese Vertrautheit in der Armbeuge seiner Mutter, wie die Milch warm in seinen Mund spritzt, dieser beruhigende Geruch, der auch der Geruch seiner Mutter ist, der Geruch, den es unter allen anderen Gerüchen sofort herauskennen würde, sogar in einem dunklen Zimmer, in dem sich nur Fremde aufhalten. Das Kind hämmert anerkennend gegen die Brust seiner Mutter.

»Aua!«, ruft diese. »Hör auf! Es ist Zeit, dass du in dein Bettchen kommst.«

Aber das kleine Mädchen hat andere Vorstellungen. Es klammert sich an seine Mutter, als diese versucht, es ins Kinderbett zu legen, und es stößt eine Reihe von schrillen Schreien aus, die von Mal zu Mal lauter werden. Es bereitet ihm nicht wirklich

Vergnügen, dies zu tun – die Töne tun auch seinen Ohren weh –, aber was bleibt ihm anderes übrig, wenn sich seine Mutter von sanfteren Methoden nicht überzeugen lässt? Diese Strategie hat in der Vergangenheit immer hervorragend funktioniert – besonders, wenn Tante Anju in der Nähe war.

Auch heute erreicht es damit wieder sein Ziel. »Also schön!«, sagt seine Mutter schnippisch, schleppt es wieder zurück in Tante Anjus Schlafzimmer und setzt es auf dem Bett ab – ziemlich unsanft, wie das Kind findet. »Verwöhntes Balg!« Schweißtropfen überziehen die Stirn der Mutter. »Ich sollte dir eins hinter die Löffel geben.« Sie verzieht die Augen zu Schlitzen und hebt den Arm.

Das Kind hört auf zu weinen. Es besteht nicht länger die Notwendigkeit dazu, und es gehört nicht zu denen, die ihre Mühe verschwenden. Es betrachtet seine Mutter mit einer gewissen Neugier – bis zum heutigen Tag hat ihm noch niemals jemand mit Schlägen gedroht. Aber da ist noch etwas anderes in seinem Blick, etwas Unverwandtes, Abschätzendes. Das Kind ist sich bewusst, dass sie sich inmitten einer Art Kampf befinden – Wer-senkt-als-Erstes-den-Blick, könnte man ihn nennen und es hat nicht vor, als Verlierer daraus hervorzugehen. Seine Mutter zieht den Arm mit der flachen, schwertähnlichen Handfläche zurück. Vielleicht ist es an der Zeit für einen weiteren Schrei?

Aber nein, die Mutter beißt sich auf die Lippe, weicht zurück. Sie stolpert jetzt auf den Fernseher zu, kramt in einem Haufen von Kinder-Videos herum, die der Mann für das Kind gekauft hat. Sie knallt eins davon in den Videorecorder – ein letzter Ausbruch ihrer Wut. Das Kind erwägt, die Mutter mit einem oder zwei Schluchzern aus seinem beachtlichen Repertoire zu tadeln, aber auf dem Bildschirm ist eine Froschpuppe erschienen, die ein Lied singt, das das Kind kennt. Es wiegt sich von einer Seite zur anderen im Rhythmus. *Key Largo, Montego ... that's where I wanna go*. Alles andere schwindet, unwichtiges Zeug, über das es sich nicht aufzuregen lohnt. Irgendwo in seinem Kopf registriert es, dass seine Mutter die Badezimmertür schließt. *Bermuda, Bahama, come on pretty mama*. Das Kind weiß, dass sie dort drin eine Weile weinen wird. Dieses Wissen macht es plötzlich traurig, bringt es dazu, sich hinzulegen und mit dem Daumen im Mund zusammenzurollen.

Als die Mutter zurückkommt und ein glänzendes Badezimmer zurücklässt, das ihr mit Sicherheit Tante Anjus Zorn einbringen wird, schläft das Kind. Im Schlaf spürt es, dass die Augen der Mutter rot sind, dass das Ende ihres blauen *saris* unordentlich um ihre schlanke Taille geschlungen ist. Selbst auf diese Weise ist sie noch schön, denn sie besitzt diese besondere, vernachlässigte Schönheit, die die Menschen dazu bringt, sich als Schild zwischen sie und die Welt stellen zu wollen. Das Kind weiß dies, weil der Mann es ihm so erklärt hat. Die Mutter schenkt dem Kind, das ihr mit seinem Grübchen am Kinn und dem kleinen Leberfleck hoch oben auf dem Wangenknochen so ähnlich sieht, ein feuchtes Lächeln. Wenn da nur nicht noch dieser eigensinnige Zug um seinen Mund liegen würde, der sich jetzt im Schlaf schmollend verzieht ... Die Mutter schüttelt den Kopf. In Indien wäre Eigensinn ein Nachteil gewesen, etwas, das man einem Mädchen – sogar mit Schlägen – austreiben müsste. Aber hier ist sie sich nicht so sicher. In Amerika sind alle Regeln anders, und sie kennt bisher noch nicht einmal eine davon.

Sie beugt sich vor, um das Kind aufzunehmen, verharrt dann aber.

»Ich habe Angst, ich könnte dich wecken«, flüstert sie gegen seine Stirn. »Und wir wissen doch alle, was du für ein Teufel sein kannst, wenn dein Nickerchen gestört wird, nicht wahr?!« Ein erschöpftes Lächeln erscheint auf ihren Lippen. Das ganze Knien und Schrubben und Weinen fordert seinen Preis. Ist das der Grund, warum sie sich jetzt mit einem kleinen, katzenähnlichen Gähnen hinlegt, ihren Körper um das Kind zusammenrollt? Oder fügt sie sich lediglich dem unbändigeren Willen des Kindes? Das Kind kuschelt sich mit dem Rücken in den Geruch hinein, den es so gut kennt. Es träumt wieder einmal von dem Jungen. Wolkenjunge nennt es ihn an manchen Tagen. Sandsturmjunge, der sie mit einem solchen Hunger betrachtet. Heute flattert er mit Taubenflügeln über ihnen. *Nein, nein. Nicht hier*. Das Kind würde ihm so gern sagen, dass er sich nicht fürchten muss. Was geschehen muss, wird geschehen. Doch der aufdringliche Wind, der sich gegen die Fensterscheiben presst, einen Riss sucht, um hineinzugelangen, lenkt es ab.

»Ach, Mütter und Töchter«, hört es seine Mutter seufzen, »wie können wir einander doch die Kraft rauben! Aber das ist nicht so schlimm. Anju Ma wird in einer Stunde hier sein und uns wecken.«

Vier Uhr. Anjus letzter Kurs ist beendet, und sie steht mitten auf dem Campus und fummelt an ihrer Sonnenbrille herum, die sie selbst während des Unterrichts trägt. Sie versucht zu einer Entscheidung zu gelangen, was sie tun soll. Ein Teil von ihr sehnt sich nach ihrem Zuhause, aber da ist noch die Sache mit dem Brief an ihren Vater. Sie weiß, dass sie diesen Brief nicht in der Wohnung, in der aufgeladenen Schießpulver-Luft, die dort herrscht, schreiben kann. Dazu benötigt sie einen Raum, der frei ist von Geschichte und den damit verbundenen Erwartungen.

Es ist das Jahr der Heimgänge: Ionesco und Kojak, Jackie Onassis vom Krebs besiegt. Anju fragt sich, ob man von ihnen erwartet, sich im Leben nach dem Tod denselben Raum zu teilen. Sie fürchtet, dass es so sein könnte. Aber vielleicht ist es ja ein Fehler, sich zu fürchten. Vielleicht scheren sich die Toten gar nicht um solche Dinge. Für den Bruchteil einer Sekunde denkt sie an Prem, ganz so, wie wenn man einen Finger auf die Windungen eines noch heißen Brenners legt und sie dann rasch zurückzieht. *Der Tod ist der große Gleichmacher*. Hat sie diesen Satz gerade erst erdacht oder hat sie ihn irgendwo einmal gelesen? Zu ihrer Bestürzung kann sie sich nicht erinnern. Ein düsterer Wind reißt an ihrem Haar, trägt den Geruch nach feuchter Erde in den Raum zwischen ihrer Sonnenbrille und ihren Augen. Er lässt das Einschlagpapier eines Hamburgers, ein verknittertes, Aufmerksamkeit heischendes Silberding über den Fußweg auf ein kleines Betongebäude zueilen, auf dessen Wand der Regen die Pinselstriche seines flüchtigen Alphabets zu zeichnen beginnt. Da ist etwas in diesem Sich-Überschlagen, eine fröhliche Ist-doch-egal-was-passiert-Selbstvergessenheit, wie sie Anju seit Jahren nicht mehr verspürt hat. Sie folgt dem Papier – erst mit Blicken, dann mit ihren Füßen – und stellt fest, dass sie sich vor der Bibliothek für den Fachbereich Kommunikationswissenschaften befindet, ein Gebäude, von dessen Existenz sie bis zum heutigen Tag keine Ahnung hatte. Ob dies ein weiteres Omen ist? Die automatischen Türen öffnen sich gleichzeitig, wie die Arme eines schmerzlich vermissten Freundes. Anju geht, bis sie ein Zimmer gefunden hat, das so weiß ist wie das Innere eines Eis, kreisförmig und ohne Fenster. Das gefällt ihr. Sie hat Fenster schon immer für Ablenkungen gehalten, die einen Menschen aus sich herauslocken. Und im Moment muss sie sich in sich selbst vertiefen, um die alten, verbrannten Scherben ihres Lebens auszugraben.

An diesem amniotischen Ort schiebt sich Anju die Brille auf die Stirn, holt ein Blatt Papier und einen Füllfederhalter hervor, den sie mit einem Gefühl der Nostalgie, von dem sie nicht einmal wusste, dass sie es besitzt, den ganzen Weg von Indien bis hierher getragen hat.

Lieber unbekannter Vater, schreibt sie.

Im Autoradio informiert eine Stimme Sunil, dass das Pentagon sein Doomsday-Projekt, das acht Milliarden Dollar gekostet hätte, aufgegeben hat, dass weitere serbische Flugzeuge in einer Flugverbotszone abgeschossen worden seien und dass die Deutschen den Franzosen die Auszeichnung als weltweit größte Konsumenten von Alkohol abgerungen haben.

»Gratuliere!«, sagt er.

Die Stimme warnt ihn des Weiteren vor einem Unfall auf der 101 Ecke Montague, bei dem chemische Flüssigkeit auf die Straße gelangt ist. Der Verkehr staut sich bis zur Mathilda Avenue.

»Scheiße!«, entfährt es Sunil. Er ist wie ein Tier, dessen Haar, das von einer gedankenlosen Hand in die falsche Richtung gezaust worden ist, an manchen Stellen stachelig absteht. Dessen Haut eine solche Entblößung als unangenehm empfindet. Man kann in ihm das Verlangen nach Geschwindigkeit spüren, das sich wie Druckluft aufbaut. Aber der Beginn des Berufsverkehrs hat ihn fest im Griff. Regentropfen vergrößern ihren Umfang auf seiner Windschutzscheibe und laufen träge nach unten. Er peitscht sie mit den Scheibenwischern fort, die er unnötigerweise mit der höchsten Geschwindigkeit laufen lässt. Seine hübschen Lippen (Mel-Gibson-Lippen, wie eine Frau einmal gesagt hat) sind schmal vor Verdruss, seine Finger trommeln einen Stakkato-Code auf das Lenkrad. Er hatte sich dazu gebracht, in einem Café zu warten, einen Cappuccino nach dem anderen zu trinken, bis es für Anju Zeit war, nach Hause zu kommen. Hält er dies wohl für eine heldenhafte Tat oder eher für ein albernes Gebaren? Er hat nichts zu Mittag gegessen, und das ganze Koffein verursacht ein Gefühl von Übelkeit und Nervosität, bringt ihn dazu, ohne zu blinken überhastet abzubiegen. Er zeigt hupenden Autofahrern den Stinkefinger und fährt – endlich – mit heulendem Motor auf den Parkplatz ihres Wohnhauses.

Was mag sich Sunil wohl wünschen, während er zwei Stufen auf einmal nehmend hinaufhastet? Er läutet an der Wohnungstür. Niemand öffnet. »Jede Wette, wieder mal im Einkaufszentrum«, murmelt er, schließt die Tür mit seinem Schlüssel auf und lässt den Aktenkoffer auf das Sofa fallen. Er öffnet die Knöpfe an seinem Hemd – er ist heute atemlos, alles schlingt sich immer fester um ihn – und betritt das Schlafzimmer. Und dort sieht er sie.

Lieber unbekannter Vater –

Wie du dir denken kannst, ist es nicht leicht, einen Brief an einen Menschen zu schreiben, der gestorben ist, bevor ich geboren wurde. An einen Mann, den ich in all den Jahren meines Heranwachsens gehasst habe, weil er seine Familie zerstört hat. Ja, Vater, durch deinen Tod, den du mit deiner Schatzsuche – diesem albernen, irrealen Unterfangen, das besser hätte bleiben sollen, wo es hingehörte, nämlich zwischen die Seiten eines Kinderbuches – selbst verschuldet hast, hast du uns zerstört.

Aber es ist nicht meine Absicht, dich auszuschimpfen. Nun, da ich mich im Morast der mittleren Jahre meines eigenen Lebens befinde, empfinde ich meinen alten Hass als ebenso nutzlos, wie das Abenteuer, auf das du dich eingelassen hattest. Stattdessen muss ich einfach wissen, was dich getrieben hat (so, wie man um die genetischen Defekte wissen will, aufgrund derer die Eltern gestorben sind). Vielleicht ergreift dann die gleiche Verzweiflung von mir Besitz. Ich muss wissen, wovor du dich am meisten im Leben gefürchtet hast. Denn man lernt die Menschen am besten durch ihre Ängste kennen – die, die sie besiegen, und die, von denen sie besiegt werden.

Die Menschen, die mir am nächsten stehen, fürchten sich vor Folgendem: Sunil vor Erdbeben, herumfliegenden Insekten, dem Himmel in der Abenddämmerung und davor, die Kontrolle zu verlieren. Sudha fürchtet sich vor der Stille, die von den Möbeln in einem leeren Zimmer zur Mittagszeit aufgeht, vor Katastrophen beim Kochen und dem Wiedererwachen von Sehnsüchten, die sie begraben hat. Prem (ja, Prem) vor der Auflösung, dem Schreien der Fledermäuse und der abgetriebenen Babys und vor meiner Verzweiflung. Nur Dayita ist die Einzige von uns, die sich vor nichts fürchtet.

Und ich – nun, um all die Dinge aufzuzählen, vor denen ich mich fürchte, würde ich wohl eine Ewigkeit brauchen. Also schreibe ich nur eins auf: Liebe. Ich fürchte mich vor der Liebe, die dir eine Kostprobe gibt und dich dann nach mehr gieren lässt. Du hältst sie in deinen süchtigen Händen, und Angst ergreift dich, wenn du siehst, wie zerbrechlich sie ist. Sie bringt dich dazu, unaufhörlich zu lügen. Du würdest jeden umbringen – dich selbst eingeschlossen –, um sie vor dem Zerbrechen zu bewahren. Doch sie bricht dennoch.

Alles, was ich jemals geliebt habe, habe ich verloren – bis auf eine Liebe. Und auch bei dieser meine ich bereits hören zu können, dass der Boden reißt – wie das Eis eines Sees in einem Winter, der zu warm ist.

Vater, was hast du so geliebt, dass du uns deswegen verlassen musstest?

Anju

Er steht ganz still mitten im Schlafzimmer, sein geöffnetes Hemd rutscht an seinem Körper hinab. Sein Brustkorb hebt und senkt sich nicht. Er vergisst zu atmen, während er die Frau und das Kind anstarrt, die auf seinem Bett liegen – was sie, für den Moment, ebenfalls zu etwas macht, das ihm gehört. Er sieht aus wie ein Mann, dem ein Wunder die Sprache verschlagen hat.

Das Frosch-Video ist zu Ende und aus dem Fernseher ertönt ein statisches Summen. Zu dieser dissonanten Musik geht Sunil auf das Bett zu. Er blickt auf Sudha hinab, auf ihre leicht geschwollenen Lider, ihr Haar, das sich über sein Kissen rankt, die plötzliche Anspannung in ihren einladenden Hüften. Auf das Kind, das im Schlaf die Hand um den Finger der Mutter zur Faust geballt hat.

Er kniet neben dem Bett nieder. Er küsst sie. Ein federleichter Kuss auf den Leberfleck an ihrem Wangenknochen, ein Kuss, einem Ausatmen gleich, auf ihr linkes Auge, dann auf ihr rechtes und dann vermag er sich nicht mehr zu beherrschen. Seine Lippen ergreifen Besitz von den ihren, ihr Gesicht liegt in seinen Händen. Er ist bereit, sie in sich hineinzupressen, sie zu verschlingen, wenn das die einzige Möglichkeit für sie sein sollte, zusammen zu sein. Das hier ist der Kuss, den er sich in hundert unbefriedigten Nächten vorgestellt hat. Er atmet den Gewürznelkenduft ihrer Träume ein, die nun auch zu den seinen werden. Seine Arme drücken sie an sich. Ihre Haut macht ihn trunken mit ihrer seidigen Weichheit. Er streichelt ihre Schulterblätter, die Krümmung ihrer Rückenwirbel, jeder einzelne passend zum anderen wie Perlen auf einer Schnur. Seine Lippen bewegen sich zur Schwellung ihrer Brüste. Wölbt sich ihr Körper ihm willfährig entgegen? Wenn dieser perfekte Moment doch nur ewig dauern könnte, ohne dass er jemals wieder nach vorn oder hinten schauen müsste.

Dann beginnt sie zu schreien, stößt ihn weg. Er vermag den Ausdruck auf ihrem Gesicht nicht zu lesen, aber er würde nur zu gern glauben, dass es eine unbestimmte Freude ist, die er dort sieht, oder zumindest Verlangen, doch ihre Worte sind eindeutig: *Lass mich los, lass los.* Sie schlägt nach ihm. Damit er nicht umfällt, müssen seine Hände von ihr ablassen. Neben dem Bett kniend versucht er das Gleichgewicht auf seinen Fersen zu halten. Sie setzt sich auf, ihre Hand greift nach ihrem *sari*, zieht ihn bis zum Gesicht hinauf. Nur noch ihre vor Schreck weit aufgerissenen Augen sind über dem zusammengeknüllten Stoff zu sehen. Auch das Kind ist inzwischen aufgewacht und starrt sie beide abwechselnd an, um zu entscheiden, ob die Situation nach einem Lächeln verlangt. Der Atem des Mannes verursacht einen seltsamen pfeifenden Ton in seiner Luftröhre. Die Gürtelschnalle glänzt vor dem Hintergrund seines schlanken, braunen Körpers. Seine Brusthaare sind dunkel und lockig. Das Kind lacht, als es die Hand ausstreckt, um sie zu berühren. Dieses Lachen, diese Berühung. Sie lassen die Realität krachend wie die Tür zu einer Tigerfalle über Sunil hereinbrechen.

Anju hat den Bus um sieben Uhr genommen. Sie hält sich an der metallenen Armlehne ihres Sitzes fest, ihr Daumen streichelt den glatten, bläulichen Glanz. Sie verspürt eine wunderbare Luftballon-Leichtigkeit, als könne sie jeden Moment zum Dach des Busses aufsteigen. Der Brief, den sie geschrieben hat, ist sicher zwischen den Seiten ihres dicksten Notizheftes versteckt.

Als sie aussteigt, peitscht ihr der Regen entgegen. Die Straße hat sich in einen Fluss verwandelt, trüb und abendlich vernickelt. Durchnässt und zitternd presst sie den Rucksack an ihre Brust, in der Hoffnung, dass der Brief trocken bleiben wird. Der Regen tropft auf die Gläser der Sonnenbrille und trübt ihre Sicht nur noch mehr. Ihre Blindheit, die Geheimnisse unsichtbarer Pfützen, versetzen Anju in eine Hochstimmung.

Auf dem Parkplatz stößt Sunil die Tür des Wagens, in dem er gesessen hat, auf und ruft ihren Namen. Sie schnappt nach Luft, ihre Finger schließen sich fester um den Rucksack.

»Du hast mich erschreckt!«, sagt sie. »Ich habe dich im Dunkeln nicht gesehen!«

»Du könntest besser sehen, wenn du diese verdammte Sonnenbrille abnehmen würdest. Warum kommst du so spät?«

Die Schärfe seiner Worte erstaunt Anju. Sie blinzelt und beugt sich vor, um in sein Gesicht zu schauen, behält die Sonnenbrille aber auf.

»Nun?«

»Ich ... etwas kam dazwischen ... ich musste in der Bibliothek arbeiten. Dabei habe ich die Zeit ganz vergessen. Warum bist du so wütend?«

»Ich habe mir Sorgen gemacht, das ist alles«, erwidert Sunil. Er steigt aus dem Wagen. Sein Hemd wird im Regen ganz dunkel. Wasser fließt über sein Gesicht, verschleiert dessen Ausdruck. »Sieh dich doch nur an, tropfnass bist du. Was ist, wenn du wieder krank wirst? Kannst du denn nicht wenigstens einen Schirm mitnehmen? Komm, lass mich deine Bücher tragen.«

»Nein, nein, ist schon gut – du hast ja auch noch den Aktenkoffer.«

»Anju!«, ruft Sunil verzweifelt. »Warum musst du bloß immer gegen mich ankämpfen, wenn ich versuche, etwas für dich zu tun?«

Anju überlässt ihm nur widerstrebend ihren Rucksack und sieht zu, wie er ihn sich über die Schulter schwingt. Um sich davon abzuhalten, Sunil zu bitten, ihr den Rucksack zurückzugeben, sagt sie, während sie ihm die Stufen hinauffolgt: »War der Verkehr sehr schlimm? Bist du auch gerade erst gekommen?«

»Der Verkehr ist immer schlimm«, erwidert Sunil, ohne sich umzuschauen.

In der Wohnung versucht Sudha Zwiebeln für ein Curry zu schneiden. Sie kann sich nicht entscheiden, was für ein Curry es werden soll – einige der Zwiebelstücke sind lang und gebogen wie für ein *kurma*, andere klobig wie für ein *chochori*. Die Ränder sind beschädigt, denn Sudha, die für gewöhnlich so sorgfältig bei diesen Dingen ist, hat das falsche Messer benutzt. Groß und dick, dazu gedacht, Fleisch zu schneiden, war es das erste, das ihr in die Hand geriet, als sie in der Schublade herumtastete. Von Zeit zu Zeit hält sie mit dem Schneiden inne und umschließt den Griff mit ihrer Faust wie eine Waffe. Aber sie sieht es nicht – und auch nicht die Zwiebeln oder das *dal*, das kurz vor dem Überkochen ist, und auch nicht Dayita, die im Wohnzimmer mit dem metallenen Briefbeschwerer spielt, den sie eigentlich nicht anrühren darf. Sie neigt den Kopf, wie man es tut, wenn man eine teure Armbanduhr, die trotz Garantie nicht mehr funktioniert, an ein bestürztes Ohr hält.

Dayita schlägt den Briefbeschwerer auf den Tisch. Sie mag den Klang, den er erzeugt, diesen, kräftigen, dumpfen Bums, gefolgt von einer hinausgezögerten Vibration, die in der Luft hängt, und entschließt sich, ein Spiel daraus zu machen. Bum! Bum! Bum! Bis es Sudha aus ihrer Trance reißt. Aber während sie Dayita an jedem anderen Tag den Briefbeschwerer aus der Hand gerissen und ihr womöglich einen Klaps auf das Hinterteil gegeben hätte, schaut sie heute nur hinüber. Gibt es etwas Neues in Dayitas Gesicht, dieses Bewusstsein, durch das Kinder beginnen, sich von ihren Eltern abzusondern? Sudha überlässt die Zwiebeln und das *dal*, das inzwischen eine gelbe Schweinerei auf dem Ofen verursacht, ihrem Schicksal und geht ins Badezimmer. Sie sucht im Spiegel nach sichtbaren Anzeichen des nachmittäglichen Aufruhrs. Aber es gibt nicht immer eine solche gerade Linie zwischen Ursache und Wirkung. Ihr Gesicht ist schön wie immer, keine Falte hinzugekommen, nicht ein Funken seiner Leuchtkraft verlöscht. Nur die schärfsten Augen würden die leichte Schwellung ihrer Lippen entdecken, die sie sich immer und immer wieder geschrubbt hatte, nachdem Sunil mit dem Hemd in der einen und dem Aktenkoffer in der anderen Hand aus der Wohnung gestolpert war. Anju, mit ihrer eigenen Verstellung beschäftigt, wird es nicht sehen.

Als Sudha und Anju noch Teenager waren, hatte Pishi ihnen einmal das Märchen von Damayanti erzählt, einer Königin, die so schön war, dass die Götter eifersüchtig auf ihren Mann wurden. Sie nahmen ihm alles, was er besaß, und zwangen ihn, viele Jahre durch die Wildnis zu wandern. »Seid vorsichtig«, hatte Pishi geendet. »Die Schönheit einer Frau kann ihr Reichtum, aber auch ihr Fluch sein.«

Anju hatte kleinlaut die Nase gerümpft. »Ich schätze, darum muss ich mir dann wohl keine Sorgen machen!« Aber Sudha, die sich in solchen Momenten für gewöhnlich beeilte, Anju zu versichern, dass auch sie schön sei und – viel wichtiger noch – klug dazu, war zu sehr in ihren Gedanken verloren gewesen, um irgendetwas zu sagen.

Nun hebt Sudha die Hände an ihr Gesicht und zieht die Umrisse ihrer Knochen nach. Ob es wahr ist, dass Schönheit ein Fluch sein kann? Sie bewegt die Finger langsam, vorsichtig. Vermutlich, wie ein Doktor die Opfer eines Unfalls anfasst, um sie nach Brüchen abzutasten. Oder wie ein Liebhaber das Gesicht seiner Geliebten berührt. Wie Sunil sie berührt hat.

Dem Abendessen geht ein Turnier von Überlistungen voran, Fragen werden am Tisch hin und her geschossen, abgewehrt, in Form von anderen Fragen zurückgeschossen.

Sie: Du meine Güte, Anju! Wie spät du kommst! Ich war schon ganz krank vor Sorge! Warum hast du denn nicht angerufen? Was hast du die ganze Zeit gemacht?

Sie: Also bitte! Ihr zwei stellt euch an, als wäre ich einen ganzen Monat verschwunden gewesen. Ich bin schon ein großes Mädchen, klar? Und manchmal muss ich im College bleiben und Dinge nachholen, die wichtig sind. Können wir uns vielleicht jetzt über etwas anderes unterhalten – zum Beispiel, was es zu essen gibt? Ich bin am Verhungern.

Er: Deine Cousine hat Recht – beim nächsten Mal solltest du einen von uns wissen lassen, was los ist.

Sie: Es gibt *dal* und ein *brinjal*-Curry, das immer noch kocht – tut mir Leid, ich habe mich heute ein bisschen verspätet.

Sie: *Du* sagst mir, dass ich anrufen soll? Das ist stark! Wie oft bist du schon später nach Hause gekommen, ohne mich wissen zu lassen, was los ist? Erinnerst du dich noch an das eine Mal, als –

Er: Wir reden jetzt über dich. Warum musst du immer die alten Geschichten auskramen?

Sie: Anju, könntest du mir kurz in der Küche helfen? Komm schon, Anju!

Sie: Für dich gelten immer andere Regeln! So ist es doch, oder? Warum bloß?

Er: *(Schweigen)*

Sie: *(Schweigen)*

Sie: *(Schweigen)*

Sie essen mit kleinen, ruckartigen Gesten, schieben das Essen auf ihren Tellern hin und her, schmecken nichts. Sudha hat vergessen, Salz in das Curry zu geben, aber das fällt niemandem auf. Der Wind rollt sich selbstzufrieden auf dem Fenstersims zusammen. Dayita, die seltsam ruhig ist, windet sich aus Sunils Armen auf den Boden, und ausnahmsweise ruft er sie einmal nicht zurück.

Ein Tableau des Schweigens: drei Menschen, in jeder Brust kleine, schwarze Kästen, in denen sich kleinere, noch schwärzere Kästen befinden. Geheimnisse verschachtelt in Geheimnissen: Samtfetzen, Schaumkügelchen, Holzspäne, babyschwarzes Haar. Einige dieser Geheimnisse kennen sie, einige vermuten sie. Andere jucken in ihrem Inneren wie eine beginnende Infektion. In der Mitte ihrer Brust schließlich das Geheimnis, von dessen Existenz sie überhaupt nichts wissen. Das Geheimnis ihres Selbst. Bereits bestäubt von den Sporen der Zeit, wartet es darauf, aufzuplatzen, wenn sie am wenigsten damit rechnen.

5

Briefe

Kalkutta im April 1994

Meine liebe Anju,

Möge der Segen der Göttin Kali mit euch allen sein.

Ich vermisse dich mehr, als ein Brief jemals vermitteln kann. Das Haus ist leer ohne das Lachen und den Unfug der Kleinen. Wir alten Frauen kommen uns noch älter vor. Wir haben uns angewöhnt, durch die Straßen zu spazieren und mit den Händlern um Dinge zu feilschen, die wir gar nicht benötigen, nur weil wir uns davor fürchten, in die Stille des Hauses zurückzukehren. Egoistisch wie wir sind, wünschen wir uns, du hättest einen Jungen aus Kalkutta geheiratet. So wäre unsere Familie heute nicht über die ganze Welt verstreut. Aber dann denke ich, dass dieses neue Leben, das du in einem Land führst, welches frei ist von alten Sitten und Gebräuchen, dir vielleicht Möglichkeiten eröffnet, die ich dir nicht zu geben vermochte. Ich freue mich ganz besonders, dass du und Sudha einander Gesellschaft leistet.

Es tut gut zu wissen, dass du dein Studium wieder aufgenommen hast. Jetzt fühle ich mich nicht mehr so schuldig, weil ich dir das College vorenthalten habe, um dich zu verheiraten. Aber ich habe eine gute Wahl getroffen, oder etwa nicht? Wie viele Ehemänner hätten dich wohl bei der Fortsetzung deiner Ausbildung so unterstützt wie Sunil? Und wie großzügig es doch von ihm war, Sudha und Dayita in sein Heim aufzunehmen. Ja, ich weiß, was du jetzt denkst, wie sich deine Nasenflügel vor Verdruss blähen (wie gut ich mich an deine Mimik und Gestik erinnern kann!). Es ist auch dein Heim. Aber wenn ein Nein von ihm gekommen wäre – wie viel Ärger hätte das verursacht!

Es ist schön, dass du mit deinem Studium beschäftigt bist. Beschäftigung ist die beste Kur, wenn man Kummer hat, das weiß ich nur zu gut. Aber begehe nicht den gleichen Fehler wie ich, errichte keine Wand aus Arbeit zwischen dir und den Menschen, die du liebst. Verbringe ein wenig Zeit allein mit Sunil. Wen hat er denn schon in diesem Land der Fremden, bei dem er Liebe und Trost finden kann, außer seiner Frau?

Pishi hofft, dass ihr beiden Dayita all die Märchen erzählt, die wir euch früher auch erzählt haben. In diesen Geschichten stecke so viel Weisheit, sagt sie. Nalini lässt fragen, ob ihr den indischen Kalender aufgehängt habt, den sie Sudha bei ihrer Abreise mitgegeben hat. Es ist wichtig, unsere heiligen Tage im Auge zu behalten und sie zu feiern, selbst wenn dies nur auf ganz einfache Weise geschieht. Wie sonst wollt ihr unser Erbe an Dayita weitergeben und an all die anderen Kleinen, die hoffentlich schon bald ein Strahlen in dein Heim bringen werden? Nalini sagt, dass du ganz besonders auf die Unglück bringenden Stunden achten sollst, die sie extra von einem Astrologen für jeden Tag hat hineinschreiben lassen (obwohl ich vermute, dass du an solche Dinge nicht glaubst).

Leider gibt es eine traurige Nachricht. Unser Chauffeur, Singhji, ist tot. Er ist ganz still von uns gegangen, im Schlaf. Sein Vermieter hat ihn einen Tag später gefunden und uns angerufen. Wir haben uns in seinem Zimmer umgesehen, ob wir irgendwelche Hinweise auf eine Familie finden würden, die wir von seinem Tod in Kenntnis setzen müssen, aber wir haben nichts gefunden. Und so führten wir das Begräbnis letzte Woche selbst durch. Möge die Göttin mit ihm sein. Er hat uns sein ganzes Leben lang treu gedient, selbst nachdem wir ihn nicht mehr bezahlen konnten, und er hat unsere kleine Dayita so gern gehabt.

Wirst du uns bald einmal besuchen kommen? Es ist so lange her, seit ich dich das letzte Mal gesehen habe! Wir schließen euch alle in unsere Gebete ein. Jeden Monat lassen wir eine puja *für unseren Prem im Kalighat-Tempel abhalten, damit seine Seele Frieden finden möge.*

Deine Mutter.

San Jose im April 1994

Liebe Mutter,

als ich deinen Brief erhielt, musste ich weinen, so sehr vermisse ich dich. Ich wünschte auch, du hättest mich mit einem Jungen aus Kalkutta verheiratet, dann könnte ich den 37er Bus zu deinem Haus nehmen und meinen Kopf mit all seinen Problemen in deinen Schoß legen.

Mutter, ich brauche deinen Rat. Die Dinge stehen hier sehr schlecht, gar nicht so, wie du sie dir vorstellst. Sunil ist angespannt wie ein Gummiband, das kurz vor dem Zerreißen ist – es ist ganz so, als halte er etwas zurück, etwas Verhängnisvolles, von dem ich eigentlich wissen sollte. Aber wenn ich den Mut aufbringe, ihn zu fragen, behauptet er immer nur, dass alles in Ordnung sei und ich mir das nur einbilde. Und Sudha – ich hatte mich so darauf gefreut, sie hier zu haben, aber es ist nicht mehr das Gleiche wie früher, als wir jünger waren. Erinnerst du dich noch daran, dass wir als Kinder immer wussten, was die andere gerade dachte? Nun, so ist es nicht mehr. Ich spüre nur, dass sie nicht glücklich darüber ist, mit uns zusammenzuwohnen – und ich bin es auch nicht. Ich glaube, ich habe zu impulsiv gehandelt, als ich sie bat, hierher zu kommen. Ich habe so vieles für sie gewollt – sie sollte studieren, auf eigenen Füßen stehen und ein Geschäft aufmachen. Aber wir haben nicht das Geld dazu. Vielleicht hatte Sunil ja Recht, als er dagegen war, sie herzuholen. Er ist so kurz angebunden, wenn sie in der Nähe ist – das ist auch so eine Sache. Ich frage mich, ob es daran liegt, dass er sie hier nicht haben möchte, oder ob es noch einen ganz anderen Grund gibt. Manchmal sehe ich Sudha an und frage mich, was sie eigentlich will. Ich liebe sie, ganz bestimmt, aber wenn ich manchmal in ihr Gesicht blicke, das so viel schöner ist als meins, so viel begehrenswerter –. Ach, Mutter, ich habe solche Angst, ich weiß nicht, was ich

Liebe Mutter, liebe Pishi und liebe Tante Nalini,

wir sind alle glücklich hier und es geht uns gut. Dayita ist eine wirkliche Freude und unterhält uns stundenlang. Sie krabbelt überall hin und versucht sogar schon aufzustehen. Ich glaube, sie wird bald ihren ersten Zahn bekommen. Ihr Zahnfleisch ist ganz uneben, und sie kaut auf allem herum, was sie in die Finger bekommt. Es ist schlimmer, als einen Welpen im Haus zu haben! Sudha ist eine noch bessere Köchin geworden – ich habe allein durch ihre Fisch-Currys mindestens zehn Pfund zugenommen. Sunil ist bei seiner Arbeit sehr erfolgreich und ich nehme an, dass man ihn demnächst befördern wird. Aber bei all dem Druck, der in der Firma auf ihm lastet, glaube ich kaum, dass wir euch in naher Zukunft besuchen können. Meine Kurse sind sehr anspruchsvoll, aber sie machen mir auch Spaß. Es ist so schön, all eure Neuigkeiten zu erfahren! Macht euch keine Sorgen um uns – wie ich schon sagte, es geht uns gut. Sudha und ich danken euch für eure Segenswünsche, Sunil lässt herzlich grüßen und von Dayita viele feuchte Sabberküsschen.

Anju

Kalkutta im April 1994

Lieber chiranjibi *Sunil,*

mein Sohn, ich habe schon seit Monaten nichts mehr von dir gehört. Seit Anjus unglückseliger Fehlgeburt, die mich, wie ich dir schrieb, sehr traurig gemacht hat. Aber so sind die Wege Gottes. Bitte schreib mir doch einmal, damit ich durch deine eigenen Worte erfahre, dass es dir gut geht, auch wenn ich von deiner Schwiegermutter Gouri einige Neuigkeiten über dich gehört habe. Daher weiß ich auch, dass deine Schwägerin Sudha und ihre arme kleine Tochter jetzt bei dir sind. Ich bin stolz auf dich, weil du so freundlich gewesen bist, ihnen ein Heim zu geben. Du hast dich dabei sehr ehrenhaft verhalten. Schließlich haben sie außer dir keinen Mann, der sich um sie kümmert.

Uns geht es gut, auch wenn dein Vater unter hohem Blutdruck leidet. Er weigert sich allerdings zum Arzt zu gehen, und schreit mich an, wenn ich es ihm vorschlage. Es liegt mir fern mich zu beschweren, aber seit seiner Pensionierung ist er noch viel reizbarer und auch viel aufbrausender geworden. Schon allein wenn er etwas in der Zeitung liest, beispielsweise über einen Aufruhr, der irgendwo ausgebrochen ist, oder einen Mord, der begangen wurde, oder auch nur über einen Minister, den man dabei erwischt hat, wie er Steuern hinterzog – was ja, wie du weißt, ständig passiert –, beginnt er zu schreien und zu fluchen. Ich habe Schwierigkeiten, überhaupt einen Dienstboten zu halten, weil er ihnen so viele Beleidigungen an den Kopf wirft. Du kennst ihn ja und kannst dir denken, welche Worte das sind. Und wo es heute so viele Stellen in den Fabriken gib – wer muss sich da noch ein solches Verhalten gefallen lassen, außer einer Ehefrau? Selbst unser alter Küchenjunge, Nitin, ist letzten Monat gegangen und jetzt muss ich alle Töpfe allein spülen.

Letzte Woche ist dein Vater beim Treppensteigen hingefallen, und ich wäre vor Schreck beinahe gestorben. Ich habe ihn gebeten, dich anrufen zu dürfen, aber da hat er mich wieder angeschrien. Sein Gesicht wurde ganz rot, und ich fürchtete, er könne sich selbst Schaden zufügen, also habe ich die Angelegenheit fallen lassen. Meinst du, du könntest uns einmal besuchen? Vielleicht hört er ja auf dich, wenn du ihm gegenübersitzt. Ich weiß wohl, dass ihr vor deiner Abreise diesen unglückseligen Streit hattet, aber das liegt nun schon so viele Jahre zurück, und auch wenn er zu alt und zu stur ist, um sich bei dir zu melden, so bin ich mir sicher, dass er diesen Streit tief in seinem Herzen bereut. Ich hoffe nur, dass du ihm deinerseits vergeben hast, wie es ein pflichtbewusster Sohn tun sollte.

Um eins muss ich dich noch bitten: Bitte schick uns kein Geld mehr. Ich war ganz erschrocken, als ich entdeckte, wie viel du uns hast zukommen lassen. (Dein Vater sagt mir natürlich gar nichts, aber ich habe vor ein paar Tagen einmal in seinen Sekretär geschaut, als er vergessen hatte, ihn abzuschließen, und einen Stapel uneingelöster amerikanischer Postanweisungen gesehen.) Der Gedanke, wie viel Probleme dir dies bereiten muss, gefällt mir ganz und gar nicht, besonders jetzt, wo sich die Größe deines Haushalts verdoppelt hat.

Ich vermisse dich, mein Sohn. Schreib mir bald. Am besten richtest du deinen Brief an Gouris Adresse, sie wird ihn mir dann schon ohne das Wissen deines Vaters zukommen lassen. Sonst würde es eine Szene geben. (Er wartet immer wie ein Geier auf den Briefträger, obwohl wir nichts weiter als Kataloge und Rechnungen bekommen.) Ich bin dankbar, dass ich in Gouri eine solch gute Verwandte habe. Manchmal, wenn dein Vater im Club

Bridge spielt, nehme ich den Bus zu ihrem Haus. Selbst eine kurze Unterhaltung mit ihr bringt mir ein wenig Frieden.

Wünsche Anju alles Gute von mir. Richte ihr aus, dass ich nicht vergessen werde, wie lieb sie bei ihrem Besuch hier zu mir gewesen ist. Ich bete zu Ganesh und zu Shasthi, für eure Gesundheit und euer Glück, und dass mit Gottes Wille schon bald ein neues Kind ihren Schoß füllen möge.

Deine Mutter

San Jose im April 1994

Meine liebe, geachtete Mutter,

es macht mich wütend, dass ich diesen Brief hinter Vaters Rücken an dich schreiben muss. Was mag Gouri Ma nur von unserer Familie denken! Aber ich folge deiner Bitte, um dich nicht in Schwierigkeiten zu bringen.

Bitte mich nicht darum, kein Geld mehr zu schicken. Ich zahle Vater zurück, was immer er ausgegeben hat, um mich großzuziehen, damit er mir nie wieder vorhalten kann, wie viel er für mich getan hat. Das ist meine Art, mir meine Freiheit zu erkaufen.

Für seinen Gesundheitszustand vermag ich kein Mitleid aufzubringen. Das hat er sich alles selbst zuzuschreiben. Es tut mir nur Leid, dass du mit diesem ganzen Theater klarkommen musst. Versuch gelegentlich, dich ihm gegenüber zu behaupten. Er braucht dich mehr als du ihn.

Ich schicke dir in diesem Brief etwas Geld, das nur für dich allein bestimmt ist. Gib es für etwas aus, was dir gefällt – vielleicht ein gelegentlicher Kinobesuch, wenn er fortgegangen ist, oder ein neuer sari. *Vielleicht kannst du auch mit Gouri Ma eine Reise an einen heiligen Ort unternehmen. Ich wünschte, ich könnte mehr tun, aber das, worum du mich gebeten hast – Vater zu besuchen und mit ihm zu reden –, ist nicht möglich. Ich fürchte, du hast eine zu hohe Meinung von mir – ich bin weder pflichtbewusst noch besonders ehrenhaft. Vielleicht gelingt es mir mithilfe deiner Gebete, mich eines Tages zu bessern!*

Dein Sohn Sunil

6

Sudha

JEDEN NACHMITTAG wandere ich über die Pflaster der Stadt, ein harter, grauer Schritt nach dem anderen, und schiebe Dayita im Kinderwagen vor mir her. Sie lutscht an ihrem Daumen und starrt mit Augen umher, die die Farbe von feuchtem Lakritz haben. Die verblasste blaue Markise eines chinesischen Ladens, wo Essen zum Mitnehmen verkauft wird. Ein indischer Lebensmittelhändler, der Pappkartons mit Okra und Bittermelonen auf den Gehweg gestellt hat. Ein Schönheitssalon, mit der Werbung: FINGERNÄGEL FÜR NUR $ 19,95! Ein K-Mart, vor dem sich einige Teenager lümmeln, die mit ihren Bürstenschnitten und den viel zu weiten Hosen schmollend dreinblicken. Dayita wird nicht schlafen, bis ich in die Wohnung zurückgekehrt bin. Und dann wird sie in tiefe, erschöpfte Träume versinken und nicht einmal zum Abendessen erwachen. Ich fürchte, sie verliert an Gewicht. Ich werde von Gewissenbissen geplagt. Aber dennoch ist es mir unmöglich, länger als bis mittags in der Wohnung zu bleiben. Ist es Angst oder Verlangen, das mich treibt?

Hin und wieder denke ich voller Reue an Singhji und an die Nachricht von seinem Tod, die Gouri Ma geschickt hat. Wie sehr habe ich mich als kleines Mädchen vor seinem verbrannten Gesicht gefüchtet, vor dieser Entstellung, die seine Tarnung war. All die Jahre, die er für uns gearbeitet hatte – und niemand wusste wer er war! Er hatte uns – mich – durch seine Dienste stumm geliebt. Mehr geliebt, als ich verdiente. Immer wieder nahm er Risiken auf sich, um Ashok und mich zusamenzubringen. Ich hätte meinem Herzen folgen und Ashok heiraten sollen, das hatte er – besser als ich – gewusst. Mir fällt wieder der Brief ein, den er mir heimlich in die Tasche gesteckt hatte, als ich nach Amerika ging. Darin eröffnete er mir, dass er mein lange totgeglaubter Vater war, und bat mich gleichzeitig darum, sein Geheimnis zu bewahren. Ich hätte ihm zurückschreiben können, um ihm zu sagen, dass auch ich ihn liebte. Aber ich war viel zu unsicher, stand schwankend auf dem Drahtseil meines neuen Lebens. Ich hatte das Gefühl, meine Augen eisern nach vorn richten zu müssen. Ein einziger Blick zurück, und ich wäre in das Nichts unter mir gestürzt. Wie hätte ich das riskieren sollen? Und nun war es zu spät.

Minuten fallen in Büscheln um mich herab, wie geschnittenes Haar. Nur nicht die Zeit aus den Augen verlieren! Ich muss wieder in unserer Straße sein, wenn der weiß-grüne Bus am Straßenrand hält, und sich seine Türen schnaufend öffnen. Wenn Anju heraustritt, werde ich da sein, um sie zu begrüßen. Ich werde ihr mit fröhlicher Stimme sagen, wie schön es doch ist, einmal aus der Wohnung herauszukommen und frische Luft zu schnappen. Werde ihr von den Osterglocken neben dem Eingang zur Bibliothek erzählen, deren Gelb die Augen zum Tränen bringt. Von den ersten Blättern, ihren aderigen Fingern. Und dann wird Anju sich zu Dayita hinunterbeugen. Für einen Moment wird sie ihr Haar mit einem seidigen Saum umschließen, die Gesichter im selben Gobelin gewirkt. Sie wird meiner Tochter etwas ins Ohr flüstern, sie mit Geheimnissen erfüllen, die sie zum Kichern bringen, wie sie es bei mir niemals mehr tut. Ich werde ein leichtes Stechen verspüren. Eine Taubheit in meinen Extremitäten, Erfrierungen gleich. Alberne Eifersucht. Ist diese Innigkeit, die zwischen den beiden herrscht, nicht das einzige Geschenk, das ich Anju machen kann?

Aber im Stillen denke ich die ganze Zeit an den Kuss.

Je weiter sich mein Leben von all den Geschichten entfernt, denen nachzueifern ich mir ersehne, desto ernüchternder finde ich das Märchenerzählen. Aber ab und zu fällt mir Pishis Bitte wieder ein, und ich erzähle Dayita Geschichten aus dem Ramayana. Ich glaube, es gefällt ihr – es ist eine der seltenen Gelegenheiten, dass ich einmal nicht schimpfe. Ob sie es begreift? Ich weiß es nicht. Aber es gibt mir das Gefühl, mütterlich und gut zu sein, was nicht oft vorkommt.

Die Geschichte, die ich ihr heute bei unserem Spaziergang erzähle, handelt davon, wie der Dämon Ravana Sita aus ihrem Heim raubt.

Als Sita den goldenen Hirsch draußen vor ihrer Waldhütte erblickte, wollte sie ihn besitzen. Sie sagte zu ihrem Mann Rama: »Ich habe aus Liebe zu dir den Palast aufgegeben und bin mit dir in den Wald gezogen. Wenn du mich ebenso lieben würdest, so würdest du diesen Hirsch fangen, damit ich ihn als Haustier halten kann.«

Rama vermutete, dass der goldene Hirsch nur eine dämonische Falle war, und sagte Sita dies auch. Aber sie wollte nicht auf ihn hören.

»Jetzt weiß ich, wie wenig du für mich übrig hast!«, rief sie.

Also nahm Rama Pfeil und Bogen und machte sich auf den Weg, um den Hirsch zu suchen. Er befahl seinem Bruder Lakshmana, in der Hütte zu bleiben und auf Sita aufzupassen. Nach einer Weile vernahmen sie eine entfernte Stimme. Es hörte sich an, als ob Rama nach Hilfe rief. Sita war außer sich und bat Lakshmana, seinem Bruder zu Hilfe zu eilen.

Lakshmana erwiderte: »Ich glaube, das ist abermals eine dämonische Falle. Rama ist ein großer Krieger und würde niemals um Hilfe rufen.«

Doch Sita schalt ihn bitterlich und sagte: »Was für ein unnatürliches Verhalten für einen Bruder. Man sollte meinen, du wünschtest Rama den Tod, damit du mich zwingen kannst, die Deine zu werden.«

Tief getroffen machte sich der treue Lakshmana auf die Suche nach Rama, doch bevor er ging, zog er auf der Erde einen Kreis um die Hütte. »Überschreite diese Grenze nicht«, warnte er Sita. »Solange du im Kreis verbleibst, kann dir niemand ein Leid zufügen.«

Aber sobald er fort war, erschien der Dämon Ravana als bettelnder Heiliger verkleidet vor der Hütte und bat um Almosen. Er verleitete Sita dazu, aus dem Kreis herauszutreten, packte sie und brachte sie zu seinem Königreich, der Insel Lanka. Es sollten viele Jahre des Kummers und des Suchens, des Krieges und des Todes vergehen, bevor Rama und Sita wieder vereint waren.

Folgendes erzähle ich Dayita nicht: Jedes unserer Leben ist von einem magischen Kreis umgeben, aus dem wir nicht hinaustreten dürfen. Auf der anderen Seite der Linie erwartet uns das Chaos. Vielleicht war ich bereits aus meinem Kreis hinausgetreten, indem ich Ramesh verließ. Mit dem Kuss hatte sich Sunil auf die Linie des Kreises gewagt, den seine Ehe um ihn gezogen hatte. Was vermag uns nun noch vor unseren Dämonen zu schützen?

Ich bin wütend auf Sunil, aber noch wütender auf mich selbst. Als er mich küsste, hatte ich das Gefühl, von einer Lanze durchbohrt zu werden, die mich an meinen geheimsten Stellen traf. Seine Zunge bewegte sich in meinem Mund. Sein Geruch war säuerlich und machte süchtig, wie eingelegte Pflaumen. Meine verräterischen Lippen wollten nicht, dass er aufhörte. Ich schubste ihn weg, ja. Aber meine Brüste sehnten sich nach ihm. *Der Mann meiner Schwester*, sagte mir mein Verstand. Aber das Zittern in meinen Beinen sagte: *Ist mir egal.*

Ich fürchte mich vor meinem Körper. Ich fürchte mich vor dem seinen. Denn Körper können an uns zerren, können flüstern.

Warum nicht?

Ich habe mehr verdient.

Ich bin jung, und das Leben geht an mir vorüber.

Was werden unsere Körper das nächste Mal tun, wenn sie miteinander allein sind?

Ich war so in meine Geschichte vertieft, dass ich wohl irgendwo unterwegs falsch abgebogen sein muss und mich nun in einem Park wiederfinde.

Ich bin schon früher in amerikanischen Parks gewesen. Aber dieses Mal, da meine Augen nicht abgelenkt sind, sehe ich mehr. So ist es immer. Wenn ich allein bin, kommt es mir so vor, als hätte ein Skalpell einen Katarakt weggeschnitten.

Warum nur stemme ich mich dann weiterhin gegen die Einsamkeit?

Es ist ein hübscher Park, sehr sauber, mit neuen Spielgeräten. Dies muss eine wohlhabendere Gegend sein. Alles ist so ordentlich und glänzt und es gibt viel Platz. In indischen Parks würden sich die Leute unter einigen wenigen Banyan-Bäumen drängen. Der Singsang der Händler wäre zu hören, die sich mit ihren scharfen Kichererbsen und der Eiscreme einen Weg zwischen den Familien mit den vielen Kindern bahnen. Die scheckigen Hunde, die ihnen endlos hechelnd folgen. Busabgase, würzige *pakoras*, das viel zu süße Zuckerwerk. Der Duft von Oleander, unter kleinen, aufgeregten Schuhen zerdrückt. Anju und ich kehrten immer erschöpft heim, ganz klebrig von all der Prasserei.

Die aus Latten bestehenden roten Sitze der Kinderschaukeln beschreiben Bögen in der Luft. Ordentlich. Munter. Auf Federn, die riesigen Korkenziehern gleichen, neigen Schaukelpferde ihre synchron nickenden Köpfe. Warum sollte mich all diese Ordnung traurig machen? Kinder gießen sich Sand über die Köpfe, aber ihre blonden Haare lassen das nicht erkennen. Blonde Mütter in farblich aufeinander abgestimmter Kleidung unterhalten sich angeregt. Ich wage ein Lächeln, aber sie sehen mich nicht. Ob es ihre Unkenntnis meiner Welt ist, die mich unsichtbar macht, oder ihr Misstrauen? Ich an ihrer Stelle hätte einer dunkelhäutigen Frau in einem *sari* und einer Windjacke auch kein Lächeln geschenkt.

Dayita schreit und windet sich in ihrem Kinderwagen. Als ich sie auf den Arm nehme, schreit sie nur noch lauter und windet sich noch mehr. Seit kurzem will sie nicht mehr von mir gehalten werden. Wann hat das begonnen? War es nach dem Kuss? Das bilde ich mir gewiss nur ein. Wie sollte ein Kind ihres Alters so etwas verstehen? Aber zwei Abende danach hat sie sich nicht mehr stillen lassen. Seit Wochen schon hatte ich versucht, sie zu entwöhnen. Doch als sie meine Brust wegschubste, da durchstieß die Verdammung in ihren Fingerspitzen meine Haut wie einen Stachel. Die ganze Nacht über war mein Mund ganz trocken vor Scham.

Ich setze Dayita auf der weichen Oberfläche des Spielplatzes ab, der rings um den Sandkasten verläuft. In Amerika tut nicht einmal das Fallen weh. Ganze Generationen von Kindern, die heranwachsen, ohne mit Schmerz vertraut zu sein … Das kommt mir irgendwie nicht richtig vor.

Warum denke ich nur so? Ich habe mehr als genug Schmerzen ertragen – und was hat es mir genützt?

Dann bemerke ich das Mädchen. Es sitzt auf der Schaukel für die großen Kinder. Es trägt abgeschnittene Jeans und lässt die Schaukel höher steigen, als es sicher ist. Aber nein, es ist eine erwachsene Frau. Als sie nach vorn schwingt, weht ihr schwarzes Haar geschmeidig wie ein Seehund nach hinten. Sie trägt ihr enges, lilafarbenes T-Shirt mit einer Lässigkeit, um die ich sie beneide. Streckt ihre nackten, braunen Füße von sich. Ihre Zehennägel schillern. Hirtenstar-Federn. Unter ihr lacht ein Junge, der in einem Kinderwagen festgegurtet ist, und klatscht in die Hände.

Auf und ab und wieder hinauf in den Himmel. Die unbändige Hingabe, die in dieser Bewegung liegt, unsere erste Erfahrung mit dem Fliegen. Dieser schwerelose Augenblick, wenn man am höchsten Punkt des Bogens schwebt, diese absolute Stille vor dem Fall. Ich dachte schon, ich hätte es mit meiner Kindheit vergessen.

Ich gehe auf sie zu und frage: »Sind Sie Inderin?« Ich kann einfach nicht anders, obwohl Anju mich davor gewarnt hat, dass die Leute hier so nicht mit Fremden reden. Nicht einmal mit indischen Fremden. Eine Bö, die im Schlepptau der Schaukel folgt, weht meine Worte fort. Ich muss sie erneut rufen. Die Frau blickt zum Himmel, kneift die Augen zusammen, konzentriert sich auf das Sinken und Steigen des Horizonts. Ein Matrose auf der Suche nach einer neuen Geographie. Der Junge blickt mich neugierig an. Seine Augen sind blau und braun. Ihr Sohn? Sie wendet sich mir nicht zu. Ihre Lippen tragen das saftige Rot reifer Pampelmusen, scheinen über einen Witz zu lächeln, den sie für sich behält.

Beschämt drehe ich mich um und will gehen.

»Warte«, sagt sie.

Ich gehe jeden Tag in den Park, um sie zu treffen. Sie ist so ganz anders als all die Frauen, denen ich jemals begegnet bin. Und ich bin so hungrig.

Jedes Mal gibt sie ein kleines bisschen mehr von sich preis.

Ihr Name ist Sara. In Indien lautete er anders. Saraswati? Sarayu? Sarojini? Sie verrät es mir nicht. Es ist nicht wichtig, nicht in dieser Phase ihres Lebens. Glaubt sie etwa, dass ihr Name gehorsam wie eine Brosche, die man ablegt, weil sie altmodisch geworden ist, auf sie wartet, bis sie wieder bereit ist, ihn zu tragen?

»Ich bin als Austauschstudentin hierher gekommen«, sagt sie. »Es sollte eigentlich nur für ein Jahr sein. Meine Rückreise war schon geplant, und ich wollte einen Jungen heiraten, den ich am College im Bombay kennen gelernt hatte. Aber ungefähr einen Monat vor meinem Rückflug kam mir mit einem Mal der Gedanke, dass dies wohl für den Rest meines Lebens die letzte Chance sein würde, allein zu sein. Verwandte, Kinder, Bedienstete – du weißt ja, wie das in Indien so ist. Da kann man es schon mit der Angst kriegen. Also habe ich mir eine Busfahrkarte nach Kalifornien gekauft. Zumindest ein Hauch von Abenteuer, dachte ich. Disneyland, die Universal Studios, die Golden Gate Bridge – halt der übliche Touristenkram. Ich wollte Ende der Woche wieder zurück sein, aber der Bus hatte auf halbem Weg zwischen LA und San Francisco eine Panne. Schicksal.«

Sie stieg aus dem Bus und spazierte in die Dünen. Sie fuhr per Anhalter den Highway 1 entlang und lernte unterwegs die Namen der Bäume. *Scarlet gum, Madrona, Ironbark*. Irgendwo zwischen einem Zypressenhain und einem Felsen, auf dem sich Seelöwen sonnten, wurde sie süchtig nach diesem Land.

All die Jahre mit Hautaufhellern und Haarkuren! Sie ließ ihr Gesicht in der Sonne dunkler werden. Sie trug ihr Haar für eine Weile in Dreadlocks, bevor sie es raspelkurz schnitt. Sie ließ sich die Nase und die Augenbraue piercen, ließ die Löcher aber nach einer Weile zuwachsen. Als ihr Visum auslief, kaufte sie sich von ihrem restlichen Geld einen Gebrauchtwagen. Manchmal übernachtet sie da drin.

Sie lacht. »Mach nicht solch ein entrüstetes Gesicht! Das ist gar nicht so schlimm. Ich liebe die Freiheit, das Risiko. Es ist, als wäre man mitten in einem Theaterstück.«

»Was ist mit deinen Eltern?«

Sie zuckt mit den Schultern. »Ich schicke ihnen Postkarten. Auf diese Weise wissen sie, dass es mir gut geht, aber sie kriegen mich nicht! Wenn ich so weit bin und zurück will, werde ich sie anrufen, dann schicken sie mir ein Flugticket.«

Ich möchte ihren Egoismus, ihre arrogante Zuversicht, dass man sie immer lieben wird, so gern verachten! Möchte sie fragen: *Was ist, wenn sie dich nicht zurückhaben wollen?* Aber ich bin im Netz ihrer Geschichten gefangen.

»Du musst mal aus Kalifornien raus, Mädchen«, sagt sie. »Dir die anderen Gesichter Amerikas anschauen. Hier gibt es zu viele Männer, die hinter Sex und Geld her sind und glauben, dass Wort *Nein* gelte für sie nicht.«

Raus. Welch ein verlockendes Wort! Ich möchte das Rezept dafür haben. Aber sie erzählt mir schon, dass die Augen eines Schwarzbären im Yellowstone Park wie Bernstein schimmern, wenn man den Strahl der Taschenlampe auf sie richtet. Sie fragt, ob ich wüsste, dass man im Yosemite in einer Vollmondnacht zusehen kann, wie sich über den Wasserfällen Regenbögen bilden. Dass es in Las Vegas Imitationen von griechischen Palästen gibt, die wie eine Fata Morgana aus der flachen Erde Nevadas emporschießen. Sie hat dort extravagante Hotels gesehen, die so groß sind wie ganze Stadtteile. In einem kann man die Bühne unter Wasser sinken lassen, um sie in ein zehn Meter tiefes Tauchbecken zu verwandeln. Aber jedes Mal hat es Sara wieder in die Bay Area, nach San Francisco, zurückgezogen.

Sie erzählt mir, dass sie einmal einen Monat mit einem Mann im Stadtteil Haight verbracht hat. Sie haben sich unter einer Gänsefederdecke in einem Zimmer ohne Heizung geliebt und sich thailändisches Essen kommen lassen. Ab und zu sind sie nach Napa gefahren, um sich eine Flasche Wein zu kaufen, die sie auf dem Rückweg im Wagen austranken. Die Haut des Mannes war wie Kreuzkümmelpulver. Sein Haar dunkel und elastisch, ähnlich der Wolle irgendeines Nachttiers. Sie vergrub ihre Finger darin, wenn ihr kalt war.

Wo nahm dieses indische Mädchen nur eine solche Leichtsinnigkeit her? Wer hatte sie gelehrt, so wenig darum zu geben, was die Leute denken?

Sie lacht noch etwas lauter, als sie mein Gesicht sieht. Heute trägt sie ein schwarzes T-Shirt und schwarze Jeans. Schwarze, knöchelhohe Stiefel. Sie sieht attraktiv aus und gefährlich, wie eine Banditin.

»Was ist mit Geld?«, frage ich.

»Wenn ich pleite bin, komme ich nach San Jose. Hier kenne ich eine Frau, die mir Jobs vermittelt.«

Mein Herz beginnt schneller zu schlagen. »Was für Jobs?«, frage ich.

»Kommt darauf an, was man kann und was man zu tun bereit ist! Lupe kann einem fast alles besorgen. Sie ist eine Frau mit guten Verbindungen, wie es so schön heißt. Manchmal muss ich dringend ein paar Dollar machen, um wieder wegzukönnen, aber dieses Mal wollte ich zur Abwechslung einmal etwas Ruhigeres. Etwas Anständiges. Also bin ich jetzt Joshuas Kinderfrau – zumindest für den Moment.« Sie schnallt den kleinen Jungen aus seinem Kinderwagen los. »Geh und iss etwas Sand«, sagt sie, reicht ihm einen Plastikeimer und eine Schaufel und versetzt seinem windelgeschützten Popo einen Klaps. Er wackelt gleichmütig davon.

»Glaubst du, sie könnte mir auch einen Job besorgen?«, frage ich. Allein die Worte auszusprechen lässt mich erröten. Wenn Anju mich hören könnte …

Sara blickt mich abschätzend an. »Soso. Du suchst also einen Job.« Ich wappne mich gegen die Fragen, die da kommen werden. *Warum musst du arbeiten? Hast du denn keinen Mann, der für dich sorgt?* Aber vielleicht hat sich Sara von solch indischem Denken entfernt. Sie sagt nur: »Ich werde mich einmal bei Lupe erkundigen.«

Ich sollte ihr etwas als Ausdruck meiner Dankbarkeit geben, mich auf irgendeine Weise erkenntlich zeigen. Aber ich bin noch nicht bereit, über ein Leben zu sprechen, das wie die Ruine eines abgebrannten Hauses in meinem Rücken aufragt.

Hinter mir im Sandkasten höre ich Schreie. Dayita! Sie hat Joshuas Eimer mit beiden Händen gepackt und versucht, ihn ihm zu entreißen. Als er sich wehrt, senkt sie den Kopf und beißt ihm in den Arm, bevor ich zu ihnen hinüberrennen kann.

Joshua lässt den Eimer los und starrt auf die kleinen, roten Abdrücke, die auf seiner Haut zu sehen sind. Dann beginnt er zu schreien. Dayita nutzt die Gelegenheit, greift sich den Eimer und krabbelt ohne ein Anzeichen von Reue davon.

Ich bin entgeistert. Von wem hat meine Tochter nur diese Brutalität geerbt? Ganz bestimmt nicht von mir. Und auch nicht von ihrem Vater. Sein Fehler lag immer im Gegenteil begründet. Ist es möglicherweise das Vermächtnis seiner Mutter, weitergegeben über die gleichgültigen Wege des Blutes an die Enkeltochter, deren Leben sie doch verhindern wollte?

»Alles halb so schlimm«, versichert Sara mir. »Kinder sind eben manchmal kleine Bestien.« Sie wiegt Joshua, bis er sich wieder beruhigt hat, und gibt ihm dann seine Flasche. »Nimm es nicht so schwer«, fügt sie hinzu und berührt mich an der Schulter. »Nicht alles, was dein Kind tut, ist deine Schuld. Meine arme Mutter hat alles getan, um mich zu einem guten, indischen Mädchen zu erziehen. Bharatnatyam-Stunden, Sprechunterricht, eine Klosterschule, wirklich das ganze Drum und Dran. Und sieh dir doch nur an, was aus mir geworden ist! Schimpf das Kind nicht allzu sehr aus, ja? Es ist doch noch so klein.« Sie wartet, bis ich widerstrebend nicke. »Hör zu, ich werde Lupe am Wochenende anrufen. Gib mir deine Nummer, dann lass ich dich wissen, was sie dazu meint.«

Ich nenne Sara Anjus Telefonnummer, und sie notiert sie sich mit einem roten Kugelschreiber auf dem Handrücken. »Bitte ruf nur an Wochentagen zwischen neun Uhr früh und vier Uhr nachmittags an«, sage ich und bin dankbar, dass sie sich nicht nach dem Grund erkundigt. Mein Blick folgt ihrer schwarzen, schlanken Silhouette, bis sie verschwunden ist.

Wie es wohl wäre, wenn man wie Sara in der Gegenwart lebte, sich in ein Abenteuer nach dem anderen stürzte? Sich nicht um die Würmer scherte, die zusammengerollt in dem Apfel liegen, der Zukunft heißt? Ob das für eine Frau, die Mutter ist, wohl jemals möglich sein könnte?

Aber ich sollte nicht alles auf die Mutterschaft schieben. Vom Tag meiner Geburt an habe ich mir um alles Sorgen gemacht.

Ich breche das Versprechen, das ich Sara gegeben habe, und

schimpfe den ganzen Rückweg über mit Dayita. Ich kann einfach nicht anders. Wie sollte Sara, die selbst keine Mutter ist, auch wissen, welch eine Furcht es einem einflößen kann, für das Leben eines anderen Menschen verantwortlich zu sein?

Meine Worte zeigen keine Wirkung. Dayita sitzt zurückgelehnt in ihrem Kinderwagen und betrachtet die blinkenden Lampen im Schaufenster eines Schallplattenladens. Sie dreht den Kopf, um sich den gelben Bogen des McDonald's anzusehen, an dem wir vorüberkommen. Die ersten Straßenlaternen sind Katzenaugen und bringen sie zum Lächeln. Von Zeit zu Zeit brabbelt sie leise Babyworte vor sich hin. Wie gut sie doch bereits die Kunst beherrscht, ihre Mutter zu ignorieren.

Heute Abend hat Anju gefragt, ob Dayita bei ihr schlafen dürfe. Nur für eine Weile.

»Wenn sie in der Nacht aufwacht und gestillt werden will, bringe ich sie dir«, sagte sie. »Versprochen!«

»Ich stille sie nicht mehr.«

»Großartig!«, sagte Anju. »Dann kann sie ja jetzt die Hälfte der Zeit bei Sunil und mir schlafen. Auf diese Weise können wir mit ihr kuscheln und du kannst dich ausruhen.«

Ich hätte so gern geantwortet: Das ist nicht die Art von Ruhe, die ich brauche. Hätte meine Cousine, die ich einmal mehr als mich selbst geliebt habe, so gern angeschrien: Rühr sie nicht an, sie gehört mir!

Anju streckte ihre Arme aus, und Dayita krabbelte hinein, ohne einen Blick zurück zu tun. Anju wirbelte sie herum, bis sie vor Aufregung schrie. Ich hörte sie den ganzen Weg bis in Anjus Schlafzimmer zusammen lachen.

Es ist nach Mitternacht. Während ich so daliege, meine ich, die beiden immer noch lachen zu hören. Sunils tiefere Töne gesellen sich dazu. Aber natürlich schlafen sie längst. Mondlicht tröpfelt bleich und schwach in dieses Zimmer, das erfüllt ist von der Abwesenheit meiner Tochter. Ihr Geruch ist Bitterkeit und Wildgras. Der zunderartige Duft von Eigensinn. Ich nehme eine Babydecke und presse mein Gesicht hinein. Selbst meine Zähne tun mir vor Einsamkeit weh. Meine Gedanken peitschen hin und her. Ost und West, Ost und West. Ich will, dass meine Tochter von Sunil und Anju geliebt wird. Ich will meine Tochter für mich allein. Ich will, dass Anju wieder ihr altes, starkes Selbst zurückbekommt. Ich will, dass Lupe Arbeit für mich findet, damit ich dieser Wohnung entfliehen kann. Der Fluss meines Lebens eilt auf einen Abgrund zu. Was soll ich nur tun? Ich will ein Leben, das wie Nagellack schimmert. Ich will schlafen. Ich will in den Apfel Amerika beißen. Ich will nach Indien schwimmen, zurück zu den papageiengrünen Gerüchen meiner Kindheit. Ich will in den Armen einer Mutter weinen. Ich will, dass meine Gedanken aufhören, sich wie eine Wetterfahne wild im Wind zu drehen. Ich will Sunil.

7

Jenseits der Öffnung der Bucht, hinter der Stelle, wo sich die schmale, rostrote Brücke in einem seltenen Moment der Stille wiegt, steigt der Nebel vor dem Morgengrauen auf. Hier ist das Wasser tiefer, kälter. Unter der Oberfläche gehen Dinge vor sich – das eigensinnige Ziehen der Strömungen, die einen an Orte tragen wollen, die alle Vorstellungen übersteigen, das unsichtbare Lächeln von Unterwasser-Kreaturen, die sich ringeln und strecken.

Der Nebel hebt sich wie ein langes Ausatmen und beginnt seine Reise. Er fließt über die weiße Stadt hinweg, die im letzten Licht des Mondes daliegt, und verleiht ihren Gebäuden den matten Ton von altem Silber. Fließt entlang der verflochtenen Stränge der 280 und der 101, auf denen einzelne Wagen Leuchtspuren hinterlassen, während sie von einem Traum zum nächsten, neueren, eilen. Dann, in südlicher Richtung, zu den Eisenbahngleisen, wo enge Gassen die Bahnhöfe von Palo Alto und Menlo Park flankieren und Männer und Frauen nur einen Straßenblock weit von Fünfsternerestaurants mit französischen Namen entfernt unter abgenutzten Jutesäcken kauern. Der Nebel berührt ihr Haar mit seinen Fingern und hinterlässt Schwaden von Weiß. Er zieht vorbei an den dunklen Glasrechtecken der Bürogebäude, in denen die Lichter niemals ausgeschaltet werden, und blickt durch die Fenster auf Programmierer, die sich der aufsässigen Erschöpfung gebeugt und unter ihrem Schreibtisch ausgestreckt haben, während ihnen Neonworte wie *Angel, Beta, IPO* durch den Kopf gehen. In San Jose bewegt er sich durch die Parks im Zentrum, in denen Zeitungspapier und gebrauchte Nadeln herumliegen – Nebenprodukte des Silicon Rush. In den Unterführungen zurückgelassene Einkaufswagen, Uringestank, ein Geruch nach verbranntem Zucker. Der Nebel umkreist die knallbunten, hoffnungsvollen Banner kleiner Läden in Vietnam Town, er streicht mit seinem Saum einer Segnung gleich über Wohnblöcke hinweg, die sich wie Blattläuse entlang des Freeways drängen. Es ist das Jahr willkürlicher Bosheit, das Jahr, in dem der W4-Virus in aller Welt Netzwerke wie Dominosteine zusammenbrechen lässt, das Jahr, in dem Schüsse aus vorüberfahrenden Autos hundertneunundzwanzig Menschen in ganz Amerika das Leben kosten.

Nun taumelt die Sonne in den Himmel und hinterlässt dabei dotterfarbige Schlieren. Busse und Müllwagen ächzen und knattern, Menschen blinzeln ungläubig in Badezimmerspiegel. Und auch Anju und Sunil und Dayita und Sudha beginnen ihren unbeholfenen morgendlichen Kotillon. KCBS verkündet, dass sich der Verkehr auf der 237 bis zur Montague staut, und empfiehlt einen anderen Weg zu nehmen. Sunil, der gerade sein Müsli isst, flucht. Er weiß, dass die anderen Routen genauso verstopft sein werden. Er spült seine Schüssel aus und trocknet sie ab. Beim Verlassen der Wohnung schließt er die Tür leise hinter sich. Er weiß, dass es sinnlos ist, die eigene Frustration an den notwendigen Gegenständen des Lebens auszulassen. Im Badezimmer stellt sich Anju unter dem warmen Wasserstrahl der Dusche vor, wie es wäre, wenn sie bis in alle Ewigkeit so duschen könnte. Sudha klopft an die Tür. *An-ju, An-ju*. Vor Sorge oder Ungeduld lang gezogene Silben. Dayita hört mit dem Daumen im Mund zu. Ihre Augen sind schwarz wie Bienen.

Der Nebel ist Zeuge all dieser Vorgänge. Er löst sich langsam auf, wie die Erinnerung an ein altes Versprechen, das man einmal gegeben hat, ohne noch genau zu wissen, warum. Die letzten Streifen treiben in die kleinen, geschlitzten Münder der Briefkästen, die am Eingang warten. Später, als Sudha nach der Post sieht, wird sie darin zwei Briefe finden.

Der eine enthält eine Einladung auf schwerem, cremefarbenem Pergament und ist adressiert an Sunil Majumdar und Familie. Der andere ist ein blassblauer Luftpostbrief, der schwarze Kalkutta-Poststempel erblüht klecksig auf einer Briefmarke, die Indira Gandhis hochmütiges, überraschtes Profil zeigt. Sudhas Name steht in eckigen, männlichen Lettern darauf, eine Handschrift, die sie dazu veranlasst, zischend die Luft einzuziehen. Der Name auf der Rückseite des Umschlags lautet *Ashok*. Sudha hält den Brief, als könne sie sich nicht entscheiden, ob sie ihn gegen ihre Brust pressen oder in den Müllcontainer werfen soll, der sich auf dem Parkplatz auftürmt. Schließlich tut sie weder das eine noch das andere. In letzter Zeit ist sie zunehmend zu einer Frau vorsichtiger Gesten geworden, Bewegungen, die wenig verraten. Sie dreht sich geschickt auf dem Absatz und kehrt in die Wohnung zurück.

Wir wünschen uns, dass Sudha ihren Brief öffnet, aber sie widmet sich mit einer Sorgfalt ihren täglichen Pflichten, die einen zur Verzweiflung bringt. Reis abwiegen: zwei Tassen. In dreieinhalb Tassen warmem Wasser einweichen. Das Huhn zum Auftauen herausnehmen. Im Mixer sechs Gewürznelken, zwei Teelöffel Koriander und Kreuzkümmelsamen, einen Glasdeckel voller Pfefferkörner, drei rote Peperoni und eine Zimtstange zermahlen. Dayitas Windeln wechseln. Eine kleine Zwischenmahlzeit für sie zubereiten: Apfelsaft in einer Babytasse, Fruit Loops in einer Plastikschüssel.

Die beiden Briefe liegen in ruhigem Creme und Blau nebeneinander auf der Küchenarbeitsplatte, wie ein Mann und eine Frau, die schon lange Zeit verheiratet sind.

Welche Stahlfasern müssen in Sudhas Willen eingewoben sein, dass sie auf diese Weise ihrer Arbeit nachgehen kann, ohne dem Bedürfnis nachzugeben, zu erfahren, was in ihrem Brief steht!

Kleidungsstücke in die Waschmaschine befördern. Die Möbel abstauben. Dayita baden und mit Öl massieren. Gemüse schneiden und vorsichtig mit Senfsamen kurz anbraten – heute sind es Zucchini, und wenn man die zu lange auf dem Herd lässt, werden sie matschig. Dayita will ihre Flasche. Den Ofen auf niedrige Flamme schalten, die Milch erwärmen, eine Prise Zucker hinzufügen – ein alter indischer Brauch, die Hoffnung darauf, dass das Leben des Kindes voller Süße sein wird. Dayita ins Bett legen und hinunterlaufen, um die Kleidungsstücke in den Trockner zu tun. Das Huhn in einer Marinade aus Kurkuma, Joghurt und Salz einlegen.

Vielleicht ist es gar nicht Stärke, die sie davon abhält, Ashoks

Brief zu öffnen. Vielleicht ist dieser Brief ja eine schmerzhafte Mahnung, vielleicht will er sie an die Zukunft erinnern, die sie aufgegeben hat, um sich hierher, in diese enttäuschende, beunruhigende Existenz zu begeben. Oder dient er ihr womöglich als aufgeschobene, ganz besondere Freude, so, wie sich Kinder Naschereien in die Taschen stecken, um sie in der stickigen Verschwiegenheit ihres Zimmers zu genießen?

Das Huhn köchelt im Topf vor sich hin, erfüllt den Raum mit dem jahrhundertealten Duft von *garam masala*. Sudha zieht den Reißverschluss ihrer Windjacke zu, streicht sich über das Haar, über die Falten ihres *saris*. Ihr Spiegelbild macht einen unzufriedenen Eindruck.

»Ich wünschte, ich hätte ein Paar Jeans«, sagt sie zu Dayita, die versucht, in ihren Kinderwagen zu klettern. »Ich glaube, wenn das nächste Mal irgendein Fremder auf mich zukommt, um mir zu sagen, dass er meine Kleidung wunderschön findet, fange ich laut an zu schreien. Vielleicht sollte ich mir Sachen von Anju leihen.« Aber ihre Stimme ist widerstrebend. »Nein, kletter noch nicht in den Wagen«, fügt sie streng hinzu. »Warte, bis wir unten sind. NEIN, Dayita! Hast du nicht gehört?«

Sie stellt den Herd aus, überprüft die Riegel an den Fenstern. Letzte Woche ist jemand in die Wohnung unten eingebrochen und hat sie verwüstet. Die Polizei glaubt, dass es der Ex-Freund der Mieterin gewesen ist, aber Sunil schimpft, dass diese Gegend langsam vor die Hunde gehe. Sudha packt eine protestierende Dayita mit der einen Hand und den Kinderwagen mit der anderen. An der Tür bleibt sie stehen und kehrt noch einmal um, um den Brief zu holen.

Im Park verharrt Sudha, wie sie es nun jeden Tag tut, und blickt sich um. Erwartung flackert über ihr Gesicht wie die Flamme eines Streichholzes. Sie hält Ausschau nach Sara mit den abgeschnittenen Jeans, Sara die Abenteurerin, die ihr den Zutritt zum echten amerikanischen Leben ermöglichen soll und – was am allerwichtigsten ist – die Flucht vor sich selbst. Aber es ist beinahe so, als wäre die Frau verschwunden, als wäre sie nichts weiter gewesen als eine Einbildung ihres Sehnens. Sudha beißt sich auf die Lippe und setzt Dayita in der Nähe der Rutschen ab. Dayita hält eine Hand voll Sand in die Höhe, um sie Sudha zu zeigen.

»Mama! Mama!«

»Ja, *shona*, ich sehe es ja«, sagt Sudha. »Sehr gut, *shona*. Sieh nur zu, dass du nichts in die Augen bekommst.« Sie nickt ihr ermutigend zu, aber sie denkt an einen anderen Ort, an ein anderes Leben. Die Vergangenheit zerrt an ihr mit ihren blauen Luftpostfingern.

Sudha zieht den Brief aus ihrer Tasche und dreht ihn in ihren Händen.

Als sie schon zwei Wochen in Amerika war, hatte Anju endlich die Frage über die Lippen bekommen, die Sudha seit ihrer Ankunft hier erwartet hatte. *Warum hast du Ashok abgewiesen?*

Sudha hatte mit den Schultern gezuckt. Sie hatte sich diese Situation oft vorgestellt, hatte das Schulterzucken geübt und auch die gründlich überlegte Antwort.

»Sag schon!«

»Was macht es für einen Sinn, über etwas zu reden, das vorbei ist? Erledigt? Wir beide, du und ich, wir müssen die Vergangenheit hinter uns lassen.«

Anju schüttelte den Kopf. »Ich kann sie nicht hinter mir lassen, solange ich es nicht weiß. Ich muss immer wieder darüber nachdenken, dass du es meinetwegen getan hast. Weil du mir versprochen hattest, zu kommen und bei mir zu sein. Das ist ein ganz schreckliches Gefühl, so als hätte ich dein Leben noch einmal ruiniert. Als hättest du dich für mich geopfert.«

»Ich habe es aufgegeben, mich für andere zu opfern. Davon bekommt man den schlimmsten Kater, den du dir vorstellen kannst.«

»Lass die Witze.«

»Ich habe ihn abgewiesen, weil ich nicht wollte, dass er sich um mich kümmern muss«, sagte Sudha. »Ich wollte unabhängig sein. Und Amerika schien mir dafür der beste Ort.«

»Aber liebst du ihn denn nicht?«

Diese Frage ignorierte Sudha. »Es war also eine vollkommen egoistische Entscheidung, wie du siehst.«

»Das glaube ich dir nicht«, entgegnete Anju. »Zumindest nicht, dass du egoistisch bist.«

»Ach, liebe Anju, letzten Endes ist doch jeder ein Egoist!«

Anju hatte gelacht, aber es war ein beklommenes Lachen gewesen. Sie sah eine neue Härte in den Augen ihrer Cousine. Eine Undurchlässigkeit, als sage sie Anju nicht die ganze Wahrheit. Sudha hatte viele Dinge lernen müssen, um zu überleben. Ob Egoismus wirklich eins davon war?

Sudha starrt auf Ashoks Brief hinab. *Diesen Mann habe ich geliebt*, geht ihr durch den Kopf. Aber Liebe ist ein Code, der in Staub geschrieben wurde. Man schaut fort, der Wind bläst, das Muster verändert sich, und wenn man wieder hinblickt, muss man feststellen, dass etwas anderes dasteht. Sie schiebt einen Finger unter die Lasche und zieht, bis der Umschlag entlang der Falte schartig aufreißt.

Liebste Sudha,

seit Monaten warte ich ungeduldig auf einen Brief von dir. Anfangs habe ich mir gesagt, dass du dich erst einmal in der neuen Umgebung einleben musst. Dass du vielen Belastungen ausgesetzt bist und sicherlich wenig Zeit hast. Da du Anju so lange nicht gesehen hast, gibt es gewiss viel nachzuholen, es ist vermutlich eine Menge Hilfe zu leisten, und deine Aufmerksamkeit wird in Anspruch genommen – das würde jedem Menschen so gehen.

Aber mittlerweile sind drei Monate vergangen, und ich beginne mir Sorgen zu machen. Sudha, warum dieses Schweigen? Hast du etwa all die Dinge, die ich dir gesagt habe, als wir gemeinsam am Ganges saßen, vergessen? Hat dich Amerika mit seinem Glanz von mir weggelockt? Und sag mir doch vor allem – auch wenn ich mich davor fürchte, diese Frage zu stellen: Gibt es einen anderen?

Ich habe niemanden. Und es wird auch niemals eine andere für mich geben. Trotz all der Hindernisse, die der Zufall uns in den vielen Jahren in den Weg gelegt hat, bin ich davon überzeugt, dass wir zusammengehören. Wer sonst kennt dich so, wie ich es tue, Sudha? Wer sonst weiß, wie es sich anfühlte, eine Dekade aussichtsloser Sehnsucht durchleben zu müssen, während du mit einem anderen verheiratet warst? Das muss dir doch etwas bedeuten, selbst in Amerika!

Schreibe mir bald. Oder besser noch: Komm bald zurück, damit du und ich und dein kleines Mädchen endlich eine Familie sein können.

In Liebe,
Ashok

Dayita ist den Sand leid. Ihr Blick fällt auf die Rutsche, wo die älteren Kinder spielen. Sie krabbelt erst darauf zu, versucht dann sich aufzurichten. Jetzt steht sie auf ihren Füßen, schwankt unsicher auf dem unebenen Sand. Sie macht einen Schritt, dann noch einen. Sie läuft – es ist das erste Mal –, und ihr Gesicht strahlt angesichts dieses Abenteuers, mit dem sie ihr Babydasein hinter sich lässt. Dann verliert sie das Gleichgewicht und setzt sich mit einem Plumps auf den Boden.

Sudha, die in Ashok Worte vertieft ist, bemerkt nichts.

Dayita wird bald erneut laufen – vielleicht schon am Abend. Dann werden sie sie sehen und viel Aufhebens um sie machen. Und dennoch ist dieser besondere Moment in ihrem Leben verstrichen, ohne dass ihn jemand bemerkt hat.

Kleine Tragödien – die haarfeinen Risse in unseren Beziehungen.

Sie steht wieder, versucht hinaufzuklettern an den eisernen Sprossen der Leiter, nach oben auf die Rutsche, die gewiss zu groß ist für sie. Sie klammert sich an die erste Sprosse, arbeitet sich zur zweiten hinauf. Jetzt ist sie auf der dritten Sprosse, zieht sich mit der bloßen Kraft ihrer Sturheit hoch. Immer höher und höher, bis sie auf die kleine Plattform oben krabbelt. Dann blickt sie auf die Rutsche hinunter und stößt einen Schrei aus. Sie schreit methodisch und durchdringend – sie vergeudet keine Energie mit Weinen –, bis Sudha aus ihren Träumen gerissen wird.

»Oh, mein Gott! Wie bist du denn da raufgekommen?«, ruft sie und eilt zur Rutsche. »Komm runter, Kleines. Komm in Mamis Arme.« Aber Dayita fährt fort mit ihren Schreien, die regelmäßig ertönen wie ein Uhrwerk. Eine kleine Menschenmenge hat sich inzwischen um sie versammelt – andere Kinder wollen die Rutsche benutzen, und ihre Eltern werfen Sudha vielsagende, anschuldigende Blicke zu –, bis sie schließlich ihre Windjacke auszieht, ihren *sari* hochrafft, die Leiter hinaufklettert, sich Dayita auf den Schoß setzt und mit ihr hinunterrutscht.

So wollen wir sie in Erinnerung behalten, gleichgültig, was später auch geschieht: eine schlanke Frau, die vor Lachen strahlt und deren Haarknoten sich gelöst hat, was sie jünger erscheinen lässt, als sie ist. Dies ist die Frau, die sie gewesen wäre, hätte die Welt sie ein wenig freundlicher behandelt. Die Enden ihres *saris* flattern wie ein Siegesbanner im Wind. Das Kind auf ihrem Schoß klatscht vor Freude in die Hände, und die Frau presst ihre Wange gegen den Kopf des Kindes. Ihre glänzenden Locken umgeben das Gesicht mit einem unschuldigen Lichtschein. Unberührt von Sorgen oder Nöten gehört sie für einen Moment der Welt der Mythen an. Sie ist die schöne Prinzessin, die im Schlangenpalast lebte.

Es ist ein Märchen aus der Zeit vor Geburt und Tod, als Anju unter dem spröden, hoffnungsvollen Rot eines Ahornbaumes saß, die Hände über die Wölbung ihres Bauches gelegt.

»Es war einmal eine Prinzessin«, sagte Anju zu Prem. »Die lebte in einem wunderschönen Palast unter einem See – einem Palast, der aus Schlangen gemacht war. Schlangensäulen, Schlangenböden, eine Decke aus Schlangen, die die Prinzessin jeden Abend in den Schlaf sangen. So lange sie den Palast nicht verließe, würde sie glücklich sein, hieß es. Daraufhin verließ die Prinzessin natürlich eines Tages den Palast«, sagte Anju, »und machte sich auf den Weg zur Oberfläche. Eine Treppe aus Perlen tauchte auf, die bis in die Welt der Menschen hinaufführte, eine Welt, die sie wunderschön fand. Wie zu erwarten war, traf sie am Ufer auf einen jungen Mann. Der bot ihr seine Hand, um sie aus dem Wasser zu ziehen, und die Prinzessin ergriff sie. Als er sie küsste, vernahm sie ein Geräusch, das wie Donner klang und als sie sich umwandte, da war die Treppe verschwunden.

Die Prinzessin machte sich darüber keine großen Gedanken. Sie war verliebt. Sie folgte dem jungen Mann in sein Zuhause, aber seine Mutter nannte sie eine Hexe und wollte sie nicht aufnehmen. Der junge Mann baute der Prinzessin eine Hütte im Wald. Dort lebten sie recht glücklich zusammen, obwohl der junge Mann von Zeit zu Zeit seine Mutter besuchte. Die Jahre vergingen. Die Prinzessin gebar eine Tochter. Die Besuche des Mannes bei seiner Mutter dauerten immer länger und länger, bis er eines Tages gar nicht mehr in die Hütte zurückkehrte. Als die Prinzessin auf der Suche nach ihm ins Dorf kam, fand dort eine Hochzeit statt. Ihr Geliebter heiratete ein reiches Mädchen, das seine Mutter für ihn ausgesucht hatte.

Die Prinzessin stellte ihren Geliebten nicht zur Rede – welchen Sinn hätte das auch schon gemacht? Sie machte sich mit ihrer Tochter auf den Weg zum Schlangensee. Sie hoffte, dass die Treppe dieses Mal, da sie sie brauchte, zu sehen sein würde. Aber dem war nicht so. Doch vielleicht war dies auch ein anderer See – die Prinzessin war sich nicht sicher. Und so begann sie mit ihrer Tochter eine Reise von See zu See. Wo sie auch auftauchte, waren die Männer von ihr fasziniert und vermochten sich einfach nicht von ihr fern zu halten. Einige liebten sie, andere benutzten sie auf gemeinste Weise und wieder andere verließen Frau und Kind, um ihr zu folgen. Keiner blieb. Sie wurden ihrer überdrüssig oder fürchteten sie. Vielleicht war es aber auch sie, die sie abschüttelte, um ihren Weg fortzusetzen. Aber es ist ihr niemals gelungen, die Perlentreppe zu dem Palast unter Wasser wiederzufinden.

Wenn du kurz vor Tagesanbruch, sobald nur noch wenige Sterne am Himmel sind, hinaufblickst«, fuhr Anju fort, »dann kannst du sehen, wie sie, immer noch auf der Suche, mit ihrer Tochter vorüberzieht. Der Nebel ist der ausgefranste Saum ihres *saris*, und die Sterne sind ihre Augen, die gelernt haben, dass es keinen Sinn macht, zu weinen.«

Es gibt viele Versionen einer Geschichte. Die Version, die man wählt, offenbart mehr über den Erzähler als über die Geschichte. Was sagt diese Geschichte über die verlassene Prinzessin, die zur Ehebrecherin wurde, also über Anju? Was sagt sie über die

Gefühle, die sie ihrer Cousine gegenüber empfindet – Gefühle, die sie nur zu berühren vermag, wenn sie in den Schutz einer Fiktion eingehüllt sind?

Auf dem Rückweg zur Wohnung bleibt Sudha auf einer Überführung stehen. Unter ihr sausen Autos hindurch, schimmernde Metallstriche auf der Schiefertafel des Freeways. Sie nimmt den Brief aus ihrer Tasche und zerreißt ihn in winzig kleine Stücke. Dann schiebt sie ihre Hand durch das Drahtnetz, das angebracht wurde, um die Bürger der Stadt zu schützen – als könne Sicherheit so einfach geschaffen werden –, und lässt die Papierfetzen fallen. »Lass mich doch los«, flüstert sie. Aber vielleicht haben wir uns auch verhört, vielleicht sagt sie stattdessen: *Lass mich nie los.* Es ist das Jahr unbegreiflicher Verluste, unglaublicher Gewinne. Die Zahl der Todesopfer in Ruanda hat die halbe Million überschritten. Nach siebenundzwanzig Jahren im Gefängnis ist Mandela Südafrikas erster schwarzer Präsident geworden. Ist das etwa das Gesetz der Welt, dass man, um vorwärts zu kommen, erst einen Schritt zurück machen muss? Sudhas Stimme wird vom benommen machenden Dröhnen der SUVs und Harleys, der BMWs und Mercedes übertönt, die miteinander um die Herrschaft der Straße wetteifern. Die Papierschnipsel schweben für einen Moment silbrig in der Abendluft. Bruchstücke von Sätzen (die aber doch gewiss nicht im Brief gestanden haben): *mein, Glück, warum.* Dann sind sie fort.

8

Seminararbeit

Schreiben Sie ein Essay, in dem sie die Auswirkungen von Kultur und ererbten Anlagen auf das Individuum untersuchen. Sind Sie der Ansicht, dass sie in Bezug auf das Verhalten des Individuums wichtiger sind als Charaktereigenschaften? Sie können Ihre Analyse sowohl auf persönliche als auf historische und/oder soziale Beispiele stützen (maximal eintausendfünfhundert Wörter).

»Verlust«
Ein Essay von
Anju Majumdar
für das Seminar
Englisch 3353
Essay für Fortgeschrittene
Prof. P. Gossen

Im Alter von fünfundzwanzig Jahren, als sie gerade erst ins Erwachsenenleben getreten war, wurde meine Mutter zur Witwe. Nein, in *meiner* Denkweise, nicht in ihrer. Sie war schon mit sechzehn erwachsen geworden, in dem Jahr, als ihre Eltern sie mit meinem Vater verheirateten – oder besser gesagt, mit der berühmten Familie Chatterjee aus Kalkutta.

Wenn du willst, kannst du im Zug die ganze Strecke bis Kalkutta weinen, hatte ihre Mutter gesagt, als sie die junge Braut segnete. Aber wenn du in deinem neuen Zuhause ankommst, müssen deine Augen trocken sein. Meine Mutter gehorchte, wie sie es gelernt hatte. Sie weinte ihre Kindheit in diesem Zug fort. Doch als sie in dem riesigen, marmornen Herrenhaus der Familie ihres zukünftigen Mannes ankam, da waren

ihre Augen trocken und sie zu einer erwachsenen Frau geworden. Das mag der Grund sein, warum sie, als sie die Nachricht vom Tode meines Vaters erhielt – sie war zu der Zeit mit mir schwanger –, nicht eine einzige Träne vergoss. Zumindest nicht in der Öffentlichkeit.
Und ihre öffentliche Seite war die einzige, die ich kannte, denn sie sprach niemals über ihre Gefühle. Hatte man sie auch das gelehrt?
Geständnis: Dieser Aufsatz basiert ausschließlich auf Hörensagen und Mutmaßungen.
Der Tod meines Vaters war der größte Verlust im Leben meiner Mutter. Ich glaube, darin sind wir uns alle einig. Er verwandelte sie von einer Ehefrau in eine Witwe. Und in einer Gesellschaft, in der Eigentum und Schicksal von Männern kontrolliert werden, ist dies kein guter Zustand.
Folgende Dinge legte meine Mutter nach dem Tod meines Vaters ab: teure *saris*, Schmuck, romantische Gedanken. Für den Rest ihres Lebens sollte sie keinen Ilish-Fisch mehr essen und keine Gedichte mehr lesen, beides Dinge, die mein Vater sehr gern getan hatte. Für eine bengalische Frau waren das große Opfer.
Folgende Dinge strich meine Mutter aus ihrem Gedächtnis: dass es zum Menschsein gehört, Angst zu haben, seine Sexualität zu leben, gelegentlich zu weinen.
Folgendes rief sie sich in Erinnerung: Sie hatte meinem Vater ein Versprechen gegeben und sie würde dieses Versprechen halten.
Laut meiner Tante Pishi kamen in den Wochen nach Vaters Tod achtunddreißig männliche Verwandte zum Haus und boten an, die Last auf sich zu nehmen, sich um die Witwe meines Vaters (meine Mutter), sein ungeborenes Kind (ich) und sein Vermögen (das sich am Ende als wesentlich kleiner herausstellte, als die achtunddreißig männlichen Verwandten geglaubt hatten) zu kümmern. Mutter wies sie alle ab, auf sehr höfliche Art und Weise, wie man es ihr beigebracht hatte. Sie erklärte, sie wolle sich selbst um alle drei kümmern. Am Ende kümmerte sie sich um wesentlich mehr – um Pishi und Tan-

te Nalini und Sudha, um kranke Angestellte des Buchladens, der der Familie gehörte, und später auch noch – für eine Weile – um Dayita. Aber das war kein Problem.
Es war kein Problem, denn meine Mutter hatte sich, um mit ihrem Verlust fertig zu werden, in einen Mann verwandelt. Als solcher war sie überaus effektiv. Effektiver als mein Vater, der wohl ein gütiger Mensch, aber auch ein Träumer gewesen war und übermäßig großzügig. Außerdem tendierte er dazu, immer den falschen Leuten zu vertrauen. (Dies ist der Grund, warum unser Eigentum wesentlich geringer war als gedacht.) Er saß abends gern in seinem Sessel, betrachtete die Sterne und deutete voller Begeisterung auf Sternbilder, die er selten als die richtigen erkannte. Manchmal legte er alte Pankaj-Mallik-Platten auf und sang mit. Meine Mutter dagegen saß nie in einem Sessel, hörte nie Musik – ganz besonders keine sentimentalen Lieder – und vertraute niemandem außer Pishi. Und was die Sterne anging, die waren am Himmel und sie auf der Erde und damit hatte sich der Fall. Sie arbeitete außerdem achtzehn Stunden am Tag, sieben Tage in der Woche, um sicherzustellen, dass wir weiter in dem marmornen Haus wohnen konnten, das sich immer größere Mühe gab, zu zerfallen, und dass wir dies außerdem in einer Weise tun konnten, die den Nachfahren der Chatterjees geziemte. Dies war das Versprechen, das sie meinem Vater gegeben hatte.
Aufgrund dieses Versprechens wusste Mutter immer, was zu tun war, selbst wenn es sich (wie bei meiner Heirat) später einmal als falsche Entscheidung herausstellte.
Ich musste meiner Mutter nie etwas versprechen.
Als ich heranwuchs, liebte ich meine Mutter mehr als jeden anderen Menschen, den ich kannte. Ich bewunderte sie über alle Maßen. Wenn sie mich umarmte oder mich einmal mit einem seltenen Lob bedachte, kam ich mir vor wie im Paradies.
Ich lernte so viel ich konnte von meiner Mutter.
Aber irgendwo muss ich auf meinem Weg einen Fehler begangen haben.
Woher ich das weiß?

Ich erkenne es an der Art und Weise, wie falsch ich mit Verlust umgehe. Dem Verlust meines Sohnes, der bereits geschehen ist. Und mit dem Verlust meines Mannes, der sich vollzieht und dem ich keinen Einhalt zu gebieten vermag.

Ms Majumdar,

Sie haben sich ein interessantes Thema ausgesucht, auch wenn es die Behandlung der gestellten Aufgabe nur am Rande berührt. Es wäre hilfreich, wenn Sie zu Anfang ganz bestimmte Beispiele nennen könnten, damit wir uns das Leben Ihrer Mutter und die Umstände besser vorstellen können.

Ihr Stil ist überzeugend, die Gliederung ein wenig unorthodox. Achten Sie auf Ihre Ausdrucksweise, z. B. »ihre öffentliche Seite …« Dieser Entwurf hat fragmentarischen Charakter. Ich bin mir nicht sicher, ob das notwendig ist. Sie erwähnen eine Reihe von Figuren, ohne zu erklären, wer sie sind. Das verwirrt. Versuchen Sie, sich in Ihrem Entwurf mehr von der Sicht der Autorin zu lösen und die Sichtweise des Lesers einzunehmen.

Zum Ende hin verliert die Darstellung an Schärfe und wird zu emotional. Sie sollten Distanz zu Ihrem Text wahren. Ich empfehle Ihnen, den Entwurf ab der Zeile »Ich musste meiner Mutter nie etwas versprechen« zu überdenken. Der Teil über das Paradies erscheint mir zu klischeehaft.

Im Großen und Ganzen ist dies ein guter Anfang für ein Essay – aber es sollte ausführlicher werden. Ich darf Ihnen in Erinnerung rufen, dass die Aufgabenstellung ein Minimum von sechs Seiten vorsieht. Bitte überarbeiten Sie es entsprechend und geben Sie es bis zum 15. Mai ab.

P. Gossen

P.S. Die Geschehnisse, die Sie am Ende Ihrer Hausarbeit erwähnen, beunruhigen mich. Ich schlage vor, dass Sie sich an die Beratungsstelle wenden (Herne Hall, Zimmer 312).

9

Sudha

Ein Bus nach dem anderen hält und fährt dann weiter. Ihre Rauchfinger reiben ein dunkleres Grau in den Abend. Keine Anju. Wo bleibt das Mädchen denn nur? Aber in letzter Zeit ist sie nun einmal unberechenbar, da mache ich mir vorerst keine Sorgen. Nicht um sie.

Es ist kühl geworden. Das Licht zieht sich zurück. Nebel senkt sich. Er umgibt mich in seiner Beharrlichkeit, bis ich ihn einatmen muss. Winzige Wassertropfen überziehen die Innenseiten meiner Lungen. Es ist, als würde man langsam, aber sicher ertrinken.

Auf dem Parkplatz des Wohnblocks halte ich Ausschau nach Sunils Wagen. Wenn ich ihn sehe, gehe ich nicht nach oben, egal, wie kalt es auch wird. Ich werde Dayita in meine Windjacke wickeln und …

Aber glücklicherweise ist der Wagen heute nicht da.

Manchmal mutet mein Verhalten selbst in meinen Augen melodramatisch an. Es ist ja nicht so, als ob er über mich herfallen würde. So ein Mann ist er nicht. Aber wenn sich unsere Blicke in einem leeren Zimmer begegneten, wenn wir unsere Lungen zur selben Zeit mit der gleichen Luft füllten, so weiß ich nicht, was geschehen würde.

Mit jedem Tag erklingt die Schwäche lauter in mir. In jeder einzelnen Fingerspitze, entlang der Unterseite meiner Brüste, die ein wenig schmerzen, durch die Venen, die meine Arme durchziehen. An dem Tag, nachdem ich meine Scheidungspapiere unterzeichnet hatte, küsste Ashok die Venen an meinem Handgelenk. Jeder Kuss war so belebend wie eine Blutinfusion. Davor war mir mein Leben so überflüssig vorgekommen! Wir saßen am Ganges in Outram Ghat. Das Wasser war braun vor Schlick und Geduld. Ashok flüsterte etwas an meiner Haut. Ich konnte die Worte nicht verstehen. Aber der Klang erinnerte an das Heilmittel, das eine Medizinfrau in die Ohren eines Menschen spricht, dessen Geist sich auf Wanderschaft begeben hat. Ich hielt meine andere Hand ins Wasser. Die Strömung drückte mit der Schwere des Alters gegen meine Finger. Sie erinnerte mich selbst daran, dass das Leben weitergeht.

Ich wandte mich Ashok zu und schockierte ihn, indem ich ihn auf die Lippen küsste.

Warum nur fällt mir das wieder ein, wo ich doch gerade seinen Brief zerrissen habe? Warum denke ich an Sunil? Was will ich eigentlich?

Es ist so dunkel in der Wohnung! Schalte das Licht ein – eins, zwei, drei. Dennoch liegt Bräune wie ein Dunstschleier über den Glühlampen. Hat sich der Nebel etwa auch in diesen Bereich hineingeschmuggelt?

Als ich heute Ashoks Brief sah, da habe ich meinen Körper eingezogen wie eine Schildkröte. Eine Festigkeit von Schale und Stein. Steife Muskeln. Ich hätte mich eigentlich freuen sollen, doch mein Körper sagte mir etwas anderes. Der Körper, der uns unser wirkliches Begehren zeigt.

Ich kann nicht zurück nach Indien gehen, kann nicht zu der werden, die ich einmal war, hilflos, abhängig – ich vermag einfach keinen Gefallen daran zu finden. Ich kann meine Tochter nicht in dem Bewusstsein erziehen, dass eine Frau so leben sollte.

Ich glaube, dass es auch in Indien anders sein kann, aber ich weiß nicht, wie.

Ich kann aber auch nicht hier im Haushalt meiner Cousine bleiben. Meine Gegenwart scheuert an dem ausgefransten Seil, das Anju und Sunil zusammenhält. Vielleicht würde es ohnehin reißen, aber ich kann es nicht ertragen, der Grund dafür zu sein. Und dann sind da meine Träume. Fieberüberkrustet, aufgedunsen vor – es gibt keine Möglichkeit, dieses Wort zu umgehen – Sünde. Die geschwungene Rundung von Sunils Schlüsselbein, eine kleine Schweißschicht, die auf meinen Fingerspitzen verbleibt. Der Schwindel erregende Salzgeruch seiner Brust, ihr schnelles Heben und Senken gegen meine Zunge. Ich möchte die Bilder, die jeden Morgen auf die Innenseiten meiner Lider gestempelt sind, wegwischen, die Feuchtigkeit zwischen meinen Beinen, wenn ich erwache.

Gefangen in den Mauern dieser Wohnung habe ich keine Möglichkeit, die lautstarken Forderungen meines Körpers zum Schweigen zu bringen.

Ein Schlüssel dreht sich im Schloss. Ich bin angespannt bis in die Fußspitzen.

Sudha, was jetzt?

»Halt! Halt!«, ruft Anju, als ich ihr den Tee einschenke. »Keinen Zucker!«

Ich blicke sie fragend an. Für gewöhnlich nimmt sie einen gehäuften Teelöffel. Und an Tagen, wenn es ihr nicht gut geht, gönnt sie sich auch schon einmal anderthalb.

»Weißt du denn nicht, wie schlecht Zucker für einen ist?«, sagt sie fragend. »All diese Krankheit verursachenden, leeren Kalorien, die einen überdreht machen.«

Ich schneide eine Grimasse. »Woher kommt denn diese neue Weisheit?« Aber ich weiß es bereits. Jeden Tag bringt sie solche Schnipsel von Selbstverbesserungstheorien vom College mit nach Hause, irgendwelche neue Maschen.

»Das ist mein Ernst. Ich finde, du solltest auch damit aufhören.«

Sie sitzt mit ernstem Gesicht und übereinander geschlagenen Beinen in ihrer Jeans auf dem Sofa. Den Rucksack hat sie zu Boden fallen lassen und sie hält die Teetasse mit beiden Händen fest. Sie strahlt vor Eifer.

»Ohne mich«, erwidere ich ein wenig verärgert. »Ich mag meine Laster, vielen Dank auch.«

»Also wirklich, Sudha! Das ist doch nichts weiter als eine Angewohnheit. Wir gewöhnen uns etwas an, aber das können wir auch in etwas Positiveres verwandeln.« Sie grinst. »Ich weiß, ich weiß, ich klinge wie eine schlechte Kopie von Stephen Covey!«

Ich habe keine Ahnung, wer dieser Covey ist, aber mir ist nicht danach, ihr das zu sagen.

Sie redet über ihren Tag am College. Erwähnt Zora Neale Hurston. Kate Chopin. Noch mehr Namen, die mir nichts sagen. Sie vollführt eine ausholende Bewegung mit dem Arm, scheint die Luft einzusammeln und in ihre Richtung zu ziehen. Eisblaue Armreifen. Ich muss ihr dabei geholfen haben, sie in ihren Hochzeitskoffer zu packen, aber ich kann mich nicht daran erinnern. Die Reifen klirren. Wassermusik. Seit wann trägt sie sie wieder?

»Also, diese schreckliche Gossen, die Professorin, die ständig meine Grammatik verbessert und nie erkennt, dass ich versuche, einmal etwas ganz anderes zu machen, war heute nicht da, war auf irgendeiner Konferenz, wo sie einen Vortrag hält – wahrscheinlich über die wesentliche Funktion korrekter Kommasetzung –, und an ihrer Stelle hat eine Gastprofessorin das Seminar geleitet. Sie hat uns Passagen aus einigen der Hausarbeiten vorgelesen, weil sie glaubt, dass wir viel aus den Arbeiten anderer Studenten lernen können. Und dann fängt sie plötzlich an, mein Essay vorzulesen! Ich wäre beinahe gestorben! Du erinnerst dich doch noch an dieses Essay über meine Mutter? Das mir so schwer fiel zu schreiben und von dem die Gossen dachte, es sei zu verschwommen und am Thema vorbei? Ich fand ihre Kommentare derart deprimierend, dass ich es nicht noch einmal überarbeitet, sondern einfach so abgegeben habe. Soll sie mir doch eine schlechte Note geben! Aber dann kommt diese Frau daher und hält es für das beste Essay des ganzen Kurses! Sie hat mir draufgeschrieben, ich würde Originalität und eine eigene Stimme besitzen!«

»Eine eigene Stimme«, sage ich und nicke, als würde ich solche Worte jeden Tag hören. Es freut mich, dass Anju so glücklich darüber ist, was immer es auch bedeuten mag.

»Ich wette, die Gossen kriegt einen Anfall, wenn sie es erfährt! Aber warte, das ist noch nicht das Beste! Nach dem Seminar kamen zwei Frauen auf mich zu und sagten, sie fänden das, was ich geschrieben habe, unheimlich überzeugend, und dass sie die ganze Zeit keine Ahnung gehabt hätten, wie gut ich sei, und dass die Gossen eher Ziegelsteine scheißen würde, als meine Arbeit zu loben.«

Ziegelsteine scheißen! Ich versuche, meine Bestürzung nicht zu zeigen. Aber im Stillen denke ich, wie wenig ich mit dieser neuen Anju noch gemein habe.

»– und dann haben sie mich gefragt, ob ich nicht Lust hätte, bei ihrer Schreibwerkstatt mitzumachen«, schließt sie triumphierend.

»Schreibwerkstatt«, wiederhole ich, gebe mir große Mühe, zu begreifen. Aber es gelingt mir nicht. Mein Kopf fühlt sich ganz dumpf an, als bekäme ich eine Erkältung. Eine Schreibwerkstatt? Was soll das?

»Sie treffen sich jeden Dienstag für zwei Stunden nach dem Seminar«, sagt Anju, »und jede liest etwas vor, und dann sagen die anderen, was sie davon halten –«

Ich möchte sie unterbrechen. Möchte sie fragen, ob ihr der ungesüßte Tee schmeckt, sie zu müde ist für einen Spaziergang, sie den Brief ihrer Mutter beantwortet hat. Das sind Dinge, die ich verstehe. Ich habe *ghugni* mit Kichererbsen und Kokosnussflocken gemacht, ob sie wohl etwas davon möchte? Während sie vom Schreiben redet, sehe ich wieder Rameshs Unterschrift auf den Scheidungsunterlagen vor mir. Die Buchstaben waren spitz und ungezähmt. Die blaue Tinte trug ein Glitzern, wie das Sekret eines giftigen Insekts. Ich hatte seine Unterschrift noch nie zuvor gesehen, weil er mir nie geschrieben hatte.

Was soll nun an den Dienstagen mit mir geschehen?

»Du hast doch nichts dagegen, Sudha, Liebes?«, fragt Anju. Sie bittet um etwas, was selten bei ihr vorkommt. »Es wird ein langer Tag für dich, aber das ist alles so aufregend! So etwas ist mir noch nie passiert. Ich mag diese eine Frau wirklich – sie vermittelt eine solche Leidenschaft, sie ist sich so sicher! Sie ist wirklich ganz anders als all die Menschen, die ich kenne.«

Anders als ich, will sie damit sagen. Eine Welle eifersüchtigen Schmerzes verbrüht meine Eingeweide.

»Sie kommt aus dem Iran«, fährt Anju fort, die nichts bemerkt. Aber bemerkt sie in letzter Zeit denn überhaupt noch irgendetwas? »Ihre Familie ist während Khomeinis Herrschaft aus dem Land geflohen. Sie schreibt ein Essay über diese Zeit, besonders über das, was mit den Frauen passiert ist. Ich kann mir nicht vorstellen, so etwas zu schreiben! Sie sagt, ich hätte echtes Talent und sei es mir schuldig, es weiterzuentwickeln.«

Sich selbst etwas schuldig sein. Das ist nicht die Vorstellung, mit der wir in Kalkutta groß geworden sind. Man schuldete seinen Eltern etwas, das ja. Den Vorfahren. Der Familie des Ehemannes. Den Kindern. Den Lehrern, der Gesellschaft, Gott. Aber *sich selbst etwas schuldig sein*? Und doch hatte Anju es heute mit einer solchen Leichtigkeit ausgesprochen.

Und was schulde ich mir?

»Glaubst du, dass es stimmt, Sudha?« Anju beugt sich vor und packt meine Handgelenke. »Glaubst du, dass aus mir wirklich eine Schriftstellerin werden könnte?«

Ihre Finger sind stark, immer noch warm von der Teetasse. Als wir noch Kinder waren, hat sie mich auch immer so gepackt, und ich spürte, wie ihre Aufregung mein Herz schneller schlagen ließ. Selbst als wir Ehefrauen geworden waren, sie in San Jose und ich eingemauert in Bardhaman, konnten wir die Bedürfnisse der anderen spüren, ohne darüber reden zu müssen. Wenn eine von uns ein Geheimnis hatte, schmeckte die andere es körnig und bitter, wie Granatapfelkerne, in die man aus Versehen gebissen hat.

Aber heute ist da nichts als Schwere.

Ich habe getan, was ich nicht hätte tun dürfen, sage ich in Gedanken zu ihr, versuche durch pure Willensanstrengung zu erreichen, dass sie mich hört. *Ich habe deinen Mann geküsst, und es hat mir gefallen.*

»Was meinst du, Sudha? Soll ich mich der Gruppe anschließen?«

Lass mich nicht allein mit ihm.

»Sudha! Hörst du mir überhaupt zu?«

»Wie sollte ich dir etwas raten?«, sage ich. Die Enttäuschung verleiht meinem Ton Schärfe. »Ich habe nie ein College besucht.«

»Jetzt sei doch nicht so!«, erwidert Anju. »Du bist der Mensch, der mir am nächsten ist, der mich am besten versteht. Dem ich vertraue.«

Ein gedämpftes Zischen entsteht in meinen Ohren. Ich tue so, als würde ich etwas vom Teppich aufheben, damit ich ihr meine Hände entziehen kann.

»Dann versuch es doch«, sage ich. »Man weiß nie, was das Richtige für einen ist, ehe man es nicht versucht hat.« Sobald die Worte heraus sind, kommen sie mir unheilschwanger vor, mit einer Bedeutung beladen, die ich nicht beabsichtigt habe. Einer Bedeutung, die auch für mein Leben zutrifft.

Anju beugt sich vor und umarmt mich. »Danke, dass du mich unterstützt.«

Ach, Anju! Aber selbst mein Kummer ist losgelöst und gedämpft. Sie wird ihn nicht erraten.

»Brauchst du Hilfe beim Kochen?«, erkundigt sie sich. »Ach, das hatte ich ja ganz vergessen – haben wir Post?«

Ich reiche ihr den cremefarbenen Umschlag.

»Sunil Majumdar und Familie«, sagt sie. »Wie reizend chauvinistisch!« Sie dreht den Brief um und betrachtet den Namen, der auf der Rückseite eingestanzt ist. Zuckt mit den Schultern. »Kenn ich nicht.« Sie lässt ihn auf dem Couchtisch liegen, damit Sunil ihn öffnet.

Erst jetzt, im Augenblick des Verlustes, erkenne ich den Wert dessen, was wir beide besessen haben. Ein metallischer Nebel hat sich um mich geschlungen. Ist das die Art, wie andere Menschen durch ihr Leben gehen? Alles nur gedämpft hören und noch weniger fühlen? Sie strecken ihre Arme aus in der Hoffnung auf eine Verbindung, aber das Metall glitzert nur, brutal wie ein Spiegel. Alles, was sie sehen, ist ihr eigenes Gesicht. Sie – wir – öffnen den Mund, um zu rufen, und der Nebel füllt ihn wie Zuckerwatte. Zuckerwerk der Einsamkeit, das zu Nichts schmilzt und einen Geschmack hinterlässt, der so süß ist, dass man ihn nicht von Bitterkeit zu unterscheiden vermag.

»Habt ihr schon Nachrichten gehört?«, fragt Sunil, als er in die Wohnung geeilt kommt. »Nicole Brown, die Frau von O.J. Simpson, ist ermordet worden!«

Eine weitere Person, die ich meiner Liste mir unbekannter Menschen hinzufügen kann. Aber Anju fragt: »Meinst du O.J., den Sportler?«

»Ja, genau der!«, ruft er aus dem Schlafzimmer über die Schulter zurück. Warum ist er bloß so aufgeregt? Er trägt den Fernseher in die Küche und stellt ihn auf der Arbeitsplatte ab, damit wir beim Essen schauen können.

Ein junger Nachrichtensprecher in einem blauen Anzug und mit hellbraunem Haar blickt uns vom Bildschirm an. Sein Gesicht ist ausdruckslos attraktiv. »Die Leiche von Nicole Brown wurde in ihrem Haus im Bundy Drive in Brentwood zusammen mit der eines bislang nicht identifizierten Mannes entdeckt«, spricht er in die Kamera. »Die Polizei versucht ihren früheren Ehemann, den Football-Star und Schaupieler O. J. Simpson, ausfindig zu machen, um ihn zu vernehmen.«

Ich schöpfe *dal* und *brinjal*-Curry auf unsere Teller und serviere den gebratenen Fisch, den ich im Ofen heiß gehalten habe.

»Hm, knuspriger Bratfisch!«, sagt Anju. »Sudha, du verwöhnst mich!«

Sunil wirft ihr einen tadelnden Blick zu und starrt dann wieder auf den Fernseher. Seine Wangen tragen das schmutzige Rot gebrannter Ziegel. Er hat sein Essen noch nicht angerührt, obwohl auch er gern Bratfisch isst. Bilder eines europäisch anmutenden Hauses, das mit gelbem Polizeiband abgesperrt ist, erscheinen auf dem Bildschirm. Dann das Foto einer blonden Frau, einer kühlen Schönheit, wie ein Filmstar. Die Kamera holt die dunklen Flecken auf den Stufen heran. Gott sei Dank sind die Leichen schon abtransportiert worden. »Arnelle Simpson, O. J.s Tochter, hat der Polizei erklärt, dass ihr Vater irgendwann spät in der vergangenen Nacht ein Flugzeug nach Chicago bestiegen hat«, berichtet der Nachrichtensprecher bedrückt. »Brian Kaelin, ein Freund von O. J., der auf seinem Anwesen im Rockingham Drive wohnt, behauptet ...« Schnee erscheint auf dem Bildschirm – es ist ein alter Fernseher – und die Worte ertrinken in Statik. Sunil springt auf, um die Antenne zu richten, aber da beschreibt der junge Mann schon den Ausbruch eines weiteren Feuers in den Oakland Hills.

»Verdammt!«

Ich bin erstaunt über dieses harte, Schrotkugeln ähnliche Wort, über die Art und Weise, wie seine Lippen, die straff sind wie neues Gummiband, es loswerden. Ein Mord ist eine schreckliche Sache, das ist wahr, aber Morde geschehen jeden Tag. Warum ist ihm dieser so wichtig?

Wir essen schweigend. Der Fernseher liefert uns einen Grund, nicht zu reden. Nachrichtensendungen haben etwas Unwirkliches und Gezieltes an sich. Etwas, an das ich nicht so recht zu glauben vermag. Woran mag es liegen, dass so viele Menschen Ereignisse, die anderen Leuten zustoßen, so viel spannender finden als ihre eigenen Probleme? Sogar Anju. Als Kind hat sie stundenlang an den Knöpfen des Transistorradios gedreht, dessen Kauf sie bei Gouri Ma erbettelt hatte. Sie saß dann für gewöhnlich auf dem Fenstersitz unseres Zimmers und war ganz verzaubert von den undeutlichen, knisternden Tönen von All India Radio oder Akashbani Kalikata. Und spät am Abend dann die BBC. All diese Menschen, die so weit entfernt von den unseren waren und so anders ... Die unser Verständnis überstiegen, denen wir nicht helfen konnten. Was brachte es also, unsere Köpfe mit ihren Schwierigkeiten zu füllen?

Auf diese Weise kann man Menschen niemals wirklich kennen lernen, sagte ich einmal zu Anju.

Mich faszinierten die Geschichten, die sich die Tantchen während ihrer Teestunden zuflüsterten. Verbotene Geschichten über Leute, die in unserer Straße lebten. Geschichten über Geheimnisse, die ich, wenn ich in ihre Gesichter sah, niemals vermutet hätte. Leute wie Mangala, das Hausmädchen des Rai Bahadur. Obwohl ihr, als mir ihre Geschichte zu Ohren kam, auch nicht mehr zu helfen gewesen war.

Ihr Gesicht kam mir in den Sinn, als ich das der toten Nicole auf dem Bildschirm sah. Mangala.

Ich sollte mehr wie Anju sein, ich weiß. Ich muss dieses Land kennen lernen. Der Fernseher bietet mir trotz all seiner Fehler Bilder. Namen. Aufschlüsse über die Betonung von Wörtern. Aber er verwirrt mich auch. Eine Minute lang wird über einen Flugzeugabsturz berichtet, bei dem alle 262 Passagiere getötet wurden. Gleich darauf folgt ein Bericht über eine Frau, die Fünflinge geboren hat, oder auch über einen Hund, der ein Kind gerettet hat. Wieder eine Minute. Ist denn in Amerika alles gleich wichtig? Oder nichts wichtig genug? Ich vermute verschlüsselte Hinweise zwischen den Zeilen, im Schwung der Augenbrauen der Anchorwoman. Sara hätte gewusst, wie man sie entziffert.

Aber warum denke ich an sie in der sehnsüchtigen Vergangenheitsform, als würde ich sie nie mehr wieder sehen?

Wir essen. Nicoles Ermordung flackert periodisch über den Bildschirm, zwischen Diskussionen über einen Anstieg der Börsenkurse und Ankündigungen möglicher Regenschauer. Sunil hat sich so weit wieder erholt, dass er mir ein Lob für das *brinjal*-Curry ausspricht. Sein zweiter Satz. Jeden Abend gesteht er sich zu, drei Sätze an mich zu richten. Der erste besteht aus der Frage, wie mein Tag war. Der zweite bezieht sich auf das Essen. Der dritte auf Dayita. Jeder einzelne verlangt nicht mehr als eine Antwort, die aus einem Wort besteht.

An irgendeinem Punkt in meinem Leben werde ich auf diese Abende zurückblicken und lachen. Das rede ich mir ein. Weil ich es einfach glauben muss.

Anju springt von ihrem Stuhl auf. »Hätte ich beinahe vergessen – das hier ist heute mit der Post gekommen.« Sie reicht Sunil den Umschlag. »Von wem ist er?«

»Chopra? Er ist einer meiner Kunden. Seine Firma ist letztes Jahr in eine Aktiengesellschaft umgewandelt worden. Hat einen Haufen Geld gemacht und ein riesiges Haus oben in den Los Altos Hills gebaut.« Sunil befingert anerkennend das schwere Pergament. Oder liegt da Neid in der verweilenden Berührung? Er öffnet den Umschlag. »Es ist eine Einladung zu seiner Silberhochzeit.«

»Wann ist die Feier?«, erkundigt sich Anju.

»Nächstes Wochenende. Offenbar sind wir ihm erst im letzten Moment eingefallen.« Für einen Augenblick droht sein Gesichtsausdruck in Zorn umzuschlagen.

»Dann sollten wir vielleicht gar nicht hingehen. Außerdem müssten wir dann ein Geschenk kaufen und –«

Anju verstummt. Sie will vor mir nicht über finanzielle Belange reden. Möchte mich nicht in Verlegenheit bringen. Aber ich weiß schon Bescheid.

Ich habe sie einmal gehört, als ich Dayita im hinteren Zimmer stillte. Wütendes Flüstern.

Sie: Wir haben nur noch hundertfünfzig Dollar auf unserem Konto.

Er: Dann wirst du damit auskommen müssen, bis ich am Fünfzehnten meinen Gehaltsscheck bekomme.

Sie: Ich weiß nicht, wie ich das anstellen soll. Ich muss Lebensmittel, Windeln und Baby-Nahrung kaufen. Warum kannst du nicht jeden Monat etwas weniger an deine Eltern in Indien schicken?

Er: Das ist nicht möglich.

Sie: Aber warum denn nicht? Es ist schließlich nicht so, als wäre dein Vater auf das Geld angewiesen. Gehören ihm nicht zwei vermietete Eigentumswohnungen? Und wir leben hier in dieser Abstellkammer …

Er: Wir haben schon hundert Mal darüber geredet. Ich werde es nicht noch einmal mit dir diskutieren. Du wusstest, dass das Geld knapp ist. Darüber hättest du nachdenken sollen, bevor du deine Cousine eingeladen hast, bei uns zu wohnen.

Sie: Wie kannst du die Situation deines Vaters mit Sudhas vergleichen? Sie musste einfach von dort weg, sie musste neu anfangen. Und ich habe sie gebraucht, ich wollte sie bei mir haben. Wie kannst du uns das nur neiden? Habe ich dich jemals um etwas gebeten? Hast du mir jemals irgendetwas gegeben?

Er: *(Schweigen)*

Sie: *(Schweigen)*

Sunil blickt nachdenklich auf die Einladung hinab. Denkt er vielleicht an seine eigene Hochzeit, an die Jahre, die seine Ehe gehalten hat, an die Jahre, die sie möglicherweise nicht mehr halten wird?

»Wir werden hingehen«, sagt er schließlich und seine Stirnrunzeln glätten sich. »Wir werden hingehen und uns ansehen, wie die Reichen leben. Warum nicht?« Er schaut mich an. Ein seltener, direkter Blick. Seine Augen funkeln herausfordernd. »Und du kommst mit. Schließlich gehörst du zu Sunil Majumdar und Familie, nicht wahr?«

Wir sitzen auf dem Schlafzimmerboden inmitten von kleinen Kleiderbergen. Anju hat unsere Koffer unter dem Bett hervorgezogen, und wir versuchen zu entscheiden, was wir anziehen sollen. Mein Koffer ist schnell durchgesehen – es liegen nur einige wenige Baumwoll-*saris* darin, denn ich musste all meine teuren *saris* zurücklassen, als ich Rameshs Haus verließ. Anjus Koffer dagegen ist mit ihrer Aussteuer gefüllt. Umnähte Wolken aus Chiffon und Chintz. Feine *Dhakai*-Baumwolle in Monsun-Farben. Hoheitsvolle *Benarasis*, steif vor *zari*-Fäden. Die Berührung eines anderen Lebens auf meiner Haut, eines Lebens, in das es kein Zurück mehr gibt.

»Sieh doch nur, wie schön der noch ist«, sage ich und hebe den *sari* auf, in dem Anju geheiratet hat. Ein Goldregen aus Blüten auf Königsrot. So fehl am Platz in dieser Zweizimmerwohnung, mit ihrem zotteligen Teppich, der schon ganz schäbig ist von meinem allzu enthusiastischen Staubsaugen.

»Es geht doch nichts über unsere indischen Stoffe«, sagt Anju. »Kein Wunder, dass du Modedesignerin werden wolltest!«

Ich zucke zusammen. Es schmerzt, an Träume erinnert zu werden, aus denen nichts geworden ist. »Hör auf!«, fahre ich Dayita an, die sich in den Koffer hineinwühlt, Gaze und Satin durcheinander bringt. Sie reibt ihr Gesicht an teurer Kanchipuram-Seide, ohne sich von meinen Rufen entmutigen zu lassen. Ob sie wohl die Gegenwart unserer jüngeren Ichs in dem Waldgeruch des Sandelholzes wahrnimmt? Als ich nach ihr greife, versteckt sie sich hinter Anju.

»Ach, hör schon auf!«, sagt Anju. »Dauernd schimpfst du mit meiner süßen Dayu wegen nichts und wieder nichts!« Sie dreht sich zu Dayita um und drapiert einen bestickten Schleier auf ihrem Kopf. »Siehst du aber hübsch aus! Sunil, Sunil, komm her und sieh dir unsere kleine Braut an!«

Morgen wird Anju bei der Bank vorbeigehen, ihren Hochzeitsschmuck aus dem Schließfach holen und ihn zwischen uns beiden aufteilen. Mein Schmuck befindet sich immer noch im Familientresor meines Ex-Mannes – oder wird von seiner neuen Frau getragen. Manchmal versuche ich Wut zu empfinden, weil ich denke, dass ich sie empfinden sollte. Aber das Bild dieser

Frau ist zu weit weg, eine winzige Spiegelung am Grunde eines Brunnens. Wie kann ich darauf neidisch sein? In meiner Vorstellung hat sie den gleichen verschüchterten Blick wie Ramesh.

»Verklage sie«, riet Anju mir an meinem ersten Tag hier in typisch amerikanischer Manier. Wütender Schweiß lag auf ihrer Oberlippe, und ihre dichten Augenbrauen näherten sich einander. Sie hatte vergessen, wie die Dinge zu Hause ablaufen. Dass eine ausgerissene Ehefrau keinerlei Rechte hat.

»Das ist der Preis, den ich für das Leben meiner Tochter gezahlt habe«, erklärte ich ihr.

Anju biss sich auf die Lippe, um die Tränen zurückzuhalten. »Dieser Bastard.« Sie war stets wütender auf Ramesh als auf meine Schwiegermutter. »Macht nichts. Alles, was mir gehört, gehört auch dir.«

Ob andere Menschen wohl auch so von Worten heimgesucht werden wie ich? Ein stechender Wind auf meiner Haut lässt mich erzittern. *Alles?*

Ich sollte nicht zu dieser Party gehen. Das Vernünftigste wäre, an diesem Tag die Kranke zu spielen. Aber ich will nicht vernünftig sein.

Ich wähle einen grauen *sari* mit einer schmalen Silberbordüre, der für eine Frau mit einem so fraglichen ehelichen Status wie dem meinen unbestimmt genug ist. Doch Anju will nichts davon wissen.

»Das ist eine Silberhochzeit, Himmel noch mal, keine Beerdigung!«, sagt sie. Sie sucht mir einen wunderschönen *sari* aus, mit satten Farben, die einer Pfauenkehle ähneln, und mit winzigen, gestickten goldenen Monden. »Die Farbe steht dir großartig.« Sie dreht sich zu Sunil um, der wegen Dayita ins Zimmer gekommen ist. »Was meinst du?«

»Stimmt«, erwidert er kurz angebunden. Er versucht Dayita aufzunehmen, aber die möchte nicht weg. Sie lässt sich erst dazu verleiten, als er sie mit seinem Schlüsselbund lockt. Daran hängt eine Mickey Mouse, die quiekt, wenn man ihr auf den Bauch drückt. Das bringt meine Tochter zum Lachen, und sie macht einen Satz darauf zu. »Schlafenszeit«, sagt Sunil und hebt sie auf. Ich starre ihm in widerwilliger Bewunderung nach. Wie viele

Männer würden sich schon eine Mickey Mouse an den Schlüsselbund hängen, nur um einem kleinen Mädchen eine Freude zu bereiten?

»Und ich habe noch diese Halskette mit dem Pfauenanhänger und die Ohrringe, die zu dem *sari* passen. Du erinnerst dich gewiss noch an sie, oder? Du wirst atemberaubend aussehen, warte nur ab«, sagt Anju.

Anju, bemerkst du denn nicht den heraufziehenden Sturm?

Ich suche für sie einen pfirsichfarbenen *sari* aus, in der Farbe des Morgenhimmels, der Farbe der Unschuld. Ich rate ihr, die Schmuckgarnitur zu tragen, die ihr Gouri Ma bei der Segnungszeremonie vor der Hochzeit geschenkt hat – winzige, funkelnde Diamanten in Goldfiligran gesetzt.

Anju zögert. »Findest du das nicht zu protzig?«

»Das ist eine Silberhochzeit, Himmel noch mal, keine Beerdigung!«

Wir platzen lachend heraus, erfüllt von einer plötzlichen, mädchenhaften Aufregung.

Aber später im Bett kommen die Gedanken. Er hatte gesagt: *Du gehörst zu Sunil Majumdar und Familie, nicht wahr?*

»Natürlich gehört sie dazu«, hatte Anjus Antwort gelautet, »und unsere Dayita auch. Wir müssen sie ebenfalls mitnehmen.« Sie las die Einladung noch einmal durch, ob irgendetwas daraufstand, dass Kinder nicht erwünscht seien. Sie sah seine Augen nicht. Seine Blicke wanden sich besitzergreifend um mich, wie eine Nylonschnur, die sich nicht zerreißen lässt.

In dem Moment hätte ich ablehnen sollen.

Ich sehe wieder die Halskette vor mir, die Anju tragen wird, sehe ihre Sternensprenkel so klar in der dunklen Luft meines Zimmers. Ich bin wieder in dem Hochzeitszelt, dessen feuchte, schwere Luft nach Schweiß und Weihrauch und welkenden Ringelblumen riecht. Gouri Mas Finger, die kurz am Verschluss der Halskette herumtasten, ehe sie Anju über das Haar streicht und sich ihre Lippen lautlos bewegen und um göttlichen Schutz bitten.

Bete weiter, flehe ich sie an. Bete, Gouri Ma, um das Schicksal abzuwenden.

10

Sunil

HEUTE WERDE ICH nicht über deine Mutter reden, mein Kind. Nicht ein einziges Wort. Ich werde dir stattdessen eine ganz andere Geschichte erzählen. Eine alte Geschichte, die sich vor langer Zeit zugetragen hat, als ich noch ein Junge von ungefähr zehn oder elf Jahren war und in Kalkutta zur Schule ging. Ich habe schon etliche Details dieser Geschichte vergessen, aber ich werde die Lücken nicht zu füllen versuchen. Ich möchte nichts erfinden, nicht für dich. Zwischen dir und mir, mein Kind, soll immer die Wahrheit regieren.

Und wenn einmal eine Zeit kommen sollte, zu der das nicht möglich ist, so werde ich lieber gar nichts sagen.

Also stell dir einmal Folgendes vor, Kleines: ein Junge mit bleistiftdünnen Armen und Beinen und verschorften Knien in khakibraunen Shorts und weißem Hemd – die Schuluniform der Deshbandhu-Schule für Jungen. Nur war mein Hemd immer vom Football-Spielen zerrissen oder lehmverschmiert, und meine Mutter ständig voller Anspannung. Sie nähte und wusch und bügelte heimlich, damit mir mein Vater nicht eine seiner langen, schrecklichen Vorträge über Nachlässigkeit und Rücksichtslosigkeit halten konnte, und mich fragen, ob ich glaubte, dass das Geld auf Bäumen wächst. Ich bin gerade aus dem Schulbus gestiegen, renne so schnell ich kann auf das Haus zu und recke dabei eine Mitteilung auf rosafarbenem Papier in die Höhe, die mir der Lehrer mitgegeben hat und die ich meiner Mutter reiche. Ihr Lächeln verwandelt sich in Besorgnis, als sie die Mitteilung liest, denn darin heißt es, dass die Lehrer der Deshbandhu-Schule für Jungen beabsichtigen, die Schüler in der nächsten Woche ins Theater mitzunehmen, zu einer Matinee-Vorstellung des Stückes *Purohit O Pradip*, von dem sie glauben, dass es für die moralischen Wertvorstellungen ihrer Schützlinge förderlich sei. Die

Eltern sollten ihren Kindern freundlicherweise bis zum nächsten Tag zehn Rupien und fünfzig Paise für die Eintrittskarten und die Busfahrscheine mitgeben.

Das sind zehn Rupien und fünfzig Paise mehr, als meine Mutter hat, denn in unserem Haus ist mein Vater für das Bargeld zuständig. Er gibt unserem Dienstboten Manik jeden Morgen Geld für den Basar, bevor er ins Büro geht, und er nimmt von ihm am Abend das Wechselgeld entgegen, über das Malik peinlich genau Rechenschaft ablegen und das bis auf die letzte Paisa stimmen muss. Und Vater ist derjenige, der so gar kein Verständis dafür hat, wenn Mutter ihn wegen Dingen anspricht, die für ihn eine Geldverschwendung darstellen – wie etwa ein Theaterbesuch.

Ich bin versucht, an dieser Stelle eine Szene einzuschieben, in der meine Mutter meinen Vater um das Geld bittet, in der er schimpft und tobt und schließlich ablehnt, und in der meine Mutter eine heimliche Reise zu ihrer Cousine in Belgachia unternehmen muss, wie sie es ab und an tat, um sich Geld zu leihen. Sie war eine freundliche Frau, diese Cousine aus Belgachia. Wann immer wir sie besuchten, reichte sie uns *narus* aus Jagrezucker und Kokosnuss und kaltes Wasser in hohen Edelstahlgläsern, an denen Kondensperlen hingen. Und sie erlaubte Mutter immer so zu tun, als sei sie in der Lage, ihr das Geld schon bald zurückzugeben. Anlässlich meiner Hochzeit habe ich ihr einen sehr kunstvollen *sari* geschenkt, was meinen Vater fürchterlich geärgert hat. Aber ich schweife ab.

In Wahrheit kann ich mich gar nicht mehr daran erinnern, wie Mutter es geschafft hat, an das Theatergeld zu kommen. In jenen Tagen habe ich solchen Dingen keine große Beachtung geschenkt. Wie Kinder nun einmal sind, war ich mit mir selbst beschäftigt und habe es für eine Selbstverständlichkeit gehalten, dass sie für meine Bedürfnisse sorgte.

Woran ich mich erinnern kann, ist das Theater.

Ich wünschte, du könntest es auch vor dir sehen, Kleines. Es war der größte Saal, den ich jemals betreten hatte, und er war voller rötlich brauner Samtsitze, so weich, dass man bis zu den Hüften einsank, wenn man darauf Platz nahm. Vor der Bühne hing ein rötlich brauner Samtvorhang mit Bordüren aus dicken

Goldtroddeln. In der Mitte der Decke war ein riesiger, weißgoldener Lotos, von dem ein ebenso riesiger Kronleuchter herabging, der geheimnisvolle Schatten auf uns warf, ganz so, als befänden wir uns in einer Zauberhöhle. Überall an den Wänden flackerten kleine Lichter wie Flammen, bis eine Flöte zu spielen begann, woraufhin sie ausgingen und uns in einer schweigenden Dunkelheit zurückließen.

Ich bin als Student noch einmal dorthin gegangen, um mir das Theater anzusehen, aber es war verschwunden und an seiner Stelle stand ein klimatisierter Supermarkt. Ich war traurig, aber irgendwie auch erleichtert. Für den Rest meines Lebens würde ich es nun vor mir sehen, wie ich es aus meiner Kindheit in Erinnerung hatte, ohne das kritische Auge des Erwachsenen, das den Zauber zerstörte.

Und als die verschiedenen Charaktere auftraten – wie soll ich sie dir nur beschreiben? Für mich, einen Jungen, der in die fünfte Klasse ging und zuvor noch nicht einmal in einem Kino gewesen war, glichen sie Göttern. Ihre Gesten waren so großartig, so echt, und sie berührten etwas in mir, von dem ich nicht einmal gewusst hatte, dass es existierte. Der Priester trug ein weißes *dhoti* um die Taille geschlungen und hatte Ringe in den Ohren. Sein kahler Kopf glänzte im göttlichen Licht, und seine Holzschuhe klapperten mit einer Autorität über die Bühne, die mich völlig regungslos dasitzen ließ. Die Soldaten marschierten auf und hoben ihre tödlichen Schwerter wie ein Mann. Ihre Schilder waren mit glitzernden Bronzenägeln beschlagen, und ihr Kommandant trug einen goldenen Brustharnisch und schrie, als er sie anwies, den Dieb zu fangen, seine Befehle mit einer Furcht erregenden Stimme. Selbst der Dieb, der in zerlumpten Kleidern herumlief, geschwärzte Ringe unter den wahnsinnig dreinblickenden Augen hatte und Ketten um die Fußgelenke trug, kam mir wie eine Kreatur aus einem Märchen vor.

Noch Monate später spielte ich die Geschichte an den Nachmittagen zu Hause nach – manchmal für meine Mutter, aber meistens für mich allein. Ich schlüpfte abwechselnd in die verschiedenen Rollen: der fromme Priester, der den entflohenen Dieb aufnimmt, welcher in einer stürmischen Nacht an seine Tür klopft, die misstrauische Schwester des Priesters, die ihn warnt, nur ja keinem Fremden zu vertrauen – ganz besonders keinem, der einen so verzweifelten Eindruck macht. Die Soldaten, die den Dieb erspähen und aufschreien, als sie über das Sofa in unserem Wohnzimmer springen. Ich verbesserte die Dialoge, während ich spielte, fügte lange, leidenschaftliche Reden hinzu. Ich teilte Mutter mit, dass ich meine Berufung gefunden hätte. Ich wollte Schauspieler werden. Sie lächelte nur traurig. (Aber daran war ich gewöhnt.)

Am besten gefiel mir die Rolle des Diebs. Mitten in der Nacht, wenn der Priester und seine Schwester schliefen, erhob ich mich von meiner Matte, schlich auf Zehenspitzen zu der goldenen Lampe im Alkoven hinüber und griff nach ihr. Auf meinem Gesicht spiegelte sich der Wahnsinn. Es war das Gesicht eines Mannes, den die Grausamkeiten der Welt gefühllos gemacht hatten. Was kümmerte es mich schon, dass diese Lampe der einzige wertvolle Besitz des Priesters war? Narr, höhnte ich, während ich sie in meinen Sack steckte und zum Fenster hinauskletterte. Als mich der Kommandant fing und zum Priester zurückbrachte, damit dieser mich identifizierte, da zeigte ich keine Reue. Ich kreuzte die Arme vor der Brust und lehnte mich mit dem Rücken an die Wand. Nur zu, ich bin auf das Schlimmste gefasst. Erst als der Priester verkündete, dass er mir die goldene Lampe geschenkt habe, nahm mein Gesicht einen unsicheren Ausdruck an, und meine Hände begannen zu zittern. Meine Knie wurden weich, bis ich, einem Sack gleich, auf Mutters Teppich im Wohnzimmer sank. Ich senkte respektvoll den Kopf bis zum Boden und sagte zu dem Priester: Vergebt mir, ich werde bis ans Ende meines Lebens Euer ergebener Diener sein. Der Raum füllte sich mit Applaus von Manik und meiner Mutter. Ich hielt den Kopf so lange wie möglich gesenkt. Ich wollte nicht in mein Leben zurückkehren.

Ich dachte in den nächsten Jahren sehr oft an dieses Theaterstück, selbst noch, nachdem ich meinen Traum, einmal Schauspieler zu werden, gegen den eingetauscht hatte, ein Richter zu werden, der über schwere Verbrechen zu Gericht sitzt und Männer zum Tode verurteilt. Es gab etwas an diesem Stück, das mich störte. Erst später, als ich auf ein anderes, völlig unterschiedlicher Natur getroffen war, wurde mir klar, woran ich mich stieß. Ich mochte den Kerl, der die Lampe stahl, wirklich gut leiden und wollte so gern glauben, dass er sich am Ende in einen guten Mann verwandelte – aber das konnte ich einfach nicht. Es half auch nichts, dass uns der Lehrer erklärte, dem Stück liege der Roman eines berühmten französischen Autors zugrunde. Aus einem schlechten Menschen wurde nicht einfach so – peng! – ein guter. (Jeden Abend, wenn mein Vater nach Hause kam, erhielt ich den Beweis aus erster Hand.)

Ich wette, du fragst dich jetzt, welches andere Stück ich meine. Es war *Macbeth*. Wir lasen es in der zehnten Klasse im Englisch-Unterricht – ich werde dir diese Geschichte einmal an einem anderen Tag erzählen. In dem Stück *Macbeth* gibt es eine Szene, in der Lady Macbeth versucht, Macbeth, der dem König treu ergeben ist, davon zu überzeugen, dass er diesen töten soll, wenn er ihre Burg besucht. Schließlich gibt Macbeth – wenn auch widerstrebend – nach und das war es dann für ihn.

Manchmal erwischte ich mich dabei, wie ich nachts darüber nachdachte. Warum hat Macbeth bloß nicht erkannt, worauf er sich da einlässt?, ging mir dann durch den Sinn. Er war ein kluger Mann und verdammt tapfer. Warum hat er sich denn nur in diesem Moment nicht bremsen können oder zumindest später, als er begann, alle möglichen Leute umzubringen – Freunde, Frauen, Babys wie dich?

Du darfst mir glauben, dass mir so etwas gar nicht ähnlich sah – ich war eigentlich ein Junge, der den ganzen Tag mit Freunden durch die Gegend lief und sofort einschlief, sobald er abends den Kopf auf sein Kissen legte. Wenn ich überhaupt einmal nachdachte, dann über greifbare, fröhliche Dinge wie Fußball oder was mir Ma am nächsten Tag zu Essen machen würde oder über das Mädchen, das gegenüber von meinem Schlafzimmer auf dem Balkon stand und sich das Haar kämmte. Doch was mit Macbeth geschah, jagte mir Angst ein. Einige Male in jenem Jahr träumte ich von einem Mann – keine Ahnung, wer er war –, der durch einen Sumpf schritt. Bloß dass er nicht wusste, dass es ein Sumpf war – es sah aus wie ein herrlicher, tropischer Garten. Die Reben waren voller Früchte, Vögel sangen, Affen schwangen sich von Baum zu Baum. Und dann, gerade als er die Hand ausstreckt, um nach einer reifen Mango zu greifen, rutscht er aus, und ehe er begreift, wie ihm geschieht, steht er bis zur Taille in Schlamm, der ihn hinunterzieht. Immer tiefer hinunter. Schon bald ist die Brust verschwunden, und der Mann ruft um Hilfe, reckt den Hals, doch dann ist schon Schlamm in seinem Mund und in seinen Augen, und schließlich – genau wie in diesen Abenteuerfilmen (inzwischen hatte ich hin und wieder den Unterricht geschwänzt und mir mit meinen Freunden einige angesehen) – sieht man nur noch die Finger, die versuchen, sich in die Luft zu krallen, ehe auch sie verschwinden. Ich wachte für gewöhnlich schwitzend aus diesem Traum auf, und mein Mund war ganz kreidig, mit dem Geschmack nach Lehm.

Es war eine wichtige Lektion. Schade nur, dass ich sie nicht lernte.

Gute Menschen können zu bösen werden. Das glaubte ich damals. Heute *weiß* ich es. Ja, mein Kind, jetzt, wo du eingeschlafen bist, dein Kopf so schwer auf meinem Schlüsselbein liegt, dein Atem mein Kinn kitzelt – so viel Vertrauen, das ich gar nicht verdiene –, vermag ich es zu sagen. Mein eigenes Leben hat es mich gelehrt.

Ich nehme an, dass man gewisse Dinge tun kann, um nicht in den Sumpf zu fallen. Aber die meisten von uns sehen sie erst, wenn wir bereits bis zu den Achselhöhlen im Schlamm stecken. Vielleicht war es bei O.J. genauso.

Was ich gern wissen würde, bevor ich noch tiefer sinke und meine Hände verschwinden, ist, ob es irgendetwas gibt, das ich packen kann, um mich selbst herauszuziehen. Oder stimmt es etwa, wie Macbeth gezeigt hat, dass man ebenso gut aufgeben kann, sobald man erst einmal ein schlechter Mensch geworden ist, weil es ohnehin keinen Weg zurück gibt?

II

DIE ZEIT VERGEHT. Die Stunden schwellen an und wieder ab wie die Wellen des Pazifiks – der nur achtzig Kilometer in westlicher Richtung von der Wohnung entfernt liegt, auch wenn ein Blick auf dieses Wohnhaus, eingequetscht zwischen einem Dutzend anderer und ganz fleckig vom Husten des Freeways, dies nur schwerlich glauben lässt. Die Stunden sind heimtückisch. Sie warten auf die Gelegenheit, Leben davonzutragen wie unvertäute Boote, die mit der Flut ins Meer hinausgleiten. Schon lecken sie an Anjus Füßen.

Anju bleibt immer länger im College. Ich weiß nicht, wann ich zurück sein werde, sagt sie zu Sudha. Warte nicht an der Bushaltestelle auf mich. Sudha zieht ihre Brauen zu einem Stirnrunzeln zusammen, aber Anju äußert weder eine Erklärung noch eine Entschuldigung.

An manchen Tagen trifft sie sich mit den Frauen von der Schreibwerkstatt zum Kaffee. Sie hört ihnen zu, sagt aber wenig. Den meisten Teil der Zeit ist sie damit beschäftigt, sich ihr Erstaunen nicht anmerken zu lassen. Sie sprechen über Drogen im Stadtzentrum, über Schlüsselkinder, Kerzenlicht-Nachtwachen für die Opfer häuslicher Gewalt. Sie planen Protestmärsche, arbeiten an Transparenten für Demonstrationen. Wer sind diese Frauen?, denkt Anju. Wo sind sie mein Leben lang gewesen? Selbst ihre ganz alltägliche Unterhaltung – über Hausarbeiten, Freunde, veganische Rezepte, einen Kunstfilm, einen neuen Frisiersalon, wo man die Haare mit Naturfarben getönt bekommt – wirkt fantastisch, wie ein Kostüm, das ihre Zunge gern anprobieren würde. Und dennoch vermitteln die Frauen Anju ein Gefühl noch größerer Einsamkeit. Vieles von ihr wird für die anderen immer unverständlich bleiben: die zusammengefügte Familie, in der sie groß geworden ist, ihre arrangierte

Heirat, die Art und Weise, wie sie sich in ihren Mann verliebt hat, die Spannungen in ihrem Haushalt, diese *ménage à trois* im indischen Stil. Nur Sudha ist imstande, all dies zu begreifen, denkt Anju traurig.

An anderen Tagen sitzt sie allein am Rande des Hofes und beobachtet: den Jungen mit der Punker-Frisur und der Rasierklinge als Ohrring, der mit seinem Skateboard vorübersaust. Die junge Frau in Hosen und einem braunen Schleier, der ihr Haar bedeckt. Den alten Mann, der eine Katze unter dem Arm trägt und ständig Selbstgespräche führt. Das asiatische Ehepaar, das mit den Händen fuchtelt, während es sich temperamentvoll in seiner Muttersprache zankt. Wenn sie all diese Menschen betrachtet, vergisst sie manchmal zu atmen. Sie sehnt sich so sehr danach, das Innere der anderen zu erkunden – was sie tun, wenn sie allein sind, was sie sich wünschen, wenn sie einen Cent in einen Brunnen werfen, wovor sie sich in ihren Träumen fürchten. Sie ist davon überzeugt, dass deren Leben so viel interessanter sind als ihr eigenes. Aber vielleicht glauben das alle, die hoffen, einmal Schriftsteller zu werden? Anju hält sie wie einen Zauberwürfel in ihren Gedanken fest und dreht sie immer und immer wieder, um zu sehen, wie sie zusammengesetzt sind. Sie malt sich ihre Probleme in leuchtenden Farben aus, die in keiner Weise ihren eigenen ermüdenden, banalen Schwierigkeiten gleichen. Sie schreibt in ihr Notizbuch, das sich rasch füllt, an ihren Vater: *Ich mag die Probleme von Fremden, denn ich bin nicht dafür verantwortlich, sie zu lösen.*

Am Abend, wenn Anju zurückkehrt, bleibt sie immer erst für eine Weile vor der Wohnungstür stehen, bevor sie sie aufschließt. Es kostet sie große Mühe, ihre Augen dazu zu bringen, sich auf die Tür zu konzentrieren, auf die imitierte Holzmaserung. Sie spult ihre Gedanken auf, holt sie zurück in die Grenzen ihres Körpers, die Grenzen der Unterhaltungen, die sie auf der anderen Seite dieser Tür wieder aufnehmen muss. Dieses Leben, das sich so ganz anders als erhofft entwickelt hat, ist wie das Erwachen – oder vielleicht auch wie das Eintreten in einen nicht so angenehmen, immer wiederkehrenden Traum. Und doch ist es *ihr* Leben, genauso wie die Frau dort drin ihre über alles geliebte Cousine ist, auch wenn sich ihre Denkweisen in letzter Zeit abstoßen wie die entgegengesetzten Pole eines Magneten. Diese Cousine, die sie selbst nach Amerika gerufen hat (aber warum eigentlich? Sie vermag sich nicht mehr so recht daran zu erinnern), und zu der sich ihr Mann (immer noch? Aufs Neue?) hingezogen fühlt. Ach, haben sie etwa geglaubt, sie würde es nicht bemerken? Sie sieht alles. Was sie nicht zu ermitteln vermag, ist, wie sie sich dabei fühlt.

Ihr Leben, *ihre* Cousine, *ihr* Mann. *Ihr* Sohn. (Selbst jetzt, während sie über die Bettlaken gleitet, weg von Sunils Wassergeist-Berührung, denkt sie an Prem.) All diese Besitzansprüche, die wie Anker an ihr hängen … Anju, die spürt, wie die verführerischen Stunden an ihren Füßen lecken, und die sich danach sehnt, sich von ihnen zu befreien, aber nicht weiß, wie.

Es ist der Abend der Silberhochzeits-Feier, und die Frauen sind in Anjus Schlafzimmer und ziehen sich an. Sie haben Dayita, die bezaubernd aussieht in ihrem weißen Spitzenkleidchen mit den Satinschleifen, an Sunil weitergereicht. Er wirkt streng und attraktiv in seinem einzigen teuren Anzug und blickt ein wenig ungeduldig auf seine Armbanduhr, aber nicht zu ungeduldig. Während er sich die Nachrichten ansieht – Kriminalbeamte, Erklärungen der Polizei, eine Autojagd, so aufregend wie in einem James-Bond-Film, alte Filmausschnitte von O. J., die verzweifelten Eltern des jungen Mannes, dessen Leiche neben Nicoles gefunden worden war –, lauscht er immer wieder neugierig den Fetzen von Gelächter, die aus dem Schlafzimmer hervorschweben. Vielleicht ist auch er aufgeregt. Es ist schon lange her, seit er zu einer so schicken Feier wie der am heutigen Abend eingeladen war.

Drinnen helfen Sudha und Anju einander mit ihren *saris*, sorgen dafür, dass die Falten gleichmäßig sind, stecken das *anchal* an der Schulter fest, sodass das goldene Muster am Rand vorteilhaft zur Geltung kommt. Ihre Bewegungen sind sicher und flüssig: Es ist der vertraute Tanz ihrer Kindheit, den sie erneut aufführen und von dem sie erfreut feststellen, dass sie ihn noch nicht vergessen haben. Sie stäuben eine Lage duftenden Puders auf ihre Nacken, kleben einander funkelnde *bindi* mitten auf die Stirn. Mit überaus großer Konzentration trägt eine jede Mascara auf die Wimpern der anderen auf und pustet sanft. Sudha möchte ihr Haar zu einem Knoten aufstecken, aber Anju will das nicht zulassen. Sie bürstet es, bis es in einer schimmernden Masse über Sudhas Rücken zur Taille hinabfällt. Nachdem sie einander die Verschlüsse der Halsketten geschlossen haben, betrachten sie sich in dem kleinen Badezimmerspiegel und lächeln. Es ist ein Lächeln mit unterschwelliger Traurigkeit. Sie wissen, dass das, was sie hier wiedererlangt haben, nichts weiter ist als eine Illusion. Schon Morgen wird sie sich in Staub verwandelt haben.

»Du siehst aus wie ein Wassergeist, der in der Morgendämmerung einem Waldsee entstiegen ist«, sagt Sudha und berührt die funkelnden Diamanten an Anjus Hals.

»Und du bist wie eine der tanzenden *apsaras* in den Höfen der Götter, eine, für die sie ihr Gott-Sein aufgeben würden, die sie für sich gewinnen wollen!«

Sie lachen über die feierliche Übertriebenheit ihrer Vergleiche. »All diese romantischen Märchen, mit denen Pishi unsere Köpfe gefüllt hat, passen nicht mehr zu unseren Leben«, sagt Sudha. »Das haben sie nie getan.«

»Stimmt, wir sind eher wie Aschenputtel, verwandeln uns Schlag Mitternacht wieder in ein Dienstmädchen und widmen uns unserem Alltag, der aus Geschirrspülen und Kohlschneiden für Currys und Hausarbeiten schreiben besteht!«

»Wo wir gerade von Dienstmädchen reden« – Sudha zögert zunächst, fährt dann aber fort –, »erinnerst du dich noch an Mangala?«

Anju runzelt die Stirn, erstaunt über den plötzlichen Themawechsel. »Mangala, Mangala …? Oh, ich glaube, ich weiß, wen du meinst … Damals in Kalkutta, nicht wahr? Diese arme Frau –«

»Meine Damen!«, ruft Sunil und klopft an die Schlafzimmertür. »Es ist schon halb acht. Es wäre schön, wenn wir noch zu der Party kämen, bevor sie vorbei ist.«

»Wir sind fertig!«, ruft Anju. Sie streckt ihre Hand nach

Sudha aus. »Und wenn du uns siehst, wirst du zugeben müssen, dass es das Warten wert war!«

»Geh nur«, sagt Sudha. »Ich bin gleich bei euch.« Sie schließt die Badezimmertür hinter Anju und starrt mit zusammengekniffenen Augen in den Spiegel. Was sieht sie?

Es ist das Jahr der Risiken und der Konsequenzen. In Bangladesh muss eine Schriftstellerin, die den Koran kritisiert, in den Untergrund gehen, um der Fatwa zu entkommen. In Abidjan wird nach zwanzig Jahren wieder die Großwildjagd erlaubt, in der Hoffnung, Touristen und Geld ins Land zu holen. Und hier, in einem Heim, das nicht das ihre ist, streicht Sudha, die sich für eine Nacht vom Dienstmädchen in eine *apsara* verwandelt hat, eine Schönheit, um die sich die Götter streiten, mit dem Finger über die Stelle im Spiegel, wo Anjus Bild gewesen ist.

»Schick mich fort, Anju«, sagt sie. »Schick mich fort, bevor es zu spät ist.«

Chopras Haus ist riesig und pinkfarben, wie eine überdimensionale illuminierte Torte, die man auf einem kahlen Hang abgesetzt hat. Am Tor steht ein weißer Wachmann, dem Sunil seine Einladung zeigen muss, dann geht es eine kreisförmige Auffahrt hinauf mit einem erleuchteten Brunnen und Statuen im griechischen Stil, meist halb bekleidete Nymphen und mollige Putten, die gerade Pipi machen.

»Ich komme mir vor, als wäre ich in der Villa des Bösewichts in einem schlechten Hindi-Film gelandet«, sagt Anju.

»Mit dem Bösewicht hast du Recht«, sagt Sunil.

Vor ihnen tauchen weitere Uniformen auf, eilen geschäftig um Mercedes und Jaguars herum. Einer der Uniformierten nimmt Sunils Autoschlüssel entgegen. Ein weiterer öffnet den Frauen die Türen. Sunil blickt seinem alten Ford, der um die Biegung der Auffahrt verschwindet, nachdenklich hinterher. »Dann mal los, Kleines«, sagt er an Dayita gewandt und hebt sie auf seinen Arm. »Essen wir ihnen die Haare vom Kopf.«

Das Innere des Hauses ist eine blendende Ansammlung glitzernder Oberflächen – Marmorböden, Spiegelwände, Kristall-Kronleuchter, Glasperlen auf schreiend bunten Kissen, die aufgereiht auf tief gepolsterten Sofas liegen, Gemälde, die mit verblüffend echt aussehenden Rubinen und Smaragden besetzt sind. Und überall bunte Mylar-Ballons, die alles Gute zur Silberhochzeit wünschen.

»Herrlich«, flüstert Anju. »Was für ein großartig schlechter Geschmack!«

»Da möchte man gleich ein Armutsgelübde ablegen«, flüstert Sunil zurück.

»Ich dachte, das hätten wir längst«, erwidert Anju und stupst ihm dann den Ellenbogen in die Seite. »War nur Spaß!«

Sudha nimmt nicht an ihrer Unterhaltung teil. Sie betrachtet eines der Gemälde, eine Miniatur, die den Kopf einer Prinzessin zeigt, bekleidet im mittelalterlichen Stil mit einem durchscheinenden Schleier, hinter dem man die Edelsteine an Nase und Ohren schimmern sehen kann. Es ist wunderschön – oder wäre es, wenn es nicht neben einer Batikarbeit von einer Elefantenkuh mit ihrem Jungen hinge, deren Orangeton einen zusammenzucken lässt. Was geht Sudha durch den Kopf angesichts ihrer ersten Erfahrung mit Reichtum in Amerika? Bewunderung? Empörung? Neid? Fragt sie sich vielleicht, warum Sunil mit seinen gequälten, intelligenten Augen immer noch in einer Zweizimmerwohnung haust, während Chopra im Geld schwimmt? Stellt sie sich vor, wie viel besser sie dieses Geld verwenden würde, wenn es ihr gehörte?

»Ah ja, wie ich sehe, bewundern Sie unser Tanjore-Gemälde«, sagt eine Stimme neben ihr. Sie gehört einer molligen, kleinen Frau mit sehr pinkfarbenen Lippen und metallischem Lidschatten. Ihre Arme sind mit Goldreifen behängt, die zu der glitzernden Einrichtung passen. »Chopra hat ein Dutzend davon von unserer letzten Reise nach Indien mitgebracht. Er ist verrückt nach Kunst, wie man unschwer sehen kann.« Sie deutet mit einer diamantenbeladenen Hand in den Raum hinein, zieht die Falten ihres goldeingelegten, pinkfarbenen Chiffon-*saris* zurecht und blickt mit einem Mal misstrauisch drein. »Wir sind uns noch nicht begegnet, oder etwa doch? Ich bin Mrs Pinky Chopra. Und wer sind Sie?«

Sudha hätte ins Stammeln geraten sollen, angesichts dieser

unhöflichen Frage, hätte sich nach Anju und Sunil umblicken sollen, um ihre Gegenwart zu rechtfertigen. Aber nein. »Ich bin Sudha Chatterjee«, erwidert sie ruhig. »Ich bin zu Besuch aus Kalkutta hier. Ihr Mann ist der Klient meines Schwagers.« Ihre Worte erklingen so kalt und deutlich wie herabfallende Silbermünzen. Ihr gelassenes Lächeln lässt erkennen, dass Mrs Chopra wohl alles Geld der Welt haben mag, sie selbst aber etwas viel Wichtigeres besitzt. Sie legt die Hände vor der Brust zu einem flüchtigen *namaskar* zusammen, eine Geste, die Vertrautheit abwehrt, während Mrs Chopra einen Rückzieher macht und ihr überschwänglich versichert, wie wundervoll es sei, sie kennen zu lernen.

Haben wir Sudha unterschätzt? Die ganze Zeit über war unsere Vorstellung von Anju gefärbt, die einfach nicht anders kann, als in ihr das Mädchen zu sehen, mit dem sie groß geworden ist, das Mädchen, das sich immer nach dem Unmöglichen sehnte, immer vor der Realität beschützt werden musste. Aber dieser hochgereckte Kopf, dieser undurchdringliche Gesichtsausdruck, diese stählerne Biegung ihres Halses, die verkünden: *Ich lasse mich von dir nicht demütigen* – so muss sie ihre Jugend in einer Gesellschaft überstanden haben, in der sie immer die arme Cousine war. Sie durchquert hoch erhobenen Hauptes den Raum. Das hier ist die Frau, die den Plan ihrer Schwiegermutter, die Kontrolle über ihren Leib zu übernehmen, durchkreuzte. Die die Sicherheit des Ehestandes aufgab, um den steinigen Pfad einer Mutter zu gehen, die ihr Kind ganz allein groß zieht – und das in einem Land, wo solche Dinge Schande bedeuten. Die tapfer den neuen Regeln eines neuen Kontinents die Stirn bot, weil sie mehr im Leben wollte als einen Ehemann, der sich um sie kümmert.

Was ist nun die echte Wahrheit, Sudha betreffend? Aber man könnte genauso gut fragen, was die Wahrheit über die Schildkröte ist: ihr weiches Fleisch, auf das ihre Feinde aus sind, oder der Panzer, der sie vor ihnen schützt?

Sudha schreitet durch die Gästeschar, nimmt sich ein Glas Wein von einem dargereichten Tablett. Sie entdeckt Anju und Sunil und Dayita und winkt ihnen zu, ohne hinüberzugehen. Sie machen einen so vollständigen Eindruck ohne sie, dieser Mann und diese Frau, die sich gegen den Druck der Fremden aneinanderschmiegen, das Kind in seinen Armen, das seine Mutter sieht, aber nicht die Arme nach ihr ausstreckt. Fühlt sich Sudha dadurch verletzt? Ihre Wangen sind gerötet, aber dafür könnte es eine Reihe von Gründen geben.

In der Pfauenseide lodert Sudhas Körper wie eine blaue Flamme. Was auch immer in ihrem Inneren brennen mag, es bringt die Männer dazu, sich wie Schlafwandler nach ihr umzudrehen, wenn sie vorübergeht. Frauen erwischen sich dabei, wie sie eine wachsame Hand auf den Arm ihres Partners legen. Sudha scheint es gar nicht zu bemerken – oder ist es ihr vielleicht gleichgültig? Sie tritt durch die Flügeltüren in den Garten hinaus. Jenseits der lapislazuliblauen Aureole des Swimmingpools glitzern die Lichter des Tals wie die Aufforderung zu einer Mutprobe. Sudhas Augen verengen sich. Sie ist bereit, sie anzunehmen. Sie spaziert bis an den Rand des Grundstücks, bis dahin, wo der Hang zu ihren Füßen abfällt. Sie presst das kalte Weinglas an ihre heiße Wange, zittert dann. Wann ist der Abend nur so kalt geworden? Aber sie möchte nicht wieder hineingehen. Sie nimmt einen Schluck von dem Wein, verzieht angesichts des ungewohnten Geschmacks ein wenig das Gesicht und schaut zu den Sternbildern hinauf, vergleicht sie mit denen ihrer Kindheit: der Wasserträger, das Krokodil, Kalpurush mit seinem Schwert. Sie starrt hinauf, bis sich, wie als Antwort, ein Stern vom Rest löst und herabfällt. Ihr Blick folgt ihm. Da ist er, immer näher kommt er, bis das kleine Feuer nur noch eine Armlänge weit von ihr entfernt ist – nein, es ist das brennende Ende einer Zigarette.

Das ist ihre erste Begegnung mit Lalit.

»Hallo!«

Seine Stimme klingt auf so mühelose Weise typisch kalifornisch, dass Sudha überrascht ist. Aber nur für einen Augenblick.

»Und ein Hallo zurück«, erwidert sie. Das hat sie Frauen im Fernsehen sagen hören, wenn sie nicht allzu freundlich wirken wollen. Sie wirft seiner großen Silhouette einen kühlen Blick zu, bemerkt den dunklen, gut geschnittenen Anzug, den kurzen, gegelten Haarschnitt, sehr angesagt im Augenblick. War das gerade etwa das Aufblitzen eines Ohrsteckers? Sie wendet sich betont lässig wieder der Betrachtung der Landschaft zu.

»Sehr hübsch, aber kalt«, sagt er. Sein Tonfall bringt Sudha dazu, sich misstrauisch umzudrehen. »Ich meinte den Abend.« Er grinst. »Ihnen muss ja eiskalt sein. Haben Sie denn kein Umhängetuch? Aber Ihr Mann ist gewiss schon ins Haus geeilt, um es für Sie zu holen …?«

Sie beißt die Zähne zusammen, damit sie nicht klappern. »Mir ist nicht kalt.«

»Kein Umhängetuch und kein Mann«, sagt er kopfschüttelnd. »Nun, eins dieser Probleme vermag ich zu lösen.« Er macht eine kleine Verbeugung und verschwindet ins Haus, bevor Sudha ihm sagen kann, dass sie seine Hilfe nicht benötigt.

Er kehrt mit einem dicken schwarzen Umhängetuch zurück, das er ihr hinhält.

Sie nimmt es nicht. »Wo haben Sie das so schnell herbekommen? Oder haben Sie etwa immer eins für alle Fälle parat?«

»Das hat gesessen. Wie grausam Sie sein können! Aber ehrlich gesagt, es gehört Pinky – ich weiß, in welchem Schrank sie es aufbewahrt.« Der Mann legt eine erwartungsvolle Pause ein. »Würden Sie mich jetzt vielleicht gern ins Kreuzverhör nehmen, um herauszufinden, wie ich an eine solch geheime Information gelangen konnte?«

»Ein anderes Mal«, entgegnet sie und legt sich das Tuch um. Sie wendet sich erneut – ein wenig ratlos geworden – den Lichtern zu. Sie hat noch niemals so mit einem Mann gesprochen. Aber es gefällt ihr, dieses Zustoßen und Parieren, dieses Hakenschlagen. Als sie sich ihm wieder zuwendet, sagt sie: »Ich habe auch eine geheime Information für Sie: Keinen Ehemann zu haben ist nicht für jede Frau ein Problem.«

»Da haben Sie vollkommen Recht! Und in Ihrem besonderen Fall ist es ein wundervoller Vorteil. Und nun, da ich mich Ihnen geschlagen gegeben habe, schöne Fremde ohne Ehemann, darf ich Sie da vielleicht zum Abendessen hineinbegleiten? Ich verspreche Ihnen hoch und heilig, dass Sie später noch die Gelegenheit haben werden, den Ausblick zu genießen und weiteren Kreuzverhören nachzugehen.« Er bietet ihr seinen Arm genau wie Rhett Butler in *Vom Winde verweht*, den er sich erst letzte Woche im Spätprogramm im Fernsehen angeschaut hat. Sudha legt zwei Finger auf Lalits elegant geschneiderten Ärmel, genau wie Vivien Leigh es getan hatte (denn auch sie hat den Film gesehen), und dann gehen sie hinein.

Ihre Mutter kommt am Arm eines jungen Mannes auf sie zu, den sie nicht kennt. Dayita betrachtet den Mann nachdenklich, betrachtet aus dem Augenwinkel den anderen Mann (den, den sie manchmal Baba nennt, wenn sie allein sind), der die beiden ebenfalls gesehen hat. Sie spürt die Ungeduld in ihm aufsteigen, spürt die Hitze, die in Stößen kommt. Der neue Mann flüstert etwas, das ihrer Mutter ein Lächeln entlockt. Das Kind wüsste nur zu gern, was es wohl war, das ein solches Lächeln über das Gesicht ihrer Mutter huschen ließ und ihm einen ganz neuen, frohen Ausdruck verlieh. Die beiden benötigen eine Weile, um den Raum zu durchqueren. Der neue Mann bleibt unterwegs einige Male stehen, um jemanden zu begrüßen. Als er meine Mutter seinen Freunden vorstellt, legt er leicht die Hand um ihren Ellenbogen und zieht sie vorwärts. Das Kind beobachtet, wie sich der Kiefer des anderen Mannes anspannt – signalisierte Bereitschaft, sein Revier zu verteidigen.

»Aha, Mr Reddy«, sagt er, als meine Mutter die Männer einander vorstellt und reicht dem jungen Mann die Hand zu einer überaus flüchtigen Begrüßung. »Und was machen Sie beruflich?«

»Ich schneide Leute auf, sobald sie bewusstlos sind. Und dafür bezahlen sie mich auch noch. Und Sie?«

Das Kind spürt, wie die Abneigung des Mannes wächst. Er traut Menschen nicht, die so viel scherzen. Aber Tante Anju platzt lachend heraus. »Das ist die beste Beschreibung der Chirurgie, die ich jemals gehört habe!«

»Kluge Frau«, erwidert der neue Mann. »Weiß einen erstklassigen Witz zu würdigen, genau wie ihre Schwester.«

»Wo wir gerade beim Vorstellen sind«, sagt der andere Mann und deutet auf das Kind, »das hier ist Dayita.«

»Lalit, zu Ihren Diensten«, sagt der Mann und verbeugt sich mit elegantem Schwung vor dem kleinen Mädchen. Er ergreift seine Hand. »Babyfinger, *mmmhh*. Mein Lieblingsgericht.« Er tut so, als würde er sie verschlingen. Das kleine Mädchen kommt zu dem Schluss, dass es ihn mag. Es windet sich und belohnt ihn mit einem Kichern. »Die Kleine ist ebenso bezaubernd wie ihre Mutter, wie ich sehe«, sagt er und lächelt Tante Anju an.

Tante blickt verlegen drein. Befriedigung glänzt wie Schweiß auf dem Gesicht des anderen Mannes.

»Sie ist meine Tochter«, sagt die Mutter des Kindes.

Lalits Lächeln stockt nicht für einen einzigen Moment. »In dem Fall revidiere ich meine Aussage ein wenig: *beinahe* so bezaubernd wie ihre Mutter. Darf ich bitten?« Er streckt seine Arme aus, und die Kleine lehnt sich aus Sunils Armen zu ihm hinüber. Sie ist wankelmütig, das weiß sie, aber es ist ihr egal. Da glitzert etwas an Lalits Ohrläppchen! So etwas hat sie an einem Mann noch nie gesehen. Sie zieht an seinem Ohr.

»Es ist doch immer wieder dasselbe«, seufzt Lalit, während er ihre Mutter auf das reichhaltige Buffet zuführt, wo Männer im Frack bedienen. »Immer wollen sie bloß meinen Körper.«

Das normale Licht in der Eingangshalle ist durch eine Reihe von pulsierenden Scheinwerfern im Disco-Stil ersetzt worden. Der DJ, den die Chopras für den Abend angeheuert haben, beginnt mit der Musik. »CELEBRATION!« dröhnt ihnen als Erstes aus der überdimensionalen Musikanlage des Gastgebers entgegen. Auf dem Tanzboden tummeln sich zwei Gruppen von Tänzern – die der Chopra-Generation, die sich mehr durch Begeisterung als Tanzvermögen auszeichnen, und die ihrer Kinder, die ausgefallene Schritte kennen und amüsierte Blicke auf die Bemühungen ihrer Onkel und Tanten werfen. Einige wenige, wie Sunil und Anju, zappeln verlegen am Rande des Geschehens herum, Zuschauer, die wissen, dass sie nicht so recht hierher gehören. Lalit dagegen scheint überall dazuzupassen. Er plaudert mit einigen jungen Frauen in schwarzen, ledernen Miniröcken und mit gigantischen klimpernden Wimpern über ein Hip-Hop-Konzert, das kürzlich stattgefunden hat. Er gesellt sich kurz zu einer Gruppe älterer Ärzte, um mit ihnen über rentable Aktien zu reden, und sie hören aufmerksam zu, was er zu sagen hat. Einer rundlichen Frau in einer zu engen *lehnga*, die zu wissen behauptet, wer Dayita ist, sagt er mit übertrieben lautem Flüstern: »Meine mir angeborene Bescheidenheit erlaubt es nicht, es laut auszusprechen – aber ich bin mir sicher, dass Ihnen nicht entgangen ist, wie sehr sie mir ähnelt.«

»Ach, Sie furchtbarer Mensch!«, sagt die Frau kopfschüttelnd. »Nie nehmen Sie etwas ernst!«

»Let's all celebrate and have a good time!«, stimmt er gleich darauf in den Song ein und tänzelt im Rhythmus zur Musik – immer noch mit Dayita auf dem Arm – Richtung Tanzboden. Er bewegt sich mit der Leichtigkeit der Inder der zweiten Generation und bedeutet Sudha, sich ihm anzuschließen. Sein strahlendes Lächeln ist ansteckend, entwaffnend. Er ist kein guter Sänger, aber es scheint ihn nicht zu interessieren, was die Leute denken. Vielleicht ist es gerade diese ihr fremde Fähigkeit, die Sudha – deren Erziehung ständig durch die drohende gesellschaftliche Zensur belastet war – anspricht. Oder liegt es daran, dass sie Sunils tadelnde Blicke auf sich ruhen spürt? Für eine Frau, die noch niemals eine Tanzveranstaltung besucht hat, bewegt sie sich flüssig und vertraut auf den Rhythmus ihres Körpers. Weitere Stücke folgen, dieses Mal sind es Hits aus Hindi-Filmen, *Choli Ke Peeche* und *Jhumma Chumma De De.* Sudha schließt die Augen und wiegt sich hin und her. Manchmal schnalzt sie mit den Fingern und singt den Text lautlos mit. Wann hat sie die Worte wohl in ihrem abgekapselten Leben in Rameshs Haus aufgeschnappt?

Zeit für Trinksprüche. Chopra, ein rundlicher Mann mit schütter werdendem Haar, der eher onkelhaft als gemein wirkt, erzählt seinen Gästen, wie Mrs Chopra zu Beginn ihrer Ehe, als sie noch in einem mit Kakerlaken verseuchten Einzimmerapartment wohnten, ihren Schmuck versetzt hat, um ihm zu helfen, seine erste Firma zu gründen. »Sie ist immer meine beste Freundin gewesen«, endet er schlicht, und als er den Arm um sie legt, errötet sie.

»Sie sehen überrascht aus«, sagt Lalit an Sudha gewandt.

»Ich schäme mich, ehrlich gesagt. Ich hätte nicht vergessen dürfen, dass Menschen oft anders sind, als sie im ersten Moment wirken.«

Lalit hebt eine Augenbraue – er spürt, dass sich dahinter eine Geschichte verbirgt. Aber er antwortet nur: »Ich wette, Sie haben gedacht, dass Pinky nur ein reiches Dummchen ist. Genauso, wie Sie mich für einen gut aussehenden, aber herzlosen Lebemann gehalten haben. Und dann stellen Sie fest, wie warmherzig und selbstlos sie ist … hatte ich schon erwähnt, dass sie jede Woche ehrenamtlich in einem Obdachlosenheim in San Jose arbeitet? – und wie reizend und intelligent ich bin –«

»Wir wollen nicht übertreiben.«

»Na schön. Gut. Ich vergebe Ihnen. Schließlich habe ich Sie für eine dieser frostigen, versnobten indischen Prinzessinnen gehalten, bis mir klar wurde –«

Sie kann einfach nicht widerstehen. »Was wurde Ihnen klar?«

»Holla! Das hier ist nicht einmal unser erstes Rendezvous und schon wollen Sie, dass ich meine Seele entblöße!« Er klimperte übertrieben mit seinen Wimpern. »Wofür halten Sie mich?«

Inzwischen wird ein langsames Stück gespielt. Mr Chopra führt seine Frau zu einem galanten, wenn auch etwas tapsigen Walzer auf die Tanzfläche, von der sich die meisten jungen Leute entfernt haben. Auch Lalit macht Anstalten, sich zu setzen, doch Sudha zieht an seinem Ärmel.

»Können Sie etwa Walzer tanzen?«

Sie lacht, freut sich, ihn überrascht zu haben. »Die Nonnen haben es uns beigebracht – natürlich mit Mädchen als Partnern. Sie meinten, es handele sich um eine Kunst, in der sich alle vielseitigen jungen Damen üben sollten. Anju und ich fanden es ziemlich albern. In der Familie, aus der wir stammen, wurde das Walzertanzen nicht gerade gefördert!«

»Faszinierend!«, sagt Lalit und führt sie schwungvoll mit einem Arm, Dayita zwischen ihren Körpern balancierend. »Und aus was für einer Familie stammen Sie?«

»Also, wie war das noch – dies hier ist nicht einmal unser erstes Rendezvous, richtig?«

»Eins zu null für Sie, meine Göttin!«, erwidert er und gibt sich große Mühe, beschämt auszusehen.

Die Musik ändert sich wieder – ein schnelles, lautes Stück – und Sudha wirbelt mit einem kleinen, elektrisierenden Lächeln davon.

Am Rande der Tanzfläche versucht Anju Sunil zum Tanzen zu überreden.

»Ach, komm schon! Es macht bestimmt Spaß!«

»Das möchte ich bezweifeln.«

»Jetzt hab dich doch nicht so! Komm mit!«

»Geh schon einmal vor«, sagt er.

»Das tu ich auch«, erwidert Anju und reckt das Kinn in die Höhe. »Also, ich verstehe dich wirklich nicht! Erst willst du, dass ich auf eine Party gehe, wo ich niemanden kenne, und dann darf ich mich noch nicht einmal amüsieren.«

»Aber es hält dich doch niemand davon ab!«

»Na, schön!«

Sie marschiert wütend auf Sudha zu, die sie sieht und ihr zuwinkt. »Komm zu uns!«, ruft sie und wendet sich Lalit zu. »Das heißt, wenn Sie nichts dagegen haben …?«

»Machen Sie Witze? Mit drei Frauen zu tanzen – heute muss mein Glückstag sein!« Er hat den Wortwechsel zwischen Anju und Sunil gewiss mitbekommen, aber er lässt sich nichts anmerken. Als *Saturday Night Fever* gespielt wird, wirbelt er erst Anju, dann Sudha herum und schwingt schließlich Dayita durch die Luft. *»Staying alive, staying alive«*, singt er.

»Er ist nett«, sagt Anju zu Sudha.

»Genau!«, stimmt Lalit zu. »Ich versuche ihr das schon den ganzen Abend klar zu machen, aber sie will mir ja nicht glauben.«

Jemand stellt Sunil eine Frage. Er neigt den Kopf, um zu antworten. Aber sein Blick, heiß und punktgenau wie Strahlen der Sonne, die durch ein Glas gebündelt werden, ist auf den Tanzboden gerichtet, auf die Frauen seines Haushalts, die von einem anderen Mann umschmeichelt werden.

Sunil steht auf den marmornen Stufen, die zur Eingangstür hinaufführen, und hält sein Parkschildchen in den Händen. Er ist nicht glücklich. In den letzten zwanzig Minuten hatte er Anju, die sich immer noch mit Lalit und Sudha auf der Tanzfläche aufhielt, zu signalisieren versucht, dass es Zeit sei zu gehen. Doch seine Frau hatte sich einfach weiter angeregt mit Lalit unterhalten und seinen Blick gemieden. Schließlich war Sunil auf sie zugegangen und hatte ihr gesagt, dass er schreckliche Kopfschmerzen habe und nach Hause wolle. Anju hatte ihn vorwurfsvoll angeblickt. Der Unglaube war ihr ins Gesicht geschrieben gewesen. Und Lalit hatte ihn gefragt, ob er eine Kopfschmerztablette haben wolle.

»Danke, aber ich möchte Ihnen ungern noch weiter zur Last fallen«, hatte Sunil gesagt. »Sie haben schon mehr als genug für uns getan.«

Die Frauen waren gegangen, um Dayitas Windeln zu wechseln. (»Ausgerechnet, wo ich mich endlich einmal richtig amüsiere«, hatte Anju unterwegs hörbar geschnieft.) Sunil versucht jemanden aufzutreiben, der ihm seinen Wagen bringt. Zwei junge Männer Anfang zwanzig, die dafür zuständig sind, stehen nicht weit von ihm entfernt, sind aber damit beschäftigt, den roten Camaro zu begaffen, der gerade vorgefahren wird, und sehen ihn deshalb nicht.

Ein junges Paar – er mit flotten roten Hosenträgern, sie in einem paillettenbesetzten Kleid, das kaum bis zu ihren Oberschenkeln hinabreicht – steigt in den Camaro und braust mit aufheulendem Motor davon.

Einer der beiden jungen Männer stößt einen leisen Pfiff aus. »Hast du ihre Beine gesehen? Und das Auto! Mann, so eine Karre hätte ich auch gern.«

Der andere schnauft verächtlich. »Diese beschissenen Inder! Nichts als Angeber«, sagt er und spuckt auf den Boden.

Sunil bewegt sich schnell. Er hat den Jackettärmel des Kerls gepackt und den Mann herumgezerrt, ehe der überhaupt weiß, was los ist.

»Was hast du gesagt, mein Junge?« Seine Stimme zittert vor Wut.

»Hej, lassen Sie meinen Arm los!«

»Ich habe gefragt, was du gesagt hast.«

»Zu Ihnen hab ich gar nichts gesagt«, erwidert der Mann beleidigt und versucht, sich Sunils Griff zu entziehen. Sein Kumpel ist in die Schatten der Auffahrt zurückgewichen.

»Beschissene Inder, wie?«, sagt Sunil. »Ich werde dir jetzt mal zeigen, wie beschissen Inder wirklich sein können.« Er dreht dem Mann mit einer heftigen Bewegung den Arm auf den Rücken. Der schreit vor Schmerz laut auf und sinkt mit einem Knie zu Boden. Es sind inzwischen auch andere Gäste auf der Treppe. Sie sehen mit vor Entsetzen weit aufgerissenen Augen zu.

»Oh, mein Gott«, entfährt es einer Frau. »Schnell, ruft Chopra-ji!«

Ein anderer schreit: »Holt den Sicherheitsbeamten!« Leute rempeln mit anderen zusammen, weil sie so schnell wie möglich wieder ins Haus gelangen wollen.

»Wenn du das nächste Mal über Inder redest, dann erinnere dich an das hier«, sagt Sunil.

Irgendjemand zerrt mit beiden Armen an Sunils Hand. Es ist Anju. »Bist du verrückt geworden? Lass ihn los! Lass ihn *los*!« Sie schluchzt. Hinter ihr taucht Sudhas angespanntes, schockiertes Gesicht auf. Sie hat die Knöchel gegen die Lippen gepresst. Anju zerrt an Sunils Hand, bis er den jungen Mann wegschubst. Der zieht sein Jackett zurecht und starrt Sunil wütend an. Seine Hände schließen sich zu Fäusten. Sunil tut es ihm gleich.

Doch inzwischen ist der Sicherheitsbeamte eingetroffen, ein rundlicher Mann mit rotem Gesicht, der in einer Uniform steckt, die eine Nummer zu klein für ihn ist. »Hej, hej«, keucht er. »Was ist hier los? Sie! Melden Sie sich bei Ihrem Supervisor. Machen Sie schon!« Er versetzt dem jungen Mann einen Schubser und wendet sich Sunil zu. »Wir wollen doch hier keinen Ärger machen, nicht wahr, Sir? Nicht, dass am Ende die nette Party ruiniert ist.« Er ruft einen anderen Bediensteten herbei, der den Wagen holt, und sie machen sich auf den Heimweg.

»Was um Himmels willen ist denn nur in dich gefahren?«, platzt Anju heraus, sobald sie die Einfahrt hinter sich gelassen und auf die Straße abgebogen sind.

Sunil macht sich am Radio zu schaffen, bis er eine Talkrunde findet, bei der gerade jemand anruft und sich erkundigt, ob es stimme, dass man Nicoles Blut – und auch Rons – auf O. J.s Handschuhen gefunden habe.

»Schalt das Ding aus!«

»Ich will das hören.«

»Aber du sollst *mir* zuhören! Was gibt es da außerdem schon zu hören? Er ist doch ganz offensichtlich schuldig.«

»Wie kannst du nur so vorschnelle Schlussfolgerungen ziehen?«, fährt Sunil sie an. »Seit du deine Feministenfreundinnen am College kennen gelernt hast, redest du doch dauernd über Menschenrechte! Ist ein Mensch nicht so lange unschuldig, bis seine Schuld bewiesen ist? Oder gilt das etwa nur für Frauen?«

Auf dem Rücksitz starrt Sudha aus dem Fenster in die vorüberziehende Dunkelheit. Ob sie wohl den wahren Grund für Sunils Wut errät? Anju presst die Lippen aufeinander. »Lass meine Freundinnen in Ruhe.«

»Dann lass du *mich* in Ruhe.«

»Warum bist du nur so besessen von diesem dämlichen Prozess? Das bist doch gar nicht du, der da –«

»Und woher willst du wissen, wer ich bin?«

Anju macht einen tiefen, empörten Atemzug, bereit für einen Kampf bis zum Äußersten.

»Bitte«, ertönt Sudhas leise Stimme. »Dayita schläft.«

Anju bringt sich dazu, langsam auszuatmen. Sie reibt sich mit den Fingerspitzen über die Augen, verschmiert dabei das Make-up, das zu tragen sie nicht gewöhnt ist.

»Warum sagst du mir nicht, was dich bedrückt, Sunil?«, fährt sie mit leiserer Stimme fort. »Sag mir, was der Mann getan hat. Was auch immer es ist, ich stehe zu dir, das weißt du.« Sie legt ihre Hand auf sein Knie, obwohl ihr solch versöhnliche Gesten nicht leicht fallen. »Egal, wie verrückt du mich auch machst.« Sie lächelt. »Tut mir Leid, ich konnte einfach nicht widerstehen!«

Sunil drückt kurz ihre Hand. »Vielleicht später, wenn ich mich wieder etwas beruhigt habe.«

»Du darfst dir das, was Menschen tun, nicht so zu Herzen nehmen«, sagt Anju. Sie legt ihre Hand auf seinen Nacken. »Gott! Wie angespannt du bist.« Sie knetet die harten Muskeln. Das Licht einer Straßenlaterne fällt auf die kleinen Bewegungen ihrer Finger, auf das kurze Leuchten in Sudhas Augen auf dem Rücksitz.

Sunil seufzt. »Ich bin des Kämpfens so müde, Anju.«

»Oh, Sunil«, sagt Anju. »Du wirst doch wohl nicht den Mut wegen eines kleinen Vorfalls verlieren! Wie schlimm auch immer er gewesen sein mag.«

»Du hast Recht«, erwidert Sunil ohne echte Überzeugung. Er dreht das Radio lauter, aber die Talkrunde ist vorbei. Stattdessen singt jemand »Can't Help Falling in Love«. Sunil hört abwesend zu. Als er dann doch etwas sagt, ist seine Stimme sehr leise, als spreche er mit sich selbst. »Es war ein Fehler, hierher zu kommen.«

Anju schüttelt den Kopf. Sie glaubt, er rede von Amerika und seiner prekären Position in diesem Land. Doch meint er nicht vielleicht die Tanzfläche der Chopras und Sudhas lebhafte Füße, die vor ihm davontanzen? Ist er es womöglich Leid, gegen sich selbst anzukämpfen?

12

Briefe

Kalkutta im Mai 1994

Meine liebe Anju,

*Pishi, Nalini und ich möchten eine Pilger-*yatra *unternehmen und fragen uns, wann Sudha wohl wieder nach Indien zurückkehren wird. Wir wollen sicherstellen, dass wir hier sind, um sie und unsere Enkeltochter begrüßen zu können, die inzwischen sicher schon richtig groß geworden ist.*

Deine dich liebende Mutter

Liebste Sudha,

bitte lass mich wissen, ob ich dir eine Ausgabe des Thakumar Jhuli *oder des* Ramayana-Bilderbuches für Kinder *schicken soll, damit du Dayita daraus vorlesen kannst. Ich weiß noch, dass die beiden immer deine Lieblingsbücher waren.*

Pishi

Liebe Tochter Sudha,

seit letzter Woche sind meine Beine geschwollen, und nun haben mir gewisse Leute, deren Namen ich nicht nennen möchte, herzlos wie sie sind eine salzlose Diät verordnet, weil sie es sich in ihre Köpfe gesetzt haben, dass wir auf eine Pilgerreise gehen. Ich persönlich wäre allerdings mehr als zufrieden damit, in der Behaglichkeit meines eigenen Heims zu verbleiben.

Deine Mutter (Nalini)

Meine liebe Sudha,

wie gefällt dir dein Aufenthalt in Amerika? Ich weiß, dass deine Anwesenheit dort meiner Tochter neue Kraft und ein wieder erwachtes Interesse am Leben gegeben hat, und dafür werde ich dir niemals genug danken können. Ich hoffe, dass das Zu-

sammensein mit ihr auch dir gut getan und geholfen hat, herauszufinden, was du mit deinem Leben anfangen möchtest.

Deine dich liebende Tante Gouri

Meine liebe Anju,

Du hast Sunil in deinem Brief kaum erwähnt, nur, dass er viel arbeitet. Verbringt er überhaupt noch Zeit zu Hause?

Liebe Tochter Sudha,

wenn du recht bald wieder nach Kalkutta kämst, könnte ich bei dir bleiben und müsste nicht mit auf diese Pilgerreise und in von Ungeziefer verseuchten Hütten übernachten, wo Ratten oder Schlimmeres in die Betten gemacht haben.

Liebste Anju,

deine Mutter erwähnte, dass Sunil in der Firma unter großem Stress leidet. Ich schicke euch etwas Dashmul-*Tee, der sehr gut gegen Stress wirkt. Er muss zwanzig Minuten ziehen. Süße ihn mit einem Löffel Honig.*

Meine liebe Sudha,

du hast immer noch nicht mitgeteilt, wann du zurückkehren wirst. Wird dein Flugticket nicht in gut einem Monat ungültig?

Liebe Tochter Sudha,

in Zeiten wie diesen braucht eine Mutter ihre Tochter. Aber natürlich treibst du dich unbeschwert in Amerika herum, statt als verheiratete Frau Verantwortungsbewusstsein zu zeigen. Und ich humpele hier halb verhungert herum. Was bleibt mir noch zu sagen? Manche Menschen sind eben mit Pech geboren!

Liebste Anju,

wir haben uns sehr über die neuesten Fotos von Dayita gefreut. Man mag sich kaum vorstellen, dass sie jetzt schon drei Zähne hat und stehen kann, wenn sie sich irgendwo fest hält! Und wie lockig ihr Haar ist, genau wie Sudhas, als sie noch ein Baby war! Wir konnten gar nicht mehr aufhören zu lachen, als wir von ihren Abenteuern lasen. Sudha sieht wie immer wunderhübsch aus. Bitte schick uns doch auch ein neueres Foto von dir und Sunil.

Liebste Sudha,

warum hast du dich in deinem letzten Brief plötzlich nach Mangala erkundigt und nach dem, was ihr damals zugestoßen ist? Das liegt alles schon lange zurück, und man sollte so schreckliche, unglückliche Dinge am besten vergessen. Darüber nachzudenken bedeutet, sie in das eigene Leben hineinzulassen. Konzentriere dich lieber auf die Zukunft.

Kalkutta im Juni 1994

Meine liebe Anju,

mit Besorgnis habe ich vernommen, dass es keine neueren Fotos von dir und Sunil zusammen gibt. Ich erteile dir nur ungern Ratschläge, da du eine erwachsene Frau bist, aber bitte versuche doch, mal ein wenig Zeit mit ihm allein zu verbringen. Könnt ihr zwei nicht für ein paar Tage irgendwohin fahren?

Liebe Nichte Anju,

da du nun wieder das College besuchst und alles so gut läuft, wäre es doch an der Zeit, Sudha nach Indien zurückzuschicken, findest du nicht? Wie du weißt, wartet hier jemand auf sie, und mir würde es auch helfen. Könntest du mir bitte zwei große Flaschen Oil of Olaz und drei Lavendelseifen von Yardley's schicken? Mein Vorrat geht zur Neige.

Meine liebe Anju,

gewiss weißt du es bereits: Der Zustand von Sunils Vater ist sehr ernst. Sunils Mutter erzählte mir, dass sie Sunil in der Firma angerufen hat, er sich aber rundweg geweigert habe, nach Indien zu kommen. Bitte versuche doch, ihn zu überreden. Seine Mutter ist sehr verzweifelt, und es wäre ihr eine große Hilfe, ihn bei sich zu haben.

Liebste Sudha,

du hast keine meiner Fragen beantwortet. Gib mir doch recht bald Bescheid wegen der Bücher, da Buchsendungen nach Amerika ewig dauern. Wenn du allerdings schon bald heimkehrst, wäre es die Mühe gar nicht wert, nicht wahr? Lass es mich wissen.

Liebe Tochter Sudha,

ich hoffe, du beachtest die rahukal-*Stunden, die auf dem Kalender aufgeführt sind, den wir dir geschickt haben. Als ich letzte Woche meinem Astrologen den üblichen Besuch abstattete (unter großen Qualen, denn meine Gesundheit befindet sich an einem absoluten Tiefpunkt), sagte er mir, dass der Planet Shani aufsteige und die Chatterjee-Frauen in der nächsten Zeit vorsichtig sein sollten.*

Liebste Sudha,

du musst dir keine Sorgen um den Gesundheitszustand deiner Mutter machen. Du weißt doch, wie gern sie übertreibt. Die salzfreie Diät schlägt recht gut an, ihre Beine sind schon weniger geschwollen. Die Diät würde natürlich noch besser wirken, wenn Nalini nicht in unserer Abwesenheit die Nachbarskinder bestechen würde, damit sie ihr pakoras *vom Straßenhändler ins Haus schmuggeln. Sie ist schlimmer, als ihr beiden es als kleine Mädchen wart.*

Liebe Tochter Sudha,

wer hat dir erzählt, dass ich pakoras *esse? Das sind nichts als Verleumdungen. Und was soll das heißen, dass du, selbst wenn du noch verheiratet wärest und in Bardhaman leben würdest, nicht hättest kommen können, um dich um mich zu kümmern? Ich habe nicht an Bardhaman und an diesen rückgratlosen Ramesh gedacht (was für ein Fehler diese Ehe mit ihm doch gewesen ist!), sondern an unseren lieben Ashok, der hier so geduldig (wie ich) auf deine Rückkehr wartet.*

Meine liebe Anju,

es überrascht mich, dass Sunil dir nichts über den Zustand seines Vater erzählt hat, aber es ist keine Überraschung für mich, dass es dir nicht gelungen ist, ihn zu überreden, seinen Vater zu besuchen. Dein Sunil ist ein stolzer Mann – das ist seine Stärke und seine Schwäche zugleich. Eine Versöhnung wäre für alle Beteiligten hilfreich gewesen, am meisten wohl für Sunil selbst. Aber ich kann seinen Widerwillen verstehen. Mr Majumdar ist ein überaus schwieriger Mensch. Wäre da nicht seine arme, liebe Frau, würde auch ich mich von ihm fern halten. Wer weiß schon, welche Narben sich in Sunils Herzen verbergen? Habe Verständnis.

Liebe Tochter Sudha

ich entsinne mich nicht mehr, ob ich schon erwähnt hatte, dass Ashok uns mindestens einmal in der Woche besucht – und immer mit einem wohl überlegten Geschenk: ein großer Früchtekorb von Jogu Babu's, frisches sandesh *nach einem geheimen Familienrezept seiner Mutter zubereitet oder würzige, geröstete Cashewnüsse von Haldiram's (unnötig hinzuzufügen, dass ich diese nicht einmal anfassen darf). Aber warum sollte er uns auch nicht beschenken? Geld hat er ja genug!*

Meine liebe Sudha,

heute hat mir Ashok unter großem Zögern gestanden, dass du keinen seiner Briefe beantwortet hast. Ich war derart erstaunt, dass ich nicht wusste, was ich sagen sollte. Gibt es ein Problem? Bitte lass mich wissen, was du vorhast. Ich werde in jeder mir nur möglichen Weise helfen.

Liebe Tochter Sudha,

es hat mich schockiert, als ich in deinem Brief las, dass du selbstsüchtigerweise in Erwägung ziehst, dein Fluckticket umändern zu lassen und deinen Aufenthalt zu verlängern. Da hat doch wieder diese eigensinnige Anju ihre Finger im Spiel! Seit deiner Kindheit übt sie schon einen schlechten Einfluss auf dich aus. Offensichtlich bedeuten dir die Pflichten einer Tochter nichts, also werde ich sie gar nicht erst erwähnen. Aber eins möchte ich dich fragen: Glaubst du etwa, dass Ashok ewig auf dich warten wird?

Liebste Sudha,

ich verstehe wirklich nicht, warum du immer wieder nach Mangala fragst. Es steckt nicht viel hinter ihrer Geschichte, auch wenn sie gewiss tragisch ist. Mangala wurde eines Abends von einem Auto überfahren, als sie die Straße überquerte, um für den alten Rai Bahadur, für den sie arbeitete, einige paan *im Laden an der Ecke zu holen. Der Fahrer muss wohl betrunken gewesen sein, nehme ich an. Man hat ihn nie gefasst. Nein, ich erinnere mich nicht, dass es eine Verschwörung gegen sie gegeben hat. Ich weiß wirklich nicht, wie du auf eine so fantastische Idee kommst.*

Liebste Anju,

dein letzter Brief klang so traurig! Du musst kein schlechtes Gewissen haben, weil es dir nicht gelungen ist, Sunil zu einer Reise nach Indien zu überreden. Männer sind in dieser Hinsicht stur, ganz besonders gegenüber ihren Ehefrauen. Selbst dein lieber Vater, der ein so herzensguter Mensch war, benahm sich in dieser Hinsicht nicht anders. Wir alle helfen Sunils Mutter, so gut es eben geht. Ashok tut auch sehr viel – holt Medizin ab, bringt den alten Mann zum Arzt –, ohne sich nur ein einziges Mal zu beschweren. Hast du eine Ahnung, warum Sudha ihm nicht mehr schreibt?

Tochter Sudha,

Was ist das für ein Unsinn, dass du in Amerika bleiben und dein eigenes Geld verdienen willst? Womit denn, wenn ich fragen darf? Es ist ja nicht so, als wärest du ein studierter Ingenieur oder Informatiker! Du warst immer schon ein albernes Mädchen. Denke wenigstens an Dayita, die dank Ashok, der zehn Mal so viel Geld besitzt, wie du jemals verdienen könntest, eine viel sichere Zukunft hätte.

Kalkutta im Juli 1994

Meine liebe Anju,

es war so schön, gestern deine Stimme am Telefon zu hören! Wie schade, dass alle anderen noch schliefen, als ich anrief – sie waren wohl noch müde von der Party am Abend zuvor. Deine Beschreibung der Feier war sehr unterhaltsam. Die Neureichen sind wohl überall gleich, nicht war? Ich freue mich so, dass Sunil sich endlich Zeit nimmt, um mit dir etwas Entspannendes zu unternehmen. Ich bin mir nicht sicher, was ich von Lalit halten soll. Ist er wirklich an Sudha interessiert und sie an ihm? Was hält Sunil von dieser Entwicklung?

Liebste Sudha,

wenn man deiner Mutter glauben darf, hast du in Amerika einen Verehrer gefunden. Ich kann nur hoffen, dass sie übertreibt, wie sie es für gewöhnlich gern tut. Falls nicht, muss ich dich fragen, ob du Ashok vergessen hast, der hier in dem Glauben auf dich wartet, dass du zu ihm zurückkehren wirst. Du magst in einem neuen Zeitalter und in einem neuen Land leben, aber ganz gewiss gibt es doch noch immer so etwas wie die Pflichterfüllung? Es tut mir Leid, wenn meine Wort scharf klingen, aber ich sehe Schwierigkeiten am Horizont aufziehen, solltest du einem Verlangen nachgeben, ohne dich um dein Ehrgefühl zu scheren.

Meine allerliebste Tochter Sudha!

Mit Freuden habe ich vernommen, dass du endlich in die Gesellschaft eingeführt worden bist! Die Party muss ja ganz hinreißend gewesen sein. Anju hat mir von dem Mann berichtet, den du kennen gelernt hast – leider nicht so viel, wie ich gern erfahren hätte. Doch gleichgültig, ich weiß, dass die Chirurgen in Amerika Millionäre sind. Und alle Millionäre (ganz besonders Dollar-Millionäre) sehen gut aus. Sieh um Himmels willen zu, dass du dir diese Antifalten-Creme mit Retinol von Revlon besorgst – ich habe in Femina *darüber gelesen. Du bist weiß Gott auch nicht mehr ganz taufrisch. (Falls es dir noch nicht aufgefallen sein sollte, ich übe mich in amerikanischen Redewendungen.*

Wer weiß, wann man es einmal gebrauchen kann. Du würdest dich wundern, wie viel ich von Mrs Jaypal aufgeschnappt habe, die ja jedes Jahr ihren Sohn in Poughkeepsie besucht, wie du weißt.) Das ist also der Grund, warum du nicht so bald zu uns zurückkommen willst, du schlaues, kleines Ding! Du hättest dich deiner Mutter anvertrauen sollen! Du weißt doch, dass ich immer nur das Beste für mein Mädchen will. Mach dir keine Sorgen, dass es hier Schwierigkeiten mit gewissen Leuten geben könnte. Ich werde mich um alles kümmern. Ein Chirurg! Also, ich wollte schon immer mal nach Amerika!

13

Sudha

DER KALENDER, den die Mütter mir vor meiner Abreise geschenkt haben, ist in indischem Stil zusammengestellt und auf sehr dünnem, weißem Papier gedruckt. Es gibt keine Bilder darin – etwas so Frivoles kam für die Hersteller nicht in Frage. Die Zukunft ist schließlich eine ernste Sache! Die indischen Monate und Tage sind in roter, bengalischer Schrift verfasst, die englischen in kleinen, harmlos blauen Buchstaben darunter gedruckt. Es finden sich all unsere Feste darin, selbst so unbedeutende wie Jamai Shasthi, wenn die Schwiegersöhne eingeladen werden und ihre Lieblingsgerichte vorgesetzt bekommen. Aber auch die Tage, die günstig sind, und die, die Pech verheißen. Kleine Schaubilder zeigen den Vollmond und den Neumond und die schmale Sichel der elften Nacht, in der Frauen ohne Ehemänner zur Reinigung fasten und beten sollten. Handgeschriebene Notizen am Fuß jeder Seite warnen uns vor den gefährlichen Stunden: die Zeit des *rahukal*, die sich jeden Tag mit der Bewegung der Planeten verändert und zu der man sich verborgen halten sollte. Meine Mutter hat einem Astrologen aus Kanya Kumari eine übermäßige Geldsumme bezahlt – das hat sie zumindest behauptet –, um sie gefährlichen Stunden für uns berechnen zu lassen.

Ich hatte den Kalender an die Küchenwand gehängt, wo Anju ihn jedes Mal sehen würde, wenn sie den Kühlschrank öffnete. Ich dachte, dass sie auf diese Weise über die Feste und heiligen Tage auf dem Laufenden bleiben würde. Aber das Einzige, was sie sich jemals ansah, waren die warnenden Leckerbissen am Rand jeder Seite. Sie kicherte, wenn sie sie laut vorlas: *Menschen, die im Monat Bhadra eine Reise beginnen, werden niemals zurückkehren. Eine Hochzeit, die im Aashwin durchgeführt wird, endet in einer Katastrophe. An Saraswati Puja, dem Tag, der der Göttin des Lernens gewidmet ist, sollten Bücher nicht gelesen, sondern nur verehrt werden.* Ich musste zugeben, dass die Sätze ein wenig verdächtig anmuteten, wenn man sie neben die keimfreien Überzeugungen Amerikas stellte. Und dennoch war unser Volk ihnen jahrhundertelang gefolgt. Konnten all diese Menschen sich wirklich so vollkommen geirrt haben?

Es wäre schön gewesen, wenn ich in diesem Kalender Veranstaltungen und Termine hätte notieren können, Tage, auf die ich mich freuen konnte. Allein der Akt des Niederschreibens hätte mir einen Hauch von Kontrolle verliehen. Aber die wenigen Dinge, die wir uns bisher vorgenommen und getan haben – Besuche im Einkaufszentrum und in der *Marine World Africa USA*, ein gelegentlicher Kinobesuch, eine Dichterlesung in Anjus College, wo ich wie ein Klumpen Blei saß und mich schämte, weil ich nichts verstand – erscheinen mir nicht des Notierens wert. Mein Leben ergießt sich um mich wie verschütteter Klebstoff. Die wenigen wichtigen Begebenheiten, die darin aufsprudeln – die fliegenden Frauen, Sara, Lalit, der Kuss –, sind welche, die ich nie geplant hatte.

Es gibt nur eine Sache, die ich in meinem Kalender markiert habe. Und das schon, bevor ich Indien verließ. Ich habe mit Gouri Mas Füllfederhalter das Datum, an dem ich zurückkehren sollte, mit einem Kreis versehen. Ich habe nichts dazu notiert, aber wir alle wissen, was der Kreis bedeutet. Einmal, als Sunil sich unbeobachtet glaubte, hatte er mit seinem Daumen über die Tinte gerieben, als könne er sie auslöschen. Manchmal schlug Anju die Seiten um, um auf den dunklen Kreis zu starren. Anfangs hatte sie gesagt: Keine Sorge, Sudha, wir können dein Visum verlängern lassen. Aber jetzt, da es bis zu meiner Abreise nur noch zwei Monate dauert, sagt sie nichts. Ob sie wohl möchte, dass ich gehe? Der Gedanke tut weh. Aber wenn ich an ihrer Stelle wäre und gesehen hätte, wie mein Mann meine Cousine anschaut, würde ich mir da etwas anderes wünschen? Auch ich sehne mich danach, zu gehen. Aber nicht nach Indien. Seit der Party ist eine Woche vergangen. Lalit hat nicht angerufen. Warum bloß hatte ich geglaubt, dass er es tun würde? Was könnte er mir schon geben? Im Bett, unfähig einzuschlafen, wiederhole ich Saras Namen wie ein Mantra und versuche sie mit bloßer

Willenskraft dazu zu bringen, wieder aufzutauchen, mit dem Kennwort, durch das sich Amerika für mich öffnet wie eine dieser Automatiktüren im Supermarkt.

Am Montagmorgen, kurz nachdem Anju und Sunil gegangen sind, läutet das Telefon. Ich eile zum Apparat, obwohl ich dazu Dayita mit ihrem *Cream of Rice*-Müsli allein lassen muss, mit dem sie sich in meiner Abwesenheit nun von oben bis unten beschmieren wird. Ich kreuze meine Finger und halte den Atem an. *Sara?*

»Sie klingen enttäuscht«, sagt Lalit.

»Nein, nein. Ich hatte nur jemand anders erwartet.«

Er antwortet mit der rauen Stimme eines Filmbösewichts: »Wer ist dieser tollkühne Kerl, der es wagt, sich zwischen uns zu drängen?«

Das mag ich an diesem Mann am meisten: Er bringt mich zum Lachen.

»Ehrlich gesagt, es ist eine Frau –«

»Oh, Ms Chatterjee, jetzt bin ich aber wirklich schockiert!« Lalit gibt erstickte Laute von sich. »Ich hätte nie gedacht, dass Sie solche Neigungen hegen. Ein gutes indisches Mädchen wie Sie …«

Ich benötige einen Moment, um zu begreifen, was er meint. Mein Gesicht glüht vor Verlegenheit. Dann höre ich mich sagen: »Ich könnte mich eventuell zu einer Bekehrung überreden lassen.« Wie schon am Abend der Party plätschert ein freudiges Gefühl über meine Haut hinweg. Was für ein Spaß, was für eine Freiheit, auf diese Weise mit einem Mann zu spielen!

»Ich spüre wieder Leben in meinen Gliedern! Also, wie sieht es mit unserem Rendezvous aus?«

»Welches Rendezvous?« Mein Herz pocht bis zu meinem Hals.

»Ich hatte doch letzte Woche eine Nachricht für Sie bei Ihrem Schwager hinterlassen und angefragt, ob Sie Lust haben, an diesem Samstag mit mir auszugehen! Hat er es Ihnen denn nicht ausgerichtet?«

Ich bin so schockiert, dass ich keinen Ton herausbringe. Einen

Augenblick lang vermag ich nicht zu glauben, dass Sunil so hinterhältig ist. Nein, ich nehme das zurück. Es ist genau das, was ich von ihm erwartet hätte.

»Wohl nicht«, stellt Lalit trocken fest.

Ich bin so wütend, dass ich meiner Stimme nicht traue. Wie kann er so etwas nur wagen!

»Sudha? Sind Sie noch da?«

Ich ziehe kurz in Erwägung, so zu tun, als hätte ich die Nachricht vergessen. Nein. Warum sollte ich Sunil schützen? Ich schulde ihm nichts, nicht nach dem, was er getan hat.

»Aus Ihrem Schweigen schließe ich, dass die Freude Sie überwältigt hat – oder ist es möglicherweise fassungsloses Entsetzen? Ich darf Ihnen versichern, Madam, dass ich ein Mann mit ehrbaren Absichten bin. Sollten Sie mir allerdings dennoch nicht vertrauen, könnten wir Ihre entzückende Tochter als Anstandsdame mitnehmen.«

Aus der Küche ertönt ein Knall. Dayita muss ihre Müslischüssel hinuntergeworfen haben. Jetzt muss ich den ganzen Boden wischen.

»Kein Grund, vor Freude so aus dem Häuschen zu geraten!«

»Ich ... nun ...« Ich gebe jegliche Versuche einer witzigen Antwort auf. »Ich werde das erst mit Anju und Sunil besprechen müssen.« Ich hasse es, so unterwürfig zu klingen. »Schließlich bin ich hier ihr Gast –«

Ich befürchte schon, dass Lalit irgendetwas Neunmalkluges darauf antworten wird und ich ihn dann auch hasse. Aber er sagt nur: »Das ist schon in Ordnung. Rufen Sie mich doch heute Abend an, nachdem Sie mit den beiden gesprochen haben.« Dann fragt er: »Kennen Sie schon den Witz von dem Chirurgen und dem reichen Patienten?«

»Nein«, erwidere ich zerstreut. Ich muss Sunil wegen dieser Sache zur Rede stellen. Schon bald. Aber wohin mochte eine solche Konfrontation führen?

»Der Chirurg sagt: ›Ich glaube, ich werde Ihnen vor der Operation eine örtliche Betäubung geben.‹ ›O nein, Herr Doktor‹, antwortet daraufhin der Patient. ›Ich kann mir das Beste leisten. Besorgen Sie mir etwas Importiertes.‹«

Ich kann nicht anders, ich muss lachen.

»Und jetzt noch ein Rätsel«, fährt er fort und klingt dabei zufrieden. »Warum haben Elefanten rote Augen?«

»Keine Ahnung.« Ich fühle mich schon ein wenig besser. Samstag, denke ich. Eine Ranke der Erregung entfaltet sich in meinem Inneren.

»Ich werde es Ihnen verraten, wenn wir uns sehen.«

Es ist Zeit, Dayita zu waschen. Sie möchte, dass ich die Badewanne voll laufen lasse – sie hat das in irgendeiner Folge der *Sesamstraße* gesehen –, aber unsere Wanne ist zu abgenutzt, trägt ganze Generationen von Rostflecken, die sich all meinen Versuchen, sie wegzuschrubben, widersetzen. Also schließe ich einen Kompromiss, fülle einen Eimer mit Wasser und lege ihr Wasserspielzeug hinein. Ich gebe ein wenig Shampoo in das Wasser – wir haben kein Schaumbad – und rühre kräftig. Dann stelle ich einen kleinen Plastikstuhl in die Wanne, auf den sich Dayita setzen kann. Sie lässt ihre Gummi-Ente mit einem mächtigen Platscher, der meinen *sari* durchnässt, im Sturzflug in den Schaum tauchen, aber ich halte mich mit dem Schimpfen zurück. Was macht es schon, wenn ich mich hinterher umziehen oder das Badezimmer aufwischen muss? Ich bin es Leid, immer Nein zu sagen, was mittlerweile das einzige Wort zu sein scheint, zu dem ich bei ihr imstande bin.

Als Dayita keine Lust mehr zum Spielen hat, massiere ich sie mit Senföl. Für gewöhnlich windet sie sich, aber heute ist sie kooperativ. Ein solcher Moment der Harmonie ist selten zwischen uns. Meine Hände gleiten über ihre Arme und Beine. Ich bestaune ihre Glätte, ihre unerwartete Stärke. »Als du gerade auf die Welt gekommen warst, war deine ganze Hand nicht länger als mein kleiner Finger«, erkläre ich ihr. Sie schließt ihre Hand um meinen Finger. Ich sage ihr, sie soll die Augen schließen, damit ich ihr Wasser über den Kopf gießen kann. Sie presst die Lider gehorsam zusammen, und ich werde von einem Gefühl der Liebe überwältigt. So spitz wie ein Schrapnell kommt es mir vor, so süß wie gezuckerter Tee. Ich wünschte, ich würde es öfter empfinden.

Anju lässt ihren Rucksack mit all den Büchern darin mit einem Knall auf den Boden fallen, der mich zusammenfahren lässt. »Es ist mir wieder eingefallen! War Mangala nicht das hübsche Dienstmädchen, das in dem großen weißen Haus in unserer Straße gearbeitet hat? Das Haus, das diesem reichen alten Mann gehörte, irgendein Ex-König aus irgendeinem verlassenen Winkel, nicht wahr? Wieso hast du bloß nach all den Jahren an sie gedacht?«

Ich bin überrascht. Ich hatte ganz vergessen, dass ich das Thema – wann war es noch gewesen? Ach ja, am Abend der Party – erwähnte. Jetzt, wo ich darüber nachdenke, was Pishi geschrieben hat, ist mir nicht ganz wohl bei der Sache. Vielleicht stimmt es ja, dass es Unglück bringt, in Erinnerungen zu graben, die man am besten ruhen lassen sollte.

Mangala. Ich sehe ihre schlanke, hübsche Gestalt vor mir. Dunkle, glänzende Haut, die sich von einem sonnenblumengelben *sari* abhebt. Eine freche Stupsnase. Sie ging jeden Morgen auf dem Weg zum Milchdepot an unserem Haus vorbei. Wenn wir gerade am Tor waren, lächelte sie und sagte: *Namaskar, didimonis*, wie geht es euch? Sie trug Fußkettchen mit kleinen Silberglöckchen und umzog ihre Augen mit Kajal. Beim Gehen wiegte sie sich mit freimütigem Überschwang in den Hüften. Meine Mutter sagte düster: Das kann nicht gut gehen mit dem Mädchen.

Nach dem Unfall bemerkte sie: Was habe ich euch gesagt? Das sollte euch beiden eine Lehre sein.

Unwillkürlich überläuft es mich kalt. »Ach, kein besonderer Grund – einfach so«, antworte ich Anju. »Hör mal, wir haben keine Milch mehr. Hast du nicht Lust, mit mir zum Supermarkt zu gehen?«

»Versuch bloß nicht abzulenken. Darin bist du Mitleid erregend schlecht! Ich werde so lange keine Ruhe geben, bis du es mir sagst, also kannst du es mir auch gleich erzählen.«

Schon als Kind ist Anju so gewesen. Wenn ein Rätsel ihre Aufmerksamkeit fand, konnte sie einfach nicht lockerlassen, bis sie es gelöst hatte. Wenn etwas sie interessierte, stellte sie Fragen, bis sie die Mütter zur Verzweiflung gebracht hatte und in ihr Zimmer geschickt wurde. Sie musste jedem Geheimnis auf den Grund gehen. Ich hatte eigentlich angenommen, dass die Ehe sie mehr Zurückhaltung lehren würde.

Ich seufze. »Es war der Simpson-Prozess – etwas im Gesicht dieser toten Frau. Erinnerst du dich noch daran, wie Mangala gestorben ist?«

»Sie ist überfahren worden. Es war schrecklich traurig. Sie war so hübsch, so voller Leben –«

»Es steckte mehr dahinter. Der Sohn des Rai Bahadur hatte sich in sie verliebt und wollte sie heiraten. Sein Vater versuchte, es ihm auszureden, aber er wollte nicht hören. Und Mangala auch nicht. Der alte Mann bot ihr eine Menge Geld, damit sie geht, aber sie lehnte ab. Und dann ist der Unfall passiert.«

Anju runzelt die Stirn. »Bist du sicher?«

»Oh ja«, erwidere ich, obwohl ich mir plötzlich gar nicht mehr sicher bin. Pishi mochte nur so getan haben, als hätte sie Mangalas Geschichte vergessen, aber Anjus überraschtes Gesicht ist arglos. »Ich habe einige Male mitbekommen, wie die Tantchen aus der Nachbarschaft darüber redeten, als sie zum Tee kamen. Und ich bin mir auch sicher, dass ich es dir erzählt habe.«

Anju schüttelt langsam den Kopf.

»Anju! Wie kannst du so etwas vergessen?« Meine Stimme ist zitterig, verwirrt. Ich komme mir vor, als hinge ich irgendwo draußen im Weltraum. Nein, nicht im Weltraum. In einem riesigen, erstickenden Watteball. Es gab ein Buch, das wir in der zwölften Klasse lasen, kurz bevor Mutter mich aus der Schule nahm. Darin ging es um eine Gesellschaft in der Zukunft, in der sämtliche Darstellungen der Vergangenheit, die die Menschen nicht erfahren sollten, aus Büchern, Filmen, Liedern und allem anderen entfernt wurden. Stattdessen setzte man etwas Erwünschtes an die Stelle, und nach einer Weile glaubte jeder, dass es tatsächlich so geschehen sei. Es war furchtbar, weil es so voller Absicht gewesen war.

Aber ist es nicht noch schlimmer, wenn ein solches Auslöschen unbewusst geschieht?

»Anju, versuch dich zu erinnern! Die Leute haben sich zugeflüstert, dass es Absicht gewesen sei – der alte Mann hatte Mangala in den *paan*-Laden an der Ecke geschickt, wo sie einige Betel-Blätter kaufen sollte. Aber es hat nie einen Prozess gegeben. Der alte Mann war zu mächtig – er hat die richtigen Leute bestochen.«

»Sudha«, sagt Anju zweifelnd, »bist du sicher, dass du das nicht mit einem Film verwechselst, den du gesehen hast? Oder vielleicht mit einer Geschichte aus einer dieser Kriminalzeitschriften, die Tante N immer las?«

Wenn sich niemand an Dinge erinnert, an die man sich selbst erinnert, ist dann das Geschehene überhaupt noch real?

»Und ob ich mir sicher bin!« Ich bin jetzt wütend – und auch ängstlich. Wie weit wir uns doch voneinander entfernt haben, meine Cousine und ich. Selbst unsere Erinnerungen liegen an unterschiedlichen Inseln vor Anker. »Und dann arrangierte der alte Mann einige Monate später für seinen Sohn eine Heirat mit der Tochter irgendeines reichen Fabrikbesitzers. Es war ein prachtvolles Fest mit Feuerwerk und Musik und allem Drum und Dran. Die ganze Straße hat am Hochzeitsmahl teilgenommen – besonders die flüsternden Nachbarn.«

»Also, den letzten Teil glaube ich gern!«

»Es war ganz so, als habe die arme Mangala gar nicht existiert«, sage ich. »Ich kann nicht umhin mich zu fragen, ob ihr, wenn dies alles hier in diesem Land geschehen wäre, Gerechtigkeit widerfahren wäre.«

»Ich weiß es nicht«, sagt Anju. »Du siehst vieles hier zu romantisch. Es gibt auch in Amerika eine Menge Frauen, die man zum Schweigen gebracht hat. Die Regel ›kein Geld, keine Macht‹ funktioniert hier auch. Ebenso wie Bestechung. Es ist nur nicht so eklatant. Die Medien machen dieses ganze Theater um Nicoles Tod nur, weil O. J. berühmt war und weil es die Art von Skandal ist, den die Leute mögen. Es hat herzlich wenig mit dem Bedürfnis nach Gerechtigkeit zu tun.«

Manchmal, wenn ich schlaflos daliege und die Form meines Lebens zu begreifen versuche, stelle ich mir vor, wie wohl die Toten ihre Nächte verbringen. Ob sie vielleicht über den Betten derer schweben, die sie geliebt oder gehasst haben, und Segen oder Flüche aussprechen? Ob sie vielleicht in ihre Träume eindringen? Ich meine etwas Silbriges, Nervenähnliches zu verspüren, das mich mit denen, die gegangen sind, verbindet, auch wenn ich sie kaum gekannt habe. Singhji, Mangala, Nicole, Prem. Ein Atem auf meiner Stirn, hervorgeseufzte Silben, die ich nicht genau zu verstehen vermag. Eine Bewegung, schimmernd vor Ungeduld, aus dem Augenwinkel heraus erhascht. Eine Geste, die bedeuten könnte: *Hör genauer hin!*

»Was denkst du gerade?«, fragt Anju.

Ich antworte ihr nicht. Sie würde nur sagen, dass ich eine blühende Fantasie habe. Außerdem – wie könnte ich es ertragen einzugestehen, dass der Grund, warum ich mich danach sehne, Kontakt zu den Toten aufzunehmen, darin liegt, dass sie sich von mir entfernt hat?

Ich warte, bis ich das Abendessen serviert habe. Dann erzähle ich ihnen von Lalits Anruf. Ich werfe Sunil einen durchdringenden Blick zu, während ich rede, den er in aller Unschuld erwidert, bevor er sich wieder daran macht, sein Huhn in ordentliche Würfel zu schneiden.

»Ich wusste es!« Anju klatscht theatralisch in die Hände. »Man muss sie nur zu einer Party mitnehmen, und schon klopfen die Verehrer reihenweise an die Tür!«

»Jetzt hör aber auf! Er will mir doch nur ein wenig von der Stadt zeigen.«

»Aber klar!«

»Meiner Ansicht nach sollte sie nicht gehen«, sagt Sunil an Anju gewandt.

Sprich nicht über meinen Kopf hinweg, du Feigling!

»Schließlich kennen wir ihn doch kaum.«

Ich bitte dich nicht um deine Erlaubnis, wenn du das meinst. Ich habe mich nicht aus einer Ehe befreit und bin um die halbe Welt gereist, damit du dich als mein Wächter aufspielen kannst. Es ist ja nicht etwa, dass du um mein Wohlergehen besorgt wärst, du Heuchler.

»Dann müssen wir uns ja keine Sorgen machen!«, sagt Anju. »Haben wir nicht erst kürzlich abends bei einer dieser Talkshows, ohne die du ja offenbar nicht mehr leben kannst, erfahren, dass Frauen viel seltener von Fremden angegriffen werden als von Menschen, die ihnen nahe stehen?«

»Sollte das jetzt etwa witzig sein?«, erkundigt sich Sunil. »Falls ja, dann hast du inzwischen eine seltsame Form von Humor entwickelt.«

»Besser, als gar keinen Humor zu haben, wie so manche Leute, die ich nennen könnte.«

»Entschuldigt«, werfe ich ein, bevor sich die Situation weiter zuspitzt. »Ich habe mich bereits entschieden, Lalits Einladung anzunehmen. Ich wollte es euch nur wissen lassen.«

Zornige Stille umgibt meine Ankündigung. Dann hebt Sunil Dayita auf seinen Arm. »Und was ist mir ihr?« Die beiden werfen mir den gleichen anschuldigenden Blick zu.

»Ich … nun, ich könnte …«

Anju kommt mir zu Hilfe. »Wir werden auf Dayu aufpassen!«

»Ich muss eventuell ins Büro«, sagt Sunil mit frostiger Stimme.

Anju wirft ihm einen verärgerten Blick zu.

»Dann passe ich auf sie auf«, erklärt sie. »Mach dir keine Gedanken darüber! Geh nur und amüsiere dich mit deinem Amor.« Sie wirft Sunil einen boshaften Blick zu. »Hoppla, habe ich etwa Amor gesagt? Ihr müsst entschuldigen, aber das ist erst mein erstes Semester Spanisch. Ich wollte natürlich Amigo sagen!«

»Großartig!«, sagt Lalit, als ich ihn anrufe. »Dann werde ich Sie um zehn Uhr morgens abholen, und wir fahren in die Stadt. Wir werden eine wilde Zeit miteinander verbringen und vor keiner Ausschweifung Halt machen. Vielleicht bringe ich Sie nie wieder zurück.«

Auch wenn ich weiß, dass er es nicht hören kann, werfe ich Sunil einen kurzen Blick zu. Hinter der Zeitung – dem Zufluchtsort so vieler Männer – flüstert er Anju etwas zu.

»Was soll dieses patriarchalische Gehabe?«, erwidert Anju. »Sie ist eine erwachsene Frau und kann auf sich selbst aufpassen.«

Ich suche einen Stift und gehe zu dem Kalender hinüber.

Endlich habe ich etwas, was ich hineinschreiben kann! Unwillkürlich wandern meine Augen zu Sunil hinüber. Alles, was ich von ihm sehen kann, sind seine Hände, die die Zeitung umklammert halten. Seine Nägel sind ordentlich, sorgfältig, jungenhaft. Warum nur machen sie mich traurig? Nach ihrem ersten Zusammentreffen war Anju ganz verrückt nach ihm. Sie schrieb lange Liebesgedichte aus ihrem Englisch-Lehrbuch für ihn ab. Redete stundenlang mit mir über ihn.

Nein, ich werde nichts in den Kalender schreiben. Jedes Mal, wenn Sunil daran vorübergehen und Lalits Namen sehen würde, wäre es, als ob man Salz in eine Wunde riebe.

Ich lege den Stift wieder weg und mache mich an den Abwasch. Und so sehe ich erst, als es schon zu spät ist, dass zehn Uhr am Samstag mitten in den *rahukal*-Stunden liegt.

»Ach, um Himmels willen! Dann gib ihr doch dein Handy mit, wenn du dir solche Sorgen machst«, höre ich Anju mit erboster Stimme sagen, während sie ihre Bücher nimmt und ins Schlafzimmer geht. »Dann kann sie anrufen, falls es Probleme geben sollte, und du kannst sie holen.«

Ist dies die Art, wie Leidenschaft endet?

Erst später wird mir die Wahl des Pronomens bewusst, das meine Cousine benutzt hat. *Du*, nicht *wir*.

Montag ... Dienstag ... Mittwoch ... Donnerstag. Ich koche und wasche, gehe mit Dayita in den Park. Aus alter Gewohnheit blicke ich mich suchend nach Sara um, bin aber nicht unglücklich, dass ich sie nicht entdecke. Für den Moment habe ich es aufgegeben, verzweifelt zu sein. Ich spiele mit Dayita Fangen, sehe mir die Oprah-Winfrey-Show und Mr Rogers im Fernsehen an, lerne amerikanische Gesten. Die Ungeduld verbrennt mich wie ein Hitzeblitz, und dann wieder bin ich so ruhig wie Eis. Ich schrubbe das Bad, drehe das Radio laut und tanze. Ich esse gesund, nehme lange Bäder, scheuere mir das Gesicht mit Kurkuma und *besan* und trage fuchsienfarbenen Lack auf meine Fußnägel auf. Meine Träume sind schrecklich, voller Schuldgefühle. Nach dem Abendessen beschäftigt Sunil Dayita mit Fingerspielen. Ich wasche das Geschirr, und Anju trocknet ab.

Oder besser gesagt, sie fuchtelt mit dem Küchenhandtuch herum und rezitiert Zeilen aus den »Canterbury-Geschichten«, ein Buch, das sie in einem ihrer Seminare durchnehmen. Die alten Worte, so geheimnisvoll und irgendwie doch vertraut, klingen wie Glocken aus einem fremden Land.

»Typische Männerfantasien!«, kommentiert Anju. »Du kannst dir nicht vorstellen, wie diese Griselda ist. Nein, falsch, du kannst dir sehr gut vorstellen, wie sie ist – ein Abbild so vieler unserer indischer Heldinnen. Sita, Savitri, Damayanti ... Es kommt einem fast so vor, als hätten sie ihren M.R.-Abschluss an derselben Akademie gemacht.«

»M.R.?«

»Du weist schon, Abkürzung für Märtyrer.«

Ich lächle, doch nur ein kleiner Teil von mir hört zu. Der Rest ist irgendwo tief drinnen und tanzt. Das Stroboskoplicht pulsiert. Schmuckbehängte Frauen schwirren wie Kolibris um mich herum. *That's the way, ah hah, ah hah, I like it, ah hah, ah hah.* Wild bin ich, verderbt bin ich. Das ist mein Ich, das Ich, das den M.R.-Abschluss in den Wind geschrieben hat. Ich schwimme durch einen Ozean voller Spaß, durch all den Spaß, den mir meine Vergangenheit verweigert hat.

Ich bin nicht gewillt, über meine Zukunft nachzudenken.

Töricht und dumm, hätte der Kommentar meiner Mutter gelautet. Und meine Schwiegermutter hätte es eine Sünde genannt. Pishi hätte mich davor gewarnt, dass einem die Götter zu entreißen pflegen, was man begehrt. Selbst Gouri Ma hätte zur Vorsicht geraten. Ich wende ihnen allen den Rücken zu und frage Anju: »Warum haben Elefanten rote Augen?«

Sie blickt mich verständnislos an. »Was?«

Mein Lachen trägt mich bis in den Samstagmorgen. Ein Lachen, in dem sich die Sorge verteilt wie Ablagerungen in einem dahinrauschenden Fluss.

Aber zuerst ist da noch der Freitag. Am Freitag läutet das Telefon erneut, direkt nachdem Anju und Sunil gegangen sind. Ich lächle, als ich den Hörer abnehme. Aha, der gute Doktor ist also ein Gewohnheitsmensch.

»Suu-dah, bitte«, sagt eine weibliche, amerikanische Stimme.

Mein Herz windet sich wie eine wilde, gefangene Kreatur. »Am Apparat.«

»Mein Name ist Lupe. Sara hat mir Ihre Nummer gegeben –«

»Wo ist Sara? Ich habe sie schon seit einer Ewigkeit nicht mehr gesehen. Sie sagte, sie würde mich anrufen, aber das hat sie nie getan.« Dann kommt mir ein Gedanke, den ich vorher nie in Erwägung gezogen hatte. »Steckt sie etwa in Schwierigkeiten?«

Lupe bleibt für einen Moment stumm. Dann sagt sie: »Suchen Sie immer noch Arbeit?«

»Ja!«

»Ist nicht leicht gewesen, etwas für Sie zu finden. Liegt an dem Kind. Keiner will ein Kindermädchen mit Kind. Aber schließlich habe ich doch was für Sie aufgetrieben. Ist allerdings keine besonders gute Stelle, das muss ich Ihnen gleich vorweg sagen.«

»Oh«, sage ich.

»Eine Frau braucht jemanden, der sich um ihren Schwiegervater kümmert, während sie arbeiten geht. Er ist bettlägerig und hat ab und zu Wutanfälle. Das hat sie mir natürlich nicht gesagt, aber ich habe so meine Quellen. Er ist oft verwirrt und verliert die Kontrolle über seine Blase. Sie müssten ihn sauber machen, ihn dazu bringen zu essen und ihm seine Medizin geben. All so was. Wollen Sie den Job?«

Das Herz wird mir schwer. Ich hatte auf ein nettes, fröhliches Kind wie Saras Joshua gehofft, auf das ich hätte aufpassen sollen. Ein Spielkamerad für Dayita. Sie hätten zusammen spielen und ihren Mittagsschlaf halten können. Natürlich ohne sich jemals zu streiten.

»Ich muss erst darüber nachdenken«, sage ich der Höflichkeit halber. Aber ich habe mich bereits entschieden. Ich habe als Kind viele Familien besucht, bei denen alte Verwandte lebten. Manchmal wagten wir Kinder einen kurzen Blick in ihre Zimmer, die stets die kleinsten im hinteren Teil des Hauses waren. Ich erinnere mich klar und deutlich an den säuerlichen Geruch der verbrauchten Körper, an die wahnsinnigen Augen, die nach den eigenen schnappten und einfach nicht loslassen wollten, an den dünnen, silbrigen Sabber, der wie Schlangenspuren über das Kinn lief.

So verzweifelt bin ich nicht.

Dennoch notiere ich mir Lupes Telefonnummer. Ich werde sie jede Woche anrufen. Gewiss findet sich noch etwas Besseres.

»Es sind übrigens Inder. Zumindest er.« Noch etwas, was gegen diese Stelle spricht. Inder sind die schlimmsten Arbeitgeber, hatte Sara gesagt. Sie behandeln dich wie den letzten Dreck und klatschen dann bei ihren Freunden über dich.

»Deshalb hat die Frau auch zugestimmt, es mit Ihnen zu versuchen«, sagt Lupe. »Trotz Kind und so. Sie meint, es sei hilfreich, wenn Sie in seiner Muttersprache mit ihm reden.«

»Es gibt in Indien viele Sprachen«, erwidere ich. »Möglicherweise spreche ich seine gar nicht.«

Wie gut, dass ich mich bereits entschieden habe, diese Stelle nicht anzunehmen.

»Geht es Sara gut?«, frage ich ein letztes Mal. »Haben Sie ihre Telefonnummer?«

»Sie wird Sie anrufen, sobald sie kann«, entgegnet Lupe, offenbar eine Meisterin in der Kunst, Fragen auszuweichen.

14

Seminararbeit

Entwerfen Sie eine (höchstens fünfhundert Wörter umfassende) Charakterskizze einer Person, die Ihnen gut bekannt ist. Wählen Sie einen Charakter, den Sie normalerweise nur schwer verstehen. Die Arbeit sollte uns ein klares Bild einer Persönlichkeit und die Motivationen/Vorstellungen vermitteln, die sie/ihn antreiben. Erläutern Sie Ihr Verhältnis zu dieser Person. Die Hausarbeit soll dazu dienen, diesen Menschen besser zu verstehen und Sie auf Ihr nächstes Referat für das Seminar vorzubereiten, das aus einer Kurzbiographie über diese Person bestehen wird.

»Mein Name ist Sunil«
von
Anju Majumdar
für das Seminar
Englisch 3162
Kurzbiographie
Von Prof. W. Lindley

Als ich das erste Mal von dem Adler träumte, war ich neun Jahre alt. Mein Vater hatte mir gerade erlaubt, ein Haustier zu halten, was ich mir schon seit Jahren gewünscht hatte. Es war ein graues Kaninchen. Ich nannte es Alexander, weil wir zu der Zeit in der Schule griechische Geschichte durchnahmen. Mein Vater fand, dies sei ein dummer Name für ein Kaninchen, aber er verfolgte das Thema nicht weiter, weil ich als jüngster Spieler meiner Liga für die Fußball-Schulmannschaft ausgewählt worden war, was ihn zufrieden stellte.
Wir spielten an jenem Abend gegen die Bakul-Schule für Jungen. Es war ein verregneter Tag, das Spielfeld war so matschig,

dass wir nicht einmal das Gras sehen konnten. Ich rutschte immer wieder aus und verfehlte den Ball. Einmal fiel ich so schlimm hin, dass mir der Schmerz durch das Knie schoss. Aber ich spielte weiter, weil Vater am Spielfeldrand stand und zusah. Er war extra wegen mir früher von der Arbeit nach Hause gekommen. Der Ball kam direkt auf mich zu, gefolgt von einer Horde von Jungen, die mir wie Hünen vorkamen und grimmig dreinblickten. Einer von ihnen hatte einen zottigen Schnurrbart, wie eine haarige Raupe, die das übrige Haar abgeworfen hatte. Während ich dies dachte, rammte er mich auch schon. Ich spürte, wie sich mein Bein unter mir verdrehte, und konnte erst aufstehen, als der Schiedsrichter pfiff und mir vom Feld half. Unsere Mannschaft verlor haushoch. Ich fürchtete mich vor dem Ausdruck auf dem Gesicht meines Vaters. Als ich es endlich wagte, unter den Zuschauern nach ihm Ausschau zu halten, entdeckte ich ihn nicht. Ich benötigte eine Weile, um nach Hause zu kommen – der Trainer musste mir das Knie verbinden, das geschwollen war, und an der Haltestelle des Schulbusses, wo man mich herausließ, wartete niemand auf mich. Ich hatte nicht genug Geld, um mir eine Rikscha zu mieten, also humpelte ich nach Hause. Als ich dort ankam, war Alexander verschwunden. Ich habe niemals erfahren, was mit ihm geschehen ist.

In jener Nacht träumte ich von dem Adlerweibchen. Ich war auf einem Feld. Es kam wie ein schwarz gefederter Meteor vom Himmel herab. Ich hatte schreckliche Angst, aber dann stieß es herab und setzte mich auf seinen Rücken. Wir flogen hinauf, bis die Erde so klein war wie eine Murmel, und ich wusste, dass ich niemals wieder dorthin zurückkehren musste. Ich legte meine Arme um seinen Hals und spürte die Hitze seines Körpers. Seine Federn waren wie geschmolzene Bronze. Der Wind heulte in meinen Ohren, und ich dachte: So muss sich die Liebe anfühlen.

In den nächsten Jahren träumte ich jedes Mal, wenn etwas Schreckliches geschah, von dem Adlerweibchen und es half mir darüber hinweg. Dann ging ich fort und alles wurde besser. Ich absolvierte erfolgreich mein Studium und bekam eine

Stelle in Amerika. Ich heiratete eine Frau, die klug und amüsant war, wenn auch nicht so schön, wie ich es mir vorgestellt hatte. Mir gefiel sogar ihr aufbrausendes Temperament. Es machte das Leben interessant. Es gab immer noch einige bedauerliche Umstände, aber ich musste nicht darüber nachdenken. Ich arbeitete hart, um uns ein gutes Leben zu ermöglichen, und ich arbeitete sogar noch härter daran, ein besserer Mensch zu werden. Dies war wichtig, denn wir bekamen ein Baby.

Aber das Baby starb. Das Baby starb, und das Feld war schlammig braun wie Schokoladensoße, nein, wie Scheiße, und es saugte mich auf, ich atmete es, es bedeckte meine Augäpfel, drang in meine Poren. Es war schlimmer als sterben. Ich tastete nach meiner Frau, doch sie war in ihrem eigenen Feld voller Scheiße versunken, und ich besaß nicht mehr die Kraft, mich um sie zu sorgen. Mit meinem letzten Atemzug rief ich nach dem Adlerweibchen.

Doch ich konnte es nirgendwo entdecken. Damals nicht.

Später dann (es gibt immer ein Später, nicht wahr, gleichgültig, wie schlimm sich die Dinge auch entwickeln), als ich die Fetzen meines Selbst auflas, stellte ich fest, dass ich nicht mehr derselbe war. Ich glaubte nicht mehr an Glück und somit auch nicht länger an die Notwendigkeit der Rechtschaffenheit. Dennoch bemühte ich mich. Ich bemühte mich, meine Frau zu stützen. Ich bemühte mich, meine unter Wasser stehende Karriere zu retten. Ich bemühte mich, mich von der Wut loszureißen und mich mit dem zufrieden zu geben, was mir das Leben gelassen hatte. Manchmal, wenn ich morgens erwachte, musste ich mich fragen, wie mein Name lautete. Aber eins wusste ich: Ich würde mich niemals wieder so verzweifelt nach etwas sehnen wie nach meinem Baby.

Dann kehrte SIE in mein Leben zurück. Flog den ganzen Weg von Indien herüber, mit diesen Augen, die wie geschmolzene Bronze waren. Ein blockierter Gang schien in meinem Kopf wieder an die richtige Stelle zu rutschen, und ich, Sunil, schleuderte Moral und Verpflichtung von mir wie ein Paar abgelaufener Schuhe.

Ms Mujumdar,

diese Seiten sind gut geschrieben und ausdrucksvoll in ihrer Wirkung, haben mich aber ein wenig überrascht. Es handelt sich doch wohl eher um einen dramatischen Monolog (den wir in diesem Seminar nicht behandeln), als um eine Charakterskizze, die ich als Aufgabe gestellt hatte.

Die Figur des Sunil ist überzeugend, wenn auch ein wenig eindimensional. Ich bin mir nicht sicher, ob diese Hausarbeit Ihnen dabei geholfen hat, ihn besser zu verstehen. Außerdem ist mir nicht ganz klar geworden, in welcher Beziehung Sie zu ihm stehen. Die Erzählhaltung ist nicht männlich genug (zu emotional), daran sollten Sie noch arbeiten.

Ihre Vergleiche sind recht gut (beispielsweise die haarige Raupe), aber Sie tendieren dazu, Metaphern unnötig zu mischen (vergleiche den letzten Absatz), und Sie benutzen manchmal zu viele hintereinander, was ihre Wirksamkeit insgesamt abschwächt (vergleiche wiederum den letzten Absatz).

Was hat übrigens der letzte Absatz zu bedeuten? Er ist sehr verschwommen.

Der Anfang des Essays hat mir gefallen, doch im Laufe der Zeilen wurde es ein wenig verkünstelt und abstrakt. Dies ist mir bereits in anderen Ihrer Hausarbeiten aufgefallen.

Ich bin mir nicht sicher, wie Sie diese Seiten zu einer Kurzbiographie ausarbeiten wollen. Vielleicht sollten Sie noch einmal mit einer ganz anderen Figur beginnen, bei der Sie weniger emotional beteiligt sind.

William Lindley

15

Anju findet heute Nacht keine Ruhe. Ihr Schlaf ist eine Höhle, gefüllt mit trübem Wasser und erleuchtet von den phosphoreszierenden Flossen einer fremden Fauna. Sie schwimmt im Kreis darin herum, taucht ihr Gesicht ins Wasser und lässt sich vom Seegras streicheln. Sie hebt das Gesicht, um einen kurzen Atemzug ungewisser, schlechter Luft zu rauben. Manchmal öffnet sie die Augen und blickt sich im Schlafzimmer um, ohne etwas zu sehen. Manchmal schließt sie sie auch schnell wieder, als würde sie lieber nicht sehen, was da ist.

Elf Uhr. Mitternacht. Ein Uhr. Sie steigt aus dem Bett und geht ins Wohnzimmer. Sie nimmt ihr Notizbuch mit den Briefen an ihren Vater aus dem Rucksack. Das Licht der Lampe fällt dunstig darauf, ganz so, als sei das Zimmer von Nebel erfüllt oder von Tränen. Anju liest mit ganzer Konzentration, bewegt dabei leise die Lippen. Sie liebt die Treue der Worte. Wenn man sie erst einmal im Mund gehalten hat, macht man sie sich zu Eigen.

Und auch dies weiß sie: Es mag eine Zeit kommen, in der diese Worte die einzigen sind, auf deren Loyalität sie sich verlassen kann.

Lieber Vater,

wenn ich mich Abends zum Schlafen hinlege, habe ich manchmal das Gefühl, meinen Körper zu verlieren. Wo sind meine Füße, meine Hände, mein Gesicht? Die Dunkelheit löscht die Linie meiner Wange aus und zeichnet eine andere ein. Welche Gestalt trägt mein Leben? Meine Knie fließen in die Schwärze des Schlafzimmers davon. Die Haare auf meinem Kopf steigen in einzelnen Strähnen in den Himmel. Du musst nicht glauben, dass mir das Angst macht. Die Neugruppierung meiner Zellen versetzt mich in Hochstimmung. Sie sagen mir, dass ich jemand anders sein kann – wer immer ich sein will. Wenn ich mich doch nur entscheiden könnte, wer.

Lieber Vater,

als ich heute aus dem Seminarraum trat, warf mir eine plötzliche Windbö den Geruch nach wildem Ingwer zu – obwohl natürlich nirgendwo auf dem Campus wilder Ingwer wächst. Mit einem Mal habe ich verstanden, warum du uns verlassen hast. Der Reiz des Neuen. Er zerrt an mir wie die Zeit an der Haut einer Schlange, die sie überzeugen will, die Haut abzuwerfen. Aber was ist, wenn ich mein altes Leben abwerfe, nur um festzustellen, dass ich keine Schlange bin, sondern eine Zwiebel? Eine Hautschicht nach der anderen und dann: nichts.

Vater,

wenn ich ein neues Buch lese, werde ich manchmal so aufgeregt, dass ich vergesse zu atmen. Es gibt so viel zu lernen, und ich habe schon so viel Zeit verloren. Jeden Tag schimmern neue Worte um mich herum. Ich bin wie eine Kurzsichtige, die ihre erste Brille trägt. Apartheid. Mitternachtskinder. Das Internet. Aung San Suu Kyi. Dann wieder denke ich, wozu sind all diese Informationen eigentlich gut? Was wird sich in meinem Leben ändern? Im Gesicht meines Mannes?

Lass mich dir eine Tatsache nennen: Ich bin von keinem Nutzen für meinen Haushalt. Wenn ich morgen verschwinden würde, würde Sudha trauern, Dayita hinter Vorhängen und Türen nach mir suchen und sich fragen, ob dies ein neues Versteckspiel ist, und Sunil würde die Polizei rufen. Aber schon bald würden sie eng zusammenrücken, so wie sich Fleisch zusammenzieht, um eine Wunde zu heilen. Nicht einmal eine Narbe würde zurückbleiben.

Da ist ein Geräusch an der Schlafzimmertür. Anju zuckt nicht zusammen. Sie versteckt auch nicht gerade noch rechtzeitig ihr Notizbuch. Will sie vielleicht entdeckt werden? Will sie, dass Sunil die Fragen sieht, die sie für ihren Vater niedergeschrieben hat? Will sie, dass er sie beantwortet?

»Anju! Was machst du da?«, fragt Sunil mit schlaftrunkener Stimme. Anju öffnet den Mund, um zu antworten, aber dann wird ihr klar, dass er gar keine Antwort erwartet. Er hat sich schon wieder abgewandt. »Komm ins Bett«, sagt er. »Morgen bist du todmüde.«

Anju verstaut ihr Notizbuch. Während sie im Bett in die überflutete Schlafhöhle gleitet, beginnt sie eine Liste zu machen. Eine Liste von Dingen, die sie mitnehmen will, wenn sie verschwindet.

Auch Sudha hat geschrieben. Der Brief liegt auf ihrem Nachttisch, ein Rechteck von gespenstischem Weiß in dem dunklen Zimmer.

Ashok,

ich möchte dafür um Entschuldigung bitten, dass ich deine Briefe nicht beantwortet habe. Schreiben kostet viel Kraft, und ich hatte – habe – keine.

Als ich Indien verließ, habe ich dich gebeten, nicht auf mich zu warten. Ich wiederhole diese Bitte hiermit. Ich weiß nicht, wann oder ob überhaupt ich zurückkehren werde. Ich habe festgestellt, dass meine Scheidung wie das Skalpell eines Chirurgen war. Sie hat die Vergangenheit aus meinem Fleisch geschnitten, das Gute wie das Böse daran. Nun muss ich anderes finden, wofür es sich zu leben lohnt.

Ich habe dich zweimal verlassen: das erste Mal, um zu heiraten, das zweite Mal, um nach Amerika zu gehen. Ich möchte nicht, dass es ein drittes Mal gibt.

Es ist besser so. Erinnerst du dich noch an die Märchen von den Vish Kanyas? Frauen, die mit Gift aufgezogen wurden, und deren Küsse Zerstörung hinterließen, wohin auch immer sie gingen? Ich glaube, ich bin eine von ihnen.

Wenn ich diesen Umschlag zuklebe, werde ich dich vergessen. Du solltest das Gleiche tun. Glaube mir, du wirst dann glücklicher sein.

»Sag bloß nicht, dass du das da anziehen willst!« Anjus Stimme klettert ungläubig in die Höhe.

»Dann werde ich es eben nicht sagen«, erwidert Sudha lächelnd. Sie trägt eine von Anjus alten Jeans und ein schlichtes, weißes T-Shirt. Ihr Haar ist zu einem schmucklosen Pferdeschwanz zurückgebunden. Ihr sauberes Mädchen-von-nebenan-Gesicht ist auf eine vollkommen neue Art schön, betont den rauchfarbenen Reiz ihrer Augen.

Anju ist da anderer Ansicht. »Du siehst aus wie das hässliche Entlein«, fährt sie Sudha an.

»Dann werden wir einmal sehen, ob mich mein Froschprinz erkennt.«

Anju vermag nichts Amüsantes daran zu finden. »Du wirfst deine Märchen durcheinander. Leg wenigstens etwas Make-up auf. Und zieh Ohrringe an.«

Sudha schüttelt den Kopf. »Ich will nicht –«, beginnt sie und verstummt, weil Sunil das Zimmer betritt. Der unmutige Ausdruck auf seinem Gesicht weicht einem freundlicheren, als er ihrer schlichten Aufmachung gewahr wird. »Wie wäre es, wenn ich heute das Frühstück mache?«, fragt er nach einem Moment.

»Habe ich richtig gehört?«, sagt Anju. »Hat der Mann wirklich gefragt, ob er für uns Frühstück machen soll?«

»Anju!«, ruft Sudha.

»Ich wusste gar nicht, dass er so etwas kann«, sagt Anju.

»Sie hat ein bemerkenswert schlechtes Gedächtnis, wenn es ihr in den Kram passt.«

»Hört auf, ihr zwei!«, sagt Sudha lachend. Sie hilft Sunil dabei, das Mehl und die Eier und eine beschichtete Pfanne herauszustellen. Er bereitet ihnen überraschend gute indische Pfannkuchen zu, knusprig und goldbraun, mit Zwiebeln und Peperoni und Senfsamen übersät, zu denen sie eingelegten Ingwer essen. Für Dayita mischt er Melasse in den Teig und backt kleine süße Pfannkuchen aus, die wie Quallen aussehen. Weil sie ihren Teller leer gegessen hat und nach mehr verlangt, lächelt er. Es ist dieses entzückte, jungenhafte Lächeln, das nur Dayita aus ihm hervorzulocken vermag.

Als Lalit an der Wohnungstür läutet, öffnet Sunil diese mit großzügigem Schwung und lädt ihn ein, sich zu ihnen zu setzen. Wenn Lalit von dieser plötzlichen Freundlichkeit überrascht ist, so verrät es sein Gesichtsausdruck nicht. Das hat er wohl während seiner medizinischen Ausbildung gelernt.

Begrüßungen erklingen rings um den Tisch. Ein fröhliches Hallo von Lalit, ein gedämpftes von Sudha und ein überschwängliches von Anju, begleitet vom lauten Gabelschlagen einer aufgeregten Dayita. Lalit zieht sich einen Stuhl neben Sudha.

»Wie geht's denn so?« Die Art, wie er den Kopf zur Seite legt, wie ein intelligenter Vogel, und auf ihre Antwort wartet, verwandelt die Frage in etwas Tiefergehendes. Anju räuspert sich neckend. Sudha errötet und murmelt eine kurze Erwiderung. Sunil steht am Ofen. Sein Grinsen hat machiavellistische Züge angenommen. Er streut besonders viele Peperoni auf den Pfannkuchen, den er für Lalit zubereitet.

»Sieht ja großartig aus!«, sagt Lalit und nimmt einen herzhaften Bissen.

»Ich hoffe, er ist nicht zu scharf gewürzt für Sie«, sagt Sunil mit süßlicher Stimme.

»Nein, nein, er ist sehr gut«, erwidert Lalit. Er tupft sich verstohlen über die Stirn, wo ihm der Schweiß ausgebrochen ist.

»Hier, trinken Sie etwas Orangensaft«, rät Anju ihm.

»Ich mag meine Pfannkuchen schärfer«, sagt Sunil.

Anju, die weiß, dass er einen schwachen Magen hat, wirft ihm einen Blick zu. »Sie müssen nicht die ganzen Peperoni essen, Lalit. Legen Sie sie nur beiseite. Sudha, hol ihm noch ein Glas Saft.«

Lalit hustet und wirft ihr einen dankbaren Blick zu. Aber bald schon hat er sich wieder so weit erholt, dass er ihnen einen Witz über ein frisch verheiratetes Ehepaar erzählen kann. »Also, die Frau serviert ihrem Mann die erste Mahlzeit. Sie sagt: ›Das hier ist eins von den beiden Gerichten, die ich wirklich gut zubereiten kann, Liebling, Hühner-Curry und Reispudding.‹ Und er antwortet: ›Schmeckt wundervoll, mein Schatz. Welches von beiden ist es denn?‹«

Sunil sagt in das Lachen hinein: »Da Sie Witze so sehr mögen – ich hätte auch einen. Kennen Sie schon den von dem Doktor, dessen Verlobte ihm den Laufpass gegeben hat? Er hat ihr daraufhin nicht nur den Diamantring weggenommen, den er ihr geschenkt hatte, sondern ihr auch noch vierundzwanzig Hausbesuche berechnet.«

Für den Moment ist es totenstill. Dann beginnt Lalit zu kichern. Er amüsiert sich – aber nicht nur über den Witz. »Den muss ich mir merken«, sagt er und trinkt das Glas Orangensaft in einem Zug aus.

Jetzt lachen alle. Ein Sonnensplitter fällt über den Esstisch. Sunil hält Dayita wie ein Schild in die Höhe. »Sag: *Einen schönen Tag, Mutter*«, weist er sie an. »Sag: *Tu nichts, was ich nicht auch tun würde.*«

»Bringen Sie Sudha wieder zurück, bevor es dunkel wird«, sagt Anju. »Nach Sonnenuntergang verwandelt sie sich in einen Kürbis.«

Wieder lachen alle. Sie sind eine große, glückliche Familie.

Sie essen im Garten des *Palastes der Schönen Künste*, umgeben von festlichen, rot-weißen Pappkartons mit chinesischen Gerichten zum Mitnehmen. Sudha gesteht, dass sie zum ersten Mal mit Stäbchen isst.

»Ist ganz einfach«, sagt Lalit. »Schauen Sie mir nur genau zu.«

Er ergreift mit einer übertrieben schwungvollen Bewegung der Stäbchen eine Erdnuss seines *Kung pao*-Huhns und verliert sie prompt auf dem Weg zu seinem Mund.

Sudha platzt vor Lachen laut heraus und lässt dabei ihr eigenes, leidlich zwischen den Stäbchenspitzen fest gehaltenes Stück Huhn fallen. »Hören Sie auf! Ich glaube, ich habe mir gerade meine Lachmuskeln verrenkt!«

»Madam, Sie trainieren Sie nicht regelmäßig«, erwiderte Lalit mit Nachdruck. »Als Ihr Doktor verschreibe ich Ihnen Folgendes: pro Tag zehn Mal schmunzeln, zwanzig Mal kichern und dreißig Mal lachen.«

»Bitte! Hören Sie auf! Sie werden mich noch umbringen! Wissen Sie denn nicht, was passiert, wenn man zu viel lacht?«

»Toll, noch so eine obskure indische Maxime! Warten Sie, ich hole mein Notizbuch heraus ...«

Folgendes weiß Sudha nicht:

An dem Tag, an dem sie erfuhr, dass Sudhas Schwiegermutter eine Abtreibung von ihr verlangte, regte sich Anju darüber so auf, dass sie etwas tat, was nicht oft bei ihr vorkam: Sie rief Sunil in der Firma an. Als sie ihm die Neuigkeit erzählte, war er seltsam still. Doch sie war zu erregt, um es zu bemerken.

»Du weißt doch, dass man in Indien glaubt, dass jedem Menschen, wenn er geboren wird, ein gewisser Anteil an Glück zugeteilt ist, nicht wahr?«, fragte sie. »Deshalb heißt es ja auch, dass Menschen, die mit zu viel Schönheit auf die Welt kommen, in ihrem Leben mit anderen Dingen Probleme haben werden – sie haben ihr Glück bereits aufgebraucht. Glaubst du, dass das wahr ist? Sunil? Bist du da?«

»Ich weiß es nicht«, antwortete Sunil schließlich. »Ich bin mir nicht einmal sicher, ob ich weiß, was Glück ist und was nicht. Etwas geschieht und man findet es ganz wundervoll. Und einige Jahre später kann man es nicht mehr ausstehen.«

»Ich mag es gar nicht, wenn du so vage philosophische Behauptungen von dir gibst«, sagte Anju ungeduldig. »Wie kann sich irgendjemand nicht sicher sein, was Glück und was Pech ist? Nimm doch beispielsweise nur einmal meine Schwangerschaft. Das ist das größte Glück, das uns jemals passieren konnte.«

»Du hast Recht«, sagte Sunil. Er tat einen Atemzug, als wolle er sie nach etwas anderem fragen – vielleicht, ob es möglich wäre, dass Sudha sich scheiden lässt – und ob dies auf Pech oder möglicherweise auf das Gegenteil hindeutete. Aber Anju redete schon weiter.

»Es ist sowieso albern zu glauben, man habe nur ein bestimmtes Maß an Glück zu Verfügung. Als wir noch Kinder waren, sagte Tante N. immer zu uns: *Joto hasi toto kanna – So viel, wie du heute lachst, wirst du morgen weinen*. Ich habe dieses Sprichwort gehasst, und ich hasse es immer noch. Und ich weigere mich, daran zu glauben.«

»Das ist klug von dir«, erwiderte Sunil. Seine Stimme klang blechern und leise und traurig, ganz so, als beneide er seine Frau um ihre Gewissheit.

Hinter ihnen erheben sich gelblich braun die bogenförmigen Türme – die Farbe von geröstetem Kurkuma. Um sie herum, verstreut wie Löwenzahn, sitzen oder liegen Liebende in den verschiedensten Kombinationen von Herkunft und Geschlecht. Es ist das Jahr kosmischer Kollisionen, in dem Teile eines Kometen namens Shoemaker-Levy 9 in den Jupiter krachen und riesige Feuerbälle produzieren werden. Aber hier ist das Gras von der Nachmittagssonne ganz warm und feucht dazu, als sei es erst kürzlich gegossen worden.

»Amerikanisches Gras riecht anders«, behauptet Sudha.

»Wie anders?«

Sudha runzelt die Stirn, versucht Worte zu finden.

»Es riecht männlicher, wissen Sie – irgendwie rau und gedüngt.«

»Faszinierend! Ich stelle mir gerade eine ganz neue Linie mit Toilettenartikeln für den Mann vor – *Für einen rauen, gedüngten Look – probieren Sie doch einmal das neue* –«

Sudha ignoriert die Unterbrechung. »Wenn man sich nicht mehr darum kümmert, wird es sofort absterben. Indisches Gras mag zarter aussehen und nicht so saftig grün sein, und dennoch überlebt es trotz all der Dürren und der Kühe, trotz all des Unkrauts, das es zu ersticken versucht.«

»Wie Frauen?« Lalit zieht eine Augenbraue in die Höhe. »Wollen Sie das damit sagen?«

Sudha möchte ihm irgendeine Antwort hinwerfen, hört sich aber erwidern: »Sie wollten doch wissen, wie ich aufgewachsen bin. Nun, ich habe mein ganzes Leben diese Vorstellung von Pflicht gehegt – wie sich eine Frau ihren Eltern, ihrem Mann, den Verwandten ihres Mannes und ihren Kindern gegenüber verhalten soll. Verstehen Sie mich nicht falsch – ich habe es nicht als Last empfunden. Es hat mir die Grenzen aufgezeigt, die ich brauchte, eine Mauer moralischer Sicherheit, hinter der ich leben konnte. Pflicht hatte den Platz der Liebe eingenommen, *war* Liebe. Ohne sie, so glaubte ich, würde die Gesellschaft auseinander fallen.«

Lalit schweigt nun, wartet ab.

»Aber was ist, wenn andere ihre Pflicht, die sie einem gegenüber haben, nicht erfüllen?« Ihre Augen blitzen auf. Ihre Finger sind fest ineinander verschlungen. »Der Ehemann, zum Beispiel, der versprochen hat, einen immer zu schützen – und, sozusagen als Verlängerung davon, auch die eigenen Kinder. Als er dieser Pflicht nicht nachkam, habe ich meinen Mann verlassen. Ich glaube nicht, dass Sie sich vorstellen können, was das in einer orthodoxen Familie in Indien bedeutet. Meine eigene Mutter hat mir immer und immer wieder gesagt, ich solle zu ihm zurückkehren, solle die Abtreibung vornehmen lassen. In den ersten Monaten habe ich mich so schuldig gefühlt, hatte solche Angst und schämte mich beinahe zu Tode! Aber ich habe es überlebt.«

Lalits Augen ruhen forschend und nachdenklich auf ihrem Gesicht. Er bemüht sich die Stücke des Lebens zusammenzusetzen, die sie ihm hingeworfen hat, diese, *ihre* Geschichte zu begreifen, die so ganz anders ist als seine.

»Ich habe überlebt, aber wissen Sie, was passiert ist? Ich habe eine Pflicht nicht erfüllt, habe eine Beziehung aufgegeben und musste feststellen, dass all die anderen damit verbunden waren wie die aneinander geknoteten Taschentücher, die ein Zauberer aus seinem Hut zieht. Ich habe gespürt, wie sie mir durch die Finger glitten, bis ich mit nichts in der Hand dastand. Nichts – und niemand –, der mich davon abhielt, zu tun, was immer ich auch tun wollte, ob gut oder böse.«

Lalit berührt sie leicht am Arm. Fragt er sich vielleicht, warum sie ihm all dies erzählt? Was es für sie beide bedeuten mochte? Aber vielleicht bedeutet es auch gar nichts. Vielleicht ist er wie der Fremde im Zug, dem man nur deshalb sein Herz öffnet, weil man weiß, dass man einige Stationen später aussteigen wird.

Auf der anderen Seite des Wassers, auf dem schwarz-weiße Schwäne mit träger Eleganz dahingleiten, ist eine Gruppe von Menschen aufgetaucht. Sie veranstalten eine Party mit lauter, lateinamerikanischer Musik und durchdringenden Essensgerüchen: Kreuzkümmel, Chili, Koriander. Einige Teenager beginnen Salsa zu tanzen. Eine junge Frau in einem langen, weißen, hauchfeinen Kleid mit einem Spitzenfächer in der Hand posiert für ein Foto zusammen mit einer alten Dame, die vielleicht ihre Großmutter ist.

»Das jagt mir Angst ein«, sagt Sudha. Zwei Männer liegen ganz in der Nähe im Gras und blicken zum Himmel hinauf. Der eine hält die Hand des anderen an seine Brust gepresst, während er redet. Sudhas Wangen nehmen einen leichten Rosaschimmer an, als ihr Blick auf die beiden fällt. »Ganz besonders seit ich hierher gekommen bin. Egal, wohin ich mich in Amerika auch wende, hier heißt es immer, lebe für dich.«

»Nicht jeder hier ist so, wie Sie denken.« Er sagt es mit einer gewissen Schärfe.

»Lebe für dich«, fährt Sudha fort, als hätte sie ihn nicht gehört. »Ich bin mir nicht einmal sicher, was das bedeuten soll. Bin mir nicht sicher, ob ich weiß, wie man das anstellt und dabei immer noch ein guter Mensch sein kann. Denn das will ich sein, müssen Sie wissen. Ich möchte ein guter Mensch sein, auch wenn ich darin versagt habe, eine gute Ehefrau abzugeben. Die Vorstellung, für mich zu leben, übt eine fürchterliche Anziehungskraft aus und stellt zugleich eine fürchterliche Leere dar. Ich fühle mich wie ein mit Helium gefüllter Ballon, der fortfliegt, während all die Menschen, die ich kenne, irgendwo auf der Erde sind, aber so weit weg und klein, dass sie kaum eine Rolle spielen. Und dennoch weiß ich, dass ich nicht wieder zu meiner alten Lebensweise zurückkehren und für andere leben kann.«

»Warum müssen Sie sich denn zwischen dem einen oder dem anderen entscheiden?« Lalit sitzt jetzt aufrecht, und seine Finger reißen an dem Gras. »Können Sie nicht einen Kompromiss finden?«

»Ich weiß nicht, wie«, erwidert Sudha einfach. »Wissen Sie es? Oder leben Sie auch für sich?«

»Das ist keine einfache Frage«, erwidert Lalit. »Ich würde einige Zeit benötigen, um sie auch nur annähernd beantworten zu können.« Er wirft die Reste ihres Essens in einen Abfalleimer und streckt die Hand aus, um Sudha aufzuhelfen. »Vergessen Sie nicht, dass ich versprochen habe, Sie vor dem Dunkelwerden nach Hause zu bringen, damit Sie nicht den Rest Ihres Lebens als Kürbis verbringen müssen.«

Sudha zieht plötzlich kurz und kräftig an seiner Hand, woraufhin er neben sie auf die Knie fällt.

»Hoppla! Was haben die in das Huhn getan –?«, ruft er, verstummt aber, als er den leidenschaftlichen Ausdruck auf ihrem Gesicht sieht.

»Es ist mir egal, was Sie versprochen haben«, sagt sie atemlos. »Sie müssen mit mir reden! Ich werde verrückt, weil ich mit niemandem reden kann – nicht einmal mit Anju, die ich einmal mehr als jeden anderen Menschen auf dieser Welt geliebt habe, mehr sogar als meine Tochter, mehr als mich selbst. Aber das ist nicht mehr so …«

Lalit blickt auf seine Hand, die sie immer noch umklammert hält. Ihre Nägel pressen sich in seine Handfläche.

»Wir können uns unterhalten, so lange Sie wollen«, sagt er ruhig. »Aber lassen Sie uns zum Auto gehen, da sind wir für uns.«

Um zum Wagen zu gelangen, müssen sie an der hispanischen Familie vorbei. Alle lächeln und rufen »Hola!«. Ein Mann erhebt sich von einem Tisch, um ihnen Gebäck von einem Teller anzubieten. »Wir feiern den fünfzehnten Geburtstag meiner Tochter!«, sagt er. »Trinken Sie ein Glas *dulce* mit uns – wünschen Sie ihr Glück!«

Sudha und Lalit lehnen den Sherry dankend ab, teilen sich aber ein blättriges, süßes Gebäck und winken dem Mädchen zu, das mit vor Aufregung geröteten Wangen eine Art Polonaise anführt. Die tief stehende Sonne formt einen roten Lichtschein hinter seinem Kopf. Das Mädchen wirft ihnen einen Kuss zu. »Macht doch mit!«, rufen einige.

»Die Leute waren so freundlich«, sagt Sudha, als sie in den Wagen steigt. Sie runzelt misstrauisch die Stirn. »Die kannten uns doch gar nicht. Warum waren die so freundlich?«

»Muss es denn dafür immer einen Grund geben?«, fragt Lalit. Dann fügt er hinzu: »Vieles an Amerika hätte man nicht erwartet. Bilden Sie sich Ihre Meinung nicht zu vorschnell, was gewisse Dinge angeht. Oder Menschen.«

»Betrifft das auch Sie?« Ein kleines Lächeln umspielt jetzt ihre Lippen.

»Im Gegenteil – ich hoffe, Sie sind bereits zu der Erkenntnis gelangt, dass ich der liebenswürdigste und wunderbarste Mann bin, den Sie jemals getroffen haben.«

»Absolut. Aber jetzt zurück zu der anderen Frage, die ich Ihnen gestellt hatte.«

»Hat man Ihnen eigentlich nie beigebracht, dass man mit Schmeicheleien nicht weit kommt?«, erwidert Lalit. »Nun, da hat sich jemand geirrt.«

Als er aufhört zu reden, ist es längst dunkel geworden. Die Schwäne sind verschwunden und auch die *quinceañera* und ihr Hofstaat. Wind kommt auf, verwandelt die Lichter, die auf das Wasser scheinen, in tausend gebrochene Schimmer. Lalits Auto, ein angenehm schäbiger Honda, in dem sich Sudha wohl fühlt, ist der einzige Wagen, der noch am Rande des *Palastes der Schönen Künste* steht, dem die Dunkelheit ein unwirkliches, zerfallenes Aussehen verliehen hat.

»Gott!«, sagt Lalit. »Es ist wirklich spät geworden.«

»Das spielt keine Rolle.«

»Ihre Familie wird sich Sorgen machen. Sie sollten sie besser anrufen.«

Sudha weist das Handy zurück, das er ihr hinhält, und schüttelt den Kopf. »Danke, dass Sie so mit mir geredet haben«, sagt sie.

Auf dem Rückweg hält sie die ganze Zeit seine Hand. Sie lässt sie nicht einmal los, als die Straße eine Biegung macht, und er das Lenkrad mit einem Arm scharf drehen muss. Sie reden nicht.

Auf dem Parkplatz sagt er: »Haben Sie übrigens die Antwort auf das Rätsel gefunden, das ich Ihnen gestellt hatte? »

»Das mit den Elefanten? Noch nicht.« Sie legt einen Finger auf seine Lippen. »Nein, sagen Sie es mir nicht. Geben Sie mir Zeit bis zum nächsten Mal. Und bitte – steigen Sie nicht aus.«

»Lassen Sie mich wenigstens bis zum Aufzug mitgehen –«

»Nein, es wäre mir wirklich lieber so. Noch einmal vielen Dank für alles.« Sie öffnet die Tür.

»Warte! Dürfte ich dich um einen Kuss zu bitten?«

Sie blickt ihn an. »Natürlich darfst du das«, erwidert sie und gesteht ihm zumindest das vertrautere »du« zu. »Aber du musst damit rechnen, dass ich Nein sage.« Selbst im Schatten des Wagens ist ihr breites Lächeln von einer perlmuttfarbenen Verschmitztheit. Dann ist sie fort und lässt ihn mit einem ratlosen Kopfschütteln zurück. Die Luft in ihrem Sog ist erwartungsgeladen.

16

Lalit

Was ich sagte

Es gab einmal eine Zeit, als ich in dem Glauben lebte, einzigartig zu sein. Etwas Besonderes. Ich bin eines Besseren belehrt worden. Also werde ich meine Geschichte mit dem beginnen, womit die Geschichten der meisten jungen Männer beginnen. Mit meinem Vater.

Mein Vater war, was die folgenden Punkte angeht, ein typischer indischer Immigrant: Er glaubte an seine Fähigkeiten, er war bereit, hart zu arbeiten, er war davon überzeugt, dass Amerika ihn reich machen würde. Ach ja, und er war Ingenieur.

Untypisch an ihm war Folgendes: Er war ein hoffnungsloser Träumer.

Alle Immigranten sind Träumer, sagen Sie? Mag sein, aber sie denken praktisch, was das angeht. Sie wissen, wovon es sich zu träumen lohnt und wovon nicht.

Was ich nicht sagte

Ich möchte herausfinden, wovon du träumst. Aber ich habe das Gefühl, dass deine Träume noch keine Form angenommen haben. Jede Nacht bewegen sie sich wie Amöben, gleiten in eine andere Richtung. Doch im Inneren formt sich bereits ein Kern. Wenn du erst einmal seine wirkliche Form erfahren hast, wirst du ihn zielstrebig verfolgen, und dann möge Gott denen beistehen, die sich dir in den Weg stellen.

Was ich sagte

Mein Vater hatte eine Theorie, was Geld angeht. Für ihn falle es in zwei Kategorien, behauptete er: langweilig und aufregend. Seine Stelle als Ingenieur brachte ihm eine ansehnliche Menge des Ersteren ein, genug, um uns ein behagliches Leben zu ermöglichen. Aber das stellte ihn nicht zufrieden. Er wollte in Unternehmungen investieren, die ihm einige Millionen Gewinn einbringen würden – vorzugsweise über Nacht. Er liebte diese Erregung, die ihm die Fahrt auf der Achterbahn des Risikos bescherte. Ja, man könnte sagen, dass er ein Spieler war, obwohl er immer abschätzig von Kasinos und Ähnlichem sprach und niemals in der Lotterie mitspielte. Bedauerlicherweise besaß er nicht den Instinkt eines erfolgreichen Spielers, und jede Unternehmung, in die er investierte – von der Fischfarm über einen Haushaltsroboter bis zu dem Wagen, der mit Windenergie betrieben wurde –, ging baden. Schon bald hatten wir nur noch sehr wenig Geld.

Meine Theorie? Meine Theorie lautet, dass jede Art von Geld aufregend ist. Sie glauben, ich scherze. Sie werden bald erkennen, dass ich ein überaus geldgieriger Mensch bin. Sie sagen, Geld könne nicht glücklich machen? Vielleicht. Aber wenn es fehlt, kann es mit Sicherheit höllisch unglücklich machen.

Was ich nicht sagte

Nehmen wir doch zum Beispiel einmal dich. Du bist unglücklich. Ich hatte schon oft genug mit Menschen zu tun, die verzweifelt waren, um die Symptome zu erkennen. Und einer der Gründe dafür ist, dass du nicht gern bei deiner Cousine und ihrem Mann wohnst. (Ich spüre da Komplikationen, über die du nicht reden möchtest.) Du wärst nicht gezwungen, das zu tun, wenn es bei deiner Scheidung zu einer vernünftigen Regelung gekommen wäre, doch das ist nicht der Fall gewesen, da gehe ich jede Wette ein. Aber wenn du genug Geld hättest, wärst du vielleicht gar nicht erst nach Amerika gekommen. Und dann würde ich nicht hier mit dir in meinem Honda Civic sitzen und den Duft deines Körpers einatmen, der mich an Lotosblumen erinnert, obwohl es wahrscheinlich nur irgendein synthetisches, amerikanisches Parfüm ist, das du bei Walgreen's an der Ecke gekauft hast.

Was ich sagte

Wir waren besonders arm dran wegen des fehlenden Geldes, weil mein Vater die indische Mentalität des Gesichtwahrens pflegte. Wir konnten uns nur noch einmal in der Woche erlauben, Fleisch zu essen, und dann auch nur ein Huhn, mit dem Mutter stundenlang rang, um eine Mahlzeit daraus zuzubereiten – schließlich hatte es in ihrem Haus in Indien dafür immer eine Köchin gegeben. Aber wenn uns jemand in der Gemeinde zu einer Geburtstagsfeier oder zu einer Hochzeit einlud, sorgte Dad dafür, dass unser Geschenk immer das ausgefallenste war. An meinem Geburtstag schmiss er eine Riesenparty mit einer extra bei Raja Sweets bestellten Pistazieneiscreme-Torte und ließ Mom große Tüten mit Leckerbissen für die Kindern zusammenstellen, die importierte Toblerone-Schokolade und dazu Lastwagen von Tonka enthielten. Am nächsten Tag dann durfte ich mir dann aus all dem, was ich bekommen hatte, drei Geschenke aussuchen, und die anderen brachte er zur örtlichen Niederlassung von Toys 'R' Us, um sich das Geld wiedergeben zu lassen.

Nein, meine Mutter ist deshalb nicht wütend geworden. So eine Frau war sie nicht. Außerdem glaubte auch sie, dass es wichtig sei, das Gesicht zu wahren.

Aber ich hatte genug Wut in mir, die für uns beide reichte.

Ja, ich war auch böse auf sie. Weil sie es zugelassen hatte, dass er sie einer Gehirnwäsche unterzog. Erst später wurde mir klar, dass sie tat, was er wollte, weil sie ihn liebte, und nicht etwa, weil sie es für richtig hielt.

Sie finden, das sei keine Liebe? Ach, wissen Sie, Liebe ist wie Eiscreme von Baskin-Robbins – es gibt die verschiedensten Geschmacksrichtungen.

Zum Beispiel ein modernes *koan*, von niemand anderem als mir selbst ersonnen. Lässt sich in der Eiscreme die Schokolade von der Milch trennen? Milch gleich Liebe (alias Besitz, Verlangen, Freude). Schokolade gleich Hass (alias Last, Schuld, hilflose Wut).

Was ich nicht sagte

Ich glaube, der Mann deiner Cousine weiß ein wenig, wovon ich rede.

Was ich sagte

Ich bin mit meiner Wut fertig geworden, indem ich von Zuhause wegblieb, mehr und mehr Zeit in der Bibliothek oder beim Sport verbrachte. Ich habe in der Spätschicht bei McDonald's gearbeitet und bin nur noch zum Schlafen nach Hause gegangen. Ich habe ein Konto eröffnet und jeden Penny gespart, obwohl ich wusste, dass es nicht zu dem reichen würde, was ich wollte. Ich las sämtliche Witzbücher, die ich in die Hände bekommen konnte, denn ich wollte witzig und beliebt sein.

Nein, ich war niemals unhöflich zu meinen Eltern. Das wäre reine Energieverschwendung gewesen. Ich sorgte nur dafür, dass ich nie da war.

Was konnten sie schon dagegen einwenden? Ich folgte dem vorgeschriebenen Weg von Immigranten-Kindern, sammelte das Werkzeug, das mir die Türen zu den besten Colleges öffnen würde.

Und das tat es auch, in gewisser Weise. Ich bekam ein Teilstipendium für einen dieser verkürzten Medizinstudiengänge – aufgrund des Einkommens meines Vaters kam ich für ein Vollstipendium nicht in Frage. Aber selbst mit all meinem gesparten Geld reichte es nicht. Und dann verkaufte meine Mutter in einer dieser dramatischen Gesten, die bei Einwanderern so beliebt sind, all ihren Schmuck.

Keine Sorge, erklärte sie meinem verzweifeltem Vater, bei meiner letzten Reise nach Indien habe ich mir etwas Modeschmuck von höchster Qualität gekauft. Unsere Freunde werden den Unterschied gar nicht bemerken.

Und so begann ich mein Medizinstudium.

Sie haben mich gefragt, ob ich für mich lebe. Erfülle ich damit die Bedingungen?

Ich habe Medizin studiert, weil ich es als eine sichere Eintrittskarte in das gute Leben betrachtete und um so weit wie möglich von der Fischfarm meines Vaters wegzukommen. Ich hatte keine Ahnung von Studentendarlehen, die man sein halbes Leben lang abbezahlen muss. Oder von betrieblich finanzierten Krankenversicherungen ohne freie Arztwahl. Oder davon, dass mein Dad seine Krankenversicherung kündigen würde, um die monatlichen Beiträge einzusparen, und dann prompt Herzprobleme bekam. Deshalb sitzen Sie jetzt in einem Honda Civic statt in einem Benz.

Aber irgendwann habe ich dabei entdeckt, dass es mir Freude bereitet, Menschen zu helfen.

Ein Menschenfreund? Sie machen Witze! Ich genieße es, dieses Gefühl von Macht zu spüren, das ist alles.

Was ich nicht sagte

Ich glaube, du genießt es ebenso. Das schließe ich aus der Art und Weise, wie du deinen langen Hals neigst und mich unter deinen Wimpern hervor von der Seite anblickst. Aus der Art und Weise, wie du deine Hand in die meine gleiten lässt und deine Nägel dabei sanft über meine Handfläche kratzen. Die Macht des Körpers. Gleichgültig, welche andere Macht dir auch fehlen mag, diese besitzt du ganz gewiss.

Dann blickst du aus dem Fenster in die Dunkelheit des Nachteukalyptus, der den Freeway säumt. Du beißt dir auf die Lippe. Du hast mich vergessen. Ich verspüre das plötzliche, übermächtige Verlangen, deinen Kopf herumzuzwingen, damit du mich ansiehst, will dich dazu bringen, dich zu erinnern. Selbst wenn es zur Folge hätte, dass wir verunglücken.

Hast du die leiseste Ahnung davon?

Ich beiße auf die Innenseite meiner Wange, bis das Verlangen nachlässt. Für einen Moment bedauere ich den Mann deiner Cousine und vielleicht habe ich auch ein wenig Angst.

Was ich sagte

Für heute reicht es. Wollen Sie etwa all meine Geheimnisse auf einmal hören? Ich muss mir noch ein paar für das nächste Mal aufsparen. Ja, genau wie in *Geschichten aus tausendundeiner Nacht*. Auf die Weise bleiben wir Geschichtenerzähler am Leben.

17

Sudha

DER SONNTAGMORGEN schleppt sich dahin. Die Luft ist unruhig und grummelt wie ein verdorbener Magen. Gestern hatte die Sonne noch unser kleine Wohnung erleuchtet, jetzt scheint es, als hätten ihre Schatten die Wände ausgewaschen und sie in der Farbe von Senfflecken hinterlassen.

Als ich gestern Abend zurückkam, war Sunil von einer ausgesuchten Höflichkeit. Ich hoffe, du hattest einen schönen Tag, sagte er, als er mir die Tür öffnete. Er nahm mir meine Jacke ab und hängte sie auf. In seinen Fingerspitzen war genug Wut, um den Stoff zu versengen.

Anju stellte hundert vergnügte Fragen. Wo wart ihr, was hast du gegessen, worüber habt ihr geredet, hat es Spaß gemacht, magst du ihn, worüber habt ihr noch gesprochen, glaubst du, dass er dich mag, wieso ist es so spät geworden, wann wirst du ihn wiedersehen. Hinter seiner Zeitung hervor sagte Sunil: »Warum bist *du* denn so aufgeregt? Man könnte meinen, er sei *dein* Freund.«

Das Wort fiel scheppernd auf den Boden des Wohnzimmers. Anju verzog ihre Augen zu Schlitzen, wie man es an einem allzu hellen Tag tut, wenn man versucht, durch das grelle Licht eine Gestalt vor sich zu erkennen. »Und warum bist *du* so sauer?«

Ich vernahm die ungesagten Worte. *Man könnte meinen, sie sei deine Freundin.* Sie ging ins Schlafzimmer und knallte die Tür hinter sich zu.

Ich entschuldigte mich, sagte, ich sei müde. Aber Dayita wollte nicht mit. Sie hielt sich schreiend an Sunils Hosenbein fest.

»Hör sofort damit auf!«, fuhr ich sie an. Als ich an ihrem Arm zog, war er ganz heiß.

»Sie zahnt«, sagte er. »Ihr Unterkiefer ist auf der rechten Seite ganz geschwollen.«

Ich fühlte mich schrecklich. Das hätte mir sofort auffallen müssen. Ich holte das Anbesol aus dem Bad. Als ich versuchte, etwas davon auf Dayitas Zahnfleisch zu reiben, biss sie mich kräftig in die Hand.

Sunil rieb ihr das Zahnfleisch mit der Salbe ein. Er gab ihr etwas Baby-Tylenol und wischte ihr das Gesicht mit einem sauberen, feuchten Handtuch ab. Dann küsste er sie auf den Scheitel und sagte: »Sei ein gutes Mädchen und geh mit deiner Mom. Und morgen erzähle ich dir die Geschichte von dem Affen und dem Krokodil.« Er legte seine Hände zusammen und vollführte schnappende Bewegungen wie das Maul eines Krokodils, bis sie lachte.

Aber sie war immer noch wütend auf mich. Im Bett lag sie ganz am Rand. Selbst nachdem ich *Ghum Parani Mashi Pishi* gesungen hatte, ihr Lieblingsschlaflied, stieß sie meinen Arm weg. Erst als sie eingeschlafen war, konnte ich sie an mich drücken. Ich strich über ihre Schultern. Ihre Ellenbogen waren so glatt wie Kiesel aus einem Fluss. Ihr feuchter Nacken schmeckte nach Salz und Lint.

Welch ein Ende für meinen Tag mit Lalit! Er hatte mich mit seiner Geschichte überrascht. Diese verborgenen Canyons unter seinem Lachen! Dafür mochte ich ihn noch mehr. Aber unser gemeinsamer Tag, der so leuchtend gewesen war wie Regenbogenstreifen auf Seifenblasen, verblasste bereits. Ich vermochte ihn einfach nicht mit meinem wirklichen Leben zu verbinden. Mit dieser Wohnung, die nach schalem *garam masala* roch. Mit diesem Kind, das Wutanfälle bekam, weil ich ihm nicht gab, was es brauchte. Mit diesem Ich, das eine schlechte Mutter war, dessen bloßes Auftauchen Ehestreitigkeiten verursachte. In meinem wirklichen Leben existierte diese Frau, die Lalit küssen wollte, nicht.

Sonntagnachmittag. Dayita ist unruhig und will nichts essen. Sunil sitzt vor dem Fernseher und hört sich eine lange Diskussion über Simpsons mögliche Geschworene an. Eine schwarze Frau schlägt mit der Faust auf den Tisch und schreit etwas über von der Polizei manipulierte Beweise und dass man das bei einem

Weißen niemals gemacht hätte. Anju hat sich ihren Sessel in die Ecke auf der anderen Seite des Raumes gezogen und ist in ein Buch vertieft. Ruhelosigkeit nagt an mir. Ich kann einfach nicht so dasitzen. Um mich herum spüre ich überall diese Unzufriedenheit, wie Miasma aus einem Sumpf. Unsere so unterschiedlichen Unzufriedenheiten ... Wie soll ich an einem solchen Ort meine Zukunft planen? Ich beschließe, mit Dayita spazieren zu gehen, aber sie weigert sich mitzukommen. Sie streckt die Hände nach Sunil aus und ruft *Baba! Baba!* Vater, Vater. Wie hat sie diese Worte gelernt? Wer hat sie ihr beigebracht? Ich möchte sie am liebsten in den Kinderwagen zwingen, sie mit dem Gurt darin festschnallen. Aber Sunil sagt: »Lass sie ruhig bei mir. Es scheint ihr nicht gut zu gehen.« Er hebt sie auf und geht mit ihr zum Kühlschrank hinüber. Er nimmt einen blauen Beißring heraus – wann hat er den denn gekauft? – und reicht ihn ihr, damit sie darauf herumkauen kann. Sie schlingt ihre Arme um seinen Hals und beobachtet mich von seiner schützenden Schulter aus. Ich bin so wütend, dass ich die Tür so laut wie eben möglich hinter mir zuschlage.

Was will ich eigentlich?

Ich marschiere und marschiere, als könne sich die Erschöpfung meiner Muskeln auf die Gedanken übertragen, die sich in meinem Kopf im Kreis drehen. Als könne der kalte Abendwind, der unerklärlicherweise nach brennenden Blättern riecht, durch mich hindurchwehen und auf diese Weise den Nebel der Unklarheit heben. In der Schule haben uns die Nonnen ein Gedicht gelehrt. *Wie ich dich liebe? Lass mich zählen wie.* Wenn ich aufzählen sollte, wie ich Dayita liebe, was würde ich da sagen? Ich liebe dich mit einer schmerzerfüllten Liebe, gleich einem falsch gewachsenen Nerv, der eingeklemmt ist zwischen Knochen. Aus Liebe zu dir habe ich alles zurückgelassen, das mir vertraut war, und mich in das Ungewisse gestürzt. Und das geschah, bevor ich dich überhaupt gesehen hatte. Wenn du deine Arme um einen anderen Menschen legst und dein Gesicht mit deinem neuen Zähnchen-Lächeln erstrahlt, dann knistert mein Haar vor Neid. Ich liebe dich so sehr, dass ich für dich sterben würde. Doch an dieser Stelle versagt die Dichtung. Ich mag dich nur sporadisch.

Manchmal fühle ich mich von dir in die Enge getrieben. Ich vermag mich des Gedankens nicht zu erwehren: *Wenn ich allein wäre, könnte ich …* Und deshalb werde ich böse auf dich. Ich glaube, dass du mir die Schuld an Sunils Kuss gibst. Es mir übel nimmst, dass ich Ashoks Brief zerrissen habe. Mit Lalit getanzt habe. Dich allein gelassen habe, um mit ihm auszugehen. Ich habe mein ganzes schlechtes Gewissen auf dich projiziert, all das Nachtrauern und die Wut auf die Jugend, die mir genommen worden ist. Ich bin bereit, für dich zu sterben, kein Problem, aber bin ich auch bereit, für dich zu leben?

Meine Tochter, meine Feindin, mein eigenes, verwundetes Selbst.

Ich kehre mit dem Entschluss nach Hause zurück, mütterlicher zu sein.

Dayita schläft in Sunils Bett. Er hat ihr schon das Abendessen gefüttert. Ich möchte sie ins Kinderbett legen, aber Anju sagt: »Lass sie nur, Sudha, weck sie nicht wieder auf. Dayu fällt uns nicht zur Last. Du weißt doch, wie gern wir sie bei uns haben.«

Auch wenn ich frustriert bin, was kann ich schon sagen? Sie ist meine Cousine, zu der ich gekommen bin, um ihr zu helfen, weil sie ihr eigenes Baby verloren hat. Ich beginne stattdessen die Küche zu schrubben. Als Anju mich fragt, ob sie mir helfen kann, schüttele ich nur den Kopf, traue meinen Worten nicht. Sie zuckt mit den Schultern und geht ins Schlafzimmer. Sie besteht nicht mehr darauf, wie sie es einst getan hätte. Sunil bleibt noch auf, liest irgendeinen Bericht, den er aus der Firma mitgebracht hat. Aber ich sehe ihn nicht ein einziges Mal eine Seite umblättern. Er blickt ab und zu auf, als wolle er etwas sagen. Aber er tut es nicht. Sollte ich dafür dankbar sein? Als ich zu Bett gehe, spüre ich, wie der Druck seiner unausgesprochenen Worte mein Herz wie eine Krankheit zusammenpresst.

Der Montagmorgen bricht in einem wunderschönen Goldton an, ohne eine einzige Wolke am Himmel. Das genaue Gegenteil von dem, wie ich mich fühle. Aber um Dayitas willen gebe ich mir Mühe. Wir winken Anju fröhlich zum Abschied zu. Glücklicherweise hatte sich Sunil schon auf den Weg zur Arbeit gemacht, bevor ich aus meinem Zimmer kam. Ich erledige den Abwasch mit Dayita – sie steht neben mir auf einem Stuhl und plantscht mit ihren Händen im Seifenwasser herum. Nachdem ich den Boden aufgewischt habe, sage ich: »Lass uns heute etwas unternehmen, das Spaß macht und das wir noch nie getan haben.« Ich wünschte, ich könnte mit ihr irgendwohin gehen, wo es anders ist, an einen fremden Ort, hinaus aus der langweiligen Umlaufbahn meines täglichen Spaziergangs.

Wie als Antwort auf meinen Wunsch höre ich, wie sich der Schlüssel im Schloss dreht. Die Wohnungstür öffnet sich quietschend.

Sunil!

Mein Herz klopft so laut, dass ich glaube, es müsse jeden Augenblick stehen bleiben. Aber inmitten meiner Furcht ist auch ein eisiger Mangel an Überraschung. Was konnte einem solchen Wochenende schon folgen, an dem sich die Spannung bis zum Explosionspunkt aufgeladen hatte! Und dennoch war dieses Wochenende nur ein Katalysator. Wir haben uns auf diesen Moment zubewegt, er und ich – wie viele Umwege wir auch gemacht haben – haben uns darauf zubewegt, seit sich unsere Augen am Flughafen in San Francisco begegnet waren, und ich wusste, dass er nichts aus der Vergangenheit vergessen hatte.

Auf eine seltsame, kühle Weise bin ich auch erleichtert. Seit Monaten schon hänge ich vom Rande einer Klippe herab, und mein Griff wird immer schwächer. Mir vorzustellen, wie ich falle, immer und immer wieder, hat mich erschöpft. Der wirkliche Sturz – gleichgültig, was ich dabei zertrümmern mag – kann nur ein einziges Mal erfolgen. Nach dem heutigen Tag wird er mit all den anderen Dingen, von denen ich dachte, dass ich sie nicht überleben würde, in meine Vergangenheit wandern.

Einen Moment lang bleibt Sunil an der Tür stehen, und sein Gesicht trägt einen so sehnsüchtigen Ausdruck, dass ich beinahe schwach werde. Als er auf mich zukommt, ist sein Gang vorsichtig und mühsam, wie der eines Wüstenreisenden, der sich gegen einen Sturm stemmt. Ich zwinge mich, nicht zurückzuweichen. Er streckt die Hand aus. Meine Kehle ist verstopft mit

Salz und Sand und leiser Atemlosigkeit. Ich hebe Dayita auf und halte sie wie ein Schutzschild zwischen uns.

Seine Hand berührt Dayitas Stirn, überprüft, ob sie Fieber hat. Vielleicht war das von Anfang an alles, was er wollte.

Dayita wühlt sich aus meinen Armen in seine und plappert aufgeregt in ihrer Babysprache, die nur er zu verstehen scheint. Er flüstert ihr etwas zu, seine Lippen bewegen sich mit kleinen Küssen über ihre Stirn. Ich senke den Blick, komme mir dumm vor.

»Ich bin froh, dass es ihr heute besser geht«, sagt er. Ein kleines Lächeln umspielt seine Lippen. Es ist so bitter wie die zerdrückten *neem*-Blätter, die wir in Indien kauen, um das Blut zu reinigen.

Ich weiß, dass er die Angst in meinen Augen gesehen hat.

Er zieht unsere Jacken aus dem Schrank, füllt eine Windeltasche. »Lass uns gehen«, sagt er und marschiert zur Tür hinaus, als handele es sich um einen Ausflug, den wir schon seit Wochen geplant haben. Er blickt sich nicht um, um zu prüfen, ob ich ihm folge. Wie kann er nur so sicher sein? Aber vielleicht weiß er ja genau wie dieser griechische Held, der in die Hölle hinabstieg und dessen Namen mir in der Aufregung nicht einfällt, dass er nicht zurückblicken darf.

Der Freeway ist zum Teil mit Rauch ausspeienden Fabriken gesäumt, zum Teil aber auch mit eleganten Konstruktionen aus Glas und Metall. Dazwischen stehen einige wenige entmutigte Palmen. Nach diesem Muster läuft mein Leben ab, nur dass ich nicht immer das Hässliche vom Schönen zu unterscheiden vermag.

Wir fahren vom Freeway herunter und biegen in eine kleine Straße ab. Kleine, ordentliche Häuser, frisch gestrichen. Sorgfältig gepflegte Rasenflächen, angeordnet wie Teetabletts. Nicht ein einziges Unkraut weit und breit. Ich stelle mir mit einem kurzen Anflug von Neid ein Leben vor, in dem die Qualität des Rasens eine solche Wichtigkeit anzunehmen vermag. Dayita zeigt auf Amseln und brabbelt fröhlich vor sich hin. Wir halten vor einer Grünfläche. Auf einem Schild steht zu lesen: *Die Rosengärten von San Jose.*

»Ich dachte, es würde dir hier gefallen«, sagt Sunil. »Es ist natürlich nicht so ausgefallen wie San Francisco!« Ein herausfordernder Ton liegt in seiner Stimme – und darunter zugleich ein bittender.

Als wir das erste Mal allein waren, befanden wir uns auch in einem Garten. Eine Laube aus Jasmin und Bougainvillea. Tuberosen, die nach Hochzeitsnächten rochen und einen Mann die Versprechen vergessen ließ, die er bereits einer anderen Frau und ihrer Familie gegeben hatte.

Es ist kein Zufall, dass er mich hierher gebracht hat.

Wir spazieren auf eine Bank am anderen Ende zu. Eine seltsame Ruhe ist anstelle meiner Aufregung getreten. Dayita läuft voraus, ganz entzückt von all den Farben. Ich rufe ihr zu, nichts anzufassen. Eine Farborgie in Rot. *Scarlet Knight, Rob Roy, Royal William, Don Juan*. Wer hätte gedacht, dass so viele Rosen nach Männern benannt sind?

»Ich kann nicht mehr so weitermachen«, sagt Sunil. »Es bringt mich um.« Er spricht ruhig, deutlich, die Augen auf die Blumen gerichtet. Ein Vorübergehender könnte meinen, er erzähle mir die Geschichten der Rosen. »Ich hätte schon früher mit dir reden sollen, aber ich hatte Angst, dass du dann weggehen würdest. Die ganzen Monate habe ich gedacht: Aber wenigstens ist sie hier in derselben Wohnung, atmet die gleiche Luft. Das Glas, aus dem sie trinkt, ist dasselbe, aus dem auch ich manchmal trinke. Dann wieder habe ich mir eingeredet: Ich werde über sie hinwegkommen, wenn ich sie Tag für Tag sehe. Am Morgen, wenn ihr Gesicht noch verschwollen ist vom Schlaf, ihr Haar zurückgebunden. Am Abend, wenn ihr *sari* vom Kochen fleckig ist, ihre Augen faltig und müde.« Er schüttelt den Kopf. »Aber nichts hat geholfen. Und dann bist du mit Lalit ausgegangen, und ich hatte Angst, dass ich dich erneut verlieren würde.«

Kann man etwas verlieren, das man nie besessen hat? Aber ich antworte nichts darauf. Versuche aber auch nicht, ihn zum Schweigen zu bringen. Dafür ist es zu spät. Seit dem Augenblick, in dem ich an Anju schrieb und zustimmte, nach Amerika zu kommen, war es zu spät. Nun muss er alles sagen.

»Was ist schlimmer? Die Wahrheit zu sagen und den Menschen, die einem nahe stehen, wehzutun, oder alles in sich hineinzufressen und sich selbst wehzutun?«

Sunil, es ist nicht so einfach wie du es darstellst. Manchmal sagt man die Wahrheit – und allen wird dabei wehgetan. Manchmal zwingt einen das Aussprechen der Wahrheit an Orte vorzudringen, die man niemals betreten wollte.

»Nun, hier ist die Wahrheit: Ich liebe Anju nicht. Ich bin in meinem Versuch, sie zu lieben, gescheitert. Ich bewundere vieles an ihr. Ich fühle mich verantwortlich für sie – seit der Fehlgeburt mehr als je zuvor. Aber was ich dir gegenüber empfinde – seit dem Tag, als ich zur Brautschau von Anju ins Haus der Chatterjees kam –, ist vielleicht nicht das, was man gemeinhin Liebe nennt, ich weiß es ehrlich gesagt wirklich nicht, aber näher bin ich der Liebe wohl noch nie zuvor gewesen. Wenn ich es mit dem vergleiche, was ich für Anju empfinde, so ist es, als würde man einen Leuchtkäfer in der einen Hand halten und eine glühende Kohle in der anderen. Glaube nur nicht, dass ich es genossen habe, nicht für einen Moment. Vor der Hochzeit habe ich Tag und Nacht an dich gedacht. Wie oft hatte ich mir vorgenommen, Anju zu bitten, dass wir die Hochzeit absagen! Aber ich hatte bemerkt, wie dieses Leuchten über ihr Gesicht ging, wenn sie mich sah, ich wusste, welche Demütigung sie erwartete, wenn die Verbindung gelöst werden würde …«

Er dreht den Riemen der Windeltasche immer wieder so fest herum, dass er in seiner Hand reißt. Er starrt darauf hinab, ohne ihn zu sehen, und lässt die Tasche dann zu Boden fallen.

»Ich brachte es einfach nicht fertig. Ich dachte, mein Verhalten sei anständig, aber vielleicht habe ich mich einfach nur wie ein Feigling benommen. War es feige von mir, Sudha? Ist das der Grund, warum ich jetzt dafür bezahlen muss?«

Es ist so viel Traurigkeit in seinem Gesicht, dass ich darin ertrinken könnte. Mein Herz fühlt sich an wie der misshandelte Riemen der Windeltasche. Vielleicht wird es ebenfalls zerreißen.

»Ich sagte mir, die Liebe wird nach der Hochzeit kommen – das ist vielen meiner Freunde so ergangen. Wenn wir erst einmal in Amerika sind, wird alles gut. Ich habe versucht, dich aus meinen Gedanken zu verbannen – und es ist mir auch meistens gelungen. Aber Anju und ich haben uns trotzdem auseinander gelebt. Schon vor der … Fehlgeburt. Ich glaube, sie hat die Kälte in mir gespürt. Sie hat nie darüber gesprochen – dazu war sie zu stolz –, aber tief in ihrem Inneren hat sie sich von mir entfernt. Wenn unser Junge gelebt hätte, hätten wir es irgendwie geschafft. Hätten unsere Ehe um seinetwillen irgendwie wieder ins Lot gebracht, wie es so viele Paare tun. Aber sein Tod ragte wie eine Eiswand zwischen uns auf. Wir drohten zu erfrieren. Und dann kamst du.«

Er verstummt, um Atem zu holen. Ich glaube nicht, dass er sich jemals zuvor auf diese Weise geäußert hat. Pishi hatte uns einmal ein Märchen von einem Mann erzählt, der sich ein eisernes Band um die Brust schnürt, um sich jederzeit davor zu schützen, zu viel zu empfinden. Ich höre, wie sich Metall ächzend streckt und schließlich reißt. Was ich nicht weiß, ist, ob ich damit etwas Gutes tue oder schade.

»Ich war wieder wie besessen. Ich sagte mir, dass es falsch sei, aber wenn ich ein Zimmer betrat, in dem du dich befandest, richteten sich die Härchen auf meinen Armen auf. Ich vermochte nicht mit dir zu reden, ohne dass mir der Schweiß ausbrach. Ich hätte Ramesh am liebsten umgebracht. Zugleich war ich überglücklich, dass er nicht genug Verstand besaß, um dich zärtlich zu lieben, wie ich es getan hätte. Wie ich es bereits getan hatte, auch wenn ich nicht das Recht dazu besaß. Aber dich zu lieben war wie atmen für mich. Wie sollte ich damit aufhören? Während der ganzen Zeit über, die ich mit Anju verbrachte, war ich nur ein halber Mensch, das weiß ich jetzt, und ich bringe es einfach nicht fertig, wieder in diese Trostlosigkeit zurückzukehren.«

Die Luft um mich herum kommt mir vor wie Eiskristall, so schwer fällt es mir, sie in meine Lungen einzuatmen. Wer hätte gedacht, dass ich, Sudha, die Glücklose, eines Tages einmal mit einer solchen Unbedingtheit geliebt werden würde? Ich spüre Sunils Bedürfnis durch meine Adern pulsieren, die gefährlichste aller Drogen. Wie leicht es doch wäre, danach süchtig zu werden.

»Ich habe darauf gewartet, dass es Anju wieder besser geht. Und jetzt, wo sie wieder studiert und alles so gut läuft, werde ich in aller Ruhe mit ihr reden. Ihr sagen, dass wir nicht gut füreinander sind. Dass wir nur die schlimmsten Seiten beim anderen zum Vorschein bringen. Sie sieht es selbst, da bin ich mir sicher. Ich werde sie um die Scheidung bitten.« Er schluckt und ergreift meine Hand. »Sudha, willst du meine Frau werden?«

Die Worte durchdringen mich in ihrer Schlichtheit. Ich hatte nicht damit gerechnet, dass sie so plötzlich und schmucklos auf mich zukommen würden. Oh, Anju. Wie schrecklich hoffnungsvoll seine Augen glühen. Das erfüllt mich mit Mitleid. Mitleid für uns alle drei und für Dayita, die unter den Nachwirkungen zu leiden haben wird, gleichgültig, wie ich mich heute entscheiden werde.

»Das geht dir alles zu schnell, nicht wahr?«, sagt er. »Ich will dich nicht drängen. Wir warten, so lange du willst.« Und dann, mein Gesicht beobachtend, fügt er hinzu: »Du fühlst dich schuldig. Bitte tu das nicht. Denn wie auch immer deine Anwort ausfallen mag, ich werde die Sache mit der Scheidung durchziehen. Das Ende unserer Ehe hatte schon lange begonnen, bevor du nach Amerika kamst. Es hat nichts damit zu tun, was ich für dich empfinde.«

Oh Sunil, es ist schier unglaublich, was wir uns einzureden vermögen, nicht wahr?

»Alles ist miteinander verbunden«, sage ich traurig.

»Ich kann nicht länger mit Anju leben, selbst wenn es bedeutet, dass ich allein leben muss. Aber ich hoffe, dass es dazu nicht kommen wird. Bitte, Sudha, mach mir doch ein wenig Hoffnung.« Er küsst jetzt meine Hand, sein Gesicht ist in meine Handfläche gepresst. Ich kann das kleine, warme Saugen seines Einatmens an meiner Lebenslinie spüren. Warum bloß fühlt es sich so an, als drücke sich *seine* Handfläche an *mein* Gesicht? Der Hunger in ihm ist wie ein schwarzes Loch, in dem ich leicht verschwinden könnte. Wenn man sich etwas so sehr wünscht, erwirbt man sich damit zugleich das Recht darauf? Etwas fährt wie ein Schwert durch meinen Körper. Ist es Verlangen? Es schneidet mich in Stücke. Jetzt sind da viele Sudhas, und jede möchte etwas anderes. Unabhängig sein. Begehrt werden. Aufrichtig sein.

Aber was ist Aufrichtigkeit, und wem bin ich sie schuldig?

»Antworte zumindest nicht mit Nein«, bittet er mich. »Denk wenigstens darüber nach.«

Mir ist zum Lachen zumute. Selbst wenn ich es wollte, wie sollte ich es verhindern, über diesen Nachmittag nachzudenken, über diese Angel, von der meine Zukunft wie eine noch nicht geöffnete Tür herabhängt?

Dayita kommt weinend an. Sie hat sich den Finger an einem Busch Malteser-Rosen gestochen. Ich sauge den Blutstropfen auf und versuche sie zu beruhigen. Aber sie hört nicht auf zu wimmern, bis Sunil sie auf den Arm nimmt und küsst. *Hey, Kleines, mein süßer Spatz, sieh doch mal in meiner Hemdtasche nach.* Sie gehorcht, die Tränen vergessend, und hält triumphierend einen Lutscher in die Höhe.

Ein anderer Mann hätte Dayita in seiner Argumentation benutzt. *Es wäre gut für sie – ich liebe sie bereits wie ein Vater.* Ich respektiere Sunil dafür, dass er mir das nicht angetan hat.

Wir gehen über einen von gelben Rosen gesäumten Weg zurück. *Sunsprite, Mermaid, Golden Wings.* Namen, die unbelastet sind vom Gewicht der Erde, frei vom Drängen des Körpers. Mein *sari palloo* bleibt an einem Busch hängen, und Sunil kniet nieder, um ihn zu befreien. Ich habe einmal gelesen, dass gelbe Rosen Freundschaft symbolisieren. Mit seiner Loyalität und Freundlichkeit, seinem Bemühen, an der Ehre festzuhalten, wäre Sunil ein guter Freund gewesen. Ich spreche ein schnelles, stilles Gebet: Dieses Leben ist für uns verloren, aber möge es uns vergönnt sein, in einer zukünftigen Inkarnation durch ein solches Band vereint zu sein. Falls so etwas zwischen Mann und Frau möglich ist. Um einander zu führen, zu warnen und zu trösten. Um einander auf diese andere, bessere Weise zu lieben.

Im Auto sind wir zu sehr in Gedanken verloren, um oberflächliche Konversation zu führen, und alles andere scheint bereits gesagt. Sunil schaltet das Radio ein. Wir lauschen Anrufern, die dem Moderator der Sendung ihre Meinung zu O.J. Simpsons

Schuld oder Unschuld nennen. Sunil beugt sich vor, als wolle er näher an das Radio gelangen und seine Nase zittert dabei wie die eines guten Jagdhundes, der eine Witterung aufnimmt. Trotz allem, was er mir gesagt hat, weiß ich doch so wenig über ihn.

Und so frage ich: »Warum fasziniert dich diese Sache mit Simpson nur so?«

Er zögert. Ich glaube schon, dass er sich hinter seine übliche Stacheligkeit zurückziehen wird. Dann sagt er: »Ich habe früher in Indien einmal Fußball gespielt. Nicht richtig, meist nur mit den Nachbarjungen auf einem matschigen Feld in der Nähe des Busdepots. Aber es war meine Lieblingsbeschäftigung. Es war eine Möglichkeit, von zu Hause wegzukommen. Meine glücklichsten Erinnerungen sind die, wie ich auf diesem Feld hinter dem Ball herlaufe.« Er blickt in die Ferne. Die Jahre haben ihn gelehrt, seine Gefühle zu verbergen, aber ich glaube, einen flüchtigen Blick auf den Jungen erhaschen zu können, der er einmal gewesen ist – ein Aufblitzen magerer, brauner Beine, die über stoppeligen Boden eilen, sich in überschwänglichem Tempo verlierend.

»Nun, als ich wusste, dass ich nach Amerika gehen würde, bin ich in die Bibliothek des USIS gegangen und habe mir ein Buch über amerikanische Sportarten ausgeliehen. Im Kapitel über American Football stieß ich dann auf Simpsons Geschichte. Wie es ihm gelungen ist, aus dem Ghetto herauszukommen, das College zu schaffen und einer der größten Football-Spieler seiner Zeit zu werden. Das hat mich beeindruckt – vielleicht, weil seine Haut auch braun war. Vielleicht, weil er so viele Widerstände überwinden musste, weil ihm so viele Leute gesagt haben, dass er nichts tauge. Damit konnte ich mich identifizieren. Als ich am College war, habe ich mir ein Poster von ihm gekauft und es in meinem Zimmer aufgehängt, und wenn irgendetwas einmal nicht so gut lief – ein Seminar schwierig, ein Forschungsstipendium beendet war, mir ein Berater das Leben schwer machte –, dann dachte ich immer, wie viel schwerer es für ihn gewesen sein musste. Einmal habe ich ihn im Fernsehen gesehen, als er über irgendeine Wohltätigkeitsorganisation sprach, für die er sich engagierte und die Geld für schwarze Kinder sammelte.

Möglicherweise war das alles bloß für Werbezwecke, aber es schien ihm wirklich am Herzen zu liegen. Er besaß eine Selbstsicherheit, die ich gern gehabt hätte. Und jetzt – nun, ich nehme an, ich bin besessen von der Frage, ob ich ihn falsch eingeschätzt habe. Wie es mir mit so vielen Menschen passiert ist. Ob es alles nur Schauspielerei war. Aber falls nicht, und falls er wirklich seine Frau getötet hat – dann will ich wissen, was einen guten Mann zu einer solchen Gewalttat zwingen kann.«

Sunil. Anjus Ehemann. Ein Mann, der von vielen Dingen besessen ist, ein Mann, der beschlossen hat, für sich zu leben. Kann man ihn als einen guten Mann bezeichnen? Und wenn ich dieser Stimme in meinem Inneren folge, die sagt: *Nimm ihn, du wirst niemals wieder einen Mann finden, der dich inniger liebt*, wird dann noch ein Rest von Rechtschaffenheit in mir übrig bleiben?

Wir haben den Parkplatz vor dem Wohnblock erreicht. Sunil macht sich daran, auszusteigen.

»Bitte fahr wieder in die Firma«, sage ich. »Ich muss allein sein, über alles nachdenken.«

Erst will er protestieren, antwortet dann aber: »Das kann ich gut verstehen.«

Ist das nicht die größte Illusion, mit der wir leben – dass wir einander verstehen?

Aus einem Impuls heraus frage ich: »Warum haben Elefanten roten Augen?« Selbst für meine Ohren klingt das albern.

Aber er sagt: »Warte! Ich glaube, das habe ich früher einmal in der Schule in Kalkutta gehört – Wie ging es noch mal? Ach ja: damit sie sich besser im Karanda-Baum verstecken können. Und jetzt sag bloß nicht, du hättest noch nie einen Elefanten in einem Karanda-Baum gesehen. Da kannst du mal sehen, wie gut die sich verstecken können!«

Wie uns die Menschen doch zu überraschen vermögen! Ich bin froh, dass wir lachend auseinander gehen.

Ich rufe Dayita etwas zu, aber sie schläft tief und fest in ihrem Kindersitz.

»Ich werde sie nach oben tragen«, sagt Sunil.

Ich bringe es nicht fertig abzulehnen. Was ist, wenn dies das letzte Mal wäre, dass er sie in den Armen hält? Dass er diesen pinkfarbenen Geruch nach Baby-Lotion wahrnimmt, sich diese feste, entschlossene Nase in seinen Hals drückt? Ich folge ihm die Treppe hinauf. Der zerrissene Riemen der Windeltasche baumelt von meiner Hand herab.

Das Kind schläft, liegt zusammengerollt in seinem Bettchen. Die Sonne zieht eine Regenwolke wie eine Decke über sich. Das Zimmer wird ganz dunkel, sodass die Frau, als der Mann spricht, nicht sehen kann, was er sagt. Ich kann nichts sehen, sagt sie. Er antwortet: Warte, ich werde meine Hände für dich leuchten lassen, und das tut er auch. Seine Hände brennen, sie brennen jeweils mit tausend Watt. Sie sagt: Du darfst mich nicht berühren. Er sagt: Nur mit meinen Augen. Im Wohnzimmer ist ein Meer. Seine Augen ziehen sie in die Gischt hinunter. Die Wellen schaukeln all die Worte aus ihr heraus. Ihre Brustwarzen sind nackt und hart unter seinem Atem. Ihr Körper schwankt wie ein Schiff in einem Sturm.

Er denkt: Darauf habe ich all die Jahre gewartet.

Sie denkt: *Das ist es also, worauf er gewartet hat?*

Das Kind schläft. Sein Gesicht ist verschlossen wie eine Knospe im Frost. Die Sonne ist ins Meer gefallen und vermag nicht wieder herauszusteigen. Die Brustwarzen des Mannes sind salzig wie Sonnenblumenkerne. Das Zimmer verwandelt sich in Rauch, der die Augen der Frau zum Tränen bringt.

Warum weinst du?, fragt er. Mein Liebling, mein Leben.

Die Worte verwandeln sich in Vögel, die auf sie zugeflogen kommen. Sie streckt eine Hand aus. Flügel, Klauen, Mist. *Ja, genau das habe ich verdient.* Was redest du denn da für einen Unsinn, sagt er. Sein Bein zwischen ihren Beinen, ihre Zunge zwischen seinen Zähnen, sein Haar bedeckt ihre Augen, ihr Gewissen liegt unter seinen Hüften begraben.

Das Kind gibt einen Laut wie ein klingelndes Telefon von sich. Der Mann atmet wie jemand, der ins Wasser gefallen ist. Die Frau atmet überhaupt nicht.

Was haben wir getan?

Nichts Unrechtes.

Das Meer bricht sich an einem Satz: der Mann meiner Schwester. Die Vögel schlagen Silben mit ihren Flügeln: Liebe, Liebe, Liebe. Die Fenster schließen ihre Augen so fest, dass drinnen Sterne regnen. In seinem Griff sind ihre Handgelenke so zerbrechlich wie Weihrauchstäbchen. Wind von Norden bedeutet Sturm. Er sagt: Soll ich bei dir bleiben? Die Lampe schüttelt ihren Schatten. *Nein, nein.* Er sagt: Heute Abend werde ich mit ihr reden, es wird sich alles regeln. Die Worte ergießen sich wie kochendes Wachs in ihre Ohren. Seine Hände sind in Seide gestickte Blumen.

Küss mich, mein Herz, meine Königin.

Geh jetzt.

Die Wände sind in den Farben der Ekstase gestrichen. Das Sofa ist mit Bedauern bezogen. Wenn du jemals einen anderen ansehen solltest, sagt er, während er sich die Hose anzieht. Jetzt weißt du, was einen guten Mann wahnsinnig macht, sagt die Sonne vom Grund des Meeres. Die Frau liegt ausgebreitet auf dem Boden wie eine Welle, die sich totgelaufen hat. Schaum füllt ihre Augen, ihre Knochen sind aus Koralle. Das Kind schläft wie eine Perle in einer Austernschale, die im Begriff steht, geöffnet zu werden.

Wie viel Zeit mag vergangen sein, ehe ich nach meiner Unterwäsche taste, nachdem er die Wohnung verlassen hat? Meine Hände, die den Büstenhalter schließen, zittern. Meine Finger verhaken sich an den Falten meiner Haut. Mein *sari* ist so zerknittert, dass er sich nicht mehr glätten lässt. Die Uhr über dem Ofen steht auf kurz nach zwölf. Ist das mögich? In drei Stunden nur ist ein Leben, sind vier Leben – wie lautet das Verb, nach dem ich suche? – durcheinander geraten, aufgelöst, auf den Kopf gestellt worden? Es gibt kein Wort, das zu diesem Gefühl der Zerrissenheit passt, zu diesem Eindruck, dass alles in Unordnung geraten ist.

Überall, wo ich hinsehe, erblicke ich etwas von Anju. Ein mit dem Rücken nach oben daliegendes, aufgeschlagenes Buch auf dem Couchtisch, eine benutzte Teetasse auf der Arbeitsfläche in der Küche, ein Paar achtlos hingeschleuderte Sandalen vor dem Dielenschrank – stumme, vorwurfsvolle Zeugen.

Ich habe nichts zu meiner Verteidigung vorzubringen. Wenn ich Nein gesagt oder mich gewehrt hätte, hätte er aufgehört. Ich hatte es in Erwägung gezogen, als sich seine Finger auf die Verschlüsse meiner Bluse legten und daran herumnestelten, als habe er schon lange keine Frau mehr ausgezogen. Aber eine seltsame Schwere hatte meine Glieder ergriffen. Worte wirbelten in meinem Kopf herum, deren Farben ineinander flossen. Moral, Unmoral. Er verlangte so sehr danach, dass es mir unfair erschien, es ihm vorzuenthalten. Schließlich war es doch nur ein Körper: Blut und Knorpel, Haare und Muskel und Ausscheidungsstoffe. Wenn es ihm ein solches Vergnügen bereitete, ihm einen solchen Glauben an die Macht der Liebe verlieh, warum nicht? Ich hatte Ramesh diesen Körper für weitaus weniger überlassen.

Ist das der Grund, warum du vor Lust erzittert bist, als seine Lippen über deine Haut wanderten?, höre ich Anju fragen. Ist das der Grund, warum du aufgeschrien hast, dich aufgebäumt und mit deinen Nägeln über seinen Rücken gekratzt hast, dass Striemen entstanden, die eine Ehefrau später womöglich entdeckt?

Ich mag vielleicht nicht wissen, warum ich all dies getan habe, aber was ich nun tun muss, weiß ich genau.

Ich krame Lupes Telefonnummer aus meiner Handtasche hervor und rufe sie an. *Bitte, bitte.* Es läutet sehr lange. Mein Herz rast von Hoffnung zu Enttäuschung und wieder zurück. Natürlich ist sie nicht da, mitten am Tag. Klumpen der Verzweiflung in meiner Kehle. Als mich der Anrufbeantworter auffordert, nach dem Piepton eine Nachricht zu hinterlassen, gelingt es mir kaum, die Worte herauszubekommen.

»Hier ist Sudha. Diese Stelle, von der Sie mir erzählt haben, bei diesem alten Mann, ist die noch frei? Bitte rufen Sie mich zurück, ich bin daran interessiert. Bitte – sobald wie möglich. Meine Nummer lautet –«

In der Leitung ertönt ein mechanisches Klicken. Dann ihre Stimme: »Hier ist Lupe.«

»Diese Stelle, von der Sie mir erzählt haben –«

»Ja, ich habe zugehört. Ich nehme nicht jedes Mal das Telefon ab, wenn es läutet – eine Menge Leute rufen mich an, mit denen ich nicht unbedingt reden will. Die Stelle ist noch frei. Wollen Sie sie?«

Meine Zunge ist ganz geschwollen vor Dankbarkeit. »Ja, ja.«

»Sagen Sie, ist bei Ihnen alles in Ordnung? Sie klingen ein wenig seltsam.«

Allein dieser Anflug von Besorgnis in ihrer Stimme reicht beinahe aus, um die Tränen fließen zu lassen, die ich die ganze Zeit zurückgehalten habe. »Mir geht es gut«, bringe ich heraus. »Aber ich muss hier sofort weg. Könnte mich vielleicht jemand in den nächsten zwei Stunden abholen?«

Ich erwarte, dass ihre Anwortet lautet, dies sei unmöglich, doch sie sagt nur: »Ich kann in anderthalb Stunden bei Ihnen sein und Sie nach Berkeley fahren.« Sie verlangt keine Erklärung, klingt nicht überrascht. Vielleicht ist sie daran gewöhnt, dass Frauen schnell weggebracht werden müssen. Sie notiert sich die bruchstückhafte Wegbeschreibung, die ich ihr gebe – ich kenne mich, abgesehen von den wenigen Straßen, durch die ich spaziere, schlecht aus, es ist wirklich schändlich – und sagt, ich solle unten auf der Straße auf sie warten.

Ich packe so schnell ich kann: einen Koffer für mich und einen für Dayita. Ich lasse eine Menge Dinge zurück. Es scheint zu einem Muster in meinem Leben zu werden, mich meiner Habseligkeiten zu entledigen – erst in Rameshs Haus, dann in der Wohnung der Mütter in Kalkutta und nun in Anjus Appartement. Eigentlich sollte ich mich leichter fühlen. Aber die Emotionen, die wie ein rostiger Anker in meiner Brust feststecken, ziehen mich herunter.

Babydecken, Windeln, eine Flasche Kolik-Arznei. Ich verspüre Gewissensbisse, als ich Dayitas Lieblingsplüschtier dazulege, einen Bären, den Sunil ihr eine Woche nach unserer Ankunft hier gekauft hat. Er taufte ihn Jambavan, nach dem Bären im Ramayana. Sie nennen ihn Jamu. Was tue ich hier nur, wessen beraube ich sie damit – wird sie mich wohl dafür hassen, wenn sie alt genug ist, um es zu begreifen?

Dayita, keine der Möglichkeiten, die mir zu wählen bleiben, sind gut. Wozu ich mich hier entschieden habe, scheint lediglich ein bisschen weniger schlimm zu sein als alles andere.

Und jetzt der schwierigste Teil: die beiden Briefe. Ich zerreiße Blatt um Blatt, ziehe in Erwägung, zu gehen, ohne sie geschrieben zu haben. Aber das wäre feige.

Du liebe Güte, sagt Dayita in meinem Kopf und klingt dabei wie Anju. Glaubst du etwa, der Rest von dem, was du tust, sei tapfer?

Liebe Anju,

es tut mir Leid, dass ich auf diese Weise gehe. Ich weiß mir keinen anderen Rat mehr. Ich bin hierher gekommen, um dir dabei zu helfen, dein Leben wieder zusammenzuflicken – doch stattdessen habe ich es durcheinander gebracht. Ich gehe, bevor alles noch schlimmer wird. Wenn ich fort bin, wird die Spannung zwischen dir und Sunil hoffentlich nachlassen.

Mach dir keine Sorgen um mich. Ich habe Arbeit. Ich werde dir mehr erzählen, sobald ich kann. Ich wollte ohnehin arbeiten und etwas Geld verdienen, bevor ich wieder nach Indien zurückkehre. Wollte das Leben in diesem Land erfahren – und zwar nicht nur aus dem Schutz deines Heims heraus. Diese Möglichkeit habe ich nun.

Vielen Dank für alles, was du für mich getan hast. Du hast mir die Chance gegeben, von all den Problemen wegzukommen, die mich in Indien zu ersticken drohten. Ich glaube, das hat mir geholfen, mein Leben aus einem anderen Blickwinkel zu betrachten – zumindest weiß ich jetzt, was ich nicht *will.*

Es ist uns in der letzten Zeit nicht mehr gelungen, ein offenes Gespräch zu führen, aber ich liebe dich, Anju. Ich bin immer noch deine Schwester. Das wird sich niemals ändern.

Es tut mir Leid, dass ich dir Dayita wegnehme. Das bedauere ich am meisten.

Du musst dir wirklich keine Sorgen machen. Ich werde mich melden.

Sunil,

ich vermag dir nicht zu geben, was du dir von mir erhoffst. Für mich wirst du immer der Mann meiner Schwester sein. Und ich werde immer die Schwester deiner Frau sein. Das werden wir niemals vergessen können, egal, was wir uns im Augenblick auch einreden mögen.

Ich bin von Anfang an nicht gut für dich gewesen. Ich hätte nicht nach Amerika kommen dürfen. Es gibt so viele Dinge, die ich nicht hätte tun sollen, dass ich ein ganzes Buch damit füllen könnte. Aber was würde das schon nutzen?

Doch welche Fehler wir auch begangen haben, wir sollten sie hinter uns lassen und nicht erlauben, dass sie größer und größer werden, bis sie unsere Leben gänzlich zerquetschen.

Ich fange noch einmal ganz von vorn an. Ich hoffe, du wirst das Gleiche gemeinsam mit Anju tun. Es wäre am besten für uns beide, den Kontakt abzubrechen.

In dir steckt eine große Stärke und du besitzt Güte und Intelligenz. Ich bete, dass du sie zu Hilfe nehmen wirst, wenn du deine nächsten Entscheidungen triffst.

Ich werde dir immer dankbar für all die Liebe sein, die du Dayita geschenkt hast.

Ich hasse die Briefe – so steif, schroff, unzureichend. Angefüllt mit Klischees, ohne dass sie etwas über all die Dinge sagen, die an meinem Inneren reißen. Und dennoch, was hätte ich schon schreiben können? Was zwischen Sunil und mir geschehen ist, ist auch sein Geheimnis. Ich habe nicht das Recht, mein Herz zu erleichtern, indem ich es Anju gestehe. Diese Entscheidung muss er treffen.

Ich klebe die Briefe nicht zu. Ich versehe sie auch nicht mit der Aufschrift »persönlich«. Wenn einer den Brief des anderen liest, wird es ihnen vielleicht dabei helfen, in einer Weise miteinander zu sprechen, wie sie es schon vor langer Zeit hätten tun sollen.

Ich warte nervös mit meinen Koffern und Dayitas Kinderwagen an der Bordsteinkante, trete von einem Fuß auf den anderen. Dayita rüttelt an der Stange des Kinderwagens und zeigt in die Richtung, die wir sonst bei unserem Spaziergang gehen. »Park!«, sagt sie mit Kommandostimme. »Park!« Sie kann nicht verstehen, warum wir hier herumstehen müssen. Ihr Gesicht verzieht sich in Vorbereitung auf ein kräftiges Geschrei – das hat mir heute gerade noch gefehlt! Ich suche in meinen Taschen und ziehe den Beißring hervor, den ich im letzten Moment noch eingesteckt habe. Für den Moment wenigstens ist sie beruhigt. Damit stehe ich noch tiefer in Sunils Schuld.

Ich bemerke, dass ich dieselbe alte Jeans trage, die ich auch zu meinem Rendezvous mit Lalit anhatte. Was für eine Ironie! Ein bitteres Lachen baut sich in mir auf. Ob ich Lalit wohl jemals wiedersehen werde? Und falls ja, was könnte ich ihm sagen, nach dem, was heute geschehen ist? Aber im Augenblick habe ich andere Sorgen. Was ist, wenn Anju früh zurückkommt? Oder Sunil? Jedes Mal, wenn ein Auto um die Ecke biegt, zucke ich zusammen, versuche durch bloße Willenskraft klein und unsichtbar zu werden. Ich muss wohl eine Art Verzweiflungssignal aussenden, denn die Leute, die an mir vorübergehen, starren mich seltsam an. Wenn wir in Indien wären, würde mich mindestens die Hälfte von ihnen kennen. Sie würden mir tausend Fragen stellen, mir Hilfe anbieten, Ratschläge erteilen, mich vielleicht sogar zurück nach Hause begleiten. Gott sei Dank herrschen in Amerika unpersönlichere Sitten und Gebräuche!

Endlich – aber nein, es sind genau nur anderthalb Stunden vergangen – fährt Lupe vor. Ihr Wagen ist klein und unauffällig, aber das ist vielleicht Absicht. Als Frau, die sich zu helfen weiß, ist es ihr gelungen, aus meiner konfusen Wegbeschreibung schlau zu werden, und sie hat sogar einen Kindersitz für Dayita dabei. Ich werfe ihr heimlich einen Seitenblick zu, als ich neben ihr auf dem Beifahrersitz Platz nehme. Sie muss zwischen vierzig und fünfzig Jahre alt sein und hat eine hohe Stirn. Die Haut an den Wangen ist schon ein wenig erschlafft, und rechts und links neben ihrer Nase laufen scharfe Falten entlang, die sich noch vertiefen, als sie mich begrüßt. Man kann es nicht gerade als Lächeln bezeichnen, aber sie ist freundlich. Ein dunkelblauer Hosenanzug mit Respekt einflößenden Schultern, schick, aber nicht protzig. Das Einzige, was mich an ihr überrascht, ist ihr volles, schwarzes Haar, das bis zu den Schulterblättern hinabreicht. Sie steuert den Wagen ohne zu zögern zwischen zwei riesige Lastwagen auf den Freeway. Ob sie wohl auch einfach so davonlaufen würde, wenn sie an meiner Stelle wäre? Wohl nicht.

Ich beobachte ihre Hände, die ruhig auf dem Lenkrad liegen, und wünsche mir, ich hätte etwas von ihrem Selbstvertrauen.

Unterwegs, auf dem Weg nach Berkeley, blicke ich mich auf der Suche nach einem Hinweis darauf, woher dieses Selbstvertrauen wohl kommen mag, in Lupes Wagen um, aber ich entdecke nichts. Es hängen keine Embleme vom Rückspiegel herab. Es kleben keine Fotografien oder Notizen auf dem Armaturenbrett. Auch ihr Gesicht ist so gelassen wie Baumrinde. Vielleicht liegt darin das Geheimnis des Erfolges: besser nichts verraten! Ich betrachte mein Spiegelbild im Seitenfenster. Unruhige Augen, in denen das Weiße deutlich zu sehen ist, Flecken von hektischem Rot auf den Wangen, Lippen, die geschwollen aussehen, obwohl ich sie aufeinander presse, ein straffer Glanz auf Stirn, Kinn und Hals. Das Schlucken fällt mir schwer. Mein Haar hat sich aufgeladen und liegt widerspenstig um mein Gesicht. Es springt zu ungehorsamen Locken in die Höhe, egal, wie oft ich es auch zurückstreiche. Wenn Lupe die kluge Wachtel ist, die mit dem Unterholz verschmilzt, dann bin ich der bunte Kakadu, der ein leichtes Ziel für jeden Jäger darstellt.

Ob das der Grund ist, warum sich die Männer einer nach dem anderen von mir angezogen fühlen?

ZWEITES BUCH

Erinnerung und Vergessen

Eines Tages wird eine Geschichte in deiner Stadt auftauchen. Und man wird sich immer über ihren Ursprung streiten – ob sie nun aus dem Südwesten oder dem Südosten gekommen ist. Die Geschichte wird vielleicht mit einem Fremden eintreffen (...) Oder sie wird von einem alten Freund überbracht, einem Papageienhändler vielleicht. Aber nachdem du die Geschichte gehört hast, müssen du und die anderen Vorbereitungen treffen, euch (...) gegen die Sklavenhalter zu erheben.

Almanach der Toten,
LESLIE MARMON SILKO

I

Es regnet. Ein für die Jahreszeit ungewöhnlicher Sommerregen verdunkelt den nachmittäglichen Asphalt der Freeways und beschmiert ihn in gewagten Regenbogenfarben mit öligem Schlick. Er bringt Reifen zum Durchdrehen und Wagen dazu, aufeinander aufzufahren, bis ein riesiges Verkehrschaos den schmalen Streifen der 880 kurz hinter Milpitas verstopft. Regen sammelt sich in Pfützen auf den niedrigen, salzigen Flächen entlang des Freeways. Sie sind mit verkümmerten Akazien übersät, zwischen denen einige Reklametafeln bedrohlich hoch aufragen und das Entstehen eines Industriegeländes verkünden. Auf der anderen Seite ist das Land schon von den metallenen Klauen der Fabriken und den dicht zusammengedrängt dastehenden, garagenähnlichen Lagerräumen für Privatleute bezwungen worden. Hier werden Leben untergebracht, die sich in Wartestellung befinden. Ein Autohaus. Computerfirmen. Es ist das Jahr der Nostalgie. In nur wenigen Tagen werden dreihundertfünfzigtausend Menschen in Saugerties, im Bundesstaat New York, einfallen, um erneut ein Festival namens Woodstock zu feiern und all das, was es vor fünfundzwanzig Jahren einmal verheißen hatte. Aber an diesem Ort, wo die Geographie über Nacht neu geformt wird und das Erinnern weniger gewinnbringend ist als nach vorn zu schauen, hält nur noch der Regen an der Vergangenheit fest und erweckt den schweren, lehmigen Geruch nach endlosen Kohlfeldern zum Leben, die es nicht mehr gibt. Damals konnte man am Rand der zweispurigen Straße anhalten und reife Wassermelonen von den Ladeflächen der Pick-ups kaufen. In einem Jahr fand man die Leiche eines Schulmädchens – nur hundert Meter von hier – in einem Gebüsch. Es heißt, sie sei von zwei Klassenkameraden getötet worden.

Lupes Wagen steckt wie alle anderen im Stau fest. Sie wirft

einen Blick auf ihre Armbanduhr. An ihrem Gesicht lässt sich nur schwer abschätzen, wie viel Unannehmlichkeiten ihr diese Verzögerung bereitet. Wie viele andere Frauen mögen wohl auf sie warten, die sie aus ihren enttäuschten Leben fortbringen soll. Sie öffnet ihr Fenster ein wenig, nimmt ein kleines Handy aus der Handtasche, die zu Sudhas Füßen steht, tippt eine Nummer ein und sagt etwas in schnellem, kommandierendem Spanisch.

Sudha, die ihr verstohlene Blicke zugeworfen hat, zögert. Doch schließlich fragt sie: »Ist so ein Telefon teuer?«

»O ja«, erwidert Lupe. Ihre Amüsiertheit darüber, wie ihre Beifahrerin versucht, aus ihr schlau zu werden – zumindest etwas über ihre wirtschaftliche Lage herauszufinden –, lässt tausend Fältchen um ihre Augen erscheinen. »In meiner Branche muss ich Leute schnell erreichen können – und sie mich. Öffnen Sie Ihr Fenster ruhig, wenn Sie möchten. Ich mag den Geruch des Regens – auch wenn er heutzutage bei all der Luftverschmutzung nicht mehr so gut riecht wie früher.«

»Sind Sie in Mexiko aufgewachsen?« Sudhas Stimme klingt eifrig. Sie hofft auf Informationen, auf etwas, das ihr dabei hilft, diese rätselhafte Frau zu verstehen, auf die sie gezwungenermaßen angewiesen ist. Etwas, das ihr helfen könnte, eine Verbindung herzustellen.

»Nein. Ich stamme von hier«, antwortet Lupe. »Meine Familie lebt seit drei Generationen in San Jose.« Ein bitteres Lächeln erscheint auf ihren Lippen. »Aber die Leute fragen mich immer, ob ich Mexikanerin bin.«

»Tut mir Leid ...«, Sudhas Stimme klingt beschämt. »Ich wollte Sie nicht ...«

»Das weiß ich doch. Machen Sie sich deshalb mal keine Gedanken.«

»Ich möchte Ihnen danken, dass Sie mir helfen. Dass Sie mich fahren. Sie müssen doch sehr beschäftigt sein –«

»De nada.« Lupes Stimme ist nicht unfreundlich, aber sie fördert auch nicht gerade ein längeres Gespräch. »Gehört alles zu meinem Job. Sie sollten sich jetzt besser etwas ausruhen, damit Sie bei Ihrem Vorstellungsgespräch frisch sind.«

Sunil isst zusammen mit Mr Sorensen im exklusiven oberen Stockwerk des Hennessey zu Mittag, wo das Licht gedämpft ist, die Gläser aus echtem Kristall sind und neben den Gerichten keine Preise stehen. Es ist eine Verabredung, auf die er im wahnsinnigen Griff der Leidenschaft zu verzichten bereit gewesen war. Doch nachdem Sudha ihn zum Gehen gedrängt hatte, ist er wie ein Wahnsinniger gefahren, um sicherzustellen, dass er nicht zu spät kommt. An seinem geröteten Gesicht lässt sich ablesen, dass er aufgeregt ist. Und auch nervös, denn Mr Sorensen, der wortkarge Leiter der Marketing-Abteilung, lädt nur selten Mitarbeiter zum Mitagessen ein. Sunil ist sich klar, dass dies eine seltene Gelegenheit ist, weiß aber nicht so recht, wie er das Beste daraus machen soll. Er beobachtet Mr Sorensen – wie er die Karte mit genau dem richtigen Maß an Desinteresse zurate zieht, wie er die Aufmerksamkeit des Kellners, der auf der anderen Seite des überfüllten Raums beschäftigt ist, mit einem einzigen Blick auf sich lenkt. Die schmalen Goldränder von Mr Sorensens Brille verleihen ihm den harmlosen Blick eines Gelehrten-Asketen, aber dies täuscht. Wie die gesamte Abteilung sehr wohl weiß, hat er einen Killerinstinkt, wenn es um das Geschäft geht, und kann ein wahrer Teufel sein, wenn jemand nicht die geforderte Leistung erbringt. Er trägt einen hellgrauen Anzug, der nicht durch Nadelstreifen aufgelockert wird, zugleich aber schlichter und eleganter wirkt als alles, womit die anderen Männer im Raum bekleidet sind. Seine Seidenkrawatte stellt den Inbegriff von teurem Understatement dar. Nur jemand wie Sunil, der gelegentlich durch exklusivere Geschäfte bummelt, vermag in ihr eine echte Gucci zu erkennen. Sunil merkt sich alles ganz genau. Als Mr Sorensen dem Kellner erklärt, dass er das Lachs-Tagesgericht gewählt habe, aber ohne Soße, und einen gemischten grünen Salat mit Essig und Öl, den er aber erst nach dem Hauptgericht serviert bekommen möchte, nimmt er das Gleiche, obwohl er wie viele Inder wenig von Salaten hält, die er als Kaninchenfutter bezeichnet. Auch bei den Getränken folgt er Mr Sorensen und bestellt ein Perrier ohne Eis.

Nichts davon entgeht Mr Sorensen, der seinen Lippen erlaubt, sich zu einem flüchtigen Lächeln zu verziehen. Es bringt eine unerwartete Wärme auf sein dünnes Gesicht, ganz so, als habe er nicht vergessen, wie es ist, ein junger Mann auf der Suche nach einem Mentor zu sein. Seine Augen haben genau das gleiche schimmernde Grau wie seine Krawatte. Sunil, der gerade mit dem Kellner spricht, bemerkt nichts von dem Lächeln. Mr Sorensen, der als Kabinensteward auf der *Arctic Queen* nach Amerika gekommen ist, der vom Schiff den Boden von Miami betrat und einen palmwedelbestückten Horizont vor sich sah, wie er eigentlich nur in den *Geschichten aus tausendundeiner Nacht* vorkommt, der den Weg des Abtrünnigen quer durchs Land nahm, bis er in San Francisco landete, hätte wohl die eine oder andere Geschichte zu erzählen. Sie schweben wie Glühwürmchen um seinen Kopf. Es sind Geschichten mit einer Moral, aus denen Sunil – selbst ein Abtrünniger – Nutzen hätte ziehen können. Aber dies ist nicht die richtige Zeit um sie zu erzählen. Und so erleiden sie das Schicksal aller nicht erzählten Geschichten und werden durch das Gitter in die Gedärme der Klimaanlage des Gebäudes gesogen, um dort in der zugigen, hallenden Dunkelheit darauf zu warten, dass sie irgendjemand wieder heraufbeschwört.

Beim Lachs unterhalten sich die Männer über Sunils Kunden. Sunil ist überrascht, wie viel Mr Sorensen über sie weiß, bis Mr Sorensen ihm mit seinem leichten norwegischen Akzent erklärt, dass er Sunils Entwicklung im letzten Jahr im Auge behalten hat – und sehr zufrieden sei mit dem, was er gesehen hat. Die Firma sei auf der Suche nach einem Leiter für die Marketing-Abteilung in der neuen Geschäftsstelle in Houston, jemand mit Weitblick, Hingabe, starken Nerven. Ob Sunil vielleicht Interesse daran habe.

Sunil gibt sich Mühe, seine Freude zu verbergen, ganz so, wie es seiner Meinung nach ein cleverer Geschäftsmann tun sollte, aber sie ist bereits in seine Augen gesprungen. Hier ist endlich die Chance, auf die er gewartet hat – sich hervorzutun, zu beweisen, dass er, wie es in den M.B.A.-Lehrbüchern immer so schön heißt, das Zeug zur Führungskraft hat. Neben der Freude steigt aber noch eine andere Emotion in ihm hoch. Eine übermütige Dankbarkeit, dass die Götter ihm diese Gelegenheit geschenkt haben, an einem anderen Ort einen Neuanfang mit der Frau zu beginnen, die er begehrt, und mit dem Kind, das er bereits mehr liebt als jenes, das er verloren hat. Eine Bestätigung, eine Belohnung, ein Beweis, dass das, was er getan hat, nicht Unrecht gewesen ist.

»Ja«, sagt Sunil. Er vermag sich nicht zu bremsen und fügt hinzu: »Auf jeden Fall.«

»Vielleicht sollten Sie es erst einmal zu Hause besprechen«, erwidert Mr Sorensen trocken, »bevor Sie sich festlegen. Studiert Ihre Frau nicht hier am College?«

Sunil wirkt in seinem Erstaunen lächerlich jung. Wie kommt es, dass Mr Sorensen von seiner Frau weiß, wo sich Sunil doch solche Mühe gegeben hat, in der Firma niemals ein Wort über sein Privatleben zu verlieren? Wie kommt ein Mann an solch zuverlässige Informationsquellen? Und was könnte Mr Sorensen sonst noch wissen? Es gelingt Sunil, sich so weit zusammenzureißen, dass er sagen kann: »Sie haben Recht. Ich werde es heute Abend zu Hause besprechen.«

»Trotzdem gefällt mir Ihr Enthusiasmus«, sagt Mr Sorensen und spießt geschickt ein krauses Endivienblatt mit seiner Gabel auf. »Das ist genau die Einstellung, die wir brauchen.« Doch während er Sunil erklärt, mit wem er sich in der Personalabteilung in Verbindung setzen soll, blicken seine Augen ein bisschen traurig drein. Vielleicht liegt es an seiner Gewissheit darüber, dass man dem, was man in seinem Inneren trägt, niemals entfliehen kann, gleichgültig, wie weit man auch wegziehen mag.

»Hast du schon den neuen Film im Camera Three gesehen?«, fragt eine der Frauen aus der Schreibwerkstatt Anju, als sie den Seminarraum verlassen. Es regnet immer noch ein wenig. Im violettgrauen, frühabendlichen Licht glitzern die widerstandsfähigen, dünnen Blätter der Oleanderbüsche wie die Zungen von Leguanen. »Es geht darin um Inder. Hättest du Lust, mitzukommen?«

Anju spürt, wie sie steif wird. Sie hat keine guten Erfahrungen mit Filmen über Inder gemacht. Sie zwingen sie immer zu ausführlichen Erklärungen und ermüdenden Leugnungen – und das oft gegenüber Menschen, die sie kaum kennt. *Nein, wir essen kein Affenhirn. Auch keine Insekten. Ja, wir verehren die Göttin Kali, aber für gewöhnlich opfern wir dabei keine schönen Jungfrauen.* Selbst die von indischen Regisseuren gedrehten Filme, die herrlich künstlerisch sind, ergreifend und stimmungsvoll, erweisen sich in den Kinosälen Amerikas als problematisch. *Ja, es gibt in Indien Straßenkinder. Ja, sie haben wirklich ein schweres Leben. Ja, die Polizei ist brutal. Ja, Hungersnöte kommen vor, und dann sterben Menschen. Ja, Witwen werden häufig unterdrückt. Ehefrauen auch. Aber es gibt so viel mehr über Indien zu sagen, als Sie hier sehen. Zum Beispiel ...* Die Fragesteller nicken. Sie tätscheln Anjus Arm mit einer Vertrautheit, die sie rasend macht. Es ist ganz so, als seien sie durch das Anschauen des Films in den Besitz von etwas gelangt, das ihr gehört und das intim und schändlich ist. *Aber gewiss doch*, sagen sie mit Stimmen wie Hershey-Sirup, *gewiss doch*.

Aber vielleicht sind die Frauen aus der Schreibwerkstatt anders, da sie selbst aus Rand- und Grenzgebieten stammen und zusehen mussten, wie sie von den gebogenen Spiegeln der amerikanischen Vorstellungskraft verzerrt wurden? Vielleicht könnte Anju mit ihnen darüber reden, wie es ist, wenn man Teile seines Erbes so sehr liebt, dass es einem in den Fingerspitzen kribbelt, als seien Ameisen darüber gelaufen. Dass man am liebsten jeden umbringen würde, der es zu kritisieren wagt. Und über diese Tage reden, wenn einen manches so weit bringt, dass man am liebsten mit der Faust durch die Fensterscheibe schlagen würde.

»Es soll ein guter Film sein, sehr unterhaltsam und ernst zugleich.«

»Worum geht es denn?«, erkundigt sich Anju vorsichtig.

»Um eine Gruppe indischer Frauen in England, ganz gewöhnliche Frauen, jede mit ihren eigenen Problemen, die sich entschließen, alles einmal für einen Tag am Strand zu vergessen.«

Das ist genau das, was ich selbst auch brauche, denkt Anju. Alles vergessen und einfach mal Spaß haben. Und die Frauen aus der Schreibwerkstatt, die Anju gerade gut genug kennen und mögen, dass ihre Gegenwart keinen Druck auf sie ausüben würde (im Gegensatz zu Sudha, fällt ihr unweigerlich ein), wären die perfekten Begleiterinnen für solch ein kurzes Vergessen.

»Heute Abend ist um halb sieben eine Vorstellung», sagt eine aus der Gruppe. »Sehen wir ihn uns doch an.«

»Ich sollte lieber nach Hause gehen«, sagt Anju.

»Es ist doch nur einmal«, sagt jemand. »Du kannst doch bestimmt *einmal* später nach Hause kommen, oder? Kommt denn dein Mann nie spät zurück?«

»Hinterlass ihm doch einfach eine Nachricht«, sagt eine andere.

Anju ärgert sich über die Gewissensbisse, die sie verspürt. Warum sollte sie nicht mitgehen? Es ist schließlich nicht verboten, Spaß zu haben, oder? Sie hat sich durchaus einen Abend mit ihren Freundinnen verdient – es ist ja nicht so, als würde sie so etwas andauernd machen. Sunil wird ohnehin lange arbeiten und nicht einmal merken, dass sie nicht da ist. Und war Sudha nicht auch am letzten Wochenende einen ganzen Tag mit Lalit unterwegs? »In Ordnung«, sagt sie. »Ich werde zu Hause anrufen.«

Sie steht in der Mitte der Fernsprechhaube, deren glatte Plastikwände und niedrige Kuppel ihr das Gefühl verleihen, als hätte man sie in eine Kapsel gestopft. Die Wände sind mit einem wilden Durcheinander von Schmierereien bedeckt, in verschiedenen Farben und Handschriften und wahrscheinlich zu verschiedenen Zeiten entstanden. Anju liest die Worte, dir ihr rätselhaft erscheinen wie ein Code: *DNA, Killer*, *+KTBS+*. Die Kalligraphien ähneln sich eigenartigerweise, als ob all die Schmierfinken dieselbe Schule für urbane Wandmalerei besucht hätten.

Das Telefon läutet endlos. Einerseits ist sie erleichtert, denn sie hasst es, sich entschuldigen zu müssen – und sie weiß, dass sie genau das am Ende tun würde, wenn sie mit Sudha redet. Doch andererseits fragt sie sich, wohin Sudha bei diesem Regen mit Dayita gegangen sein mag, ganz besonders, da das Kind am Wochenende noch so gefiebert hat. Anju streicht besorgt mit einem Nagel über die Reptilienfurchen der Telefonschnur hinweg. Sudha ist wohl gerade mit der Wäsche unten, auch wenn Anju sie schon hundert Mal gebeten hat, zu warten, bis sie vom College nach Hause kommt, damit sie ihr helfen kann. Sie stößt angesichts der Sturheit ihrer Cousine einen Seufzer aus. Mit Sudha ist nicht alles so gelaufen, wie sie es sich erhofft hatte, als sie sie nach Amerika einlud. Sie hatte sich etwas anderes für ihre Cousine gewünscht. Aber was nur? Etwas Großes, wie der weite Himmelsbogen, den sie vor Monaten gemeinsam betrachtet hatten und der bevölkert gewesen war von diesen Frauen mit ihren Flügeln. Aber etwas – einer (na schön, *er*) – war dazwischengekommen. Sie muss sich unbedingt bald mal mit Sudha zusammensetzen und mit ihr über ihre Zukunft reden. (Irgendetwas Praktisches, Konkretes, daheim in Indien, wäre wohl am besten. Vielleicht sollte sie versuchen herauszufinden, wo Sudha ein Darlehen bekommen könnte. Sie hat kürzlich erst gelesen, dass es in Kalkutta und Bombay Genossenschaften gibt, wo man versucht, Frauen zu helfen, die ein eigenes Geschäft eröffnen wollen.) Aber nicht heute. Sie kann schließlich nur ein Leben nach dem anderen in Ordnung bringen. (Sie sieht ein Bild vor sich, als sie dies denkt. Ein Schmuckkästchen mit einem gebrochenen Scharnier. Die Hand einer Frau, die einen winzigen, goldenen Schnappverschluss hochhebt, mit einer Pinzette in den sicheren, braunen Fingern.) Und sie muss mit ihrem eigenen anfangen.

Als sie das Haus betritt, vernimmt sie das Geräusch von fließendem Wasser. Sie blickt sich um. Hat vielleicht irgendwo jemand vergessen, einen Hahn zuzudrehen? Dann sieht sie es. Basrelief auf einer grünlichen Schieferplatte: ein Berg, ein Baum, Früchte, die wie Tränen geformt sind. Unter dem Baum sitzt ein meditierender Buddha mit einem verschlungenen Nimbus um den Kopf. Das Ganze ist so winzig, dass sie es in ihrer Handfläche halten könnte. Wasser fließt darüber hinweg, sammelt sich in einem flachen Steinbecken und wird dann abgesaugt, um seine Reise erneut zu beginnen. Sudha stellt den Auto-Kindersitz ab, in dem ihre Tochter schläft, und kniet nieder, um es sich genauer anzusehen. Sie kann nicht anders. Es ist so wunderschön, und sie hat so lange auf alles Schöne verzichten müssen.

»Gefällt Ihnen meine Wasserskulptur?«

Sudha legt den Kopf zur Seite, um die Sprecherin anzusehen, ein kleiner Rotschopf mit durchdringenden, blauen Augen – ihre potenzielle Arbeitgeberin. Ihr Name, so hat sie Sudha gerade erklärt, lautet Myra. Sie trägt einen gebatikten Seiden-Wickelrock, dessen samtige Blüten zu ihrem kurzen, knisternden Haar passen. »Trideep hat es mir letztes Jahr zum Geburtstag geschenkt. Er weiß, wie sehr ich alles Orientalische mag. Der Klang des Wassers ist so beruhigend nach einem anstrengenden Tag mit den Kunden, er steckt so voller Prana-Energie. Hier, nehmen Sie doch für einen Moment Platz und entspannen Sie sich, während ich uns einen Tee zubereite.«

Sie verschwindet in einem mit Paneelen verkleideten Flur, und ihre silbernen Fußkettchen bimmeln. Sudha nimmt Platz, doch sie setzt sich nur auf die Kante eines der tiefen Ledersessel, die Ellenbogen an den Körper gepresst. Der Sessel ist so weiß! Ob überhaupt schon jemals jemand darin gesessen hat? Sie berührt die Armlehne verstohlen, sehnsüchtig, mit nur einem Finger. Es ist offensichtlich, dass dieses Haus mit all seinem Stein und Holz, den schrägen, hohen Decken und den an der richtigen Stelle beleuchteten Kunstobjekten sie mit einer unbehaglichen Ehrfurcht erfüllt.

»Ich habe noch nie so ein Haus gesehen«, flüstert sie Lupe zu. »Es ist so ... beeindruckend! Ich habe nicht einmal gewusst, dass man so etwas bauen kann.« Sie deutet zur Decke hinauf, wo ein riesiges Oberlicht einen feinen Sprühregen grauen Lichts hindurchlässt.

»Hmmm«, brummt Lupe, die weniger beeindruckt ist.

»Das jagt mir ein bisschen Angst ein. All diese wunderschönen Kunstgegenstände! Was ist, wenn Dayita einen davon in die Finger bekommt und zerbricht? Und dieses Wassergeräusch – ich habe ständig das Gefühl, ich müsste etwas zudrehen.«

»Jetzt beruhigen Sie sich mal. Es ist nur ein Haus. Und es sind Leute wie Sie und ich. Und zerbrechliche Dinge kann man wegstellen.«

»Zum Glück schläft Dayita noch. Sonst würde sie nicht zulassen, dass ich auch nur ein vernünftiges Wort mit der Dame wechsle. Was soll ich denn überhaupt zu ihr sagen?«

»So wenig wie möglich.«

»Was ist, wenn sie mich nicht leiden kann? Was, wenn sie jemanden mit Erfahrung haben möchte? Ich kann nicht mehr zurückkehren zu –«

»Darüber machen wir uns Gedanken, wenn es dazu kommen sollte. Aber wenn mich mein Gefühl nicht täuscht, braucht sie Sie dringender als umgekehrt.«

Sudha wirft ihr ein blasses, wenig überzeugtes Lächeln zu.

»So, das hätten wir«, sagt Myra, die gerade aus der Küche kommt. Sie trägt drei Keramikbecher auf einem eleganten, handgeschnitzten Tablett, die mit einer leuchtend roten Flüssigkeit gefüllt sind. Solch einen Tee hat Sudha noch nie gesehen.

»Ich hoffe, dass er Ihnen schmeckt«, sagt Myra. Sie setzt das Tablett ein wenig zu fest ab und verschüttet dabei etwas von dem Inhalt. »Es ist ein stärkender Tee aus Hibiskus und Ginseng. Und im Augenblick brauche ich wirklich alle Kraft, die ich kriegen kann.«

»Ich verzichte, vielen Dank«, sagt Lupe, die schon vor langer Zeit zu der Erkenntnis gekommen ist, dass man es mit der Höflichkeit nicht übertreiben sollte. Sudha nimmt einen Schluck und muss sich zusammenreißen, um nicht das Gesicht zu verziehen. Glücklicherweise hat Myra schon losgeplappert und merkt es gar nicht.

»Oh, was für ein süßes Kind! Wie alt ist die Kleine denn? Kann sie schon laufen? Spricht sie schon?« Ihre Finger vollführen Schmetterlingsbewegungen in der Luft. Offenbar ist sie ebenso nervös wie Sudha. »Wir hatten auch erst überlegt, ein Kind zu bekommen, haben uns dann aber dagegen entschieden. Manchmal denke ich, dass es eine egoistische Entscheidung war, aber mein Therapeut meint, das sei keine sehr fruchtbare Denkweise. Ich bin wahrscheinlich ohnehin zu nervös, um eine gute Mutter zu sein. Sie sind da ganz anders. Indische Frauen sind so gelassen!«

Sudha wirf Lupe einen Blick zu. Lupe zuckt mit den Schultern. Es schert sie nicht, welchem Irrglauben Arbeitgeber anhängen, so lange sie die Frauen, die sie ihnen vermittelt, vernünftig behandeln.

»Wie ich bereits erwähnte«, fährt Myra fort und spielt mit ihren Ring, der kunstvoll aus indischem Gold gearbeitet ist, »hat Trideep seinen Vater oft gebeten, uns zu besuchen, seit seine Mutter vor drei Jahren gestorben ist. Der alte Mann hat es immer wieder hinausgeschoben. Dann endlich hat er diesen Sommer eingewilligt. Tree war unheimlich aufgeregt – und ich natürlich auch. Wir haben alle möglichen indischen Lebensmittel gekauft, und Tree hat eine Reihe bengalischer Videos vom Bombay Bazaar ausgeliehen. Zunächst lief alles richtig gut. Die Gegend hat seinem Vater gefallen, er machte Spaziergänge, kochte sogar für uns. Ein wenig zu scharf für meinen Geschmack, aber dennoch, es war sehr lieb von ihm, und ich habe ihm auch gesagt, wie sehr ich es zu schätzen weiß. An den Wochenenden hat Tree mit ihm Ausflüge unternommen – das ist für mich die arbeitsreichste Zeit, wie Sie sich denken können. Hatte ich erwähnt, dass ich Immobilienmaklerin bin? Ich arbeite für David Helm. Das ist eine Privatfirma – bei einer Kette würde ich es nicht aushalten – mit Büros in San Francisco und Berkeley. Wir haben ausschließlich mit Fertighäusern zu tun, die nach Kundenwunsch entworfen wurden. Aber das Ganze wird zu viel für mich. Die Kunden sind so anspruchsvoll – das ist das Problem, wenn Leute zu viel Geld haben –, und wenn ich dann endlich nach Hause komme, habe ich oft die schlimmste Migräne, die man sich vorstellen kann. Tree sagt immer, ich soll mir einen ruhigeren Job suchen, etwas Kreatives, Künstlerisches.«

»Sie wollten uns von dem Patienten erzählen«, wirft Lupe ein.

»Ach, ja, richtig. Nun, Tree hat seinen Dad überall hingefahren – ins Napa Valley, die Küste hinauf nach Mendocino, zum Hearst Castle. Sie sind sogar für ein Wochenende nach Disneyland geflogen. Sein Dad ist ein lustiger Kerl, hat uns jeden Abend beim Essen indische Witze erzählt. Ich habe nicht alle verstanden, aber es war amüsant. Und dann – peng, einfach so – bekommt er aus heiterem Himmel einen Schlaganfall und landet im Krankenhaus.« Myra verstummt für einen Moment, um Luft zu holen. »Und von einer Minute auf die andere verändert sich alles.« Ihr Gesicht verliert seine Lebhaftigkeit, wirkt mit einem Mal leer und verhärmt. »Als wir ihn aus dem Krankenhaus abholten, hasste er plötzlich alles, besonders mich, ganz so, als wäre es meine Schuld, dass er die rechte Seite seines Körpers nicht mehr bewegen kann. Als ob ich –«

»Was genau soll Sudha denn nun tun?«, fragt Lupe.

»Nun, nichts Außergewöhnliches. Ihn waschen, ihm das Essen und die Medikamente geben, ihn aufheitern. Der Arzt sagt, dass ein Großteil wohl seelisch bedingt ist. Die Kranken erholen sich viel schneller, wenn sie motiviert werden.« Myra legt eine flehende Hand auf Sudhas Arm. »Das klingt doch hoffentlich nicht zu strapaziös?«

»Nein, nein, ganz und gar nicht ...«, setzt Sudha an, aber Lupe unterbricht sie.

»Was war denn mit der Frau, die vorher diese Arbeit getan hat?«

Myra sieht nicht allzu glücklich aus. »Das wollte ich eigentlich nicht zur Sprache bringen – Sie wissen ja, wie das ist, negative Gedanken schaffen schlechte Energie ...«

Lupe wartet mit verschränkten Armen.

»Sie hat nach einer Woche gekündigt«, sagt Myra und überschlägt sich beinahe beim Sprechen. »Hat gesagt, dass er zu schwierig sei. Aber wer könnte es ihm verdenken? Sie wären auch schlecht gelaunt, wenn Sie den ganzen Tag im Bett liegen müssten, nicht wahr? Wie dem auch sei, sie war keine Inderin. Sudha wird er bestimmt sofort mögen.« Sie faltet die Hände, legt sie dann übereinander und blickt Sudha mit weit aufgerissenen, besorgten Augen an.

»Was die Bezahlung angeht ...«, sagt Lupe.

»Oh, richtig. Ich dachte an tausend Dollar im Monat ...«

Ein fassungsloser Ausdruck liegt auf Sudhas Gesicht. Sie hat gerade einmal dreißig Dollar in ihrem Portemonnaie – mit zehn war sie in Amerika angekommen, und die zwanzig hatte Anju ihr vor längerer Zeit einmal gegeben, für den Fall, dass sie in den Supermarkt gehen musste, während Anju im College war. Daneben besitzt Sudha noch etwas billigen Schmuck und ihr Rückreiseticket nach Indien. Das hier würde alles verändern.

»Hmm«, brummt Lupe, bevor Sudha etwas sagen kann. »Zu wenig«, sagt sie ruhig. »Hat der alte Mann nicht eine Fernbedienung nach der Frau geworfen? Hat einen Bluterguss so groß wie eine Pflaume auf ihrem Oberarm hinterlassen, nicht wahr?«

Myra wirft Lupe einen erstaunten Blick zu und nagt an ihrem Daumennagel.

»Ich habe so meine Quellen, müssen Sie wissen.« Lupe erlaubt sich ein kurzes, anzügliches Grinsen. »Unter zwölfhundert läuft nichts.«

Sudhas hält angesichts dieser Dreistigkeit erschrocken den Atem an, aber erstaunlicherweise stimmt Myra zu. Sie kommen auf andere Details zu sprechen. Sudha müsse in bar bezahlt werden, fordert Lupe. Wöchentlich.

»Sie wird keine Arbeiten im Haushalt verrichten und auch nicht kochen – außer für den alten Mann. Sie wird nicht dafür verantwortlich gemacht, wenn das Kind etwas zerbricht. Es ist Ihre Aufgabe, alles Wertvolle wegzuräumen. Alles, was der alte Mann nach zehn Uhr abends und vor sechs Uhr früh benötigt, müssen Sie selbst regeln. Sie bekommt jeden Sonntag frei.«

Myra stimmt all dem widerspruchslos zu. Sie gehen ins andere Zimmer, damit sie Lupe ihr Honorar zahlen kann. Sudha bleibt auf der Kante des Ledersessels hocken. Sie ist ganz benommen von der Geschwindigkeit, mit der dies alles geschieht. Sie hat eine Stelle, wird in einem wunderschönen Haus wohnen, bekommt eine Arbeitgeberin, die einen ermutigend anpassungswilligen Eindruck macht. Aber viel wichtiger noch: Zum ersten Mal in ihrem Leben verdient sie ihr eigenes Geld. Endlich kann sie ihr neues Leben in Amerika beginnen. Die Aufregung darüber sollte wie eine Droge durch ihren Körper strömen. Warum nur sinkt ihr Rücken dann zu einer so entmutigten Krümmung zusammen? Was bringt sie dazu, sich die Knöchel in die Augen zu pressen? Woran denkt sie?

Erst als Lupe auf sie zukommt, um sich zu verabschieden, löst sie sich aus ihren Gedanken, um deren Hände zu ergreifen.

»Sie haben mir das Leben gerettet«, sagt sie zu ihr. Ihre Stimme ist heiser, ganz so, als hätte sie den ganzen Tag geschrien. »Ich kann Ihnen gar nicht genug danken –«

»Hey, hey«, sagt Lupe und befreit sich aus Sudhas Griff. »Kaum der Rede wert. Außerdem sollten Sie sich jetzt noch nicht bei mir bedanken. Sie haben doch noch gar nicht mit Ihrer Arbeit angefangen – vielleicht gefällt sie Ihnen ja nicht.«

»Nicht gefallen!« Sudha versucht ein Lächeln. »Das wäre ja so, als wenn sich eine Ertrinkende über die Farbe des Seils beschweren würde, das man ihr zuwirft.«

Lupe erwidert nichts darauf. Sie steckt eine Ecke der Decke fest, unter der Dayita immer noch ruhig schläft. »Viel Glück«, sagt sie, legt eine Hand um Sudhas Schulter und drückt sie kurz in einer überraschenden, halben Umarmung. Dann verschwindet sie in den Regen hinaus, und Sudha ist wirklich ganz allein.

2

Sudha

Es ist dunkel, es regnet. Ich weiß, dass dies hier ein Traum ist, weil der Regen kein Geräusch verursacht. Er fällt einfach, fest wie ungekochte Spaghetti. Kleine Stücke davon bilden draußen vor einem Gebäude einen Haufen. Nein, es ist ein Zimmer, ein Zimmer in der Nacht, und der Spaghetti-Regen reicht bis zum Fensterbrett. Die Fenster sind geöffnet, und einige der Spaghetti-Stangen sind drinnen gelandet, auf dem Teppich. Sie tragen die Farbe dreckiger Gischt. Sie bilden ein Kreuzmuster. Er sitzt im Dunkeln in seinem Ruhesessel. Er schaltet den Fernseher ein, dann wieder aus, dann wieder ein. O. J. ist auf dem Bildschirm, lächelt mit seinem Haar, spricht mit seiner Haut, greift mit Augen, die aus schwarzem Stoff herausgeschnitten sind.

Sie hat dich verlassen, stimmt's, sagt O. J. *So sind sie alle. Ich muss es wissen.*

Vierecke aus Licht sind im Zimmer, Rechtecke aus Nicht-Licht. Er entfaltet eins der Rechtecke. Es wächst zu einem Brief, mein Brief an ihn. Oder ist es mein Brief an sie? Er liest ihn ein weiteres Mal. Er zerknüllt ihn, wirft ihn zu Boden. Hebt ihn wieder auf. Sie tritt durch die Tür herein, ihr Mund nimmt die Form von Fragen an, sie drückt auf einen Schalter, keine Antworten überfluten das Zimmer. Wo ist sie, fragt sie, wo ist das Baby. Er steht am Fenster, hält das Rechteck, das mein Brief ist, hält es schräg in den Regen, die Worte rutschen von der Seite herab, so eine Leere, sagt sie, gib mir den Brief, gib mir den Brief, was hast du zu ihr gesagt, was hast du getan, du Bastard? Verloren, sagt sie, mein Baby, sagt sie.

Sie geht mit ihren Fäusten auf ihn los. Licht durchflutet das Zimmer. Spaghetti-Formen wirbeln draußen vor dem Fenster. Ich ertrinke in meinem Bett. Ich habe den Weg des Feiglings gewählt. Er umklammert ihre Handgelenke. Sie weint. Es war der einzige Ausweg für mich. Er weint. Worte fallen aus ihrer beider Augenwinkel. Klein und schwarz und verschrumpelt wie Sultaninen. Wir haben in der Schule einmal ein Gedicht gelesen, *Was geschieht mit einem nicht gelebten Traum.* Auf dem Sessel neben ihnen liegt ein Kinderbuch, das ich zurückgelassen habe. Was geschieht mit einer nicht gelebten Sehnsucht? Auf seiner Wange sind blutige Kratzspuren, die ihre Nägel dort hinterlassen haben. Hört auf, so hört doch auf. Etwas bläht sich in mir auf, mein Brustkorb dehnt sich, dass ich zu platzen meine. Ich hatte keine Ahnung, dass so etwas geschehen würde, sagt er. Er spricht mit sich selbst, spricht mit dem Regen.

Ist das jetzt ein guter Zeitpunkt oder ein schlechter? Ich habe keine Ahnung. Ich habe auch den indischen Kalender dortgelassen. Das Zimmer, in dem ich schlafe, ist dunkel und ungewohnt. Wenn ich von diesem Bett aufstehe (zu weich, zu groß), werde ich mit dem Oberschenkel an Möbel stoßen, die mir fremd sind, und am Morgen wird dort ein Bluterguss sein, der in Farbe und Form an eine halbreife Guava erinnert. Ich allein werde die Schuld tragen. Ich allein war schuld. Ein Rechteck fällt über mein Gesicht, so weiß wie ein Hochzeitstaschentuch aus vergangenen Zeiten. Die Schrift darauf ist dick und schwarz, wie in Anschuldigungen getauchte Spaghetti. Mir fällt ein, dass das Wort *eka* auf Bengali sowohl Einsamkeit als auch allein sein bedeuten kann.

Wo ist sie denn nur hin, so ganz allein?

Warum hat sie es mir denn nicht gesagt, klagt einer von ihnen.

Es tut so weh, dass ich am liebsten sterben würde, klagt einer von ihnen.

Im Schlaf suchen meine Finger das Bett ab. Finden die kleinen Hände, die Zehen. Im Schlaf rückt meine Tochter von mir weg. Als sie von ihrem Mittagsschlummer erwachte, rief sie: Baba, Baba! Sie sagte: Anju. Sie wollte nicht essen, sie wollte nicht aufhören zu weinen. Ihr Gesicht war rot und atemlos. Die Frau, die mich eingestellt hat, spitzte den Mund, sodass er wie eine Rosine aussah, ganz so, als fürchtete sie, einen Fehler begangen zu haben. Ich nahm meine Tochter mit in mein Zimmer, flehte sie an, still zu sein. Ich wiegte sie, sang ihr etwas vor, erzählte ihr eine Geschichte. Doch sie wollte einfach nicht aufhören. Sie versuchte, sich aus meinen Armen zu winden. Ich schlug sie. In unserem Schlaf hat der Regen kräftige Finger.

Einer von ihnen denkt, ich habe etwas Schreckliches getan.

Einer von ihnen denkt: Es muss schrecklich gewesen sein, was du getan hast.

Die Frau klopfte an die Tür und sagte: Geben Sie sie mir für eine Weile. Ich bin eine schlechte Mutter, gleichgültig, wohin ich auch gehe. Auf Dayitas Wange war ein leicht violettfarbener Flecken zu sehen. Als mich die Frau zu dem alten Mann brachte, da waren seine Augen wie brennende Rosinen. Haut ab, sagte er. Er schob mit seiner gesunden linken Hand das Tablett mit dem Abendessen vom Bett. Die rechte rührte sich nicht. Seine Augen waren schwarz und prall gefüllt mit Hass. Schert euch zum Teufel. Überall auf dem Boden lagen die Spaghetti verstreut, rote und weiße Wirbel wie gemalte Pfingstrosen. Seine Finger sind nach innen gekrümmt, wie Krallen.

Sie hätte das einfach nicht tun dürfen, sagt O.J. traurig. *Ich hätte es nicht tun dürfen.*

Einer von uns sagt: Ich habe mich geirrt.

Ist das meine Haut, die ich jetzt berühre, oder die meiner Tochter? Ist es ein Taschentuch oder ein Brief, aus schwarzem Stoff geschnitten? Der Regen schlurft wie die Schuhe eines alten Mannes. Bevor ich mich hinlegte, schob ich die Kommode vor die Tür, kam mir dann aber albern vor. Sie sagte: Es tut mir Leid, er ist müde, morgen wird alles ganz anders aussehen. Sie sagte: Warten Sie, ich helfe Ihnen beim Saubermachen. Er sagte: Ihr Geier, ihr Luder, lasst mich in Ruhe. Er benutzt auch bengalische Worte. *Daini. Magi.* Als Kind hatte ich mich einmal in einem Zuckerrohrfeld verlaufen. Überall um mich herum waren die Blätter mit ihren scharfen, zahnähnlichen Rändern. Sie sagte: Jetzt hat er drei Tage nichts gegessen. Scheiße, was soll ich nur machen. Er sagte: Ihr Huren. Der Geruch des Zuckerrohrs war durchdringend und moschusartig, zu süß. Ich konnte nicht atmen. Das Feld und die Blätter, die *eka, eka* flüsterten, wollten einfach kein Ende nehmen.

Anju, ich weiß nicht einmal, wie tief er geht, dieser Schaden, den ich angerichtet habe.

Man weiß einfach nicht, was man tun soll, sagt O. J., *um aus dieser Einsamkeit herauszukommen. Also machst du das Einzige, was dir übrig bleibt.*

Es tut mit Leid, sagte ich zu meiner Tochter. Die Frau weinte. Sehen Sie nur, was ich mir gefallen lassen muss. Ich stehe kurz vor einem Nervenzusammenbruch. Ihr Gesicht war ganz faltig von all den Worten, die sie am liebsten herausgebrüllt hätte, wie eine Blume, die man in einer verschwitzten Faust zusammenquetscht. Mein Mann ist nie da, wenn ich ihn brauche. Meine Tochter warf ihr einen Blick zu und wandte dann ihr Gesicht ab. Meine Tochter krabbelte mit ihrem kleinen Körper ans andere Ende des Betts.

Sie sagt: Was wird jetzt aus uns?

Was wird jetzt aus uns?, erwidert er.

3

DIE ERDE dreht sich, Hemisphäre der Dunkelheit, Hemisphäre des Lichts. Winde drehen sich, treiben Wolken vor sich her. In Kalkutta setzt sich Ashok hin, um abermals einen weiteren Brief zu schreiben. In Amerika, auf einem Kissen, das feucht ist vom Fieber oder von der Wut, träumt ein halb gelähmter alter Mann von Flucht. Die Körper auf verschiedene, getrennte Betten geworfen, jagen Sunil und Anju im Schlaf Schatten hinterher: Schattenrisse des Bedauerns, Arabesken dessen, was hätte sein können. Myra, die mit einem Spannungskopfschmerz ins Badezimmer gestolpert ist, zählt Frauenminze-Tropfen in einen Becher mit warmem Wasser. Zwei Uhr. Drei. Lalit folgt auf dem Freeway 280 auf dem Nachhauseweg von einem Notfall im Krankenhaus einem einsamen Sattelschlepper. Über den Bergen hängen Nebelfetzen wie verletzte Membrane. Er drückt einen Knopf am Radio, um von einer Talkrunde, in der eine Frau behauptet, von Nicoles Geist heimgesucht worden zu sein, zu einem Sender zu wechseln, der nur Oldies spielt. *Yesterday's gone, yesterday's gone.* Im Schlaf entspannt sich Dayitas Körper und wendet sich ihrer Mutter zu. Im Schlaf legt Sudha einen Arm um sie und zieht sie an sich.

Die Sonne geht überaus selbstbewusst wie eine Blutorange über Grizzly Peak auf, ganz so, als habe der Regen niemals stattgefunden. Tautropfen glitzern im Redwood-Baum, der vor Sudhas Fenster steht. Das Fenster ist eine riesige Scheibe aus Tafelglas, ohne Vorhänge. Ein Eichelhäher putzt seine frechblauen Federn im strahlenden Morgenlicht. Es ist das Jahr aggressiver Bewegungen: Ein Mann namens Saddam macht sechzigtausend Soldaten und siebenhundert Panzer mobil, was im Gegenzug in einer Mobilmachung des US-Heeres resultieren wird. Wenn Sudha ans Fenster treten würde, könnte sie die Stadt

Berkeley erkennen, die sich unter ihr entrollt, mit ihren seltsam schrägen Dächern, die sich an den Hängen neigen, ihrem wilden Durcheinander von Bougainvillea und Klettertrompete und Passionsblume, an denen sich die letzten Hirsche am Abend gütlich tun. Weiter unten die rechteckigen Gebäude der Universität mit den roten Dächern, den schmalen Wohnheimen, den großflächigen Gebäuden des Studentenwerks und den Studenten, die die ganze Nacht aufbleiben, um zu lernen und zu diskutieren, um sich zu betrinken, zu verlieben und wieder zu entlieben und dabei die ganze Zeit glauben, dass sie die Erben der Welt seien. Dann die Berkeley Bowl, wo Myra Haferflocken aus biologisch kontrolliertem Anbau kauft und pestizidfreien Sauerampfer und Tofu aus Japan. Die Highschool mit den Metalldetektoren, auf der einen Seite flankiert von einem Maschendrahtzaun und auf der anderen von einem Wandgemälde, das mit Gesichtern gefüllt ist wie dunkle, unruhige Regenbögen. Im People's Park regen sich die Obdachlosen steif in Schlafsäcken, die mit Zeitungen bedeckt sind. Eine Frau in Birkenstocksandalen kehrt den Gehweg vor einem Café auf der Telegraph Avenue, das zu dieser Stunde leer und ein wenig trist ist. Die Straßen bilden ein Kreuzmuster wie alte Schnürsenkel und führen uns endlich zum Pier, diesem grauen Zementbleistift, der ins Wasser deutet, als berge es die Lösung für all diejenigen, deren Leben vom Land eingeschlossen sind.

Aber Sudha tritt nicht ans Fenster. Sie liegt auf der Seite, regungslos, die Knie an die Brust hochgezogen, als sei ihr kalt. Sie hält die Augen geschlossen, obwohl ihre unregelmäßige Atmung erkennen lässt, dass sie wach ist. Sie betrachtet Innenräume, Bilder, die sie zurückgelassen hat. Am Abend zuvor, beim Zähneputzen, hat sie zum Spiegel gesprochen: Ich werde nicht an die Vergangenheit denken. Ich werde nicht denken. An. Die Vergangenheit. Doch jetzt spürt sie schon wieder, wie sich die Lippen eines Mannes auf ihre Seele pressen.

Das Zimmer, das man ihr gegeben hat, ist wunderschön, ist mit Sorgfalt und einem unfehlbaren Auge eingerichtet. Ob die nervöse Myra ein solches Talent besitzt? An der nach Norden gehenden Wand hängt eine Webarbeit, ein abstraktes Motiv in warmen Brauntönen, in das Stücke ausgebleichten Treibholzes eingearbeitet sind. An der südlichen Wand, hinter Sudhas Kopf, befindet sich ein gerahmtes, indisches Miniaturgemälde in Edelsteinfarben. Es zeigt einen Flöte spielenden Krishna, der überraschenderweise zwischen zwei tanzenden Löwen platziert ist. Im Osten befindet sich eine Nische mit indirektem Licht. Darin sitzt eine vielarmige Göttin mit bronzenem, finsterem Blick und einem Dreizack. Das Zimmer ist spärlich möbliert: Bett, Kleiderschrank, Ledersessel, eine hohe Messing-Leseleuchte. Wer auch immer das Zimmer eingerichtet haben mag, hatte keine Vorliebe für Krimskrams. Die klaren Linien des Teppichs stellen Indiandermotive dar, dreieckige, menschliche Figuren, die Sonne, der Mond, Tiere mit fragenden Kojotenschnauzen. Die Bettdecke ziert ein geometrisches Muster in Creme und Hennarot, über dessen Seidenquadrate Sudha mit langsamer, dankbarer Hand hinwegstreicht, während ihre Augen immer noch geschlossen sind.

Doch nun läutet der Wecker an ihrem Bett, und Sudha muss sich darauf vorbereiten, ihrer Zukunft entgegenzutreten. Sie nimmt ihre Jeans und ein Sweatshirt aus dem großen, begehbaren Kleiderschrank, in den sie am Abend zuvor ihre beschämend wenigen Kleidungsstücke gehängt hat. Im Badezimmer die Grohe-Armaturen in glänzenden, silbrigen Bögen, im Keramik-Seifenspender das English Lavender Gel, die beiden dicken Saunatücher, so weiß wie das Grinsen eines Piraten. Sudha streift ihr Nachthemd achtlos ab. *Geh duschen, so heiß wie möglich. Wasch die letzten Spuren von ihm von deinem Körper. Binde das Haar zu einem Knoten zurück, mach dir gar nicht erst die Mühe, die Haare auszukämmen, denn hier ist Gott sei Dank niemand, dem es auffallen wird.* Warum nur verspürt sie neben Dankbarkeit auch noch dieses Gefühl von Verlust, so übermächtig, dass ihr dabei schwindelig wird? *Er hatte seine Hände für mich zu einem Kelch geformt, in den ich all meine Einsamkeit hätte hineingießen können.* Auf einem Glasregal stehen Flaschen mit Lotion. *Claiborne Sport* für männliche Gäste und *Victoria's Secret Garden* für die weiblichen. Sie, die kein Gast ist (ist sie mehr? Ist sie weniger?), nimmt eine davon, stellt sie jedoch mit einer energischen Bewegung wieder zurück, dass es knallt. *Soll doch die Haut reißen und sich schälen. Das wird deine Strafe dafür sein, dass du dich dem Verlangen hingegeben hast.*

Sie zögert an der Tür. Soll sie Dayita aufwecken? Ist es eine gute Idee, sie in einem fremden Zimmer allein zu lassen, selbst wenn sie von Kissen umgeben und mit ihrer Lieblingsdecke zugedeckt ist? Aber es ist schon spät. Sie muss dem alten Mann das Frühstück zubereiten, er hat schon seit Tagen nichts mehr gegessen. Mit einem zweifelnden Blick schließt sie sorgfältig die Badezimmertür. Erst kürzlich hatte sie im Fernsehen einen Bericht über einen Unfall gesehen, bei dem ein Kind in der Toilette ertrunken war. Vom Flur aus hebt sie ihre Hand zu dem schlafenden Mädchen hinüber – eine Geste der Segnung oder des Abschieds oder auch ein Befehl, sich nicht von der Stelle zu rühren.

Sunil steht am Wohnzimmerfenster und betrachtet den Sonnenaufgang, etwas, das er schon seit Jahren nicht mehr getan hat. Es ist ein wunderschöner Morgen, klares und wolkenloses Rosa, der allgegenwärtige Smog weggewaschen von den Regenfällen der letzten Nacht. Sunil tritt dem Morgen grimmig und verschlafen gegenüber. Ob bereit oder nicht, sein neues Leben hat begonnen (wie sonst sollte er diesen Tag bezeichnen, jetzt, da sein altes Leben ein heilloses Durcheinander ist?), und er muss es leben.

Das goldene Morgenlicht wandert erst seit wenigen Minuten über den Teppich. Derselbe Teppich, auf dem gestern erst … Gestern erst. Jede Silbe schmerzt wie ein Brandeisen. Sunil dreht sich auf dem Absatz herum – zum Teufel mit dem Sonnenaufgang –, um sich eine Tasse Tee zu machen. Bevor Sudha die Pflicht des Teezubereitens übernommen hatte, hatte er das immer gut gemacht. Als Anju schwanger war, hatte er ihr *masala cha* zubereitet, die Kardamomhülsen vorsichtig über der satten, braunen Flüssigkeit geöffnet, als diese zu kochen begann, und den Tee an ihr Bett getragen. Erinnert er sich noch an das trockene Reiben der duftenden Samen an seinen Fingerspitzen? Besser nicht. Ich beginne bereits zu begreifen, dass Vergessen für das Überleben wesentlich ist.

Heute erhitzt er das Wasser nicht lange genug. Er gibt die Milch zu früh hinein. Er findet den Süßstoff nicht und beschließt, ohne auszukommen. Er nimmt einen Schluck von dem wässrigen Gebräu, das schlecht schmecken muss, verzieht aber keine Miene. Ist dies Stoizismus oder Gedankenverlorenheit? Er verharrt vor dem Fernseher und wiegt die Fernbedienung nachdenklich in der Hand. Selbst zu dieser frühen Stunde gibt es in diesem Land, das besessen ist von den verschiedenen Arten, wie sich Gewalt und Berühmtheit kreuzen, Programme, die O. J.s Chancen auf einen Freispruch diskutieren. Doch heute wendet sich Sunil mit einer Grimasse von ihnen ab. Wer kann ihn freisprechen? Nicht einmal er selbst.

»Verdammt«, sagt Sunil, während er den Tee in die Spüle gießt und zusieht, wie die braune Flüssigkeit abläuft. »Verdammt.« Es hat einen verletzten Klang, ganz so, als sei etwas in seinem Inneren gerissen. Sunil trägt einen Stuhl vom Essbereich in Sudhas Zimmer, wo Anju es vorgezogen hatte, die Nacht zu verbringen. Das Kinderbett ragt bedrohlich wie der ausgenommene Kadaver eines Tieres in einer Ecke auf. Er zuckt davor zurück, als er sich hinsetzt, um darauf zu warten, dass Anju erwacht.

Am Abend zuvor war er als Erster nach Hause gekommen. Er hatte die Tür zu dem dunklen Raum geöffnet und war einen Schritt zurückgewichen, geblendet von der Stille. Da hatte er es gewusst. Dennoch hatte er beide Briefe gelesen, immer und immer wieder. Manche Männer hätten irgendetwas mit ihren Fäusten bearbeitet. Manche Männer hätten geweint. Sunil tat weder das eine noch das andere. War dies Schwäche oder Stärke? Er öffnete ein Fenster und ließ den Regen herein. Als Anju nach Hause kam, war seine Brust nass davon.

Anju schläft auf dem Bauch, das Gesicht in Sudhas Kissen vergraben, als versuche sie, eine Erinnerung einzuatmen. Ihre Arme sind steif ausgebreitet, eine Geste der Umarmung oder der Kreuzigung. Ihre Fäuste halten die Seiten der Matratze umklammert. Ihr Haar liegt seitlich von ihrem Hals und entblößt so die Wölbungen ihrer Rückenwirbel, die überaus zerbrechlich wirken. Obwohl sie schon vor einiger Zeit aufgehört hat zu weinen, atmet sie immer noch in abgerissenen Fetzen.

Noch bevor sie am Abend zuvor überhaupt die Briefe las, hatte sie gefragt: »Wo ist sie? Was hast du ihr angetan? Was hast du *getan*?« Ihre Pupillen waren Nadelstiche des Misstrauens. Sie ging mit allem, was ihr zur Verfügung stand, auf ihn los – mit Fäusten, Knien, Worten. Er versuchte nicht sie abzuwehren. Er ließ zu, dass Kratzer ihren blutigen Weg auf seiner Wange zogen. Glaubte er etwa, dass dies die Sache zwischen ihnen ausgleichen werde? »Ich hätte es wissen sollen!«, sagte sie. Sie trat ihm so fest sie konnte mit der Spitze ihres Schuhs gegen das Schienbein. Sie wollte ihm wehtun. Wollte, dass er auseinander brach wie ein Baumstamm mit einem faulen Kern. *Du, du, du.*

Wohin kann die Reise einer solchen Ehe noch führen?

Die Küche in dem Glashaus ist ein Chiaroscuro aus Rechtecken. Aus Licht und luftigem Schatten. Sonnenlicht sammelt sich wie Honig auf hellen Holzarbeitsflächen und zieht Sudha magisch an. Doch dann verharrt sie. Sie hört Stimmen in der Eingangshalle. Die Stimme der Frau zittert wie die Spitze einer Waffe. Die des Mannes ist besänftigend und gedämpft, trägt einen Unterwasser-Klang.

Soll dies von nun an wirklich immer ihre Rolle sein, die der Lauscherin und Zeugin ehelicher Zwietracht?

Sie: Ich kann es nicht länger ertragen, Tree. Gestern Abend war es wieder einmal unglaublich schlimm. Er hasst mich, das weiß ich – er hat mit einer Schüssel voller Spaghetti genau auf mich gezielt.

Er: Aber Myra, er hasst dich doch nicht! Er ist einfach zornig auf das, was das Leben ihm angetan hat.

Sie: Dann soll er doch das Leben mit seiner Spaghetti-Schüssel beschmeißen! Ich habe beinahe eine halbe Stunde gebraucht, um alles wieder sauber zu bekommen, obwohl mir das neue Mädchen dabei geholfen hat. Einige Flecken werden nie wieder aus dem Teppich herausgehen.

Er: *(Schweigen)*

Sie: Nur zu, sag schon wie albern und oberflächlich es von mir ist, mir über den Teppich Gedanken zu machen – auch wenn es sich um einen fürchterlich teuren Perser handelt –, wo doch dein Vater bettlägerig und leidend ist. Nun, ich *bin* albern und oberflächlich. Er hat mich so fix und fertig gemacht, dass nur noch mein alberner und oberflächlicher Kern übrig ist.

Er: Ich mache dir doch gar keinen Vorwurf. Ich verstehe, wie du dich fühlen musst –

Sie: Nein, das tust du nicht. Das kannst du gar nicht. Du bist viel zu sehr damit beschäftigt, dich schuldig zu fühlen, weil du ihn in Indien gelassen hast und nicht dorthin zurückgekehrt bist. Und insgeheim gibst du mir dafür die Schuld – dieser albernen und oberflächlichen Amerikanerin, die dich dazu verleitet hat, hier zu bleiben.

Er: Du willst wohl unbedingt den ganz großen Streit vom Zaun brechen, ja?

Sie: *(Schweigen)*

Er: Wir durchleben alle im Moment eine schwierige Zeit, Myra. Wir müssen einander helfen und dürfen nicht vergessen, dass das alles nur vorübergehend ist.

Sie: Es wäre leichter, nicht zu vergessen, dass dies alles nur vorübergehend ist, wenn ich nicht jeden Abend auf den Knien herumrutschen müsste, um die Sauerei aufzuwischen, die dein Vater veranstaltet hat – während du an deinem streng geheimen Projekt im Labor arbeitest.

Er: *(Schweigen)*

Sie: Ich hätte sicher mehr Veständnis, wenn er krank wäre und nichts dafür könnte. Aber er tut das alles mit voller Absicht und und sieht mich dabei mit einem boshaften Glitzern in den Augen an. Selbst der neuen Frau ist das nicht verborgen geblieben.

Er: Na ja, jetzt wird sie sich ja um ihn kümmern.

Sie: Wenn sie bleibt! Du hättest einmal ihr Gesicht sehen sollen, als er die Schüssel geworfen hat. Und die Schimpfworte, die er benutzt! Und dann so das Essen zu verweigern – damit versucht er doch bloß unsere Aufmerksamkeit zu erlangen und uns zu kontrollieren –

Er: Vielleicht kommt er ja gut mit dieser Frau klar, wenn er sie erst einmal besser kennt. Aus deinen Worten schließe ich, dass sie nett ist –

Sie: Ich verlasse mich auf gar nichts mehr. Außer auf die Tatsache, dass einer von uns hier verschwinden wird, wenn sie auch nicht mit ihm zurechtkommen sollte. Entweder er oder ich.

Die Tür wird zugeknallt. Dann bleibt es still, ehe resignierte Schritte auf die Küche zukommen. Sudha versucht, einen angemessenen Gesichtsausdruck aufzusetzen. Aber was ist angemessen, wenn jemand über eine solche Nacktheit der Worte stolpert, die im Grunde nicht weniger peinlich ist als die Nacktheit des Fleisches?

Die Stoppeln auf Sunils hageren Wangen verleihen ihm etwas Gehetztes, wie bei einem Mann auf der Flucht. Aber seine Finger mit den eckigen Kuppen, die verschlungen in seinem Schoß liegen, sind geduldig. Er hat in den letzten vierundzwanzig Stunden eine ganze Lebenszeit von Emotionen aufgebraucht. Er hat seine Liebe gestanden und ist schier verrückt geworden vor unerwarteter Freude. Er hat seine Faust um den Apfel der Welt geschlossen und festgestellt, dass die Leere wie ein sandiger Schirokko durch ihn hindurchblies, sobald er die Augen öffnete. Dennoch hat er einen Plan. Sollen wir ihn deshalb bewundern? Seine Lippen bewegen sich kaum merklich, ohne einen Laut von sich zu geben. Er übt, was er Anju sagen will, wenn sie erwacht.

Anju lächelt im Schlaf. Ihr Griff an den Seiten der Matratze lockert sich, sie streckt die Finger. Ihr einziger Schmuck, ein schmaler Goldring, blitzt im Sonnenlicht auf. Sie reckt sich. Die Anmut ihrer Muskeln, die Wölbungen und Vertiefungen, erstaunt ihn. Sie öffnet die Augen und erblickt ihn.

»Oh, Sunil«, sagt sie, »Ich hatte einen ganz wundervollen –«

»Erzähl ihn mir.«

Doch die Erinnerung hat Anjus Gesicht wie ein Eisentor zugeschlagen und verschlossen. Sie rappelt sich in eine sitzende Position auf, umfasst ihre Knie und blickt an ihm vorbei zur Wand.

»Ich will nicht reden«, sagt sie.

»Das müssen wir aber. Wir befinden uns heute in dieser unseligen Lage, weil wir nicht geredet haben.«

Hinter den Knochen ihrer Knie verleiht Anju ihrer Stimme Härte. »Dafür ist es jetzt zu spät. Wir wissen nicht mehr, wie wir miteinander reden sollen.«

»Ich möchte dir etwas sagen«, beginnt er.

Ihre Augen fliegen zu seinem Gesicht. Eine plötzliche Angst ist in ihnen zu erkennen, denn – das wird ihr erst jetzt klar – sie liebt ihn immer noch, wie auch immer ihre Vermutungen über das lauten mögen, was er getan haben könnte. Die ganze Zeit schon hat sie vom Weggehen geträumt und nun, da es Wirklichkeit werden könnte, ist sie noch nicht bereit zu gehen.

»Was?«

»Eine Geschichte.«

Anju starrt ihn an. Ihre Augen sind groß, ihr Körper ist ruhig. Sie weiß, dass man eine Geschichte manchmal wie ein Schwert benutzen kann, um sich durch etwas hindurchzuschneiden, was einem im Weg ist. Erschrocken überlegt sie, wie sie ihn ablenken könnte, aber er hat bereits begonnen.

»Vor langer Zeit, kurz bevor ich Indien verlassen habe«, sagt Sunil, »war ich im Kino. Es ging in dem Film um einen Mann, der sich in eine Tänzerin verliebt, der er auf einer Zugfahrt begegnet. Sie schläft, sodass er sie nur ansehen kann und nicht einmal die Gelegenheit hat, mit ihr zu reden. Doch er hinterlässt ihr einen Liebesbrief ...«

Unter dem bedächtigen Heben und Senken seiner Geschichtenerzählerstimme sind Sätze versteckt wie kleine Explosionen. Anju spürt ihren Nachhall. *Habe wirklich versucht, dich zu lieben, kann es nicht noch länger kontrollieren, macht mich noch wahnsinnig.*

»Ich kenne die Geschichte schon«, wirft sie rasch ein. »Ich habe den Film auch gesehen. Ich bin mit Sudha hineingegangen. Dabei ist sie Ashok zum ersten Mal begegnet, in dem Kino. Es hieß Purabi. Den Titel des Films habe ich aber vergessen.« Sie stößt ein kleines Lachen aus, das gar kein Lachen ist. »Komisch, woran man sich erinnert und woran nicht, nicht wahr?«

Sunil fährt fort, als hätte sie kein Wort gesagt. »Sie können einfach nicht aufhören, aneinander zu denken, auch die Frau nicht, denn sie hat sich beim Lesen des Briefes in den Mann verliebt. Aber natürlich hegen sie keine Hoffnungen, sich jemals wiederzusehen.«

Kann sie einfach nicht vergessen. Steckt wie eine Krankheit in meinem Blut. Kann so nicht mehr weiterleben.

Anju erkennt, dass ihre Versuche, die Geschichte zu unterbrechen, vergeblich sind. Stattdessen ist es die Geschichte, die ihr Leben unterbrechen wird. »Doch sie sehen sich wieder«, sagt sie traurig. »Es gibt natürlich einige Komplikationen – der eifersüchtige Gönner der Tänzerin, die Eltern des jungen Mannes, die sich um die Familienehre sorgen und woanders eine Heirat für ihn arrangieren wollen. Doch am Ende siegt die Liebe.«

Versuche nicht mich daran zu hindern. Meine letzte Chance, glücklich zu werden.

»Ich habe dem Film nicht besonders viel Aufmerksamkeit geschenkt. Es war für mich eine dieser kitschigen Hindi-Filmhandlungen. Das wahre Leben ist nicht so, dachte ich. Man versucht sein Glück zu finden und gibt sich dann mit dem zufrieden, was man hat. Doch eines Tages kam mir der Gedanke: warum eigentlich nicht? Warum sollte so etwas nicht passieren können? Sabotieren wir uns nicht auf diese Weise selbst – indem wir an etwas nicht glauben wollen? Wenn doch jemand in der Lage ist, sich ein solches Happyend auszudenken, eine Geschichte daraus zu machen –«

Lass mich gehen, bevor ich anfange, dich zu hassen.

»Aber in deinem Fall hat die Tänzerin deine Liebe nicht erwidert. Sie ist davongelaufen, nicht wahr?« Der Schmerz macht Anjus Stimme grausam.

»Die Tänzerin im Film ist auch davongelaufen. Oder hattest du das vergessen?«, sagt Sunil und schöpft aus Ebenen der Ruhe, von denen sie nicht einmal wusste, dass er sie besitzt. »Aber der Mann hat sie gefunden und überzeugt, zu ihm zurückzukehren.«

Weil ich auf jeden Fall gehen werde.

»Geschichten haben ihre Grenzen«, sagt Anju.

»Ich muss für mich selbst herausfinden, ob das stimmt«, erwidert Sunil.

In der hellen Küche steht der kleine, dunkle Mann, dessen dichtes Haar im Augenblick überall von seinem Kopf absteht, weil er mit seinen Händen hindurchgefahren ist. Er trägt einen roten Kimono, der viel zu theatralisch für ihn ist und gewiss ein Geschenk von seiner Frau war. Hinter dicken Brillengläser blicken seine Augen intelligent und hilflos.

Er zaust sich erneut das Haar, schiebt seine Brille zurecht und gibt ein verlegenes Husten von sich. »Ich bin Trideep«, sagt er. »Sie müssen Sudha sein. Es freut mich, Sie kennen zu lernen.« Sein Bengali klingt gestelzt. Die Vokale steif wie aus Pappe ausgeschnitten, als hätte er sie lange Zeit nicht benutzt.

Sudha führt die Hände zu einem kurzen *namaskar* zusammen. Wenn sie nervös ist, so verbirgt sie es gut. Gegen ihren Willen gefällt es ihr, dass er sich nicht für seinen Vater entschuldigt.

»Bitte!«, sagt er. »Keine Förmlichkeiten! Nach dem, was Sie gerade mit angehört haben – und es wäre wohl albern, so zu tun, als hätten Sie es nicht mitbekommen –, macht das wenig Sinn, nicht wahr?«

Sie fährt mit dem Schwamm über die schwarze Granitoberfläche, in der kleine, goldene Sprenkel wie Muskovit glitzern, will sich nicht festlegen.

»Wie Sie sehen können –« Er verstummt, runzelt die Stirn, gibt dann auf und wechselt ins Englische: »– sind wir alle auf Sie angewiesen.«

Sudha blickt wenig überzeugt drein, ganz besonders, was das *alle* angeht. Doch sie sagt: »Ich werde mein Bestes versuchen. Vielleicht könnten Sie mir helfen und mir verraten, was Ihr Vater gern zum Frühstück isst.« Mit einem trockenen Lächeln fügt sie hinzu: »Und was er nicht mag.«

Trideep schüttelt den Kopf. »Ich kenne ihn gar nicht richtig. Ich habe so selten zu Hause gelebt … Erst war ich im Internat in Dehra Dun, dann habe ich am IIT Kharagpur studiert und schließlich meine Studien in den USA fortgesetzt. Ich bin immer nur in den Sommerferien zu Hause gewesen und dann war meine Mutter da, die sich um alles kümmerte. Es bestand für mich im Grunde nie die Notwendigkeit, mir irgendwelche Details zu merken.«

»Aber während seines Besuchs –?«

»Er ist jetzt anders. Anfangs, als er hierher kam, da wollte er alles ausprobieren. Als wäre Amerika ein einziger, großer Spielzeugladen und er das Kind. Er liebte Eiscreme. Wir sind alle paar Tage zu Baskin-Robbins gegangen, damit er eine neue Sorte versuchen konnte. Doch gleichgültig, was ich ihm jetzt bringe – Muffins mit Schokoladenstückchen, Zitronen-Himbeer-Joghurt –, er würdigt es nicht einmal eines Blickes. Alles, was er – in diesem qualvollen Gestammel – sagt, ist: *Schick mich wieder nach Hause, Deepu.* Aber wie könnte ich?« Er nimmt die Brille ab und massiert erschöpft die Nasenwurzel. »Er ist zu krank, um zu reisen, und außerdem gibt es in Indien sowieso niemanden, der sich um ihn kümmern könnte.«

Sie stehen in verlegenem Schweigen da. Für den Moment gibt es nichts mehr zu sagen. Hinter ihnen schnurrt zufrieden der große Kühlschrank, dessen Türen passend zum Boden mit Holz paneeliert sind.

Manchmal kann man einfach nicht locker lassen, auch wenn man weiß, dass es sinnlos ist.

Sie sagt: »Wenn du den Traum immer noch hören möchtest, werde ich ihn dir erzählen.«

Ohne es zu wollen, wandert sein Blick kurz zu der Uhr auf der Frisierkommode hinüber. Er wird zu spät zur Arbeit kommen. Das einzige Mal, an dem er sich bisher verspätet hatte, war an dem Morgen, nachdem man Anju in die Klinik gebracht hatte.

Können wir ihm diesen Blick vergeben, wie man ein nervöses Zucken vergibt?

»Erzähl ihn mir«, sagt er.

»Ich flog über den Ozean. Es kostete gar keine Mühe, ich war sehr leicht. Dann kam eine Brise. Ich wurde von ihr getragen, immer weiter und weiter hinaus –«

»Und dann?«

»Nichts. Deshalb war es ja so etwas Besonders. Es war nicht wie im Leben, wo immer etwas geschehen muss, eine neue Aufregung nach der anderen, weil man sonst zu ersticken glaubt.« Sie senkt ihr Kinn auf die Knie, sodass die letzten Worte wie ein Murmeln herauskommen.

»Anju«, sagt Sunil. Er hat niemals zuvor so sanft zu ihr gesprochen. Sie hält den Atem an. Haarsträhnen sind ihr über das gesenkte Gesicht gefallen. Er streicht sie ihr hinter das Ohr, als wäre sie ein Kind, und hebt ihr Kinn, sodass sie ihn ansehen muss. »Wir sind nicht mehr gut füreinander – das siehst du doch ein, nicht wahr?«

Myra hat ihr aufgeschrieben, dass sie warten soll, bis der alte Mann aufwacht und die Glocke läutet. Aber es ist bereits elf Uhr, und er hat sich noch nicht gerührt. Sudha baut aus einigen Stühlen einen behelfsmäßigen Laufstall, gibt Dayita ein paar Löffel, mit denen sie spielen kann, und klopft an seine Tür. Als sie keine Antwort erhält, öffnet sie sie und späht besorgt hinein.

»Ist alles in Ordnung?«, fragt sie. Es ist dunkel in dem Zimmer, ein muffiger Mangel an Licht, der von dem Sonne-Glas-Holz-Glanz noch betont wird, der die anderen Zimmer beherrscht. Es ist der einzige Raum mit Vorhängen – der alte Mann muss darum gebeten haben. Sie bilden eine dicke Schicht vor den Fenstern, so unzeitgemäß in diesem Haus wie mittelalterliche Gobelins. Sudha geht darauf zu, um sie zu öffnen.

»Lassen Sie das!«

Die Stimme des alten Mannes krächzt wie eine ungeölte Türangel und lässt sie zusammenfahren. Er bemerkt es. Seine Augen glitzern vor Bosheit, das einzige Vergnügen, das ihm noch geblieben ist.

»Guten Morgen! Möchten Sie frühstücken? Soll ich Ihnen beim Waschen helfen?« Sudha verleiht ihrer Stimme einen professionellen, herzlichen Klang, wie sie es bei den Krankenschwestern im Fernsehen gehört hat.

»Gehen Sie weg.«

»Sie wissen, dass das nicht möglich ist.« Sudha schaltet das Deckenlicht ein, macht es aber wieder aus, als er das Gesicht verzieht und es mit seinem gesunden Arm bedeckt. Im schwachen Glühen des Nachtlichts schiebt Sudha einen mit Schüsseln, Handtüchern und einem Krug warmem Wasser beladenen Teewagen hinein. »Sobald Sie sauber sind und frische Kleidung anhaben, werde ich Ihnen das Frühstück bringen«, sagt sie und beginnt ihn auszuziehen. »Was hätten Sie denn gern? Müsli? Es gibt mindestens drei Sorten, wie ich gesehen habe. Oder wie wäre es mit Vollkornweizentoast? Vielleicht mit Rühreiern? Myra hat sehr schönen Honigjoghurt aus dem Bioladen mitgebracht ...«

Sie plappert Unsinn, das weiß sie, aber sie ist zu verlegen, um aufzuhören. Abgesehen von ihrem Ehemann hat sie noch niemals einen Mann nackt gesehen. (Nein – da war Sunil, aber das geschah in einer Art Delirium, von dem keine Bilder in ihrer Erinnerung verankert sind.) Dieser Mann, der alt ist, macht alles noch schlimmer, weil er es so offensichtlich hasst, dass sie ihn berührt. Er presst die Augenlider ganz fest zusammen und dreht den Kopf fort, so weit er kann. Die eine Hälfte seines Gesichts ist durch den Schlaganfall ausdruckslos geworden und hängt herab. Auf der anderen Hälfte erkennt Sudha einen Ausdruck solcher Frustration, dass ihre Finger zögern, als sie die schmutzige, windelähnliche Unterhose entfernt und mit einem Waschlappen über seine schlaffe, zerfallene Haut fährt.

Doch gewisse Dinge, die man einmal begonnen hat, müssen zu Ende geführt werden. Das weiß sie. Sie presst die Lippen zusammen und zwingt sich, normal zu atmen, obwohl der Gestank sie anwidert. Der Geruch nach körperlichen Ausscheidungen und Verzweiflung. Ein Muskel zuckt unter dem Vorsprung seiner linken Augenbraue. Sudha wischt und pudert und zieht verschiedene Kleidungsstücke über seine angespannten Glieder. Die Verlegenheit macht sie ungeschickt. Aber eine Bitte um Entschuldigung würde die Sache nur noch verschlimmern. Er ist ein großer Mann, mit schweren, wenig entgegenkommenden Knochen. Drücken, drücken. Heben und beugen. Endlich hievt sie ihn in eine sitzende Position und zwängt ihm ein Kissen in den Rücken. Schweiß überzieht ihre Oberlippe, ihr Atem kommt stoßweise, ihr Haar hat sich gelöst, überall ringeln sich Locken, als sei sie draußen im Wind gewesen. Doch sie lächelt, ist zufrieden mit ihrer Leistung.

»Na, fühlt sich das nicht etwas besser an?«

Er antwortet nicht.

»Wie wäre es jetzt mit Frühstück?« Sie zählt noch einmal auf, was zur Auswahl steht. Er reagiert nicht.

»Nun, dann werde ich Ihnen wohl etwas Müsli holen.« Sie kehrt mit einem Tablett zurück, das sie über seinen Beinen platziert. Darauf steht eine blaue Keramikschale, die sie mit Cocoa Krispies und Milch gefüllt hat.

»Ich wollte Ihnen erst eine andere Sorte bringen, aber die hier sehen so lecker aus«, sagt sie mit verschwörerischer Stimme. »Ihr Sohn muss sie wohl gekauft haben. Irgendwie kann ich mir nicht vorstellen, dass Myra auf Cocoa Krispies herumkaut, Sie etwa?«

Der alte Mann starrt ausdruckslos an ihren Bemühungen zu scherzen vorbei.

»Hier, nehmen Sie den Löffel.« Sie schließt seine linke Hand darum. »Kommen Sie schon! Seit gestern Abend weiß ich, dass mit dieser Hand alles in Ordnung ist!«

Er macht seine Finger schlaff, sodass der Löffel hinfällt und unters Bett rutscht.

»Na, schön. Dann werde ich Sie eben füttern. Obwohl ich eigentlich gedacht hätte, dass Sie lieber selbst essen würden.« Sie wischt den Löffel ab, füllt ihn und führt ihn an seinen Mund. »Aufmachen, na los.« Sie stößt den Löffel gegen seine Lippen, wie sie es bei Dayita tut. Vielleicht ist es das Spielerische in ihrer Stimme, die den alten Mann dazu bewegt, sich zu fügen. Oder vielleicht ist er auch ausgehungert nach all den Tagen des Verweigerns. Er lässt zu, dass sie das milchige Müsli in seinen Mund schiebt, kaut einen Augenblick und dann, als sie gerade ermutigend nickt und einen weiteren Löffel hebt, spuckt er es ihr mit aller Kraft ins Gesicht. Halb gekaute, dunkelbraune Klümpchen spritzen gegen ihre Wangen, in ihr Haar. Sie berührt ihr Gesicht, blickt ungläubig auf ihre schmutzigen Finger. Ihre Augen sind voller Bestürzung. Er starrt sie herausfordernd an, das Gesicht zu einem halben Grinsen verzogen, das an einen knurrenden

Hund erinnert. Sudhas Hände zittern. Sie presst einen Knöchel gegen ihre Lippen. Dann ergreift sie das Tablett und rennt hinaus.

Es ist das Jahr zeitweiliger Kompromisse. Auf einem Kontinent auf der anderen Seite der Erde unterzeichnet Russland ein Abkommen mit dem Titel »Partnerschaft für den Frieden«. Auf einer Insel am Rande des Atlantiks stimmt die IRA zu, die Feindseligkeiten zu beenden. In dem Schlafzimmer, das von der Frau verlassen wurde, nach der Sunil verrückt ist, wird seine Stimme tonlos, wie es geschieht, wenn man Angst hat, die Kontrolle zu verlieren. Er bewegt seinen Körper vorsichtig, forschend auf Anju zu, wie jemand, der über scharfe Korallen hinwegschwimmt.

»Wir haben einander nun schon so lange Zeit unglücklich gemacht.«

Sie schließt die Augen und hält den Atem an, bis ein Ton wie ein Flugzeugtriebwerk den Raum zwischen ihren Ohren füllt. Und dennoch hört sie ihn.

»Ich kann es mir einfach nicht länger leisten. Die Hälfte meines Lebens ist vorbei. Ich möchte den Rest nicht verschwenden.«

Sie wendet sich der Frisierkommode zu. Es liegt Staub auf der Oberfläche, was sie überrascht. Sudha ist doch immer so ordentlich. Die imitierte Holzmaserung wirbelt wie riesengroße Daumenabdrücke.

»Die Firma versetzt mich nach Houston. Ich möchte so bald wie möglich die Scheidung einreichen.«

Sie schlägt seine Finger von ihrem Kinn weg, hebt den Arm, als wehre sie etwas Böses ab. Sie hat nichts verstanden, denkt sie, nichts und niemanden. Weder ihre trügerische Cousine noch ihren verräterischen Ehemann noch sich selbst. Nach dem Verlust ihres Babys hatte sie eigentlich geglaubt, dass nichts mehr sie so sehr verletzen könne. Aber was ist das dann nur für ein Gefühl in ihrer Brust, so, als würden ihr die Rippen weggesägt? Sie versucht ihren Verstand mit purer Willenskraft dazu zu bringen, an Dinge zu denken, die nichts mit diesem Moment zu tun haben: Jakaranda-Bäume, Saxophone, Ingwertee. Aber alles ist mit ihm verbunden. Ihr war gar nicht bewusst, dass sie so viele

Dinge zusammen unternommen hatten. Selbst die Lyrik – die einzige Zeile, die ihr einfallen will – lässt sie im Stich. *Mein Leben, zweimal fiel's ins Schloss.*

Er sagt gerade: »Ich weiß, dass du mich dafür hasst, aber eines Tages wirst du erkennen, dass es die richtige Entscheidung war.«

Sie bedeutet ihm mit ihrer Hand: *Bitte geh.* Sie muss dieses letzte Bisschen ihres Selbst retten, den Bodensatz ihrer Würde. Darf ihn nicht sehen lassen, wie weh es tut. Sie weint erst, als er das Zimmer verlassen hat.

4

Sudha

ICH HALTE MEIN GESICHT unter den Hahn in der Küche und scheuere, bis das Wasser mein Gesicht betäubt. Ich beuge den Kopf und reibe fest über meine nasse Kopfhaut, bis der ganze Brei herausgewaschen ist. Trotzdem fühle ich mich immer noch schmutzig. Als ich mich wieder aufrichte, wird mir ein wenig schwindelig, weil ich so lange Zeit vorgebeugt dagestanden habe. Kaltes Wasser tröpfelt mir den Rücken hinunter in mein T-Shirt und läuft an meiner Wirbelsäule entlang. Meine Zähne klappern. Mein Inneres ist schwarzes Eis.

Wie viel Gewalt mir doch angetan worden ist. Meine Mutter, die mein Leben in die Form ihrer Wünsche stampfte. Meine Schwiegermutter, die davon wegschneiden wollte, was sie als ungebührlich erachtete. Mein Ehemann, der mit seinen schmalen, bedauernden Schultern zurückwich. Sunil, der, zerstörerisch in seinem Verlangen, in meinen Körper stieß. Jedes Mal versuchte ich fügsam zu sein. Ich gab dem, was sie taten, einen erträglichen Namen. Pflicht. Familienehre. Der Respekt, den ein Sohn schuldig ist. Leidenschaft. Aber heute ... Die Spucke des alten Mannes auf meinem Gesicht, so freimütig in ihrem Hass. Ich konnte nicht so tun, als bedeute sie irgendetwas anderes.

Warum habe ich nicht die Müslischüssel nach ihm geworfen?

Hure, hatte er am gestrigen Abend geschrien. Seine Stimme hatte geknistert wie Anzündholz. Er hatte mir geradewegs in die Augen gesehen, Erkennen im harten Blick.

In meinem Brustkasten Setzregale mit durcheinander gewürfelten Buchstaben. Als ich sie zusammenfüge lese ich: *Das ist deine Strafe.*

Ich spüre ein Ziehen an meinem Hosenbein. Irgendwie hat Dayita es geschafft, einen der Stühle beiseite zu schieben. Sie streckt die Arme aus, um hochgenommen zu werden. Als ich mich zu ihr hinunterbeuge, patscht sie mir mit beiden Händen ins nasse Gesicht und versucht dann, das Wasser abzuwischen. Ich vergrabe mein Gesicht an ihrer Brust und halte sie ganz fest. Wir sind nun schon so lange Zeit in der Hoffnung auf Obdach von Ort zu Ort gelaufen. Und ich dachte, ich hätte es hier endlich gefunden. Eine Zuflucht, wenn auch nur für wenige Monate. Genug Zeit, um meine Wunden zu lecken und Atem zu schöpfen.

Dayita versucht nicht, sich aus meiner Umarmung zu winden, wie sie es für gewöhnlich tut. Sie streicht mir übers Haar, wie ich ihr manchmal über das ihre streiche. Sie zieht an meinen Ohrläppchen und singt ein unmelodisches Babylied.

Letzte Nacht, als sie schlief, habe ich mein Gesicht gegen ihre klebrigen Finger gedrückt, die zu einer Faust geballt auf ihrer Decke lagen. Ich werde mich um dich kümmern, habe ich geflüstert. Ich brauche keine Almosen, von niemandem.

Anju, was würdest du tun?

Eine alte Gewohnheit. Wann immer ich in meinem Leben in Schwierigkeiten steckte, habe ich diese Frage gestellt.

Ich denke dabei nicht an die Cousine, mit der ich nicht mehr reden kann, die Ehefrau, die mich womöglich in diesem Augenblick verflucht, die Frau, die so abgehärmt ist durch ihren Verlust, dass ich sie kaum wieder erkenne. Meine Anju ist das leidenschaftliche Mädchen, mit dem ich groß geworden bin, glühend vor Empörung. *Dieses alte Monstrum*, sagt sie in meinem Inneren. *Dieser sture, egoistische alte Bock! Wild entschlossen, die ganze Welt so unglücklich zu machen, wie er es ist. Wie kann er es wagen, die Lage für mich und mein Kind zu ruinieren! Wer hat ihn zu meinem Richter gemacht?*

Ich bin nicht Anju. Wenn ich versuche den alten Mann zu hassen, kann ich nicht umhin, mich daran zu erinnern, wie sich sein hilfloses, eiskaltes Fleisch anfühlte. Wie kalt seine Glieder gewesen waren, wie steif und widerwillig. Und plötzlich denke ich an Singhjis Körper – wie er sich angefühlt haben muss, als sie ihn eines Morgens fanden. Die Leiche meines Vaters. Als diese Worte durch mich hindurchjagen, folgt ihnen ein weißer Strudel des Schmerzes. So allein sterben zu müssen!

Wer weiß, was die Zukunft mir bringen wird. Und Dayita. Ihre und meine Zukunft, die ich aus meinem Leichtsinn heraus geformt habe. Ich spüre, wie sich bei diesem Gedanken vor Angst die Säure in meinem Mund sammelt. Dennoch bringe ich mich dazu, Dayita hoch in die Luft zu heben und herumzuschwingen. »Wenn dies unser letzter Tag hier sein soll«, sage ich zu ihr, »dann werden wir uns wenigstens amüsieren.«

Ich gehe zu der schimmernden Stereoanlage hinüber, zu den Reihen von Tasten und Knöpfen, die mich an jedem anderen Tag entmutigt hätten. Ich experimentiere damit herum, bis ich den Kassettenrecorder in Gang bekomme. Inmitten von Stapeln von tibetischen Gesängen und New-Age-Klängen entdecke ich eine Kassette mit Hindi-Musik. Ein Lied mit schnellem Rhythmus ertönt. Ich erinnere mich, es in den Straßen Indiens gehört zu haben, wo es aus den Lautsprechern von hunderten von Läden schmetterte, wo es von fröhlichen, arbeitslosen jungen Männern gepfiffen wurde, die rauchend und spuckend an den Straßenecken herumstanden. Das Lied erscheint mir angemessen, da auch ich sehr bald arbeitslos sein werde.

Pyar Divana Hota Hai heißt es in dem Lied, *Liebe ist verrückt*. Die Gefahr von Klischees liegt darin, dass sie immer auch ein Körnchen Wahrheit enthalten. Haben wir nicht alle an eine verrückte Liebe geglaubt, die an der nächsten Ecke unserer Tage auf uns wartet? Haben wir uns nicht alle nach der Aufwallung einer solchen Leidenschaft gesehnt? Wir hatten ja keine Vorstellung, wie sie sich an ein Leben heranschleicht, es in Stücke zu reißen vermag.

Ich drehe die Musik lauter und schwinge meine Tochter im Rhythmus herum. Die Vergangenheit ist die Vergangenheit ist die Vergangenheit. Dayita lacht, ihre neuen Zähne funkeln. Sechs Stück, wie ich mit einigen Gewissensbissen sehe. Die letzten beiden müssen durchgekommen sein, als ich zu beschäftigt war, um es zu bemerken. Oder liegt es daran, dass ich ihr nicht allzu viele Gelegenheiten zum Lächeln gegeben habe?

»Lass uns ein Schaumbad nehmen«, schlage ich vor und drücke meinen Kopf an ihren Nacken. Ich nehme eine Flasche mit Aromatherapie-Gel aus Myras Bad, das meinen Chakren helfen soll, sich zu beruhigen. Das ist das Wenigste, was die Welt mir und meiner Tochter schuldet. Wir füllen die Wanne, klettern hinein und bespritzen einander. Berge von duftendem Schaum erheben sich um uns. Schaum wird zu unseren Weihnachtsmann-Augenbrauen, Schaum-Schnurrbärte entstehen auf unseren Lippen. Ich habe die Tür offen gelassen, sodass sich unser Lachen mit der Musik vermischt. *Gata Rahe Mera Dil, mein Herz singt.* Ich hoffe, der alte Mann hört zu. Ich hoffe, jede einzelne Silbe durchbohrt sein schwarzes Herz.

In Myras blitzender, moderner Küche werde ich ein altes Gericht zubereiten. *Bhaté bhat.* Es ist ein gedünstetes Gericht, das die Leute früher vor dem Antritt einer Reise aßen, weil es sich schnell und leicht kochen ließ. In all den Jahren unserer Kindheit sind Anju und ich niemals irgendwohin gereist. Aber manchmal, wenn wir traurig waren, bereitete Pishi uns das Gericht zu, weil wir es so gern aßen.

Ich durchsuche die Küche: Reis, gelbe Mungo-*dal*, Kartoffeln. Einige Zutaten ersetze ich durch andere, hoffe, dass es gehen wird. Besteht nicht auch das Leben eines Reisenden im Ersetzen und Experimentieren? Anstelle der grobhäutigen *jhingay* mit ihren großen Kernen nehme ich Zucchini. Anstelle des süßen *kumro* ein Stück Riesenkürbis. Mit einigen Bedenken benutze ich statt des stechend riechenden Senföls, das in Bengalen so beliebt ist, kaltgepresstes Olivenöl. Für einige Zutaten gibt es allerdings keinen Ersatz: Bittermelone, die kleinen, braunen Tarowurzeln. Mit einigem Bedauern verzichte ich auf sie. Morgen werde ich Myra auftragen, etwas aus dem Chinaladen mitzubringen. Dann fällt mir ein, dass ich ja gehen werde.

In Indien hätten wir jede einzelne Zutat in ein Stück alten Stoff gebunden und sie zusammen mit dem Reis gedünstet, damit die verschiedenen Aromen einziehen können. Hier koche ich sie in einem Topf, zerstampfe alles und forme daraus Bällchen, die ich mit Salz und Olivenöl und etwas Pfeffer würze. Das hätte ich für Anju kochen sollen, als ich bei ihr wohnte. Traurig waren wir schließlich genug. Sie muss jetzt in ihrem Geschichts-Seminar sitzen, bei diesem alten Professor, der lispelt und dessen Stimme sie einnicken lässt. Oder liegt sie vielleicht im Bett, den Kopf unter ihrem Kissen vergraben …?

Nein, ich kann mir eine solche Sentimentalität nicht leisten. Ich habe mich auf eine Art aus dem Leben meiner Cousine entfernt, wie ein Gärtner Unkraut ausreißt, das alles zu ersticken droht. Ich darf nicht dorthin zurückkehren, nicht einmal in Gedanken.

»Wir haben das *bhaté bhat* vor allem deshalb so sehr gemocht, weil wir beide es vom selben Teller essen durften«, erkläre ich Dayita. »Genau das werden wir heute auch tun.« Ich fülle uns einen großen Teller mit Reis, umrahmt von buntem Gemüse. Dann kommt mir eine Idee. Ich fülle einen weiteren Teller.

Ich stelle den Teewagen in der Nähe seines Betts ab, aber nicht so nahe, dass er nach etwas greifen und es nach mir werfen könnte. Allerdings sieht es nicht gerade danach aus, als sei er in der Stimmung dazu. Er hat sich die Bettdecke bis zum Mund heraufgezogen. Nur seine verhärmte Nasenspitze ist noch zu sehen. Der Teller sieht hübsch aus, das fröhliche Grün der Zucchini, das warme Gelb des Kürbis. Der dampfende Reis, ein kleiner, elfenbeinfarbener Hügel. Er muss das Gericht in Indien viele Male gegessen haben. Ich möchte ihn mit Vertrautheit verspotten. Ich gieße Mangosaft in einen blauen Becher. Er sieht natürlich gar nicht hin. Lose Hautfalten hängen wie Silly Putty von seinen Wangenknochen herab. Seine Atemgeräusche klingen, als würde Luft durch eine zu schmale Röhre gezwungen. Ich empfinde Bedauern für ihn und zugleich auch Wut.

Ich sage: »Wenn Sie nichts essen, werden Sie nur noch kränker und müssen wieder ins Krankenhaus. Ist es das, was Sie wollen?«

Er hält seine Augen weiter geschlossen. Die Lider sind eingesunken, faltig und lila. Leidet er bereits an Austrocknung? Dann stähle ich mich. Warum sollte ich mich sorgen? Wasser steht gut sichtbar auf dem Nachttisch, in einem besonderen Trinkbecher, mit dem er nichts vergießen kann.

Die Luft ist erfüllt vom butterigen Duft gestampfter Kartoffeln. Mein Magen knurrt, erinnert mich daran, dass ich selbst seit dem Morgen nichts mehr gegessen habe. Ich vernehme einen entfernten Knall. Was hat Dayita nun wieder umgestoßen?

Ich verleihe meiner Stimme einen tiefen und drohenden Klang. »Wenn Sie es nicht zulassen, dass ich Ihnen helfe, werde ich kündigen müssen. Und was glauben Sie, was dann aus Ihnen wird?«

Er reagiert nicht. Seine Atmung verändert sich nicht. Ich könnte genauso gut eine summende Fliege sein. Lästig, aber nicht der Mühe wert, danach zu schlagen.

Wir sitzen im Gang vor dem Zimmer des alten Mannes, denn ich will sichergehen, dass er uns hören kann. Ich habe ein Bettlaken ausgebreitet und Myras beste Samtkissen darauf gelegt. »Als wenn wir Kaiserinnen wären«, sage ich zu Dayita und schiebe ihr einen Löffel Reis den Mund. Die Wand des Gangs besteht überwiegend aus Glas. Sie geht auf Myras hinteren Garten hinaus. Bärtige Schwertlilien. Ein Baum voller großartiger, plattenrunder, violetter Blüten, nach dessen Namen ich sie unbedingt fragen muss. Ich stelle mir unsere Unterhaltung vor: *Myra, ich kündige. Ich kann diesen boshaften alten Mann nicht eine Minute länger ertragen. Aber bevor ich gehe, wüsste ich doch noch zu gern, wie dieser prächtige violette Baum in Ihrem Garten heißt.*

Lalit hätte bestimmt einen Witz daraus machen können. Aber ich bin nicht Lalit. Ich bin nur ich. Das Einzige, was mir jetzt einfällt, nachdem all meine anderen Pläne gescheitert sind, ist, Dayita eine Geschichte zu erzählen.

»Der alte König reiste über den Ozean, um die andere Seite der Erde zu sehen«, beginne ich. »Aber er muss sich wohl während des *rahukal* auf den Weg gemacht haben, denn als er dort eintraf, stellte er fest, dass er seine Fähigkeit zu sprechen verloren hatte. Das machte ihn zuerst unsagbar traurig und dann zornig, und als er in seiner Wut den Mund öffnete und schrie, fielen eine Menge schrecklicher Kröten heraus.«

Ich verleihe meiner Stimme einen ganz sanften Klang und hoffe, dass Dayita die Worte nicht versteht. »Dies jagte dem Sohn und der Schwiegertochter große Angst ein. Sie wussten nicht, wie sie ihm helfen sollten, und außerdem waren sie es leid, Kröten in ihren Schränken und in der Badewanne und manchmal sogar in ihrem Bett zu finden. Sie brachten den Mann in ein Schloss, wo andere alte Männer wie er versorgt wurden. Dort banden ihm die Wärter den Mund zu, damit die Kröten nicht entkommen konnten, und fütterten ihm Haferschleim durch einen Schlauch, den sie ihm in die Nase schoben. Jeden Abend steckten sie ihn in eine Maschine, die die Erinnerungen aus ihm heraussaugte, bis er nach und nach vergaß, wer er war und woher seine Traurigkeit kam.«

Ich verstumme für einen Moment, um ein Stück Kürbis zu essen, das inzwischen kalt geworden ist. Klumpig und enttäuschend, es schmeckt überhaupt nicht wie das Gericht aus meiner Kindheit. Ich stecke Dayita etwas davon in den Mund und sie spuckt es sofort wieder aus.

Ich bin mir nicht sicher, wie ich die Geschichte ausgehen lassen soll, also beende ich sie nicht. Ist das nicht ohnehin die Wesensart heutiger Geschichten? Außerdem habe ich zu viel um die Ohren, um erfinderisch zu sein. Ich muss Dayita zu ihrem Mittagsschlaf hinlegen, Lupe anrufen, damit sie mich abholt, und meine wenigen Sachen zusammenpacken. Ich falte das Laken, lege die Kissen wieder zurück. Dayita schlägt gegen das Glas und plaudert mit einem Eichhörnchen, das einen Ast entlangläuft. Mein Auftritt als Scheherazade ist vorüber.

Im Zimmer des alten Mannes ist es sehr still. Er liegt in derselben Position wie zuvor da, das knochige Kinn der Decke entgegengestreckt. Mein Herz rast. *Stirb nicht, stirb nicht.* Nein, da ist es ja, das kaum merkliche Senken des Brustkorbs, die lange Pause, bevor er sich wieder hebt. Aber der Teewagen ist näher ans Bett herangezogen worden! Ich kann sehen, dass er einige Bissen vom *bhaté bhat* gegessen und ein wenig Saft getrunken hat. Als ich den Wagen wegrolle, öffnet er die Augen und wirft mir einen bösen Blick zu.

Ich verkneife mir ein Lächeln, bis ich das Zimmer verlassen habe. Das Spiel läuft weiter, aber diese Runde geht an mich.

Zur Feier des Tages stelle ich ein besonderes Abendessen zusammen: Joghurt-Hühnchen und extra weich gekochter Basmati-Reis. Ich halte mich mit den Gewürzen zurück, damit das Gericht dem Magen des alten Mannes nicht zu schaffen macht. Wenn Myra nach Hause kommt, werde ich sie bitten, auf Dayita aufzupassen, während ich einen Spaziergang mache. Sie wird zu froh sein, um etwas dagegen einzuwenden. Hoffentlich gelingt es mir unterwegs eine Telefonzelle zu finden.

Ich erledige den leichten Anruf zuerst.

»Wo zum Teufel steckst du?«, fragt Lalit. »Ist alles in Ordnung bei dir? Wie geht es Dayita? Ich war außer mir vor Sorge.«

»Es geht uns gut. Aber woher weißt du –?«

»Sunil hat mich gestern Abend angerufen. Er dachte, du wärest bei mir! Seitdem habe ich überall herumtelefoniert – bei der Polizei, in den Krankenhäusern. Natürlich wusste niemand etwas. Vor einer Weile erst habe ich Anju angerufen, in der Hoffnung, dass sie etwas erfahren hat. Das Telefon läutete und läutete. Ich wollte gerade auflegen, da nahm sie ab. Ich habe sie gefragt, ob sie etwas von dir gehört hat, und sie sagte Nein. Als ich wissen wollte, was geschehen ist, hat sie einfach aufgelegt.«

Ich schlucke.

»Warum hast du mich nicht angerufen, wenn du in Schwierigkeiten steckst?«

In seiner Stimme schwingt Verletztheit mit – und etwas, wofür ich noch nicht bereit bin. Wie soll ich erklären, warum ich ihn nicht um Hilfe bitten konnte? Stattdessen frage ich: »Wie klang Anju?«

»Nicht gut. Als hätte sie Schlaftabletten oder sonst irgendetwas genommen. Wenn ich etwas gefragt habe, entstand immer erst eine Pause, als versuche sie mühsam, die Worte aus ihrem Mund hervorzubringen. Ich habe sie gefragt, wo Sunil ist. Sie sagte, er sei fort – was auch immer das heißen mag. Als ich sie fragte, ob bei ihr alles in Ordnung sei, ob sie etwas braucht, hat sie mir nicht geantwortet.«

Meine Hochstimmung ist mit einem Mal verflogen. Ich lehne mich gegen die Telefonzelle, spüre die Metallwand scharf und kalt zwischen meinen Schulterblättern.

»Wirst du mir nicht sagen, was los ist?«

»Wenn wir uns sehen«, bringe ich durch Gummilippen hervor.

»Freut mich zu hören, dass du vorhast, dich mit mir zu treffen. Wäre es zu viel verlangt, nach einem genauen Zeitpunkt zu fragen?«

Sei nicht böse, Lalit. Du nicht auch noch. »Sonntagmorgen, wenn du es einrichten kannst.«

»Wenn ich es einrichten kann! Verdammt, Sudha, du weißt doch, dass ich alles möglich machen würde, um –« Er verstummt mitten im Satz, spricht dann ruhiger weiter. »Wo?«

Ich gebe ihm Myras Adresse und Telefonnummer und erzähle ihm von meinem Job. Ich bitte ihn, nur im Notfall anzurufen. Trage ihm auf, niemandem die Nummer zu nennen.

»Wer genau ist *niemand*?«

Ich antworte nicht.

»Ich werde nicht so tun, als würde ich es verstehen«, sagt er mit müder Stimme. »Ich hätte mir nur gewünscht, dass dein Vertrauen in mich groß genug ist und du dich an mich wendest, bevor du einfach so verschwindest.«

Ich ertrage es nicht, ihn um Entschuldigung zu bitten, also sage ich: »Erzähl mir einen Witz, einen richtig albernen.«

»Ich kann doch nicht am laufenden Band Witze erzählen!«

»Bitte …«

Er seufzt. Ein Augenblick verstreicht, ehe er beginnt: »Ein Mann geht zu einem Psychiater. ›Doktor‹, sagt er, ›ich glaube, ich bin ein Frosch.‹ ›Wie lang ist das denn schon so?‹, fragt der Psychiater. Der Mann erwidert: ›Seit ich eine Kaulquappe war.‹«

Ich lache. Aber später werde ich mich fragen, warum er ausgerechnet einen Witz über Selbsttäuschung gewählt hat, ob vielleicht eine Botschaft für mich darin verborgen lag.

»Dann bis Sonntag«, sage ich.

»Ich kann es kaum erwarten«, sagt er.

Anju nimmt beim ersten Läuten ab, bevor ich überhaupt für sie bereit bin. Hat sie neben dem Telefon gegessen und gewartet? Ich stelle mir vor, wie sie auf dem Boden in dem dunklen, staubigen Wohnzimmer hockt, den Kopf gegen das Sofa gelehnt, und all die Knoten, die ich ihr aus dem Haar gekämmt habe, sind wieder da.

Wie soll ich diese Unterhaltung nur beginnen?

»Sunil?«, fragt Anju. »Bist du das, Sunil?«

»Nein, ich bin's.«

Anju fragt mich nichts – nicht, wo ich bin, nicht, warum ich gegangen bin. Sie erkundigt sich nicht einmal nach Dayita.

»Anju, es tut mir Leid, dass ich so plötzlich gegangen bin. Ich wollte dich nicht beunruhigen. Aber ich hatte keine andere Wahl. Das musst du mir glauben.«

»Du musst mir nichts erklären. Es ist dein Leben.«

Ihr Ton ist gleichgültig, nur ein kaum merkliches Zittern liegt darin, wie die zu straff gespannte Seite einer Sitar. Nur ich, die ich sie seit der Kindheit kenne, vermag zu ermessen, wie aufgebracht sie ist.

»Anju, hör mir zu. Ich konnte einfach nicht länger bleiben, so wie sich alles entwickelte.«

»Du musst nichts erklären«, sagt Anju wieder, ihre Stimme rau an meinem Ohr. »Sunil hat es mir gesagt, bevor er gegangen ist.«

Ich versuche an ihrem Ton abzuschätzen, was genau er gesagt hat, wie viel ich nun verraten darf.

»Du solltest auch meine Seite hören –«

»Er will sich scheiden lassen, um ganz neu anzufangen. Mit dir.«

»Anju, das wird nicht geschehen. Das habe ich ihm gesagt. Er weiß, dass ich ihn nicht liebe. Das habe ich doch auch in dem Brief geschrieben, den ich für ihn dagelassen habe – hast du ihn nicht gelesen?«

Anju fährt fort, als hätte ich gar nicht gesprochen. »Ich wollte auf jede nur erdenkliche Weise dagegen ankämpfen. Betteln, weinen, ihm das Gefühl geben, ein Arschloch zu sein. Ich wollte darauf bestehen, dass wir eine Paartherapie machen –«

»Das ist eine ganz großartige Idee! Das ist genau das, was ich gehofft hatte. Was ich durch mein Weggehen bezwecken wollte.«

»Aber eine tote Liebe ist wie ein toter Körper«, sagt Anju, »sie beginnt zu faulen, während man sich daran klammert und sich die Augen ausweint.«

Ihre Worte jagen mir Angst ein, ebenso wie ihre Stimme, die so vernünftig klingt. »Trefft keine vorschnellen Entscheidungen«, mahne ich. »Ihr seid beide zu emotional. Wartet, bis sich alles ein wenig beruhigt hat.«

»Kann man die Zersetzung abwenden? Alles, was einem bleibt, ist der Gestank an den Händen. Ich werde die Scheidungspapiere unterschreiben, sobald er sie mir schickt.«

»Anju!«, rufe ich. »Lass uns erst darüber reden. Lass uns ein Treffen vereinbaren.«

Aber sie hat aufgelegt. Auf dem gesamten Rückweg, während ich mit hochgezogenen Schultern durch den kalten Wind laufe, der von der Bucht her aufgekommen ist, höre ich das metallische Klicken in meinem Ohr, die Trennung, die ich verdient habe.

5

Die letzten Sonnenstrahlen verlöschen, und die Nacht fällt wie ein riesiges Netz auf die Städte an der Küste herab. Die Sternbilder spielen Fangen miteinander und bringen Funken zum Sprühen, wenn sie sich berühren. Niemand dort unten bemerkt dies. Überall in der Bay Area ist es Zeit für das Abendessen.

Einige machen es wie Anju, öffnen die Kühlschranktür, um sich eine Scheibe von dem in Klarsichtfolie eingeschlagenen amerikanischen Käse zu nehmen. Sie stehen über Küchenarbeitsflächen gebeugt und löffeln kalten, chinesischen Bratreis in sich hinein aus einem allzu leuchtend rot-weißen Behälter zum Mitnehmen, eine Erinnerung an frühere, fröhlichere Zeiten in ihren Leben.

Einige, wie Sunil zum Beispiel, sitzen an schmalen Restauranttischen, die für Gäste vorgesehen sind, die allein speisen. Irgendwo ganz weit hinten, nahe der Tür, auf der *Toiletten* zu lesen steht. Sie sind in eine Zeitung vertieft, während sie auf ihr Essen warten. Der NASDAQ ist wieder einmal unten, und dem Dow geht es auch nicht viel besser. Da gibt es eine ganze Spalte »Sie sucht Ihn« (aber wo stecken all diese Frauen bloß?). Die einsamen Gäste ziehen Schreibblöcke hervor und machen sich Notizen. Einige tippen inbrünstig Nummern in ihre Handys. Wenn auf der anderen Seite jemand drangeht, nehmen die Gesichter der einsamen Gäste einen glückseligen Ausdruck an. *Ich bin gerettet.* Sunil, der solche Requisiten verachtet, starrt vor sich hin, als schere er sich nicht darum, allein zu sein. Als sein Essen kommt, kaut er es langsam, bedächtig, ohne sich die Mühe zu machen, hinzusehen.

Bei Myra ist der Tisch mit einer braunen Seidendecke mit indischer Handdruckerei gedeckt. Passende Servietten, feines, weißes Porzellan, teure, dünne Kristallgläser. Messing-Kerzenleuchter, die wie Pfaue geformt sind. Trideep öffnet eine Flasche Beaujolais. Sie feiern.

»Nicht so voreilig«, sagt Sudha trocken. »Er hat erst zweimal gegessen und dabei jedes Mal nur ein paar Bissen.«

»Das ist eine verdammte Menge – mehr als das, was wir bisher vorzuweisen haben«, entgegnet Myra. Ihre Hand fährt in die Höhe, die übertriebene Geste einer Tänzerin. Der Wein zittert, lichtdurchlässig wie ein farbiges Glasfenster. »Auf die Zauberin!«

Sudhas Lächeln erstreckt sich wie ein Bindestrich über ihr Gesicht. Sie sagt nichts. Von Zeit zu Zeit blickt sie zur Tür hinüber, als erwarte sie, dass jemand eintritt.

»Auf die Zauberin, die unsere Ehe gerettet hat!«, fügt Trideep hinzu. Die Erleichterung hat die Muskeln in seinem Gesicht gelockert, sodass er wie eine rundlichere, jüngere Version seines Selbst wirkt. »Köstlich!«, behauptet er und wedelt mit einer Gabel voll Curryhuhn. »Wer könnte da widerstehen!« Er beugt sich vor, um Dayita zu kitzeln, die von seinem tiefen, männlichen Lachen begeistert ist. »Deine Mom kann Wunder vollbringen, wusstest du das, kleines Mädchen?« Dayita erwidert sein Lachen und greift nach seiner Brille.

»Wir würden Ihnen gern etwas schenken, als Zeichen unserer Dankbarkeit«, sagt Myra. Auf dem Weg zur Küche, wo sie eine weitere Flasche holen will, schlingt sie ihre Arme um Sudha, und ihre Wange trifft Sudhas bei einem Luftkuss. Ihre dünnen Silberarmreifen – zwanzig an jedem Arm – klimpern übermütig.

»Ich möchte nichts«, sagt Sudha, obwohl sie vielleicht in Wahrheit meint, dass sie ihr das, was sie wirklich möchte, nicht geben können. Niemand kann das. Aber sie bestehen darauf, und bei der zweiten Flasche Wein kommen sie zu einer Einigung. Es soll ein Laufstuhl für Dayita sein. (»Ein Laufstall ist viel zu grausam«, stellt Myra fest und schüttelt sich dabei.) Sie werden einen mit einem breiten gepolsterten Rand kaufen, damit sie nah an Myras Kostbarkeiten hinlaufen kann, ohne sie anfassen zu können.

»Denken Sie doch nur mal, wie viel beruhigter ich sein werde«, sagt Myra. »Im Grunde ist es also mehr ein Geschenk für mich! Wir werden ihn heute Abend noch kaufen, auf unserem Weg zu Sally.«

Sally ist Myras Freundin aus College-Zeiten. »Ihr gehört diese großartige Boutique auf der University Street«, erläutert Myra. »Orientalische Kleidung und Kunst. Hervorragende Lage und sehr erfolgreich. Ihre Geschäftspartnerin hat sich kürzlich zur Ruhe gesetzt, und Sally drängt mich seitdem, meinen Job zu kündigen und bei ihr einzusteigen. Aber bei all dem, was hier zu Hause vor sich ging, war ich viel zu gestresst, um auch nur ein einziges Mal darüber nachzudenken. Vielleicht werde ich es mir jetzt einmal durch den Kopf gehen lassen.« Schüchtern fügt sie hinzu: »Sie glaubt, ich hätte ein gutes Auge.«

Trideep drückt ihre Schulter. »Das hast du auch! Schließlich hast du mich ausgesucht, oder etwa nicht?« Er lässt seinen Arm um ihre Schultern liegen. Myra errötet heftig. Ihre Hände, die sie wie eine Madonna im Schoß gefaltet hat, zucken einmal und werden dann ruhig. Ihre Finger wirken so zerbrechlich, sind so hübsch, wie sie derart ruhig daliegen! Sie stößt einen Seufzer aus und lehnt sich gegen Trideep, der ihr einen Kuss auf die Stirn gibt. So müssen sie miteinander umgegangen sein, bevor die Krankheit des alten Mannes ihr Leben wie ein für die Jahreszeit ungewöhnlicher Hurrikan getroffen hat.

Sudha blickt zur Seite, beißt sich auf die Lippe.

»Wir sind bis zehn wieder zurück«, versichern sie ihr, als sie sich auf den Weg machen.

Sie winkt nur ab. Der Wein, der ihnen eine so übersprudelnde Laune beschert hat, hat sie nur müde gemacht. »Lassen Sie sich Zeit«, sagt sie. Der Abend dehnt sich vor ihr aus, eine Wüste, jede Minute abschleifend wie Felsstaub. »Ich habe ja ohnehin nichts anderes zu tun.«

Nach Süden hin, achtzig Kilometer entfernt, ist der Verkehr auf dem Freeway 880 durch einen umgekippten Sattelschlepper zum Stillstand gekommen. Er liegt quer über der Mittelleitplanke und hat seine ganze Ladung auf der Straße verteilt. Berge von Tomaten sind quer über acht Spuren zu rotem Matsch zerquetscht, Kisten mit tiefgefrorenem Spinat knirschen wie Knochen unter den Rädern der Autos, die anhalten und anfahren und wieder anhalten. Die Fahrer starren auf das Durcheinander. Sirenen, die Highway-Polizei sperrt Fahrspuren mit Leuchtsignalen, die an riesige Wunderkerzen erinnern. Wo ist der Fahrer des Lkw? Eine Karambolage mit vier beteiligten Autos hinter dem Lastwagen, Sanitäter hasten mit Tragbahren umher. Ein junger Mann sitzt benommen auf der Mittelleitplanke und hält sein Handgelenk, das in einem seltsamen Winkel absteht. Eine Frau weint, zieht am Ausschnitt ihres Kleides. Eine andere Frau ist schon mit einer Sauerstoffmaske auf dem Gesicht, die ihr das Aussehen eines Alien verleiht, zum Krankenwagen getragen worden. Die Fahrer blinzeln angesichts der blinkenden Lichter. Sie drehen die Köpfe, wollen die zu Schrott gefahrenen Wagen noch nicht aus ihren Blicken entlassen. Sind sie dankbar, dass sie nicht betroffen sind? Tut es ihnen Leid, was geschehen ist? Vielleicht sind sie auch bloß verärgert über die Verzögerung, über die Tatsache, dass sie *Jeopardy* im Fernsehen verpassen werden. Der Polizist bedeutet ihnen mit einem Leuchtsignal, weiterzufahren. *Los, Los. Weiter!* Auf beiden Seiten des Freeways steht ein Haus neben dem anderen, in ordentlichen, ahnungslosen Reihen. Menschen kochen Abendessen, sehen Hausaufgaben nach, bezahlen Rechnungen. Dann Sex und schließlich das kurze Vergessen im Schlaf. Im Fernsehen verkündet ein Nachrichtensprecher, dass weltweit inzwischen sieben Millionen Menschen mit dem HIV-Virus infiziert sind. Hundert Meter weiter spricht jemand in ein Megaphon. Irgendjemand schreit. Die Menschen in den Häusern hören es nicht. Vielleicht ist das Nicht-Hören notwendig fürs Überleben. Verkehrs-Hubschrauber tuckern oben am Himmel, zerschneiden die düstere Luft. Scheinwerfer sind auf den Namen des Lastwagens gerichtet: *Lucky*. Zwischen Gabeln von Käse-Makkaroni fragt ein Junge seine Mutter über die Perestroika aus. Er muss einen Aufsatz für die Schule schreiben. Ich habe keine Ahnung, erwidert die Mutter erschöpft, während sie einen Topf schrubbt. Frag deinen Vater, wenn er nach Hause kommt. Hundert Meter entfernt steigen Abgase von der Oberfläche der Straße in den grellweißen Schein auf wie Nebel über einem winterlichen Fluss.

Am Freeway stehen auch Motels, deren Namen übersät sind mit Worten wie »Slumber« und »Holiday«, »Comfort« und »Discovery«. Versprechen von Ruhe oder Abenteuer, alles zu günstigen Preisen. In einem von ihnen putzt sich Sunil gerade in seinem Schlafanzug die Zähne. Seine Hose und das Hemd befinden sich ordentlich aufgehängt in dem kleinen Schrank, seine Koffer sind an die Wände des schmalen Raums geschoben. Nur ein Bett und ein kleiner Tisch, an dem er in der nächsten Woche seine Mahlzeiten essen wird, zumeist von *Meena's Chaat House* (»Jumboportionen zu Tiefstpreisen«). Ganz unten in einem der Koffer hat er zweitausend Dollar in Travellerschecks, die Hälfte des Geldes von ihrem gemeinsamen Sparbuch. Die andere Hälfte hat er Anju gelassen. Bis zu seinem nächsten Gehaltsscheck wird er damit auskommen müssen, und sowohl das Motel als auch der Mietwagen (er hat ihr auch das Auto dagelassen) sind teurer, als er gedacht hatte.

Er hat sich heute einen halben Tag freigenommen, obwohl es schwer war, denn es gab im Büro so viele offene Probleme zu lösen. Aber er hat seiner Sekretärin mitgeteilt, dass es nicht anders gehe. Er ist lange mit seinem Mietwagen umhergefahren und hat auf den Straßen Ausschau nach einer Frau gehalten, die einen Kinderwagen schiebt. In seiner Vorstellung trug sie denselben *sari* wie an dem Tag des Kusses. Blau wie Wasserhyazinthen, diese wunderschönen, tödlichen Blumen in den Seen Bengalens, wo Moskitos leben, die tödliche Krankheitserreger in sich tragen. Er ist zu Lalits Wohnblock gefahren – es war leicht, seine Adresse im Telefonbuch ausfindig zu machen – und hat auf der anderen Straßenseite geparkt. Er hat gewartet, bis es dunkel wurde und noch dunkler. Bis die Lichter in der Wohnung angeschaltet wurden, und Sunil sicher sein konnte, dass es dort nur eine einzige Silhouette zu sehen gab.

Es ist etwas, das er jeden Abend tun wird, bis er sich auf den Weg nach Houston macht.

Er reinigt seine Zähne mit Zahnseide, seine Hände vollführen eine vorsichtige, sägende Bewegung. Der Faden ist zu kurz, seine Finger stoßen gegen die Lippen. Es war der Rest. Er hatte einen verärgerten Blick in die Packung geworfen und sie dann mit Schwung in den rostigen Abfalleimer geworfen.

Er hatte Anju früher am Tag vom Büro aus angerufen, um ihr die Adresse seines Büros in Houston zu geben. »Ich werde dir jeden Monat die Hälfte meines Gehaltsschecks schicken«, hatte er ihr versichert. »Du musst dir um Geld keine Sorgen machen.«

»Ich will dein beschissenes Geld nicht«, war ihre Antwort gewesen.

Das Wort war wie ein Schlag. Sie fluchte niemals auf diese Weise. Er spürte, wie er in seinem Anzug zu schwitzen begann. »Sei doch vernünftig«, bat er. Er hatte Angst, ihren Namen auszusprechen. Er wusste, dass er dieses Recht verwirkt hatte.

»Leck mich doch«, sagte sie.

Im Bett zieht er sich die Decke bis zum Hals hoch, tritt sie dann weg. Sie riecht moderig, benutzt. Die Laken sind ganz rau vom häufigen Bleichen. Durch einen Riss im Vorhang werden während der ganzen Nacht Lichter von vorbeifahrenden Autos wie Suchscheinwerfer über sein Gesicht wandern und ihn aus dem Schlummer reißen. Soll er einen Privatdetektiv anheuern? Vielleicht könnte er dazu ein Darlehen von der Kreditgenossenschaft aufnehmen? Aber was soll er dem Mann sagen? Ihm fällt ein, dass er nicht einmal ein Foto von Sudha besitzt, das er ihm zu zeigen könnte.

Er reibt sich den Nacken – wie kann man nur so müde sein und doch nicht schlafen können? Nach einer Weile gibt er auf. Fernsehen? Nein. Er geht zu dem abgewetzten Lederkoffer hinüber, den er einst als Student aus Indien mitgebracht hatte. Darin befindet sich ein neuer Kassettenrecorder, immer noch in der schaumstoffgepolsterten Verpackung. Sunil reißt die Zellophanhülle von einer Kassette und schiebt sie hinein. Wo ist die Steckdose? Er kniet sich im Dunkeln hin, um die Wand abzusuchen. Da, genau da ist das glatte Plastikrechteck. Als Sunil sich zum eingebauten Mikrophon vorbeugt, spürt er den wackeligen Tisch kalt unter seinen Ellenbogen.

»Kleines«, flüstert er. »Ich vermisse dich. Wo bist du jetzt?«

Acht Uhr abends. Sie schaut bei dem alten Mann vorbei, der zu schlafen scheint. Viertel nach acht. Sie putzt die Arbeitsflächen in der Küche, die aber schon sauber sind. Dayita ist gebadet und im Bett, sorgfältig zwischen Kissen gelegt. Acht Uhr fünfundzwanzig. Halb neun. Der Abend ist so still, selbst die Grillen haben sich verkrochen. Acht Uhr fünfunddreißig. Sie läuft in der Küche auf und ab, legt sich hin, steht wieder auf. Ihre Hände fühlen sich trocken an – sie reibt sie mit Aloe-Vera-Lotion ein, die sie in der Küche entdeckt hat. Sie wäscht ihr Gesicht mit kaltem Wasser, bereitet sich eine Tasse Kamillentee mit Honig zu. Zwanzig vor neun. Stille ist wie Eisstückchen um ihren Körper gestopft. Sie kaut an ihren Nägeln, eine alte Angewohnheit. Ihre Mutter hatte sie gezwungen, ihre Finger in Rizinusöl zu tauchen, um es ihr abzugewöhnen. Sie hatte geglaubt, davon kuriert zu sein, genauso wie sie geglaubt hatte, von ihren Sehnsüchten geheilt zu sein. Viertel vor neun.

Sie geht zur Stereoanlage hinüber. Sieht die Schallplatten durch. Hier – wie hat sie das nur zuvor übersehen können? – *Volkslieder aus Bengalen*. In der Stille des Glashauses, wo die Holzböden mit Teppichen aus Bokhara bedeckt sind, ist das blecherne Klingen der Ektara des *baul*-Sängers, die raue Beharrlichkeit seiner Stimme, wie ein Schock. Sie schaltet das Licht aus. Das weiße Ledersofa schimmert gedämpft in der Dunkelheit. Der Sänger singt ein altes Lied, das auch Pishi kannte: *O nodi re*.

Fluss, ich habe nur eine Frage an dich.
Oh, Fluss, auf deiner nicht enden wollenden Reise.
Wenn eins deiner Ufer bricht, erschaffst du dir ein neues.
Aber was ist mit mir, dessen Ufer des Lebens
weggespült worden sind?
Oh, Fluss.

Sie spielt das Lied noch einmal, dann ein weiteres Mal. Sie spielt es immer wieder, eine ganze Stunde lang, wie ein Teenager. Sie singt mit, bis ihre Stimme ganz heiser ist. Die Flüsse der bengalischen Landschaft, die sie nur ein oder zwei Mal von einer

Brücke oder einem fahrenden Auto aus gesehen hat. Unbefriedigend. Zehn vor zehn sagt die Uhr. Sein ganzes Leben in einem Land zu verbringen und seine Flüsse nicht zu kennen. Ihr Gesicht ist heiß. Das Schlucken tut weh. Bedauern schwillt in ihrer Kehle an wie infizierte Mandeln. Trideep und Myra dürfen sie so nicht sehen.

Im Zimmer des alten Mannes leuchtet das Nachtlicht in einem kräftigen Blau. Sie sieht, dass er sich ein Kissen über das Gesicht gezogen hat. Der Atem stockt ihr. Sie rennt zu ihm: *Baba, was hast du getan?* Aber nein, es sind nur seine Ohren, die er bedecken wollte. Seine schlafenden Finger umklammern immer noch die weißen Ränder. Sie lockert sie langsam, will ihn nicht aufwecken.

Später wird sie sich erinnern, wie sie ihn genannt hat. *Baba. Vater*. Es ist in ihrer Kultur verbreitet, alte Männer so anzusprechen. Und dennoch.

Er kannte das Lied auch. Er dachte an die Flüsse, die er nicht wiedersehen würde. Grünes Wasser. Binsengewächse. Kraniche, die mit steifen Schritten über den Schlick staksen. Im Schlaf ist sein Profil hager, steinern. Alles Übermaß abgefallen. Der Abend ist vorangeschritten. Viertel nach zehn. Halb elf. Elf. Sie berührt die Kissenhülle, aber sie ist trocken. Einige Dinge sind mit Tränen nicht zu beklagen.

Anju zieht ihre Socken an. Sie zieht mit beiden Händen. Es ist so schwer, weil sie schon zwei Paar an den Füßen trägt. Aber ihr ist so kalt. Jene Art von Kälte, die nicht schwinden will, obwohl sie die Heizung auf die höchste Stufe gestellt hat. Ihre Fingerspitzen sind ganz runzlig vor Kälte. Wenn sie es geschafft hat, die Socken überzustreifen, will sie ihre Handschuhe anziehen.

Ein Pullover, zwei. Ein brauner, den sie auf einem Trödelmarkt erstanden hat, ein grüner, der einmal ein Geschenk von Sunil zu einem Jahrestag gewesen war. Sie zieht ihn wieder aus, schleudert ihn in die Ecke. Sie kramt im Schrank herum, bis sie den blau-weißen Schal findet, den Pishi ihr zu irgendeinem Geburtstag gestrickt hatte. Auf dem Kopf trägt sie eine Wollmütze, die ihre Ohren bedeckt. Sie sitzt auf dem Sofa und zieht die

Knie an die Brust. Alle Lichter sind an. Auch das Radio. Der Fernseher. Den hatte sie herumgeschoben, bis er ganz zur Wand gedreht stand. Auf diese Weise muss sie nicht die Gesichter betrachten, die sie beobachten. Sie schließt die Vorhänge. Die Dunkelheit draußen vor dem Fenster hat auch Gesichter. Sie überprüft, ob die Tür abgeschlossen ist, hängt die Sicherheitskette ein.

Im Radio geht es um Selbstmordattentäter in Tel Aviv, im Fernsehen reden sie über Luftangriffe in Bosnien. Der Kühlschrank rezitiert den Anfang eines Romans. *Der Geruch bitterer Mandeln ließ ihn stets an das Schicksal verhinderter Liebe denken.* Anju nickt. Weiß sie selbst nicht mehr über verhinderte Liebe als der Rest der Welt zusammengenommen? Wie sie einem im Schlaf auf der Brust sitzen kann, ruhig wie eine Katze, und einem den Lebensatem aussaugt. Deshalb muss sie wach bleiben. Sie holt ihr Notizbuch hervor und beginnt zu schreiben. Die Kälte zerrt an ihren Augenlidern, zieht sie herunter. Aber sie darf nicht. Was ist, wenn das Telefon … Was, wenn die Türklingel …? Eine Tasse Tee wäre genau das Richtige zum Warmwerden, aber auch um die Schläfrigkeit abzuwehren.

Der Kessel pfeift ohne rechte Lust. Anju schüttet, sie misst ab, rührt. Na also, das war doch gar nicht so schwer, oder? Selbst mit den Handschuhen, die sie dafür nicht ausgezogen hat. Sie hebt den Becher mit beiden Händen. Die Glühbirne singt ein Lied über Menschen, die andere Menschen brauchen und dass sie die glücklichsten Menschen auf der Welt sind. Das ist ein guter Witz! Er bringt sie beinahe zum Lachen. *Was hältst du davon, Nicole?* Der Dampf vom Kessel hinterlässt einen feuchten Fleck an der Küchenwand. Wenn man ihn lange genug anstarrt, kann man darin Gesichter erkennen. Sunils Gesicht mit diesem seltsamen flehendlich bittenden Ausdruck – wann hatte sie ihn nur zum ersten Mal bei ihm gesehen? Als sie ihn bat, Sudha nach Amerika holen zu dürfen? Seine Augen sagen: Lass sie nicht *in meine Nähe. Die Anziehungskraft zwischen uns ist zu stark. Ich werde einen Zusammenprall unserer Leben nicht verhindern können.* All diese Auseinandersetzungen, die sie gehabt hatten, waren im Grunde seine Art gewesen, sie auf die einzige Weise um Hilfe zu bitten, die er kannte. Doch sie hatte sich abgewandt, hatte den Kopf zu voll mit ihren eigenen Worten gehabt, um seine hören zu können.

Und mit diesem Gedanken blickt sie auf die zerbrochenen Stücke auf dem Boden, auf den Flecken bräunlicher Flüssigkeit auf ihren Socken, die Hitze, die durch sie hindurchbrennt, das splitternde Krachen, das immer noch in ihrem Kopf widerhallt. Wie ist das nur passiert? Sie nimmt einen weiteren Becher, um es auszuprobieren. Aha, so also, das gerundete Porzellan gleitet durch ihre wollenen Handflächen. So also, ein durchdringendes, sternförmiges Bersten von Porzellan auf dem billigen Linoleum. Sie versucht es mit einem weiteren, dann mit noch einem und springt bei jeder Explosion davon weg wie ein Kind von einem entzündeten Knallkörper. Als das Brett, auf dem die Becher stehen, leer ist, macht sie sich an die Teller.

Die vielen bunten Scherben zu ihren Füßen sind hübsch. Sie zieht die Socken von einem Fuß und testet die Schärfe mit einem Zeh. Oh, ja! Der kleine Schmerz verankert sie in diesem Zimmer, in diesem Moment, schützt sie vor dem Vakuum, das jenseits gähnt. In der Zerstörung liegt die Zerstreuung, denkt sie, als sie durch die Küche geht. Die Servierplatten treffen mit einem befriedigenden Knall auf dem Boden auf und zerbrechen ordentlich in zwei Teile. Entspricht das etwa dem, was die Leute einen sauberen Bruch nennen? In der Wohnung unten schreit jemand. Jemand klopft mit einem Besenstiel gegen ihre Decke (oder ist es der Boden?). Sie nimmt es kaum wahr. *In der Zerstörung liegt die Zerstreuung*. Das ist gut. Sie muss es sich notieren, es später einmal in einem Essay verwenden. Sie schlägt ihr Notizbuch auf, doch da ist kein Platz mehr, die ganze Seite ist gefüllt. *VaterVaterVaterVaterVaterVaterVater*.

Wenn einen selbst das Schreiben im Stich lässt, was bleibt einem dann noch?

Anju kehrt in die Küche zurück und benutzt dabei ihre Arme wie eine Schwimmerin, als wolle sie die verdichtete Luft teilen. Brustschwimmen. Sie hatte es immer einmal lernen wollen und nun wird sie dazu keine Gelegenheit mehr haben. Sie tritt unterwegs auf all die Scherben: Porzellan, Glas, Keramik, Kristall,

Steingut. Das Kristall stammt von einem Satz Weingläser, den Sunil gekauft hatte – aus Anlass eines weiteren Jahrestags vielleicht? Sie stemmt ihre Ferse hinein, bewegt sie hin und her. In der Schublade, im Besteckkasten, liegen die Messer. Jedes Einzelne in einem eigenen, ordentlichen, abgetrennten Fach. Die Messer wissen, wie wichtig es ist, keine Grenzen zu überschreiten. Wenn man einmal eine Grenze überschritten hat, gibt es keinen Weg zurück ohne schwere Reifenschäden. Ihr Fuß hat Blutspuren auf dem Boden hinterlassen. Die Messer sind Magneten. Sie bewegt sich schwerfällig darauf zu, wie ein Metallblock.

Anju schiebt ihre Fingerspitzen wie in Zeitlupe unter den Vorsprung der Schublade und zieht. Das Zimmer ist silbrig und glitzernd. Sie lauscht auf etwas, das sie nicht zu hören vermag. Sie schließt die Fächer ihres Verstandes eins nach dem anderen. Klick. Klick. Klick. Ein Lied, das aus einem Tonbandgerät erklingt, dem alten im Haus ihrer Mutter, mit den dicken Spulen in metallischem Grau, körnig von der Statik der Jahre, die nicht mehr zurückgespult werden können: *All the lonely people …*

Mit aller Kraft knallt sie die Schublade zu. Bewegt sich halb rennend, halb stolpernd in den Wohnbereich. Das Notizbuch. Ihr Atem kommt, als habe man sie zu lange unter Wasser festgehalten. Sie blättert durch die Seiten, blättert erneut. Wo zum Teufel ist diese Telefonnummer? Aber als sie sie findet, starrt sie darauf hinunter. Eine ihr fast völlig fremde Frau einfach so anrufen – eine Frau, die sie nur durch die Schreibwerkstatt kennt? Sich mit der Tatsache abfinden, dass diese Fremde die einzige Person ist, die sie mitten in der Nacht, in der sie über den Tod nachdenkt, anrufen kann?

… where do they all come from?

Sie ist als Tochter der Chatterjees aus Bhavanipur zur Welt gekommen und in einem marmornen Herrenhaus groß geworden, einem Haus, so alt und berühmt, dass Vorübergehende einander darauf aufmerksam machten. *Sieh nur, das ist es.* An ihrem ersten Geburtstag lud ihre Mutter hundert Brahmanen ein, um eine Feuerzeremonie zur Segnung abzuhalten. Ihre Heirat war im Verzeichnis der prominenten Mitglieder der Gesellschaft im *Amrita Bazaar Patrika* aufgeführt. Und jetzt, in der dämmerigen Wohnung voller Scherben, muss sie den letzten Rest ihrer Willenskraft aufbringen, um den Hörer abzunehmen. Eine schläfrige Stimme am anderen Ende murmelt etwas. Anju erstarrt, sämtliche Muskeln bereit, um Entschuldigung zu bitten. Aufzulegen.

Sie muss den Hörer mit beiden Händen packen. Sie hat nichts anderes, woran sie sich festhalten könnte.

»Hier ist Anju«, sagt sie. »Ich stecke in großen Schwierigkeiten. Ich brauche Hilfe.«

Es sind die schwersten Worte, die sie jemals ausgesprochen hat.

6

Briefe

Houston im September 94

Anju,

ich mache mir Sorgen um dich. Ich habe mehrmals spät Abends und in der Nacht in der Wohnung angerufen und dich nie erreicht. Geht es dir gut? Ich wollte dir sagen, dass du dir keine Sorgen um Geld machen musst. Die Hälfte meines Gehaltsschecks wird weiterhin auf unser gemeinsames Konto eingezahlt. Lass mich wissen, wenn du mehr benötigst.

Ich kann mir vorstellen, dass du sehr wütend auf mich bist. Ich fühle mich ganz schrecklich wegen des Kummers, den ich dir verursacht habe. Du musst nicht glauben, dass es mir leicht gefallen ist. Ich hoffe nur, dass du mit der Zeit erkennen wirst, dass dies die einzig mögliche Lösung für uns beide ist, der einzig gangbare Weg, um vernünftig weiterzuleben. Ich hoffe, dass wir irgendwann einmal Freunde sein können.

Bitte schreibe an meine Büroadresse in Houston. Ich befinde mich zurzeit in einem Hotel und werde möglicherweise bald umziehen.

Sunil

September 1994

Sunil,

lege zwei Briefe für dich bei, die vor einiger Zeit per Express aus Kalkutta gekommen sind. Die Verwalterin hat sie angenommen und unter der Wohnungstür hindurchgeschoben. Ich lebe nicht mehr in der Wohnung – daher habe ich sie erst gestern erhalten.

Ich habe all meine Sachen dort weggeholt. Informiere die Verwalterin, wenn du die Wohnung weiterhin behalten willst. Ansonsten ist sie gegen ein Entgeld bereit, deine Sachen zusammenzupacken und lagern zu lassen.

Habe meinen Namen vom gemeinsamen Bankkonto entfernen lassen. Hat keinen Sinn, dort Einzahlungen für mich zu tätigen. Hast du wirklich geglaubt, ich würde weiterhin dein Geld nehmen?

Bitte schreibe mir nicht mehr. Es ist nicht mein Wohlergehen, um das du dir Sorgen machst – es ist dein schlechtes Gewissen. Damit wirst du von nun an leben müssen. Ich habe kein Interesse an einem freundschaftlichen Verhältnis zu dir. Ich gebe mir große Mühe, »vernünftig weiterzuleben«, und jedes Mal, wenn ich von dir höre, wirft mich das zurück. Wenn du mir wirklich helfen willst, lass mich in Ruhe.

Schicke die Scheidungsunterlagen an die Verwalterin. Sie wird mich informieren, wenn sie sie erhält.

Anju

Kalkutta im August 1994

Lieber chiranjibi *Sunil,*

Sohn, ich schreibe diese Zeilen in großer Trauer. Ich selbst und verschiedene andere Verwandte – auch Gouri –, haben in den letzten zwei Tagen ständig bei dir angerufen, um dir mitzuteilen, dass dein Vater vor drei Tagen an einem Herzinfarkt verstorben ist. Gott möge ihm Frieden schenken. Wir sind sehr besorgt, warum in deiner Wohnung niemand ans Telefon geht. Ich konnte deine Büronummer nirgendwo finden, und so hat Gouri schließlich vorgeschlagen, dass ich diesen Brief per Kurier schicke. Bitte rufe mich umgehend an, damit ich weiß, wann du kommst. Die Bestattung muss spätestens innerhalb von drei Tagen erfolgen, da der Leichnam nicht länger aufbewahrt werden kann.

Deine Mutter

Kalkutta im August 1994

Lieber Sunil,

ich schreibe diesen Brief im Namen deiner Mutter, die sehr mitgenommen ist von den Belastungen der Bestattung und natürlich von ihrem Verlust. Sie ist zudem verzweifelt, weil sie noch nichts von dir gehört hat, obwohl der Kurierdienst ver-

sichert, dass man den Brief deiner Mutter an deine Adresse geliefert hat und zudem im Besitz einer Unterschrift ist, die dies belegt. Wir haben dich jeden Tag vergebens angerufen. Schließlich erklärte uns eine Tonbandstimme, dass dein Anschluss abgeschaltet worden sei. Natürlich haben wir uns daraufhin nur noch größere Sorgen gemacht. Bitte setze dich umgehend mit uns in Verbindung, damit wir erfahren, was los ist.

Es war sehr schwer für deine Mutter, das Bestattungszeremoniell allein durchzustehen, ohne deine Hilfe. Der schwierigste Moment war, als sie den Leichnam anzünden musste, eine Pflicht, die traditionsgemäß vom Sohn übernommen wird, wie ich dir sicherlich nicht erklären muss. Sie hat es tapfer durchgestanden, ist aber kurz danach zusammengebrochen und hat das Bett seither nicht mehr verlassen. Sie braucht dich jetzt mehr als jemals zuvor, denn ich glaube, dass die Papiere deines Vaters in Unordnung sind, und wie du ja sicherlich weißt, hat sie keinerlei Erfahrung in diesen Angelegenheiten. Ich bitte dich noch einmal, uns umgehend anzurufen und Vorbereitungen zu treffen, so bald wie möglich nach Indien zu kommen, gleichgültig, wie ungünstig der Zeitpunkt auch sein mag.

Deine Schwiegermutter
Gouri

San Jose im September 1994

Liebe Mutter,

es tat mir Leid von dir erfahren zu müssen, dass Sunils Vater gestorben ist, wenn ich auch froh bin, dass er nicht lange leiden musste. Wie bedauerlich, dass es ausgerechnet zu der Zeit geschehen musste, als wir uns auf einem lang ersehnten Urlaub am Lake Tahoe befanden. Ich hätte dir eine Telefonnummer hinterlassen sollen, unter der wir zu erreichen waren, aber in meiner Aufregung habe ich nicht daran gedacht. Wie auch immer, sobald es Sunil gelingt, einen Platz in einem Flugzeug zu reservieren, wird er sich auf den Weg nach Indien machen.

Stell dir vor, Sudha hat eine Stelle in einer Stadt ganz in der Nähe bekommen! Jetzt ist sie in der Lage, sich etwas Geld zu verdienen, was sie sich schon seit ihrer Ankunft hier gewünscht hat. Es wird sich auf jeden Fall als nützlich erweisen, unabhängig davon, ob sie sich entscheidet, nach Indien zurückzukehren oder weiter in diesem Land zu bleiben. Eigenes Geld ist, wie du uns immer gelehrt hast, von großer Wichtigkeit im Leben einer Frau, ganz besonders bei einer Frau, die allein ist.

Die kleine Dayita ist unser Sonnenschein. Sie ist so neugierig und lernt jeden Tag etwas Neues hinzu! Sudha ruft mich für gewöhnlich jeden Abend an und bringt mich mit ihrer Beschreibung von Dayitas Streichen zum Lachen. Sunil und ich vermissen unseren munteren, wunderbaren kleinen Liebling und können kaum den Sonntag erwarten, wenn die beiden uns besuchen kommen. Du wärest sehr zufrieden, wenn du …

Santa Clara im September 1994

Liebe Mutter,

ich habe aus deinem Brief vom Tode von Sunils Vater erfahren. Ich kann unmöglich so tun, als würde ich Mitleid empfinden. Ich bin im Augenblick zu unglücklich, um gnädig zu sein, nicht einmal den Toten gegenüber. Er war ein kalter und grausamer Mann, und meine einzigen Erinnerungen an ihn sind unangenehme. Er hat Sunil auf eine Weise verletzt, für die ich zahlen musste, seit ich seine Frau geworden bin.

Bitte erschrick nicht über das, was ich dir nun schreibe. Ich hätte es dir schon eher sagen sollen, aber ich wollte dich nicht damit beunruhigen. Nun glaube ich, dass es ein Fehler war. Du bist stark genug, um mit jeder Wahrheit zurechtzukommen. Hätte ich es dir gesagt, wäre ein Rat von dir mir vielleicht eine Hilfe gewesen und alles hätte sich womöglich anders entwickelt. Dafür ist es jetzt zu spät.

Sunil und ich haben uns getrennt. Er möchte sich scheiden lassen. Er hat mir erklärt, dass er Sudha liebt und zwar schon seit langer Zeit. (Hast du das vermutet? War ich die Einzige, die es nicht sehen wollte?) Seine Firma hat ihn mit neuen Aufgaben betraut, und er ist nach Houston gezogen. Ich wohne im Augenblick in einer Stadt nicht weit von San Jose entfernt bei einer Frau, die ich an der Universität kennen gelernt habe. Sie hat mich aufgenommen, als ich am Ende war. (Meine neue Adresse steht oben.) Deshalb ist auch niemand ans Telefon gegangen, als du angerufen hast. Ich glaube, Sudha hat sich Arbeit gesucht. Ich habe sie nicht mehr gesehen und möchte es auch weiterhin nicht. Sie ist ganz plötzlich gegangen, ohne jede Erklärung. Ich vermute, es hatte etwas mit Sunil zu tun. Vielleicht sind sie jetzt auch zusammen in Houston. Ich weiß es nicht und ich will es auch gar nicht wissen, obwohl ich mir wünschte, ich könnte Dayita von Zeit zu Zeit einmal sehen.

Mein Leben fühlt sich so an, als sei in der Mitte ein riesiges Loch. Ich schleiche auf Zehenspitzen an seinem Rand entlang. Ein falscher Schritt – und ich werde hineinfallen.

Ich kann im Augenblick nicht weiterschreiben. Aber ich möchte nicht, dass du dir Sorgen machst. Es ging mir schon einmal schlechter. Ich wollte mir wehtun. Aber jetzt habe ich mich anders entschieden. Ich möchte ihnen beweisen, dass ich trotz allem, was sie mir angetan haben, überleben werde.

Deine Tochter
Anju

Berkeley im September 1994

Liebe Anju,

ich weiß nicht, ob dich dieser Brief erreichen wird oder ob du ihn überhaupt liest, aber ich muss ihn trotzdem schreiben. Ich kann mich auf nichts konzentrieren, denn ich muss ständig an dich denken. Ich habe in der Wohnung angerufen, aber da lief nur dieses Band, dass der Anschluss nicht mehr existiert. Ich habe Lalit gebeten, vorbeizufahren und nach dir zu sehen, aber er sagte mir, dass dort niemand mehr wohnt. Wo bist du? Ich muss unbedingt mit dir reden. Ich weiß, dass du mir die Schuld an Sunils Weggang gibst, aber du solltest wenigstens meine Seite der Geschichte hören. Wenn du danach immer noch keinen weiteren Kontakt mehr zu mir wünschst, werde ich dich nicht mehr belästigen.

Dayita fragt ständig nach dir. Sie sucht dich überall. Selbst wenn du nichts mehr mit mir zu tun haben willst, besuche sie doch ab und zu oder rufe sie wenigstens einmal an. Bestrafe sie nicht für das, was du als meine Sünden ansiehst.

Ruf mich bitte unter der unten angegebenen Telefonnummer an. Für den Fall, dass du es vorziehst zu schreiben, hier ist meine Adresse.

Sudha

Kalkutta im September 1994

Tochter Sudha,

ich kann es einfach nicht glauben. Du hast die Ehe deiner Cousine ruiniert, bist von zu Hause weggelaufen, hast Dayita in Gott weiß für gefährliche Situationen gebracht und hast jegliche Hoffnungen darauf zertrümmert, ein besseres Leben für dich mit diesem netten Chirurgen zu schaffen. Nur du *bist imstande, in solch kurzer Zeit ein derart heilloses Durcheinander aus deinem Leben zu machen!*

Und am schlimmsten dabei ist, dass du es mit einer solch hinterhältigen Gerissenheit vor mir verborgen hast. Ich wüsste ja immer noch nichts, wenn ich nicht zufällig Anjus Brief in Gouris Schreibtisch entdeckt hätte, als ich ihr ein Glas Gerstentrank ans Bett brachte. (Ja, du sollst wissen, dass Gouri Ma, seit sie Anjus Brief erhalten hat, an Brustschmerzen leidet, und wir mitten in der Nacht Dr. Mitra holen mussten.) Auch Pishi ist ganz krank vom vielen Weinen und Beten, und ich schäme mich derart, dass ich kaum den Kopf zu heben wage. Wie du siehst, ist es dir gelungen, mit deiner Selbstsüchtigkeit zwei Haushalte in Unruhe zu versetzen. Das ist der Grund, warum ich dir geraten habe, deine Ehe mit Ramesh nicht durch deine alberne Dickköpfigkeit zu zerstören. Denn wenn eine Frau einmal ihren Mann verlassen hat, macht sie vor nichts mehr Halt. Selbst die unmoralischsten Taten fallen ihr leicht. Ich erzittere, wenn ich daran denke, welche Auswirkungen dein Verhalten auf den Charakter deiner Tochter haben wird.

Aber warum mache ich mir überhaupt die Mühe, dir all dies zu schreiben? Wahrscheinlich wird dich dieser Brief überhaupt nicht erreichen, denn die arme Anju scheint gar nicht zu wissen, wohin du verschwunden bist, und ich möchte lieber gar nicht darüber nachdenken, wo du jetzt sein könntest und mit wem! Und selbst wenn der Brief ankommen sollte, so wirst du ihn ge-

wiss ohne zu lesen in die Mülltonne werfen und dein Leben sündhafter Vergnügungen unbekümmert weiterführen.

Deine tief erschütterte und beschämte Mutter

Houston im September 1994

Anju –

Ich respektiere deinen Wunsch, in Ruhe gelassen zu werden. Ich werde dich nicht mit weiteren Mitteilungen belästigen. Aber du bist immer herzlich eingeladen, mir zu schreiben.

Ich reise nach Indien, um meiner Mutter dabei zu helfen, ihre Finanzen in Ordnung zu bringen. Ich weiß nicht, wann ich zurückkomme. Ich werde die Wohnung in Kalifornien aufgeben – es erscheint mir sinnlos, sie zu behalten, da du ja nun offenbar etwas gefunden zu haben scheinst, was dir besser gefällt. Ich hoffe, dass du mir für den Notfall deine Adresse mitteilen wirst.

Ich möchte dich um einen letzten Gefallen bitten. Könntest du meine Sachen zusammenpacken? Ich habe die Verwalterin angerufen. Sie wird dafür sorgen, dass sie eingelagert werden, aber ich möchte einfach nicht, dass sie darin herumschnüffelt. Natürlich kann ich nicht darauf bestehen, das weiß ich.

Ich lege ein Päckchen für Dayita bei. Solltest du wissen, wo sie ist, wäre ich dir sehr dankbar, wenn du es ihr nachsenden würdest.

Sunil

P.S. Du bist immer noch wütend auf mich, weil ich unsere Ehe beenden will. Aber du solltest dir nichts vormachen und dich einmal fragen, ob du glücklich warst, selbst als wir noch zusammen lebten. Haben wir einander in unseren Herzen nicht schon vor langer Zeit verlassen?

Kalkutta im September 1994

Meine liebe Sudha,

ich schicke dir diesen Brief mit dem Kurier in der Hoffnung, dass er dir irgendwie nachgesandt werden wird.

Deine Mutter hat mich gestern angerufen. Sie war so verzweifelt, dass ich nicht begriff, was geschehen ist. Sie deutete ver-

schiedene Katastrophen an, und als ich zur Wohnung der Frauen eilte, wollten sich weder Tante Gouri noch Pishi näher dazu äußern. Und so malte ich mir alle möglichen Arten von Unglücken aus, die dir oder Anju oder möglicherweise euch beiden zugestoßen sein könnten. Als ich fragte, wann du nach Kalkutta zurückkehren würdest, brach deine Mutter in Tränen aus. »Niemals!«, rief sie und fügte hinzu: »Es ist besser, wenn sie es nicht tut, dieses schamlose Flittchen.« Da ich weiß, wie sehr sie zu Übertreibungen neigt, blickte ich fragend zu Pishi und Tante Gouri hinüber, die Frauen mit Verstand und Persönlichkeit sind, doch die beiden blieben seltsam stumm.

Wie du dir denken kannst, hat mich all dies verwirrt, auch wenn ich mir nicht vorzustellen vermag, dass irgendeine Situation, in die du geraten sein könntest, so schlimm ist, wie deine Mutter zu glauben scheint. Was auch immer sie andeutet, ich kann einfach nicht glauben, dass du irgendetwas tun würdest, was wirklich unmoralisch ist.

Sudha, ich bin so lange geduldig gewesen, habe darauf gewartet, dass du dich entschließen würdest, zu mir zurückzukehren. Ich bin mit all deinen Zurückweisungen, all deinen Bitten, dich zu vergessen – als ob ich das jemals könnte –, fertig geworden. Ich war mir sicher, dass du, wenn du erst einmal genug von der Welt gesehen hattest, begreifen würdest, dass dein Zuhause, wo dich die Menschen kennen und trotz allem lieben, der beste Platz zum Leben ist. Aber wie es scheint, war meine Strategie falsch. Das, was ich nun tun werde, hätte ich schon vor langer Zeit tun sollen.

Ich komme nach Amerika, um dich und deine Tochter nach Hause zu holen.

Auf immer dein,
Ashok

7

Sudha

Ich bin die ganze Zeit müde. Warum, weiß ich nicht. Die Arbeit ist nicht schwer. Ich wünschte mir sogar, sie wäre es. Dann wäre ich zu erschöpft, um noch die Energie aufzubringen, mir Sorgen zu machen. Dann könnte ich schlafen.

Das ist die andere Sache. Ich bin müde, aber wenn ich mich abends ins Bett lege oder auch nachmittags neben Dayita, wenn sie ihren Mittagsschlaf hält, will mein Verstand einfach nicht loslassen. Es ist wie mit dem alten, spinnwebenverhangenen Deckenventilator, der in unserer Schule in Indien in der Kantine hing. Er drehte sich langsam und mühsam, als würde er jeden Augenblick stehen bleiben – nur, dass er es nie tat. Rund und rund geht es in meinem Kopf, schmierig vor Fett und Ruß. *Ich hätte es nicht tun dürfen. Ich hätte es nicht tun dürfen*. Manchmal vergesse ich, was es ist, was ich nicht hätte tun dürfen, und erinnere mich bloß noch an das Gefühl.

Um durch die Nacht zu kommen, nähe ich eine Fantasie-Steppdecke. Eine Babydecke wie die, die man bei der Geburt eines Kindes schenkt. Wie die, die ich beinahe für einen Jungen genäht hätte, der beinahe geboren worden wäre. Ich habe mir den Stoff schon ausgesucht. Erlesene weiße Seide, von der ich weiß, dass sie vollkommen unpraktisch ist. Aber diese Steppdecke – sie gehört mir, wie mir noch nie etwas gehört hat. Nicht einmal Dayita. Nicht einmal mein eigener Körper. Ich kann damit tun und lassen, was ich will, und was ich damit anfange, vermag in der Welt da draußen keinen Schaden anzurichten.

In der Nacht frage ich mich oft, was Anju wohl tut. Wo sie ist. Als wir noch Kinder waren, schlief sie immer mit einem Knie an die Brust gezogen. Sie verlangte stets ein zusätzliches Kissen, das dann auf dem Boden landete.

Ich fülle meine Steppdecke mit alten Baumwoll-*saris*, von

denen jeder hundert Mal in Regenwasser gewaschen worden ist. Ich nähe sie mit der Hand. Bei dieser Decke kommt kein Nähmaschinen-Schnellverfahren in Frage. Ich nähe mit einem Stielstich, der sich niemals aufziehen wird.

Jetzt muss ich das Muster entwerfen, das mythisch und real zugleich sein soll. Atemberaubend in seiner Komplexität. Erstaunlich in seiner Schlichtheit. Werden Frauen auf meiner Steppdecke vorkommen? Mangalas silberne Fußkettchen. Nicoles goldenes Haar. Saras (aber warum sie?) schillernde Nägel. Die Verlorenen, in Sicherheit an einem Ort, wo ihnen niemand jemals wieder Leid zufügen kann.

Ob ich Lalit wohl bitten kann, zur Universität zu fahren? Draußen vor ihrem Seminarraum auf Anju zu warten, mit ihr zu reden, wenn sie herauskommt? Nein, nein, damit würde ich seine Großzügigkeit nur ausnutzen.

Ich möchte, dass meine Steppdecke so wird wie die Steppdecken in den Märchen, die Pishi uns immer erzählt hat. Mit *resham*-Faden in so winzigen und nahtlos aneinander gereihten Stichen genäht, dass die Bilder lebendig aussahen – und manchmal waren sie es ja auch. *Bulbuls* flogen mit roten Satinflügeln aus diesen Bettdecken hervor. Junge Liebende nahmen einander an der Hand und verschwanden auf einem schattigen Waldweg.

Aber auf meiner Steppdecke wird es keine Liebenden geben.

Der alte Mann redet nicht mit mir, aber manchmal beobachtet er mich, wenn ich das Essen hineinrolle, wenn ich nach der täglichen Reinigung etwas Sandelholzpuder auf seiner eingefallenen Brust verteile. Die weißen Haare auf seiner Brust fühlen sich unter meinen Fingern erstaunlich hart an, wie Wurzeln. Wenn ich ihm eine direkte Frage stelle – soll ich heute Abend *rajma*-Bohnen kochen oder soll ich Ihnen den Fernseher anstellen, was würden Sie gern sehen –, dann erstarrt er wie ein wildes Tier, das von einem Autoscheinwerfer geblendet wird. Ich habe gelernt zu sagen: Vielleicht sollte man die Vorhänge ein wenig öffnen, es ist ein so schöner Tag. Ich habe gelernt, seine Reaktionen abzulesen. Versteifen des Nackens, Augen auf einen unsichtbaren Punkt hinter meinem Kopf gerichtet: *Nein*. Augen geschlossen, ein kleiner, hervorgestoßener Atemzug: *Es ist mir egal, machen Sie was Sie wollen.*

Manchmal kommt Dayita in ihrem Laufstuhl, den sie innig liebt, hinter mir hergetrappelt. Ich verstehe langsam mehr von ihrem Baby-Geplapper: Ihre Versionen von Saft und Müsli und schmusen. Manchmal fragt sie nach Anju, manchmal nach Sunil, den sie immer noch Baba nennt. Sie rollt zur Stereoanlage hinüber und will, dass ich sie einschalte: *Musi.* Ihre Lieblingsbeschäftigung besteht darin, auf Dinge zu zeigen und nach ihrem Namen zu fragen. *Das? Das?* Sie zeigt auf den alten Mann. Das ist Großvater, sage ich: Dadu. Da-da, sagt sie. Sie stößt gegen das Bett. Da-da. Der alte Mann starrt sie an. Er sieht jedes Mal erstaunt aus, als habe er noch nie ein Kind gesehen.

Schhh, ermahne ich sie. Lass Großvater in Ruhe.

Da-da-da.

Der alte Mann atmet aus, ein kleines Schnauben, und schließt die Augen.

»Ich glaube, er gewinnt uns langsam lieb«, sage ich zu Lalit.

Ich warte darauf, dass er einen seiner üblichen Kommentare abgibt: *Aber klar doch* oder *Träum weiter* oder *Die Hoffnung stirbt zuletzt.* Aber er sagt nur mit einer neuen Vorsicht, die mich traurig macht: »Das wäre sehr schön.«

Vielleicht wird es auf meiner Steppdecke einen Fluss geben, auf dem ein Boot fährt. Das Boot wird wie ein Pfau aussehen, ganz wie in den Märchen. Die Segel werden die Farben von Pfauenfedern haben. Auf dem Boot eine Frau, die ein Buch liest. Ob ich es ertragen könnte, sie wie Anju aussehen zu lassen?

Der alte Mann isst zwar, aber nicht viel. Gerade einmal genug, um nicht ins Krankenhaus zu müssen, wie ich vermute. Kleine gefüllte Auberginen, Huhn in Joghurt-Mandel-Soße gebacken, Reispudding mit dicken Rosinen – nichts führt ihn in Versuchung. Er isst einige wenige Bissen und schiebt den Teller dann weg. Wenn ich schimpfe oder ihn zu überreden versuche, bedeckt er sein Gesicht mit dem Laken. Jeden Morgen ist sein Profil ein wenig hagerer, ein wenig verschlossener. Jeden Morgen stehen die Knochen wie Stangen unter dem Zelt seines Bettzeugs hervor.

Wenn Trideep und Myra an sein Bett treten, antwortet er nicht auf Trideeps Fragen. Auf Myras verzweifelte Plapperei. Er äußert keine Wünsche mehr. Schließt nur die Augen.

»Es war beinahe besser, als er noch geschrien und geflucht und Sachen durch die Gegend geworfen hat«, sagt Myra.

»Das ist nicht Ihr Ernst«, erwidere ich. Aber ich weiß, was sie meint. Auch ich mache mir Gedanken, wohin dies führen könnte.

»Dabei dachten wir doch, er sei auf dem Weg der Besserung!«, sagt Trideep, das Gesicht ganz verkniffen vor Sorge. »Warum will er denn bloß nicht mit uns reden? Ob es ihm gut geht?«

Es geht ihm nicht gut. Aber das weiß Trideep. Sein Vater schließt die Augen, weil er es nicht erträgt, hier zu sein. In diesem Bett, in diesem Haus, in diesem Land, wo ihm alles fremd ist. Er toleriert mich, weil ich dafür bezahlt werde, dass ich meine Arbeit tue. Aber die beiden anderen hasst er, denn sie halten ihn hier gefangen.

»Er ist traurig«, sage ich.

»Wie können wir ihn glücklich machen?«, fragen sie.

Aber ich, die ich unter meiner eigenen Traurigkeit leide, weiß darauf keine Antwort.

An diesem Sonntag möchte Lalit mit mir zum Grizzly Peak fahren, damit wir uns den Sonnenuntergang über der Bucht ansehen können.

»Gehen Sie nur, gehen Sie«, ermuntert Myra mich. »Ich werde auf Dayita aufpassen. Sie ist eine gute Therapie für mich. Sie bringt mich auf andere Gedanken.«

Oben im Park sticht mir der kalte Wind ins Gesicht, aber er ist sauber und stark und salzig. Er macht mir ein wenig den Kopf frei. Dank Lalit beginne ich einige der Bäume um uns herum zu erkennen: die gebeugte, amerikanische Zypresse, die abblätternde silberne Rinde des Eukalyptus, die spröden, knisternden Nadeln der Goldkiefer. Zarte Schafgarbe zu unseren Füßen.

Das ist ein kleiner Trost.

»Sieh nur«, sagt Lalit. »Da ist der Campanile auf dem Universitätsgelände, da drüben die Bay Bridge, auf der sich wie immer der Verkehr staut, da hinten ist Angel Island, wo sie einmal die Hirsche und die Immigranten in Quarantäne gesteckt haben. Das da ist die Fähre nach Sausalito, wo die ganzen dekadenten Künstler leben. Hast du gewusst, dass in Marin County der Whirlpool erfunden wurde? Dass der Coit Tower von Feuerwehrmännern aus San Francisco in der Form einer Feuerwehrspritze erbaut worden ist? Das da ist Alcatraz, aus dem noch kein Gefangener lebend entkommen ist.«

Es liegt eine große Zuneigung in seiner Stimme. Eifersucht quält mich. Sich an einem Ort so vollkommen zu Hause zu fühlen, ihn so gut zu kennen, dass man glaubt, er gehöre zu einem ... Weiß er überhaupt, welch ein Glück er hat?

»Sieh einmal dort hinüber«, sagt er. »Da ist Mount Tam. Siehst du die schlafenden Twin Peaks? Wenn man unter der Golden Gate Bridge hindurchfährt, befindet man sich auf dem Pazifik. Im November machen sich die Wale auf den Weg nach Süden. Die Blauwale und die Schwertwale. Man kann auf einem Boot hinausfahren und dabei zusehen, wie sie bis zu fünfzehn Meter hohe Wasserfontänen in die Höhe spritzen. Ein unvergessliches Erlebnis. Im Februar kommen sie dann mit ihren Kleinen zurück.«

»Das würde ich gern einmal sehen«, erwidere ich, obwohl mir Februar oder November oder auch nur die nächste Woche weit entfernt und unwirklich vorkommen, wie eine in Nebel gehüllte Küste, die ich vielleicht niemals erreichen werde.

»Ich werde dich und Dayita mal mitnehmen«, verspricht er. »Und ich werde mit euch auch nach Point Lobos fahren, damit ihr euch die Kormorane auf Bird Island ansehen könnt. Und nach Año Nuevo, wo im Dezember die Elefantenrobben hinkommen, um ihren Nachwuchs zur Welt zu bringen. Wusstest du, dass es da draußen eine Insel gibt, einen zerstörten Leuchtturm, den die Seelöwen besetzt haben?« Dann sagt er: »Du hast mir nie erzählt, was passiert ist.«

Ich habe es versucht. Letzten Sonntag und den Sonntag davor, als er mich besuchen kam. Aber jedes Mal wurde mir ganz schwindelig und schlecht. Ich fand nicht die richtigen Sätze, um ihn über das, was geschehen war, hinaus auf das Warum blicken zu lassen. Ich hatte Angst, dass auch er mich verachten würde.

»Glaubst du an Sternschnuppen?«, frage ich.

»Wieder eins deiner brillanten Ausweichmanöver, wie ich sehe.«

»Es tut mir Leid, aber ich kann einfach nicht darüber reden.«

»Versuch es. Mach dir keine Sorgen, dass du mich damit schockieren könntest. Ich komme bei meiner Arbeit mit einer Menge schrecklicher Dinge in Berührung. Du kannst dir gar nicht vorstellen, wie schlimm manches ...«

Ich spiele mit dem Reißverschluss meiner Jacke.

»Also schön«, sagt er, »was ist mit den Sternschnuppen?«

Ich erzähle ihm von unserer Terrasse in Kalkutta, den alten, moosbedeckten Steinen. Wie Anju und ich uns in der Nacht öfter davonschlichen, um nach Sternschnuppen Ausschau zu halten und uns etwas zu wünschen.

»Und sind von euren Wünschen auch welche in Erfüllung gegangen?«

»Bei Anju nicht. Aber sie hat auch nie wirklich daran geglaubt. Sie hat immer Dinge gesagt wie: Zu meinem nächsten Geburtstag wünsche ich mir einen eigenen Elefanten als Haustier. Oder: Ich möchte die erfolgreichste Spionin der Welt werden, berühmter als Mata Hari.«

»Und was ist mit dir?«

»Meine Wünsche sind alle irgendwie verdreht worden. Ich glaube nicht, dass ich wirklich wusste, was ich wollte. Mein Kopf steckte voller alter Geschichten und voll von dem, was die Gesellschaft als Glück definierte. Einmal, kurz bevor Anju und ich heirateten, war ich so traurig darüber, dass wir bald getrennt sein würden, dass ich mir wünschte, wir könnten denselben Mann lieben, wie es die Frauen im Mahabharata tun. Dass wir alle zusammenleben könnten ...«

Sterne öffnen sich in der Dunkelkeit der Nacht wie erschrockene Augen. Darunter kreist ein Vogel am Himmel, elegant und entschlossen. Ein rotschwänziger Falke, der vielleicht zu seinem

Nest in irgendeinem Felsen zurückkehrt. Wilde Tiere wissen immer, wo ihr Zuhause ist. In Indien bringen Eisvögel den Jungvögeln Futter in ihre morgendlichen Nester. Ich werde Falken und Eisvögel auf meine Steppdecke sticken.

Ich hatte diesen alten, albernen Wunsch all die Jahre vergessen. Bis jetzt, bis zu diesem Moment, als ich darüber sprach. Und als ich ihn aussprach, sah ich ihn mit anderen Augen, in all seiner Heimtücke.

»Dein Wunsch hat sich erfüllt, nicht wahr?«, sagt Lalit. Der Wind hat plötzlich nachgelassen. Die Zypressen sind Eiszapfen aus Dunkelheit. Die Wolken halten ihre Hände über den Mund des Mondes. Ich vermag seine Augen nicht zu spüren. Vermag seine Stimme nicht zu lesen. Und so kann ich ihm nicht sagen: *Es ist nicht so, wie du denkst. Es ist ganz und gar nicht so.*

Ich schließe die Tür im Dunkeln auf. Meine Gedanken beschäftten sich damit, den Code der Alarmanlage aufzusagen, für den Fall, dass sie sie eingestellt haben, und so sehe ich ihn erst, als er sich bewegt. Trideep. Er sitzt allein auf dem weißen Sofa, ohne irgendetwas zu tun.

»Tut mir Leid, ich wollte Sie nicht erschrecken.« Seine Worte klingen undeutlich.

Mein Herz macht einen erschrockenen Satz. Warum ist er hier und wartet?

Pishi sagte immer: Weißt du, warum Straßenköter manche Leute angreifen und andere nicht? Weil sie ihre Angst riechen. Ich frage mich, ob es mit Männern das Gleiche ist – so, wie sich dieses Muster in meinem Leben wiederholt. Ich versuche mich vorbeizustehlen, darauf bedacht, so schnell wie möglich wegzukommen.

»Kann ich mit Ihnen reden?«

Ich massiere mir mit zitternden Fingern den Nacken. Ich will nicht mit ihm reden. Ich möchte nichts weiter als in mein Zimmer gehen, die Tür schließen und die Kommode davorschieben. Morgen werde ich darauf bestehen, dass Myra einen Riegel anbringen lässt.

Trideep schiebt seine Finger unter die Brille und reibt sich die

Augen. »Entschuldigen Sie.« Er gähnt mit schiefsitzender Brille. Ich sehe, dass er geschlafen hat.

Die Scham trifft mich mit einem heißen Blitz. Die Welt dreht sich nicht nur um dich, Sudha. Nicht jeder Mann hat es auf deine Tugend abgesehen.

»Stimmt etwas nicht?«, frage ich. »Wo ist Myra?«

»Myra liegt mit einer fürchterlichen Migräne im Bett.«

Ich weiß Bescheid über Myras Migräneanfälle, diese blendenden Strahlen des Schmerzes, die bewirken, dass ihr speiübel wird. Sie hatte keinen Anfall mehr gehabt, seit der alte Mann wieder anfing zu essen. »Was ist geschehen?«

»Nachdem Sie gegangen sind, haben wir Dad sein Abendessen gegeben – was Sie für ihn auf dem Teller im Ofen warm gehalten hatten. Er weigerte sich zu essen, so lange wir im Zimmer waren, also sind wir gegangen. Ich habe draußen im Gang gewartet, und hörte plötzlich schreckliche würgende Laute. Ich lief ins Zimmer. Er übergab sich – bloß, dass er beinahe nichts in seinem Magen hatte und sich deshalb nur krümmte und zitterte. Ich habe ihn so gut es eben ging festgehalten, und er hat sich nicht einmal gegen mich gewehrt, so erschöpft war er. Er war ganz dreckig, und da habe ich versucht, ihm etwas anderes anzuziehen – er ist ja völlig abgemagert! Mir war nicht bewusst, wie dünn er geworden ist. Dann kam Myra herein, und als sie ihn sah, wurde sie völlig hysterisch. Sie hat immer nur gesagt: Oh, mein Gott, er wird sterben. Und ich habe das Gleiche gedacht. Ach, hätte ich ihn doch nur nicht gebeten, hierher zu kommen …« Trideep vergräbt das Gesicht in den Händen. »Hätte ich ihn doch nur in Ruhe gelassen.«

Für eine solche Litanei der Selbstanklage fehlt mir die Geduld. »Was ist dann passiert?«

»Ich habe meinen Freund Mihir angerufen. Der ist Arzt und kam direkt vorbei, um ihm eine Spritze zu geben, die bewirkte, dass das Würgen aufhörte. Ich bin losgelaufen und habe einen Elektrolyt-Drink gekauft, den Dad auch bei sich behalten konnte, aber …« Trideep schüttelt den Kopf.

»Was hat der Arzt gesagt? Was hat er denn?«

»Mihir sagt, das Problem sei primär ein mentales und werde

verschlimmert durch die Unterernährung. Er leidet an einer schweren Depression, und Mihir bezweifelt, dass er sich von allein erholen wird. Er hat ihm ein Antidepressivum verschrieben, hat uns aber erklärt, dass wir ihn in den nächsten zwei Tagen ins Krankenhaus einweisen müssen, wenn keine Besserung eintritt« – Trideep blickt so abrupt auf, dass seine Brille zu Boden fällt – »und das wird ihn umbringen, das weiß ich.«

Das Zimmer des alten Mannes ist erfüllt von dem synthetischen Duft eines Raumsprays, doch darunter nehme ich den aufdringlichen Geruch von Erbrochenem und Verzweiflung wahr. Ich taste mich durch die Dunkelheit zum Bett, stoße mir den Zeh an einem Stuhl, den sie wohl für den Arzt hereingebracht haben. Ich strecke meine Hand aus. Nichts als Bettzeug. Ein Gedanke schießt mir durch den Kopf, gefolgt von einer seltsamen Begeisterung: *Er ist verschwunden.* Aber nein. Hier ist ein höckriges Knie, das unter meiner Berührung zuckt. Ich ziehe meine Hand zurück – ich will ihn nicht aufwecken –, aber es ist zu spät. Seine Atmung hat sich verändert, ist ungleichmäßig und misstrauisch geworden.

Ich denke voller Traurigkeit an meinen Vater, den ich nie gekannt habe. Er war Singhji, der Chauffeur, und in dieser Funktion hatte ich seine Ergebenheit immer als selbstverständlich betrachtet. Hatte ihm die unbekümmerte Zuneigung geschenkt, die man den Dienstboten in Indien erweist. Vor meiner Hochzeit sandte er mir dann all seine Ersparnisse in einem Umschlag ohne Absender zu – ich sollte nicht wissen, von wem das Geld stammte. Und ich – ich habe nie etwas für ihn getan, wie es sich für eine Tochter geziemt hätte. Weder zu seinen Lebzeiten noch bei seinem einsamen Tod.

Aber vielleicht ist es ja noch nicht zu spät. Was ich für meinen Vater nicht habe tun können, kann ich vielleicht für den alten Mann tun. Vielleicht kann ich verhindern, dass er in einem unpersönlichen Krankenhausbett stirbt, in einem Zimmer erfüllt von den Dämpfen der Antiseptika und der Furcht.

»Helfen Sie mir, damit ich Ihnen helfen kann«, flüstere ich.

Da sind Schatten um das Bett, gezackte Silhouetten wie Stücke, die von einer größeren Platte von Dunkelheit abgebrochen sind. Pishi sagte immer: Wenn ein Mensch bald sterben wird, kommen die Seelen der Toten, die ihm nahe standen, um ihm hinüberzuhelfen. Vielleicht ist die Frau des alten Mannes hier, vielleicht sind sogar seine Eltern gekommen, um ihn nach Hause zu holen.

Ich reiße die Vorhänge zurück, schiebe das Fenster auf. »Verschwindet«, flüstere ich, »gebt ihm noch eine Chance, zu leben.« Lag da nicht vor langer Zeit einmal ein anderer Mensch im Sterben, in einem anderen Zimmer, in dem ich einen ähnlichen selbst gemachten Exorzismus praktizierte? Frostige Nachtluft, Nebel, Sternenlicht, das sich über den Teppich ergießt. Die Schatten haben sich in gewöhnliche Dinge verwandelt: Fernseher, Nachttischlampe, der Teewagen, den Myra vergessen hat mitzunehmen. Der alte Mann stößt seinen Atem wie ein Husten hervor. Auf dem Teewagen steht eine Vase mit einer Schwertlilie. Myra muss sie dort hingestellt haben. Ob er weiß, was ich zu tun versuche? Glaubt er, ich hätte mich nicht einmischen sollen? In einer unberührten Schale befindet sich etwas, das zu einer Pfütze geschmolzen ist. Es sieht aus wie Eiscreme – Myras fehlgeschlagener Versuch, ihn in Versuchung zu führen. Aber das Einzige, was er zu kosten bereit ist, ist der Tod.

»Geben Sie nicht auf«, flüstere ich. »Lassen Sie sich von mir helfen.«

Er gibt kein Zeichen, dass er mich gehört hat.

Im Bett presse ich meine Wange gegen Dayitas Rücken. *Beruhige mich, Kleines.* Jemand, den ich kenne, hat das einmal gesagt. Der Rhythmus ihrer Atemzüge plätschert wie nächtliche Wellen über mich hinweg. Ich muss auf meiner Steppdecke einen Platz für den Ozean finden, wo, weiß ich allerdings noch nicht. Das ist der Grund, warum wir Kinder haben: damit sie uns in ihrem Schlaf reinwaschen können.

Heute rief Lupe an, um sich zu erkundigen, wie es läuft.

»Nicht allzu gut«, sagte ich und erklärte ihr die Sache mit dem alten Mann. »Haben Sie eine Telefonnummer, wo ich Sara erreichen kann? Eine Adresse?«

»Nein.« Lupe klang verärgert. »Sie hat die Stelle gekündigt, die ich ihr verschafft hatte, und ist auf und davon. Hat mich nicht einmal angerufen. Ich habe keine Ahnung, wo sie ist.«

»Ich mache mir Sorgen um sie«, sagte ich. Auch wenn ich nicht hätte erklären können, warum.

»Sparen Sie sich Ihre Sorgen für sich selbst auf. Vielleicht sollte ich nach einer anderen Stelle für Sie suchen –«

»Noch nicht«, erwidere ich. »Ich möchte ihn nicht verlassen, bis es unumgänglich ist.«

»Investieren Sie nicht zu viel Gefühl«, rät Lupe mir. »Das gibt immer Ärger. Vergessen Sie nicht, es ist nur ein Job. Die Leute könnten ihn morgen ins Krankenhaus stecken und Sie feuern. Und was ist dann?«

Dayita riecht anders, zu süß. Ich benötige einen Augenblick, um Myras Parfüm mit dem Freesienduft zu erkennen. Sie muss Dayita lange Zeit im Arm gehalten haben. Ich warte auf einen Eifersuchtsanfall, wie es bei Anju der Fall sein würde. Nichts. Es ist leicht, freundlich zu Fremden zu sein. Ob Anju wohl schläft? Wenn wir als Kinder in einem Bett schliefen – eine seltene Freude und nur während der Ferien erlaubt –, war sie eine schreckliche Bettgenossin. Sie trat mich im Schlaf, stahl mir das Kissen. Aber wir redeten bis tief in die Nacht. Ich erinnere mich noch an die aufgeregte Stimmung bei diesen geflüsterten Unterhaltungen, an das unterdrückte Kichern, obwohl ich vergessen habe, worüber wir sprachen. Ich versuche, Anju durch reine Willenskraft dazu zu bewegen, von mir zu träumen. Mich am Morgen anzurufen. Morgen muss ich mit dem alten Mann reden. Aber was werde ich ihm sagen? Ich schiebe meinen Finger in Dayitas Faust, spüre, wie sich die schlafenden Finger um meinen schließen. *Danke, Kleines.*

Früher am Abend hatte Lalit mir einen Witz erzählt. Treffen sich zwei Wahrsager, sagt der eine zum anderen: Dir geht's gut und wie geht's mir?

Ich hatte gelacht, doch dann, mit einem Mal, war mir das Lachen vergangen. Ich suche in all seinen Witzen jetzt nach versteckten Bedeutungen.

(Wie geht's mir? Wie geht's mir?)

Auf meiner Steppdecke werden die Wellen die Farbe des Lachens tragen, Orange wie Luftballons, wie das Zuckerwerk, das in Indien in den Zügen verkauft wird, wie der Schnabel eines Papageis. Ich werde sie *Die Steppdecke für die verlorenen Seelen* nennen. Zu denen ich mich selbst zähle.

Morgen werde ich dem alten Mann all die Witze erzählen, die ich kenne.

8

Lalit

Was ich sagte

Wie wäre es mit einer Tasse Kaffee, bevor ich dich zu Hause absetze? Was hältst du vom Café Monaco?

Was ich nicht sagte

Na schön, da du mir nicht erzählen willst, was geschehen ist, bleibt mir wohl nichts anderes übrig, als mir verschiedene Szenarien vorzustellen.

Version eins: Ihr drei hattet einen Streit, die beiden (vielleicht auch nur er) sagten, wie viel sie für dich tun würden, und du bist beleidigt gegangen. Wahrscheinlichkeit: 35 Prozent.

Version zwei: Deine Cousine und ihr Mann hatten einen Streit, bei dem es um dich ging, vielleicht wegen des Geldes, vielleicht auch nur wegen der herrschenden Spannungen, die entstehen, wenn sich zu viele Leute auf zu kleinem Raum aufhalten. Du hattest das Gefühl, ein Problem zu verursachen. Wahrscheinlichkeit: 45 Prozent.

Version drei: Deine Cousine hatte den Verdacht, dass da etwas zwischen dir und ihrem Ehemann lief. Sie hat dich damit konfrontiert, du bist beschämt gegangen. Wahrscheinlichkeit: 55 Prozent.

Version vier: Der Mann deiner Cousine hat einen Annäherungsversuch gemacht, wollte vielleicht sogar eine Affäre beginnen, und du bist empört gegangen. Wahrscheinlichkeit: 65 Prozent.

Version fünf: Du hast dich in ihn verliebt. Du bist gegangen, um ihre Ehe nicht zu ruinieren. Wahrscheinlichkeit: 75 Prozent.

Version sechs: Ihr habt euch ineinander verliebt. Du bist gegangen, um ihm Zeit und Raum zu geben, die Scheidung durchzuziehen. Danach wollt ihr wieder zusammen sein. Wahrscheinlichkeit: 80 Prozent.

Version sieben: Er hat einen Annäherungsversuch gemacht. Das hat dir vor Augen geführt, dass eigentlich *ich* derjenige bin, den du wirklich liebst. Du bist gegangen und wartest nur auf die richtige Gelegenheit, um es mir zu sagen. Wahrscheinlichkeit: 0 Prozent.

Dass mir bloß keiner auf die Idee kommt, ich sei ein Romantiker.

Was du sagtest

Das ist nicht mein Zuhause, ich wohne nur dort.

Was ich sagte

Wo ist dein Zuhause denn dann?

Was ich von dir hören wollte

Mein Zuhause ist da, wo mein Herz ist.

(Wie kitschig, ich weiß. Tut mir Leid. Aber mir fällt eben nichts Originelles ein, wenn du so mit deinem zerzausten Tunichtgut-Gesicht vor mir sitzt – die Probleme, von denen du mir nicht erzählen willst, in deinem Haar verheddert, so stur in deinem Schweigen, dass ich dich am liebsten schütteln würde.)

Was ich sagen wollte

Könntest du dir ein gemeinsames Zuhause mit mir vorstellen?

(Geht es überhaupt noch kitschiger? Die Leidenschaft macht doch in der Tat Idioten aus uns allen.)

Was ich von dir als Nächstes hören wollte (mit einem sittsamen, gesenkten Blick und zart erröteten Wangen)

Ja, Liebster.

Was du sagtest

Könnte ich statt Kaffee heiße Milch mit Honig bekommen?

(Später nahm ich deine Finger in die meinen. Sie waren warm, weil sie den Becher mit Milch gehalten hatten. Deine Nägel waren wie Perlmutt. Ich tat so, als würde ich in deiner Hand lesen. Ich sagte dir voraus, dass ein dunkelhäutiger und gut aussehender Fremder eine sehr wichtige Rolle in deinem Leben spielen würde. Ich fügte hinzu, dass er einen Ohrstecker trägt. Du hast gelacht und dann meine Hände mit den deinen umfangen.)

Was ich von dir hören wollte

Lalit, du spielst bereits eine wichtige Rolle in meinem Leben.

Was du sagtest

Lalit, du spielst bereits eine wichtige Rolle in meinem Leben.

(Ich verschluckte mich an dem Rest meines Kaffees. Du zogst die Linien meiner Handfläche mit der Spitze eines Nagels nach. Ich weiß nun, was es bedeutet, wenn es heißt, *ein köstlicher Schauer überlief ihn*, denn genau das geschah mit mir. Ich hätte am liebsten einen Zwanziger auf den Tisch geworfen und dich an einen Ort gebracht, wo wir allein gewesen wären und)

Was du dann sagtest

Du bist der einzige Freund, an den ich mich wenden kann. Mein ganzes Leben schon haben mich die Männer begehrt. Doch es war immer der falsche Mann oder der falsche Zeitpunkt oder der falsche Grund. Und dann wollte ich sie niemals wiedersehen. Das darf mit uns nicht geschehen. Bitte lass es nicht zu!

Was ich sagen wollte

Scheiße scheiße scheiße scheiße scheiße

Was du sagtest

Mehr kann ich dir nicht sein, es tut mir Leid, aber es geht im Moment einfach nicht anders. Es gibt eine Menge Dinge, die ich erst noch richtig verarbeiten muss. Ich weiß nicht, ob mir das jemals gelingen wird. Aber ich brauche ganz dringend einen guten Freund – und ich werde mir große Mühe geben, dir auch eine gute Freundin zu sein. So viel kann ich versprechen.

Was ich sagte, als ich mich wieder in der Gewalt hatte

Freunde haben keine Geheimnisse voreinander. Bist du also bereit, mir zu erzählen, warum du von Zuhause weggegangen bist?

Was du sagtest

Hör auf, von einem Zuhause zu reden! Hast du denn immer noch nicht begriffen, dass ich kein Zuhause habe und auch nie eins hatte – außer der *Illusion*, irgendwohin zu gehören? Eine Illusion, die die Welt mir aber schnell wieder genommen hat ... Und was die Geheimnisse angeht: Die machen eine Freundschaft erst möglich. Wenn du alles über mich wüsstest, würdest du nicht mit mir befreundet sein wollen. Aber es gibt einiges, was unter Freunden nicht geschehen sollte, und dazu gehört, dass sie einander unter Druck setzen.

(Eine Lampe, die über unserem Tisch hing, warf einen Schein auf dein Gesicht. Alles andere im Raum war dunkel, nur dein Gesicht erhob sich aus diesem grauen Nebel, aus der gewöhnlichen, trostlosen Welt. Und dein Gesicht glühte wie brennende Kohle, wie eine Feuerblume am Himmel – ist das etwa auch Kitsch? Dein Schicksal brachte es zum Glühen. Ich betrachtete mein eigenes Leben und erkannte, dass es nichts weiter ist als eine Art mechanisches Ticken. Selbst wenn ich ein Leben rettete – oder bei dem Versuch versagte, eins zu retten – hatte es doch keine Bedeutung, denn es geschah herz-los. Stattdessen schwang in meiner Brust ein Pendel hin und her, das mich nicht weiterbrachte, und so ...)

Ich sagte

Na schön. (Und als du dich vor der Beantwortung meiner Frage drücktest, warum du deine Cousine verlassen hattest, die du doch offenbar so sehr liebtest), na schön. (Und bei allem, worum du mich danach batest), na schön, na schön. (Du zogst meine Hand an deine dankbare Wange, die kühl war und feucht wie eine Muschel, wenn man sie gerade aus dem Meer gehoben hat, obwohl ich gar keine Tränen sehen konnte. Nein, deine Haut war weich und reif wie eine Frucht, so voller Süße, die nichts mit Kummer zu tun zu haben schien, weder mit deinem noch mit meinem. Ich dachte an all die Dinge, die ich dir nun niemals sagen würde, ich dachte an Blut, an die Frau, die letzte Nacht in die Notaufnahme eingeliefert worden war, mit einer klaffenden Messerwunde in Brust und Bauch, so lang wie ihr Arm. Ich glaube, sie war Inderin, doch ich hatte keine Möglichkeit, es herauszufinden. Sie trug keinen Ausweis bei sich, doch ihre Fußnägel waren in den Farben von Tropenvögeln lackiert. Wie der Atem klingt, wenn er in eine zerfetzte Lunge eingesogen wird. In meinen Träumen höre ich es manchmal. Einmal kam eine Frau mit einem gebrochenen Kiefer, den sie mit der Hand zusammenhielt, und als sie wieder reden konnte, sagte sie, ich bin gefallen, ich bin gefallen. Ich schließe die Augen, um diesen einen strahlenden Moment festzuhalten: meine Finger auf deiner Wange, jedes einzelne weiche, flaumige Haar, der schwache, trügerische Duft von Lotosstaub – das Einzige, das ich jemals von dir bekommen werde – Wahrscheinlichkeit: 100 Prozent. Ich hielt meine Augen geschlossen, weil deine Worte wie ein Tor waren, das ins Schloss fällt.)

Und du sagtest

Danke.

9

Auf dem Flughafen von Los Angeles geht es zu wie in einem zu schnell abgespielten Film. Erfahrene Reisende eilen zielstrebig voran, die Jacken gefaltet über die Arme gelegt, Koffer hinter sich herziehend wie gut erzogene Haustiere. Sie werfen einen kurzen Blick auf ihre Armbanduhren, rücken Sonnenbrillen zurecht, kaufen eine Flasche Evian oder eine *USA Today* und weichen einer Barrikade aus eifrigen Hare-Krishna-Anhängern aus, ohne aus dem Tritt zu kommen. Gestresste Familien mit Kindern, die in ihren Kinderwagen festgeschnallt sind, kommen zögernd vor den Informationsmonitoren zum Stehen, vergleichen die Flugsteignummern mit ihren Flugscheinen und stürzen dann auf die Schlange zu, die sich vor dem McDonald's gebildet hat. Sie murmeln geistesabwesend Entschuldigungen, wenn sie gegen fremde Menschen gelaufen sind. Nur die Kinder in ihren Kinderwagen, mit den Daumen in den Mündern, haben die Muße, alles zu beobachten.

Flughäfen besitzen einen gewissen Zauber. Als Orte des Willkommenheißens und der Verabschiedung bringen sie die Luft zum Knistern und zum Wogen. Auch Sorgen kreisen in Flughäfen über den Köpfen der Menschen wie desorientierte Vögel. Aber auch Chancen. Von Flughäfen aus betrachtet ist der Horizont immer golden und überaus erreichbar. In einer Minute schon könnte man hineinfliegen, von der Schwerkraft befreit. Hier kann man ein neuer Mensch werden, kann alte Identitäten ablegen.

Was ist mit denen, die zurückbleiben, die in ihre Wagen steigen müssen, nur in Gesellschaft des Radiomoderators, die den Parkschein aus dem Durcheinander im Handschuhfach ihres Lebens herausfischen und dafür bezahlen müssen?

Dort ist ein Fremder, mit dem eine Menge Leute zusammenstehen, da er die beunruhigende Angewohnheit hat, mitten auf den überfüllten Laufbändern unerwartet stehen zu bleiben. Er achtet auf gar nichts, weder auf Monitore noch auf beleuchtete Schilder noch auf Richtungspfeile. Er scheint genau zu wissen, wohin er gehen muss, obwohl er sich zum ersten Mal auf diesem Flughafen befindet. Es ist nur so, dass er von Zeit zu Zeit von der Fülle seiner nachdenklichen Betrachtungen abgelenkt wird. Es ist Sunil, der Houston an diesem Morgen vor Tagesanbruch verlassen hat, Sunil, der mager geworden ist. Das lässt ihn größer wirken, älter, vornehmer. Ein Hauch von Grau an den Schläfen verleiht ihm eine neue Nachdenklichkeit. Er trägt seinen besten Anzug, doch unter der Eleganz sacken seine Schultern vor Desinteresse zusammen, als sei ihm eingefallen, dass es in Indien niemanden mehr gibt, dem er beweisen muss, wie erfolgreich er ist. Sein Blick huscht über die Menge hinweg, verbleibt nicht lange an einer Stelle, verharrt nur gelegentlich auf den Kindern. Korrektur: den Mädchen. Älter, flüstert er in sich hinein. Zwei Monate jünger. Er vergleicht ihr Alter mit Dayitas. Von Zeit zu Zeit lässt er die Hand in seine Jackentasche gleiten. Darin befindet sich ein Miniatur-Kassettenrecorder mit Batterien. Sunil berührt ihn sehnsüchtig, auf die gleiche Art und Weise, wie ein Alkoholiker vielleicht eine Flasche befingert. *Noch nicht, noch nicht.* Er hat in der letzten Zeit viel zu oft darauf gesprochen. Es wird zu einer Schwäche, einer neuen Sucht – das Letzte, was er in seinem Leben braucht, wo er doch gerade die Rinden alter Abhängigkeiten abschält. Er sollte sich besser auf das konzentrieren, was er tun muss, um sich selbst glücklich zu machen. Aber was genau muss er tun? Die ganze Zeit über hatte er geglaubt, es zu wissen, aber mittlerweile erscheint ihm die Gewissheit wie eine flimmernde Fata Morgana. Seine Augen, matt wie abgestandener Kaffee, lassen Enttäuschung erkennen. Man hatte ihm etwas versprochen, ein unglaubliches Abenteuer, wenn er nur die betäubende Langeweile seiner Tage mit Anju hinter sich ließe. Wohin ist es bloß verschwunden?

Die Pässe sind überprüft, die Flugscheinabschnitte abgegeben. Es ist das Jahr der heimkehrenden Exilanten: Arafat kehrt nach Gaza zurück, Solschenizyn nach Russland und Sunil in eine Kindheit, die er als eine nicht zugeheilte Wunde betrachtet. Er nickt seinem Sitznachbarn kurz zu und lehnt sich dann in den Fenstersitz zurück. Er zieht sich eine Decke über und erklärt der Stewardess, dass er zu den Mahlzeiten nicht geweckt werden will. Er hat sein Jackett nicht ausgezogen. Der Kassettenrecorder presst sich gegen seine Hüfte, fest wie eine Waffe. In seiner anderen Tasche befinden sich die Kopfhörer. Später wird er die Kassette zurückspulen und seiner eigenen Stimme zuhören, wird versuchen zu verstehen, was er hört. *Selbst wenn ich mich in der Luft befinde, Kleines, spüre ich die Haken der Schwerkraft in mir.* Jetzt folgen die Sicherheitsdurchsagen. Im unwahrscheinlichen Fall eines Sauerstoffmangels, erklärt eine fröhliche Stimme, werden Ihnen Masken zur Verfügung stehen. Zur Erhöhung der Sicherheit bitten wir Sie, zuerst Ihre eigene Maske aufzusetzen, bevor Sie jemand anderem mit seiner Maske helfen. Sunil runzelt ungläubig die Stirn. Manchmal – das weiß er aus Erfahrung – bleibt einem nur genug Zeit, um ein einziges Leben zu retten.

Siebenhundertachtundzwanzig Kilometer entfernt in nördlicher Richtung erwacht Anju in dem alten Haus, das sie sich mit drei Frauen teilt. Sie benötigt eine ganze Weile, um richtig wach zu werden, und sofort überfällt sie das Gefühl, dass heute etwas Unangenehmes auf sie wartet. Ach ja, jetzt weiß sie es wieder: Heute muss sie Sunils – wie lautet noch einmal die genaue Bezeichnung? – persönliche Habe zusammenpacken. Sie schleicht mit taumelnden Schritten ins Badezimmer, das bevölkert ist von nassen Handtüchern, Unterwäsche, zum Trocknen aufgehängt, einer wild wuchernden Hängepflanze, die ihre pelzigen violetten Blätter über ein Korbregal ausbreitet, einem Stapel *Mother Jones*-Hefte, der unmittelbar vom Umfallen bedroht ist, und verschiedenen Toilettenartikeln, deren Etiketten erklären, dass sie nicht an Tieren getestet worden sind. Anju stellt die Dusche an und wäscht sich wütend mit Wasser, das sich offenbar nicht entscheiden kann, heiß zu werden. Warum bloß hatte sie nicht einfach die Hausverwalterin angerufen und sie gebeten, das Einpacken zu erledigen? Sie ist diesem Mann absolut nichts schuldig. Warum also hatte sie sich entschlossen, sich dieser nutzlosen, masochistischen Übung zu unterziehen? Sie blickt mit einem finsteren Gesicht in den beschlagenen Spiegel, während sie sich ihre älteste Jeans und ein ausgefranstes T-Shirt überzieht. Sie wird beides wegwerfen, wenn sie aus der Wohnung zurückkommt, so wie man es mit verseuchten Dingen tut.

Neunzig Kilometer weit entfernt in nordöstlicher Richtung läutet der Briefträger an der Tür und reicht Sudha ein Päckchen, das zu groß für den Briefkastenschlitz ist. Als sie die Schrift sieht, muss sie sich hinsetzen, weil ihr die Knie weich werden. Anju, flüstert sie. *Anju* – wie ein Gebet. Aber es befinden sich nur Dinge von anderen darin. Sie erkennt Ashoks Handschrift, die dramatischen Striche und Kringel ihrer Mutter. Die Schrift auf dem größten Umschlag ist ihr unbekannt. Sie reißt ihn auf, und eine Kassette fällt klappernd zu Boden. *Für Dayita* steht darauf. Sie starrt diese Sendungen an, würde am liebsten die Ansprüche leugnen, die sie auf sie haben. Vielleicht sollte sie sie einfach in den Müll werfen? Doch schließlich sammelt sie sie mit steifen, sparsamen Bewegungen ein. Für eine kleine Weile war es ihr gelungen, als neuer Mensch inmitten von Menschen unterzuschlüpfen, die keine Kenntnis von ihrem Leben hatten. Doch die Vergangenheit holt einen immer wieder ein, selbst in Berkeley. Nun war Sudha gezwungen, sich damit zu befassen.

Zwölftausendfünfhundertachtzig Kilometer entfernt in südöstlicher Richtung ein weiterer Flughafen. Eine Kakophonie von Rufen der Kulis, verzerrten Lautsprecheransagen in Bengali. Ein Mann hält seinen Pass hin, um ihn abstempeln zu lassen. Der Beamte wirft einen Blick auf den Namen.

»Sie gehen wohl auf eine nette touristische Reise, was, Ashok-*babu*?«, fragt er vertraulich und blinzelnd dem Mann wissend zu. »Wo werden Sie denn während Ihrer Reise wohnen?« Dauernd verließen Menschen das Land mit einem Touristenvisum und kehrten niemals zurück. Nicht, dass es ihn irgendwie kümmerte. Ein Glück, dass wir die los sind, sagte er sich immer. Soll sich doch die amerikanische Regierung mit den Illegalen herumschlagen. Und dennoch fand er Gefallen daran, sie ein bisschen zu schikanieren, um dabei vielleicht ein paar Rupien extra zu kassieren. Aber dieser Mann starrt ihn mit vor der Brust verkreuzten Armen an.

»Ja«, erwidert er mit höflicher Selbstbeherrschung. »Ich hoffe, dass es ein sehr netter Besuch wird. Ich werde bei Freunden wohnen. Ihre Adresse steht bereits unten auf dem Vordruck.« Er starrt dem Beamten geradewegs in die Augen, bis der Mann von einem Fuß auf den anderen tritt. »Hoffentlich erleben Sie keine Enttäuschung – oder Schlimmeres«, sagt er verächtlich, während er den Pass stempelt. »Wie man hört, gibt es in San Fransisco reichlich AIDS und Erdbeben.«

Sie läuft auf und ab und redet mit sich selbst, wie sie es immer tut, wenn etwas sie so aufregt, dass sie es nicht in der Hülle ihres Körpers in Schach zu halten vermag. Den Brief ihrer Mutter mit all seinen Anschuldigungen hat sie in winzige Stückchen gerissen und sie hinten in den Garten geworfen – zu giftig war er, als dass sie ihn irgendwo im Haus hätte liegen lassen können. Aber hätte sie nicht mit so etwas rechnen müssen? Hat ihre Mutter sie nicht schon ihr ganzes Leben lang gedemütigt, immer schon das Schlimmste von ihr gedacht? Die Mutter, die sich nicht überwinden konnte, sie jemals zu lieben – die der eigenen Tochter, deren Geburt mit der Nachricht von ihrer Witwenschaft zusammenfiel, die Schuld an ihrem Pech gab. Und Ashoks Freundlichkeit, diese fade Güte, die dem Brei aus Milch und gestampftem Reis für Babys glich und die einen rasend machen konnte. Was brachte ihn nur dazu, zu glauben, dass er sie mit nach Hause nehmen konnte? Was machte ihn so sicher, dass sie nicht zu unmoralischen Handlungen fähig war? Am liebsten würde sie jetzt sofort irgendetwas Wildes, schrecklich Unmoralisches tun, bloß um es ihm zu beweisen. (Doch dann kommt ihr der Gedanke, dass sie es ja vielleicht schon getan hat.) Auf jeden Fall hasst sie beide, ihre Mutter und auch Ashok, wenn auch auf ganz unterschiedliche Weise. Weil sie glauben, weil sie sich ach so sicher sind, Sudha zu kennen – besser als sie sich selbst – und zu wissen, was das Beste für sie ist. Ganz so, als wäre sie ein unreifer Teenager.

Oder ein Kind wie Dayita. Und im selben Augenblick, als sie dies vor sich hinmurmelt, wird ihr bewusst, dass sie Dayita schon eine ganze Weile nicht mehr gehört hat.

»Dayita!«, ruft sie, »Dayu!« Anfangs ist sie noch gelassen, doch dann werden ihre Rufe immer lauter, und sie muss sich zusammenreißen, um die Panik aus ihrer Stimme herauszuhalten. Sie schaut erst in den Badezimmern nach, verfolgt von der alten Angst vor dem Ertrinken. (Aber mit dem Laufstuhl war sie doch gewiss sicher?) Dann die Schränke, sogar die geschlossenen. (Wer weiß, vielleicht gelingt es einem Kind ja, irgendwie hineinzukrabbeln und die Tür zuzuziehen ...?) Sudha schwitzt, umklammert die Vorderseite ihres T-Shirts mit zur Faust geballter Hand, und ihre Stimme ist den Tränen nah. »Dayu, wo bist du? O Gott, warum habe ich bloß nicht auf dich aufgepasst?« In ihrem Zimmer? (Vielleicht war sie müde und ist dort hineingerollt und irgendwie eingeschlafen?) Nein. Auch keine Spur von ihr in Myras Schlafzimmer. Sudha schleicht zur Tür des alten Mannes, um in sein Zimmer zu schauen. Welchen Sinn würde es machen, ihn aufzuregen? Außerdem könnte er etwas benötigen, und damit will sie sich im Augenblick nicht befassen. Sein Bettzeug liegt wie ein großer Hügel da – ihm ist jetzt immer kalt, sogar noch mit all den zusätzlichen Decken und Kissen, die sie um ihn herum anhäuft. Sudha sieht den Hinterkopf des alten Mannes, der an eine verschrumpelte, flaumige Frucht erinnert. (Aber hier wird Dayita nicht sein, sie geht nie allein in dieses Zimmer.) Sudha hält sich am Türrahmen fest, ganz schwindelig vor Angst. Was soll sie jetzt nur tun? Die Haustür aufschließen und in der Einfahrt nachsehen (aber das wäre verrückt) oder auf der hinteren Veranda, deren (o Gott) schmale Steinstufen in den Garten hinunterführen. Könnten Tree oder Myra vergessen haben, die Schiebetür zu schließen, obwohl sie sonst immer so aufpassen? Was, wenn jemand hereingekommen ist, während sie zu beschäftigt gewesen war, um es zu bemerken und –?

Dann nimmt sie eine kleine Bewegung auf der anderen Seite des Betts wahr, beinahe versteckt von dem Deckenberg. Ja! Dayita hat ihren Laufstuhl dort hinmanövriert, bis ganz in die Nähe des Gesichts des alten Mannes. Sie steht ganz ruhig da, ruhiger, als Sudha es jemals für möglich gehalten hätte, und sieht ihm beim Schlafen zu. Sudha sinkt gegen den Türrahmen, fährt dann aber mit einem Ruck wieder in die Höhe, wütend vor Erleichterung. Sie wird diesem Kind eine Lektion erteilen, damit es sie nicht noch einmal derart in Angst und Schrecken versetzt! Sie wird – Sudha macht einen Schritt auf sie zu, verharrt dann.

Der alte Mann schläft gar nicht. (Man kann das nie so richtig sagen. Inzwischen schwebt er meistens in einem halbwachen Stadium dahin, streift die Grenzen der Bewusstlosigkeit.) Jetzt bewegt er ungeschickt die Hand, seit Tagen seine erste, freiwillige Bewegung. Ein paar langsame Zentimeter über die Bettdecke. Es fällt ihm nicht leicht, diesen schwerfälligen Apparat aus Knochen und Bändern, zu dem sein Arm geworden ist, zu bewegen, die Signale des Willens über die in Auflösung begriffenen Pfade der Synapsen zu zwingen. Jetzt hat er aufgegeben. Die Hand liegt schlaff in der Nähe der Bettkante. Dayita streckt ihre Hand aus, so weit sie nur kann. Sie steht auf Zehenspitzen da, und dennoch ist er zu weit entfernt, kann sie ihn nicht berühren, auch wenn sie ihren Bauch gegen den Rand des Laufstuhls presst. Dann jedoch macht sie mit einem Mal einen kleinen Hüpfer, und ihre Finger schließen sich um seinen Daumen.

Sudha steht ganz still in der Nähe der Tür, wagt kaum zu atmen. Was wird als Nächstes geschehen? Dayita sagt irgendetwas, das Ende des Wortes wandert in die Höhe, wie zu einer Frage. Ob der alte Mann sie versteht? Ob er eine Antwort flüstert? Sein Hinterkopf zeigt keine Bewegung, seine Hand mit diesen gebogenen, gelblichen Nägeln bleibt still. Dayitas Augen nehmen die glänzenden Griffe der Frisierkommode wahr. Sie läuft los, auf neue Abenteuer aus, und die Räder ihres Laufstuhls rollen leise über den Holzboden.

Anju fühlt sich unbehaglich. Es begann, als sie den Schlüssel in das Schloss der Wohnungstür steckte – den Schlüssel, der all die Jahre nie so richtig gepasst hatte und den sie trotzdem – wie so viele Dinge, die sie eigentlich hatten tun wollen – nie ausgetauscht hatten. Jetzt ließ er sich problemlos drehen, erlaubte ihr, einzutreten. Sie hatte das Gefühl, als wäre jemand – oder vielleicht auch etwas – in der Wohnung und wartete auf sie. Hätte sie einen Brief an ihren Vater geschrieben, wären ihr wohl folgende Worte eingefallen: *Es war nicht unheimlich, wie in einem Horrorfilm, wenn die Musik lauter und schneller wird, sich das Licht verändert und die Kamera ruckartig um Ecken hastet. Dennoch gefiel es mir ganz und gar nicht.* Aber Anju schreibt den Toten keine Briefe mehr. Es gab einmal eine Zeit, in der sie es getan hatte, aber das ist vorbei. Jetzt muss sie mit den Lebenden fertig werden.

Die Luft in der Wohnung ist feucht und verbraucht. Als würde man in einen Brunnen hinuntergelassen. Anju, die wieder aufs Neue lernt, praktisch zu handeln, mit kleinen, präzisen, geometrischen Handlungen gegen die amorphe Welt der Angst und der Einsamkeit zu kämpfen, reißt die Vorhänge auf. Sie dreht die Pappkartons um, um sie zu verstärken. Das Packklebeband gibt jedes Mal, wenn sie einen Streifen abreißt, einen gequälten Laut von sich. Sie blickt sich nach etwas um, womit sie den Laut übertönen kann. Der Fernseher? Nein, das ist *sein* Territorium. Sie stellt das Radio an, egal, welcher Sender eingestellt ist. *Lass die Musik mein Schleier sein.*

Zuerst die Bücher aus dem Wohnzimmerregal – Texte über Technik und Betriebswirtschaft aus seiner Studienzeit. Software-Handbücher. Anju ist sich sicher, dass sie alle veraltet sind. Er hätte sie schon vor Jahren wegwerfen sollen. Es ärgert sie, dass er diese Sachen in sein neues Leben mitnimmt, während er nicht will, dass – Doch sie schiebt diesen Gedanken beiseite, ohne ihn zu Ende zu denken. Heute ist sie nichts weiter als ein Körper. Ein Körper mit zwei Händen und zwei Füßen, der allein aus einem körperlichen Grund hier ist. Beugen. Heben. Stapeln. Auf einen Stuhl steigen. Alte Ausgaben von *Business Week* und *Money*. Die wirft sie mit einem Gefühl der Vergeltung in einen Karton nach dem anderen. Soll er doch die zusätzliche Lagergebühr zahlen. Warum meint sie nur immer noch zu spüren, dass jemand sie beobachtet? Sie ist in allen Zimmern gewesen, hat in sämtliche Schränke geschaut, hat sogar wie eine alberne Jungfer unter den staubigen Betten nachgesehen. Als sie den Kalender erblickt, den Sudha an der Küchenwand vergessen hat, reißt sie ihn herunter und wirft ihn ebenfalls in einen Karton. Sie hat genug von Warnungen und Ratschlägen. Was kann ihr schon noch zustoßen? Der Nachrichtensprecher berichtet von einem weiteren Selbstmordattentat in Tel Aviv, dieses Mal wurde ein Bus in die Luft gesprengt. Einundzwanzig Menschen kamen um und fünfundvierzig wurden verletzt. Unter den Toten sind viele Kinder. Anju erkennt darin eine Tragödie, die schlimmer ist als das, was sie durchmachen muss. Sie unterbricht das Packen und versucht sich vorzustellen, wie die Eltern sich fühlen müssen, wie tief ihre Verzweiflung sein muss. Doch irgendwie hat ihre Fähigkeit, Mitleid zu empfinden, abgenommen. Sie vermag keinen Zusammenhang mit irgendetwas herzustellen, das über die verzweifelten Grenzen ihrer eigenen Haut hinausgeht.

Jetzt das Schlafzimmer, das immer noch nach seinem *Claiborne Sport* riecht. Blödsinn, denkt sie, das kann nicht sein. Doch als sie das Badezimmerschränkchen öffnet, steht da die Flasche, und der Verschluss ist gedankenlos daneben gelegt worden. Sie hatte sie anlässlich irgendeiner besonderen Gelegenheit bei Macy's gekauft, aber das spielt nun keine Rolle mehr. Sie wird nicht darüber nachdenken, warum er sie hiergelassen hat, sie wird es nicht an sich heranlassen. Sie wirft sie in einen Karton, der halb mit Hemden gefüllt ist. Soll der Gestank doch hineinziehen. Falten, stapeln, schließen, verkleben. Die leeren Bügel verursachen ein klapperndes, skelettartiges Geräusch. Mit dem Schrank ist sie beinahe fertig, es liegen nur noch einige Unterlagen auf dem obersten Regalbrett. Sie zieht einen Stuhl heran, klettert hinauf. Kontoauszüge. Prospekte alter Investitionen. Ganz hinten alte *Penthouse*-Ausgaben, auf deren Titelblättern Frauen in Posen zur Schau gestellt werden, die Parenthesen der Abscheu an ihren Mundwinkeln erscheinen lassen. Anju ist allerdings nicht überrascht. Es gibt nichts, womit er sie noch überraschen könnte. Sie wirft die letzten Sachen in den Karton und atmet erleichtert auf. Das war's, sie hat ihre Pflicht getan.

Dann sieht sie ein Blatt spiralförmig heruntersegeln. Eine Fotografie. Sie muss wohl unter dem Stapel Zeitschriften gelegen haben. Und obwohl Anju sich geschworen hatte, sich nichts anzusehen, keinen Blick zu viel zu tun, wie ein bezahlter Packer es gemacht hätte, kann sie jetzt einfach nicht anders. Es ist ein Schwarz-Weiß-Foto, damit hatte sie nicht gerechnet. Und nicht das Foto von einer Person, wie sie befürchtet hatte. (Na schön, warum nicht ehrlich sein, nicht ein Foto von Sudha.) Die Linien und Streifen darauf verwirren sie im ersten Moment. Dann erinnert sie sich. Es ist das Ultraschall-Foto, das während ihrer Schwangerschaft gemacht worden war. Da ist der hell leuchtende Punkt, ähnlich einem Cartoon-Stern, der einmal ihr Sohn gewesen ist. Sunil hatte dafür gesorgt, dass alles andere aus der Wohnung geschafft war, als sie aus dem Krankenhaus zurückkam – die Babykleidung, der Kindersitz für das Auto, der Kinderwagen und auch die Bücher, die sie im Laufe der Monate auf ihren Streifzügen durch Antiquariate gekauft hatte. *Mutter Gans* und *Gute Nacht, Mond. Die Jataka-Erzählungen* über Buddhas frühere Inkarnationen, die ihre Mutter auf ihre Bitte hin aus Indien geschickt hatte. Warum dann dieses Foto? War es bloß ein Versehen? Oder war es vielleicht das, was hier auf sie gewartet hatte, ein Schlüssel zu diesem unmöglichen, unergründlichen Mann, der sie dazu bringt, jedes Mal vor Wut die Zähne zusammenzubeißen, wenn sie an ihn denkt. Nur jetzt nicht, jetzt ist ihr kalt. Wegen diesem Wind, der durch die Fenster hereinkommt, die sie geöffnet hat. Im Radio senden sie eine Werbung für einen Autohändler. *Der beste Deal, den Sie sich überhaupt vorstellen können.* Anju hält das Foto in den Händen. Ob das eine Nachricht ist? Aber vermutlich schicken die Toten keine Nachrichten, es sind bloß die Lebenden, die sich vorstellen, es wäre so. Ein Lied erklingt, eine Frauenstimme, bittersüß wie Grenadine. *Love is a shoestring.* Liebe ist ein Schnürsenkel. Warum muss es so viele Lieder über die Liebe geben? Auch wenn dieses es genauer trifft als andere. Anju weiß, dass es nur eine Frage der Zeit ist, bevor die Liebe aufgeht wie ein Schnürsenkel, die gelösten Enden herabbaumeln, und man ins Stolpern gerät und zu Boden fällt.

Sie zittert. Sie hat schon immer gefroren in dieser Wohnung, all die Jahre über, denen sie nun wegen ihrer Trennung das Adjektiv *verschwendet* zur Seite stellen muss. Selbst an ihrem neuen Wohnort, in diesem alten Haus, das sie sich mit ihren Freundinnen teilt, ist ihr immer kalt (ob die Kälte wohl ihr Karma ist?).

Obwohl die Frauen natürlich ganz wundervolle Menschen sind, und Anju ihnen gegenüber auf eine widerwillige, beschämte Weise – die mit dem Verlangen durchsetzt ist, wegzukommen – Dankbarkeit empfindet. Eine Dankbarkeit, wie man sie bei Menschen verspürt, die einem das Leben gerettet haben. Mit einem Mal wird ihr klar, das sie sie niemals lieben wird. Vielleicht wird sie niemals wieder einen Menschen lieben. Ihre Füße sind kalt und auch ihr Rückgrat, sogar die Ellenbogenspitzen und ihre Achselhöhlen. Ist ihr überhaupt schon einmal warm gewesen, seit sie aus Indien weggegangen ist, dieses Kinderzimmer verlassen hat, das in ihrem trügerisch selektiven Erinnerungsvermögen immer in Sonnenschein gebadet daliegt, in der Farbe von Dahlien? Anju sitzt auf einem braunen Stück Teppich in einem aufgelösten Haushalt und denkt an die Blumen im Garten ihrer Mutter. Sie hält immer noch das Schwarz-Weiß-Foto in den Händen, der einzige Beweis, dass das Kind jemals ein Teil von ihr gewesen ist. *Prem? Prem, bist du da?*

Allein mit der Stille, erweckt Anju eine nach der anderen die Blumen ihrer Jugend aus den Tiefen einer verlorenen, goldenen Welt. Aber nichts ist verloren, nicht wahr, so lange man ihm einen Namen geben kann. *Joba, Surja Mukhi, Karabi.* Er hat die ganze Zeit über Prems Bild aufbewahrt. Wie kann sie nur einen Menschen so unglaublich hassen, um dann festzustellen, dass ein Teil von ihr ihn immer noch liebt? *Shaluk. Sarba Jaya.* Feuchte Fingerabdrücke auf dem Foto, Wirbel, wie man sie manchmal zu sehen vermag, wenn man sich die Sterne durch ein Teleskop anschaut. *Chandra Mallika. Champa. Nayan Tara.* Die Namen in die Länge gezogen wie weiche, bernsteinfarbene Karamellbonbons. Können Blumen, die so wunderschön klingen, real sein? Leuchtende Silben flackern in ihrem Inneren wie eine Neonröhre mit einem Wackelkontakt, die noch weiterleuchten, aber auch jeden Moment ausgehen kann.

Es ist Nachmittag im Glashaus. Das Kind liegt auf dem Bett, das es sich mit seiner Mutter teilt, und lutscht am Daumen. Eigentlich soll es seinen Mittagsschlaf halten. Es überlegt verschlafen, ob es sich lohnt, gegen diese Regel anzukämpfen, die dumm ist wie so viele Regeln der Erwachsenen. Es hört seine Mutter im Zimmer des alten Mannes hin und her laufen, hört, wie sie die Gardinen schließt, den Raum für seinen Schlaf verdunkelt. Ihre Bewegungen zeugen davon, dass sie sich in Hochstimmung befindet, das merkt das Kind daran, wie ihre Armreifen klimpern. Der Grund dafür ist, dass es ihr an diesem Morgen gelungen ist, ihre beiden Schützlinge ohne größere Zwischenfälle zu waschen und zu füttern. Heute hat sie zur Mittagszeit außer dem Tablett noch den Hochstuhl des Kindes ins Zimmer des alten Mannes gebracht. Sie war ein wenig nervös, das erkannte das Kind an der Art, wie sie andauernd schluckte, obwohl sie selbst gar nichts aß. Sie schob die Löffel abwechselnd in ihre Münder und unterhielt sich dabei die ganze Zeit mit dem Kind: Sag Da-da, er soll seine Milch trinken. Sag ihm, dass es ihn stark macht, wenn er sein *dal* mit Reis isst. Das Kind fand das lustig. Es plapperte gehorsam vor sich hin – nicht, dass einer von den beiden anderen klug genug gewesen wäre, zu verstehen, was es sagte. Na ja, der alte Mann vielleicht. Er warf ihm einen verschwörerischen Blick zu, wenn seine Mutter gerade nicht hinsah. Sie aßen beide ein paar Löffel mehr, um ihr einen Gefallen zu tun.

Jetzt, während das Kind daliegt und den Zipfel seiner Decke um den Finger dreht, blinzelt es voller schläfriger Überraschung die Mutter an, die für gewöhnlich um diese Zeit nicht hereinkommt. Das liegt daran, dass sie versucht, dem Kind eine *gute Gewohnheit* beizubringen, nämlich allein einzuschlafen. Das Kind ist dazu durchaus in der Lage, gehorcht aber nicht immer – es hat gelernt, dass es besser ist, die Erwachsenen stets im Ungewissen zu lassen. Die Mutter trägt heute einen ihrer *saris*, was sie hübscher und eleganter aussehen lässt, wie eine gegossene Pflanze. Aber was schiebt sie jetzt in die Musikmaschine? Das Kind lächelt. Es mag Schlaflieder. Es beginnt zu klatschen, aber eine Stimme ruft es, die Stimme eines Mannes, die es so gut kennt, dass seine Glieder mitten in der Bewegung verharren. Die Mutter ist aus dem Zimmer gehuscht, hat die Tür hinter sich geschlossen. Das Kind blickt sich suchend um, sein Kopf ruckt von einer Seite zur anderen. Es erinnert sich an den Mann, an die Wärme seiner Brust, wo es stundenlang lag und den Geschichten lauschte, die er niemandem sonst erzählen konnte: die Handlungen alter Filme, die mit anderen, noch älteren Filmen verschmolzen oder mit Dingen, die ihn in seinem Leben beschäftigten. Das Kind sehnt sich mit einem Mal nach ihm, nach diesem regelmäßigen, tröstlichen Atem, den es beinahe aus seiner Erinnerung verdrängt hatte, sehnt sich nach der Stimme, die er ihm gegenüber niemals erhob, nach der Armbeuge, die so hart und weich zugleich war und in der er das Kind hielt, so lange es wollte. Aber es ist nur ein weiterer, grausamer Trick der Erwachsenen. Menschen tauchen in seinem Leben wahllos auf und verschwinden wieder, um dann erneut aufzutauchen, dieses Mal als körperlose Stimme voller Traurigkeit. *Dayita Kleines ich vermisse dich so ich weiß nicht wie ich das durchstehen soll wann werden wir uns wiedersehen.* Das Kind lässt die Stimme durch sich hindurchfließen und wieder hinaus, lässt sie den Schmerz mit sich hinwegtragen. Als es in dieses neue Haus kam, hat es tagelang nach ihm geweint, das Essen zur Seite geschoben, das seine Mutter ihm vorsetzte. Die Brust hat ihm wehgetan, als wäre es in einer zuschlagenden Tür eingeklemmt worden. Als es ihm besser ging, war es voller silbriger Löcher gewesen, wie ein Sieb. Es lässt die Stimme durch die Löcher nach oben steigen, dorthin, wo der Junge wartet. Dieser hungrige Libellenjunge, der immer wieder einmal durch seine Gedanken schießt. *Hier, probier das einmal, das ist Schmerz.* Da ist ein Spinnennetz in der Ecke des Fensters, in dem sich das Nachmittags-Sonnenlicht fängt. Ein kleiner, schwankender Regenbogen, perfekt in seiner Symmetrie. All dem Wirrwarr überlegen, das Menschen um sich und um andere spinnen. Die Mutter ist wieder ins Zimmer gekommen, die Mutter legt sich neben das Kind, die Mutter hat das Ende ihres *saris* über ihren Mund gelegt, obwohl sie keinen Laut von sich gibt. Das Kind denkt darüber nach, aber nur für einen Augenblick. Die Stimme auf dem Band ruft wie ein durstiger Vogel. In der Mitte des Netzes hockt eine kleine Spinne wie ein schwarzer Stern. Das Kind richtet seine Aufmerksamkeit darauf, lässt sich von ihr wegtragen.

10

Sunil

Vom Flugzeug aus sah es unglaublich grün und waldig und flach zugleich aus, es war eine solche Abwechslung im Vergleich zu den braunen Hügeln, die ich in den letzten zehn Jahren gesehen habe, dass ich dachte, dass so etwas doch gar nicht sein kann. Da waren große Wasserflächen, Seen oder Flüsse oder sogar das Meer. Ich hatte gehört, dass Houston in der Nähe des Meeres liegt, aber in der Düsterkeit dieses Augustabends vermochte ich es nicht genau zu erkennen.

Ich denke heute Abend an dich, Dayita, meine Tochter. (Ist es eine Dreistigkeit, dich so zu nennen?) Während ich in ein Gerät spreche, in meinem schicken Hotelzimmer – in dem mich die Firma untergebracht hat, bis ich eine Wohnung gefunden habe – auf dieser riesigen arktischen Ausdehnung von einem Bett. Ich weiß, dass du dieses Band möglicherweise nicht bekommst, dass die einzige Möglichkeit, dich zu erreichen, von dem Wohlwollen einer Frau abhängt, die jeden Grund hat, mich zu hassen. Aber dennoch muss ich weitererzählen.

Der Anblick, der sich mir vom Flugzeug aus bot, erinnerte mich an den Dschungel, den Aguirre auf seiner Expedition im Amazonas-Gebiet gesehen hat, eine verborgene Brutalität in den Kletterpflanzen, die möglicherweise hinter der nächsten Flussbiegung lauern, mit Zähnen wie ein Alligator. (Ich werde in meiner Einsamkeit poetisch. Oder eher melodramatisch?) Ich muss lernen, mein Leben nicht mit Kinofilmen zu vergleichen. Wir sind hier in Amerika. Ich habe meine Frau verlassen, da ich in den Augen einer anderen Frau etwas Falsches gelesen habe, und bin in einer Stadt gelandet, die sich aus der Rezession herausquält, hinein in Outlet-Zentren und verstopfte Highways, gesäumt von Mietshäusern und riesigen Reklametafeln. Wenn du hier wärest, würden wir zusammen darüber lachen. *Sie wollen aus dem Gefängnis raus? Wählen Sie die Nummer 712-FREEDOM. – Fortune Cabaret, Striptease. – Legen Sie sich nicht mit Texas an. – Wer ist der Vater? 1-888-DNA-TYP.* Wenn es hier Wälder gibt, so sind sie unsichtbar für mich. Die Frau, eine Ausreißerin, wo mag sie jetzt wohl sein? Ich bin ein kleiner Projektleiter, dessen Haar auszufallen beginnt, mittelmäßig in allem, was er tut, bis auf die Traurigkeit, die er allen um sich herum gebracht hat.

Kleines, wissen Kinder, wie man hasst? Hasst du mich?

Die Leute im Büro sind überraschend freundlich. Vielleicht liegt es daran, dass sie nicht wissen, wer ich bin. Eine Gruppe junger Männer hat mich eingeladen, einmal freitagabends mit ihnen etwas trinken zu gehen. Sie vermuten, ich sei einsam ohne meine Frau. Es fällt mir schwer, der Freundlichkeit zu trauen, aber eines Abends habe ich mich entschlossen, mit ihnen zu gehen. Mein Zimmer ist zu steril, zu gesichtslos in all seinem Luxus. Das große Bett, die Bettdecke und die Gardinen, alles farblich aufeinander abgestimmt, der leere Schreibtisch und der gerade dastehende Stuhl, beides durch die vom Zimmermädchen frisch aufgetragene Schicht Endust glänzend. Die funkelnden Armaturen im Badezimmer tun meinen Augen weh. Die in Goldpapier eingeschlagenen Pralinen, die irgendjemand jeden Tag auf mein Kissen legt, bringen mich zum Würgen. Ich lasse mit Absicht meine schmutzigen Kleidungsstücke auf dem Boden liegen, lasse die Zahnpasta auf den Spülbeckenrand tropfen – ich, der dies hasste, wenn Anju es tat. Ein vergeblicher, animalischer Versuch, mein Revier zu markieren. Das ist aus mir geworden, Kleines! Wenn ich am Abend zurückkehre, hängen die Kleidungsstücke auf einem Bügel und das Becken ist makellos sauber. Zwei goldene Schokoladen-Mints liegen wie frisch Vermählte nebeneinander auf dem aufgeschlagenen Bett. Es ist undankbar, sich über diesen Luxus zu beschweren, nicht wahr, wo ich mich doch die ganze Zeit danach gesehnt habe, nicht wahr? Und dennoch, ich ging in diese Bar.

Der Abend war verschwommen, bevor ich überhaupt angefangen hatte zu trinken. Gedämpfte Lichter in farbigen Kuppeln, Geruch von Schweiß und Erwartung. Musikboxen spielten sentimale Countrymusik. Das Klirren von Gläsern und Egos, Mädchen in roten Schuhen mit Bleistiftabsätzen, an den Fersen keine Riemen. Einige Jungs aus unserer Runde kauften Getränke für Frauen, die sie nicht kannten. Einige von ihnen lachten, die Hände auf den nackten Armen der Frauen, die versuchten, schön zu sein. Sie wollten mich mit einer verkuppeln. Sie war jung, mit hübschen, ängstlich dreinblickenden Augen, vielleicht ein wenig hispanisches Blut. Ein zu breites, zu dunkles Lippenstiftlächeln. Ich entschuldigte mich und ging auf die Herrentoilette. Dort roch es – wie sollte es anders sein – nach Urin. Ein Mann war da, nur er und ich, sonst niemand. Er hatte eine Hand in der Hosentasche. Als er sie hervorzog, erwartete ich eine Pistole. Aber es waren Tabletten in Plastiktütchen. So hübsche, glänzende Farben … Es war nicht das, was ich wollte. Die Welt ist voller einsamer Menschen. Aber manchmal habe ich das Gefühl, dass ich der Einzige bin. Ich kaufte, was er versprach, obwohl ich nicht an Versprechungen glaube. Hatte sie nicht auch etwas versprochen? Deine Mutter, die ihr Kinn auf eine ganz bestimmte Weise in meine Richtung hob? Als ich in die Bar zurückkam, lachten alle. Niemand sah mich. Gibt es etwas Schlimmeres, als wenn alle um einen herum lachen und man selbst kann nicht mit einstimmen?

Drei Tage später, im Hotelzimmer, zerbrach ich die Tablette, wie es der Mann mir erklärt hatte, und legte sie auf meine Zunge. Ich sagte in die Dunkelheit hinein: Da ich nicht haben kann, was ich will.

Kleines, jeden Morgen schlage ich den *Houston Chronicle* auf, der mir freundlicherweise vom Hotel vor die Zimmertür gelegt wird. Die Schlagzeilen sind dornig und schwarz. Die Geschichten der Welt haben nichts mit meinem Leben zu tun.

Ich erinnere mich an dein Gewicht auf meiner Brust. All deine Kanten sind weich und rund, die Ellenbogenspitze, die Nasenspitze. Manchmal wache ich mitten in der Nacht auf oder ich habe vielleicht auch noch gar nicht geschlafen und lege meine Hand auf mein Gesicht. *Wenn ich nichts berühre, werde ich wissen, dass ich nicht länger existiere.* Ein flüchtiger, süßlicher Geruch in meinen Handflächen: Aloe Vera von den Baby-Wischtüchern. Kleines, in deiner Wange ist ein Grübchen – aber war es auf der linken oder auf der rechten Seite? Die Erinnerung beginnt mir Streiche zu spielen, sie reißt entlang ihrer Falten wie alte Seide. Deine Finger in den meinen, so schmal wie weiße, noch zusammengerollte Lilien. Oder ist es deine Mutter, an die ich denke? In der Dunkelkeit laufen die Dinge ineinander. In der Dunkelheit verkrampft sich mein Körper vor Zweifel. Sie hat meine Küsse doch erwidert, da bin ich mir sicher! Unter meinem Körper hatte ihr Körper vor Ekstase gezittert.

Habe ich einen schrecklichen Fehler begangen? Dayita, kannst du mich hören? Antworte mir, Sudha, wenn auch du zuhörst.

Mein Vater liegt im Sterben. Keiner in der Firma weiß das. Sie wissen nur, dass ich der Erste im Büro bin und der Letzte, der geht. Ein guter Arbeiter, hartnäckig wie eine Bulldogge, wenn es darum geht, Geschäfte abzuschließen. Sie wissen nicht, dass ich die Arbeit wie einen Hustensaft benutze – um die Symptome meiner Krankheit zu unterdrücken. Mehr Arbeit, mehr! Sie verleiht meinen Gliedern ein Gefühl von Leichtigkeit, macht mich benommen. Doch unterdessen wächst die Infektion weiter, wie eine Geschwulst im Abdomen.

So etwas in der Art hätte Anju wohl gesagt. Sie sprach gern in Bildern. Ich lachte darüber, nannte ihre Gedanken abstrus. Jetzt, wo ich mich von ihr losgeschnitten habe, stelle ich fest, dass ich ihre Angewohnheiten annehme.

Letzte Nacht bin ich um zwei Uhr wach geworden, konnte nicht wieder einschlafen. Ich habe den Fernseher eingeschaltet, mitten in einem Film, in dem ein Mann und eine Frau durch die Nacht gingen. Ich wusste sofort, dass sie nicht miteinander verheiratet waren. Sie nahm ihn mit zu sich nach Hause. Im Hintergrund war Geläut zu hören, silbrige Klänge in der schwarzen Nacht. Dann stand er draußen vor dem Haus, und sie war drinnen. Sie schloss die Tür ab. Er griff nach einem Verandastuhl und schlug damit das Aussichtsfenster ein. Oh, dieser Glasschauer, der wie ein Wasserfall nach innen gestürzt kam, als wolle er niemals enden! Der Ausdruck in ihren Augen, in denen sich zunächst der Schock spiegelte – als wäre es gar nicht sie gewesen, die ihn dazu gebracht hatte –, ehe sich Zufriedenheit in ihren Blick schlich, denn sie wusste, dass sie es gewesen war. Sein Gesicht, das vor Verlangen brannte. Ich hatte diesen Ausdruck schon einmal in einem Spiegel gesehen. Ich schaltete den Film ab. Ich wusste bereits, wie er ausgehen würde.

Ich denke in Bildern an meinen Vater. Eine zur Faust geballte Hand. (Aber das stimmt gar nicht. Er hat mich nie geschlagen. Er hatte andere Methoden.) Eine Cartoon-Figur mit aus dem Kopf hervortretenden Augen, die ihre Wut herausschreit. Aus ihren Ohren kommen geschlängelte Hitzelinien. (Aber er hat selten geschrien. Das brauchte er gar nicht.) Eine kranke Wurzel, schwarz und missgebildet, das Innere weggefressen vor Hass. (Ja.)

Was habe ich – und was hat meine Mutter – nur getan, um so viel Hass zu erregen?

Vielleicht sollte ich nach Kalkutta reisen, bevor er stirbt, Kleines, bloß um ihn dazu zu bringen, es mir zu sagen.

Ich ließ die Lichter in meinem Hotelzimmer aus. Dennoch konnte ich sie auf meiner Handfläche sehen. Meine Tablette. Bleich wie der Septembermond. Sie leuchtete den ganzen Weg durch meine Kehle hinab. Glänzte wie eine Perle in meinem Magen. Das Strahlen machte sich in meinem ganzen Körper breit. Ich konnte spüren, wie seidig die Innenseite meiner Haut war. Rosafarbene Seide, die aufging. Ich fiel zu Boden, spürte jede einzelne Faser des Teppichbodens unter meiner Wange. Winzige Tentakeln. Durch den geteilten Vorhang sah ich einen Stern. Strahlen umgaben ihn, wie auf Kinderbildern. Blaue Strahlen. Die Strahlen erstreckten sich bis in das Zimmer und berührten meine Stirn. Eisig. Eisig. Ich glaubte, mein Kopf würde mir vor köstlichem Schmerz zerspringen. Dann weinte ich. Ich erinnerte mich daran, dass der Mann mir geraten hatte, es besser nicht allein zu tun. Aber die Einsamkeit ist alles, was ich habe. Kleines, schämst du dich für meine Schwäche? Jedes einzelne Haar auf meinem Arm richtete sich auf und sang eine Hymne. Der Sternenstrahl war wie eine Lanze, die aus dem Himmel bis zum Mittelpunkt der Erde reichte. Ihre Spitze durchbohrte mich, aber ich spürte keinen Schmerz. Einen Augenblick lang, ein Leben lang, war ich eine Perle an einer Halskette, verbunden mit all den anderen Perlen. Ich streckte meine Hand über drei Bundesstaaten hinweg aus und berührte dich, Dayita, und du erzittertest in deinem Schlaf. Sie lag auf der anderen Seite, in einem Zimmer aus Glas. Das Nachthemd war ihr von der Schulter gerutscht. Da war ein rotes Mal auf ihrem Schlüsselbein. Sie lächelte bei meiner Berührung. Schreib dir meine Nummer auf, sagte ich. Hier ist meine Adresse. Und meine E-Mail-Adresse. Meine Handynummer. Die Worte waren wie Unterwasser-Explosionen. Ich dachte, das Zittern würde niemals aufhören.

Heute bekam ich den Brief, in dem es heißt, dass er tot ist. Tot. Das Wort enthielt eine Flutwelle. Ich streckte meinen Arm aus. Darin starben jeden Moment eine Million von Zellen. Ich hasste ihn, ich hasste ihn nicht. Wir sind alle tot, nur wissen wir es noch nicht. Die Schnur zerriss, die Perlen fielen in die Asche. Ruf mich an, Sudha, hörst du, oder schreibe mir wenigstens einen Brief. Ich habe alles für dich aufgegeben. Du kannst mich nicht einfach so verlassen. Das Sternenlicht zog sich zurück. Die Tablette war eine kalte Krankheit in meinem Magen. Ich kroch auf allen Vieren zum Bett. Ich legte meine Kleider ab, meine Beine, meinen rechten Arm. Und auch meinen Kopf. Das war gar nicht so einfach mit nur einem Arm. Ich löste die Augen vorsichtig aus ihren Höhlen. Der Schmerz bohrt sich wie ein Korkenzieher durch mich hindurch. Kleines, ich warte auf deinen Brief, in dem es heißen wird, dass deine Mutter nun, da sie alles noch einmal überdacht hat, zu dem Schluss gekommen ist, dass sie im Unrecht war, dass sie Angst gehabt, sich schuldlos schuldig gefühlt hat. Ich werde für die nächsten zwei Tage schreckliche Kopfschmerzen haben. Ich werde mich auf der Toilette im Büro übergeben. Meine Kollegen werden mich aus den Augenwinkeln heraus beobachten. Das Bettlaken hat sich Faden für weißen Faden um mich gewickelt, wie das *dhoti*, das sie um ihn gelegt haben müssen, bevor sie ihn zum Krematorium brachten. Wenn ich selbst nicht in der Lage bin, zu verzeihen, wie kann ich da um Verzeihung bitten? Dayita, bist du da, kannst du mich hören? Dayita, ich warte.

II

Sudha

Der Nachmittag ist voller Schlaf und Regen. Schlaf und Regen hüllen das Haus ein, und wir lassen uns davon überwältigen. Der alte Mann liegt zusammengerollt wie ein kleines Haarbüschel in seinem Bett, die Mutter und die Tochter liegen nebeneinander wie die Stücke eines Puzzles, die nicht ganz zusammenpassen. Der Regen bringt Flötentöne, Schimmel, das flehentliche Bitten von Träumen mit sich. Im Traum zieht eine Männerstimme unsere Namen in die Länge, mit einer solchen Verzweiflung, die man manchmal Liebe nennt – Dayitaaa, Sudhaaa –, bis sie gleich klingen. Sie bietet uns *sembak*-Jasmin dar, den Strand von Galveston, das NASA Space Center. Sie bietet uns Telefonnummern und eine Zukunft, zum Pflücken bereit wie ein reifer Granatapfel. Der alte Mann träumt von einem Ort, der nach dem Regen benannt ist, von Bergen, die die Farbe von Elefantenrücken tragen, von dem Fluss Tista, der durch die Jahre seiner Kindheit begrenzt ist.

In meinem Traum packt eine Frau eine Wohnung und ein Leben zusammen. Sie greift in einen Schrank, in die Falten von Anzügen, die einem Mann gehören, der nicht länger ihr Mann ist. Sie greift nach dem Schwarz-Weiß-Foto eines noch ungeborenen Kindes. Sie schiebt es in ihren Büstenhalter. Der Mann, der nicht mehr ihr Mann ist, öffnet seine Arme für mich: *Komm nur, komm*. Ich schäle den Granatapfel, meine Hände tragen Saftflecken, die die Farbe von Blut haben. In meinem Traum schlage ich wild um mich, der Kassettenrecorder fällt mit einem lauten Krachen zu Boden, die Stimme ruft weiter: *Sudha, Sudhaaa*.

In meinem Traum gebe ich dem alten Mann Rätsel zu lösen, die mir ein anderer Mann erzählt hat. *Warum sind die Gedanken einer Frau reiner als die eines Mannes? Warum sind Politiker wie schmutzige Windeln? Warum haben Elefanten rote Augen?* Selbst als ich ihm die Antworten sage, lächelt er nicht. *Lächle, verdammt noch mal.* Er blickt mich ohne jeden Vorwurf an. Seine Augen sind voll von dem Ort, der nach dem Regen benannt ist.

In meinem Traum erzähle ich meiner Tochter die Geschichte von Sitas Feuerprobe.

Nachdem Rama sie vor dem Dämon Ravana gerettet hatte, behauptete er, er könne sie nicht zurücknehmen, weil sie möglicherweise mit Ravana geschlafen habe.

Aber das habe ich nicht, sagte Sita.

Wo ist der Beweis?, fragte er.

Dann entzünde ein Feuer für mich, forderte sie ihn auf. Ich möchte nicht mehr leben.

Er gehorchte. Sie trat in die Flammen. Doch sie verbrannte nicht. Der Feuergott selbst brachte sie zurück und verbürgte sich für ihre Unschuld. Rama und Sita waren wieder glücklich vereint.

(Aber kann eine Frau, die auf eine solche Weise in Zweifel gezogen worden ist, überhaupt noch glücklich sein?)

In meinem Traum taucht nun ein anderer Mann auf. (Dies entspricht der Struktur meines Lebens – ein Mann nach dem anderen, und keiner ist der Richtige für mich. Oder liegt es daran, dass ich für keinen von ihnen die Richtige war?) Er hält seinen Pass hin, damit ihn der Beamte am Flughafen von San Francisco abstempeln kann. Er nimmt ein Taxi in einem Land, das er noch nie zuvor besucht hat, zu einer Wohnung, die er noch nie gesehen hat. Er starrt aus dem Fenster auf den Freeway hinaus, der dunkel ist vor Regen und Ölflecken.

Sudha, Sudhaaa. Im Traum stößt meine Tochter in erschrockenem Protest gegen meine Brüste. Wenn sie erwacht, wird sie in jedem Zimmer nach seiner Stimme suchen, wird der Laufstuhl wie ein langes Donnergrollen über die polierten Holzböden rumpeln.

Ich bin in einem riesigen Raum, der erfüllt ist von Weihrauch und den Gesichtern der Toten. Ist es ein Gerichtssaal? Ist es der Tag des Jüngsten Gerichts? Bin ich denn tot? Ich sehe meinen

Vater, ich sehe einen ungeborenen Jungen. Nicole. Mangala. Sara (ist auch sie tot?). Ihre Gesichter sind trüb vor Traurigkeit und Rauch. *Sagt mir, was ich hätte tun sollen?*, fordere ich sie auf.

Die Frau ist mit dem Packen fertig, ihre Tränen sind versiegt. Das Taxi kommt vor der Wohnung an, wo niemand mehr wohnt. Der ungeborene Junge hält seine Handflächen in die Höhe, die weiß sind wie Papier, auf dem nichts geschrieben steht. Auf dem Band spricht die Stimme des Mannes über Alter, Grausamkeit, Tod und Zuhause. Ist der Tod unser einziges Zuhause? Die Frau tritt aus der Haustür, der Mann steigt aus dem Taxi. Sie treffen sich auf der Schwelle, die weder zum Inneren des Hauses noch zu der Welt draußen gehört. Der alte Mann murmelt etwas im Schlaf: *Banglar mukh ami dekhiachi tai ami … Ich habe das Antlitz Bengalens gesehen, also muss ich nicht länger …* Was kommt danach? Ich kann mich nicht erinnern. Einst trug ein Mann an einem braunen Fluss dasselbe Gedicht einer Frau vor, die ich war (es aber nicht mehr bin).

Sagt mir, was ich tun soll, fordere ich die Toten auf.

Die Toten erteilen keine Ratschläge. Sie sehen traurig zu, wie wir unsere Fehler wiederholen, die gleichen Fehler überall auf der Welt und zu allen Zeiten. Ich blicke in das Gesicht meines Vaters, um zu sehen, ob es immer noch vernarbt oder auf wundersame Weise geheilt ist. Aber Worte wie *vernarbt* oder *geheilt* gehören den Lebenden. Der Mann aus Indien sitzt auf der Türschwelle und hört zu. Die Frau, deren Mann sie verlassen hat, sitzt neben ihm. Sie erzählt ihm Dinge, die sie noch niemandem erzählt hat. Ob es daran liegt, dass er aus unserer gemeinsamen Kindheit aufgetaucht ist, dieser Zeit, als sie alles sagen konnte, was sie wollte? Er legt einen Arm um sie.

Sagt mir irgendetwas.

Die Toten schweigen. Vielleicht sprechen sie auch und ich besitze nicht die Fähigkeit, sie zu hören. Der Regen, der verstummt war, beginnt aufs Neue mit einem Klang wie Trompetenschnecken. Der alte Mann rezitiert: *Ich erwache umgeben von Dunkelheit und sehe sie dort sitzen, unter dem großen Schirmblatt, die Dajaldrossel, Vogel der Morgendämmerung.* Die Stimme auf dem Band sagt: *Ich werde dich nicht gehen lassen, es sei denn …* Ich stehe in einem riesigen Raum, angefüllt mit Weihrauch. Der Boden ist so klar wie Diamanten. Der ungeborene Junge deutet mit seinen faltenlosen Handflächen nach unten, die Geste von Gottheiten in Tempeln. Einst sprach ein Mann zu mir von Liebe, in einem Tempel, der nach zerdrückten Ringelblumen und Weihrauch roch. Da war ich noch jung. Ich blicke durch den Diamantenboden auf Hügel, die im Regen die Farbe von Elefantenrücken haben. Der Mann und die Frau sitzen auf der Türschwelle, haben keine Worte mehr. Sie lehnen sich ein wenig aneinander. Sie haben eine Art Entscheidung getroffen, aber ich weiß nicht, wie sie aussehen könnte.

Auch ich bin zu einer Entscheidung gekommen. Aber ist diese Handlung, die ich vollziehen werde, eine Stafe oder ein Geschenk oder ein Sieg über die unzulässigen Bedürfnisse des Körpers? Welche Bezeichnung soll ich ihr nur geben?

In meinem Traum sage ich zu dem alten Mann, ich werde dir geben, wonach du dich am meisten auf dieser Welt sehnst, aber du musst tun, was ich dir sage.

In meinem Traum ist sein Lächeln zersplittert und gelb, zerbrechlich wie ein Erbstück, von einer Zartheit, die an den Mond erinnert.

12

Sie sieht ihn, als sie aus dem Seminarraum kommt, aber durch ihren Kopf geistern so viele Figuren aus Büchern, dass sie ihn zuerst gar nicht erkennt. In der letzten Zeit kommen ihr die Figuren in den Büchern realer vor als die Menschen in ihrem Leben – und ganz gewiss verlässlicher. Wenn man die Seite fünfundzwanzig aufschlägt, wird man dort jedes Mal den alten Mann und die alte Frau finden, die Schüsseln mit Reis und Suppe tragen. Jedes Mal werden sie das fremde Mädchen einladen, mit ihnen zu essen. Selbst wenn die Figuren keine Namen haben, so erkennt man sie doch an ihren Gesten und Ticks, die einem so vertraut sind wie die ältlicher Verwandter. Anju beginnt Namen sogar langsam für reizlose Zweckmäßigkeiten zu halten, wie Gepäck-Namensschilder, und denkt darüber nach, ihren eigenen abzulegen. Und so kommt es, dass sie, als sich der junge Mann von der Wand abstößt, an der er gelehnt hat, und mit leichtem Schritt und ausgestreckter Hand auf sie zukommt – *Anju?* – erst einen Moment benötigt, ehe sie reagiert.

»Anju?«, sagt er wieder, die Brauen zu fragenden Bögen gewölbt. Er ist auf eine so unschuldsvolle Weise attraktiv, dass sie ihn unwillkürlich anlächelt.

»Ja, ich bin Anju.«

Und dann fällt es ihr mit einem Mal wieder ein, der Abend der Party, die Spiegel, das Stroboskoplicht, das rauchige, aufreizende Lachen, das Haus, das erleuchtet gewesen war wie ein pinkfarbener Kuchen, und wie sie alle trunken gewesen waren von der Musik und dem Was-hätte-sein-Können (wie jung sie doch gewesen waren, so jung und unwissend). *Heute Abend werde ich mit einem anderen tanzen.*

»Ich bin Lalit«, sagt der junge Mann. »Sie erinnern sich vielleicht noch …?«

»Ja.«

»Sie sehen anders aus – Sie haben sich die Haare abgeschnitten, nicht wahr?« Er verstummt, zu höflich, um hinzuzufügen, wie mager sie geworden ist.

»Sie sehen auch anders aus – trugen Sie nicht einen Ohrring?«

Er macht eine abweisende Bewegung mit der Hand, als wolle er zum Ausdruck bringen, dass er inzwischen über solche Frivolitäten erhaben ist. Eine verlegene Pause entsteht, dann sagt er: »Ich kann genauso gut mit der Tür ins Haus fallen: Sudha hat mich zu Ihnen geschickt.«

Sie zuckt zusammen, wendet sich ab.

»Nein, bitte tun Sie das nicht«, sagt Lalit. »Dann werde ich nur immer und immer wieder kommen müssen, bis Sie mit mir reden, und es ist ein ziemliches Problem, die ganzen Operationen abzusagen – meine Patienten sterben wie die Fliegen, während wir uns unterhalten – oder besser gesagt, *nicht* unterhalten ...«

Sie blickt ihn mit zusammengekniffenen Augen an. »Haben Sie wirklich Operationen abgesagt?«

»Nein, ein Kollege von mir hat sie für heute übernommen. Das ist aber ehrlich gesagt noch schlimmer. Er ist neu und mit großer Begeisterung dabei. Ich hatte heute eine Gallenblase auf dem Programm, und wie ich ihn kenne, hat er inzwischen auch noch den Blinddarm entfernt – und eine Niere dazu.«

»Wie ich sehe, machen Sie sich noch immer über alles lustig.«

»Aber ich fürchte, ich lasse nach – Sie lachen gar nicht.«

Anju seufzt. »Zehn Minuten«, sagt sie. »Ich gebe Ihnen zehn Minuten. Sie können mich zur Bushaltestelle begleiten.«

Im Glashaus bereitet Sudha Tee zu. Sie tut dies auf die in Indien übliche Weise: Milch und Wasser werden zusammen in einem Topf gemischt, die gemahlenen Gewürznelken und der Kardamom hineingestreut, und zum Schluss kommen die Teebeutel – sie hat Myra dazu überredet, eine große Packung von *Lipton's Traditional Blend* zu kaufen –, die an ihren Fäden baumelnd in die brodelnde Flüssigkeit gehängt werden. (»Sind Sie auch ganz sicher, dass Sie dieses fürchterliche, koffeinhaltige Zeug wollen?«, hatte Myra sie gefragt. »Hundertprozentig«, hatte Sudha geantwortet, die jeden Tag dazulernt.) Sie macht ihn stark, lässt die Luft vom Duft niederdrücken, rührt großzügig Zucker hinein. (»Und Sie wollen bestimmt nichts von diesem wunderbaren Kleehonig probieren?« »Nein, ganz gewiss nicht.«)

Der alte Mann liegt mit geschlossenen Augen im Bett, aber er riecht den Tee, als Sudha den Wagen hineinschiebt, und so sträubt er sich nicht allzu sehr, als sie ihm in eine sitzende Position aufhilft und gegen die Kissen lehnt.

»Ich glaube, Ihr Magen hat sich so weit beruhigt, dass Sie heute etwas *cha* trinken können«, sagt sie und hält ihm die Tasse an den Mund. »Vorsicht, er ist sehr heiß. Schmeckt er Ihnen?«

Er antwortet nicht, nimmt aber einen weiteren gierigen Schluck und dann noch einen.

»Auch wenn er gewiss nicht so gut ist wie der, an den Sie in Indien gewöhnt waren – Trideep hat mir erzählt, dass Sie in der Nähe einer Teeplantage oben in den Bergen gewohnt haben ...«

Der alte Mann hört auf zu trinken und wirft ihr einen wütenden Blick zu.

»Ich weiß, Sie denken jetzt, ich sei grausam, so etwas zu sagen, wo Sie Indien doch so sehr vermissen ...«

Er lässt sich mit zusammengepressten Lidern in die Kissen zurücksinken.

»Geht das schon wieder los? Glauben Sie etwa, dass Ihre Probleme verschwinden, wenn Sie die Augen schließen? Da habe ich einen besseren Plan – wenn Sie mir dabei helfen.«

Er wendet ihr den Rücken zu. Es dauert eine Weile, bis er sich gedreht hat, so schwach sind seine Glieder, aber endlich liegt er schwer atmend mit dem Gesicht zur Wand, die Decke bis zum Kinn hochgezogen.

»Hören Sie mir zu«, sagt Sudha. Sie zieht die Decke weg. »Ich bestehe darauf. Danach können Sie wieder zu einem dickköpfigen, alten Griesgram werden.« Sie legt eine Pause ein, um ihren Worten Gewicht zu verleihen. »Ich versuche Ihnen zu helfen, wieder nach Hause zu kommen.«

Im Zimmer ist kein einziges Geräusch zu hören, nicht einmal ein Atmen.

»Wir können es schaffen. Der Doktor sagt, dass das größte Hindernis auf dem Weg zu Ihrer Genesung rein mentaler Natur sei, und ich stimme ihm zu. Wenn Sie wieder nach Hause wollen, müssen Sie mit mir zusammenarbeiten. Essen Sie vernünftig – nicht nur ein paar Bissen. Machen Sie zuerst ein paar einfache Übungen im Bett, und dann vielleicht im Rollstuhl.« Sie geht auf die andere Bettseite, kniet sich hin und bringt ihr Gesicht ganz nah an das seine. »Das ist mein Ernst! Öffnen Sie die Augen! Sehen Sie mich an!«

Er öffnet langsam, widerwillig die Augen. Sie sind schwarz von dem Schmerz, den er in all diesen Wochen zu betäuben versucht hat.

»Sie glauben, dass Trideep Sie nicht zurückgehen lassen wird, nicht wahr? Nun, ich habe einen Plan. Aber Sie müssen mit mir reden. Sagen Sie etwas! Aber etwas Nettes, selbstverständlich! Sonst werde ich Ihnen nicht verraten, was ich vorhabe.« Sie riskiert ein Grinsen, leckt sich leicht über die Lippen. Ob er wohl sieht, wie nervös sie in Wirklichkeit ist?

Auch er leckt sich über die Lippen. Sie zittern.

»Machen Sie schon – ich glaube, Dayita wird langsam von ihrem Mittagsschlaf wach. Ich werde in einer Minute gehen müssen.«

Seine Stimme kommt ganz gebrochen und wütend heraus und ist so leise, dass sich Sudha weiter vorbeugen muss, um ihn zu verstehen. »Hören Sie auf, mich zu quälen.«

»Das ist nicht gerade das, was ich im Sinn hatte, als ich von *etwas Nettem* sprach.«

»Ich werde niemals wieder nach Hause zurückkehren, das weiß ich. Ich werde hier sterben.«

»Das werden Sie ganz bestimmt, wenn Sie diese Art von positivem Denken beibehalten«, erwidert Sudha fröhlich. »Oje, jetzt legt sie los! Dieses Kind hat eine Stimme wie ein Pterodaktylus. Bis gleich.«

Sie kehrt mit Dayita zurück, setzt sie mit einer Tasse Milch und ein paar Tierkräckern in ihren Hochstuhl und singt ihr Kinderlieder vor, bis er endlich mürrisch sagt: »Drehen Sie mich um, damit ich das Kind sehen kann.«

»Hi«, sagt Dayita, als sie sein Gesicht sieht. »Hi, hi, hi, hi, hi.« Sie streckt ihre Hand mit einem Tierkräcker in seine Richtung.

»Das ist ihr neues Wort«, erklärt Sudha. »Wappnen Sie sich – Sie werden noch jede Menge davon zu hören bekommen.«

»Sie haben gar keinen Plan.« Er macht Pausen zwischen den Sätzen, um Atem zu schöpfen. »Sie versuchen doch nur mich hereinzulegen.«

Sudha bedeckt ihr Gesicht mit den Händen. »Ich gestehe, ich gestehe. Es ist eine verabscheuungswürdige Verschwörung. Ich war so dumm zu glauben, wir könnten Sie täuschen. Dann bleibt mir wohl nichts anderes übrig, als Ihnen alles zu gestehen – selbst das FBI ist darin verwickelt.«

»Ihre Witze sind geschmacklos.«

»Wenn ich ernsthaft rede, passt es Ihnen nicht, wenn ich scherze, passt es Ihnen nicht – was soll ich denn nur tun?«

»Sagen Sie mir einfach, was Sie vorhaben«, fordert er sie mit müder Stimme auf.

»Wenn Sie erst einmal wieder bei Kräften sind, werden die beiden Sie nach Indien zurückgehen lassen. Wenn ich mit Ihnen gehe.«

Seine Augen fliegen zu ihrem Gesicht. »Was soll das heißen?«

»Wenn ich mit Ihnen gehe, wie eine Krankenschwester, verstehen Sie? Mich um Sie kümmere, wie ich es hier tue.«

»Warum sollten Sie das tun?« Seine Stimme ist misstrauisch, aber sie kann das rasche Klopfen seines Pulses an dem abgemagerten Hals erkennen. »Junge Leute, die in dieses Land kommen, wollen hier nie wieder weg.«

Sudha zuckt mit den Schultern. »Amerika ist nicht für jeden dasselbe Land, wissen Sie. Hier hat sich nicht alles so entwickelt, wie ich es gehofft hatte. Mit Ihnen zurückzugehen wäre für mich eine Möglichkeit, in einer Kultur neu anzufangen, die ich auf eine Weise verstehe, wie ich Amerika niemals verstehen werde. In einem anderen Teil Indiens, wo mich niemand kennt. Ohne die Last alter Erinnerungen, ohne das Getratsche, in dem es heißt: *Wir wussten doch, dass sie versagen würde,* oder: *Geschieht ihr recht.*«

»Helfen Sie mir auf«, fährt der alte Mann sie an. Er müht sich ungeduldig, während sie ihm die Kissen in den Rücken schiebt. »Ist das Ihr Ernst? Sie sagen das nicht nur, um zu erreichen, dass ich mich erhole?« Ein noch schlimmerer Gedanke kommt ihm. »Oder … weil Sie Mitleid mit mir haben?«

Sie schüttelt den Kopf. »Lassen Sie uns das ein für alle Mal klarstellen: Es muss ein lohnendes Geschäft für mich sein. Die beiden werden mich so gut bezahlen müssen, dass ich Dayita anständig großziehen kann – sie wird natürlich mitkommen. Ich nehme an, dass Sie nichts dagegen einzuwenden haben? Ich möchte sie auf eine richtig gute Schule schicken. Und genug zur Seite legen können, damit ich nie wieder von irgendjemand abhängig sein muss.« Ob er sieht, dass ein harter Zug ihren Mund umgibt, als sie dies sagt? »Aber ich nehme an, sie werden nichts dagegen einzuwenden haben. Mit Dollars kommt man in Indien sehr weit.«

»Es bestünde gar keine Notwendigkeit, dass die beiden … Ich …« Aber er beendet die Sätze nicht.

»Und überlegen Sie doch nur, wie viel Myra sparen könnte, wenn Sie wieder weg wären – all diese Stress reduzierenden Elixiere und die Aromatherapie-Massagen sind ja auch nicht gerade billig, wissen Sie.«

Er runzelt die Stirn.

»War nur ein Scherz. Hier, Dayita bietet Ihnen einen Tierkräcker an. Er ist etwas aufgeweicht. Ich hoffe, das macht Ihnen nichts aus.«

Er nimmt den Kräcker und beißt geistesabwesend hinein.

»Gut gemacht!«, lobt Sudha ihn. »Weiter so! Prima!« Sie hat sich im Nachmittagsfernsehen alte Folgen von *All in the Family* angesehen. »Nur um eins tut es mir Leid, wenn ich gehe.«

Sein Griff um den Kräcker wird fester, bis dieser zerkrümelt auf die Bettdecke herabfällt.

»Wenn ich an all die Mühen denke, die ich darauf verwendet habe, die neuesten amerikanischen Ausdrücke zu lernen – und jetzt werde ich sie an niemandem ausprobieren können.«

»Sie vermisst Sie«, sagt Lalit. »Sie würde Ihnen gern schreiben.«

»Es hält sie doch keiner davon ab.«

»Sie möchte sichergehen, dass Sie auch lesen, was sie zu sagen hat. Dass Sie darauf antworten.«

»Was soll ich ihr denn schreiben? Etwa *Liebe Sudha, danke, dass du meine Ehe zerstört hast*?«

»Hören Sie – es gibt so viele Lücken in dieser Geschichte, die keiner von euch zu füllen bereit ist, aber eins weiß ich mit Gewissheit: Sie hat Ihr Zuhause vor allem Ihnen zuliebe verlassen. Sie macht sich ständig Sorgen um Sie. Sie hat mich vor allem deshalb gebeten, Sie aufzusuchen, um zu erfahren, ob es Ihnen gut geht.«

»Nein, tut es nicht, und das habe ich ihr zu verdanken«, erwidert Anju. Sie umschlingt ihren Oberkörper und zittert ein wenig in der abendlichen Kühle. Sie sitzen seit einer halben Stunde auf der Bank an der Haltestelle. Ein Bus hält schnaufend, aber sie beachtet ihn nicht weiter. »Und sie kümmert sich jetzt wirklich um diesen alten Mann?«, fragt sie nach einer Weile mit rauer Stimme. »Haben Sie sie besucht?«

»Ja, das habe ich.«

»Diese Leute – behandeln sie sie gut?«

Er wirft ihr einen eigenartigen Blick zu. »Ja, das tun sie.«

»Und … Sunil?«

»Sie hat keinen Kontakt zu ihm und möchte es auch weiter so halten, soweit ich das beurteilen kann.«

»Lieben Sie sie?«

»Ich weiß es nicht. Die Leute benutzen dieses Wort zu leichtfertig, wie ich finde. Möglicherweise bin ich dabei, mich in sie zu verlieben. Ich hätte auf jeden Fall gern eine Chance, herauszufinden, ob es so ist. Aber sie hat mir erklärt, dass sie im Augenblick einen echten Freund braucht – also versuche ich das für sie zu sein.«

»Ich glaube, Sie lieben Sie«, sagt Anju. »Vielleicht sogar zu sehr.« Sie seufzt. »Ich kann Ihnen keinen Vorwurf machen. Das geht allen so. Meine Cousine ist sehr liebenswert.«

»Hören Sie, Sie sollten diese ganze Sache hinter sich lassen. Was auch immer zwischen Ihnen und Ihrem Mann passiert sein mag –«

»Leichter gesagt als getan. Aber das meinte ich gar nicht. Ich dachte an Ashok – hat sie Ihnen von Ashok erzählt? Ihrer Jugendliebe?«

»Oho! Ein Rivale. Muss ich mir Sorgen machen?«

»Nun ja, er ist hier –«

»Die Handlung spitzt sich zu. Ist das vielleicht der Grund, warum Sudha weggelaufen ist?«

»Tut mir Leid, wenn ich Ihre Hoffnungen zerstören muss. Er hat wohl einen Brief geschickt – aber der ist erst hier angekommen, als sie schon fort war. Ich habe ihn nicht geöffnet – dachte, es ginge mich nichts an. Ich habe ihn nur an ihre neue Adresse weitergeleitet. Vor zwei Tagen dann, als ich gerade die Sachen in der Wohnung zusammenpackte, tauchte er plötzlich auf. Wir waren beide ein wenig überrascht.«

»Die Kunst der Untertreibung beherrschen Sie wirklich meisterhaft.«

»Er ist hierher gekommen, um sie und Dayita nach Hause zu holen. Er wartet schon eine halbe Ewigkeit darauf, sie zu heiraten –«

»Wenn es nach mir geht, darf er ruhig weiter warten.«

»Tja, es sieht aber ganz so aus, als sei er dieses Mal wirklich fest entschlossen, und an dieser Stelle kommen Sie ins Spiel.«

Lalit wirft ihr einen Blick zu, der voller böser Ahnung ist. »O nein, Sie wollen doch nicht im Ernst –«

»Er muss sie sehen –«

»Glauben Sie etwa, ich sei der Generaldirektor der Lalit Heiratsvermittlung G.m.b.H.?«

»– um einmal von Angesicht zu Angesicht mit ihr zu reden. Um ihre Antwort zu hören, wie immer sie auch ausfallen mag. Das hat er einfach verdient –«

»Tut mir Leid. Amor wohnt hier nicht mehr.«

»Sie wollen, dass ich ihren Brief lese? Sie wollen, dass ich ihr vielleicht antworte?«

»Mrs Majumdar, es schockiert mich zu sehen, dass Sie sich in die Niederungen solch verabscheuungswürdiger Erpressung begeben.«

»Mein Name ist Ms Chatterjee.« Sie reißt ein Blatt aus einem Notizbuch und schreibt etwas darauf. »Das hier ist die Nummer von Ashoks Hotel, mit direkter Durchwahl zu seinem Zimmer. Sagen Sie ihr, sie soll ihn bald anrufen – dem armen Mann geht das Geld aus.«

»Gut. Vielleicht werden sie ihn abschieben.«

Anju wirft Lalit einen vorwurfsvollen Blick zu.

»Warum sagen Sie das Sudha eigentlich nicht selbst?«, fragt er. »Wäre das nicht besser? Ich kann Ihnen ihre Telefonnummer geben –«

Anju blickt auf, und ihr Gesicht trägt mit einem Mal einen gequälten Ausdruck. »Ich kann nicht mit ihr reden oder ihr auch nur schreiben. Noch nicht. Nicht, bis ich einige Dinge für mich geklärt habe.« Im Licht der Straßenlaterne, die gerade angeht, erscheinen kleine, dunkle Seen unter ihren Augen. »Auch ich liebe sie zu sehr. Ich glaube, das habe ich gerade erst wieder entdeckt.«

Lalit nimmt den Zettel entgegen. »Ich bin ein Idiot, eine Null, ein Volltrottel.«

»O nein, ganz und gar nicht«, entgegnet Anju. »Sie sind ein besserer Mensch als ich, Gunga Din.« Sie wirft ihm vom Fenster des Busses aus eine Kusshand zu.

Das Alter und seine Last haben den Fluss ganz grau gemacht. Er hat einen weiten Weg zurückgelegt, von der in eisigem Fels gelegenen Höhle, wo er entspringt und die geformt ist wie ein Kuhmaul, bis zu dieser Stadt, in der zu viele Menschen wohnen, die alle ihre Geschichten und ihre Hoffnungen haben. Ihre Toten. Denn das ist es, was sie hier, in der Nähe des Kali-Tempels, an den Fluss bringen. Blumen und Nahrung werden den Geistern der Vorfahren geopfert, die – so glaubt man – an seinen Ufern verweilen, bis sie mithilfe von Gebeten weitergeschickt werden. Knochen und Asche und Lampen, die in Booten, aus Blättern gefertigt, zu Wasser gelassen werden. An anderen Stellen wird der Fluss nicht so vergöttert. Kinder pinkeln hinein, Bauern bringen ihre Büffel zum Baden, Schakale trinken in der Nacht daraus, und am Morgen wirbeln Jungen im Teenageralter darin den Schlamm auf und beäugen die Mädchen, die in den Frauen-*ghats* baden.

»Nur zu, nur zu«, ermuntert der Priester Sunil. »Über den Kopf, über die Schultern. Schütte mehr Wasser über dich, schütte richtig. Bitte Mutter Ganga, deine Sünden wegzuwaschen.«

Die beiden Männer stehen bis zu den Knöcheln in trägem Schlamm auf den Stufen, die vom Tempelbereich zum Fluss hinunterführen. Sunil hat in diese Zeremonie, die dazu dient, die Toten versöhnlich zu stimmen, nur widerstrebend eingewilligt, hauptsächlich seiner Mutter zuliebe. Nur ungern hat er sich das derbe Baumwoll-*dhoti* angezogen, das trauernde Söhne traditionsgemäß tragen, und seine Schuhe im Wagen gelassen. (»Möchtest du dir den Kopf rasieren?«, hatte ihn der Priester zuvor gefragt. »Machen Sie Witze?«, hatte Sunils Anwort gelautet.) Nun taucht er einen zimperlichen Finger in die Flüssigkeit, die nicht allzu sauber aussieht. Der Priester, der Sunils Familie schon viele Jahre kennt, schüttelt den Kopf und seufzt.

»Ach, ihr modernen Jungen, die ihr aus Amerika zurückkehrt! Aber was soll's, unsere Jungen hier sind auch nicht besser, reden andauernd über Krankheitserreger und was nicht alles. Es gibt auf dieser Welt noch mehr, als das, was man mit dem bloßen Auge erkennen kann.« Seine eigenen Augen, die durch dicke Brillengläser vergrößert werden, funkeln beim Reden. »Kennst du denn die Geschichte nicht? Als Mutter Ganga, der Himmelsfluss, vom Gott Vishnu gebeten wurde, auf die Erde zu kommen, um uns zu retten, da weinte sie und sagte: Herr, bittet mich nicht darum, die Erdmenschen werden all ihren Dreck in mich werfen, die fassbaren Dinge und auch ihre abscheulichen Sünden. Und der Herr antwortete: Siehe, ich segne dich mit meiner Berührung, nichts kann dich verschmutzen. Was auch immer sie tun, du wirst stets überaus heilig sein.«

Sunil blickt wenig überzeugt drein, aber er will keinen Disput beginnen. Er war schon erschöpft, als er in Amerika abflog, und die lange Reise hat alles nur noch schlimmer gemacht. Er bekommt immer noch diese Kopfschmerzen, und es wird ihm von Zeit zu Zeit übel, obwohl ihm seine besorgte Mutter jeden Tag die grüne Plantainbananen-Suppe zubereitet hat, die man Kindern gibt, um den Magen zu beruhigen. Er schläft auch nicht besonders gut. Das Haus ist immer noch voller Gäste, und so hat man ihn, trotz seines Protests, im Schlafzimmer seines Vaters untergebracht, wenn auch zum Glück nicht in dessen Bett. (Die Matratze ist mit der Leiche verbrannt worden, und es war noch keine Zeit, eine neue Matratze zu kaufen.) Er schreckt jede Nacht von einem Kreischen aus dem Schlaf auf. Straßenbahnbremsen? Eine Nachteule? Aber es gibt doch gewiss keine Eulen mehr in Kalkutta.

Seit sein Flugzeug auf dem Flughafen gelandet ist, fühlt Sunil sich desorientiert. An dem Tag fand ein Bangla Bandh statt, Umzüge von schreienden Männern, die militante Plakate hochhielten, während Polizisten mit Schlagstöcken und Tränengas bewaffnet auf den Bürgersteigen warteten. Sunil, der seit seiner Hochzeit nicht mehr in Indien gewesen war, versuchte vergebens, das Bengali auf den Plakaten zu entziffern, das ungleiche, feuchte Rot, das aussah, als wäre es in aller Eile mit Blut geschrieben worden. Schließlich musste er seine Mutter bitten, es ihm zu erklären. Sie antwortete, dass es sich um eine Demonstration von Straßenhändlern handele. Sie wehrten sich gegen das neue Gesetz, das ihnen nicht mehr erlaube, ihre Waren auf den Gehsteigen Kalkuttas zu verkaufen. Straßenhändler?, wiederholte Sunil, und seine Stirn legte sich in Falten, als habe er das Wort noch nie zuvor gehört.

Viele der Hauptstraßen waren wegen des *bandh* geschlossen, und das Privatauto, das seine Mutter für einen Tag einem Verwandten abgeschwatzt hatte, musste immer und immer wieder in irgendwelche engen Gassen abbiegen, an die sich Sunil nicht erinnerte, um auf Umwegen nach Hause zu gelangen. (»Warum ein Privatauto?«, hatte Sunil gefragt. »Weil Taxis nicht fahren, wenn ein *bandh* stattfindet. Die Menge könnte den Fahrer verprügeln und das Auto verbrennen«, erwiderte seine Mutter erschöpft. »Erinnerst du dich denn an gar nichts mehr, *baba*?«)

Nun sitzt Sunil am Fluss, wo der Priester ein kleines Feuer entzündet hat, und wiederholt Mantras, die den Toten Frieden bringen sollen. Aber was ist mit Frieden für die Lebenden? Was ist mit der Frau und dem Kind, deren Abwesenheit er wie eine Wunde in seinem Fleisch trägt? Der Priester schüttet schwarze Sesamsamen in seine Handfläche und sprenkelt sie mit Flusswasser. (»Bring das Opfer dar. Nur zu. Und bete.«) Sunil wiederholt gehorsam den Sprechgesang des Priesters – nun halten sie gekochte Reisbällchen in die Höhe, für vierzehn Generationen von Vorfahren –, aber eigentlich betrachtet er den Fluss. Die Sonne ist hervorgekommen, und das langsam dahinfließende Wasser glitzert wie Stahl. Es hypnotisiert ihn. Im Arbeitszimmer seines Vaters stand ein Schuhkarton gefüllt mit uneingelösten Zahlungsanweisungen aus Amerika. Genug, dass seine Mutter bis ans Ende ihrer Tage ein Leben in Luxus führen kann. Die Wellen klingen wie ein undeutliches Durcheinander von Stimmen – die Stimmen der Toten, könnte man denken, wenn man es nicht besser wüsste.

Der Priester stimmt erneut seinen Singsang an: »Es schneiden ihn die Waffen nicht, es brennet ihn das Feuer nicht. Es nässet ihn das Wasser nicht, es dörret ihn auch nicht der Wind.«

Sunil wiederholt: »Es nässet ihn das Wasser nicht, es dörret ihn auch nicht der Wind.« Es liegt Verblüffung in seiner Stimme, eine gewisse Unbehaglichkeit. Er möchte den heiligen Vers abtun, der aus einer längst vergangenen, ruhigen Zeit überliefert ist, der unmöglich einen Bezug zu seinem gepeinigten Leben im zwanzigsten Jahrhundert haben kann. Warum bringt er ihn dann dazu, seine Sehnsüchte, die er so genau zu kennen glaubte, noch einmal zu überdenken?

Es ist an der Zeit, die Asche ins Wasser zu gießen. Er hält den Kupfertopf von sich fort. Die Asche ist körnig, mit schwarzen Klümpchen, die Knorpel sein könnten. Sie ist durchsetzt von Knochenstückchen, schockierend weiß. Ein alter, verkohlter Geruch steigt aus dem Topf auf. Sunil schwankt ein wenig, als ob er benommen oder betrunken wäre.

Der Priester spricht: »Unsichtbar und unvorstellbar und unveränderlich ist er.«

»Unveränderlich«, wiederholt Sunil. Die Wellen nehmen ihm das Wort aus dem Mund und tragen es Richtung Meer.

»Darum, sobald du ihn erkannt, darfst du nicht mehr ihn beklagen.«

»Ich darf nicht mehr ihn beklagen«, sagt Sunil. Er spricht nicht von seinem Vater, dem er weniger vergeben als ihn einfach aus seinen Gedanken gestrichen hat, sondern von sich selbst, von dieser Sucht, die er all die Jahre so bereitwillig mit sich herumgeschleppt hat. Ist es möglich, etwas loszulassen, das so tiefe Spuren in ihm hinterließ? Asche fällt von seinen Händen. Ein paar Körner werden vom Wind in seine Augen getragen und bringen sie zum Tränen. Sunil fährt sich mit dem Handrücken darüber. Der Priester nickt anerkennend angesichts dieses Zeichens des Respekts gegenüber den Eltern. Die grauen Flecken schwimmen für einen Moment auf der grauen Haut des Flusses, ehe sie nach unten gezogen werden.

13

Sudha

DAS IST DOCH LÄCHERLICH!«, sagt Lalit und tritt gegen einen Stein. »Ein absolut lächerlicher Plan. Nach Indien zurückzugehen, in irgendeinen gottverlassenen Ort am Ende der Welt, und den Rest deines Lebens damit zu vergeuden, einen alten Mann zu pflegen, den du kaum kennst! Wie kannst du so etwas auch nur in Erwägung ziehen?«

Wir gehen im botanischen Garten spazieren, oben in den Gebirgsausläufern, hinter der *University of California*. Wir befinden uns im Wüstenabschnitt, sind umgeben von hoch gewachsenen Kakteen mit Dornen so groß wie Hexennadeln. Dahinter sind die Akazien aufgeblüht, tragen haufenweise Goldmünzen an jedem Zweig. Ob es daran liegt, dass ich bald abreisen werde, dass dieser kalifornische Tag etwas Magisches zu haben scheint?

Ich lächle, um meine Enttäuschung zu überspielen. »Herzlichen Dank für deine Unterstützung!«

»Aber ich unterstütze dich doch! Das ist auch der Grund, warum ich mich aufrege! Habe ich nicht alles getan, was du wolltest? Habe ich nicht in deinem Auftrag mit Anju verhandelt und sie mit meiner wohldurchdachten Logik überzeugt? Es war so, als würde man Zähne mit einer Pinzette ziehen – falls ich dir das noch nicht erzählt haben sollte.«

»Doch, das hast du. Ungefähr zwanzig Mal.«

»Nun, es ist ein bemerkenswerter Gebrauch von Gleichnissen. Dann habe ich dir die Telefonnummer deiner Jugendliebe genannt –«

»Darum hatte ich dich aber nicht gebeten –«

»Mein Motto lautet, dem Kunden mehr zu bieten, als er verlangt. Und jetzt habe ich dich zu einem Treffen mit ihm hierhergebracht, damit er dich mit Schmeicheleien einwickeln und dir Zärtlichkeiten ins Ohr flüstern kann. Also – geht das jetzt über bloße Pflichterfüllung hinaus, oder etwa nicht?«

»Das tut es. Ich bin dir auch wirklich sehr dankbar.«

»Nun, ich wüsste da schon bessere Wege, wie du mir deine Dankbarkeit zeigen könntest, als einfach wegzulaufen.«

»Ich laufe nicht weg!« Doch als ich die Worte ausspreche, frage ich mich bereits, ob er nicht vielleicht Recht hat.

»Es gibt hier so viele Möglichkeiten für dich und Dayita« – Lalits Stimme ist erregt – »und du wirfst einfach alles weg, was überaus dumm von dir ist, wenn ich das einmal so sagen darf.«

»Du solltest bei Gelegenheit einmal meine Mutter kennen lernen. Ihr beiden würdet so gut miteinander auskommen wie Pommes frites und Ketchup.«

Er wirft mir einen bittenden Blick zu. »Ruiniere nicht dein Leben, Sudha.«

Da ich unsicher bin, fahre ich ihn an. »Welches Leben, Lalit? Was für ein Leben habe ich hier denn schon? Ich bin dieses Mantra so leid, dass jeder herunterleiert, dieses Allheilmittel gegen alles Übel. AmerikaAmerikaAmerika. Für dich mag das ja zutreffen. Dir hat Amerika dabei geholfen, das zu werden, was du wolltest. Aber ich habe keinerlei berufliche Ausbildung –«

»Du müsstest nichts weiter tun, als wieder die Schulbank zu drücken –«

»Dazu fehlt mir das Geld. Und vielleicht auch die Geduld. Außerdem läuft mein Visum in weniger als einem Monat ab. Meine Arbeit hier ist illegal. Noch nicht einmal die Kleidung, die ich trage, gehört mir.« Ich deute auf das Kleid, roter Hibiskus auf weicher, schwarzer Baumwolle. Myra hat darauf bestanden, es mir für dieses Treffen zu leihen. (»Er ist den ganzen weiten Weg von Kalkutta hierher gekommen, bloß um Sie zu sehen! Ich kann das gar nicht glauben! Das ist ja *so* romantisch!«)

Lalit befingert den Stoff am Ärmel. »Deshalb bist du heute Morgen so nervös. Das sind die Schwingungen, wie unsere liebe Myra sagen würde!«

»Hör auf damit! Sie ist sehr großzügig zu mir gewesen und sie hat ein gutes Herz. Ich mag sie.«

»Ich auch. Ich mache mich niemals über Leute lustig, die ich nicht mag.« Dann wird seine Stimme ernst. »All die Dinge, die du an deinem Leben hier hasst, die könnte ich ändern, wenn du nur –«

Ich lege meine Hand auf seinen Mund. »Sag es nicht, was immer es ist. Es würde alles zwischen uns kaputtmachen.«

Er packt meine Hand, küsst sie, hält sie dann an seine Wange. »Was gibt es denn da kaputtzumachen? Du lässt ja gar nicht erst zu, dass sich etwas zwischen uns entwickelt.«

Ich genieße es, seinen Wangenknochen unter meinen Fingern zu spüren. Das leichte Kratzen der Bartstoppeln, die seit seiner morgendlichen Rasur langsam wieder zum Vorschein kommen. Er wird niemals erfahren, wie sehr ich versucht bin, nachzugeben. Ihn all meine Einwände wegküssen zu lassen. Aber früher oder später würden sie zurückkehren. Ich ziehe meine Hand weg. »Wir haben etwas ganz Besonderes. Unsere Freundschaft.«

»Bitte, Herr, ich möchte noch etwas mehr!«, sagt er mit hoher Kinderstimme.

Ich lache. Er hat mich letzte Woche zu einem Oldies-Kinofestival mitgenommen, wo wir diesen Film sahen. Dann sage ich: »Ich kann dir nicht mehr bieten. Alles andere, was ich habe, brauche ich, um zu überleben. Außerdem möchte ich mit dir nicht wieder denselben Fehler begehen –«

»Der da wäre?«

»Ich habe immer zugelassen, vom Wohlwollen eines anderen Menschen abhängig zu sein. Ich war immer diejenige, die genommen hat, für die gesorgt wurde.«

»Was ist denn so schlimm daran? Es würde mir große Freude bereiten, für dich zu sorgen.«

Ich schüttele den Kopf. »Das würde es schwerer machen, Nein zu sagen –«

»Also, ehrlich gesagt, sehe ich da keine Probleme. Aber wenn du auf Gleichheit aus bist, fiele mir auf Anhieb einiges ein, was du tun könntest, um ebenfalls richtig gut für mich zu sorgen!« Er wirft mir einen wenig überzeugenden, lüsternen Blick zu, der mich wieder zum Lachen bringt.

»Es ist nur gut, dass du dich nicht für eine Karriere als Schauspieler entschieden hast«, sage ich.

Dann sehe ich ihn. Er trägt eine wollene Nehru-Jacke und sitzt mit dem Rücken zu mir auf der Bank neben dem Bürogebäude des Gartens. Er schaut auf ein Beet mit Schmucklilien.

»Gerade, als die Unterhaltung interessant zu werden begann …«, sagt Lalit. »Sag bloß nicht, dass er das ist. Gott, ist der hässlich! Und alt dazu. Ein einziger Blick auf seinen Rücken verrät mir, dass er ein hundsgemeiner Kerl ist. Himmel, er könnte sogar ein Psychopath sein! Wir Ärzte lernen natürlich, so etwas zu erkennen. O nein, er ist eindeutig nicht der richtige Mann für dich.«

Trotz meiner Nervosität kann ich einfach nicht anders, ich muss lachen. »Aber *du* bist es, ja?«

»*Mais oui. Absolument!* Vielleicht sollte ich besser in der Nähe bleiben, falls du gerettet werden musst?«

»Das wird nicht nötig sein, vielen Dank.«

»Du siehst einen sehr geknickten Mann vor dir. Ich bin in einer halben Stunde wieder zurück, um dich abzuholen.«

Ich stehe für einen Moment einfach nur da, will Ashok nicht bei seinem Namen rufen. So viele Erinnerungen steigen in mir hoch, Kümmernisse, von denen ich dachte, dass ich mit ihnen abgeschlossen hätte. Ashok in dem dunklen Kinosaal, seine Augen wie Opale, als er nach meinem Namen fragt. Sein weißes Hemd, das in der Sonne Kalkuttas funkelt, während er stundenlang am Straßenrand darauf wartet, einen Blick auf mich zu erhaschen, wenn ich zur Schule gefahren werde. Das eine Mal, als wir uns am Kalighat-Tempel getroffen hatten, umgeben von den Düften zerdrückter Blumen, Pläne schmiedend, wie wir zusammen durchbrennen könnten. Ich hätte mit ihm gehen sollen. Meine erste Liebe. Wie hätte ich wissen sollen, dass ich niemals wieder imstande sein würde, einen anderen Mann so zu lieben, wie ich ihn geliebt hatte? Nicht einmal ihn selbst, als er nach dem Auseinanderbrechen meiner Ehe in mein Leben zurückkehrte. Wie flüchtig doch die Jugend ist, die Leidenschaft, die nichts verweigert …

Ashok sitzt ganz aufrecht da. Die Ärmel sind aufgerollt, ich kann an den Armen seine Muskeln erkennen. Er wird wohl immer noch Gewichte stemmen. Sein Profil ist hager und nachdenklich. Die klare, intelligente Linie seiner Nase ist mir so vertraut, dass sich ein unlogisches Bedauern in meiner Kehle verfängt. Er sieht keinen Tag älter aus, als bei unserem letzten Treffen. Das überrascht mich, bis mir einfällt, dass ich mich erst vor wenigen Monaten von ihm verabschiedet habe. *Ich* bin es ja nur, die so viele Veränderungen durchlaufen hat, dass sie für ein ganzes Jahrhundert reichen. In seinem Schoß liegt ein Notizblock. Ich trete näher heran und sehe, dass es ein Zeichenblock ist. Er hat die Lilien skizziert. Ich wusste gar nicht, dass er zeichnet. Sein Stil ist sparsam, nur wenige, meisterliche Kohlenstriche. Auch das überrascht mich.

»Sudha?«, sagt er, ohne sich umzudrehen.

»Wann hast du so gut zeichnen gelernt?«

»Ich habe damit angefangen, als du nach Amerika gingst. Ich bin nur ein Amateur, aber es ist ein guter Ausgleich, es beruhigt mich.« Er blickt weiterhin auf die Lilien, was mich ärgert.

»Ich kann mir dich gar nicht anders vorstellen als ruhig und ausgeglichen«, erwidere ich mit ärgerlicher Stimme.

Ein kleines Lächeln. »Glaubst du etwa, dass ich es jetzt bin?«

Ich trete vor ihn. »Wie soll ich das wissen, wenn du mich nicht einmal anschaust?«

»Ich hatte Angst, dass du vielleicht verschwinden könntest, wie in diesem Mythos von Eurydike.« Doch nun sieht er mich an. Sein Blick lässt mich gar nicht mehr los, sodass ich verlegen mit den Fingern über die dünne Baumwolle meines Kleides streiche, um es zu glätten. Endlich sagt er: »Du hast dich verändert, Sudha. Das war das andere, wovor ich Angst hatte.«

»Verändert? Inwiefern?«, frage ich mit kampflustiger Stimme. »Meinst du, weil ich westliche Kleidung trage?«

Er schüttelt den Kopf. »Nein, das meinte ich nicht, obwohl ich finde, dass du in einem *sari* schöner aussiehst.«

Ich verziehe das Gesicht. Gibt es etwas Konservativeres als einen konservativen Inder?

Er hebt die Hand. »Ich will damit nicht sagen, dass es eine negative Veränderung ist. Du bist einfach anders. Ich sehe es an der Art, wie du dastehst, sehe es in der Haltung deiner Schultern, deines Halses. Es ist ganz so, als seiest du von verzinktem Draht durchzogen.«

»Das kannst du sehen?«, erwidere ich überrascht. Niemand hat je etwas annähernd Vergleichbares gesagt. Aber andererseits, wer kennt mich auch schon so lange wie Ashok? Nur Anju – und wir beide waren viel zu sehr miteinander verbunden, um mehr zu sehen als unsere Spiegelbilder in den Augen der anderen.

Er nickt. »Was musst du alles durchlitten haben! Es muss etwas geben, das dich sogar noch mehr erschüttert hat, als deinen Mann zu verlassen. Nein! Ich will es gar nicht wissen. Es tut mir nur Leid, dass ich nicht da gewesen bin, um mich um dich zu kümmern. Um für dich zu sorgen.«

Wieder dieser Satz. »Es ist nicht deine Aufgabe, für mich zu sorgen«, erwidere ich hitzig. »Ich bin eine erwachsene Frau.«

»Selbst Erwachsene sollten von den Menschen umsorgt werden, die sie lieben.«

Jetzt wäre der perfekte Zeitpunkt, um ihm zu sagen: *Ich liebe dich nicht*. Aber irgendwie bringe ich es nicht fertig. Unsere gemeinsame Vergangenheit, sein geduldiges Warten, seine lange und teure Reise, die er wegen mir und meine Tochter unternommen hat ... Ich kann nicht vergessen, dass auch ich seine erste große Liebe gewesen bin.

»Wie auch immer, jetzt bin ich hier, und du kannst den Leuten, für die du arbeitetst, sagen, dass du kündigst. Ich habe unseren Flug sofort nach deinem Anruf für die nächste Woche gebucht. So haben deine Arbeitgeber genug Zeit, sich einen Ersatz zu suchen.« Er fügt galant hinzu: »Auch wenn du eigentlich unersetzlich bist.«

»Nun mal langsam!« In meinem Inneren spielt die Wut Tauziehen mit einem ungläubigem Lachen. »Ich habe nie gesagt, dass ich mit dir zurückgehen werde.«

»Aber warum denn nicht? Welchen Grund hast du jetzt noch, hier zu bleiben, wo du doch Anju nicht mehr behilflich sein kannst?«

Ich weiß nicht, wie ich diese Frage beantworten soll. Vielleicht ist das der Grund, warum ich zulasse, dass die Wut die Oberhand gewinnt. »Und ich mag es nicht, wenn Leute selbstherrliche Entscheidungen treffen, ohne mich zu fragen.«

Ashok wirkt gekränkt. Erstaunt. »Ich versuche doch nur zu helfen, um alles ein wenig zu beschleunigen. Wir haben schon so viel unnötige Zeit vergeudet – Zeit, die wir gemeinsam hätten verbringen können.«

Mein schlechtes Gewissen meldet sich. »Du hättest nicht kommen dürfen, Ashok. Ich habe dir immer und immer wieder gesagt, dass du mich vergessen sollst. Die Liebe, die wir füreinander empfunden haben, war wundervoll – aber das war vor langer Zeit. Wir haben uns zu sehr verändert.«

»Ich nicht.«

»Nun, ich schon. Das habe ich dir auch zu sagen versucht. Aber du bist in ein Idealbild von einer Sudha verliebt, die nicht mehr existiert – wenn sie überhaupt jemals existiert hat.«

»Das ist nicht wahr. Ich liebe die wirkliche Sudha, die Sudha, die rein und unschuldig und liebevoll ist, was auch immer –«

»Die wirkliche Sudha! Du hast keine Ahnung, wer ich bin, Ashok. Ich glaube, niemand weiß das – außer vielleicht Anju. Vielleicht ist das auch der Grund, warum sie nichts mehr mit mir zu tun haben will. Aber ich werde es dir verraten. Als ich in dieses Land kam, wusste ich sofort, dass sich Sunil zu mir hingezogen fühlte. Ich hätte umgehend wieder abreisen sollen. Zurück nach Indien. Aber ich war gierig nach mehr als diesem Leben, das ich bei den Müttern in Kalkutta hätte haben können. Ich redete mir ein, ich bliebe für Anju und meine Tochter, aber in Wahrheit blieb ich für mich. Ich war diejenige, die bewundert und angebetet werden wollte. Wie oft habe ich dabei meine arme Tochter als Hindernis gesehen, das mich davon abhielt, zu bekommen, wonach ich mich sehnte!«

Ein schmerzerfüllter Ausdruck erscheint in Ashoks Gesicht. Aber er sagt: »Das ist doch nur natürlich, Sudha. Du hast all diese Dinge doch nie gehabt, und daher –«

»Suche keine Entschuldigungen für mich, Ashok. Das habe ich mir auch eingeredet – dass ich dies alles verdienen würde. Wenn das Leben es mir nicht freiwillig geben wollte, würde ich es mir holen, egal wie. Ich ging zu einer Party. Ich lernte einen jungen Mann kennen. Wenn du glaubst, dass ich gut und unschuldig bin, solltest du ihn dir ansehen. Er ist echt. Ich wusste, dass er sich zu mir hingezogen fühlte. Und ich ging mit ihm aus, obwohl mir klar war, dass es Sunil vor Eifersucht verrückt machen würde.«

»Es reicht, Sudha! Du kannst damit aufhören!«

Eine seltsame Leichtsinnigkeit erfasst mich. All diese Worte, die ich zurückgehalten hatte, weil ich mir solche Sorgen machte, was Lalit denken könnte! Welch ein Gefühl von Freiheit, sie endlich loszulassen! Welch ein Gefühl von Freiheit, sich nicht länger darum Gedanken machen zu müssen. »Nein, das kann ich nicht! Ich muss es aussprechen, und du musst mir zuhören! Ja, das musst du!« Ich knie vor ihm nieder, sodass er gezwungen ist, mich anzusehen. »Sunil hat mit mir geschlafen. Nein, das ist falsch formuliert, damit würde ich die Schuld auf ihn schieben. Wir haben miteinander geschlafen. Ich habe mich nicht gewehrt, habe vielleicht sogar darauf gehofft, dass es so weit kommen würde. Warum sonst hätte ich mich auf sein Bett gelegt? Und als es geschah, habe ich es genossen …«

Ashok blickt mich an – aber nicht mit dem schockierten Ausdruck, auf den ich gehofft hatte, sondern mit einer unerwarteten Traurigkeit. Er beugt sich zu mir vor, als wolle er meine Hand ergreifen. Der Zeichenblock fällt zu Boden, aber er beachtet ihn nicht.

Ich ziehe meine Hand weg. Ich will keine Freundlichkeit. Oder Mitleid. Ich will ihn so schockieren, dass er aus meinem Leben verschwindet und niemals wiederkehrt. Oder sind es die Dämonen in mir, die ich auszutreiben versuche? »Ich bin gegangen – aber bin ich gegangen, weil ich mich schuldig fühlte?« Aus dem Augenwinkel heraus bemerke ich eine Bewegung. Es ist Lalit, der wie versprochen nach einer halben Stunde zurückgekehrt ist.

Wie viel hatte er mitbekommen?

Fast höre ich auf zu reden. Doch dann fahre ich fort. Soll er doch zuhören. Sollen sie beide zuhören. »Nein. Ich bin gegangen, weil Sunil mir Angst eingejagt hat. Er schien meiner so dringend zu bedürfen, sein Verlangen war wie ein schwarzes, bodenloses Loch. Selbst wenn ich mein ganzes Selbst hineingegossen hätte, wäre ich nicht imstande gewesen, es zu füllen. Also bin ich weggelaufen.«

Ashok schweigt. Er sieht mich nicht an.

Darüber bin ich froh. Es ist leichter zu gehen, wenn das Gegenüber einen nicht ansieht.

Ich hebe den Zeichenblock auf und lege ihn auf die Bank neben ihn. »Es tut mir Leid, wenn ich dir wehgetan habe, Ashok«, sage ich im Aufstehen. »Es tut mir Leid, wenn ich dich dazu gebracht habe, mich zu hassen. Aber es ist besser, du kennst die Wahrheit. Jetzt kannst du mich vergessen – dieses Ich, das du erschaffen hast, das Ich, das nicht wirklich war. Du kannst jetzt neu beginnen. Und vielleicht gelingt *mir* das auch.«

»Warte.«

Ich drehe mich um.

»Ich werde zurückfliegen, wie du es wünschst«, sagt er. »Ich werde nicht länger versuchen, dich zu etwas zu überreden. Aber nicht, weil ich dich hasse – wie könnte ich? Ich habe meine eigenen Fehler gemacht, habe meine eigenen Schwächen. Keine Sorge, ich werde dich damit nicht belasten. Ich werde zurückfliegen, weil ich erkannt habe, dass du dich in der Tat vollkommen von deiner Vergangenheit gelöst hast – ich hätte nicht gedacht, dass einem Menschen so etwas gelingen kann …«

Wenn er wüsste, wie unvollständig diese Ablösung ist, wie ich mir immer noch den Kopf über die Vergangenheit zermartere!

»Und daher bedeute ich dir nicht mehr als irgendein Fremder, dem du an einer Straßenkreuzung begegnest.«

Ich lasse ihn weitersprechen. Es liegt Schmerz in seiner Stimme, aber ich wage nicht, ihn zu trösten. Damit würde alles wieder zunichte gemacht, was ich mit so großer Anstrengung erreicht habe.

»Andere Menschen sind dir inzwischen wichtiger geworden …«

Schaut er zu Lalit hinüber, der im Schatten der Akazien wartet?

»Ich muss mit all dem fertig werden – ich weiß nur nicht, wie lange es dauern wird. Aber das soll nicht mehr deine Sorge sein.« Er verstummt für einen Moment, vielleicht, um mir die Möglichkeit zu geben, ihm zu widersprechen. Als ich nichts sage, reicht er mir den Zeichenblock. »Das ist für dich.«

Am liebsten würde ich ablehnen, aber ich weiß, dass ich ihn annehmen muss. Ein letztes Geschenk. Es anzunehmen bedeutet, unsere gemeinsame Vergangenheit, mein Verbundensein mit ihr zu akzeptieren. Ich strecke die Hand aus. In Gedanken sage ich: *Wir haben einander einmal geliebt. Das ist jetzt vorbei, aber was wir damals empfunden haben, war gut und aufrichtig. Ich danke dir dafür.*

Ich schlage den Block im Wagen auf. Seite für Seite voller Zeichnungen. Abgesehen von den Lilien auf der letzten Seite sind es lauter Bilder von mir. Wie gut er meine verschiedenen Gesichtsausdrücke eingefangen hat! Wie gut er sich an Stimmungen erinnert hat, von denen ich nicht einmal mehr weiß, dass ich sie empfunden habe ... Hier bin ich als Schulmädchen, blicke gehorsam und pflichtbewusst drein in dieser sackähnlichen Uniform, die die Nonnen uns zu tragen vorschrieben. Hier bin ich in einem *salwaar kameez* im Kino, mit einem schüchteren kleinen Lächeln auf den Lippen. Hier lese ich ein Buch, flechte mir das Haar, blicke mit einem verträumten Ausdruck in einen Spiegel. Hier bin ich in einem *sari,* mit einem Tempel im Hintergrund, und wirke aufgeregt und verängstigt. Das muss gewesen sein, als er mich das letzte Mal vor meiner Hochzeit sah. Hier bin ich als Ehefrau, mit einem *bindi* auf der Stirn, und das Ende meines *saris* bedeckt mein Haar. Ein Bild, das wohl seiner Fantasie entsprungen ist. Hier sehe ich sehr schwanger aus, mit einem rebellischen Zug um die Lippen – das war, nachdem ich Ramesh verlassen hatte. Es gibt noch mehr Bilder – hier bin ich in einem Boot auf einem Bergsee, lachend, der Wind spielt mit meinem Haar. Hier wache ich mit einem verschlafen-überraschten Blick im Bett auf, hier spiele ich mit einem Baby, das nicht Dayita ist. Gewissensbisse beginnen mich zu plagen, denn mir wird mit einem Mal klar, dass Ashoks sämtliche Hoffnungen vor mir ausgebreitet liegen.

Der Wind heult in meinen Ohren. Lalit fährt viel zu schnell.

»Du liebe Güte«, sage ich. »Wann hast du denn deinen Flugschein gemacht?«

Aber er kontert nicht mit einem Scherz, wie ich es gehofft hatte. Stattdessen sagt er, ohne den Blick von der Straße zu wenden: »All diese Dinge, die du über dich gesagt hast, die hast du doch nur gesagt, damit Ashok aufhört, dich zu lieben, stimmt's?«

Der Hals tut mir weh, als ob mich eine Erkältung erwischt hätte. »Glaubst du das wirklich?«, erwidere ich.

Den Rest des Weges legen wir schweigend zurück.

Onkel sagt: »Jedes Mal, zur Monsunzeit, führte die Tista Hochwasser. Meine Freunde und ich schwänzten die Schule, um es uns anzusehen. Das Wasser war angeschwollen und trug braunen Schaum von all der weggeschwemmten Erde. Man konnte das Tosen des Flusses schon aus einer halben Meile Entfernung hören. Das Beste waren die Strudel.« Seine Finger ziehen kleine Kreise auf Dayitas Handfläche, kitzeln sie, und sie lacht. »Wir warfen Stöcke hinein und sahen zu, wie sie verschwanden.«

Meine Tochter und der alte Mann, den ich inzwischen Onkel nenne, sitzen auf seinem Bett. Zwei Wochen sind vergangen, seit wir unseren Geheimplan geschmiedet haben. Er sieht schon kräftiger aus. Er kann auf mich gestützt bis ins Badezimmer gehen, wobei er seinen linken Fuß hinter sich herzieht. Er kann sich auch im Bett aufsetzen und allein essen. Er hat sich selbst einen strikten Tagesplan verordnet: Nach dem Frühstück macht er im Bett einige Dehnübungen, dann ruht er sich ein wenig aus. Anschließend helfe ich ihm in den Rollstuhl und schiebe ihn zum Wohnzimmerfenster, damit er die Aussicht genießen kann. Nach dem Mittagessen, das er mit Dayita und mir am Tisch einnimmt, schläft er. Nach dem Aufwachen macht er abermals einige leichte Übungen. Dann folgt der Tee. Anschließend lese ich ihm etwas vor oder wir hören Musik. Überraschenderweise mag er Jazz. Dann spielt er für eine Weile mit Dayita oder erzählt uns Geschichten. Gestern bat er mich, in seinen Koffer zu schauen. Darin war eine Holzkiste, die sich zu einem Schachbrett aufklappen lässt. Die geschnitzten Figuren sind in britische Uniformen und Mughal-Gewänder gekleidet. Die Königinnen tragen winzige

Diademe, die mit echten Edelsteinen funkeln. Ich werde es Ihnen nächste Woche beibringen, sagte er. Meine Aufgabe besteht hauptsächlich darin, dafür zu sorgen, dass er es nicht übertreibt, und ihm eine gute Zuhörerin zu sein. Denn nach seinem langen Schweigen kann er gar nicht genug von dem Ort erzählen, den er mehr liebt als jeden anderen auf dieser Welt.

Wenn Myra und Trideep von der Arbeit zurückkommen, liegt er wieder im Bett, die Decke bis zum Kinn hochgezogen und die Augen geschlossen. Er flüstert ihnen ein kraftloses Hallo zu, und wenn sie versuchen, mit ihm zu reden, tut er so, als sei er zu müde, um zu antworten. Er nimmt sein Abendessen erst zu sich, wenn sie aufgegeben haben und wieder gegangen sind. »Lassen Sie mir mein kleines Geheimnis«, bat er mich mit dem Grinsen eines Gassenjungen, als ich protestierte. »An dem Tag, an dem ich imstande bin, allein ins Wohnzimmer zu gehen, werde ich es ihnen sagen!«

Mein eigenes Leben ist trostloser. Von Anju habe ich keine Antwort auf meine Nachricht erhalten, die ich ihr letzte Woche geschickt habe. Wenn Lalit anruft, kommt er mir distanziert und gedankenverloren vor. Kurz angebunden. Ich nehme an, dass Ashok nach Indien zurückgekehrt ist, aber es gibt niemanden, den ich fragen könnte. Mein Schlaf ist durchsetzt von komplizierten Träumen, an die ich mich beim Aufwachen nicht mehr erinnere. Sie hinterlassen eine leichte Bitterkeit in meinem Mund, wie wenn man unter Fieber gelitten hat. Ich habe Sunils Kassette weggeworfen, aber manchmal meine ich, seine Stimme zu hören: Sudha, Sudhaaa, wie kannst du mich nur einfach so verlassen? Die Telefonnummer, die er auf das Band gesprochen hat, ist in mein Gedächtnis eingebrannt, weigert sich, vergessen zu werden. Meine ungehorsamen Finger sehnen sich danach, sie zu wählen.

Fetzen einer Geschichte fallen mir ein, die Pishi uns vor Jahren erzählt hatte. Es war einmal ein Mann, der süchtig war nach Dieberei. Eines Tages traf er einen Heiligen, der ihn dazu brachte, Reue zu empfinden – dennoch brachte es der Mann nicht fertig, mit dem Stehlen aufzuhören, obwohl er es eigentlich nicht länger tun wollte. Den Mittelteil der Geschichte habe ich vergessen, aber sie endet damit, dass sich der Mann seine rechte Hand abhackt, um sich vor sich selbst zu retten.

Um mich zu retten, widme ich meine ganze Aufmerksamkeit der Zubereitung von Onkels Mahlzeiten. Ich lasse Myra keine Ruhe, bis sie mir im Asienladen frischen Katzenfisch kauft. Den brate ich kurz mit schwarzem *jeera* und Kurkuma an und koche *jhol*, die klare Suppe, die man traditionellerweise nach einer langen Krankheit zu sich nimmt, um wieder zu Kräften zu kommen. Ich lasse Milch gerinnen und bereite frischen *paneer* zu, den ich mit Zucker bestreue. Ich lasse Mandeln über Nacht in warmem Wasser einweichen, bis sie weich sind, und reiche sie ihm zum Frühstück.

Onkel sagt: »Es gab, als ich noch ein Kind war, Elefanten in den Wäldern von Duar und auch *cheetahs*. Und die Bäume – *shal* und *shegun* und *deodar* – waren so riesig, dass man selbst am Tag das Sonnenlicht nicht sehen konnte. Viele sind inzwischen von den Holzfirmen geschlagen worden, aber es ist immer noch ein imposanter Anblick.«

Er sagt: »Manchmal kamen die größeren *cheetahs* in die Hütten von Madeshia und holten sich eine Ziege oder ein Kalb. Die Teeplantagen wurden damals noch von den Engländern geleitet, und ein Offizier griff dann für gewöhnlich zu seiner Waffe und machte sich in Begleitung einer Gruppe Kulis, die Trommeln bei sich trugen, in den Wald auf. Insgeheim habe ich immer zu den *cheetahs* gehalten!«

Er sagt: »Wir werden mit einem Boot zu der Stelle fahren, wo sich Karala und Tista vereinen, und uns den Sonnenuntergang ansehen. Es gibt so viele Flüsse und jeder ist anders! Wir können auf der Angrabhasa angeln gehen. Oder auf der Dudua. Wir werden uns einen Jeep mieten und über die Assam Road zu den Teegärten fahren, um zu sehen, wie der Nebel über die Berge von Bhutan kriecht. Glauben Sie, dass Sie daran Gefallen finden könnten?«

Unter all der Aufregung liegt ein kleines Zittern in seiner Stimme, als könne ein Teil von ihm immer noch nicht glauben, dass all dies wahr werden soll. Ich zwinge mich zu nicken. Zu lächeln. Er verspricht mir, dass er dafür sorgen wird, dass Dayita – wenn sie alt genug ist – nach Holy Child gehen kann, die beste Schule der Gegend. Das wird kein Problem sein, versichert er mir, er kenne den Direktor gut. Und die Schule liege nicht weit von seinem Haus entfernt. Er könne bei gutem Wetter zu Fuß dorthin gehen. Sonst würde Bahadur eine Rikscha vom Marktplatz rufen. Ich versuche mir das vorzustellen: ein alter Mann mit energischen Schritten und einem Stock mit silbernem Knauf, der ein kleines Mädchen in einer blau-weißen Uniform an der Hand hält, dessen Haare zu einem ordentlichen Zopf mit einer weißen Schleife am Ende geflochten sind. Die schmiedeeisernen Tore der Schule öffnen sich nach innen. Eine Reihe von Eukalyptusbäumen säumt eine kiesbedeckte Auffahrt, dann die duftenden, weißen Gardenien, die die Nonnen vor einem halben Jahrhundert gepflanzt haben. Aber wo bin *ich*? Wo bin ich in diesem Bild?

14

Seminararbeit

Verfassen Sie eine literarische Arbeit, in der sie eine mythische/epische Figur in einer Szene neu interpretieren, die Ihrer Fantasie entsprungen ist (d. h. nicht aus dem ursprünglichen Werk stammt). Entwickeln Sie die Figur mit erzählerischen Mitteln wie Schauplatz, Dialog und Metaphorik und benutzen Sie diese, um Ihre Einstellung zu der Figur zu verdeutlichen.

»Draupadis Garten«
von
Anju Chatterjee
für das Seminar
Englisch 3353
Dichterisches Schreiben
Prof. S. Liu

Sie war aus dem Feuer geboren. Das mag vielleicht der Grund sein, warum sie in ihrem ganzen Leben, gleichgültig, wohin sie auch ging, versengte Fußabdrücke hinterließ. Die Männer, die sie ansah, verspürten noch lange, nachdem sie fort war, ein Brennen in ihrem Inneren, ganz besonders, wenn sie sich daran erinnerten, dass sie – anders als jede gute Frau – fünf Ehemänner hatte. Einige behaupten, sie sei für den Untergang der Kauravas verantwortlich, der größten Dynastie, die es jemals gegeben hat. Einige behaupten, sie habe ihre adeligen Ehemänner durch ihren unersättlichen Hunger nach Vergeltung verdorben. Ich glaube, ihre einzige Schuld lag darin, dass sie etwas wollte – und bekam –, was den Frauen verboten war. Und dafür musste sie einen hohen Preis zahlen.

Aber all das war vor langer Zeit. Oder etwa nicht?

Man stelle sich folgende Szene vor, eine der berühmtesten aus dem Epos Mahabharata: Draupadis Ehemann, König Yudhisthira, wird nach Hastinapura eingeladen, ins Königreich seines neiderfüllten Cousins Duryodhan, wo er an einem Glücksspiel teilnehmen soll. Der schlaue Shakuni, Duryodhans Onkel, bringt Yudhisthira dazu, sein Königreich zu verspielen, die Freiheit seiner Brüder, seine eigene und schließlich auch die seiner Frau. Duryodhan schickt nach Draupadi – sie soll ihm von nun an als Magd dienen. Aber Draupadi weigert sich zu kommen. Sie schickt stattdessen eine Frage zurück: Was gibt einem Mann das Recht, seine Frau zu verspielen, als sei sie nichts weiter als ein Teil seines Eigentums?

Die Frage wird vom Hof ignoriert, und sie wird durch alle folgenden Zeiten weiter ignoriert. Man setze nur einmal jedes andere Verb an die Stelle von verspielen …

Draupadi wird an den Haaren von Duryodhans jüngerem Bruder an den Hof gezerrt, und er versucht, ihr die Kleider vom Leib zu reißen. Warum nicht? Sie ist nun die Magd der Kauravas, ihr Spielzeug. Sie können mit ihr tun und lassen, was sie wollen. Der ganze Hof – Großväter, Lehrer, der alte König, ihre Ehemänner – sieht voller Entsetzen und von der Überzeugung gelähmt zu, dass ein Mann, wenn er eine Frau besitzt, das Recht hat, mit ihr zu tun, was immer ihm gefällt. Draupadi wird durch göttliches Eingreifen gerettet, doch die nächsten dreizehn Jahre muss sie mit ihren verbannten Ehemännern im Wald verbringen und wird ihre Erniedrigung nicht vergessen. Sie trägt ihr Haar offen und ungekämmt, ein Schleier aus Knoten, der ihre Ehemänner daran erinnern soll, wie sie bei ihrer wichtigsten Pflicht versagt haben. Sie ist das Feuer in ihren Lungen, das jedes Mal aufflammt, wenn sie in Erwägung ziehen, einander mit Nachsicht zu bedenken.

Nach der großen Schlacht von Kurukshetra, bei der jedes einzelne Mitglied der Kaurava-Dynastie getötet wird, bindet sich Draupadi endlich das Haar, vergoldet mit dem Blut von Duryodhans Bruder. Ob sie glücklich ist? Wer vermag das zu sagen … Ihre eigenen Söhne sind an den Nachwirkungen der Kämpfe ums Leben gekommen. Das Land liegt in Trümmern. Bald schon werden ihre von Reue erfüllten Ehemänner das

Königreich an ihren letzten überlebenden Enkelsohn übergeben und sich zusammen mit Draupadi auf ihre unglückselige Reise auf den Berg Meru begeben, wo sie umkommen wird. Aber ich stelle mir Draupadi in einer anderen, früheren Szene vor. Sie befindet sich in einer Ecke des Frauenhofes im königlichen Palast von Hastinapur – denn sie ist nun Königin in diesem viel zu großen Palast, wo sich der Wind in der Nacht um die Kuppeln hüllt und mit vertrauten, verwundeten Stimmen ruft. Sie kniet auf dem dunklen, feuchten Boden – in der letzten Nacht war ein für die Jahreszeit ungewöhnlicher Regen gefallen –, ohne auf ihren juwelenbesetzten *sari* zu achten. Ihre Nägel tragen einen Schmutzrand, da sie einen Sämling in ein Loch setzt und die Erde ringsum vorsichtig feststampft.

Was mag Draupadi in ihrem Garten gepflanzt haben? Eine *agnirekha*, die Flammenblume, die Blume tugendhafter Tapferkeit, die Blume der Helden, zu denen ihre Ehemänner geworden waren? Oder ein Zweig des *parijaat*, dem Baum duftender Glückseligkeit, den ihr Mentor Krishna dem Indra, dem König der Götter, entrissen hatte? Oder ist es die *asha-lata*, die mythische Rebe der Sehnsucht, die einem gibt, was immer man sich wünscht? Nein, keines von diesen. Denn Draupadi hat gelernt, dass es nicht genügt, die ungerecht Behandelte zu sein. Es genügt nicht einmal, die ungerecht Behandelte zu sein, die siegreich aus allem hervorgeht. Rache ist wie ein würziges Mango-*chutney*: Anfangs köstlich, hinterlässt es am Ende doch eine brennende Zunge. Wie lange vermag man die Leiden des Feindes zu genießen, bevor man bemerkt, dass man selbst blutet? Die *asha-lata* gibt einem, was man sich wünscht, aber es ist immer anders, als man es sich vorgestellt hat.

Ich lasse Draupadi in ihrem Garten allein, während sie ihre geheimnisvolle Pflanze wässert. Ich vermag den Namen der Pflanze nicht zu verraten, denn ich habe selbst noch nicht herausgefunden, wonach man greift, wenn einen der Trost rechtschaffener Wut nicht länger zu trösten vermag. Aber ich hoffe, sie wächst zu einem Baum heran, der so groß ist, dass seine Wurzeln die Fundamente des alten Palastes zum Bersten bringen. Ich hoffe, dass der Wind seinen Samen über das ganze Land hinwegbläst, noch mehr Bäume wachsen lässt und immer noch mehr, sodass lange nachdem Draupadis Knochen von Gletschern bedeckt sind, Reisende überall in ihren Schatten zu ruhen vermögen, um das zu preisen, was nach der Vergeltung kommt.

Ms Chatterjee,

obwohl ich eher an ein Stück Erzählliteratur gedacht hatte als an einen Sachtext, bin ich der Ansicht, dass Sie das Wesen dieser Hausarbeit sehr gut eingefangen haben. Sie besitzen einen originellen, kraftvollen Schreibstil, und obwohl ich nicht jede Anspielung verstanden habe, hat es mich neugierig gemacht, mehr herauszufinden. Die Bilder, die Sie verwenden, sind von einer großen Kraft und können Emotionen hervorrufen, sie bringen uns dazu, Mitgefühl für eine vielschichtig porträtierte Figur zu empfinden. Ich finde, Sie besitzen ein großes Talent fürs Schreiben, und ich wünsche Ihnen viel Erfolg dabei, dieses Talent weiterzuentwickeln.

Shan Liu

15

Briefe

Berkeley im Oktober 1994

Liebste Anju,

ich schreibe dir ein letztes Mal, um dich wissen zu lassen, dass ich nach Indien zurückkehre. Ich werde mich um Herrn Sen kümmern, den alten Mann, den ich hier gepflegt habe. Er lebt in Jalpaiguri, oben im Norden von Bengalen. Ich glaube, dass wir dort glücklich leben können – oder zumindest in Frieden, was vielleicht sogar besser ist. Er hängt an Dayita und hat mir ein großzügiges Gehalt angeboten. Offenbar ist er sehr begütert, was ich gar nicht wusste.

Ich würde dich vor meiner Abreise gern noch einmal sehen, um mich von dir zu verabschieden und um dir aus meiner Sicht zu schildern, was geschehen ist. Dies könnte unsere letzte Gelegenheit sein, denn ich bezweifle sehr, dass ich jemals wieder nach Amerika kommen werde. Aber vielleicht spielt das für dich auch keine Rolle mehr.

Sudha

Berkeley im Oktober 1994

Lieber Lalit,

stell dir nur einmal folgende Szene vor, die sich gestern Abend hier zugetragen hat:

Ich deckte den Tisch für das Abendessen mit einem zusätzlichen Teller und als Myra mich nach dem Grund dafür fragte, tat ich kund, dass Onkel uns beim Essen Gesellschaft leisten würde.

»Onkel?«, sagte Trideep. »Welcher Onkel?« Myra starrte mich an, als hätte ich den Verstand verloren, und schon kam Onkel wie aufs Stichwort hereinspaziert, genau wie wir es geplant hatten. Er kann mit einem Stock inzwischen recht gut gehen, ob-

wohl er seinen linken Fuß immer noch nachzieht. Du hättest ihre verblüfften Gesichter sehen sollen! Onkel und ich konnten gar nicht mehr aufhören zu lachen. Später dann hat er gesagt, dass allein der Ausdruck auf ihren Gesichtern die lange Krankheit beinahe gelohnt hätte.

Als sie den Schock – und die Begeisterung – überwunden hatten, fand mein Vorschlag, ihn nach Indien zurückzubegleiten, ihre Zustimmung. Ich vermute, dass sie insgeheim froh sind, uns beide loszuwerden, obwohl ich Myra glaube, wenn sie sagt, dass sie Dayita vermissen wird. Sie hat abends oft mit ihr gespielt und spricht gelegentlich von Adoption. Aber so wie ich Myra kenne, wird das niemals geschehen!

Onkel erzählt uns jeden Tag mehr Geschichten von Jalpaiguri. Kein Ort der Welt kann so wunderschön sein, wie er ihn darstellt, und Trideep hat mich schon gewarnt, dass es sich in Wahrheit um eine verschlafene, kleine Stadt in den Bergen handelt, wo sehr wenig passiert. Dennoch bin ich aufgeregt. Myra hat uns haufenweise Wollsachen gekauft – wir werden genau zu Beginn der kalten Jahreszeit dort eintreffen, und sie ist der Überzeugung, dass wir ohne Zentralheizung erfrieren werden. Sie haben vor, uns bald dort zu besuchen – vielleicht im Frühjahr. Myra hat mir aufgetragen, die Augen nach Dingen offen zu halten, die sie möglicherweise für die Boutique erstehen könnte, in der sie als Partnerin eingestiegen ist.

Trideep hat uns die Flugtickets gekauft. Wir werden genau heute in zwei Wochen abreisen. Es fällt mir schwer zu glauben, dass mein unglücklicher Aufenthalt in Amerika (unglücklich abgesehen von der Bekanntschaft mit dir, der du mir ein so guter Freund gewesen bist) nun bald zu Ende gehen wird.

Wann kommst du, um Dayita und mich zu besuchen? Seit unserem letzten Treffen – als du mich zu Ashok gebracht hast, damit ich mit ihm reden konnte – habe ich nicht mehr viel von dir gehört. Ich fürchte mich davor zu fragen, warum das so ist.

Sudha

Berkeley im Oktober 1994

Liebe Pishi,

es tut mir Leid, dass ich dir so lange nicht geschrieben habe, aber jede Nachricht von mir hätte dich in der letzten Zeit nur traurig gemacht.

Vielleicht hast du schon von Anju gehört, was geschehen ist. Die vier Menschen, die ihr Haushalt waren, sind wie Spreu im Wind verstreut. Ich kann nicht behaupten, daran unschuldig zu sein. Aber zumindest war ich die Erste, die ausgezogen ist. Und obwohl ich die Möglichkeit gehabt hätte, bin ich nicht mit Sunil gegangen.

Ich hatte solche Angst, als ich Anjus Wohnung mit einem leeren Portemonnaie und einem Kind verließ, das auf mich angewiesen ist! Ich habe in einem fremden Haus als Dienstmädchen gearbeitet. Ja, genau das war ich, auch wenn die Leute so freundlich waren, es mich nie spüren zu lassen. Ich hatte mehr Angst als damals, als ich Ramesh verließ. Da gab es ja zumindest dich, zu der ich gehen konnte, und Anju, die ich immer in meinem Herzen trug, auch wenn sie in Wahrheit weit weg war. Jetzt ist sie nur eine Autostunde von mir entfernt, aber wir könnten genauso gut auf verschiedenen Planeten leben.

Ich komme wieder zurück nach Indien, Pishi, aber nicht nach Kalkutta. Ich muss einen Neuanfang machen – ohne die Erinnerungen, ohne Getuschel. Und meine Arbeit, die darin besteht, mich um den alten Herrn Sen zu kümmern, der sich von einem Schlaganfall erholt, wird mir die Möglichkeit dazu geben. Er ist ein netter Mann und alt genug, dass ich in gewisser Hinsicht nichts mehr von ihm zu befürchten habe. Dayita mag ihn auch.

Ich wollte eigentlich sagen, dass er demnach wohl ein guter Mensch sein muss, aber dann fiel mir ein, wie sehr sie an Sunil gehangen hat …

Doch ich kann im Grunde nicht behaupten, dass Sunil ein schlechter Mensch ist. Er hat nur etwas gewollt, wonach er besser nicht verlangt hätte.

Meinst du, es ist ein Fehler, zurückzukommen?

Aber bedenke eines: Zum ersten Mal in meinem Leben werde ich mein eigenes Bankkonto haben. Das gibt mir – endlich – das Gefühl, erwachsen zu sein!

Bitte erzähle Gouri Ma und meiner Mutter von meinen Plänen. Ich werde dir aus Jalpaiguri schreiben.

In Liebe
Sudha

Berkeley im Oktober 1994

Sunil,

ich schreibe diesen Brief, wie man einen Exorzismus ausführt – damit ich mit meinem neuen Leben beginnen kann. Ich bitte nicht darum, dich vergessen zu können, denn ich habe Angst, das, was vergessen ist, zu wiederholen, und ich bete, dass keiner von uns die Fehler wiederholt, die wir gemacht haben. Die Worte, die wir unausgesprochen gelassen haben, bis es zu spät war, die Taten, die wir in uns hätten halten sollen und die aus uns hervorgebrochen sind.

Wir hatten beide Schuld – aber Schuld ist wohl nicht der richtige Ausdruck. Wir wollten beide zu viel, wollten vieles, von dem das Leben entschieden hatte, dass wir es nicht bekommen sollten. Du hast dich nach der vollkommenen Romanze gesehnt und in mir den Menschen gesehen, der diese Sehnsucht stillen sollte. Und ich – ich bin auf der Suche nach Freiheit nach Amerika gekommen, wurde aber fortgerissen von dem Verlangen, begehrt zu werden. Wie töricht von uns zu glauben, dass uns solche Dinge glücklich machen würden!

Ich werde nicht im Zorn an dich denken – wenn du nicht im Hass an mich denkst.

Sudha

Kalkutta im Oktober 1994

Liebste Sudha,

ich war so froh, endlich einen Brief von dir zu erhalten! Die Szenen, die man sich in seiner Sorge in der Vorstellung erschafft, sind für gewöhnlich schlimmer als die Realität.

Nein, mein Kind, ich glaube nicht, dass es ein Fehler ist, nach Indien zurückzukehren. Es ist eine gute Sache, wenn eine Frau ihr eigenes, selbst verdientes Geld auf der Bank hat! Wenn die Zeiten andere gewesen wären, hätte auch ich gern eigenes Geld gehabt! Man weiß nie, wie sich alles entwickelt. Du hast gute Beweggründe – genau wie vor Wochen, als du Anjus Heim verließest. Gott und die Welt werden den Rest entscheiden.

Wie schade, dass deine Pläne, die du für Amerika hegtest, fehlgeschlagen sind. Du bist mit der großen Hoffnung dorthin gereist, wieder mit deiner Schwester vereint zu werden, ein Vermögen zu machen – oder doch zumindest einen anständigen Lebensunterhalt zu verdienen. Wie es scheint, haben wir Chatterjee-Frauen in dieser Hinsicht kein Glück. Aber wir rappeln uns immer wieder auf und machen weiter.

Sunil hat uns vor seiner Rückkehr nach Amerika besucht. Das war mutig und anständig von ihm – es muss schwer für ihn gewesen sein, uns gegenüberzutreten. Er war sehr still. Ich glaube, der Tod seines Vaters hat ihn in einer Weise verändert, die ihn selbst überrascht hat. Er hat sich für eine Weile allein mit Gouri unterhalten. Sie sagt, er wolle nach seiner Rückkehr mit Anju reden, wenn sie einem Treffen zustimmt. Er möchte nicht, dass diese Feindseligkeit zwischen ihnen steht. Aber ob dies möglich ist, vermag ich nicht zu sagen.

Gouri Ma schickt dir ihre Liebe und ihren Segen, ebenso wie ich. Deine Mutter ist außer sich, wie du dir sicherlich vorstellen kannst. Sie redet immer wieder von vertanen Chancen, Dummheit und von »diesem netten Chirurgen«. Sie malt sich das Schlimmste aus, was den alten Herrn angeht. Aber sie wird darüber hinwegkommen. Das tut sie ja immer.

Mach dir keine Sorgen wegen Anju. Ob sie will oder nicht, sie kann dich nicht hassen. Ihr seid viel zu sehr ein Teil der anderen. Vermag die linke Hand etwa die rechte zu hassen?

Deine Pishi

Palo Alto im Oktober 1994

Hiermit setze ich alle, die es angeht, davon in Kenntnis, dass ich Sudha Chatterjee am kommenden Freitag am frühen Abend für einige Stunden zu einem abenteuerlichen Spaß entführt werde.

Lalit

Santa Clara im Oktober 1994

Sudha,

wenn du mich vor deiner Abreise wirklich noch einmal sehen willst, nimm an diesem Samstagvormittag um elf den BART-Zug nach Daly City. Ich warte auf dem Parkplatz auf dich. Komm allein.

Anju

Berkeley im Oktober 1994

Liebe Sara,

ich habe in Gedanken immer wieder zahllose Briefe an dich geschrieben, auch wenn dies mein erster richtiger ist. Gestern habe ich Lupe angerufen, um ihr mitzuteilen, dass ich Amerika verlassen werde, und sie hat mir diese postlagernde Adresse genannt. Sie sagte allerdings, dass es eine alte sei, und sie schon seit einer ganzen Weile nichts mehr von dir gehört habe.

Ich verspüre ein großes Bedürfnis, bevor ich abreise, eine Verbindung zu dir herzustellen, den Kreis zu schließen, der damit begann, dass ich dich im Park sah, hoch oben auf der Schaukel, wie ich es niemals selbst gewagt hätte, denn in meiner Welt tat eine erwachsene Frau solche Dinge nicht. Durch dich habe ich begriffen, dass man ›Ja‹ sagen kann, auch wenn alle anderen um einen herum ›Nein‹ sagen.

Ich glaube nicht, dass du diesen Brief erhalten wirst. Oder dass du ihn beantwortest. Manchmal träume ich, du wärest zu deiner Familie zurückgekehrt. Oder tot.

Aber das Schreiben reicht aus, es ist so, als würde man Samen in den Wind streuen.

Ich habe im letzten Jahr viele Fehler begangen, Sara, und stürze mich möglicherweise in einen neuen. Ich kehre in das Land zurück, das ich in solch verzweifelter Hast verließ. Ich lasse hier in Amerika einen wundervollen Mann zurück, der trotz allem entschlossen war, mich glücklich zu machen. (Nur, dass dies ein Mensch nicht für den anderen tun kann, nicht wahr?) So viele Leute sind der Überzeugung, dass ich das Falsche tue, indem ich mein Leben mit der Pflege eines alten Mannes zubringe. Aber Herr Sens Sohn hätte ihm nie erlaubt, allein zurückzu-

gehen. Also bin ich vielleicht endlich einmal zu etwas nutze. Ich kann damit nicht ungeschehen machen, dass ich die Ehe meiner Cousine zerstört habe, aber es ist zumindest eine kleine Wiedergutmachung.

Und meine einzige Chance, frei zu sein.

Wünsch mir Glück, Sara. Morgen treffe ich mich mit Anju. Zum ersten Mal, seit ich mit ihrem Mann geschlafen habe. Ich habe solche Angst.

Sudha

16

Lalit

Was ich sagte
Hast du dir das mit der Rückkehr nach Indien anders überlegt?

Was du sagtest
Wohin fahren wir?

Was ich sagte
Kommt darauf an, ob du deine Meinung geändert hast oder nicht.

Was du sagtest
Willst du dich jetzt etwa den ganzen Abend so aufführen? Bei unserem letzten Rendezvous?

Was ich sagte
Unser letztes Rendezvous? Wie bitte?

Was du sagtest
Nun, es sei denn, du hättest vor, mit nach Jalpaiguri zu kommen –

Was ich sagte
Das ist gar keine schlechte Idee. (Und stellte überrascht fest, dass ich die Möglichkeit tatsächlich in Betracht zog.)

Was du sagtest
Aber beim näheren Hinschauen würde das auch nicht funktionieren. Rendezvous sind dort drüben nicht erlaubt.

Was ich sagte
Ein Grund mehr für dich, nicht nach Indien zu gehen.

Was du sagtest
Wie kommt es, dass du mich die ganzen Tage nicht angerufen hast? Wie kommt es, dass du mich nicht einmal zurückgerufen hast?

Was du nicht sagtest
War es wegen dem, was du mitbekommen hast, als ich mit Ashok sprach? Warst du schockiert?

Was ich nicht sagte
Ja, zum Teil schon. Ich war darüber schockiert, wie schockiert ich war. Es war mir gar nicht bewusst gewesen, dass ich eine dieser Reiner-als-reine-indische-Frau-Fantasien über dich hegte. Dass einer der Gründe, warum ich mich zu dir hingezogen fühlte, der war, dass du so anders zu sein schienst als die *desi*-Mädchen, die hier aufgewachsen sind und sich so frei und ungezwungen benehmen. Und ich war eifersüchtig. Ich brannte vor Eifersucht, wenn ich nur daran dachte –

Was ich sagte
Ich wollte den Unnahbaren spielen. Das habe ich von dir gelernt.

Was du sagtest
Hmmm. Was hat es denn nun mit diesem abenteuerlichen Spaß auf sich, den du mir versprochen hast?

Was ich sagte
Soll das etwa heißen, dass ein Zusammensein mit mir nicht schon spaßig genug ist? Und abenteuerlich dazu? Also, in dem Fall – (Und ich lenkte den Wagen Richtung Süden und kutschierte uns in den Freizeitpark Great America. Und nachdem wir uns angeschnallt hatten und in die höchsten Höhen hinaufgeschossen und tiefer als jede Verzweiflung hinabgestürzt wa-

ren, und du lauter geschrien hattest, als du je geglaubt hattest schreien zu können, und ich dich länger fest gehalten hatte, als ich es jemals zuvor getan hatte, und du meine Hände weggestoßen und gesagt hattest: Hör auf, und ich geantwortet hatte: Warum, glaubst du, haben sie diese schrecklichen Achterbahnen gebaut – und mir die ganze Zeit im Kopf herumging, wie weit du weggehen würdest, was alles geschehen könnte, was wäre, wenn der alte Mann dich nicht vernünftig behandeln würde, sobald er wieder Heimatboden unter den Füßen hatte ...)

Da sagte ich

Es ist mir ernst damit, nach Indien zu kommen, weißt du. Dich und Dayita zu besuchen. (Du wurdest ganz still.)

Also fügte ich hinzu

Hast du etwa gedacht, du würdest mich so leicht los? Ich habe vor, deine Tochter mit Hershey-Schokolade und den neuesten Barney-Videos zu bestechen, und dann werden wir dich zu zweit bearbeiten, hierher zurückzukommen. (Du lehntest deinen Kopf ganz leicht gegen meinen.)

Ich sagte mir

Vorsicht! Interpretiere nicht zu viel hinein. Vielleicht ist ihr nur schwindelig von der Fahrt.

Und du warfst mir ein rätselhaftes Lächen zu und sagtest
  Nur zu, warum versuchst du es nicht einfach?

17

Sie dreht den Schlüssel, aber der Wagen will nicht anspringen, nicht einmal, als sie einige Male das Gaspedal durchtritt, nicht einmal, als sie das Armaturenbrett mit ihren Fäusten bearbeitet. Sie lehnt die Stirn gegen das Lenkrad und versucht sich daran zu erinnern, was der Mann, der einmal ihr Ehemann gewesen ist, in solchen Momenten tat. Sie wirft einen Blick auf ihre Armbanduhr. Ihre Hände zittern. Sie spürt den Schweiß auf ihren Unterarmen prickeln. *Ich darf nicht in Panik geraten. Ich darf einfach nicht.* Sie hat extra etwas mehr Zeit für die Fahrt nach Daly City eingeplant, weil sie eine ängstliche Fahrerin ist, und der Verkehr in der Bay Area ihr immer schon ein Gräuel war – selbst auf dem landschaftlich schönen Highway, über den sie fahren will. Sie spürt, wie die Minuten durch die Lücken zwischen ihren Fingern fallen. *Als wäre die Zeit Wasser, das in einer Wüste in der hohlen Hand gehalten wird.* Sie flüstert die Worte, spürt, wie die Vokale sie beruhigen. Sie von der Krise wegführen. Die Sprache hat eine große Wirkung auf sie, selbst jetzt. Sie zieht den Schlüssel aus der Zündung, reibt ihn an ihrer Jeans, versucht es ein weiteres Mal. Der Motor gibt ein unwilliges Husten von sich und springt an. Anju ist auf dem Weg zu dem Treffen mit ihrer Cousine.

Sudha steht auf dem Bahnsteig des Bahnhofs von North Berkeley und zittert ein wenig – mehr vor Nervosität und weniger, weil ihr kalt ist. Sie blickt zum Himmel hinauf, der heute die Farbe einer ausgebleichten Jeans trägt. Es liegt ein Hauch von Nebel in der Luft, und nur ein ganz schwaches Licht streift die Köpfe der gelben Pappeln. Sudha, die an ihrer Lippe kaut, sieht es und sieht es auch wieder nicht. Sie hat Dayita bei dem alten Mann zurücklassen müssen, weil es niemanden sonst gab, den sie hätte fragen können. Er hat genickt, in gespielter Verzweiflung die Augen verdreht und ihr mit einer ungeduldigen Handbewegung bedeutet, dass sie nur gehen solle. »Los, machen Sie schon! Nur zu, gehen Sie!« Er hatte ihr sogar demonstriert, dass er imstande ist, eine Windel zu wechseln. »Sind Sie jetzt zufrieden?«

Der Bahnsteig vibriert ganz leicht unter ihren Füßen, die Erde bereitet sich auf einen Aufruhr vor. Nein. Es ist nur der sich nähernde Zug. Sudha zählt an ihren Fingern ab: Das Mittagessen steht fertig zubereitet auf dem Küchentisch. Die Windeln und die Wischtücher befinden sich neben seinem Bett. Dayitas Decke. Sie hat ihr ein kleines Lager auf dem Boden in seinem Zimmer bereitet, für den Fall, dass er sie zu einem Nickerchen überreden kann, und hat sie aus dem Laufstuhl herausgehoben, weil der alte Mann dies nicht allein schaffen würde. Sie hat Dayita auf die Stirn geküsst und sie in scharf geflüsterten Worten ermahnt, ein gutes Mädchen zu sein. Sie hat für den Notfall Lalits Handynummer hinterlassen.

Die automatischen Türen des Zuges schließen sich hinter ihr. Nur wenige Leute fahren um diese Zeit, am späten Vormittag, auf dieser Strecke. Sudha setzt sich ans Fenster, einer ältlichen Frau gegenüber, die mehrere Pullover übereinander trägt, dazu einen riesigen, vergammelten Rucksack und ein Lächeln, das eine Zahnlücke entblößt. Ob sie wohl obdachlos ist? Sudha erwidert das Lächeln mit einer gewissen Zurückhaltung. Als sie noch ein Kind war, hatte ihre Mutter sie immer ermahnt, sich von »Unglücksmenschen« fern zu halten. »Pech ist ansteckend«, hatte sie gesagt. Draußen erblickt Sudha Stellen mit wild wachsender Minze und eine Reihe Wilder Möhren, die zu einem Muschelsilber verschwimmt. Einmal hat sie dem alten Mann gesagt: »Egal, was das Schicksal für mich bereithielt, es hat immer dafür gesorgt, dass ich jemanden um mich hatte, von dem ich die Namen der Pflanzen lernen konnte.« Er nickte. »Wenn man die Namen des Grünzeugs um einen herum kennt, ist man kein Fremder mehr.« Er hatte bereits begonnen, ihr von den Bäumen zu erzählen, die sie in seinem Garten in Jalpaiguri sehen wird: Mango, Jackfruit, *shiuli*, den *champak* mit seinem goldenen und samtigen Duft.

Der Zug fährt durch einen Tunnel. Sie blinzelt in der plötzlichen Dunkelheit. Kleine rote Notlichter übersäen die Mauern wie Edelsteine eine Höhle in der Unterwelt. Im Fenster ist ihr Gesicht so bleich und schön wie das von Persephone. Sie legt ihre Hände auf die perfekt geformten Wangenknochen – diese Schönheit, die sie liebt und hasst zugleich. Es sind keine Falten zu sehen, die ein Indiz dafür wären, was sie durchgemacht hat, keine dunkle Leidensschatten unter den Augen. Wie soll sie Anju von ihrem Bedauern überzeugen?

»Komm her«, sagt er. »Komm nur her. Sei ein braves Mädchen. Lass mich mal diese Windel näher ansehen.« Er streckt die Hand nach dem Kind aus, aber es watschelt lachend davon. Das ist ein neues Spiel, und es gefällt Dayita gut. Sie ist froh, aus diesem beengenden Laufstuhl heraus zu sein, dessen Räder einen schrecklichen Missklang hervorrufen, der ihr immer im Kopf nachhallt, sobald sie aufhört, sich zu bewegen. Sie beschließt, sehr laut zu schreien, wenn ihre Mutter auch nur daran denken sollte, sie wieder hineinzusetzen. Sie breitet verzückt die Arme aus, verliert das Gleichgewicht und landet auf dem Hinterteil. Das Kind überdenkt die Situation für einen Moment und entscheidet sich dann, zu weinen.

»Mein armes Lockenköpfchen!«, sagt der alte Mann. Er kann sich nur schlecht vorbeugen und lässt sich mit steifen Hüften, eine Gliedmaße nach der anderen, vorsichtig auf den Boden hinunter, wobei er sich am Bett fest hält. »Böser Boden!« Er schlägt ihn mit seinem Stock.

Das gefällt Dayita auch. »Böser Boden!«, sagt sie und schlägt mit der Handfläche auf das Holz, auch wenn die Worte bei ihr irgendwie anders herauskommen, ganz so, als habe sie den Mund voller Froot Loops. Und als ihr dieser Gedanke kommt, verspürt sie Hunger. Einen Riesenhunger. Sie zieht an dem alten Mann, aber die dünne, faltige Haut auf seinem Handrücken lenkt Dayita ab. Sie zieht an einer weichen Falte und lässt sie los. Zieht erneut daran. Sie zieht die alten Finger gerade und biegt sie dann nach innen, in seine Handfläche. Ziehen, biegen. Ziehen, biegen. Na so was, es macht ja mehr Spaß, mit ihm zu spielen als mit einer ganzen Kiste voller Spielzeug! Dann hat sie plötzlich wieder Hunger. »Iss«, sagt sie mit Nachdruck und zeigt zur Küche. Aber sie wartet, bis er sich knarrend wie ein alter Baum aufgerichtet hat, und lässt sich dann von ihm an die Hand nehmen.

Der Parkplatz kommt Anju sehr groß vor – größer als er in Wirklichkeit ist. Und sehr voll. Es scheint gar keine freien Plätze zu geben, und sie fürchtet, bis in alle Ewigkeit im Kreis herumfahren zu müssen. Die Schienen glitzern schwach. Ein Zug fährt ein. Anju hält die Hand vor die Augen, um nicht geblendet zu werden, und schaut. Ist sie das? Plötzlich kann sie sich gar nicht mehr daran erinnern, wie Sudha aussieht. Selbst die Plätze, wo die Fahrer nur Passagiere absetzen dürfen und bei ihrem Fahrzeug bleiben müssen, sind voll. Anju parkt verkehrswidrig an einer Bushaltestelle und schaut in den Rückspiegel, voller Angst, dass plötzlich die Politessen in ihren blauen Wägelchen Racheengeln gleich angeschwirrt kommen könnten. Die Erfahrung hat sie gelehrt, dass sie ein schlechtes Park-Karma hat.

Und so sieht sie Sudha erst, als diese zögernd ans Fenster auf der Beifahrerseite klopft. Als sie sich hinüberbeugt, um die Tür zu entriegeln, kommt Anju der Gedanke, dass die Hand ihrer Cousine mit den schmalen, ringlosen Fingern und den unlackierten Nägeln an einen weißen Lotos erinnert.

Sie sitzen für eine Weile schweigend da. Anju starrt auf die Windschutzscheibe, umklammert das Lenkrad und legt ihre Hände dann in den Schoß. Sie versucht ihre Atmung zu normalisieren – einatmen und dabei bis vier zählen, Pause, ausatmen und dabei bis acht zählen – wie es der Yogalehrer in dem Kurs, den sie gerade begonnen hat, rät. Doch sie hat Schwierigkeiten, die Luft einzuziehen. Sie tastet neben Sudhas Fuß nach der Wasserflasche, aber die ist auf die andere Seite von deren Beinen gerollt, und Anju kann sie nicht erreichen.

»Hier«, sagt Sudha. Ihre Hände berühren sich, als Anju hastig nach der Flasche greift. Sudhas Handflächen sind schweißnass vor Nervosität.

»Deine Hände sind ganz feucht«, sagt Anju.

»Deine auch.«

Sie wischen sich die Handflächen an ihren Jeans ab, und eine von ihnen – es ist nicht ganz eindeutig, welche – beginnt zu lachen. Ein schwacher Laut, wie eine kleine Eisscholle, die bricht. Die andere stimmt mit ein.

»Sag bloß nicht, dass du Angst gehabt hast, mich zu treffen«, sagt Anju.

»Nicht Angst«, erwidert Sudha. »Ich habe mich zu Tode gefürchtet.«

»Ich mich auch.«

Sie lachen wieder. Dann kommt die Pause, die sie gefürchet haben, so straff wie ein Gummiband, das bis zum Äußersten gedehnt ist. Sudha räuspert sich, hustet.

»Möchtest du etwas Wasser?«, fragt Anju.

Sudha nickt, nimmt die Flasche von Anju entgegen, trinkt. Als sie sie ihr zurückreicht, trinkt auch Anju daraus. Ihre Lippen berühren die Öffnung der Flasche, wo erst vor einem Moment Sudhas Mund gewesen ist.

»Anju ...« Sudha betrachtet eingehend ihre Nägel. »Bist du immer noch böse auf mich?«

Anju blickt aus dem Fenster zu den beiden Amseln hinüber, die sich um einen weggeworfenen Pappbehälter mit Pommes frites streiten. Sie fragt sich, ob sie von den Fritten krank werden können und es nicht besser wäre, aus dem Auto zu steigen und die Vögel zu verscheuchen. Aber sie sehen zäh und lebhaft aus, mit dreisten Paillettenaugen. Wahrscheinlich ernähren sie sich schon ihr Leben lang von Pommes frites und Zwiebelringen. Sie hört sich sagen: »Nein«, und stellt erstaunt fest, dass es der Wahrheit entspricht.

»Ich würde dir gern erzählen, was wirklich –«

Anju schüttelt den Kopf. »Ich möchte es gar nicht hören.«

»Aber –«

»Nein«, sagt Anju mit fester Stimme. »Ich habe lange Zeit gebraucht, um diese Tür zu schließen. Versuche bitte nicht, sie wieder zu öffnen.«

»Aber so lange du es nicht weißt, wirst du mir die Schuld geben –«

»Was auch immer geschehen ist«, erwidert Anju und versucht

sich mit aller Kraft darauf zu konzentrieren, die richtigen Worte zu finden für das, was sie empfindet, »ich versuche es als einen Traum zu betrachten, den ich in der letzten Nacht gehabt habe. Welche Rolle spielt es schon, ob es ein guter oder ein schlechter Traum gewesen ist? Dieses Wissen würde mir nicht dabei helfen, mein Leben am heutigen Tag zu bewältigen, nicht wahr?«

Sudha runzelt die Stirn. Sie hat kein gutes Gefühl bei einer solchen Argumentation und ist sich nicht ganz sicher, wo sie hinführen wird. »Und was ist mit mir? Wie passe ich in dieses Leben? Oder komme ich gar nicht darin vor?«

»Ich weiß es noch nicht. Ich weiß ja nicht einmal genau, ob *ich* überhaupt in mein Leben passe.«

»Oh, Anju!«, sagt Sudha. Sie ergreift Anjus Hand mit beiden Händen und streichelt sie, wie man es bei einem Kind tut, das sich wehgetan hat. »Ich wollte dir nur helfen, aber wie es scheint, habe ich das Gegenteil erreicht.«

Anju zuckt mit den Schultern. »Ich könnte das Gleiche sagen.« Aber sie zieht ihre Hand nicht weg.

Es klopft am Fenster. Und tatsächlich ist es eine Politesse – eine männliche Politesse, um genau zu sein. Der Mann zückt seinen Kugelschreiber und bedeutet ihnen, das Fenster herunterzudrehen. »Das ist ja alles wirklich sehr rührend, meine Damen«, sagt er gedehnt, »aber Sie sollten den Wagen besser hier wegfahren, sonst muss ich Ihnen einen Strafzettel verpassen.«

»Sobald Sie zurückgetreten sind, Officer«, erwidert Anju mit honigsüßer Stimme und lässt den Motor an. »Sie möchten doch bestimmt nicht, dass ich Ihnen über die Füße fahre, oder?«

Im Glashaus ist das Mittagessen ohne allzu große Schäden abgelaufen – ein Teller, der dem alten Mann aus den Händen gefallen ist, ein paar ketchupgefärbte Handabdrücke auf der Kühlschranktür.

»Eine Schüssel mit gutem, heißen Seifenwasser bekommt das wieder hin«, sagt er, als sich Dayita von ihrem Stuhl herunterzuwinden versucht. »Jetzt sitzen Sie mal still, mein unartiges Fräulein!« Erstaunlicherweise gehorcht sie. Er wischt ihr Hände und Mund mit einem feuchten Tuch ab. Seine Finger zittern ein wenig. »Das kommt von all der Aufregung, weil ich mit dir zusammen bin«, erklärt er. »Deine Mutter wird den Rest machen müssen, wenn sie zurückkommt. Sollen wir jetzt die Windeln wechseln?«

Zwanzig Minuten später tritt er vom Bett zurück und mustert die schief hängende Windel, die er ihr nach mehreren Versuchen endlich hat anlegen können. »Eine gute Arbeit, wenn ich das sagen darf! Ich glaube, deine Mutter wird stolz auf uns sein. Was meinst du?« Dayita lächelt und zieht Fäden halber Wörter aus ihrem Mund.

»Genau«, sagt der alte Mann und wischt sich die Stirn. »Das Gleiche habe ich gerade auch gedacht. Zeit für ein Nickerchen. Da ist dein kleines Bett mit der Decke auf dem Boden und hier ist meins.« Er lässt sich langsam auf die Matratze hinab, manövriert seine Beine unter die Bettdecke. Er ist erschöpft, obwohl er das Sudha gegenüber nie zugeben würde. Er spürt, wie er eindämmert. Er ist schon halb eingeschlafen, als er merkt, wie das Kind mit entschlossenen Handflächen gegen seinen Rücken drückt. Er dreht sich um, um ihm Platz unter seiner Decke zu machen. Dayita presst ihren Rücken gegen sein Brustbein. Schiebt den Kopf mit wackelnden Bewegungen auf sein Kissen. Er ist ein bisschen feucht und riecht nach Senfgrün, wie er findet. Der alte Mann macht einen tiefen Atemzug und lässt seine Finger durch die wirren Locken gleiten. Unter dem weichen Haar spürt er die kleine, feste Krümmung des Schädels. Wann hat er zum letzten Mal ein Kind so in den Armen gehalten? Er denkt plötzlich an seine Frau, als sie schon viele Falten und eine Brille hatte und in ihrem handgewebten *sari* mit der roten Bordüre für das Mittagessen in der Küche *brinjals* schnitt. In seiner Erinnerung blickt sie mit einem kleinen Lächeln auf. Einer ihrer Vorderzähne fehlt. Sie hat sich nie die Mühe gemacht, ihn ersetzen zu lassen. Das Sonnenlicht glitzert auf der Drahtfassung ihrer Brille. *Unser Enkelkind?* Er ist sich nicht sicher, ob er die Worte in seinem Kopf hört oder ob er sie ausspricht. Wie enttäuscht sie gewesen war, als Trideep ihr sagte, dass sie keine Kinder haben wollten! Der alte Mann erzählt Dayita die Geschichte, wie er seine Frau an ihrem Hochzeitstag zum ersten Mal gesehen hatte. Es war eine altmodische Hochzeit, selbst für die damalige Zeit. Seine Frau war erst vierzehn, und er hatte gerade sein Studium am College begonnen. Später kletterte er oft auf den Guavenbaum im Garten und pflückte ihr die besten Früchte, die gerade erst zu reifen begannen, von den obersten Zweigen. Sie aß sie gern mit Salz und Chilipulver. Wenn sie sich stritten, begann sie zu weinen und sagte: Ich will wieder zurück ins Haus meiner Mutter. Doch dann verliebten sie sich ineinander. Er versucht sich daran zu erinnern, wie es geschah, aber das ist alles schon so lange her. Sie glaubte, dass der Mensch, den man in diesem Leben heiratet, auch schon in früheren Leben der Ehepartner gewesen ist. Kurz vor ihrem Tod hatte sie ihn zu sich gewunken und ihm mit einem kleinen Lächeln gesagt: Wohin ich auch gehen mag, ich werde auf dich warten. Während er dem Kind dies erzählt, schläft er ein.

Sunil spaziert durch einen Wald. (In Wahrheit ist es das Arboretum in Houston, aber er findet Gefallen daran, es sich als etwas Wilderes, Abenteuerlicheres vorzustellen.) Grüne Esche, Mooreiche, Ahorn, Hickory. Er sieht eine Hecke mit winzigen, roten Beeren. Er muss ihren Namen in Erfahrung bringen. Die Kiefern haben ihn bei seinem ersten Besuch hier verblüfft. Er hatte nicht gewusst, dass sie so weit im Süden auch noch wachsen. Jedes Mal, wenn er hierher kommt, schreibt er in sein Tagebuch – denn er hat sich seit kurzem angewöhnt, seine Gedanken niederzuschreiben – *Ich habe einen Spaziergang im Wald gemacht.* Der Weg führt an einem Lilienteich mit Fröschen vorbei, an einem Stück Sumpfland, an einer hölzernen Aussichtsplattform. Dann ist er an seinem Lieblingsplatz angelangt, einem kleinen See mit einer Insel in der Mitte, auf der Zugvögel nisten. Er sitzt auf dem Pier und lauscht, wie die Pärchen einander rufen. An dem weiter entfernt liegenden Ufer sonnen sich Schildkröten. Eine hebt den Kopf und Sunil bemerkt die schmalen, roten Streifen an ihrem Ohr, den grünlichen Glanz ihres Halses. Sunil mag Schildkröten, *diese* (so schreibt er) *weise Art Geduld zu üben.* Manchmal schmuggelt er zerkleinerte grüne Äpfel herein, um sie zu füttern. Die Felder hinter ihm sind voller Unkraut.

Irgendjemand hat ihm erzählt, das im Frühjahr dort Kornblumen blühen. Unkraut finde ich schön, hat Sunil gesagt. Er stützt sein Kinn auf die Knie und blickt aufs Wasser. Schnaken huschen darüber hinweg, ein kleines Kräuseln weitet sich immer weiter und weiter aus. Die Sonne ist warm auf seinen Schultern. Er hat in sein Tagebuch geschrieben: *Im Winter ist die Sonne hier in Houston sehr sanft. Ist dies wirklich dieselbe mörderische Sonne, die auch im Sommer herabbrennt? Aber warum sollte mich dies überraschen? Sind die Menschen nicht in den verschiedenen Jahreszeiten ihres Lebens auch so?* Manchmal schreibt er auch andere Dinge in sein Tagebuch, Aphorismen, Witze, die er sich selbst ausgedacht hat. *Für ihren Liebhaber ist eine schöne Frau ein unglaublicher Segen, für einen Mönch stellt sie eine Ablenkung dar und für einen Moskito eine gute Mahlzeit.* Und *Wie lernt man Geduld? Sehr langsam.*

Hinter dem Arboretum verläuft eine Bahnlinie. Sunil hört ein Pfeifen, und der Boden beginnt ein wenig zu vibrieren. Er hat nicht auf die Nachricht geantwortet, die Sudha ihm schickte, obwohl er es nicht über sich bringt, sie wegzuwerfen. Manchmal holt er sie spät am Abend hervor und liest sie ein weiteres Mal, im fremden, blauen Licht seines Computers. Er spürt, wie ein alter Schmerz in ihm aufflammt, ganz so wie bei den Soldaten, denen die abgetrennten Glieder wehtun. Er hat in sein Tagebuch geschrieben: *Alte Sehnsüchte stecken tief in einem drin.* Er hat geschrieben: *Ich bin entschlossen, mich selbst zu bezwingen.* In seinem letzten Brief hat er Anju gebeten, sich beim nächsten Mal, wenn er in San Francisco ist, mit ihm zu treffen. Er hofft auf nichts anderes als auf Vergebung. Aber auf Vergebung zu hoffen ist nicht gerade eine Kleinigkeit.

Eine Schildkröte schwimmt in der Nähe des Piers, unter der Wasseroberfläche. Sie ist größer als die anderen und trüb-braun. Ein Schnapper, vermutet Sunil. Die Sonne verschwindet hinter der Aussichtsplattform. Sunil streckt sich und rappelt sich auf. Es ist ein weiter Weg bis zu dem Einzimmerapartment, das er gemietet hat, obwohl er sich eine größere Wohnung leisten könnte, besonders jetzt, da er kein Geld mehr nach Indien schicken muss. Aber er sieht keine Notwendigkeit für eine solche

Extravaganz. *Hier wächst das ganze Jahr über der Jasmin*, hat er Anju geschrieben. *Ich habe gehört, dass es auf dem Gelände des Hindu-Tempels ein Schutzgebiet für Pfauen gibt.* Sie beantwortet seine Briefe nicht, aber sie bittet ihn auch nicht mehr, keine an sie zu schicken. Auf dem Rückweg zum Auto wird er nach Gürteltieren Ausschau halten. Heute Abend wird er in sein Tagebuch schreiben: *Wie erstaunlich diese Gürteltiere in all ihrer scheinbaren Hässlichkeit doch sind, wie erstaunlich ihre Fähigkeit, trotz ihrer Hornplatten miteinander intim zu sein.* Morgen wird er Anju schreiben und sie fragen, ob sie ihm ein Foto von Dayita besorgen kann.

Anju ist von der 280 auf eine Straße abgebogen, die sich durch ein verschlafenes Städtchen schlängelt. Vereinzelte Ampeln, ein kleiner Laden an der Straße, der am Baum gereifte Avocados anpreist. Sie blickt nach oben. Gut, der Nebel hat sich gelichtet. Sudha erzählt ihr von all den neuen Dingen, die Dayita jetzt kann, von den Geschichten des alten Mannes, von den tiefen und weiten Tälern Bhutans, die er ihnen zeigen will. Und dass Myra ihnen angedroht hat, sie bald besuchen zu kommen. Anju antwortet mit Geschichten über ihre Professoren. Erzählt von einem Film, den sie vor einiger Zeit gesehen hat, der von indischen Frauen handelt und sehr lustig gewesen ist, aber auch sehr unter die Haut ging und der *Picknick am Strand* hieß. Dass sie in all ihren Seminaren gut genug gewesen ist, um in die Liste des Dekans aufgenommen und damit als herausragende Studentin geehrt zu werden. Sie erkundigt sich danach, wie Lalit die Nachricht von Sudhas Abreise aufgenommen hat. Auch er droht einen Besuch in Indien an, gesteht Sudha ihr mit einem Lächeln, das sie nicht ganz zurückzuhalten vermag. Er hat ihr einen Kalender mit *Peanuts*-Cartoons geschenkt, damit sie die Tage bis zu seinem Eintreffen abstreichen kann.

Unter den gesprochenen Worten geht eine völlig andere Unterhaltung vonstatten. Emotionen prallen gegen die Wagenfenster wie Vögel auf der Flucht.

Was sollen wir bloß mit der verlorenen Liebe anfangen, dieser Liebe, die niemals wieder ganz zurückgewonnen werden kann?

Ich bin es so leid, wütend zu sein. Und einsam.

Dieser Abschied ist so ganz anders als die vorherigen, mit einer Spur von Erleichterung versehen.

Was sollen wir nur mit unseren verhinderten Sehnsüchten anfangen, die ja auch unseren Kummer ausmachen?

Ich weiß es nicht, ich weiß es nicht.

Im Radio singt jemand »Achy Breaky Heart«.

»Man sollte sämtliche Lieder verbieten, in denen das Wort Herz vorkommt«, sagt Anju.

Im Osten starten Flugzeuge vom San Francisco International Airport, Licht schimmert auf ihren Libellenflügeln. Anju hat eingewilligt, in der nächsten Woche zum Flughafen zu kommen und Sudha und Dayita zu verabschieden. Sie hat vor, Fotos zu machen, wenn es ihr wieder einfallen sollte, wo sie ihren Fotoapparat hingeräumt hat.

Sudha fragt: »Hat Ashok vor seinem Rückflug noch einmal mit dir gesprochen?«

»Ja.«

»War er sehr verletzt?«

»Was glaubst du?«

Sudha beißt sich auf die Lippe. Manche Entscheidungen bereiten uns immer ein schlechtes Gewissen, gleichgültig, wie unmöglich die Alternative auch sein mag. »Es hat mir wirklich unheimlich Leid getan, ihn abzuweisen, aber ich *musste* es tun –«

»Er hat gesagt: Es macht keinen Sinn mehr. Wir sind Geister füreinander geworden. Ich habe ihm geraten, zu heiraten – eine verlässliche, ältere Frau, vielleicht eine Witwe, die zu schätzen weiß, was er für sie tut.«

Sudha beugt den Kopf, nimmt den Tadel hin. Freiheit ist nicht billig. Das weiß sie. »Ich hoffe, er hat zugestimmt«, sagt sie, nachdem ein Moment verstrichen ist.

Aber Anju hat bereits das Interesse an dem Thema verloren. »Schließ die Augen«, befiehlt sie ihrer Cousine.

Sudha runzelt die Stirn. (Selbst das lässt sie reizend aussehen, denkt Anju.) »Warum?«

»Fragen, immer nur Fragen! Tu es einfach.«

Sudha gehorcht, aber nicht ohne ein gewisses Misstrauen. »Du klingst, als würdest du etwas im Schilde führen.«

Anju fährt jetzt sehr schnell. Es geht auf einer kleinen Straße den Berghang hinauf, und der Wagen wird ziemlich durchgeschüttelt. Sudha beißt sich auf die Lippe und streckt eine Hand aus, um sich am Armaturenbrett abzustützen. Ein feiner Schweißrand bildet sich auf ihrer Oberlippe.

»Keine Sorge«, sagt Anju mit einem trockenen Lachen. »Ich werde uns nicht umbringen. Obwohl ich gestehen muss, dass es Tage gegeben hat, an denen ich darüber fantasierte, wie wir zwei in diesem Auto sitzen und an einem Berghang zusammen über den Straßenrand hinausschießen –«

»Fahr langsamer, Himmel noch mal«, sagt Sudha mit bleichem Gesicht, die Lider fest zusammengepresst.

Anju tritt auf die Bremse. Die Reifen rutschen auf Schotter, der Wagen kommt zum Stehen. »Okay«, sagt sie, »jetzt kannst du gucken.« Sie befinden sich auf einem behelfsmäßigen Parkplatz in der Nähe eines Kliffs. Anju schwingt die Tür auf, und Sudha nimmt sofort den Geruch des Salzwassers wahr. Sie blickt sich mit gerunzelter Stirn um, versucht herauszufinden, warum ihr dieser Ort so bekannt vorkommt. Als sie zum Himmel hinaufblickt, ist der voller bunter Formen, die wie riesige Drachen dort oben kreisen.

»*Hier* sind wir!«, sagt sie, und ihre Stimme verlangsamt sich mit der Erinnerung. Ihr erster Ausflug in Amerika, das Picknick am Strand, der Pazifik, der sich, blau wie eine Flamme, immer weiter und weiter öffnet. Wie sie gehofft hatte, dass ihr Leben es auch tun würde. Die Drachenflieger, die herabstoßen, um mit den Wellen zu flirten. Der Mann, der heute nicht bei ihnen ist.

»Wie viele Dinge sich verändert haben«, flüstert sie.

»Das kann man wohl sagen«, erwidert Anju. »Deshalb habe ich dich heute hergebracht.« Sie packt Sudhas Hand und zieht. »Komm schon! Beeil dich!« Die beiden laufen los, auf den Landeplatz am Klippenrand zu.

»Anju«, keucht Sudha, »was willst du mir denn zeigen?«

Ein Grinsen breitet sich auf Anjus Gesicht aus. »Du wirst es nicht glauben, Sudha«, sagt sie. »Ich habe gelernt zu fliegen.«

Epilog

Ihr erster Versuch schlägt fehlt. Der zweite auch. Ihre Hände zittern furchtbar. Ein Muskel in der Nähe ihres Mundes beginnt zu zucken. Der Wind ist eiskalt und wenig entgegenkommend. Das Gurtwerk schneidet in ihre Schultern, die Klettverschlüsse kratzen über ihre Rippen. Der Drachen, der auf ihren Rücken geschnallt ist, ist wuchtig und starr wie Beton. Was hatte sie nur zu dem Glauben verleitet, damit der Schwerkraft trotzen zu können? Aber am schlimmsten ist, dass sie Sudhas Augen auf sich ruhen fühlt. Auch wenn sie sich nicht umwendet, um sie anzusehen, lastet die Besorgnis darin auf ihr. *Wieder eine von Anjus verrückten Ideen. Wird sie denn nie vernünftig?!* Auch der Junge ist da, hängt irgendwo dort oben und sieht ebenso ängstlich zu. Da ist sie sich sicher. Doch der Gedanke verursacht ihr keine Qual. Ein Haiku fällt ihr ein.

Sommerabend, ausgetrocknete Insekten
Ich meine deine Stimme zu hören
Im Gesang des hototogisu.

Jetzt kommt ihre Lehrerin, das rote Haar mit silbernen Strähnen durchzogen, eine Klammer aus tiefen Lachfalten um den Mund. Sie gestikuliert mit ihren Händen: *Halt dich so, nicht verkrampfen. Geh in den Wind hinein. Richte den Kiel aus. Genau wie die Male, als wir es zusammen gemacht haben.* Die Frau kann die Worte wegen dem Brüllen in ihren Ohren nicht hören. *Vertraue deinem Körper*. Dennoch treibt die Form der Wörter auf den Lippen der Lehrerin sie vorwärts zum Rand des Kliffs. *Du schaffst es*. Sie läuft. Dieses Mal spürt sie, wie der Luftstrom das Segel erfasst, spürt das ruckende Heben an ihrem Rückgrat. Kalte Wirbel in ihrer Kleidung, ein Schock. Dann ist sie in der Luft.

Die Frau meint sich niemals an die Empfindung des Fliegens gewöhnen zu können, wie viele Male sie es auch tut. Sie zieht die Lenkstange nahe an sich heran und spürt, wie der Drachen an Geschwindigkeit gewinnt. All diese Träume seit ihrer Kindheit, vom Dahingleiten und Aufsteigen … (Aber am Ende immer das Schmelzen der Flügel, der Sturz, dem Ikarus gleich, die schwarzen, rasiermesserscharfen Felskanten, die auf sie zukommen, immer näher und näher, bis sie schließlich mit einem Schrei erwacht.) Aber das hier ist unendlich viel besser. Sie hätte nie geglaubt, dass die Realität gegenüber dem, was sich die Fantasie ersinnt, so viel besser sein könnte. Das verleiht ihr ein gewisses Vertrauen.

Auf, ab, der Wind trägt sie. Die Nase nach links, weiter über das Meer hinaus. Sie verdrängt all die Warnhinweise aus ihrem Kopf. *Dein erster Alleinflug sollte immer in einer geraden Linie erfolgen. Flüge über Wasser sind gefährlich.* Daran zu denken hieße zu zweifeln, und der Zweifel ist der größte Killer überhaupt. Unter ihr entzünden sich die Wellen, der ganze Ozean ist ein Diamantenfeuer. Es bringt ihre Augen zum Tränen, sie will gerade mit der Hand darüber wischen, als ihr klar wird, dass sie das nicht tun kann, weil sie eine Schutzbrille trägt. Also fliegt sie jetzt ohne jede Angst blind, nach Gefühl. *Es wäre ein schönes Ende, einfach so weiterzumachen, ins Licht hinein.* Sie erinnert sich daran, dass jemand diese Worte vor langer Zeit einmal gesprochen hat. Es war sie selbst. Ein Jungvogel-Selbst. Sie will das nicht mehr, nicht jetzt. Ihr Leben fängt doch gerade erst an.

Dann erinnert sie sich an etwas anderes. Sie lässt die Stange mit der einen Hand, die so steif ist in ihrem Handschuh, los und schiebt sie in ihre Brusttasche. Sie tastet herum, aber da ist nichts. Für einen Moment gerät sie in Panik, und der Drachen schlingert gefährlich. Sie spürt, wie ihre Lehrerin unten den Atem anhält und ihre Cousine die Finger kreuzt, *bittebittebitte*. Dann ist sie mit einem Mal da, stupst ihre steife, beruhigende Ecke gegen ihren Zeigefinger. Sie zieht sie hervor und betrachtet sie mit verschwommenem Blick, die Fotografie, aufgenommen in irgendeiner Arztpraxis, in einer anderen Welt, der Ultraschallimpuls als kleiner, leuchtender Punkt vor dem grauen, körnigen Hintergrund ihrer Eingeweide sichtbar gemacht, und am Rand die verschmierte Tinte ihrer Handschrift: *Baby Prem, ausgerechnet für den 16. März 1993*. Sie öffnet ihre Finger.

Die Fotografie fällt, dreht sich langsam in dem Wind, der den ganzen Weg von den Farallons heraufgereist ist. Salz und der Schrei der Seemöwen, der Ammoniakgeruch von Entwicklerflüssigkeit. Aber da sind plötzlich so viele Gerüche! Der ätzende Gestank von Antiseptika in der Notaufnahme in Redwood City, Lalit, der sich über einen zerfetzten Arm beugt. In einem Bus in Kalkutta Schweiß und Abgase und Menschen, die sich darüber lustig machen, wie berstend voll er ist. (»Keine Sorge, *dada*, wenn dir schlecht wird, kannst du gar nicht umfallen – es ist gar nicht genug Platz dazu da.«) Anjus frühere Wohnung, wo sich alte, kaum noch wahrnehmbare Gerüche von *methi* und Koriander jetzt mit denen von grünen Zwiebeln und Kim-chee der Familie mischen, die neu eingezogen ist. Das Glashaus ist erfüllt von den Pollen der Ingwerpflanzen, die auf den Hängen Assams wachsen, der alte Mann singt mit seiner keuchenden Stimme Monsunlieder für das Kind. *Komm, Regen, komm bald, ich werde dir viel* shalidhan-*Korn geben*. Auf seiner Veranda baut Ashok eine Staffelei auf und mischt Farben. Er beginnt heute mit einer Landschaft, Öl und Acrylfarbe – etwas ganz Neues für ihn. Vielleicht wird es eine kalifornische Landschaft? In seinem Büro in Houston erklärt Sunil einem Kunden, wie ein Konfigurationsproblem zu lösen ist, denkt dabei aber insgeheim an die Reise in die Bay Area, die er für den nächsten Monat plant. Was dabei vielleicht herauskommen könnte.

Die Frau lehnt ihren Körper in den Wind, in diesen Moment hinein, der zündblau ist und silbern, dieselben Farben wie auf Sunils Computerbildschirm. Dieser Moment, der zu zerfließen beginnt. Sie lacht. Geruch von Kräutershampoo in ihrem Haar. Die Lehrerin schwenkt ein großes, orangefarbenes Transparent. DU HAST ES GESCHAFFT! Die Frau vollführt eine letzte, langsame Wende, senkt eine Flügelseite. Sudha winkt mit aller Kraft, ihre Locken wehen in alle Richtungen. Im Glashaus schlägt Dayita mit dem Löffel zum Rhythmus. Genau das macht man mit dem Kummer, man lehnt sich hinein und öffnet die Finger.

Man lässt sich von ihm stützen, wie von der fragilen Schönheit der sich drehenden, fluoreszierenden Erde. Am Strand von Año Nuevo dreht ein entwöhnter Seehund den Kopf Richtung Alaska und erwägt seine erste Ozeanreise. In den Sundarbans balancieren die letzten *cheetahs* auf Mangrovenästen. Irgendwo fällen Maschinen tausend Jahre alte Bäume. Irgendwo spuckt eine undichte Pipeline Rohöl ins Meer. Irgendwo gelangen Geschworene zu der Entscheidung, dass sie nicht genug Beweise haben, um einen Mann des Mordes an seiner Frau für schuldig zu erklären. Ein alter Mann streckt seine Beine, um ein goldgelbes Stückchen Sonnenschein zu erwischen. Ein Chirurg schneidet einen Unterleib auf, um festzustellen, dass er derart mit Krebszellen gefüllt ist, dass ihm nichts anderes übrig bleibt, als ihn wieder zuzunähen. Es ist das Jahr der Sturheit. Bosnien lehnt einen Aufruf zur Einstellung der Kampfhandlungen ab, Indien feuert eine Rakete zu Testzwecken ab, die stark genug ist, um China zu erreichen. Im Radio informiert uns der Nachrichtensprecher, dass eine zweiundsechzigjährige Italienerin – die älteste, je registrierte Gebärende – ein Kind zur Welt gebracht hat. Dass die Demokratie auf Haiti wieder hergestellt worden ist, ohne dass ein einziger Schuss fiel. Was ist wichtig? Was weniger wichtig? Die Toten klatschen feierlich zu dem Lied des alten Mannes. Der Drachen plumpst auf die Landebahn, kommt zu einem rutschenden, triumphierenden Halt. Die Frau auf dem Boden öffnet ihre Arme für die Frau, die am Himmel war. Das ist es, was wir mit dem Kummer machen. Die Toten sind Tröpfchen aus Meerwasser und Asche, lassen sich vom Wind tragen. Steigen sie? Fallen sie? Sieh nur, da ist gar kein Unterschied! Die Krümmung der Erde ist wie ein Lächeln. Der alte Mann singt: *Oh, Regen, komm, ich habe so lange auf dich gewartet.*

Dank

Mein aufrichtiger Dank gilt:

Meiner Agentin, Sandra Dijkstra, für ihr unermüdliches Engagement für meine Arbeit

Meiner Lektorin, Deb Futter, für ihren sorgsamen und klaren Weitblick

Meiner Mutter, Tatini Banerjee, und meiner Schwiegermutter, Sita Divakaruni, für ihren Segen

Murthy, Abhay und Anand, weil sie mich zum Lachen gebracht haben, als ich es wirklich dringend brauchte

Gurumayi Chidvilasananda und Swami Chinmayananda, weil sie meine Sehnsüchte gelenkt haben

Glossar

Aashwin: Hindu-Monat (Oktober)
Amrita Bazaar Patrika: bengalische Zeitung
anchal: das Stoffende eines Kleidungsstückes
apsaras: schöne Nymphen, die in Indras Himmel leben; kleine Liebesgöttinnen
baba: ein alter, ehrwürdiger Mann
babu: Anrede für europäisch gekleidete Inder: Herr, Gentleman
banyan-Baum: indischer Feigenbaum
baul-Gesänge: spirituelle Volksmusik der Wandersänger Bengalens
besan: Kichererbsenmehl
Bhadra: Hindu-Monat (September)
Bharatnatyam: klassischer indischer Tanz
brinjal: Aubergine
cha: Tee
cheetah: Leopard
chiranjibi: ewig lebend
chochori: indisches Kinderspiel
dada: Großvater
dal: Gericht aus Hülsenfrüchten
desi: einfach, inländisch, sehr indisch
dhoti: traditionell männliches Kleidungsstück, das um die Taille gebunden wird und bis zum Boden reicht; wird selten auch von Frauen getragen
didimoni: Kosename für die Schwester
eka: Einsamkeit, allein sein
ektara: Saiteninstrument
garam masala: eine Gewürzmischung, die nicht zum Kochen, sondern nur zum Würzen vor dem Servieren verwendet wird. Es gibt unzählige Versionen von *garam masala*, die Mischung ist von Region zu Region verschieden. *Garam* heißt übersetzt warm bzw. heiß. Das bedeutet, das die Gewürzmischung eine heiße Mischung ist und eine angenehme Wärme im Körper erzeugt.
ghats: Ufertreppe; meist für die Verbrennung der Leichen von Indern

hototogisu: Bergkuckuck
jeera: Kreuzkümmel
jhol: Suppe aus Gemüse
khichuri: Brei aus Reis, gelben Mungobohnen und gewürzter Butter
kumro: Kürbisart
kurma: Fleischstücke mit Sellerie, Zwiebeln, grünem Paprika und Tomaten; gekocht mit Joghurt und Minze
kurta: lange, lose Tunika, die von Männern und Frauen über Hosen getragen wird
lehnga: Kombination aus Bluse und ausgestelltem Rock
Mahabharata: großes altindisches Epos, dem der Vetternkrieg zwischen den nordindischen Heldengeschlechtern zugrunde liegt
methi: Bockshornklee (Gemüse)
nabab: moslemischer Fürstentitel in Indien
namaskar: traditioneller Gruß der Hindus
neem: Baum, dessen Blätter häufig in der Medizin Verwendung finden
paan: Betelblätter
pakoras: würziger Snack, der aus in Teig getauchten, frittierten Gemüsen besteht
paneer: eine Art Hüttenkäse
parotas: indisches Weizenbrot, das ausgerollt und in der Pfanne gebraten wird, manchmal mit Gemüse gefüllt
peepal-Baum: großer Baum mit herzförmigen Blättern
rahukal: Unglück bringende Stunden
Ramayana: (Sanskrit: Ramas Lebenslauf), neben dem Mahabharata das zweite große indische Epos. Das Ramayana erzählt vom Leben des mythischen Prinzen Rama.
resham: Seide
salwaar kameez: Kleiderkombination aus langem Hemdoberteil und Pluderhose; wird von Männern und von Frauen getragen
sandesh: bengalische Süßigkeit aus Zucker und Hüttenkäse
sari: langes indisches Frauengewand
sannyasi: bettelnder Heiliger
sari palloo: Ende des *saris*, das über die Schulter fällt oder über den Kopf gezogen wird
shona: Kosewort für Kinder; wörtl.: Gold
Thakumar Jhuli: Klassiker der bengalischen Kinderliteratur
yakshas: männliche, mythische Dämonen, Beschützer von Haushalt und Reichtum
yatra: Pilgerfahrt (Prozession oder Marsch)
zari: goldener Faden, mit dem ein festlicher Stoff bearbeitet wird